Kühlschrank

Über dieses Buch

Opium brauchen Sie nicht zu nehmen, um Ihre Sinne zu verlieren – lesen Sie den ›Monddiamanten‹, und überlassen Sie sich einem grandiosen literarischen Rausch! Denn Spannung auf höchstem Niveau erwartet den geneigten Leser auch bei der Lektüre dieses Buches von Wilkie Collins (1824–1889), dessen ›Frau in Weiß‹ bereits Rückenschauer im Dutzend produzierte. In der Geschichte geht es um einen großen gelb schimmernden Diamanten, der die Statue des indischen Mondgottes geschmückt hatte und auf höchst merkwürdige Weise in den Besitz der schönen Rachel Verinder gelangt. Doch nach wenigen Stunden ist der kostbare Stein unauffindbar. Der Verdacht fällt auf drei Inder, die in der Gegend aufgetaucht sind, um den Edelstein um jeden Preis zurückzuholen. Aber auch die bucklige Dienerin Rosanna ist nicht unverdächtig. Franklin Blake, der um Rachels Hand wirbt, schaltet Scotland Yard ein. Inspektor Cuff sammelt Indizien, aber die Lösung des Falles scheint aussichtslos …
Familiäre Verwicklungen im englischen Adel und orientalische Fremde, Liebe, Intrige und religiöser Eifer, Standesprobleme und Dienstbotentreue sind das vielseitige Instrumentarium, mit dem Wilkie Collins, der Erfinder des Detektivromans, sein Handlungslabyrinth entwirft. Jeder weiß ein bißchen, jeder weiß etwas anderes, keiner weiß die ganze Wahrheit. Und doch gibt es des Rätsels Lösung – für den Leser.

Wilkie Collins

Der Monddiamant

Ein Criminal-Roman

Deutscher Taschenbuch Verlag

Vollständige Ausgabe.
Aus dem Englischen übertragen von Inge Lindt.

Von Wilkie Collins
ist im Deutschen Taschenbuch Verlag erschienen:
Die Frau in Weiß (11793)

Juni 1996
Deutscher Taschenbuch Verlag GmbH & Co. KG,
München

Umschlaggestaltung: Unter Verwendung des Gemäldes
›Lady Agnew‹ (1892–93) von John Singer Sargent
Gesetzt aus der Bembo 10/11,5' (Linotron 202)
Satz: IBV Satz- und Datentechnik, Berlin
Gedruckt auf säurefreiem, chlorfrei gebleichtem Papier
Druck und Bindung: C. H. Beck'sche Buchdruckerei,
Nördlingen
Printed in Germany · ISBN 3-423-12182-3

PROLOG

Die Erstürmung von Srinrangapattam (1799)

Aus einem Dokument in Familienbesitz

I

Diese Zeilen – sie sind in Indien geschrieben – richte ich an meine Verwandten in England.

Ich möchte hier schriftlich niederlegen, was mich bewogen hat, meinem Cousin John Herncastle die Freundeshand zu verweigern. Bis jetzt habe ich mir diesbezüglich Zurückhaltung auferlegt, was einige Verwandte mißverstanden haben. Doch da ich Wert auf ihre gute Meinung lege, bitte ich sie, erst dann den Fall zu beurteilen, wenn sie diesen Bericht gelesen haben. Ich erkläre auf Ehre und Gewissen: was ich hier wortgetreu niederschreibe, ist die reine Wahrheit.

Die Entfremdung zwischen meinem Cousin und mir nahm ihren Anfang bei der Erstürmung von Srinrangapattam unter General Baird am 4. Mai 1799, einem großen nationalen Ereignis, in das wir beide verwickelt waren.

Da ich den Sachverhalt genau klären will, muß ich bei meinem Bericht auf Vergangenes zurückgehen. Schon vor dem Angriff nämlich kursierten in unserm Lager so mancherlei Geschichten über den im Palast von Srinrangapattam angehäuften Gold- und Juwelenschatz.

II

Eine der abenteuerlichsten dieser Geschichten bezog sich auf einen gelben Diamanten, der in den Annalen Indiens eine bedeutende Rolle spielte.

Frühester Überlieferung nach befand sich dieser Edelstein an der Stirn des indischen Gottes, der den Mond versinnbildlicht. Teils seiner eigenartigen Farbe wegen, teils wegen eines Aberglaubens – er unterliege dem Einfluß der Gottheit, indem er mit dem zunehmenden oder abnehmenden Mond seinen Glanz verstärke oder verliere – erhielt er den Namen, unter dem man ihn auch heute noch in Indien kennt: Monddiamant.

Die wechselvolle Geschichte des gelben Diamanten beginnt mit dem elften Jahrhundert der christlichen Zeitrechnung.

Der mohammedanische Eroberer Mahmud von Ghasni zog damals mit seinen Kriegern durch Indien, bemächtigte sich der heiligen Stadt Somnath und raubte die Schätze des jahrhundertealten Tempels, eines berühmten Heiligtums der Hindupilger, das als Wunder des Morgenlands galt.

Von allen Gottheiten in diesem Tempel entging der mohammedanischen Raubgier nur der Mondgott. Drei Brahmanen retteten nächtens den unverletzten Gott, der den gelben Diamanten an der Stirn trug, und brachten ihn in eine andere heilige Stadt Indiens, nach Benares.

In einer mit Edelsteinen geschmückten Halle, unter einem von goldenen Pfeilern getragenen Dach, stellten sie den Mondgott auf und beteten ihn an. Sie hatten dieses neue Heiligtum errichtet, als ihnen eines Nachts im Traum Wischnu erschien, der Welterhalter. Er hauchte mit göttlichem Atem den Diamanten an der Stirn des Mondgottes an, die Brahmanen knieten nieder, verhüllten das Antlitz mit dem Gewand, und Wischnu gebot, daß der Monddiamant von drei Priestern stets bewacht werde, bei Tag und bei Nacht, Generation auf Generation, bis ans Ende aller Zeiten, und die Brahmanen hörten es und beugten sich seinem Willen, und Wischnu verkündete sicheres Verderben jedem Sterblichen, der vermessen nach dem heiligen Edelstein greife, und nicht nur ihm, sondern auch allen anderen seines Namens und seines Hauses, die nach ihm den heiligen Edelstein bekämen, und die Brahmanen ließen in goldenen Lettern diese Prophezeiung über die Pforte des Heiligtums schreiben.

Zeit um Zeit verging – doch ohne Unterlaß, Generation um Generation, bewachten stets drei Brahmanen den kostbaren Monddiamanten, bei Tag und bei Nacht. Jahr um Jahr verstrich – bis zu Beginn des achtzehnten Jahrhunderts das Land unter die Herrschaft des Großmoguls Aurangseb geriet. Er befahl, die dem Brahma geweihten Tempel zu plündern und zu verwüsten. Man schändete das Heiligtum des Mondgottes, indem man heilige Tiere dort abschlachtete, man schlug die Statuen der Gottheiten in Stücke, und einer von Aurangsebs Kriegern riß den Monddiamanten an sich.

Außerstande, ihren verlorenen Schatz mit Gewalt wiederzuerlangen, folgten ihm die drei priesterlichen Wächter. Sie hatten sich verkleidet, sie behielten ihn im Auge. Wieder verstrichen Jahre. Der Krieger, der den Tempel geschändet hatte, kam elend um, und der Monddiamant, fluchbeladen, ging unter nichtswürdigen Mohammedanern von Hand zu Hand – doch immer und überall waren die drei priesterlichen Wächter auf ihrem Posten und warteten auf den Tag, an dem Wischnu, der Welterhalter, ihnen den heiligen Edelstein zurückgeben würde. Zeit um Zeit verging, das achtzehnte Jahrhundert war zu Ende. Der gelbe Diamant kam in den Besitz des Sultans Tipu, der damit den Griff eines Dolchs verzieren und diesen als eines der wertvollsten Stücke in der Waffenkammer seines Palastes in Srinrangapattam aufbewahren ließ. Allein auch dort waren drei Brahmanen heimlich auf der Wacht: drei Männer, Fremde, die Tipus Vertrauen gewonnen hatten, indem sie sich zum muselmanischen Glauben bekannten – jedenfalls vorgaben, es zu tun, weshalb denn das Gerücht umging, sie seien die verkleideten Priester.

III

Das ist also die phantastische Geschichte des Monddiamanten, wie sie in unserm Lager kursierte. Bei keinem von uns hinterließ sie bleibenden Eindruck, meinen Cousin ausgenommen, der immer schon einen Hang zum Wunderbaren hatte und sie daher glaubte. Am Vorabend des Sturms auf Srinrangapattam war er wirklich verärgert über mich und alle anderen, die wir nach wie vor die ganze Geschichte für ein Märchen hielten. Es entspann sich ein sinnloser Streit. Herncastle ließ sich hinreißen und erklärte, großsprecherisch wie er war, wenn die englische Armee am nächsten Tag die Stadt erobere, sollten wir den Diamanten an seinem Finger sehen. Wir nahmen es mit schallendem Gelächter auf, und damit hatte, wie wir an diesem Abend alle glaubten, die Sache ein Ende.

Ich will jetzt gleich von dem sprechen, was sich am Tage des Sturms auf Srinrangapattam ereignete.

Beim Aufbruch wurden mein Cousin und ich voneinander getrennt, ich habe ihn hernach nicht mehr gesehen: weder als wir den Fluß durchwateten noch als wir die englische Fahne in der ersten Bresche aufpflanzten, noch als wir den Graben dahinter überquerten und, jeden Zoll unseres Weges erkämpfend, in die Stadt eindrangen. Es dämmerte schon, die Stadt war unser – General Baird selbst hatte Tipus Leichnam unter einem Haufen Erschlagener gefunden –, da traf ich wieder auf Herncastle.

Auf Befehl des Generals erhielten er und ich je ein Kommando: wir sollten in der eingenommenen Stadt für Ordnung sorgen und Plünderungen verhindern. Bedauerlicherweise war nämlich im Gefolge der Truppe allerlei diebisches Gesindel aufgetaucht und, was noch schlimmer war, unsere Soldaten waren durch ein unbewachtes Tor in die Schatzkammer des Palastes gelangt und beluden sich dort mit Gold und Edelsteinen. Gerade vor der Schatzkammer, in einem Hof, begegnete ich Herncastle, und beide versuchten wir, die Soldaten zur Disziplin zu zwingen. Herncastle hatte sich offensichtlich in eine Art Raserei hineingesteigert – das furchtbare Gemetzel, das wir eben erlebt hatten, dürfte daran schuld gewesen sein –, jedenfalls schien er mir in seinem Zustand ganz und gar ungeeignet, die ihm übertragene Aufgabe zu erfüllen.

In der Schatzkammer ging es drunter und drüber, doch gab es kein Blutvergießen. Unsere Leute taten zwar etwas Schändliches, aber sie taten es – sofern dieser Ausdruck hier überhaupt am Platze ist – gutmütig. Immer wieder warfen sie einander Scherzworte zu und machten alberne Witze – und plötzlich rührten sie auch die Geschichte mit dem gelben Diamanten wieder auf. »Wer kriegt den Monddiamanten?« lautete die Parole, mit der sie, kaum daß sie eine Pause gemacht hatten, einander anfeuerten und weiter plünderten. Ich mühte mich vergeblich,

Ordnung zu schaffen – da hörte ich auf der andern Seite des Hofs gellende Schreie. Sogleich rannte ich hin, da ich befürchtete, daß unsere Leute jetzt dort zu plündern begannen.

Eine Tür stand offen. Auf der Schwelle hingestreckt lagen zwei Inder (ihrer Kleidung nach zu schließen vermutlich vom Hofe des Sultans), beide tot.

Ein Schrei drinnen ließ mich hineinstürzen, in einen Raum, der anscheinend als Waffenkammer diente. Ein dritter Inder sackte eben vor den Füßen eines Mannes zusammen, der mit dem Rücken zu mir stand. Er drehte sich um, und ich sah John Herncastle, in der einen Hand eine Fackel, in der andern einen bluttriefenden Dolch. Ein Edelstein am Knauf des Dolchs flammte im Fackellicht auf wie Feuer. Der sterbende Inder deutete auf den Dolch in Herncastles Hand und sagte in seiner Muttersprache: »Der Monddiamant wird sich an dir und den Deinen rächen!« Kaum waren die Worte über seine Lippen, fiel er tot um.

Bevor ich noch etwas sagen konnte, drängten die Soldaten, die mir über den Hof gefolgt waren, herein. Wie ein Wahnsinniger raste mein Cousin auf sie los. »Schaff die Leute hinaus und stell einen Posten vor die Tür!« schrie er mir zu. Mit Dolch und Fackel stürzte er ins Freie, die Männer wichen zurück. Ich suchte zwei verläßliche Soldaten aus meiner Kompanie aus und ließ sie als Wachtposten zurück. Das war das letzte, was ich in dieser Nacht von ihm sah.

Doch die Leute plünderten weiter. General Baird ließ am frühen Morgen die Trommel schlagen und bekanntgeben: jeder auf frischer Tat ertappte Dieb, sei es wer es sei, werde hängen. Der Generalprofoß war dabei, womit Baird bewies, daß er es ernst meinte. In der Menschenmenge, die dem Trommler folgte, traf ich wiederum auf Herncastle.

Wie gewohnt streckte er mir die Hand entgegen und sagte: »Guten Morgen!«

Ich zögerte. Bevor ich ihm die Hand gab, sagte ich: »Ich will zuerst wissen, was in der Waffenkammer geschah. Warum starb dieser Inder, und was bedeuteten seine letzten Worte, als er auf den Dolch in deiner Hand zeigte?«

»Vermutlich war er tödlich getroffen – und was seine letzten Worte bedeuteten, weiß ich genausowenig wie du.«

Ich ging ganz nahe an ihn heran, sah ihm ins Gesicht: keine Spur mehr davon, daß er sich tags zuvor wie ein Rasender gebärdet hatte. Doch ich wollte ihm noch eine Gelegenheit geben, sich zu rechtfertigen. »Ist das alles, was du mir zu sagen hast?« fragte ich.

»Ja.«

Ich drehte ihm den Rücken zu, und seither haben wir nicht mehr miteinander gesprochen.

IV

Was ich hier über meinen Cousin zu sagen habe, ist natürlich nur für die Familie bestimmt – es sei denn, es erwiese sich als nötig, diese Mitteilungen zu veröffentlichen. Herncastle hatte nichts gesagt, was mich veranlaßt hätte, mit dem Kommandanten darüber zu sprechen. Freilich, alle, die vor dem Sturm auf Srinrangapattam den Streit miterlebt hatten, fragten ihn noch dann und wann spöttisch nach dem Diamanten; aber vermutlich veranlaßte ihn die Erinnerung an die Szene in der Waffenkammer, bei der ich ihn überrascht hatte, sich über dieses Thema auszuschweigen. Und jetzt geht das Gerücht, er denke daran, in ein anderes Regiment hinüberzuwechseln, angeblich um sich von *mir* zu trennen.

Wie dem auch sei: ich kann mich nicht dazu entschließen, sein Ankläger zu werden – und das mit gutem Grund. Wenn ich nämlich mit der Sache vor die Öffentlichkeit trete, habe ich keine Beweise, sondern nur moralische Gründe. Ich kann nicht bestätigen, daß er an der Schwelle zur Waffenkammer die beiden Inder umgebracht hat, ich kann nicht mit Sicherheit sagen, daß er drinnen den dritten erdolcht hat – denn ich habe die Tat nicht mit eigenen Augen gesehen. Ich hörte zwar die Worte des Sterbenden, aber wenn der Richter sie als Phantasien eines Menschen im Todeskampf bezeichnet – wie könnte ich eine solche Behauptung widerlegen? So mögen denn unsere gemeinsamen

Verwandten sich an Hand dieses Schriftstücks ihre Meinung bilden; sie sollen selbst entscheiden, ob mein Abscheu vor diesem Mann begründet ist oder nicht.

Ich schenke zwar dieser phantastischen Geschichte des gelben Diamanten keinen Glauben, doch muß ich, bevor ich meinen Bericht schließe, eingestehen, daß ich diesbezüglich in einer Art Aberglauben befangen bin: ich bin davon überzeugt, daß Frevel Verhängnis in sich trägt. Oder täusche ich mich? Gleichviel. Denn ich zweifle nicht an Herncastles Schuld, mehr noch, ich könnte mir sogar vorstellen, daß er, wenn er den Diamanten behält, es bereuen wird; und gibt er den Diamanten weiter, werden jene, welche ihn bekommen, es ebenfalls bereuen.

DIE GESCHICHTE

Erster Teil
Der Verlust des Diamanten (1848)

Die Ereignisse, geschildert von Gabriel Betteredge, Hausverwalter im Dienste Lady Julia Verinders

I

In *Robinson Crusoe* kann man auf Seite hundertneunundzwanzig folgendes lesen:

Jetzt sah ich ein, zwar zu spät, wie töricht es ist, ein Werk zu beginnen, bevor man die Kosten veranschlagt und sich vergewissert, daß man auch stark genug ist, es durchzuführen.

Erst gestern öffnete ich das Buch gerade bei dieser Stelle, und heute morgen (einundzwanzigster Mai achtzehnhundertfünfzig) kommt der Neffe meiner Herrin und hat ein kurzes Gespräch mit mir – wie folgt:

»Betteredge«, sagt er, »ich bin wegen Familienangelegenheiten beim Advokaten gewesen, und unter anderem haben wir auch von diesem indischen Diamanten gesprochen, der vor zwei Jahren im Hause meiner Tante verlorenging. Mr. Bruff meint – auch ich meine es –, man müßte im Interesse der Wahrheit diese ganze Geschichte aufschreiben, je eher, desto besser.«

Ich sage: »Das meine ich auch« – vorerst nämlich begreife ich nicht, worauf das hinaus soll. Auch halte ich es um des lieben Friedens willen immer für wünschenswert, mit dem Advokaten einer Meinung zu sein.

Mr. Franklin fährt hierauf zu sprechen fort: »Sie wissen ja, Betteredge, bei dieser ganzen Sache sind schon Unschuldige durch Verdacht zu Schaden gekommen. Und wenn man sich künftig ihrer erinnert, werden sie vielleicht nochmals zu Schaden kommen, denn es gibt keinen Tatsachenbericht, auf den sich spätere Generationen verlassen könnten. Man sollte also diese seltsame Geschichte, die sich in unserer Familie ereignet hat, unbedingt festhalten. Und auf welche Weise dies geschehen soll, haben Mr. Bruff und ich bestimmt.«

Die beiden können leicht mit sich zufrieden sein, sage ich mir im stillen, aber bis jetzt kann ich nicht erkennen, was ich damit zu tun haben soll.

»Es gibt da bestimmte Vorkommnisse, von denen man berichten müßte«, meint Mr. Franklin, »und es gibt bestimmte Personen, die in diese Angelegenheit verwickelt waren und davon erzählen könnten. Man muß also von den Tatsachen ausgehen, und der Plan ist, kurz gesagt, folgender: wir, also alle beteiligten Personen, sollen die Geschichte des gelben Diamanten erzählen, und zwar nur das, was jeder erlebt hat, mehr nicht. Zuerst also wird berichtet, wie der Diamant in die Hand meines Onkels Herncastle gelangte, der vor fünfzig Jahren als Oberst in Indien war. Das ist die Einleitung. Sie ist bereits vorhanden, und zwar in Form eines alten Dokuments aus dem Besitz meiner Familie: ein Augenzeuge erzählt uns darin die notwendigen Einzelheiten. Der nächste müßte erzählen, wie vor zwei Jahren der Diamant ins Haus meiner Tante kam und etwa zwölf Stunden später verlorenging. Keiner weiß so gut wie Sie, Betteredge, was damals passierte – und daher müssen Sie zur Feder greifen und mit der Geschichte beginnen!«

Auf diese Weise also habe ich erfahren, was meine Sache dabei ist. Und solltest du, geneigter Leser, wissen wollen, wie ich es aufgenommen habe, so darf ich dir eines sagen: ich habe das gleiche getan, was du an meiner Stelle wahrscheinlich getan hättest. Bescheiden habe ich erklärt, der mir gestellten Aufgabe nicht gewachsen zu sein; doch insgeheim habe ich mich für gescheit genug gehalten, ihr gewachsen zu sein – man müßte mir eben Gelegenheit geben, meine Talente zu zeigen.

Sicher hat mir Mr. Franklin meine Gedanken an der Nase abgelesen, denn er hat an meine Bescheidenheit nicht geglaubt und darauf bestanden, daß ich beweise, was ich kann.

Jetzt sind es zwei Stunden her, daß er mich verlassen hat.

Sofort habe ich mich an mein Schreibpult gesetzt, die Geschichte zu beginnen. Und da sitze ich nun, hilflos (trotz meiner Talente), und ich sehe ein, was Robinson Crusoe einsah, den ich vorhin zitiert habe: nämlich wie töricht es ist, ein Werk zu beginnen, bevor man die Kosten veranschlagt und sich vergewissert, ob man auch stark genug ist, es durchzuführen.

Merke, lieber Leser – das Buch habe ich zufällig bei dieser Stelle geöffnet! Just einen Tag bevor ich unvorsichtigerweise die Sache übernommen habe, mit der ich mich jetzt beschäftigen soll. Und da darf ich mir doch die Frage erlauben: Wenn das keine Vorahnung ist, was ist es dann?

Ich bin nicht abergläubisch, ich habe mein Lebtag immer Bücher gelesen, viele sogar, und bin daher – auf meine Art – gebildet. Obschon über siebzig, habe ich ein zuverlässiges Gedächtnis und ebenso zuverlässige Beine. Daher, lieber Leser, nimm es bitte nicht als die Meinung eines Ignoranten, wenn ich behaupte: ein Buch wie *Robinson Crusoe* gibt es kein zweites Mal! Ich habe es Jahre hindurch ausprobiert – wenn ich darin lese, rauche ich meist meine Pfeife: immer finde ich in diesem Buch einen Freund in der Not, in allen Lebenslagen. Bin ich mißgestimmt – *Robinson Crusoe*, brauche ich einen Rat – *Robinson Crusoe*; in vergangenen Tagen, wenn mein Weib mich ärgerte – *Robinson Crusoe*, jetzt, wenn ich zu tief ins Glas geguckt habe – *Robinson Crusoe*. Ich habe, seit ich in diesem Hause diene, sechs dicke *Robinson Crusoes* zerlesen, den siebenten schenkte mir meine Herrin an ihrem letzten Geburtstag – ihn zu feiern, trank ich ein Gläschen über den Durst, aber *Robinson Crusoe* brachte alles wieder ins Lot. Preis: vier Shilling und Sixpence, blau gebunden und mit einem Titelbild obendrein.

Freilich, das alles sieht gar nicht danach aus, als wollte ich mit der Geschichte des Diamanten endlich beginnen – oder? Auf der Suche nach Gott weiß was verliere ich anscheinend immer wieder den Faden. Ich will ein neues Blatt nehmen, und wenn du es erlaubst, geneigter Leser, nochmals beginnen – bei welcher Gelegenheit ich mich dir bestens empfehle.

II

Eben habe ich von meiner Herrin gesprochen. Nun, der Diamant wäre nie in unser Haus gekommen, wo er verlorenging, hätte man ihn nicht ihrer Tochter zum Geschenk gemacht. Und diese Tochter hätte es nie gegeben (man hätte ihr also kein Geschenk machen können), wäre sie nicht unter Wehen und Schmerzen von meiner Herrin in die Welt gesetzt worden. Wenn wir daher mit meiner Herrin diese Geschichte beginnen, liegt der Zeitpunkt weit genug zurück. Zudem, und das muß noch gesagt werden, ist ein solcher Beginn wahrhaft tröstlich, wenn man eine solche Aufgabe vor sich hat wie ich.

Wenn du, lieber Leser, etwas von der vornehmen Welt weißt, hast du sicher von den drei schönen Herncastle-Töchtern gehört: Miss Adelaide, Miss Caroline und Miss Julia – letztgenannte die jüngste, und, nach meiner Meinung, die am besten gelungene der drei Schwestern –, denn das zu beurteilen hatte ich reichlich Gelegenheit, wie man gleich sehen wird. Als Page trat ich in den Dienst des alten Lords, ihres Vaters (der uns bei dieser Diamantengeschichte gottlob nichts angeht; übrigens war er der reizbarste und schwatzhafteste Mensch, der mir je begegnet ist). Wie gesagt, ich trat also im Alter von fünfzehn Jahren als Page in seinen Dienst, und zwar zur Bedienung der drei jungen Damen. Und so blieb es, bis Miss Julia den nachmals verstorbenen Sir John Verinder heiratete. Er war ein vortrefflicher Mann, doch brauchte er eine Frau, die ihn lenkte, und – unter uns gesagt – die hat er gefunden, aber was noch mehr ist: er gedieh, wurde fett dabei und war glücklich von dem Tage an, als meine Herrin mit ihm zur Trauung fuhr, bis zu dem Tage, an dem sie ihm nach seinem letzten Atemzug für immer die Augen schloß.

Ich habe zu sagen vergessen, daß ich mit der Braut in das Haus und auf die Güter ihres künftigen Gemahls gekommen bin. »Sir John«, sagte sie, »ohne Gabriel Betteredge kann ich nicht auskommen.« »Mylady«, sagte Sir John, »ich auch nicht.« Das war so seine Art ihr gegenüber – und so kam ich in seinen Dienst. Mir war es einerlei, wohin ich ging, solange meine Herrin und ich beisammen blieben.

Als ich sah, daß meine Herrin sich für die Arbeit im Freien, auf Meiereien und dergleichen, interessierte, tat ich es auch, zumal ich ja selbst der siebente Sohn eines Kleinbauern bin. Meine Herrin unterstellte mich dem Gutsverwalter, ich machte meine Arbeit, so gut ich konnte, man war zufrieden, und ich brachte es weiter. Es war ein paar Jahre später, ein Montag, wenn ich nicht irre. Meine Herrin sagte: »John, dein Gutsverwalter ist ein dummer alter Mann. Schicke ihn in den wohlverdienten Ruhestand und setze Gabriel Betteredge an seine Stelle!« Am Dienstag, wenn ich nicht irre, sagte Sir John: »Der Gutsverwalter hat seinen wohlverdienten Ruhestand und Gabriel Betteredge hat seine Stelle.«

Geneigter Leser, man hört mehr als genug von Eheleuten, die schlecht miteinander leben. Hier ist ein Beispiel für das Gegenteil. Möge es manchen zur Warnung, anderen zur Ermutigung dienen …

Indessen will ich mit meiner Geschichte fortfahren. Da saß ich denn in der Wolle, wird mein Leser sagen. Ich hatte also einen Vertrauensposten, der mir zur Ehre gereichte, und dazu ein eigenes Häuschen, morgens meine Dienstrunde auf den Gütern, nachmittags meine Buchführung, und abends meine Pfeife und meinen *Robinson Crusoe*. Was in der Welt brauchte ich noch zu meinem Glück? Man bedenke, was Adam wollte, als er allein war im Garten Eden – und wenn man seinen Wunsch nicht rügt, so darf man auch meinen nicht rügen.

Das Frauenzimmer, auf das ich mein Auge geworfen hatte, war jenes, welches mir in meinem Häuschen den Haushalt versah. Sie hieß Selina Goby. Was die Wahl einer Frau betrifft, so hatte der selige William Cobbett sicher recht: Schau, ob sie beim Essen gut kaut und beim Gehen den Fuß fest aufsetzt – dann ist sie in Ordnung. Insoweit stimmte alles bei Selina Goby. Doch gab es noch einen zweiten Grund, daß ich sie zur Frau nahm, und zwar einen ganz persönlichen: So wie es war, mußte ich für Selina jede Woche Kost und Arbeit bezahlen; Selina als meine Frau konnte nichts für ihre Kost verlangen und mußte umsonst für mich arbeiten. Das war also mein Gesichtspunkt, von dem aus ich die Heirat betrachtete: Sparsamkeit mit einem Anflug von Liebe. In diesem Sinne trug ich die Sache meiner Herrin vor.

»Ich habe mir das Ganze durch den Kopf gehen lassen«, sagte ich, »und ich glaube, Mylady, es ist billiger, Selina zu heiraten als sie zu erhalten.«

Meine Herrin lachte hell auf und sagte, sie wisse nicht, worüber sie sich mehr entrüsten sollte – über meine Worte oder über meine Grundsätze. Aber vermutlich amüsierte sie etwas daran, das nur Personen von Rang verstehen, nicht aber unsereiner. Ich begriff bloß, daß es mir freistand, zu Selina zu gehen und ihr die Sache vorzulegen, was ich auch tat. Und was sagte Selina dazu? Gerechter Gott! Wie wenig muß einer von Frauen verstehen, wenn er so fragt! Natürlich sagte sie: »Ja.«

Als die Zeit herankam und man mir sagte, ich müßte mir für die Hochzeit einen neuen Rock besorgen, begannen mich Zweifel zu quälen. Ich habe mittlerweile meine damaligen Gefühle mit den Gefühlen anderer Männer verglichen. Wie war ihnen zumute, als sie in der gleichen Situation waren wie ich? Zugegebenerweise haben sie sich alle – ungefähr eine Woche bevor es passieren sollte – insgeheim gewünscht, aus der ganzen Sache wieder auszusteigen. Was mich betrifft, so ging ich sogar ein wenig weiter: Ich lehnte mich gegen den drohenden Zwang auf, ich versuchte loszukommen, nicht ohne Kosten versteht sich, denn dazu bin ich zu gerecht. Warum sollte sie mich freigeben, ohne etwas dafür zu bekommen? Entschädigung für die Frau, wenn der Mann frei sein will, ist ein Gesetz in England. Ich wollte dieses Gesetz achten. Nach wohlweislichem Überlegen bot ich Selina Goby ein Federbett und fünfzig Shilling – das ist doch ein Geschäft! Es ist kaum zu glauben, aber wahr – sie war töricht genug, es abzulehnen.

Damit stürzten für mich alle Hoffnungen zusammen. Ich kaufte den neuen Rock – so billig wie möglich. Auch bei allem übrigen kam ich ganz gut durch. Wir waren kein glückliches Paar, doch auch kein unglückliches – beides hielt sich die Waage. Wieso es immer wieder passierte, weiß ich nicht: trotz allem guten Willen waren wir einander ständig im Wege. Wollte ich die Treppe hinauf, kam meine Frau gerade herunter, und wollte meine Frau herunter, ging ich gerade hinauf. So ist es einmal in der Ehe – meiner Erfahrung nach.

Fünf Jahre lang stießen wir jedesmal auf der Treppe zusammen. Da gefiel es der allweisen Vorsehung, meine Frau von mir zu nehmen und uns dergestalt voneinander zu befreien. Ich blieb allein mit meinem Töchterchen Penelope, meinem einzigen Kind. Bald danach starb Sir John, und meine Herrin blieb allein mit ihrem Töchterchen Rachel, ihrem einzigen Kind. Ich habe bis jetzt zu wenig von meiner guten Herrin gesprochen. Selbstverständlich hat sie sich meines Kindes angenommen, immer ein Auge auf Penelope gehabt, sie zur Schule geschickt und sie etwas lernen lassen. So ist ein kluges Mädchen aus ihr geworden, und als sie alt genug war, hat meine Herrin sie zu Miss Rachels Zofe gemacht.

Was mich betrifft, so blieb ich weiterhin Gutsverwalter, jahrelang, bis Weihnachten 1847. An diesem Tag änderte sich mein Leben mit einem Mal: meine Herrin hatte sich zu einer Tasse Tee bei mir eingeladen, und bei dieser Gelegenheit sagte sie mir, ich sei nun länger als fünfzig Jahre in ihrem Dienst, gerechnet von dem Tag, an dem ich als Page ins Haus gekommen war. Und sie übergab mir eine schöne Wollweste – sie hatte sie selbst gestrickt –, die mich bei bitterkaltem Winterwetter warm halten sollte.

Ich nahm dieses prächtige Geschenk entgegen und konnte keine Worte finden, meiner Herrin für die mir erwiesene Ehre zu danken. Zu meinem großen Erstaunen stellte sich jedoch heraus: mit dieser Wollweste wollte sie mich nicht ehren, sondern bestechen. Meine Herrin hatte nämlich früher als ich selbst bemerkt, daß ich alt geworden war, und sie war zu mir gekommen, um mich (wenn ich so sagen darf) zu beschwatzen, meine harte Arbeit im Freien aufzugeben und es mir für den Rest meiner Tage als Verwalter im Hause bequem zu machen. Ich wehrte mich, so gut ich konnte, gegen die Schmach eines bequemen Daseins. Meine Herrin jedoch tat so, als sei dies zu ihrem eigenen Vorteil, sie kannte ja meine schwache Seite. Unser Wortstreit endete damit, daß ich alter Dummkopf mir mit der neuen

Wollweste die Augen trocknete und sagte, ich würde es mir überlegen.

Verwirrt wie ich war (weil ich es mir überlegen sollte), griff ich, als ich wieder allein war, nach jenem Heilmittel, welches in Zweifel und Nöten noch nie versagt hat: ich rauchte eine Pfeife und blätterte in *Robinson Crusoe.* Keine fünf Minuten hatte ich dieses außerordentliche Buch in der Hand gehabt, da stieß ich auf folgende tröstliche Stelle (Seite einhundertachtundfünfzig): *Heute lieben wir, was wir morgen hassen.* Mein Weg lag klar vor mir. Heute wollte ich Gutsverwalter bleiben, morgen aber, laut *Robinson Crusoe*, würde ich ganz anders denken. Daher sagte ich mir: Entscheide dich heute, solange du bei Stimmung bist! Und damit war's getan. Auf diese Weise beruhigt, schlief ich an diesem Abend als Lady Verinders Gutsverwalter ein und wachte am nächsten Morgen als Lady Verinders Hausverwalter auf – und dies alles dank *Robinson Crusoe!*

Meine Tochter Penelope guckt mir gerade über die Schulter und will sehen, was ich bis jetzt zustande gebracht habe. Sie meint, es sei schön geschrieben, und jedes Wort davon sei wahr. Einen Einwand hat sie allerdings: Was ich bis jetzt geschrieben habe, sei gar nicht das, was man von mir wolle. Sie hat recht. Ich soll ja die Geschichte des Diamanten erzählen, und nicht meine eigene. Dies zu erklären, geht zwar über meinen Horizont – aber neugierig wäre ich, ob den Herren, die vom Bücherschreiben leben, ihrem Thema auch das eigene Ich in den Weg kommt – genauso wie mir. Wenn ja, so haben sie mein Verständnis. Und jetzt habe ich schon wieder falsch angefangen und gutes Schreibpapier vergeudet. Was tun? Nichts will mir einfallen, außer: du, lieber Leser, darfst jetzt nicht ungeduldig werden – und ich fange nochmals von vorne an, zum dritten Mal.

III

Ich habe auf zweierlei Weise versucht, die Frage des richtigen Anfangs zu lösen: Erstens, indem ich mir den Kopf kratzte, was zu nichts geführt hat, und zweitens, indem ich meine Tochter

Penelope zu Rate zog, wodurch ich auf eine ganz neue Idee gekommen bin.

Penelope meint nämlich, ich soll einfach niederschreiben, was alles geschehen ist, schön der Reihe nach, und mit jenem Tag beginnen, an welchem wir Mr. Franklin Blake zu Besuch erwarteten. Wenn man sein Gedächtnis so auf ein bestimmtes Datum fixiert, ist es erstaunlich, was es alles durch diesen Zwang zurückruft. Schwierig ist fürs erste nur, das Datum festzustellen. Das will aber Penelope für mich tun, mit Hilfe ihres Tagebuchs, das sie schon seit der Schulzeit führt. Auf meinen – noch besseren – Vorschlag, daß nämlich sie, und nicht ich, die Geschichte erzählen soll, und zwar an Hand ihres Tagebuchs, hat sie mir mit rotem Gesicht und zornigem Blick erklärt: Ihr Tagebuch sei nur für sie selbst da, keine Menschenseele sollte je erfahren, was da drinnen stehe. »Penelope, was soll das heißen?« habe ich gesagt.

»Ach, nur dummes Zeug, Vater!«

»Hm, Liebesgeschichten also!«

Wenn ich nun nach Penelopes Plan beginne, muß es so sein: An einem Mittwochmorgen, wir schrieben den vierundzwanzigsten Mai achtzehnhundertachtundvierzig, ließ mich meine Herrin zu ungewohnter Stunde zu sich rufen.

»Gabriel«, hat sie gesagt, »ich habe eine Nachricht, die Sie überraschen wird: Franklin Blake ist aus dem Ausland zurück. Er hält sich jetzt bei seinem Vater in London auf und kommt morgen für ein paar Wochen her, denn er will Rachels Geburtstag mit uns feiern.«

Wäre ich mit dem Hut in der Hand dagestanden, hätte mich nur der Respekt vor meiner Herrin davon abhalten können, ihn vor Freude hochzuwerfen, bis an die Zimmerdecke. Ich hatte nämlich Mr. Franklin, seit er als Kind bei uns gewesen war, nicht mehr gesehen. Und zudem sei er – meiner Erinnerung nach – der reizendste Junge, der sich je in unserm Hause umgetrieben habe, sagte ich zu Miss Rachel, die ebenfalls zugegen war. Sie aber meinte, ihrer Erinnerung nach sei er der abscheulichste Despot von ganz England. Er quäle Puppen und treibe kleine Mädchen beim Pferdchenspielen so an, daß sie erschöpft zusammenbrechen. »Ich zittere vor Entrüstung und keuche vor

Ermüdung, wenn ich an ihn nur denke!« war Miss Rachels abschließendes Urteil.

Natürlich wird mich der Leser fragen, warum Mr. Franklin die Jahre danach außer Landes zugebracht hat. Meine Antwort ist: weil sein Vater das Unglück hatte, nächster Erbe einer Herzogswürde zu sein, und dies nicht beweisen konnte.

Kurzum, die Sache war so: Die älteste Schwester meiner Herrin hatte den sattsam bekannten Mr. Blake geheiratet, der wegen seines unerhörten Reichtums und seines aufsehenerregenden Prozesses in ganz England Gesprächsstoff lieferte. Wie viele Jahre hindurch er die Gerichte seines Landes behelligte, um den Herzog abzusetzen, sich selbst aber einzusetzen, wie vieler Advokaten Geldbörsen er bis zum Bersten füllte und wie viele ansonsten arglose Menschen er dazu brachte, daß sie miteinander stritten, ob er recht oder unrecht habe – all das ergäbe eine so lange Liste, daß ich sie hier nicht anführen kann. Ehe die Gerichte soweit waren, daß sie ihn endgültig abwiesen und ihm kein Geld mehr abnahmen, waren mittlerweile seine Frau und zwei seiner drei Kinder gestorben. Damit war also endlich alles vorbei, dem Herzog verblieben Titel und Besitz. Doch Mr. Blake fand, er könnte die ihm widerfahrene Behandlung nur dann seinem Vaterland heimzahlen, wenn er die Erziehung seines einzigen Kindes, was zweifellos eine Ehre war, einem andern Land überließ. »Wie kann ich den heimischen Einrichtungen vertrauen – nach allem, wie man mich hier behandelt hat?« – so oder ähnlich drückte er sich aus. Außerdem mochte er kleine Jungen nicht, auch bei seinem eigenen machte er da keine Ausnahme. So gab es natürlich nur einen Ausweg: Master Franklin wurde uns Engländern entzogen und jenen Einrichtungen überantwortet, welchen sein Vater vertrauen konnte, und zwar in einem ganz vorzüglichen Land, nämlich Deutschland. Wohlgemerkt, Mr. Blake selbst blieb in England, er wollte ja seine Landsleute im Parlament zu ihrem Vorteil verändern und zudem – was den Herzog betraf – den Tatbestand schriftlich niederlegen und veröffentlichen, was bis heute nicht geschehen ist.

Gottlob, das wäre erzählt! Wir müssen uns über Mr. Blake senior nicht mehr den Kopf zerbrechen. Überlassen wir ihm die

Sache mit dem Herzogtum, wir aber wollen beim Diamanten bleiben. Der bringt uns wieder zu Mr. Franklin zurück: er war nämlich der schuldlose Überbringer des verderbenbringenden Steins.

Unser lieber Junge lebte zwar im Ausland, hatte uns aber nicht vergessen. Ab und zu schrieb er einen Brief, einmal an meine Herrin, einmal an Miss Rachel, einmal an mich. Vor seiner Abreise hatte es zwischen uns beiden etwas gegeben, es war kein Geschäft gewesen, nein: er hatte sich nämlich von mir einen Knäuel Bindfaden, ein Messer mit vier Klingen und sieben Shilling Sixpence geborgt, welches Geld ich seither nie mehr gesehen habe und wohl auch nie wiedersehen werde. In seinen Briefen an mich war hauptsächlich davon die Rede, daß er noch mehr Geld von mir borgen möchte; doch wie es ihm im Ausland erging, wie er an Jahren und Größe zunahm – das erfuhr ich immer von meiner Herrin. Nachdem er gelernt hatte, was deutsche Schulen ihn lehren konnten, kamen französische und hernach italienische an die Reihe. Und alle zusammen machten aus ihm eine Art Universalgenie – so jedenfalls würde ich es nennen. Denn er schriftstellerte ein wenig, er malte ein wenig, er sang, komponierte und schauspielerte ein wenig – und vermutlich borgte er sich immer wieder von anderen Leuten Geld aus, so wie er es sich seinerzeit von mir ausgeborgt hatte. Das Vermögen seiner Mutter (siebenhundert Pfund pro Jahr) fiel ihm zu, als er mündig wurde, und zerrann ihm zwischen den Fingern. Je mehr er hatte, desto mehr brauchte er, in seiner Tasche war ein Loch, das man nicht zunähen konnte. Wo immer er hinkam, machte ihn seine lebhafte und unbekümmerte Art gleich beliebt. Er lebte bald hier, bald dort – er lebte überall, und seine Adresse sei, wie er immer sagte, »Europa, poste restante«. Zweimal wollte er nach England zurückkehren und uns besuchen, und zweimal stand (mit Verlaub gesagt) ein unnennbares Weibsstück ihm dabei im Weg und hinderte ihn daran. Sein dritter Versuch gelang – aber mein Leser weiß ja schon, daß meine Herrin es mir gesagt hatte. Am Donnerstag, dem fünfundzwanzigsten Mai also, sollten wir sehen, was aus unserm lieben Jungen geworden war: nach unserer Rechnung mußte er jetzt fünfundzwanzig Jahre alt sein – ein vielseitig begabter junger Mann aus gutem Hause. Jetzt weiß der Leser genausoviel von ihm wie ich von ihm damals wußte.

Jener Donnerstag war der schönste Sommertag, den man sich denken kann; meine Herrin und Miss Rachel, die Mr. Franklin erst am Abend erwarteten, waren zum Mittagessen bei Freunden in der Nachbarschaft eingeladen.

Als sie fortgefahren waren, ging ich in das für unsern Gast vorgesehene Schlafzimmer und sah nach, ob alles in Ordnung war; und da ich als Hausverwalter nicht nur Butler, sondern auch Kellermeister war (auf eigenes Ersuchen, wohlgemerkt – es hätte mich nämlich geärgert, wäre der Schlüssel zum Keller des verewigten Sir John in anderen Händen gewesen), holte ich ein paar Flaschen von unserm Latour herauf und stellte sie in die warme Sommerluft, damit noch vor dem Dinner der Rotwein die Kellerkühle verliere. Hernach wollte ich mich selbst in die warme Sommerluft begeben – was für alten Rotwein gut ist, tut auch alten Knochen gut –, nahm einen Stuhl aus Strohgeflecht und war gerade auf dem Weg in den Hinterhof. Da hielt mich ein Geräusch zurück, es klang wie gedämpftes Trommeln und kam von der Vorderseite des Hauses.

Sofort ging ich in diese Richtung, zur Terrasse hin, und fand dort drei Inder vor: mahagonifarben, in Kitteln und Hosen aus weißem Leinen. Sie blickten zu den Fenstern empor. Und als ich näherkam, bemerkte ich, daß jeder eine kleine Handtrommel um den Hals hängen hatte. Hinter ihnen stand ein zarter, blonder Knabe, offenbar ein kleiner Engländer, in der Hand einen Reisesack. Ich hielt die Kerle für herumziehende Zauberkünstler, deren Geräte der Kleine tragen mußte. Einer der drei konnte Englisch. Er hatte wirklich die besten Manieren und bat in höflichen Worten, der Dame des Hauses Zauberkünste zeigen zu dürfen. Meine Vermutung war also richtig gewesen.

Nun, ich bin kein Griesgram und gern für jede Kurzweil zu haben – zudem bin ich sicher auch der letzte, der einem andern mißtraut, weil er zufällig ein bißchen dunkler ist als ich. Aber die Besten von uns haben Schwächen – und meine Schwäche ist:

wenn ich weiß, daß der Korb mit Familiensilber auf der Anrichte herumsteht, muß ich sofort daran denken, sobald ich eines herumziehenden Unbekannten ansichtig werde – dessen Manieren noch dazu den meinen überlegen sind! Daher teilte ich dem Inder mit, daß die Dame des Hauses nicht anwesend sei und forderte ihn und seine Begleiter auf, den Park zu verlassen. Statt einer Antwort verbeugte er sich, und dann gingen sie alle. Ich meinerseits kehrte zu meinem Stuhl aus Strohgeflecht zurück und ließ mich auf der sonnigen Seite des Hofs nieder. Um die Wahrheit zu gestehen: ich fiel nicht gerade in Schlaf, doch in einen ihm ähnlichen Zustand.

Meine Tochter Penelope schreckte mich auf. Sie kam dahergerannt, als stünde das Haus in Flammen. Und warum? Die drei Inder sollte man auf der Stelle verhaften lassen – ja, das wollte sie! –, sie wüßten nämlich, wen wir aus London erwarteten, sie hätten etwas Schlimmes mit Mr. Franklin vor.

Der Name machte mich vollkommen wach. Mit aufgerissenen Augen verlangte ich von Penelope, mir die Sache zu erklären.

Penelope war also beim Pförtnerhaus gewesen und hatte dort mit der Tochter des Pförtners geplaudert. Beide Mädchen hatten die Inder und den Knaben fortgehen sehen. Irgendwie hatten die Mädchen das Gefühl gehabt, daß die Inder ihn schlecht behandelten. Daher hatten sie entlang der Hecke, die den Park von der Landstraße trennt, die Inder heimlich verfolgt und sie beobachten wollen. Dabei wurden sie Zeugen einer ungewöhnlichen Szene, die ich kurz nacherzähle:

Zuerst blickten die Inder auf der Landstraße nach allen Richtungen und vergewisserten sich, daß sie allein waren. Dann machten sie kehrt und starrten wie gebannt auf unser Haus, dann schnatterten und stritten sie miteinander in ihrer Sprache und sahen einander fragend an, als wären sie über irgend etwas im ungewissen, dann wandten sie sich alle an den Knaben, als könnte er ihnen helfen, und dann befahl ihm der Anführer, der Englisch konnte: »Streck die Hand aus!«

Bei diesen Worten – so versicherte mir Penelope – sei sie sehr erschrocken, das Herz im Leibe sei ihr fast zersprungen. Insgeheim sagte ich mir, wahrscheinlich habe ihr Korsett dies gerade noch verhindert. Laut sagte ich: »Du machst mich schaudern.« (*Notabene:* Frauenzimmer haben es gern, wenn man ihnen auf solche Weise seine Bewunderung ausdrückt.)

Nun, als der Inder befahl: »Streck die Hand aus!« schreckte der Knabe zurück, schüttelte den Kopf und sagte, er habe keine Lust dazu. Daraufhin fragte ihn – gar nicht unfreundlich – der Inder, ob er denn nach London zurückgeschickt werden möchte, wo man ihn gefunden hätte: ein hungriges, verwildertes und verlassenes Kind, schlafend, in einem leeren Korb, auf einem Jahrmarkt. Anscheinend hat ihn dies gefügig gemacht, denn er streckte die Hand aus, obschon widerwillig. Und der Inder zog aus seinem Gewand eine Flasche und goß in die hohle Hand eine schwarze Flüssigkeit, wie Tinte. Er berührte dabei den Knaben am Kopf, machte Zeichen in die Luft und sagte: »Paß gut auf!« Der Junge erstarrte, stand da wie eine Statue und sah auf die Tinte in der hohlen Hand.

(Bis dahin schien mir Penelopes Geschichte zu beweisen, daß dies alles reine Gaukelei war, verbunden mit sinnloser Vergeudung von Tinte. Ich begann, wieder schläfrig zu werden. Da rüttelten mich Penelopes nächste Worte gleich wieder wach.) Es hatte sich folgendes ereignet:

Die Inder blickten nochmals nach allen Richtungen um sich, und dann sagte der Anführer zu dem Knaben: »Siehst du den Engländer, der aus dem Ausland kommt?«

»Ja«, sagte er, »ich sehe ihn.«

»Wird er heute auf dieser Landstraße – und nicht etwa auf einer andern – zu dem Haus dort drüben kommen?«

»Ja, auf dieser Straße.«

Der Inder wartete ein wenig, dann stellte er die zweite Frage: »Hat er ihn bei sich?«

Der Knabe wartete ebenfalls ein wenig, dann sagte er: »Ja.«

Der Inder stellte eine dritte und letzte Frage: »Wird er, so wie ausgemacht, gegen Tagesende herkommen?«

»Das kann ich nicht sagen.«

Der Inder wollte wissen warum.

»Ich bin müde«, sagte der Knabe. »In meinem Kopf steigt es

wie Nebel auf, es verwirrt mich, ich kann heute nichts mehr sehen.«

Damit war die Befragung zu Ende. Der Anführer redete jetzt mit den beiden anderen, und zwar in dieser fremden Sprache. Dabei deuteten sie bald auf den Knaben, bald in die Richtung von Frizinghall, jenem Städtchen, in welchem sie (wie wir nachher erfuhren) ihre Unterkunft hatten. Dann machte er wieder seltsame Zeichen über dem Kopf des Knaben, hauchte seine Stirn an und brachte ihn auf diese Weise wieder zu sich. Nun endlich gingen sie auf der Landstraße weiter, dem Städtchen zu, und wurden nicht mehr gesehen.

Es heißt, man könne aus allen Dingen im Leben eine Lehre ziehen, man müsse nur danach suchen. Welche Lehre also ergab sich aus dieser Geschichte?

Ich kam zu folgendem Schluß: Erstens, der Anführer der Inder hatte draußen im Park die Dienstboten belauscht: sie hatten über die bevorstehende Ankunft Mr. Franklins gesprochen, und er wollte bei dieser Gelegenheit ein bißchen zu Geld kommen. Zweitens, die drei Inder und der Knabe gedachten (zu obigem Zweck) sich in der Nähe des Hauses herumzutreiben, meine Herrin abzuwarten und ihr dann – als Zauberkunststück – Mr. Franklins Ankunft zu prophezeien. Drittens, was Penelope gehört und gesehen hatte, war Hokuspokus, den sie proben mußten so wie Schauspieler ein Stück. Viertens, wahrscheinlich täte ich gut daran, an diesem Abend ein Auge auf das Familiensilber zu haben. Fünftens, wahrscheinlich täte Penelope gut daran, sich zu beruhigen, und mich, ihren alten Vater, in der Sonne dösen zu lassen.

Das schien mir eine vernünftige Auffassung. Wer jedoch weiß, wie junge Mädchen sind, wird sich nicht wundern, daß Penelope meine Auffassung nicht teilte. Ihrer Meinung nach sollte ich aus der Geschichte eine andere Lehre ziehen, die Sache sei ernst. Sie erinnerte mich insbesondere an die zweite Frage des Inders: »Hat er ihn bei sich?«

Penelope faltete bittend die Hände. »Ach, Vater«, sagte sie, »was bedeutet das Wort ›ihn‹?«

»Liebes Kind, wir werden Mr. Franklin selbst fragen – sofern du bis dahin deine Ungeduld bezähmst«, sagte ich und zwinkerte dabei mit den Augen, ihr zu zeigen, daß es ein Scherz war. Penelope nämlich nahm die Sache ernst, und das erheiterte mich. »Was in aller Welt kann Mr. Franklin davon schon wissen?«

»Du mußt ihn fragen, Vater, und dann wirst du sehen, ob er die Sache auch für so komisch hält wie du!« Damit verließ mich meine Tochter.

Ich nahm mir vor, Mr. Franklin diesbezüglich zu fragen – in erster Linie, um Penelope zu beruhigen. Was dann zwischen ihm und mir gesprochen wurde, als ich ihn noch am selben Tag fragte, wird mein Leser an späterer Stelle finden. Ich will ihn aber nicht zu sehr auf die Folter spannen, daher erlaube ich mir, bevor ich in meinem Bericht fortfahre, schon jetzt zu sagen, daß er in diesem Gespräch über die Gaukler gar nichts Komisches finden wird, die Sache war wirklich nicht zum Lachen. Zu meiner Überraschung nahm nämlich Mr. Franklin – wie Penelope – die Sache sehr ernst – wie ernst, wird der Leser erst verstehen, wenn ich ihm verrate, daß Mr. Franklin erklärte, mit »ihn« sei der Monddiamant gemeint.

IV

Es tut mir wirklich leid, den Leser mit Kleinigkeiten aufzuhalten: ein schläfriger Alter, auf einem Stuhl aus Strohgeflecht, in einem sonnigen Hof – all das ist kein interessanter Gegenstand, dessen bin ich mir bewußt. Aber die Ereignisse müssen in der entsprechenden Reihenfolge festgehalten werden – und daher muß ich den Leser bitten, sich noch ein Weilchen mit mir zu beschäftigen: was ich tat, während ich Mr. Franklin erwartete, der am Abend dieses Tages eintreffen sollte.

Ehe ich noch Zeit hatte, auf meinem Stuhl wieder einzunikken, störte mich das Geklapper von Tellern und Schüsseln im Domestikenzimmer, was besagte, daß unser Essen bereitstand. Ich war gewohnt, meine Mahlzeiten in meinem eigenen Zimmer einzunehmen, daher ging mich die Sache nichts an. So wünschte ich der ganzen Runde guten Appetit und machte mir's hernach wieder auf meinem Stuhl bequem. Eben streckte ich die Beine aus, da stürzte schon wieder ein Frauenzimmer in den Hof heraus – diesmal nicht meine Tochter, sondern Nancy, das Küchenmädchen. Ich saß ihr im Weg, und als sie mich bat, sie vorbeizulassen, fiel mir auf, wie mürrisch sie dreinsah, was ich, als Vorgesetzter aller Domestiken, grundsätzlich nicht dulde – so ich den Grund nicht kenne.

»Nancy, warum läufst du vom Essen weg? Was ist los?«

Sie versuchte, mir ohne Antwort zu entwischen, worauf ich aufstand und sie beim Ohr packte. Auf diese Weise nämlich zeige ich den Mädchen immer mein Wohlgefallen: auch Nancy ist ein liebes, rundliches Ding.

»Was ist los?« fragte ich noch einmal.

»Rosanna kommt wieder zu spät zum Essen. Ich soll sie holen. In diesem Hause wird immer mir alles Schwere aufgebürdet. Lassen Sie mich los, Mr. Betteredge!«

Genannte Rosanna war unser zweites Hausmädchen. Irgendwie dauerte sie mich (warum, wird der Leser gleich erfahren), und da ich es Nancy am Gesicht ablesen konnte, daß sie Rosanna wahrscheinlich mit härteren Worten als nötig zurückholen würde, fiel mir ein, daß ich ohnedies nichts Bestimmtes vorhatte und sie ebensogut selbst holen und dabei ermahnen konnte, künftig pünktlich zu sein. Mir würde sie das nicht übelnehmen, dachte ich im stillen.

»Wo ist Rosanna?« fragte ich nochmals.

»Am Strand natürlich«, sagte Nancy und warf den Kopf hoch. »Heute morgen ist sie wieder einmal ohnmächtig geworden und hat daher gebeten, an die frische Luft zu dürfen. Ich kann sie einfach nicht ausstehen!«

»Geh essen, mein Kind! Du weißt – ich mag sie gut leiden. Ich werde sie holen.«

Nancy, die immer bei Appetit ist, sah zufrieden aus, und wenn sie zufrieden ist, sieht sie hübsch aus, und wenn sie hübsch aussieht, fasse ich sie immer unterm Kinn. Das ist keine Unmoral – das ist nur Gewohnheit. Ich nahm also meinen Stock und machte mich auf den Weg zum Strand.

Nein, noch nicht! Leider muß ich dich, lieber Leser, wieder mit anderen Dingen aufhalten, denn ich will dir zuerst von diesem Sandstrand erzählen und danach von Rosanna – beide Geschichten nämlich haben etwas mit dem Diamanten zu tun. So sehr ich mich auch bemühe, in meinem Bericht nicht zu stocken, so schlecht gelingt es mir! Aber du wirst mich verstehen: es gibt in unserm Leben Sachen und Personen, mit denen man sich ärgerlicherweise abfinden muß, man ist gezwungen, davon Notiz zu nehmen. Machen wir's uns leicht und fassen wir uns kurz, bald werden wir mitten in unserer geheimnisvollen Geschichte sein, das verspreche ich dir, lieber Leser!

Rosanna (um die Person der Sache voranzustellen, was ein Gebot der Höflichkeit ist) war das einzige neue Dienstmädchen in unserm Haus. Etwa vier Monate vor der Zeit, über die ich berichte, war meine Herrin in London gewesen und hatte dort eine Besserungsanstalt besucht, in der man gestrauchelte Frauenspersonen davor bewahren will, nach der Entlassung aus dem Gefängnis gleich wieder rückfällig zu werden. Meine Herrin zeigte sich an der Sache interessiert, und daher machte die Hausmutter sie auf ein Mädchen mit Namen Rosanna Spearman aufmerksam, dessen höchst trostlose Geschichte ich lieber nicht wiederhole, denn ich mag weder mich noch meinen Leser traurig stimmen. Kurzum, Rosanna Spearman war eine Diebin gewesen, und da sie nicht zu jenen Leuten gehörte, welche in der City Handelsgesellschaften gründen und statt bloß einen einzigen Menschen Tausende von Menschen bestehlen, geriet sie in den Griff des Gesetzes, und dem Gesetz folgten Gefängnis und Besserungsanstalt. Rosanna hatte etwas auf dem Kerbholz, aber die Hausmutter hielt sie für eine Ausnahme: sie bedürfe nur einer Gelegenheit und sie würde das Vertrauen einer christlich denkenden Dame sicher nicht enttäuschen. Meine Herrin, eine wirklich christlich denkende Dame, erwiderte darauf: »Rosanna Spearman soll in meinen Dienst treten, ich werde ihr diese Gelegenheit geben.« Eine Woche später kam sie als zweites Hausmädchen zu uns.

Miss Rachel und mich ausgenommen, erfuhr keine Menschenseele etwas von Rosannas Geschichte. Meine Herrin, die mir die Ehre gab, sich fast immer mit mir zu beraten, beriet sich auch über Rosanna mit mir. Da ich zuletzt – genauso wie der selige Sir John – es mir angewöhnt hatte, ihr immer zuzustimmen, stimmte ich ihr auch, was Rosanna betraf, auf das lebhafteste zu.

Eine bessere Gelegenheit hätte dieses arme Ding sonst nirgends finden können. Niemand unter den Dienstboten konnte ihr das vergangene Leben vorwerfen, denn niemand wußte etwas davon. Sie hatte ihren Lohn und ihre Vergünstigungen – so wie alle anderen –, und ab und zu bekam sie ein freundliches Wort von meiner Herrin zu hören, unter vier Augen natürlich, das sie ermuntern sollte. Dafür zeigte sie sich aber auch dieser guten Behandlung durchaus würdig. Sie war zwar nicht kräftig und gelegentlich von den bereits erwähnten Ohnmachtsanfällen geplagt, aber sie führte sich sittsam auf und arbeitete gut und sorgfältig. Allerdings gelang es ihr nicht, sich den anderen Mädchen, die hier dienten, anzuschließen – meine Tochter Penelope ausgenommen, die zwar immer freundlich, doch nie befreundet mit Rosanna war.

Eigentlich weiß ich nicht, warum das Mädchen den anderen mißfiel. Denn ihr Äußeres konnte keinen Neid erwecken – von allen Mädchen im Haus war sie am reizlosesten und hatte zudem noch das Unglück, mit einer schiefen Schulter behaftet zu sein. Was die anderen vielleicht am meisten an ihr störte, war ihre verschlossene und zurückhaltende Art. In den Mußestunden, wenn alle schwatzten, las oder arbeitete sie. Hatte sie Ausgang, setzte sie immer wortlos den Hut auf und ging ganz allein fort. Nie zankte sie sich mit den anderen, nie nahm sie ihnen etwas übel, sie hielt nur Abstand von ihnen, höflich und unnachgiebig. Dazu kam noch, daß sie jenes gewisse Etwas besaß, das mehr zu einer Dame als zu einem Dienstmädchen paßt, so unscheinbar sie auch aussah. Lag es vielleicht an ihrer Stimme? Vielleicht an ihrem Gesicht? Ich kann nur eines sagen: schon am Tag, als sie herkam, zogen die anderen Mädchen über sie los und behaupteten (was wirklich ungerecht war), Rosanna Spearman spiele die feine Dame.

Jetzt also habe ich Rosannas Geschichte erzählt. So bleibt mir nur noch über die vielen Sonderlichkeiten dieses seltsamen Wesens zu berichten – und dann werde ich auf den Sandstrand zu sprechen kommen.

Unser Haus liegt nämlich auf einer Anhöhe über dem Meer, an der Küste von Yorkshire. Wir haben hier wunderschöne Spaziergänge, nach allen Richtungen, eine ausgenommen, nämlich zum Meer hin. Es ist ein scheußlicher Weg dorthin: zunächst eine Viertel Meile lang durch eine kümmerliche Kiefernschonung, dann an niederen Klippen vorbei in eine Bucht, die so häßlich und einsam ist wie sonst keine an unserer Küste.

Dort reichen die Sanddünen bis ans Meer hinunter und enden bei zwei einander gegenüberliegenden Landzungen aus Fels: die eine heißt die Nordspitze, die andere die Südspitze. Dazwischen liegt der schauerlichste Triebsand der Küste von Yorkshire, eine breiige Masse, die zu bestimmten Zeiten des Jahres sich einmal landwärts, einmal meerwärts schiebt. Sooft die Flut herannaht, geht darunter, in unbekannten Tiefen, etwas vor, wodurch die ganze Kruste des Triebsands auf höchst seltsame Weise zu zittern und zu schwanken beginnt, weshalb die Leute hier vom »Zittersand« sprechen. Eine halbe Meile weiter draußen, dort, wo die Bucht sich weitet, bricht eine große Sandbank die Gewalt des Ozeans. Jahraus, jahrein, jedesmal wenn die Flut kommt, läßt das Meer seine Wellen an der Sandbank hinter sich, sacht anschwellend strömt das Wasser herein und bedeckt lautlos den Sand. Wahrlich, ein schauerlicher, gottverlassener Ort! Kein Boot wagt sich je in diese Bucht, kein Kind aus Cobb's Hole, unserm Fischerdorf, kommt je her und spielt hier. Sogar die Vögel machen, wie mir scheint, einen weiten Bogen um den »Zittersand«. Daß ein junges Mädchen trotz der Auswahl an hübschen Spaziergängen, bei denen sie immer eine Begleitung haben könnte – sofern sie nur wollte –, in seiner Freizeit ausgerechnet diesen Ort bevorzugt und dort sitzt und liest oder arbeitet, ist schier unglaublich. Und doch stimmt es, man mag darüber denken wie man will: dies also war Rosanna Spearmans Lieblingsplatz, es sei denn, sie ging nach Cobb's Hole, ihre einzige Freundin zu besuchen, von der noch die Rede sein wird. So machte ich mich also auf den Weg dorthin, das Mädchen zum Essen zu holen, und damit wären wir, lieber Leser, glücklich wieder beim Ausgangspunkt angelangt und machen uns nun ungestört auf den Weg zum »Zittersand«.

In der Kiefernschonung von Rosanna keine Spur – ich ging an den Sanddünen vorbei, kam auf den Strand, und dort sah ich sie: mit kleinem Strohhut und schlichtem grauem Umhang, den sie immer trug, ihre schiefe Schulter möglichst zu verbergen. Sie saß ganz allein und blickte auf den Triebsand und das Meer.

Ich ging auf sie zu, sie hörte mich und wandte den Kopf ab. Sie wollte mir nicht ins Gesicht sehen – was ich, als Vorgesetzter aller Domestiken, ebenfalls nie erlaube, wenn ich den Grund nicht kenne. Daher drehte ich sie herum und sah, daß sie weinte. Mein großes buntes Schnupftuch – eines von den sechs Prachtstücken, die mir meine Herrin geschenkt hatte – war gerade zur Hand. Ich zog es aus der Tasche und sagte zu Rosanna: »Komm, mein Kind, setzen wir uns zusammen dorthin! Ich will dir die Tränen trocknen und mir die Frage erlauben, warum du geweint hast.«

Wenn der geneigte Leser erst einmal so alt sein wird wie ich, wird er bemerken, wieviel mühsamer es ist als jetzt, sich im Sand niederzulassen, zumal wenn der Strand abschüssig ist. Bevor ich endlich saß, hatte Rosanna ihre Tränen schon getrocknet, mit ihrem eigenen Schnupftuch, das von minderer Qualität war als meines – billiger Kambrikbattist. Sie hatte sich beruhigt, doch sah sie sehr unglücklich drein. Als ich sie dazu aufforderte, setzte sie sich zu mir wie ein gehorsames Kind. Wenn man ein Mädchen so rasch wie möglich trösten will, muß man es auf den Schoß nehmen. Mir fiel diese goldene Regel ein – aber ach, es nützte nichts, Rosanna war nicht Nancy, daran lag es eben!

»Nun sag doch, Kind, warum bist du so traurig?«

»Wegen meiner Vergangenheit«, sagte Rosanna ruhig, »manchmal kommt sie zu mir zurück.«

»Aber, aber! Mein Kind, die Erinnerung daran ist doch ausgelöscht! Warum kannst du nicht vergessen?«

Sie legte ihre Hand auf einen meiner Rockaufschläge – ich bin nämlich ein unachtsamer alter Mann, und vom Essen und Trinken spritzt so manches auf meinen Rock. Bald dieses, bald jenes Frauenzimmer putzt dann den Fettfleck weg. Gerade tags zuvor hatte Rosanna es für mich getan, mit einer neuen Mixtur, die angeblich jeden Fleck entfernt. Das Fett war verschwunden, aber auf dem rauhen Stoff bemerkte man noch die Stelle. Dorthin zeigte Rosanna und schüttelte den Kopf.

»Der Fleck ist fort, aber die Stelle bleibt. Ja, Mr. Betteredge, sie bleibt!«

Eine Behauptung, die man überraschenderweise auf dem eigenen Rock nachprüfen kann, läßt sich natürlich schwer widerlegen. Zudem lag etwas in dem Blick dieses Mädchens, das jetzt meine besondere Teilnahme erweckte. Sie war zwar reizlos, doch hatte sie hübsche braune Augen – und die sahen mich jetzt an, mit einer gewissen Ehrfurcht vor meinem guten Ruf und meinem glücklichen Dasein – Dinge, die für sie immer unerreichbar bleiben würden, und das machte mir das Herz so schwer. Ich fühlte mich außerstande, sie zu trösten. Daher gab es nur eines für mich: sie nach Hause zurückzubringen.

»Hilf mir auf, Rosanna! Du kommst zum Essen zu spät – und ich wollte dich doch holen.«

»Sie, Mr. Betteredge?«

»Man hat Nancy dir nachgeschickt. Aber ich habe mir gedacht: Vielleicht hast du's lieber, wenn ich dich schelte – nicht Nancy.«

Statt mir aufzuhelfen, drückte mir das arme Ding verstohlen die Hand. Sie kämpfte gegen die aufsteigenden Tränen, und mit Erfolg – was ich an ihr bewunderte. »Sie sind sehr gütig, Mr. Betteredge«, sagte sie, »aber ich brauche heute kein Essen – lassen Sie mich noch ein wenig hierbleiben!«

»Warum nur bist du so gern hier? Was in aller Welt führt dich immer wieder an diesen gräßlichen Ort?«

»Es zieht mich her«, sagte das Mädchen und zeichnete mit dem Finger Figuren in den Sand. »Ich versuche wegzubleiben, aber ich kann nicht.« Und leise, als erschrecke sie der bloße Gedanke, fügte sie hinzu: »Manchmal, Mr. Betteredge, manchmal ist es mir, als erwarte mich hier mein Grab.«

»Zu Hause erwarten dich Hammelbraten und Fruchtpudding. Geh jetzt essen, Rosanna, derlei Gedanken kommen vom leeren Magen!« Ich sagte es streng, denn ich war (angesichts meines hohen Alters) entrüstet, eine Fünfundzwanzigjährige von ihrem baldigen Ende reden zu hören.

Anscheinend erfaßte sie gar nicht, was ich sagte. Sie legte mir nämlich die Hand auf die Schulter und hielt mich auf dem Platz an ihrer Seite fest.

»Mir ist, als hätte mich dieser Ort in seinen Bann gezogen«, sagte sie. »Nacht für Nacht träume ich davon, ich denke daran, wenn ich sitze und nähe. Mr. Betteredge, Sie wissen, ich bin dankbar – Sie wissen, ich bemühe mich, Ihre Güte und Lady Verinders Vertrauen zu verdienen. Aber manchmal frage ich mich, ob das Leben hier nicht zu gut und zu ruhig für ein Mädchen wie mich ist – nach allem, was ich durchgemacht habe, Mr. Betteredge –, ja, nach allem, was ich durchgemacht habe. Unter den anderen Mädchen fühle ich mich einsamer als hier, weil ich spüre, daß ich anders bin als sie. Meine Herrin weiß es nicht, auch die Hausmutter in der Besserungsanstalt weiß es nicht: rechtschaffene Menschen muß unsereiner als schrecklichen Vorwurf empfinden. Schelten Sie mich nicht, Mr. Betteredge, seien Sie gut zu mir! Ich tue doch meine Arbeit, nicht? Bitte sagen Sie meiner Herrin nicht, ich sei unzufrieden – ich bin es nicht, nur meine Gedanken sind unruhig, manchmal, aber das ist alles.« Da zuckte ihre Hand von meiner Schulter zurück, sie zeigte auf den Triebsand hinunter. »Schauen Sie doch!« rief sie. »Ist das nicht wunderbar? Ist das nicht schrecklich? Dutzende Male habe ich es schon gesehen, und immer ist es so neu für mich, als wär's das erste Mal!«

Ich sah hin. Die Flut kam, und der scheußliche Sand begann zu zittern. Sein breites braunes Angesicht erbebte, hob sich, bekam Grübchen. »Wissen Sie, was ich mir dabei vorstelle?« fragte Rosanna und packte mich wieder bei der Schulter. »Für mich sieht es aus, als wären darunter Hunderte von Menschen, die ersticken – alle winden sich und zappeln, sie wollen an die Oberfläche, doch alle sinken tiefer und tiefer, immer weiter hinab. Werfen Sie einen Stein hinein, Mr. Betteredge, werfen Sie einen Stein hinein, und wir werden sehen, wie der Sand ihn verschlingt!«

Derlei Gerede war ungesund. Ein leerer Magen wirkt auf ein

beunruhigtes Gemüt. Meine Antwort – und zwar eine ziemlich scharfe, doch im Interesse des Mädchens – lag mir schon auf der Zunge. Da riß sie mir eine Stimme, die von den Sanddünen her kam, plötzlich weg. »Betteredge!« schrie die Stimme, »wo sind Sie?«

»Hier!« rief ich zurück, ohne die mindeste Ahnung zu haben, wer mich gerufen hatte. Rosanna sprang auf und blickte in die Richtung, aus der die Stimme gekommen war. Ich wollte mich ebenfalls erheben, da verblüffte mich eine plötzliche Veränderung in Rosannas Gesicht: Es überzog sich mit einem wunderschönen Rot, wie ich es noch nie an ihr gesehen hatte. Sie strahlte förmlich, atemlos, staunend. »Oh, wer ist das?« sagte sie leise, mehr zu sich selbst als zu mir. Noch im Sitzen drehte ich mich um: Von den Dünen her kam ein junger Herr, helläugig, in einem eleganten rehfarbenen Anzug, mit Hut und Handschuhen von gleicher Farbe, eine Rose im Knopfloch, ein Lächeln auf den Lippen, das den »Zittersand« selbst zu einem Lächeln gebracht hätte – sofern so etwas möglich wäre. Ehe ich noch aufstehen konnte, ließ er sich neben mich in den Sand fallen, legte den Arm um meinen Hals – so wie es im Ausland der Brauch ist – und drückte mich so fest an sich, daß mir fast der Atem ausging.

»Lieber alter Betteredge«, rief er, »ich schulde Ihnen sieben Shilling Sixpence! Wissen Sie jetzt, wer ich bin?«

Du lieber Himmel! Da war er nun, Franklin Blake, gut vier Stunden früher als wir ihn erwartet hatten!

Ehe ich noch ein einziges Wort sagen konnte, fiel mir auf, wie Mr. Franklin, offenbar überrascht, von mir zu Rosanna aufsah. Ich folgte seinem Blick, und jetzt bemerkte ich es auch. Sie errötete noch tiefer als zuvor, weil sein Auge auf ihr haftenblieb. Da wandte sie sich rasch um und verließ uns in einer mir unerklärlichen Verwirrung. Ohne Knicks für den jungen Herrn, ohne ein Wort für mich – ganz gegen ihre Gewohnheit, denn sonst war sie das höflichste und besterzogene Dienstmädchen, das man sich vorstellen konnte.

»Ein seltsames Mädchen ist das«, meinte Mr. Franklin, »ich möchte wohl wissen, was sie an mir so befremdet?«

»Vermutlich ist es Ihr ausländisches Gehaben, Sir«, antwortete ich scherzend; ich wollte damit auf die Erziehung unseres jungen Herrn anspielen.

Ich vermerke hier Mr. Franklins gedankenlose Frage und meine törichte Antwort, um alle Dummen zu trösten und ihnen Mut zu machen. Es ist nämlich, wie ich festgestellt habe, unseren weniger begabten Mitmenschen immer eine große Genugtuung, wenn es sich erweist, daß geistig Überlegene gelegentlich nicht gescheiter sind als sie. Weder Mr. Franklin mit seiner hervorragenden ausländischen Erziehung, noch ich, ein alter Mann mit Erfahrung und angeborenem Mutterwitz, hatten die geringste Ahnung, warum Rosanna Spearman sich so merkwürdig benahm. Sie war unseren Gedanken bereits entschwunden, das arme Ding, ehe wir noch ihren grauen Umhang zwischen den Dünen davonflattern sahen. Und was war der Grund? wird der Leser natürlich fragen. Lies weiter, guter Freund, so geduldig du kannst, und vielleicht wirst du Rosanna ebenso tief beklagen wie ich es tat, als ich die Wahrheit herausfand.

V

Als wir allein waren, versuchte ich sogleich – es war das dritte Mal –, mich vom Sand zu erheben. Mr. Franklin hielt mich zurück.

»Ein Gutes hat dieser schauerliche Ort«, sagte er, »wir sind hier allein. Bleiben Sie, Betteredge, ich muß Ihnen etwas sagen!«

Während er sprach, blickte ich ihn an und versuchte in dem Mann, den ich vor mir hatte, etwas von dem Knaben, der in meiner Erinnerung lebte, zu entdecken. So genau ich auch hinsah, von rosigen Knabenwangen gab es natürlich nicht die Spur – schließlich war er ja auch seinen Knabenkleidern entwachsen. Sein Teint war blaß geworden, und – was mich sehr überraschte und enttäuschte – sein Gesicht war im untern Teil von einem gelockten braunen Backen- und Schnurrbart bedeckt. Er war lebhaft, doch schien er mir hastig. Zugegeben, er hatte ein angenehmes, ansprechendes Wesen, doch war dies alles nicht zu vergleichen mit seiner zwanglosen Art von früher. Und was die Sache noch schlimmer machte – er hatte versprochen, groß zu werden, und dieses Versprechen nicht gehalten: er war zwar hübsch und schlank und gut gebaut, doch kaum einen oder zwei Zoll über der Mittelgröße. Kurzum, er verwirrte mich. Die dazwischenliegenden Jahre hatten von seinem früheren Selbst nichts übrig gelassen – ausgenommen den strahlenden, geraden Blick seiner Augen. Dort fand ich unsern lieben Jungen wieder, und dort wollte ich mit meinem Nachforschen aufhören.

»Seien Sie willkommen bei uns, Sir!« sagte ich. »Um so willkommener noch, als Sie einige Stunden früher als erwartet eingetroffen sind!«

»Das ist nicht ohne Grund, Betteredge. Ich hatte nämlich in London das Gefühl, daß man mich in den letzten Tagen beobachtet und verfolgt hat. Daher bin ich statt erst am Nachmittag schon mit dem Frühzug abgereist. Ich wollte bestimmten dunkelhäutigen Ausländern entwischen.«

Diese Worte verblüfften mich nicht nur – sie brachten mir auch die drei Gaukler blitzartig in Erinnerung, von denen Penelope befürchtete, sie könnten gegen Mr. Franklin etwas Böses im Schilde führen.

»Sir, wer hat Sie beobachtet – und warum?«

»Erzählen Sie mir von den drei Indern, die heute hier waren«, sagte Mr. Franklin, ohne meine Frage zu beachten. »Es ist immerhin möglich, daß dieser unbekannte Mann in London und die drei indischen Gaukler sich als Teile desselben Puzzlespiels erweisen.«

»Wieso wissen Sie von den Gauklern, Sir?« erkundigte ich mich, seine Frage mit einer andern Frage beantwortend, was, offen gestanden, ungezogen ist, aber man wird mir in diesem Fall etwas Allzumenschliches nicht übelnehmen.

»Ich habe Penelope im Hause angetroffen, und die hat es mir erzählt. Ihre Tochter, Betteredge, versprach seinerzeit, ein hübsches Mädchen zu werden – sie hat ihr Versprechen gehalten: kleine Ohren, kleine Füße. Besaß Ihre selige Frau diese unschätzbaren Vorzüge?«

»Sie besaß eine Menge Nachteile, Sir. Einer davon war – verzeihen Sie, wenn ich es erwähne –, daß sie nie bei einer bestimmten Sache bleiben konnte. Sie glich einem Schmetterling: einmal dies, einmal das.«

»Da hätte sie gut zu mir gepaßt. Auch ich kann nicht festbleiben. Betteredge, Ihr Scharfsinn ist besser denn je. Das hat auch Ihre Tochter angedeutet, als ich sie wegen der Gaukler befragte. Sie sagte: ›Vater wird Ihnen alles erzählen, Sir. Trotz seinem hohen Alter weiß er sich vortrefflich auszudrücken, er ist bewundernswert.‹ Ja, das waren Penelopes Worte – und dabei errötete sie reizend. Nicht einmal mein Respekt vor Ihnen konnte mich davon abhalten, sie zu ... Einerlei, ich habe sie ja schon als Kind gekannt, und sie hat keinen Schaden dabei gelitten. Aber Spaß beiseite – was haben die Gaukler hier gemacht?«

Ich war unzufrieden mit Penelope, nicht weil sie sich von Mr. Franklin küssen ließ, dagegen hatte ich nichts einzuwenden, sondern weil ich ihre törichte Geschichte jetzt wiederholen mußte. Aber es blieb mir nichts anderes übrig, ich berichtete alles, und je länger ich erzählte, desto mehr verlor Mr. Franklin von seiner Fröhlichkeit. Er zog die Brauen zusammen und strich sich nachdenklich den Bart. Ich war jetzt mit der Geschichte zu Ende, und er sprach mir zwei von den Fragen nach, die der Anführer der Gaukler dem Knaben gestellt hatte – anscheinend wollte er sie sich recht gut einprägen.

»›Wird er heute auf dieser Landstraße – und nicht etwa auf einer andern – zu dem Haus dort drüben kommen?‹ ›Hat er ihn bei sich?‹ Vermutlich meint er mit ›ihn‹ dieses hier«, sagte Mr. Franklin und zog ein versiegeltes Päckchen aus der Tasche. »Da drinnen ist nämlich Onkel Herncastles berühmter Diamant.«

»Guter Gott!« schrie ich auf, »wie kommen Sie zum Diamanten dieses üblen Menschen?«

»Er hat den Diamanten in seinem Testament meiner Cousine als Geburtstagsgeschenk vermacht. Und mein Vater, als Testamentsvollstrecker, hat ihn mir übergeben lassen, damit ich ihn herbringe.«

Wenn das Meer, das jetzt sachte den Sand überspülte, sich vor meinen Augen in trockenes Land verwandelt hätte, wäre ich davon kaum weniger überrascht gewesen als von Mr. Franklins Worten.

»Der Diamant des Obersten für Miss Rachel! Und Ihr Vater der Testamentsvollstrecker des Obersten!« rief ich. »Und dabei wäre ich jede Wette eingegangen, daß Ihr Vater diesen Menschen nicht einmal mit der Feuerzange angefaßt hätte!«

»Harte Worte, Betteredge! Was lag gegen den Obersten vor? Er gehört Ihrer Zeit an, nicht meiner. Sagen Sie mir, was Sie von ihm wissen, und ich sage Ihnen dann, wie mein Vater Testamentsvollstrecker wurde und noch anderes mehr, denn ich habe über Onkel Herncastle und seinen Diamanten in London so manches erfahren, was mir schmutzig erscheint, und das will ich jetzt bestätigt hören. Sie, Betteredge, haben ihn eben einen üblen Menschen genannt – prüfen Sie Ihre Erinnerung, alter Freund, und sagen Sie mir, warum!«

Er meinte es sichtlich ernst, und so begann ich zu erzählen. Hier der Inhalt des Gesagten, zum Nutzen für dich, geneigter Leser, ungekürzt niedergeschrieben. Ich bitte um Aufmerksamkeit, sonst verlierst du den Faden, wenn wir in die Geschichte tiefer eindringen. Denk nicht an die Kinder, noch ans Essen, noch an den neuen Hut, noch an sonstiges. Und wenn du kannst, vergiß Politik, Pferde, Börsenkurse und die Mißstände im Klub. Hoffentlich nimmst du mir diese Freiheit nicht übel – aber so ist einmal meine Art, an den geneigten Leser zu appellieren. Habe ich dich nicht schon mit Büchern der größten Autoren in der Hand gesehen und bemerkt, wie leicht du dich ablenken läßt, wenn etwas Geschriebenes anstatt einer Person deine Aufmerksamkeit verlangt?

Ich habe vom Vater meiner Herrin bereits gesprochen, dem alten Lord Herncastle, der so schwatzhaft und so leicht reizbar war. Er hatte insgesamt fünf Kinder; zunächst zwei Söhne; dann verging eine lange Zeit – und plötzlich begann seine Frau wieder Kinder zu gebären, die drei jungen Damen kamen zur Welt, eine nach der andern, so rasch es die Natur erlaubt. Meine Herrin war, wie schon erwähnt, die jüngste und die beste von den Töchtern. Von den beiden Söhnen erbte der ältere, Arthur, Titel und Güter, der zweite, der Honourable John, erbte ein schönes Vermögen von einem Verwandten und ging zur Armee.

Es heißt, man soll nicht das eigene Nest beschmutzen. Und da ich die adelige Familie Herncastle als mein eigenes Nest betrachte, werde ich – was den Honourable John betrifft – mit der gütigen Erlaubnis des Lesers nicht auf Einzelheiten eingehen. Ich kann nur sagen: er war einer der größten Lumpen, die es je gegeben hat – mehr sage ich nicht. Er ging also zur Armee, begann zunächst bei der Garde, und war noch nicht zweiundzwanzig, als man ihn ausschloß, gleichviel warum. Man ist bei der Armee sehr streng, wahrscheinlich zu streng für einen Honourable John. So ging er also nach Indien, denn er wollte sehen, ob man dort ebenso streng mit ihm wäre, wenn er sich im aktiven Dienst ein wenig versuchte. Was seine Tapferkeit betrifft, so war er (um gerecht zu sein) eine Mischung von Bulldogge und Kampfhahn mit einem Anflug von Brutalität. Er war dabei, als die Engländer Srinrangapattam eroberten, doch kurz danach trat er in ein anderes Regiment über und schließlich in ein drittes. In diesem bekam er den Rang eines Oberstleutnants, den höchsten, den er erreichte, aber zugleich bekam er auch einen Sonnenstich und ging daher nach England zurück.

Ihm vorangegangen war sein Ruf, der die ganze Familie Herncastle veranlaßte, ihm das Haus zu verbieten, vorweg meine Herrin (sie hatte eben geheiratet). Sie erklärte, wobei ihr Sir John selbstverständlich zustimmte, der Bruder dürfe ihr nie mehr über die Schwelle kommen. Zugegeben, mehr als ein Makel haftete an diesem Menschen, weshalb ihn seine Familie mied. Es genügt wohl, wenn ich die üble Sache mit dem gelben Diamanten hier erwähne.

Angeblich war er in den Besitz dieses indischen Edelsteins durch eine Tat gelangt, zu der er, frech wie er war, sich nicht bekannte. Nie versuchte er, ihn zu verkaufen – er brauchte ja kein Geld – und (um ihm nochmals gerecht zu sein) er legte auch keinen Wert auf Geld. Nie gab er ihn weiter und nie zeigte er ihn einer Menschenseele. Manche meinten, er befürchte Unannehmlichkeiten mit den Militärbehörden, und andere (die das wahre Wesen dieses Mannes überhaupt nicht kannten) sagten, er fürchte für sein Leben, wenn bestimmte Leute diesen Diamanten sähen.

In letztgenannter Meinung lag vielleicht ein Körnchen Wahrheit. Daß er sich fürchtete, stimmt nicht, doch war in Indien sein Leben des Monddiamanten wegen tatsächlich zweimal bedroht gewesen. Als er nach England zurückkam, und ihn jedermann mied, schrieb man dies wiederum dem Monddiamanten zu. Dieses Geheimnis in seinem Leben stand ihm selbst im Wege und machte ihn sozusagen zum Ausgestoßenen im eigenen Land. Die Männer verweigerten ihm den Zutritt zu den Klubs, jedes Mädchen, das er heiraten wollte, lehnte ihn ab, Freunde und Verwandte waren plötzlich zu kurzsichtig, ihn auf der Straße zu erkennen.

Ein anderer in einer solchen Situation hätte vielleicht versucht, sich den Umständen anzupassen und vor der Welt die Sache in Ordnung zu bringen. Aber nachzugeben, auch im Unrecht und mit der Gesellschaft gegen sich, war nicht die Art eines Honourable John. Er hatte in Indien den Diamanten behalten, ungeachtet der Mordversuche, und er behielt ihn in England, ungeachtet der öffentlichen Meinung. Dies also, lieber Leser, ist das Bild eines Mannes, dem nichts und niemand etwas anhaben konnte. Sein Gesicht war zwar schön, doch er selbst schien vom Teufel besessen.

Dann und wann drang ein Gerücht über ihn an unsere Ohren: einmal hieß es, er habe sich dem Genuß des Opiums und dem Büchersammeln gewidmet, dann wieder, er befasse sich mit sonderbaren chemischen Versuchen, dann, man habe ihn in den elendsten Londoner Slums gesehen, wo er mit dem elendsten Gesindel fröhlich zeche. In jedem Fall: einsam, lichtscheu und lasterhaft war dieses Leben, das der Oberst führte. Seit er nach England zurückgekommen war, sah ich selbst ihn nur ein einziges Mal von Angesicht zu Angesicht.

Das war etwa zwei Jahre vor der Zeit gewesen, von der ich berichte, und etwa eineinhalb Jahre vor seinem Tode. Der Oberst kam unerwartet in Lady Verinders Londoner Haus. Es war der einundzwanzigste Juni, Miss Rachels Geburtstag, und wir hatten, wie üblich an diesem Abend, eine Gesellschaft. Ein Diener meldete mir, ein Herr wünsche mich zu sprechen. Ich ging in die Halle und traf dort auf den Obersten: alt, schäbig, verlebt und verbraucht, aber genauso unverschämt und unbeherrscht wie immer.

»Gehen Sie hinauf zu meiner Schwester«, sagte er, »und melden Sie ihr, ich sei gekommen, meiner Nichte zum Geburtstag zu gratulieren!«

Mehr als einmal hatte er vorher brieflich versucht, sich mit meiner Herrin auszusöhnen – nur um sie zu ärgern, davon bin ich überzeugt. Dies war das erste Mal, daß er ins Haus kam. Es lag mir auf der Zunge, ihm zu sagen, meine Herrin habe eben eine Gesellschaft. Aber sein teuflisches Grinsen entmutigte mich. Ich ging hinauf, seine Botschaft zu überbringen, und ließ ihn, weil er es wollte, in der Halle warten. Die Dienstboten hielten sich in sicherer Entfernung und starrten ihn an, als wäre er eine bewegliche Höllenmaschine, mit Sprengstoff geladen, die jeden Moment explodieren könnte.

Meine Herrin ließ sich ein wenig von ihrem Temperament, einem Familienerbe, fortreißen. Ich hatte ihr die Botschaft ihres Bruders ausgerichtet, und sie sagte: »Bestellen Sie dem Obersten, daß Miss Verinder beschäftigt sei, und ich es ablehne, ihn zu sehen!« Ich wollte eine etwas höflichere Antwort von ihr erwirken, kannte ich doch den Obersten und seine Art, sich über Dinge hinwegzusetzen, vor denen ein Gentleman im allgemeinen zurückschreckt. Vergebens! Sie ließ ihrem Temperament die Zügel schießen. »Wenn ich Ihren Rat haben will, Betteredge, dann bitte ich Sie darum – das wissen Sie. Ich habe Sie jetzt nicht darum gebeten.« Ich ging mit der Bestellung hinunter, nahm mir aber die Freiheit, eine neue und verbesserte Auflage eigener Erfindung dem Obersten zu übermitteln. Sie lautete: »Herr Oberst, Lady Verinder und Miss Rachel bedauern, verhindert zu sein, und können daher leider nicht die Ehre haben, Sie zu empfangen.«

Selbst bei dieser höflichen Form der Antwort war ich darauf gefaßt, daß er wütend auf mich losfahren würde. Zu meinem Erstaunen geschah nichts dergleichen, er nahm die Sache vielmehr unnatürlich ruhig auf. Seine Augen, von glitzerndem

Grau, richteten sich kurz auf mich, und er lachte – nicht wie andere Leute aus sich heraus, sondern in sich hinein, leise, stillvergnügt, unheimlich boshaft. »Danke, Betteredge, ich werde des Geburtstags meiner Nichte gedenken«, sagte er, drehte sich um und ging.

Der nächste Geburtstag kam, und wir hörten, der Oberst liege krank zu Bett. Sechs Monate später – also sechs Monate vor der Zeit, von der ich berichte –, erhielt meine Herrin von einem hochachtbaren Geistlichen einen Brief, der zwei erstaunliche Nachrichten die Familie betreffend enthielt. Erstens: der Oberst habe auf seinem Sterbebett seiner Schwester verziehen. Zweitens: er habe auch allen anderen verziehen, und wahrhaft erhebende Gefühle hätten ihn dabei erfüllt.

Ich selbst habe (trotz Bischöfen und anderen Geistlichen) ungeheure Achtung vor der Kirche, doch bin ich fest davon überzeugt, daß der Teufel in ungestörtem Besitz des Honourable John verblieben war, und daß diese letzte abscheuliche Tat eines abscheulichen Menschen (mit Verlaub gesagt) darin bestand, diesen hochachtbaren Geistlichen hereinzulegen.

Das war also alles, was ich Mr. Franklin berichten konnte. Er hatte mir immer gespannter zugehört, und als ich ihm erzählte, man habe an Miss Rachels Geburtstag dem Obersten die Tür gewiesen, war es, als hätte ich ins Schwarze getroffen. Er wollte es zwar nicht zugeben, aber ich sah an seinem Gesicht, daß ich ihn beunruhigt hatte.

»Betteredge, bis jetzt haben Sie geredet, jetzt rede ich. Bevor ich Ihnen jedoch erzähle, was ich in London erlebt habe und wie ich in diese Diamantengeschichte verwickelt wurde, möchte ich eines wissen. Aber Sie sehen mich an, alter Freund, als hätten Sie bis jetzt nicht begriffen, was ich durch unser Gespräch klären will. Oder irre ich mich?«

»Nein, Sir, diesmal jedenfalls drückt mein Gesicht die Wahrheit aus.«

»Wenn dem so ist, muß ich Sie also – bevor wir weitergehen – mit meinem Gesichtspunkt bekannt machen: durch das Geburtstagsgeschenk des Obersten an meine Cousine erheben sich, meiner Meinung nach, drei sehr ernste Fragen. Hören Sie mir genau zu, Betteredge, und zählen Sie die Fragen an den Fingern ab, wenn es Ihnen die Sache erleichtert«, sagte Mr. Franklin mit einem gewissen Wohlgefallen. Er wollte mir damit zeigen, wie klardenkend er sein konnte, was mich lebhaft an alte Zeiten, als er noch ein Knabe war, erinnerte. »Erste Frage: War der Diamant des Obersten Gegenstand eines Komplotts in Indien? Zweite Frage: Besteht dieses Komplott jetzt in England? Dritte Frage: Wußte der Oberst davon und hat er somit seiner Schwester – auf dem Wege über ihr unschuldiges Kind – absichtlich ein Vermächtnis von Sorge und Gefahr hinterlassen? Das also ist es, Betteredge, was ich klären will. Aber ich will Sie nicht erschrecken!«

Das war leicht gesagt, hatte er mich doch wirklich erschreckt.

Stimmte es, so war plötzlich ein verderbenbringender indischer Diamant in unser ruhiges Haus gelangt und damit ein Komplott von Schurken, das uns die Rachegedanken eines Toten auf den Hals gehetzt hatten. So und nicht anders war unsere Lage, wie Mr. Franklin sie verstand. Das war wirklich etwas Unerhörtes – im neunzehnten Jahrhundert, wohlgemerkt, in einem Zeitalter des Fortschritts und in einem Land, das sich der Segnungen der britischen Verfassung erfreut! Kein Mensch unserer Zeit hat so etwas erlebt, und daher wird mir auch keiner glauben wollen. Trotzdem will ich mit meiner Geschichte fortfahren.

Wenn man plötzlich so erschrickt wie ich damals, fühlt man es, wie meist in solchen Fällen, zuerst im Magen. Und dann läßt die Aufmerksamkeit nach, man wird nervös. Unruhig rutschte ich im Sand hin und her. Mr. Franklin bemerkte, daß ich gegen meinen erregten Magen oder mein erregtes Gemüt – es kommt auf eines heraus – ankämpfte. Da er gerade mit seinem Bericht hatte beginnen wollen, fragte er mich scharf: »Was wollen Sie denn?«

Was ich wollte? Ihm sagte ich es nicht, aber dem Leser sage ich es, ganz im Vertrauen: ich wünschte mir, einen Zug aus meiner Pfeife und einen Blick in meinen *Robinson Crusoe* zu tun.

VI

Ich behielt meine Wünsche für mich und ersuchte Mr. Franklin höflich, mit seinem Bericht zu beginnen.

»Seien Sie nicht nervös, Betteredge!« sagte er und erzählte mir nun. Zuerst sprach er von dem, was er über den Obersten und dessen Diamanten erfahren hatte. Und zwar war dies anläßlich eines Besuchs gewesen, den er, bevor er zu uns kam, bei Mr. Bruff, dem Advokaten der Familie, gemacht hatte. Die beiden Herren waren nach dem Dinner allein gewesen, ein von Mr. Franklin zufällig fallengelassenes Wort hatte die Rede darauf gebracht, daß Mr. Blake senior ihn mit der Übergabe des Geburtstagsgeschenks an Miss Rachel beauftragt habe. Ein Wort gab das andere, bis schließlich der Advokat damit herausrückte, worin das Geschenk bestehe, und wie die Verbindung des Obersten mit Mr. Blake senior entstanden sei.

Der Sachverhalt ist wirklich ganz außergewöhnlich; ich glaube daher nicht, daß ich es meiner einfachen Sprache zumuten kann, ihm gerecht zu werden. Daher möchte ich den Bericht Mr. Franklins lieber in dessen eigenen Worten so genau wie möglich wiedergeben.

»Betteredge, Sie erinnern sich doch der Zeit, da mein Vater versuchte, seine Ansprüche auf jenes unselige Herzogtum zu beweisen? Nun, ungefähr zu dieser Zeit kehrte Onkel Herncastle aus Indien zurück. Mein Vater fand heraus, daß sein Schwager bestimmte Dokumente besaß, die ihm beim Prozeß nützen könnten. Er besuchte den Obersten unter dem Vorwand, ihn in England willkommen zu heißen. Dieser ließ sich aber nicht täuschen. ›Du willst etwas von mir‹, sagte er, ›sonst würdest du durch diesen Besuch nicht deinen Ruf aufs Spiel setzen.‹ Mein Vater begriff, daß er nur dann Erfolg hätte, wenn er seine Karten aufdeckte. Daher gab er unumwunden zu, daß er bestimmte Dokumente brauche. Der Oberst erbat sich einen Tag Bedenkzeit. Die Antwort kam in Form eines höchst merkwürdigen Briefs, den mir mein Freund, der Advokat, zeigte. Darin erklärte der Oberst, auch er brauche etwas von meinem Vater und erlaube sich daher, einen Austausch von Freundschaftsdiensten vorzuschlagen. Das Kriegsglück (wie er sich ausdrückte) habe einen der größten Diamanten der Welt in seinen Besitz gebracht, doch habe er Grund zur Annahme, daß weder er noch sein kostbarer Edelstein irgendwo auf der Welt sicher seien – solange sich beide im selben Hause oder am selben Ort befänden. Unter diesen beunruhigenden Umständen habe er beschlossen, seinen Diamanten jemandem zur Aufbewahrung anzuvertrauen. Der Betreffende nähme dadurch keinerlei Risiko auf sich, er könnte den wertvollen Stein an einem gesicherten Ort hinterlegen – etwa im Tresor eines Bankiers oder eines Juweliers, wo man eben besondere Wertgegenstände aufbewahre. Die Verantwortlichkeit des Betreffenden wäre in dieser Angelegenheit zuvörderst passiver Art, er habe bloß – entweder selbst oder durch einen Vertrauensmann, und zwar an einem vorher vereinbarten Ort und an bestimmten, vorher vereinbarten Tagen des Jahres – ein Billett des Obersten zu übernehmen, auf dem bestätigt sei, daß der Oberst zur Zeit noch lebe. Gehe der vereinbarte Tag ohne dieses Billett vorüber, gelte das Schweigen des Obersten als sicheres Zeichen dafür, daß man ihn ermordet habe. In diesem Fall müsse man das versiegelte Päckchen mit dem Diamanten öffnen und die beiliegenden Instruktionen unbedingt befolgen. Sollte mein Vater diesen Auftrag übernehmen wollen, stünden ihm dafür die Dokumente des Obersten zur Verfügung. So lautete der Brief.«

»Und was tat Ihr Vater, Sir?«

»Ja, Betteredge, das will ich Ihnen sagen: Er wollte die unschätzbare Gabe, die man gesunden Menschenverstand nennt, auf den Brief des Obersten anwenden, und hielt daher das Ganze für absurd. Er glaubte, der Oberst sei bei seinem ruhelosen Leben in Indien auf irgendeinen minderwertigen Kristall gestoßen, den er für einen Diamanten halte. Und was die Gefahr betreffe, deswegen ermordet zu werden, dies aber durch ausgeklügelte Vorsichtsmaßnahmen verhindern zu wollen – dazu meinte mein Vater, wir lebten ja schließlich im neunzehnten Jahrhundert, und einer, der bei Verstande sei, brauche sich doch bloß an die Polizei zu wenden. Der Oberst war seit Jahren als Opiumesser bekannt – da er selbst aber, so sagte mein Vater, die für ihn wertvollen Dokumente nur dann erlangen konnte, wenn er die Ausgeburt eines Opiumrausches für Wirklichkeit hielt, war er gerne bereit, die ihm zugemutete lachhafte Verantwortung auf sich zu nehmen, zumal sie ihm keinerlei Mühe bereitete. Daher wanderte jenes versiegelte Päckchen in den Tresor einer Bank, und die regelmäßig eintreffenden Lebenszeichen des Obersten erhielt – als Bevollmächtigter meines Vaters – unser Advokat, Mr. Bruff, und öffnete sie. Kein vernünftiger Mensch in ähnlicher Lage hätte anders gehandelt, Betteredge! Nichts in dieser Welt scheint uns wahrscheinlich – es sei denn, es entspricht unserm Hang zu Geschwätz, und etwas Romantisches finden wir erst glaubwürdig, wenn wir es in der Zeitung lesen.«

Daraus konnte ich sehen, daß Mr. Franklin die Meinung seines Vaters über den Obersten für übereilt und unrichtig hielt.

»Sir, und wie denken Sie darüber?«

»Lassen Sie mich erst die Geschichte des Obersten zu Ende erzählen! Wir Engländer haben eine merkwürdig unsystematische Art zu denken, und Ihre Frage, mein alter Freund, ist ein Beispiel dafür. So wir uns nicht gerade mit Maschinenbau beschäftigen, sind wir in geistiger Hinsicht das unordentlichste Volk der Welt.«

Das kommt von der ausländischen Erziehung! dachte ich bei mir. Derlei Sticheleien hat er vermutlich in Frankreich gelernt.

Mr. Franklin nahm den verlorenen Faden wieder auf und fuhr fort: »Mein Vater bekam die gewünschten Dokumente, sah aber seither seinen Schwager nie wieder. Jahr für Jahr, an den vorher vereinbarten Tagen, kam das vorher vereinbarte Billett des Obersten, das Mr. Bruff öffnete. Ich habe alle diese Briefe beieinander gesehen, alle hatten den gleichen kurzen geschäftsmäßigen Wortlaut: ›Sir – diese Zeilen sollen Ihnen bestätigen, daß ich noch lebe. Lassen Sie den Diamanten dort, wo er ist. John Herncastle.‹ Das war alles, was er schrieb, und es kam auf den Tag genau. Erst vor sechs oder acht Monaten lautete der Brief anders, und zwar: ›Sir – man sagt mir, daß ich sterben werde. Kommen Sie zu mir und helfen Sie mir, mein Testament abzufassen.‹ Mr. Bruff tat es. Der Oberst lebte seit seiner Rückkehr aus Indien in einer kleinen Vorstadtvilla, die ihm gehörte. Er hielt sich Hunde, Katzen und Vögel, die ihm Gesellschaft leisteten; außer der Person, die täglich wegen der Hausarbeit kam, und dem Arzt, der am Krankenbett saß, war niemand zugegen. Das Testament abzufassen war ganz einfach. Der Oberst hatte nämlich den größten Teil seines Vermögens für chemische Versuche vertan. Daher bestand der Text des Testaments alles in allem aus drei Klauseln, die er, bei vollem Bewußtsein, vom Bett aus diktierte. Die erste sorgte für Pflege und Unterhalt seiner Tiere, die zweite betraf die Gründung eines Lehrstuhls für experimentelle Chemie an einer Universität im Norden Englands, und durch die dritte vermachte er seiner Nichte den gelben Diamanten als Geburtstagsgeschenk, und zwar unter der Bedingung, daß mein Vater der Testamentsvollstrecker sei. Zunächst lehnte mein Vater dies ab, bei nochmaliger Überlegung gab er jedoch nach, teils weil man ihm versicherte, die Sache würde für ihn nicht beschwerlich sein, teils weil Mr. Bruff – in Rachels Interesse – ihm zu bedenken gab, der angebliche Diamant könnte vielleicht doch etwas wert sein.«

»Sir, gab der Oberst einen Grund an, weshalb er Miss Rachel den Diamanten vermacht hat?«

»Nicht nur das, er ließ in seinem Testament den Grund sogar ausdrücklich vermerken! Ich habe einen Auszug aus dem Testament bei mir – Sie werden ihn gleich zu lesen bekommen. Kein Durcheinander, Betteredge, alles schön der Reihe nach! Sie haben eben vom Tode des Obersten gehört, und jetzt müssen Sie hören, was nach dem Tode des Obersten geschah. Es war gesetzlich vorgeschrieben, den Diamanten schätzen zu lassen, bevor das Testament rechtsgültig wurde. Alle diesbezüglich befragten Juweliere bestätigten sogleich die Behauptung des Obersten: es handle sich um einen der größten Diamanten der Welt. Doch ihn genau zu schätzen sei äußerst schwierig; seine Größe mache ihn zu einem Phänomen auf dem Diamantenmarkt, auch seine Farbe sei einzigartig, doch leider sei er nicht makellos: er habe nämlich zuinnerst eine Blase. Aber trotz diesem Fehler schätze man ihn auf mindestens zwanzigtausend Pfund. Stellen Sie sich die Verblüffung meines Vaters vor, Betteredge! Um ein Haar hätte er sich geweigert, der Testamentsvollstrecker zu sein, wodurch dieser kostbare Stein für die Familie verlorengegangen wäre. Nun interessierte ihn natürlich die Sache, er las auch die Instruktionen, die dem Diamanten beigelegt waren. Zugleich mit den anderen Schriftstücken hat mir Mr. Bruff auch dieses Dokument gezeigt, und ich glaube, man kann daraus Schlüsse ziehen hinsichtlich des Komplotts, das sich gegen meinen Onkel richtete.«

»Sir, Sie meinen also – es gab wirklich ein Komplott?«

»Ich habe zwar nicht den hervorragenden gesunden Menschenverstand meines Vaters, aber das Leben des Obersten war vermutlich bedroht – es stimmt also, was der Oberst sagte. Diese Instruktionen geben darüber Aufschluß, warum er – trotz allem – ruhig in seinem Bett starb. Im Falle seines gewaltsamen Todes – wenn also am vereinbarten Tag das vereinbarte Billett nicht eingetroffen wäre –, hätte mein Vater den Diamanten heimlich nach Amsterdam schicken und bei einem berühmten Diamantenschleifer abgeben lassen sollen, mit dem Auftrag, vier bis sechs Steine daraus zu machen. Diese sollte man dann zu einem möglichst hohen Preis verkaufen und den Erlös jenem Lehrstuhl für experimentelle Chemie widmen, dessen Gründung der Oberst in seinem Testament vorgesehen hatte. Nun, Betteredge, wenden Sie Ihren ganzen scharfen Verstand an und ziehen Sie den Schluß daraus!«

Sogleich nahm ich meinen ganzen Verstand zusammen, der aber typisch englisch (d. h. unordentlich) ist, und daher alles durcheinanderbrachte, bis Mr. Franklin ihn endlich auf die richtige Spur führte und ihm zeigte, was er erkennen sollte.

»Wohlgemerkt, Betteredge! Die Unversehrtheit des Diamanten ist auf geschickte Weise davon abhängig gemacht, ob das Leben des Obersten ein gewaltsames Ende nimmt oder nicht. Es genügt ihm nicht, wenn er zu seinen gefürchteten Feinden sagt: ›Tötet mich, aber ihr werdet dem Diamanten nicht näher sein als jetzt! Er ist dort, wo ihr nicht an ihn herankommt, nämlich im bewachten Tresor einer Bank.‹ Statt dessen sagt er ihnen: ›Tötet mich, aber der Diamant wird nicht mehr derselbe sein! Seine Form ist zerstört.‹ Also Betteredge, was bedeutet das?«

Hier kam mir (wie ich glaubte) ein wundervoller Geistesblitz, der gar nicht typisch englisch war. »Ich hab's!« sagte ich. »Es bedeutet: man mindert den Wert des Edelsteins, und so werden die Schurken um einen Teil des Geldes betrogen.«

»Mitnichten, Betteredge! Danach habe ich mich bereits erkundigt. Der fehlerhafte Diamant würde zerteilt mehr einbringen als so wie er jetzt ist, und zwar aus dem einfachen Grund, weil vier bis sechs daraus geschliffene tadellose Brillanten insgesamt wertvoller wären als der große, doch unvollkommene Edelstein. Läge Gewinnsucht diesem Komplott zugrunde, hätten diese Instruktionen den Diamanten noch begehrenswerter gemacht. Wäre nämlich der Stein durch die Hand des Diamantenschleifers gegangen, hätte man mehr Geld dafür bekommen und die Ware leichter auf dem Diamantenmarkt untergebracht.«

»Du lieber Himmel!« platzte ich heraus, »welchen Zweck hatte dann das Komplott?«

»Das Komplott hatten jene Inder geschmiedet, welchen der Diamant ursprünglich gehört hatte, und dem Ganzen liegt ein alter indischer Götzendienst – oder wie man es nennen mag – zugrunde. Das ist meine Ansicht, und sie wird bestätigt durch ein Dokument aus Familienbesitz, das ich bei mir habe.«

Jetzt begriff ich, weshalb unserm jungen Herrn das Erscheinen der drei indischen Gaukler so bemerkenswert erschien.

»Ich will Ihnen meine Ansicht nicht aufdrängen«, fuhr Mr. Franklin fort, »aber daß Anhänger dieses indischen Götzendiensts, die man eigens auserwählt hat, trotz Gefahren und Schwierigkeiten sich ausschließlich der Aufgabe widmen, ihren heiligen Monddiamanten wiederzuerlangen, scheint mir durchaus mit dem vereinbar, was wir von der Ausdauer orientalischer Völker und dem Einfluß orientalischer Religionen wissen. Zudem bin ich ein Mensch mit Phantasie; Schlachter, Bäcker und Steuereinnehmer sind in meinem Denken nicht die einzige glaubhafte Wirklichkeit. Lassen wir es dahingestellt sein, ob ich der Wahrheit nahegekommen bin oder nicht, und gehen wir zu praktischen Fragen über, die uns interessieren: Gibt es jetzt noch dieses Komplott – also auch nach dem Tode des Obersten? Und wußte der Oberst von diesem Komplott als er den Diamanten seiner Nichte als Geburtstagsgeschenk hinterließ?«

Jetzt erst begann ich zu erkennen, wie sehr meine Herrin und Miss Rachel in diese Sache hineingezogen waren. Nicht ein einziges Wort, das er sagte, entging mir.

»Als ich die Geschichte des gelben Diamanten erfahren hatte, war ich nicht gewillt, den Überbringer zu spielen«, sagte Mr. Franklin. »Aber Mr. Bruff meinte, irgend jemand müßte meiner Cousine das ihr zustehende Erbe übergeben – und das könnte ich genausogut tun wie jeder andere. Ich holte also den Stein aus der Bank, und danach war es mir, als verfolgte mich auf der Straße ein schäbig aussehender Mann von dunkler Hautfarbe. Ich ging nach Hause, mein Gepäck zu holen, und fand dort einen Brief vor, der mich unerwartet in London festhielt. Daher ging ich mit dem Diamanten wieder zur Bank zurück und glaubte abermals, diesen Mann zu sehen. Und heute morgen, als ich den Diamanten wieder aus der Bank holte, sah ich den Mann zum dritten Mal, konnte aber den Verfolger abschütteln und reiste, ehe er noch meine Spur wiedergefunden hatte, schon am Morgen statt am Nachmittag von London ab. Und hier bin ich jetzt, sicher und gesund, mit dem Diamanten in der Tasche – und was erfahre ich als erstes? Ich höre, drei vagabundierende Inder haben sich vor dem Haus gezeigt, und sobald sie sich allein glauben, sind für sie meine Ankunft aus London und etwas, das ich bei mir habe, der Gegenstand ihrer Nachforschungen. Ich verliere weder Zeit noch Worte darüber, daß sie Tinte in die hohle Hand des Knaben gießen und ihm sagen, darin nach dem Mann zu suchen, der etwas Bestimmtes in der Tasche hat. Derlei habe ich im Orient oft gesehen, ich halte es wie Sie für Hokuspokus. Jetzt erhebt sich vielmehr für uns die Frage: Lege ich zu Unrecht einem bloßen Zufall Bedeutung bei? Oder haben wir jetzt den Beweis dafür, daß die Inder auf der Spur des Diamanten sind – und zwar seit ich ihn aus dem sicheren Gewahrsam der Bank genommen habe?«

Anscheinend waren weder ihm noch mir diese Fragen angenehm. Wir sahen nämlich einander an, und dann sahen wir stumm auf die sacht hereinkommende Flut, die über dem »Zittersand« höher und höher stieg.

»Woran denken Sie?« fragte mich Mr. Franklin unvermutet.

»Sir, ich dachte gerade daran, daß ich den Diamanten am liebsten in den Triebsand werfen und so die Frage lösen möchte.«

»Betteredge, haben Sie so viel Geld in der Tasche wie der Diamant wert ist? Wenn ja, dann versenken Sie ihn!«

Merkwürdig, wie erleichternd wirkt ein kleiner Scherz, wenn man ängstlich ist! Wir hatten damals viel Spaß an dem Gedanken, Miss Rachels rechtmäßiges Eigentum zu beseitigen und auf diese Weise Mr. Blake senior als Testamentsvollstrecker in gräßliche Verlegenheit zu bringen – obschon es mir völlig unerfindlich ist, wo da der Spaß lag.

Mr. Franklin brachte das Gespräch wieder auf den eigentlichen Gegenstand zurück. Er zog ein Kuvert aus der Tasche, öffnete es und übergab mir ein beschriebenes Blatt Papier.

»Betteredge, wir müssen uns meiner Tante wegen mit der Frage beschäftigen, was den Obersten bewogen hat, seiner Nichte diesen Stein zu vermachen. Bedenken Sie, wie Lady Verinder ihren Bruder behandelt hat: angefangen von seiner Rückkehr nach England bis zu dem Tage, an dem er Ihnen sagte, er werde des Geburtstags seiner Nichte gedenken. Lesen Sie das!«

Der Auszug aus dem Testament liegt jetzt neben mir, während ich diese Zeilen schreibe. Daher will ich ihn, zum Besten des geneigten Lesers, hier wiedergeben:

»Drittens und letztens schenke und vermache ich meiner Nichte Rachel Verinder, Tochter und einzigem Kind meiner verwitweten Schwester Julia Verinder, den mir gehörenden gelben Diamanten, der im Orient unter dem Namen Monddiamant bekannt ist, vorausgesetzt, daß obgenannte Julia Verinder an dem meinem Tode nächstfolgenden Geburtstag obgenannter Rachel Verinder noch am Leben sein sollte. Ich ersuche hiermit meinen Testamentsvollstrecker, an diesem Tage meinen Diamanten entweder eigenhändig oder durch einen vertrauenswürdigen Vertreter seiner Wahl obgenannter Rachel Verinder zu übergeben, und zwar womöglich in Gegenwart meiner Schwester, obgenannter Julia Verinder. Ferner ersuche ich, daß obgenannte Julia Verinder mittels beglaubigter Abschrift dieser dritten und letzten Klausel meines Testaments von folgender Erklärung in Kenntnis gesetzt wird: Ich gebe ihrer Tochter Rachel den Diamanten zum Zeichen dafür, daß ich meiner Schwester die mir angetane Schmach verzeihe, als sie durch ihr Benehmen meinem Ruf schadete; wie es einem Sterbenden wohl ansteht, verzeihe ich ihr die Beleidigung, die sie mir als Offizier und Gentleman zugefügt hat, als sie mir am Geburtstag ihrer Tochter durch einen Bedienten die Tür weisen ließ.«

Weitere Bestimmungen dieser Klausel betreffen den Fall, daß meine Herrin oder Miss Rachel schon vor dem Ableben des Testators verstorben wären. Der Diamant sollte, den Instruktionen gemäß, nach Holland geschickt werden, den Erlös des Verkaufs sollte man der Summe zuschlagen, die schon im Testament dem Lehrstuhl für Chemie gewidmet war.

In hohem Maße beunruhigt gab ich Mr. Franklin damals dieses Blatt Papier zurück. Bis dahin hatte ich geglaubt (wie der Leser weiß), der Oberst sei als übler Mensch gestorben – so wie er als übler Mensch gelebt hatte. Diese Erklärung änderte zwar nicht meine Meinung, aber ich war jetzt auch noch wie vor den Kopf geschlagen.

»Nun, Betteredge, Sie haben die Erklärung des Obersten gelesen, und was sagen Sie jetzt? Wenn ich den Diamanten ins Haus meiner Tante bringe – diene ich damit blindlings der Rache des Obersten oder rette ich damit die Ehre eines reumütigen Christen?«

»Sir, es klingt wohl sehr hart, wenn man sagt: Er starb mit einer schrecklichen Rache im Herzen und einer furchtbaren Lüge auf den Lippen. Gott allein weiß die Wahrheit. Fragen Sie nicht mich!«

Mr. Franklin drehte und wendete das Blatt Papier in den Händen, als wollte er so die Wahrheit herauspressen. Gleichzeitig veränderte sich sein Ausdruck. Zuvor war er frisch und heiter gewesen, und jetzt schien er mir plötzlich ernst, nachdenklich und bedächtig.

»Diese Frage hat zwei Seiten«, sagte er, »eine objektive und eine subjektive. Welcher sollen wir uns zuwenden?«

Er hatte sowohl eine deutsche als auch eine französische Erziehung gehabt. Bis zu diesem Augenblick hatte vermutlich die eine ausschließlich sein Denken beherrscht, jetzt aber hatte (soweit ich beurteilen konnte) die andere die Oberhand. Eine meiner Lebensregeln lautet: Übergehe das, was du nicht verstehst! Daher steuerte ich auf einen Mittelkurs hin, genau zwischen objektiv und subjektiv, kurzum: ich starrte ins Leere und sagte gar nichts.

»Suchen wir den verborgenen Sinn heraus!« fuhr Mr. Franklin fort. »Warum hinterließ mein Onkel den Diamanten meiner Cousine? Warum hinterließ er ihn nicht meiner Tante?«

»Sir, das ist nicht schwer zu erraten. Oberst Herncastle kannte meine Herrin gut genug, um zu wissen, daß sie die Annahme eines von ihm kommenden Vermächtnisses verweigert hätte.«

»Woher wußte er, daß Rachel es nicht verweigern würde?«

»Gibt es denn überhaupt eine junge Dame, die der Versuchung widerstehen könnte, ein solches Geburtstagsgeschenk anzunehmen?«

»Betteredge, das ist die subjektive Art, die Sache anzusehen. Es gereicht Ihnen zur großen Ehre, daß Sie subjektiv urteilen können. Aber das Vermächtnis des Obersten birgt noch ein weiteres Rätsel, das wir bis jetzt nicht gelöst haben: Wie kommt es, daß er Rachel das Geschenk nur dann vermacht, solange ihre Mutter am Leben ist?«

»Ich möchte einen Toten nicht verleumden. Aber sollte er seiner Schwester auf dem Wege über ihr Kind absichtlich ein Vermächtnis der Sorge und Gefahr hinterlassen haben, setzt dies voraus, daß sie noch lebt.«

»So also erklären Sie sich sein Motiv? Wieder subjektiv beurteilt, Betteredge! Sind Sie je in Deutschland gewesen?«

»Nein, Sir. Und wie erklären Sie es sich, wenn ich bitten darf?«

»Vielleicht lag es gar nicht in der Absicht des Obersten, seiner Nichte, die er nie gesehen hatte, einen Gefallen zu tun. Vielleicht wollte er seiner Schwester beweisen, daß er ihr auf dem Sterbebett verziehen habe, und dies tat er auf vornehmste Art: er beschenkte ihr Kind. Meine Erklärung weicht von der Ihrigen beträchtlich ab, Betteredge, denn sie geht von einem subjektiv-objektiven Gesichtspunkt aus. Soweit ich es zu beurteilen vermag, hat die eine Deutung so viel für sich wie die andere.«

Anscheinend fand er, er habe jetzt alle offenen Fragen auf angenehme und tröstliche Weise geklärt und somit alles getan, was man von ihm verlangte. Er legte sich nämlich flach auf den Rükken und fragte mich, was nun geschehen sollte.

Ehe er mit diesem ausländischen Geschwätz begonnen hatte, war er mir so klug und verständig erschienen. Bis dahin hatte er die Zügel fest in der Hand gehabt, daher traf mich jetzt dieser plötzliche Umschwung – sein hilfloses Gehaben – ganz unvorbereitet. Erst später habe ich erkannt – wobei mir Miss Rachel behilflich war, denn sie entdeckte es als erste –, daß diese seltsamen Veränderungen in seinem Wesen von der ausländischen Erziehung herrührten. Als man ihn ins Ausland geschickt hatte, von einer Nation zur andern, war er gerade in einem Alter gewesen, da Kinder für Eindrücke am empfänglichsten sind und sich andere zum Vorbild nehmen. Durch den ständigen Wechsel war ihm keine Zeit geblieben, alle neuen Eindrücke zu verarbeiten. Infolgedessen war er bei seiner Rückkehr nach England ein Mensch, der einen vielschichtigen Charakter hatte: nichts stimmte in seinem Wesen überein, er schien sein Leben in einem Zustand ständigen Widerspruchs mit sich selbst zu führen. Daher konnte er fleißig sein und faul, klar im Kopf und verwirrt, ein Muster an Entschlossenheit und ein Anblick der Hilflosigkeit, einmal dies – einmal das. Sein Wesen hatte Französisches, Deutsches und Italienisches, wobei das Englische als Unterlage manchmal durchschimmerte, als wollte es zu verstehen geben: »Hier bin ich, stark verformt zwar, aber ein bißchen von meinem ursprünglichen Selbst ist doch noch vorhanden!« Gelegentlich, wenn er sich, vollkommen unerwartet, geschlagen gab und auf seine freundlich-sanfte Art einen andern bat, ihm die Verantwortung abzunehmen, dann meinte Miss Rachel immer, jetzt habe das Italienische in ihm die Oberhand. Meiner Meinung nach wird ihm der Leser nicht unrecht tun, wenn er feststellt, damals auf dem Strand habe bei Mr. Franklin plötzlich das Italienische überhandgenommen.

Ich sagte zu ihm: »Sir, was nun geschehen soll – das zu wissen ist Ihre Sache, nicht meine.«

Mr. Franklin schien den Nachdruck, mit dem ich es sagte, nicht zu bemerken – er war ja in diesem Augenblick nicht in der Lage, etwas anderes zu bemerken als den Himmel über sich.

»Ich möchte meine Tante nicht grundlos beunruhigen, und doch möchte ich sie nicht ganz ohne Warnung lassen. Betteredge, sagen Sie mir mit einem Wort, was Sie an meiner Stelle täten!«

Ich sagte es mit einem Wort: »Warten.«

»Herzlich gern. Aber wie lange?«

Ich erklärte es ihm nun: »Wenn ich Sie richtig verstehe, Sir, muß irgend jemand – ob das nun Sie sind oder ein anderer – Miss Rachel an ihrem Geburtstag diesen vermaledeiten Diamanten überreichen. So weit, so gut. Heute haben wir den fünfundzwanzigsten Mai, der Geburtstag ist am einundzwanzigsten Juni, daher verbleiben uns vier Wochen. Warten wir ab, was inzwischen geschieht. Wir können Lady Verinder warnen oder auch nicht, je nachdem.«

»Vortrefflich, Betteredge. Aber was sollen wir bis zum Geburtstag mit dem Diamanten anfangen?«

»Wir tun das gleiche, was Ihr Vater getan hat«, antwortete ich. »Ihr Vater hat ihn in die Obhut einer Londoner Bank gegeben, und Sie geben ihn in die Obhut der Bank von Frizinghall.« (Frizinghall liegt nämlich uns am nächsten – die Bank von England ist auch nicht sicherer als die dortige Bank.) »An Ihrer Stelle, Sir, würde ich unverzüglich, also bevor noch die Damen zurückkommen, mit dem Diamanten nach Frizinghall reiten.«

Die Aussicht, etwas zu tun – und was mehr ist, dieses zu Pferde zu tun –, brachte Mr. Franklin blitzartig in die Höhe. Er sprang auf, zog mich ohne alle Umstände mit – und ich stand auf den Füßen. »Betteredge, Sie sind Goldes wert! Kommen Sie und satteln Sie mir sofort das beste Pferd im Stall!«

Gottlob, jetzt kam endlich das Englische durch allen ausländischen Firnis zum Vorschein! Das war wieder Master Franklin, so wie ich ihn gekannt hatte, der bei der Aussicht auf einen Ritt der kleine Junge von damals war und mich an gute alte Zeiten erinnerte! Ein Pferd für ihn satteln? Ein Dutzend Pferde hätte ich für ihn gesattelt, wäre er imstande gewesen, auf allen zugleich zu reiten!

Eiligst gingen wir nach Hause, eiligst hatten wir das flinkste Pferd des Stalls gesattelt, eiligst jagte Mr. Franklin davon, den verfluchten Diamanten wieder in den Tresor einer Bank zu legen. Als auf der Auffahrt der letzte Hufschlag verklungen war und ich mich im Hof plötzlich allein fand, war ich nahe daran, mich zu fragen, ob ich nicht eben aus einem Traum erwacht sei.

VII

Ich war noch ganz verwirrt und hätte dringend ein bißchen Ruhe gebraucht, mich zu fassen, da kam mir meine Tochter Penelope in den Weg (genauso wie ihre selige Mutter mir immer auf der Treppe im Weg war) und wollte auf der Stelle alles wissen, was ich mit Mr. Franklin besprochen hatte. Wie die Dinge nun einmal lagen, blieb mir nichts anderes übrig, als Penelopes brennende Neugierde zu befriedigen. Daher sagte ich ihr, Mr. Franklin und ich hätten uns über Außenpolitik unterhalten und uns dabei so müde geredet, daß wir beide in der Sonnenhitze eingeschlafen seien. Man probiere es einmal mit einer solchen Antwort, wenn die eigene Frau oder die eigene Tochter zu unpassender Zeit eine unpassende Frage stellt, und man wird sehen, daß sie bei nächster Gelegenheit schmeichelnd und mit Küssen auf dasselbe Thema zurückkommt.

Die Zeit rückte vor, meine Herrin und Miss Rachel kamen nach Hause.

Unnötig zu sagen, wie erstaunt sie waren, als sie hörten, daß Mr. Franklin eingetroffen und gleich wieder fortgeritten sei. Unnötig zu sagen, daß sie sogleich unpassende Fragen stellten und daß mir bei ihnen weder »Außenpolitik« noch »Einschlafen in der Sonnenhitze« etwas nützte. Ich war am Ende meiner Weisheit und erklärte, Mr. Franklins verfrühte Ankunft sei nur auf eine seiner Launen zurückzuführen, worauf man mich fragte, ob sein Weggaloppieren ebenfalls eine seiner Launen sei.

Ich sagte: »Jawohl« – und zog mich dergestalt, wie ich glaube, sehr geschickt aus der Affäre.

Die Schwierigkeiten mit den Damen hatte ich also glücklich überstanden, da erwarteten mich schon wieder neue, als ich in mein Zimmer zurückkehrte. Herein kam Penelope. Schmeichelnd und mit Küssen hatte sie, dank ihrer weiblichen Neugierde, wieder eine Frage an mich. Diesmal wollte sie wissen, was mit Rosanna Spearman, unserm zweiten Hausmädchen, los sei.

Anscheinend war Rosanna, nachdem sie Mr. Franklin und mich am Strand verlassen hatte, in einem höchst seltsamen Gemütszustand heimgekommen. So man Penelope Glauben schenken konnte, sei Rosanna – ähnlich einem Regenbogen, der in verschiedenen Farben schillert – in verschiedenen Stimmungen gewesen: grundlos lustig, grundlos traurig, mit Hunderten von Fragen über Mr. Franklin, alle in einem Atemzug, um im nächsten Atemzug sie, Penelope, zu schelten, weil sie sich zu behaupten angemaßt hatte, Rosanna interessiere sich wahrscheinlich für diesen Herrn. Man habe Rosanna dabei ertappt, wie sie lächelnd Mr. Franklins Namen in den Deckel ihres Nadelkästchens kritzelte; und dann habe man sie dabei ertappt, als sie weinend vor dem Spiegel auf ihre schiefe Schulter sah. Ob Rosanna und Mr. Franklin einander von früher her kannten, wollte Penelope von mir wissen. Unmöglich! Ob sie je von einander etwas gehört hätten? Gleichfalls unmöglich! Ich konnte Penelope versichern, Mr. Franklins Staunen sei echt gewesen, als er bemerkt hatte, daß das Mädchen ihn anstarrte. Und Penelope konnte mir versichern, Rosannas Neugierde sei echt gewesen, als sie sich bei ihr über Mr. Franklin erkundigt hatte. Unsere solcherart geführte Unterhaltung wurde ermüdend. Da machte ihr meine Tochter ein plötzliches Ende, indem sie mit der absurdesten Behauptung, die ich je gehört hatte, herausplatzte: »Vater!« rief sie ernst, »es gibt nur eine Erklärung hierfür! Rosanna hat sich auf den ersten Blick in Mr. Franklin verliebt!«

Daß schöne junge Damen sich auf den ersten Blick in jemanden verlieben, hat man schon gehört und hält es für natürlich. Aber ein Hausmädchen, noch dazu aus einer Besserungsanstalt, mit reizlosem Gesicht und schiefer Schulter, das sich auf den ersten Blick in einen Gentleman verliebt, der ihre Herrin besucht – das soll mir einer einmal erzählen! Etwas so Widersinniges findet sich in keinem Geschichtenbuch der Christenheit! Ich lachte, bis mir die Tränen über die Wangen herunterliefen. Meine Heiterkeit schien Penelope seltsam zu berühren. »Ich habe bisher nicht gewußt, daß du so grausam sein kannst, Vater«, sagte sie sanft und ging.

Ihre Worte trafen mich wie ein Guß kalten Wassers. Ich ärgerte mich über mich selbst, weil ich mich dabei unbehaglich fühlte – doch geschehen ist geschehen. Aber lassen wir das, geneigter Leser, allein ich muß die Sache hier leider erzählen, und zwar nicht ohne Grund, wie man bald sehen wird.

Der Abend kam, und die Glocke zum Dinner erklang, ehe noch Mr. Franklin aus Frizinghall zurück war. Und als er eintraf, brachte ich ihm das heiße Wasser selbst ins Zimmer hinauf. Aufgrund dieser ungewöhnlichen Verspätung erwartete ich von ihm zu hören, daß etwas geschehen sei. Zu meiner großen Enttäuschung (und zweifellos auch zur Enttäuschung meiner Leser) war gar nichts geschehen. Er hatte die Inder nicht gesehen, weder auf dem Hinweg noch auf dem Rückweg, er hatte in der Bank den Diamanten deponiert – ihn dabei bloß als Wertgegenstand bezeichnet – und trug jetzt den Empfangsschein wohlverwahrt bei sich in der Tasche. Ich ging hinunter mit dem Gefühl, nach unserer Aufregung über den Diamanten sei dies doch ein eher flauer Abschluß.

Wie das Wiedersehen Mr. Franklins mit seiner Tante und seiner Cousine verlief, kann ich nicht sagen.

Ich hätte viel darum gegeben, an diesem Abend zu servieren. Doch bei meiner Stellung im Haushalt hätte mich dies (sofern es sich nicht um ein großes Familienfest handelte) in den Augen der übrigen Domestiken herabgesetzt. Meine Herrin bemängelte ohnedies, daß ich nur allzu bereit sei, meiner Würde etwas zu vergeben, obschon ich nichts dergleichen tat. Die Neuigkeiten aus den oberen Regionen erhielt ich an jenem Abend durch meine Tochter. Penelope bemerkte, Miss Rachel sei noch nie so bedacht auf ihre Frisur gewesen, noch nie habe man sie so schön und strahlend gesehen wie in dem Augenblick, als sie in den Salon ging, Mr. Franklin zu begrüßen. Später am Abend hörten wir sie Duette spielen und singen, wobei Mr. Franklin mit hoher und Miss Rachel mit noch höherer Stimme piepste und meine Herrin ihnen am Klavier über Stock und Stein folgte und sie in einer Weise ans Ziel brachte, die draußen auf der Terrasse durchs offene Fenster lieblich anzuhören war. Später ging ich mit Whisky und Sodawasser zu Mr. Franklin ins Rauchzimmer und stellte fest, daß Miss Rachel ihn den Diamanten ganz vergessen ließ. »Sie ist das reizendste Mädchen, das mir seit meiner Rückkehr nach England begegnet ist!« war alles, was ich aus ihm herausbrachte, als ich mich bemühte, unser Gespräch auf ernstere Dinge zu lenken.

Gegen Mitternacht ging ich, begleitet von meinem Stellvertreter (dem Diener Samuel), wie gewohnt durchs Haus, Türen und Fenster zu verschließen. Als alle Türen, ausgenommen jene zur Terrasse, bereits verriegelt waren, schickte ich Samuel zu Bett und ging ins Freie. Ich wollte auf der Terrasse frische Luft schöpfen, ehe ich mich selbst schlafen legte.

Die Nacht war still und schwül, der Mond stand voll am Himmel. So ruhig war es hier, daß ich dann und wann die Wellen des Meeres hörte, schwach und leise – die Brandung, die sich an der Sandbank vor unserer kleinen Bucht brach. Entsprechend der Lage des Hauses war die Terrasse im Dunkel, doch den Kiesweg, der seitwärts an ihr vorbeiführte, beschien helles Mondlicht. Nachdem ich zuerst zum Nachthimmel aufgeblickt hatte, sah ich auf den Kiesweg und bemerkte dort den Schatten eines Menschen, der hinter der Hausecke stehen mußte.

Alt und schlau wie ich bin, hütete ich mich, zu rufen; da ich aber leider auch alt und schwerfällig bin, verriet der Kies meine Schritte, und bevor ich noch um die Ecke schleichen konnte (wie ich vorgehabt hatte), hörte ich leichtere Schritte als die meinen – und offenbar von mehr als nur zwei Füßen –, die sich eiligst entfernten. Ich erreichte die Ecke, aber die Eindringlinge – oder wer es sonst gewesen sein mag – waren bereits ins Gebüsch auf die andere Seite des Wegs gelaufen und durch Bäume und

Gesträuch meinem Blick entzogen. Von dort war es für sie leicht, über unsern Zaun auf die Landstraße zu gelangen. Wäre ich vierzig Jahre jünger gewesen, hätte ich sie vielleicht einholen können, bevor sie unser Grundstück verließen. So aber mußte ich zurückgehen, ein Paar jüngere Beine als die meinen in Bewegung zu setzen. Ohne sonst jemanden zu stören, holten Samuel und ich zwei Flinten, gingen rund ums Haus und durchsuchten das Gesträuch. Als wir uns versichert hatten, daß sich niemand mehr im Dunkel umtrieb, kehrten wir zum Haus zurück. Wir kamen zu dem Weg, auf dem ich den Schatten gesehen hatte. Da sah ich im Mondlicht auf dem hellen Kies etwas glänzen. Ich hob den Gegenstand auf und hielt ein Fläschchen in der Hand – mit dicker, süßlich riechender Flüssigkeit, schwarz wie Tinte.

Zu Samuel sagte ich nichts davon. Aber mir fiel ein, was mir Penelope über die Gaukler erzählt hatte, und auch über die Tinte, die sie in die hohle Hand des Knaben gegossen hatten. Vermutlich hatte ich die drei Inder gestört, die nachts ums Haus geschlichen waren und mit Hilfe ihrer heidnischen Zauberei herausfinden wollten, wo sich ihr Monddiamant befinde.

VIII

Hier erachte ich es für nötig, einen Augenblick in meiner Erzählung innezuhalten.

Wenn ich an diese Zeit zurückdenke und Penelopes Tagebuch dabei zu Rate ziehe – sie hat mir ja ihre Hilfe zugesagt –, finde ich, daß wir die Wochen zwischen Mr. Franklins Ankunft und Miss Rachels Geburtstag nur kurz zu streifen brauchen. Die Tage gingen rasch vorüber und brachten nichts, was erwähnenswert wäre. Mit der gütigen Erlaubnis des Lesers und mit Penelopes Hilfe werde ich hier nur bestimmte Daten vermerken. Ich behalte mir vor, mit dem Bericht über die Ereignisse jedes einzelnen Tages erst von dem Augenblick an wieder einzusetzen, als der Monddiamant in unserm Haus zum Mittelpunkt des Geschehens wurde.

Jetzt also können wir fortfahren und beginnen natürlich bei

dem Fläschchen mit süßlich riechender Tinte, das ich nachts auf dem Kiesweg fand.

Am nächsten Morgen (es war der sechsundzwanzigste Mai) zeigte ich Mr. Franklin diesen Gegenstand indischer Gaukelei und erzählte ihm, was ich meinem Leser bereits erzählt habe. Seiner Meinung nach hätten es die Inder zwar auf den Diamanten abgesehen, seien aber dabei töricht genug, an ihre eigene Zauberei zu glauben – etwa wenn sie Zeichen über dem Kopf des Knaben machen, ihm Tinte in die hohle Hand gießen und von ihm erwarten, er sähe Dinge und Personen, die sonst niemand sieht. Bei uns, aber auch im Orient – so belehrte mich Mr. Franklin – gebe es Leute, die diesen sonderbaren Hokuspokus (zwar ohne Tinte) treiben und ihm einen französischen Namen geben, der so etwas Ähnliches wie Hellsehen bedeute. »Ganz gewiß haben die Inder damit gerechnet, daß wir den Diamanten hierbehalten, und deshalb haben sie ihren hellseherischen Knaben hergebracht, damit er sie zum Diamanten führe, wenn es ihnen gelungen wäre, ins Haus einzudringen.«

»Glauben Sie, Sir, daß sie es nochmals versuchen?«

»Das hängt davon ab, was der Knabe wirklich kann. Sollte er den Diamanten im eisernen Schrank der Bank in Frizinghall sehen können, werden uns die Inder durch weitere Besuche vorläufig nicht mehr inkommodieren. Kann er ihn nicht sehen, werden wir binnen kurzem nochmals Gelegenheit finden, die Kerle im Gesträuch zu fassen.«

Ich wartete vertrauensvoll auf diese Gelegenheit, doch leider kam sie nie.

Ob nun die Gaukler von Mr. Franklins Vorsprache in der Bank von Frizinghall erfahren und daraus ihre Schlüsse gezogen hatten, oder ob der Knabe wirklich den Diamanten in seinem neuen Aufbewahrungsort gesehen hatte (was ich, zum Beispiel, keinesfalls glaube), oder ob es schließlich nur reiner Zufall war – soviel ist gewiß: in den letzten Wochen vor Miss Rachels Geburtstag sah man hier beim Haus von den Gauklern nicht die Spur. Sie blieben in oder nahe der Stadt, zeigten ihre Künste, indes Mr. Franklin und ich die Entwicklung der Dinge abwarteten, denn wir wollten durch voreilig gezeigten Argwohn die

Spitzbuben nicht warnen. Das ist alles, was ich im Augenblick über die Inder zu sagen habe.

Am neunundzwanzigsten des Monats erfanden Miss Rachel und Mr. Franklin eine neue Methode, sich gemeinsam die Zeit zu verkürzen, die sonst vielleicht langsam dahingeschlichen wäre. Es gibt Gründe genug, ihr Tun, das ihnen so viel Spaß machte, hier näher zu beleuchten, denn der Leser wird später bemerken, daß es nicht ohne Einfluß auf das Kommende blieb.

Den feinen Leuten steht im Leben meist ein lästiges Hindernis im Weg – nämlich ihr Müßiggang. Sie verbringen die meiste Zeit damit, sich nach einer Beschäftigung umzusehen. Besonders wenn ihre Neigungen sozusagen geistiger Natur sind, geraten sie seltsamerweise oft blindlings auf Abwege. Meist mißhandeln oder ruinieren sie etwas, und dabei glauben sie fest daran, sie verfeinern damit ihren Geist, in Wahrheit jedoch bringen sie im Hause nur alles durcheinander. Sowohl Herren als auch Damen (leider) habe ich ausgehen sehen, Tag für Tag, beispielsweise mit leeren Pillendosen, und dann haben sie Käfer und Spinnen und Frösche und Wassermolche gefangen und diese Bedauernswerten zu Hause auf eine Nadel gespießt oder mit dem Messer in Stücke zerlegt, ohne Gewissensbisse. Da sieht man dann den jungen Herrn oder das junge Fräulein durch ein Vergrößerungsglas die Innereien einer ihrer Spinnen betrachten, oder auf der Treppe springt einem einer ihrer Frösche entgegen, ohne Kopf – und wenn unsereiner sich erkundigt, was diese üble Grausamkeit für einen Sinn habe, wird einem gesagt, der junge Herr oder das junge Fräulein finde Gefallen an Naturgeschichte. Ein andermal wieder beschäftigen sie sich stundenlang damit, eine hübsche Blume mit spitzen Instrumenten zu zerpflücken, nur weil sie aus törichter Neugierde wissen wollen, woraus die Blume besteht. Ist etwa die Farbe einer Blume schöner oder ihr Duft süßer, wenn man derlei weiß? Mitnichten! Diese Armen müssen eben irgendwie ihre Zeit hinbringen – sicher, so ist es! Als Kind befaßt man sich mit ekligem Schlamm und bäckt Kuchen daraus, und wächst man heran, befaßt man sich mit Wissenschaft und zerteilt Spinnen und zerpflückt Blumen. Im einen wie im andern Fall erklärt es sich daraus, daß man im armen, leeren Kopf nichts hat, worüber man nachdenken könnte, und daß die armen, müßigen Hände nichts haben, das sie tun könnten. Die Folge ist: man beschmiert Leinwand mit Farbe, weshalb es im Hause stinkt, oder man hält Kaulquappen in einem Glaskasten mit schmutzigem Wasser, dessen bloßer Anblick unsereinem den Magen umdreht, oder man splittert von einem Stein Stücke ab – da und dort und überall –, wodurch im Hause Sand in alle Lebensmittel kommt, oder man probiert an jedermanns Gesicht erbarmungslos seine Photographierkunst und beschmutzt sich beim Herstellen der Aufnahmen die Finger. Zugegeben, Leute, die sich ihr Brot selbst verdienen, müssen oft hart arbeiten – für das Essen, das sie nährt, für das Dach, das sie schützt, für die Kleidung, die sie wärmt. Doch vergleicht unsereiner das härteste Tagewerk mit dem Treiben der Nichtstuer, die in Spinnenmägen gucken und Blumen zerpflücken, so kann man sich glücklich preisen, wenn der Kopf etwas hat, worüber er nachdenken muß, und die Hände etwas haben, das sie tun müssen.

Was nun Mr. Franklin und Miss Rachel betrifft, so quälten sie gottlob weder Tier noch Blume. Sie beschränkten sich vielmehr darauf, nur Unordnung zu machen, und alles, was sie dabei ruinierten, war einzig und allein eine Türfüllung.

Mr. Franklin, das Universalgenie, beschäftigte sich mit allem, auch mit »Dekorationsmalerei« – wie er es nannte. Er teilte uns mit, er habe eine neue Mixtur erfunden, mit der man Malfarben vermischen könne – er nannte es »Malmittel«. Woraus es bestand, weiß ich nicht, was es bewirkte, kann ich mit zwei Worten sagen: es stank. Miss Rachel war ganz versessen darauf, sich in der neuen Malweise zu versuchen; daher schickte Mr. Franklin nach London um das notwendige Material, vermischte es, wobei sich im Zimmer ein Geruch verbreitete, der sogar die Hunde zum Niesen brachte. Er band Miss Rachel eine Schürze und einen Latz vor, denn sie sollte fürs erste ihr kleines Wohnzimmer dekorieren, das er, weil ihm das englische Wort fehlte, ihr »Boudoir« nannte. Mit der Innenseite der Türe begannen sie. Mr. Franklin kratzte mit Bimsstein allen schönen Firnis ab und schuf somit, wie er sagte, den Untergrund. Mit seiner Hilfe und unter seiner Anleitung bedeckte Miss Rachel diese Fläche mit Mustern und Bildern – Blumen, Vögeln, Greifen, Putten und dergleichen mehr – nach Zeichnungen eines berühmten italienischen Malers. (Sein Name fällt mir nicht ein: ich meine jenen, welcher die Welt mit Madonnenbildern versorgte und die Tochter eines Bäckers als Liebchen hatte.) Dieses Dekorieren war eigentlich eine langsame und auch eine schmutzige Arbeit. Allein, unser junger Herr und unser junges Fräulein wurden anscheinend der Sache nicht müde. So sie nicht ausritten, nicht auf Besuch waren, nicht beim Essen saßen, nicht im Duett ihre Lieder piepsten – malten sie immer, mit zusammengesteckten Köpfen, emsig wie Bienen, und ruinierten die Tür. Wer war doch der Dichter, der gesagt hat, Satan könnte auch durch müßige Hände Unheil stiften? Hätte er an meiner Stelle Miss Rachel mit ihrem Pinsel und Mr. Franklin mit seinem »Malmittel« gesehen, wäre ihm bestimmt nichts Zutreffenderes eingefallen.

Das nächste bemerkenswerte Datum ist der vierte Juni, ein Sonntag. Es war Abend, und wir im Domestikenzimmer diskutierten erstmals eine Familienangelegenheit, die – wie das Dekorieren der Tür – Einfluß auf kommende Ereignisse haben könnte.

Uns fiel auf, welches Vergnügen Mr. Franklin und Miss Rachel aneinander fanden, und daher meinten wir, sie würden in jeder Hinsicht gut zusammenpassen. Es schien uns durchaus möglich, daß sie auch zu anderen Zwecken die Köpfe zusammensteckten – nicht nur weil sie gemeinsam die Tür dekorieren wollten. Einige von uns behaupteten, noch vor Ende des Sommers werde es im Hause eine Hochzeit geben; andere (deren Wortführer ich war) meinten, Miss Rachel werde sicher bald heiraten, doch vielleicht sei (aus Gründen, die ich gleich nennen werde) nicht Mr. Franklin Blake der Bräutigam.

Daß er verliebt war, konnte niemand, der ihn sah und hörte, bezweifeln. Schwieriger schien es, Miss Rachel zu ergründen. Der Leser möge mir die Ehre lassen, ihn mit ihr etwas näher bekannt zu machen – hernach möge er sie selber ergründen, so er kann.

Der achtzehnte Geburtstag meines jungen Fräuleins (am einundzwanzigsten Juni) stand unmittelbar bevor. Sollte mein geneigter Leser dunkles Haar bei Frauen bevorzugen (was in der Lebewelt angeblich aus der Mode gekommen ist) und sollte er nicht voreingenommen sein, was Größe betrifft, so kann ich nur sagen: Miss Rachel war damals eines der hübschesten Mädchen. Sie war klein und zart und von Kopf bis Fuß ganz ebenmäßig. Sie zu sehen, wenn sie sich setzte, wenn sie sich erhob und namentlich wenn sie ging, war genug, jedermann davon zu überzeugen, daß die Grazie ihrer Erscheinung eher (man verzeihe mir den Ausdruck) ihr Körper bedingte als ihre Kleidung. Ihr Haar war das schwärzeste, das ich je gesehen habe, und ihre Augen paßten zu ihrem Haar. Zugegeben, ihre Nase war etwas klein, doch ihr Mund und ihr Kinn waren (um Mr. Franklin zu zitieren) Leckerbissen für Götter, und ihr Teint war (nach demselben maßgeblichen Fachmann) warm wie die Sonne selbst, doch hatte er der Sonne voraus, daß man ihn immer gut anschauen konnte. Nimmt man dazu, daß sie sich pfeilgerade hielt, den Kopf hoch – wie es einem so lebhaften, vornehmen Wesen ansteht –, daß sie eine klare Stimme mit ein wenig Metallklang hatte und ein reizendes Lächeln, das sich schon in ihren Augen zeigte, ehe es noch die Lippen erreichte – so hat der Leser ein Porträt von ihr, in Lebensgröße, das ich nach besten Kräften gemalt habe.

Und was ist über ihren Charakter zu sagen? Hatte dieses reizende Geschöpf keine Fehler? Es hatte genauso viele Fehler wie du, geneigte Leserin – nicht mehr und nicht weniger.

Doch Spaß beiseite: mein liebes junges Fräulein hatte – so hübsch wie anziehend sie war – einen einzigen Fehler, den ich, wenn ich unparteiisch sein will, zugeben muß. Sie war anders als die meisten Mädchen ihres Alters: vor allem hatte sie ihre eigene Meinung und war halsstarrig genug, den Formen des gesellschaftlichen Lebens zu trotzen, wenn sie ihr nicht paßten. Bei Kleinigkeiten spielte dies keine Rolle, doch bei Wichtigem ging sie (wie es meiner Herrin und auch mir schien) manchmal zu weit. Sie war in ihrem Urteil so unabhängig, wie es sonst nur wenige, und noch dazu viel ältere Frauen sind; sie bat nie um einen Rat, sagte niemandem ihre Absichten und vertraute anderen nie ein Geheimnis an, nicht einmal ihrer Mutter. Im kleinen wie im großen, bei Menschen, die sie liebte, und bei Menschen, die sie haßte (sie tat beides mit gleicher Inbrunst), ging Miss Rachel stets ihren eigenen Weg, in Freud und Leid sich selbst genug. Immer wieder habe ich meine Herrin sagen hören: »Rachels bester Freund und Rachels schlimmster Feind – beides ist sie sich selber.«

Nun noch kurz ein paar Worte, dann bin ich fertig:

Sie war zwar verschlossen und eigenwillig, doch gab es keine Spur von Falsch an ihr. Meiner Erinnerung nach hat sie nie ihr Wort gebrochen, nie »nein« gesagt, wenn sie »ja« gemeint hat. Mehr als einmal hat sie als Kind Schuld und Strafe auf sich genommen, wenn eine Gespielin, die sie mochte, etwas angestellt hatte. Und sie gestand es auch nicht ein, wenn man nachher die Wahrheit herausfand und sie zur Rede stellte. Sie sah einem gerade ins Gesicht, schüttelte trotzig den Kopf und antwortete: »Ich sag's nicht!« Und wenn man sie dafür aufs neue bestrafte, bedauerte sie ihre Antwort, doch trotz Brot und Wasser schwieg sie. Zugegeben, eigenwillig war sie, sogar verteufelt eigenwillig, aber trotzdem das reizendste Geschöpf auf Erden. Vielleicht siehst du, lieber Leser, hier einen Widerspruch? Für diesen Fall – ein Wort im Vertrauen: Beobachte doch einmal einen Tag lang deine eigene Frau, und gibt es in dieser ganzen Zeit nichts Widersprüchliches an ihr, dann hast du – der Himmel sei dir gnädig! – ein Ungeheuer geheiratet.

Ich habe jetzt den Leser mit Miss Rachel bekannt gemacht, daher können wir uns als nächstes gleich mit ihren Ansichten über die Ehe befassen.

Am zwölften Juni schickte Lady Verinder einem jungen Herrn in London eine Einladung zum Geburtstag ihrer Tochter – eben jenem Glücklichen, welchem Miss Rachel, wie ich glaubte, ihr Herz geschenkt hatte. Wie Mr. Franklin war auch er ihr Cousin. Er hieß Godfrey Ablewhite.

Die zweite Schwester meiner Herrin (keine Sorge – diesmal

gehe ich nicht näher auf Familienangelegenheiten ein!) – die zweite Schwester meiner Herrin also hatte eine unglückliche Liebe gehabt und dann Hals über Kopf einen andern geheiratet. Es war eine Mesalliance, wie die feinen Leute sagen, und die ganze Familie war außer sich, als die Honourable Caroline darauf bestand, einen ganz gewöhnlichen Mr. Ablewhite zu heiraten, den Bankier in Frizinghall. Er war sehr reich und sehr angesehen und zeugte unglaublich viele Söhne und Töchter – was für ihn sprach. Aber er hatte es gewagt, sich von unten emporzuarbeiten – und das sprach gegen ihn. Doch Zeit und fortschreitende Aufklärung brachten die Sache ins Lot, und die Mesalliance bestand die Prüfung. Heutzutage werden wir alle liberal, und wenn eine Hand die andere wäscht – was kümmert's mich (drin im Parlament oder draußen), ob einer Straßenkehrer ist oder Herzog? So sieht man es auf moderne Art, und ich halte mich daran. Die Ablewhites wohnten auf einem schönen Landsitz etwas außerhalb von Frizinghall, sie waren sehr würdige Leute und in der ganzen Gegend hochgeachtet. Wir werden uns hier nicht viel mit ihnen befassen müssen – Mr. Godfrey ausgenommen, der Mr. Ablewhites zweiter Sohn war, und Miss Rachels wegen hier in diesem Bericht (mit der gütigen Erlaubnis meines Lesers) seinen festen Platz hat.

Trotz hellem Verstand und übrigen guten Eigenschaften hatte – meiner Meinung nach – Mr. Franklin wirklich nur geringe Aussicht, Mr. Godfrey bei Miss Rachel auszustechen.

Vor allem was den Wuchs betraf, war Mr. Godfrey der schönere: er maß über sechs Fuß und sah aus wie Milch und Blut; sein glattes rundes Gesicht war bartlos, sein schönes flachsblondes Haar fiel ihm locker bis über den Nacken. Aber warum eigentlich versuche ich, ihn meinem Leser zu beschreiben? So er je für einen Londoner Wohltätigkeitsverein etwas gespendet hat, kennt er Mr. Godfrey Ablewhite sicher genauso gut, wie ich ihn kenne. Seinem Beruf nach war er Rechtsanwalt, seinem Temperament nach ein Mann für die Damen, seiner Neigung nach barmherziger Samariter. Alles, was mit Wohltätigkeit zugunsten in Not geratener Frauen zu tun hatte, lag in seinen Händen. Bei Frauenvereinen zur Unterstützung armer Wöchnerinnen, bei Komitees zur Rettung gefallener Mädchen, bei den Klubs der Emanzipierten, die arme Frauen an die Stelle armer Männer setzen wollen und es den Männern überlassen, sich selbst durchzuschlagen – überall war er Vizepräsident, Leiter oder Sachverständiger. Wo immer ein Damenkomitee um einen Tisch versammelt saß, steckte Mr. Godfrey dahinter; er beruhigte diese lieben Geschöpfe und geleitete sie hilfreich mit dem Hut in der Hand auf dem dornigen Pfad des Geschäftes. Vermutlich war er einer der vorzüglichsten Philanthropen, die England je hervorgebracht hat. Als Redner bei Wohltätigkeitsveranstaltungen verstand er es wie kaum einer, anderen Leuten Geld und Tränen zu entlocken. Er war eine in der Öffentlichkeit bekannte Person. Bei meinem letzten Aufenthalt in London verdankte ich meiner Herrin zwei Vergnügungen: sie schickte mich ins Theater, eine Tänzerin zu sehen, die damals sehr beliebt war, und sie schickte mich in die Exeter Hall, um Mr. Godfrey zu hören. Die Dame tat es mit einer Musikkapelle, der Herr mit einem Schnupftuch und einem Glas Wasser, man drängte sich bei der Leistung mit den Beinen, dito bei der Leistung mit der Zunge. Und trotz allem war er (ich meine Mr. Godfrey) der einfachste, sanftmütigste, umgänglichste und liebenswürdigste Mensch, den man kannte. Er liebte alle, und alle liebten ihn. Welche Chancen also hatte Mr. Franklin – ohne hervorragenden Leumund und ohne großartige Fähigkeiten – gegen einen solchen Mann?

Am vierzehnten kam Mr. Godfreys Antwort: Er nehme Lady Verinders Einladung an, und zwar von Mittwoch, dem Geburtstag, bis Freitag, an welchem Tage ihn seine Pflichten gegenüber den Wohltätigkeitsvereinen nach London zurückrufen würden.

Er legte seinem Schreiben auch ein Gedicht bei, auf das »Wiegenfest« seiner Cousine, wie er sich elegant ausdrückte. Miss Rachel machte sich mit Mr. Franklin beim Abendessen über die Verse lustig, wie ich erfuhr, und Penelope, die ganz für Mr. Franklin eingenommen war, fragte mich triumphierend, was ich davon halte. »Mein Kind, Miss Rachel hat dich auf eine falsche Fährte gebracht; doch meine Nase läßt sich nicht so leicht irreführen. Warte nur, bis Mr. Ablewhite selbst seinem Gedicht folgt!«

Meine Tochter meinte, Mr. Franklin werde vielleicht sein Ziel erreicht haben, bevor noch der Dichter seinen Versen folge. Diese Ansicht hatte etwas für sich, denn ich muß gestehen, Mr. Franklin ließ kein Mittel unversucht, Miss Rachels Neigung zu gewinnen.

Er war zwar einer der leidenschaftlichsten Raucher, die ich kenne, aber er gab seine Zigarren auf, weil sie eines Tages gesagt hatte, sie hasse den schlechten Geruch an seinen Kleidern. Seit dieser Selbstverleugnung schlief er schlecht, denn es fehlte ihm die beruhigende Wirkung des Tabaks, an die er gewöhnt war. Wenn er morgens herunterkam, sah er immer so elend und übermüdet aus, daß Miss Rachel selbst ihn bat, doch wieder zu rauchen. Doch nein! Er wollte nichts tun, das sie im mindesten ärgern könnte, er wollte unbeirrbar gegen das Rauchen ankämpfen und geduldig abwarten, bis er früher oder später die dadurch verursachte Schlaflosigkeit überwinden würde.

Eine so vorbehaltlose Hingabe konnte ihre Wirkung auf Miss Rachel nicht verfehlen – wird sich der Leser sagen (und unten im Domestikenzimmer sagten es auch einige) –, zumal ja die beiden täglich zusammensteckten und weiterhin die Tür dekorierten. So weit, so gut – doch Miss Rachel hatte in ihrem Schlafzimmer eine Photographie von Mr. Godfrey, die ihn bei einer öffentlichen Versammlung zeigte. Man sah darauf, wie der Atem seiner Beredsamkeit ihm das Haar aus der Stirne blies und er mit strahlendem Blick den Leuten das Geld aus der Tasche zauberte. Was also sagt der geneigte Leser dazu? Wie Penelope selbst zugeben mußte, sah der Mann auf dem Bild, den die Frauen nicht entbehren konnten, wie man tagtäglich Miss Rachel das Haar kämmte. Über kurz oder lang würde er es leibhaftig sehen – das war meine Meinung.

Am sechzehnten Juni trat etwas ein, das in meinen Augen Mr. Franklins Chancen noch mehr verringerte:

Ein Herr, der englisch mit fremdem Akzent sprach, wollte an

jenem Morgen Mr. Franklin Blake in Geschäften treffen. Diese konnten unmöglich mit dem Diamanten etwas zu tun haben, und zwar aus zwei Gründen. Erstens: Mr. Franklin teilte mir nichts davon mit. Zweitens: Er sagte es (offenbar erst, als der Fremde fort war) meiner Herrin, die vermutlich ihrer Tochter davon erzählte. Noch am selben Abend jedenfalls, als beide am Klavier saßen, soll Miss Rachel harte Worte für Mr. Franklin gehabt haben, und zwar bestimmter Leute wegen, mit denen er im Ausland beisammen gewesen sei, und über gewisse Grundsätze, an denen er seither festzuhalten scheine. Am nächsten Tag hatte man das gemeinsame Dekorieren der Tür eingestellt. Vermutlich steckte hinter dem Besuch des Fremden eine auf dem Kontinent begangene Unvorsichtigkeit – eine Frau oder Schulden betreffend –, weshalb man ihm nach England nachgefolgt war. Aber das ist nur eine Mutmaßung, denn nicht nur Mr. Franklin, sondern auch meine Herrin ließen mich diesmal im dunkeln.

Am siebzehnten verzog sich anscheinend diese Wolke. Beide nahmen die Dekorationsarbeit an der Tür wieder auf und schienen so gute Freunde wie zuvor zu sein. So man Penelope glauben durfte, hatte Mr. Franklin gelegentlich seiner Versöhnung mit Miss Rachel ihr einen Heiratsantrag gemacht, den sie weder angenommen noch abgelehnt hatte. Aufgrund bestimmter Anzeichen, mit denen ich meinen Leser nicht behelligen will, war Penelope sicher, ihre junge Herrin habe Mr. Franklin vorläufig gesagt, daß sie an den Ernst seines Antrags nicht glaube, doch nachher habe sie es insgeheim bereut, ihn so behandelt zu haben. Meine Tochter stand damals mit ihrer jungen Herrin zwar auf vertrauterem Fuß, als dies bei Zofen sonst üblich ist – die beiden waren ja wie Geschwister miteinander aufgewachsen –, doch kannte ich Miss Rachels reservierte Art zu gut, um zu glauben, daß sie einer andern soviel Einblick gewährt hätte. Was mir Penelope damals erzählte, war vermutlich mehr Wunsch als Wissen.

Am neunzehnten trat wieder etwas ein: Man hatte den Arzt rufen müssen, und zwar wegen einer Person, die ich dem geneigten Leser bereits vorgestellt habe: nämlich Rosanna Spearman.

Dieses arme Mädchen hatte mir bekanntlich schon vor Wochen zu denken gegeben, und seither war sie mir mehr als einmal wunderlich erschienen. Penelopes Idee, Rosanna sei in Mr. Franklin verliebt (was meine Tochter, auf meinen Befehl, streng für sich behielt), schien mir ebenso absurd wie zuvor. Freilich, was wir beide an unserm zweiten Hausmädchen bemerkten, wurde für uns, gelinde gesagt, immer mysteriöser.

Zum Beispiel: sie geriet wie zufällig Mr. Franklin ständig in den Weg – sie tat es leise und listig, aber sie tat es. Er nahm ungefähr soviel Notiz von ihr wie von einer Katze. Nie schien er auch nur einen Blick für Rosannas ohnedies reizloses Gesicht übrig zu haben. Der Appetit dieses armen Dings war zwar nie groß gewesen, nahm jedoch erschreckend ab, und ihre Augen zeigten morgens immer Spuren einer durchwachten und durchweinten Nacht. Eines Tages machte Penelope eine peinliche Entdekkung, die wir totgeschwiegen haben: sie ertappte Rosanna dabei, als sie von Mr. Franklins Toilettentisch eine Rose wegnahm, die ihm Miss Rachel fürs Knopfloch geschenkt, und eine andere Rose hinlegte, die sie selbst gepflückt hatte. Später dann, und zwar immer wenn ich ihr den wohlgemeinten Rat gab, sich besser aufzuführen, war sie ein paarmal frech zu mir, und, schlimmer noch, sie zeigte sich auch nicht besonders respektvoll, wenn Miss Rachel gelegentlich etwas zu ihr sagte.

Meine Herrin bemerkte die Veränderung und fragte mich, was ich davon halte. Ich versuchte, das Mädchen zu decken, indem ich sagte, sie sei vermutlich krank, worauf wir, wie bereits erwähnt, den Arzt riefen. Er meinte, die Nerven seien daran schuld, wahrscheinlich sei sie für den Dienst als Hausmädchen gar nicht geeignet. Meine Herrin wollte sie wegen einer Luftveränderung auf einen ihrer Gutshöfe im Innern des Landes schicken, doch Rosanna bat und flehte unter Tränen, bei uns bleiben zu dürfen, und in einem unglücklichen Moment riet ich meiner Herrin, es doch noch ein wenig mit ihr zu versuchen. Wie sich herausstellte, und wie mein Leser bald sehen wird, war dies der schlechteste Rat, den ich je gegeben habe. Hätte ich nur ein wenig in die Zukunft blicken können: ich hätte auf der Stelle Rosanna Spearman mit eigener Hand aus dem Hause entfernt.

Am zwanzigsten kam ein Billet von Mr. Godfrey: Er habe es mit seinem Vater abgesprochen, den Dienstagabend in Frizinghall zu verbringen, bei welcher Gelegenheit er sich mit ihm in Geschäften beraten wolle. Am nächsten Nachmittag gedenke er mit seinen beiden ältesten Schwestern zu uns zu reiten und rechtzeitig vor dem Abendessen einzutreffen. Ein elegantes Porzellandöschen, zugleich mit lieben und guten Wünschen für Miss Rachel, begleitete das Billet. Mr. Franklin hatte ihr bloß ein schlichtes Medaillon, das nicht einmal halb soviel wert war, geschenkt.

Dem Himmel sei Dank! Wir sind endlich beim Vorabend des Geburtstags angelangt. Der Leser wird mir hoffentlich zugute halten, daß ich ihn diesmal ohne Umweg ans Ziel gebracht habe. Er sei guten Mutes! Ich habe ein neues Kapitel für ihn bereit, das uns mitten in die Ereignisse hineinversetzt.

IX

Der einundzwanzigste Juni, der Geburtstag, brach trüb und bewölkt an, doch gegen Mittag klarte es auf.

Wir im Domestikenzimmer begannen diesen glücklichen Jahrestag wie üblich: wir brachten Miss Rachel unsere kleinen Geschenke dar, wobei ich, als erster Diener des Hauses, wie alljährlich eine Rede hielt. Dabei mache ich es immer wie die Königin, wenn sie das Parlament eröffnet: ich sage jedes Jahr ungefähr das gleiche. Vor meiner Rede (genauso wie vor der Rede der Königin) ist alles gespannt, was es da an Neuem geben wird. Nachher, wenn man sich in seinen Erwartungen enttäuscht sieht, murrt man ein wenig und hofft, im nächsten Jahr doch etwas Neues zu hören. Die Menschen sind eben leicht zu lenken, im Parlament wie in der Küche – das ist die Lehre daraus.

Nach dem Frühstück berieten Mr. Franklin und ich uns miteinander, schließlich war ja die Zeit gekommen, den Diamanten aus der Bank von Frizinghall abzuholen und ihn in Miss Rachels Hände zu legen.

Ob er wieder versucht hatte, seine Cousine zu hofieren und

abermals einen Korb bekommen hatte, oder ob sein unterbrochener Schlaf, Nacht für Nacht, daran schuld war – ich weiß es nicht. Jedenfalls hatte sich das Unsichere und Widerspruchsvolle an ihm verstärkt, und es stand am Morgen des Geburtstags mit ihm wirklich nicht zum besten. Den Diamanten betreffend hatte er etwa zwanzig verschiedene Vorschläge innerhalb von zwanzig Minuten. Ich meinerseits hielt mich fest an die uns bekannten Tatsachen: nichts war geschehen, das uns berechtigt hätte, meine Herrin wegen des Diamanten zu beunruhigen, nichts konnte Mr. Franklin von der Verpflichtung befreien, ihn seiner Cousine zu übergeben. Das war meine Ansicht, er mochte sie drehen und wenden, wie er wollte, zuletzt mußte er sie sich doch zu eigen machen. Wir vereinbarten, er sollte nach dem Lunch nach Frizinghall reiten und den Diamanten zurückbringen, wobei ihm auf dem Heimweg Mr. Godfrey und dessen Schwestern wahrscheinlich Gesellschaft leisten würden.

Dies also stand fest. Unser junger Herr ging zu Miss Rachel zurück.

Sie verbrachten den ganzen Morgen und den Mittag mit der nie endenwollenden Arbeit an der Tür, und Penelope stand dabei und mischte die Farben so, wie man es ihr anwies. Die Zeit rückte vor, und meine Herrin betrat mehrmals das Zimmer (immer mit dem Schnupftuch vor der Nase, denn sie verbrauchten an diesem Tage sehr viel von Mr. Franklins »Malmittel«) und versuchte vergeblich, die beiden Künstler von ihrer Arbeit loszureißen. Es war schon drei Uhr, als sie die Schürzen abnahmen, Penelope entließen (der das »Malmittel« bedenklich zugesetzt hatte) und sich die Hände reinigten. Aber sie hatten es erreicht: am Geburtstag hatten sie ihr Werk vollendet und waren stolz darauf. Gewiß, Greifen, Putten usw. waren wunderschön anzusehen, doch gab es deren zu viele. Blumen und sonstige Ornamente schlangen sich um sie herum, und alles zusammen bildete so einen Kuddelmuddel, daß man noch schwindelig war, auch wenn man das Vergnügen, die Dekoration zu betrachten, schon längst hinter sich hatte. Nimmt man hinzu, daß meiner Tochter nach dieser Mitarbeit speiübel war, soll damit nichts Unfreundliches gegen das »Malmittel« gesagt sein. O nein! Es hörte nämlich zu stinken auf, als es trocknete, und wenn Kunst solche Opfer fordert – selbst wenn es dabei um meine eigene Tochter geht –, dann muß man ihr diese Opfer bringen!

Mr. Franklin schnappte sich einen Bissen vom Mittagstisch und ritt nach Frizinghall – um seine beiden Cousinen herzubegleiten, wie er meiner Herrin sagte; in Wahrheit aber, um den Monddiamanten zu holen, wie nur er und ich wußten.

Am Abend gab es also eines jener hohen Familienfeste, bei welchen ich immer meinen Platz neben dem Anrichtetisch bezog und von dort aus das Servieren dirigierte. Daher hatte ich genug zu tun, während Mr. Franklin in Frizinghall war. Zuerst kümmerte ich mich um den Wein, hernach um die Domestiken, die bei Tisch aufwarten sollten. Zuletzt zog ich mich ein wenig zurück, ich wollte mich sammeln, bevor die Gäste eintrafen. Mein Leser weiß davon: ein Zug aus meiner Pfeife und ein Blick in ein gewisses Buch, das ich hier bereits erwähnt habe, brachten Leib und Seele in die richtige Form. Pferdegetrappel vor dem Hause schreckte mich auf, aus einem Zustand, der wahrscheinlich eher Träumen als Schlafen gewesen war; ich ging zum Tor und begrüßte dort eine eben eingetroffene Kavalkade, bestehend aus Mr. Franklin, seinem Cousin, seinen beiden Cousinen und einem Reitknecht des alten Mr. Ablewhite.

Mir fiel auf, Mr. Godfrey schien seltsamerweise nicht so gutgelaunt wie sonst, was mir auch an Mr. Franklin aufgefallen war. Er schüttelte mir zwar – freundlich wie immer – die Hand und sagte mir höflich, wie erfreut er sei, seinen alten Freund Betteredge so wohlauf zu sehen. Aber seine Stirn schien umwölkt, was ich mir nicht zu erklären wußte; und als ich mich nach der Gesundheit seines Vaters erkundigte, antwortete er kurz angebunden: »Wie üblich.«

Die beiden Damen Ablewhite hingegen waren sehr vergnügt, was das Gleichgewicht wiederherstellte: lustige, rosige Mädchen mit viel Fleisch und gelbem Haar, fast so groß wie ihr Bruder, strotzend von Kraft und Gesundheit. Den beiden armen Rössern, die sie hatten tragen müssen, zitterten die Beine. Als die beiden Damen Ablewhite vom Sattel heruntersprangen (ohne sich helfen zu lassen), prallten sie auf wie Gummi. Jeder

Satz, den sie sagten, begann mit einem langen »Oh!«, und alles, was sie machten, machten sie mit Krach, ständig kreischten und kicherten sie, jahraus, jahrein, bei jedem noch so kleinen Anlaß. Ich nannte sie die »Dragoner«.

Überdeckt vom Lärm, den die beiden machten, hatte ich Gelegenheit, in der Halle Mr. Franklin allein zu sprechen.

»Sir, haben Sie den Diamanten wohlverwahrt?«

Er nickte und deutete dabei auf die Brusttasche.

»Haben Sie von den Indern etwas bemerkt?«

»Nicht die Spur.« Er fragte dann nach meiner Herrin, und als er hörte, daß sie im kleinen Salon sei, ging er direkt zu ihr. Es dauerte nicht einmal eine Minute, da schellte meine Herrin und schickte Penelope zu Miss Rachel, ihr zu sagen, daß Mr. Franklin Blake sie zu sprechen wünsche.

Etwa eine halbe Stunde später ging ich gerade durch die Halle, als aus dem kleinen Salon Geschrei drang. Ich blieb wie angewurzelt stehen, war aber nicht beunruhigt, denn ich erkannte die so beliebten langen »Oh!« der Damen Ablewhite. Trotzdem ging ich hinein (unter dem Vorwand, um Anweisungen für das Dinner zu bitten) – ich wollte sicher sein, ob nichts Ernstes vorgefallen sei.

Miss Rachel stand beim Tisch, wie verzaubert, den unseligen Diamanten in der Hand. Links und rechts von ihr knieten die beiden »Dragoner«, verschlangen den Edelstein mit den Augen und kreischten verzückt, so oft sein Feuer aufleuchtete. Auf der andern Seite des Tisches stand Mr. Godfrey, klatschte in die Hände wie ein großes Kind und flötete leise: »Exquisit, exquisit!« Beim Bücherschrank saß Mr. Franklin, zupfte an seinem Bart und blickte nervös zum Fenster hin. Dort nämlich befand sich der Gegenstand seiner Aufmerksamkeit: meine Herrin, in der Hand den Auszug aus dem Testament des Obersten; sie hatte den anderen den Rücken zugekehrt.

Ich bat um die Anweisungen fürs Dinner. Sie wandte sich um, und ich bemerkte an ihren zusammengezogenen Brauen und ihren zuckenden Mundwinkeln, daß sie zornig war.

»Kommen Sie in einer halben Stunde in mein Zimmer, ich muß Ihnen etwas sagen!« antwortete sie mir.

Mit diesen Worten ging sie hinaus. Es war klar: dasselbe schwierige Problem, das sich Mr. Franklin und mir bei unserm ersten Gespräch gestellt hatte, stellte sich jetzt ihr. Bewies dieses Vermächtnis, daß sie ihrem Bruder auf herzlose Weise unrecht getan hatte? Oder bewies es, daß er schlimmer war als das Schlimmste, das sie bisher von ihm angenommen hatte? Es war ein ernstes Problem, über das sich meine Herrin klar werden mußte, indes ihre Tochter, ohne vom Charakter ihres Onkels auch nur das mindeste zu wissen, sein Geburtstagsgeschenk in der Hand hielt.

Auch ich wollte gerade das Zimmer verlassen, da rief Miss Rachel mir zu: »Schauen Sie, Gabriel!« Immer war sie rücksichtsvoll zu einem alten Mann wie mir, der schon vor ihrer Geburt im Hause gedient hatte. Sie hielt mir den Diamanten hin und ließ ihn in einem Sonnenstrahl, der durchs Fenster fiel, nach allen Seiten blitzen.

Du lieber Himmel! War das ein Diamant! So groß oder fast so groß wie ein Kiebitzei! Das von ihm ausgehende Licht glich dem Licht des Vollmonds. Und blickte man in den Stein hinein, so blickte man in eine gelbe Tiefe, die einen so anzog, daß man nichts anderes sah. Er schien unergründlich, dieser Stein, den man zwischen Daumen und Zeigefinger halten konnte, unergründlich wie der Himmel selbst. Wir legten ihn eine Weile in die Sonne, dann schlossen wir das Tageslicht aus und ließen ihn im Dunkel leuchten, aus den Tiefen seines strahlenden Glanzes, unheimlich wie der Mond. Kein Wunder, daß Miss Rachel wie verzaubert war, kein Wunder, daß ihre Cousinen verzückt aufschrien. Der Diamant zog mich so in seinen Bann, daß ich in ein langes »Oh!« ausbrach – genauso wie die »Dragoner«. Der einzige von uns, der bei Verstand blieb, war Mr. Godfrey. Er legte jeder Schwester den Arm um die Taille, sah zu mir hin, dann auf den Diamanten und sagte mitleidig: »Kohle, nichts als Kohle, lieber Freund!«

Vermutlich wollte er mich belehren. Aber was er erreichte, war nur, daß er mich dadurch an das Abendessen erinnerte, und ich humpelte davon, zu meinen dienstbaren Geistern, die im Souterrain auf mich warteten, weil sie abends servieren sollten.

Noch in der Tür hörte ich Mr. Godfrey sagen: »Der gute alte Betteredge, ich halte große Stücke auf ihn!« Er umarmte seine Schwestern, er liebäugelte mit Miss Rachel, und mich ehrte er durch diesen Beweis seiner Zuneigung. Einem solchen Vorrat an Liebe kann man nicht widerstehen! Neben ihm schien Mr. Franklin der reinste Barbar zu sein.

Nach einer halben Stunde fand ich mich, wie befohlen, bei meiner Herrin ein. Was nun zwischen ihr und mir zur Sprache kam, war im großen und ganzen das gleiche, was zwischen Mr. Franklin und mir bei unserer ersten Begegnung zur Sprache gekommen war – nur was ich über die Gaukler dachte, behielt ich vorsichtigerweise für mich. Es war ja nichts geschehen, was mich veranlaßt hätte, meine Herrin diesbezüglich zu alarmieren. Als sie mich entließ, wußte ich jedenfalls: sie unterschob dem Obersten die allerbösesten Motive und war daher fest entschlossen, daß ihre Tochter den Diamanten weggeben müsse, je früher, desto besser.

Auf dem Wege nach meinem Zimmer begegnete mir Mr. Franklin. Ob ich irgend etwas von seiner Cousine Rachel gesehen hätte, wollte er von mir wissen. Ich hatte nichts von ihr gesehen. Ob ich ihm sagen könne, wo sein Cousin Godfrey sei? Das wußte ich nicht, aber in mir stieg der Gedanke auf, daß sein Cousin Godfrey nicht weit von seiner Cousine Rachel sei. Mr. Franklins Gedanken bewegten sich offenbar in derselben Richtung. Er zupfte an seinem Bart, ging in die Bibliothek und schlug die Tür hinter sich zu mit einem Krach, der Bände sprach.

Hierauf unterbrach mich niemand mehr bei meinen Vorbereitungen für das Geburtstagsessen. Es war jetzt an der Zeit, mich selbst zurechtzumachen, um die Gäste empfangen zu können. Ich hatte eben meine weiße Weste angezogen, da kam Penelope herein, angeblich, weil sie das wenige Haar, das ich noch hatte, bürsten und den Knoten meiner weißen Halsbinde verschönern wollte. Meine Kleine war bester Laune, und ich bemerkte, daß sie mir etwas mitteilen wollte. Sie küßte mich auf die Glatze und flüsterte: »Vater, ich habe eine Neuigkeit für dich! Miss Rachel hat ihm einen Korb gegeben.«

»Wem?«

»Dem Damenkomitee-Mann. Ein widerlicher Schleicher! Ich hasse ihn, weil er Mr. Franklin ausstechen will.«

Wäre mir nicht gerade der Atem ausgegangen, hätte ich ganz sicher gegen die unmanierliche Art protestiert, mit der sie über einen beispielhaften Menschenfreund sprach. Doch meine Tochter verschönerte in diesem Augenblick den Knoten meiner Halsbinde, und die ganze Gewalt ihrer Gefühle fand den Weg in ihre Finger. Nie im Leben war ich so nahe daran, stranguliert zu werden.

»Ich sah ihn mit ihr in den Rosengarten gehen«, sagte Penelope, »und ich wartete hinter der Stechpalme, weil ich wissen wollte, wie sie zurückkommen. Hineingegangen waren sie nämlich lachend, Arm in Arm, herausgekommen sind sie todernst, jeder für sich, und sie haben einander nicht angesehen. Warum? Das ist doch klar! Vater, noch nie habe ich mich so gefreut! Es gibt also doch ein weibliches Wesen auf der Welt, das Mr. Godfrey widerstehen kann – und wäre ich eine Dame, ich würde das zweite sein!«

Hier hätte ich wieder protestieren müssen. Aber meine Tochter hatte gerade die Haarbürste ergriffen, und die ganze Gewalt ihrer Gefühle fand jetzt dorthin den Weg. Wer eine Glatze hat, wird begreifen, wie sie mich striegelte, und wer keine hat, überschlage diese Stelle und danke Gott, daß es für ihn einen Schutz gibt zwischen Haarbürste und Haut.

Penelope fuhr zu erzählen fort: »Gerade auf der andern Seite der Stechpalme bleibt Mr. Godfrey stehen. ›Es ist dir also lieber‹, sagt er, ›daß ich hierbleibe, als wäre nichts geschehen?‹ Wie ein Blitz wendet sich Miss Rachel um und sagt: ›Du hast die Einladung meiner Mutter angenommen und sollst hier ihre Gäste kennenlernen. Wenn du also keinen Skandal willst, mußt du bleiben.‹ Sie geht ein paar Schritte weiter und spricht dann etwas sanfter: ›Godfrey, vergessen wir, was vorbei ist, und bleiben wir, was wir sind: Cousin und Cousine!‹ Daraufhin gibt sie ihm die Hand, und er drückt einen Kuß darauf, was ich eigentlich in diesem Fall für ungehörig halte. Dann ist sie fort, er aber wartet eine Weile, mit gesenktem Kopf, und gräbt mit dem Absatz langsam ein Loch in den Kiesweg. Vater, ich habe noch nie einen

Menschen so völlig außer Fassung gesehen! Erst nach einer Weile hat er aufgeschaut und mit zusammengebissenen Zähnen leise vor sich hingesagt: ›Fatal, sehr fatal!‹ Wenn er damit seine eigene Lage meint, dann hat er recht – die ist bei Gott fatal! Aber was folgt daraus? Vater, ich habe es dir doch schon immer gesagt!« rief Penelope und striegelte mich ein letztes Mal, so heftig wie noch nie. »Mr. Franklin ist der Mann ihrer Wahl!«

Ich bemächtigte mich der Haarbürste und öffnete den Mund, meinen Tadel auszusprechen, den sie (wie mein Leser sicher zugibt) wegen ihrer Sprache und ihres Benehmens gewiß verdient hatte.

Ehe ich noch ein Wort herausbrachte, knarrten draußen Wagenräder. Zu spät! – die ersten Gäste waren da. Penelope sauste davon, ich zog meinen Rock an und besah mich im Spiegel: Mein Kopf war krebsrot, aber ansonsten war ich für dieses Fest entsprechend gut gekleidet. Ich kam rechtzeitig in die Halle und konnte die Namen der eben eingetroffenen Gäste melden. Der Leser braucht sich für sie nicht zu interessieren – es waren nur der Vater und die Mutter unseres Menschenfreundes, nämlich Mr. und Mrs. Ablewhite.

X

Die übrigen Gäste folgten den Ablewhites rasch hintereinander, und bald hatten wir sie alle beisammen. Die Familie inbegriffen waren es vierundzwanzig Personen. Sie boten einen prächtigen Anblick, als sie alle rund um den Eßtisch saßen und der redegewaltige Pfarrer von Frizinghall sich erhob und das Tischgebet sprach.

Ich will meinen Leser mit der Liste der Gäste nicht langweilen. Von zwei Herren abgesehen, wird er in meinem Bericht niemandem ein zweites Mal begegnen.

Diese beiden saßen links und rechts von Miss Rachel, die, als Königin des Festes, selbstverständlich die Attraktion der Geburtstagsgesellschaft war. Aller Augen hatten sich auf sie gerichtet, denn sie trug (zum geheimen Verdruß meiner Herrin) ihr wundervolles Geburtstagsgeschenk, das alles andere in den Schatten stellte – den Monddiamanten. Als man ihn ihr in die Hand gelegt hatte, war er ohne Fassung gewesen. Doch unserm jungen Herrn, dem Universalgenie, war es gelungen, mit Hilfe seiner geschickten Finger und eines Stückchen Silberdrahts, ihn als Brosche am Ausschnitt ihres weißen Kleids zu befestigen. Jedermann bestaunte natürlich die Schönheit und die ungeheure Größe des Edelsteins. Doch zwei der Gäste sagten mehr über den Diamanten, als man üblicherweise bei solchen Gelegenheiten sagt, und zwar waren dies die beiden oben erwähnten Herren.

Links von Miss Rachel saß Mr. Candy, unser Arzt aus Frizinghall – ein freundlicher, umgänglicher Mensch, klein von Wuchs, doch mit einem Fehler behaftet: er war stets allzu bereit, Witze zu machen, und stürzte sich gern Hals über Kopf in ein Gespräch mit Leuten, die er nicht kannte. Immer versäumte er es, vorerst bei anderen die Fühler auszustrecken, und trat daher bei einer Gesellschaft ständig ins Fettnäpfchen oder brachte unbeabsichtigt andere dazu, daß sie bald einander in den Haaren lagen. Als Arzt war er ein vorsichtigerer Mann. Einzig mit einem gewissen Instinkt (wie seine Feinde behaupteten) stellte er seine Diagnosen, die sich meist als richtig erwiesen, auch in jenen Fällen, bei welchen sich andere, sorgsamere Ärzte geirrt hatten. Was er nun zu Miss Rachel über den Diamanten sagte, war, wie üblich, eine Art Scherz oder Fopperei. Er ersuchte sie nämlich ganz ernsthaft (im Interesse der Wissenschaft), ihm zu erlauben, den Stein nach Hause zu nehmen und zu verbrennen. »Zuerst werden wir ihn bis zu einem bestimmten Grad erhitzen«, sagte der Doktor, »und ihn dann einem Luftstrom aussetzen und – paff – paff – paff wird er allmählich verdampfen. So brauchen Sie sich nicht mehr ständig Sorgen darüber zu machen, wie Sie den kostbaren Stein sicher aufbewahren.« Meine Herrin, die eher bekümmert aussah und nicht lachte, wünschte sichtlich, der Doktor hätte dies ernst gemeint und könnte Miss Rachel bewegen, ihr Geburtstagsgeschenk für die Wissenschaft zu opfern.

Der andere Gast, der an der rechten Seite des jungen Fräuleins saß, war eine in der Öffentlichkeit wohlbekannte Persönlichkeit – kein Geringerer als der berühmte Forschungsreisende Mr. Murthwaite. Als Einheimischer verkleidet, war er unter Lebensgefahr in Gegenden vorgedrungen, die bisher noch kein Europäer betreten hatte.

Mr. Murthwaite war hager, muskulös, hochgewachsen – und schweigsam. Er sah zwar abgespannt aus, doch sein Blick war wach und ruhig. Es ging das Gerücht, er habe das langweilige Leben bei uns satt und sehne sich danach, wieder unberührte Länder des Orients zu durchstreifen. Abgesehen von dem, was er zu Miss Rachel über ihren Diamanten sagte, hat er bei diesem Abendessen keine sechs Worte gesprochen und nicht ein einziges Glas Wein getrunken. Nur der gelbe Diamant war es, der ein bißchen sein Interesse wachrief – anscheinend war dessen Berühmtheit bis zu ihm gedrungen, als er im fernen Indien gefährliche Gegenden durchwandert hatte. Er betrachtete ihn lange und schweigend, und Miss Rachel begann bereits verlegen zu werden. Dann sagte er auf seine ruhige, kühle Art: »Miss Verinder, sollten Sie je nach Indien reisen, nehmen Sie dieses Geburtstagsgeschenk nicht mit! Ein Hindu-Diamant ist manchmal Teil eines Hindu-Glaubens. Ich kenne eine bestimmte Stadt und einen bestimmten Tempel in dieser Stadt, wo Sie – so wie Sie jetzt geschmückt sind – dies mit dem Leben bezahlen müßten.« Miss Rachel fühlte sich in England sicher, und daher amüsierte es sie, von einer drohenden Gefahr in Indien zu hören. Die »Dragoner« amüsierte es noch viel mehr. Sie ließen Messer und Gabel klirrend auf den Tisch fallen und platzten gleichzeitig heraus: »Oh! Wie interessant!« Meine Herrin rückte auf dem Stuhl hin und her und lenkte das Gespräch auf ein anderes Thema.

Von Stunde zu Stunde wurde mir bewußter, daß dieses Fest nicht so glücklich verlief wie ähnliche Feste vorher.

Wenn ich jetzt – nach allem, was später passierte – an Miss Rachels Geburtstag zurückdenke, glaube ich fast, der verfluchte Diamant muß seinen unseligen Einfluß auf die ganze Gesellschaft ausgeübt haben. Ich versah alle reichlich mit Wein, und da ich unter den Domestiken als einziger den Vorzug hatte, mit den Gästen zu sprechen, stellte ich mich beim Servieren neben sie und flüsterte ihnen zu: »Bitte kosten Sie doch davon, ich weiß, es wird Ihnen schmecken!« Die meisten folgten meinem Rat – dem guten alten Betteredge zuliebe, wie sie sagten –, aber es nützte nichts. Das Gespräch stockte immer wieder, was mich unangenehm berührte, und wenn der Wein ihnen die Zunge wieder löste, sagten sie unwissentlich etwas Ungeschicktes, das peinlichste Folgen hatte. So machte Mr. Candy, der Arzt, mehr unpassende Bemerkungen denn je. Ich brauche hier nur ein einziges Beispiel hierfür zu bringen, und mein Leser wird verstehen was ich an diesem Abend mitgemacht habe, zumal mir doch in meiner Funktion der Erfolg des Festes am Herzen lag.

Zu den Geladenen gehörte Mrs. Threadgall, die würdige Witwe eines Professors. Sie sprach immer wieder von ihrem Gemahl, erwähnte jedoch nicht, daß er verstorben war; vermutlich glaubte sie, jeder Mensch in England, der bei Verstand sei, müsse dies wissen. Als das Gespräch wieder einmal stockte, brachte jemand die Rede auf ein eher trockenes und widerwärtiges Thema, nämlich Anatomie; worauf die gute Mrs. Threadgall wie gewöhnlich von ihrem Gemahl zu sprechen begann und Anatomie als dessen Lieblingsbeschäftigung hervorhob. Wie es das Pech wollte, hörte es Mr. Candy, der ihr gegenüber saß (doch nicht wußte, daß der Professor gestorben war). Höflich wie er war, nützte er die Gelegenheit, dem Professor dienlich zu sein. »Madam, ins Universitätsinstitut für Chirurgie hat man kürzlich erstaunlich schöne Skelette geliefert«, sagte Mr. Candy laut und fröhlich. »Ich empfehle dem Herrn Professor, sobald wie möglich hinzugehen.«

Man hätte eine Stecknadel fallen hören können. Der Professor seligen Angedenkens hatte alle stumm gemacht. Ich stand gerade hinter Mrs. Threadgall und versah sie eben mit einem Glas Rheinwein. Sie senkte den Kopf und sagte leise: »Mein geliebter Mann ist nicht mehr.«

Mr. Candy, der Unglückliche, der es nicht gehört hatte und meilenweit auf dem Holzweg war, sagte noch lauter und noch höflicher über den Tisch hinüber: »Der Herr Professor weiß vielleicht nicht, daß er vermöge einer Mitgliedskarte dort Zutritt hat, und zwar täglich von zehn bis vier Uhr, Sonntag ausgenommen.«

Mrs. Threadgall senkte den Kopf bis an die Brust und wiederholte noch leiser die feierlichen Worte: »Mein geliebter Mann ist nicht mehr.«

Ich blinzelte dem Doktor zu, Miss Rachel stieß ihn am Arm, meine Herrin sagte ihm mit den Augen, was sie ihm laut nicht sagen konnte. Alles vergebens! Er redete weiter, mit einer Welle von Freundlichkeit, die niemand aufhalten konnte. »Ich werde dem Herrn Professor mit größtem Vergnügen meine Mitgliedskarte schicken, wenn Sie die Güte haben, mir seine derzeitige Adresse anzugeben.«

Mrs. Threadgall verlor jetzt die Geduld. Wütend und mit Nachdruck, so daß die Gläser klirrten, sagte sie: »Seine derzeitige Adresse ist das Grab, er ist seit zehn Jahren tot.«

»O Gott!« sagte Mr. Candy. Die »Dragoner« platzten heraus, aber alle anderen Anwesenden befiel stummes Grauen, als müßten sie den gleichen Weg gehen wie der verewigte Professor und aus dem Grabe grüßen wie er.

Soviel also über Mr. Candy. Aber auch alle übrigen waren, jeder auf seine Art, kaum weniger verletzend als der Doktor. Wenn sie hätten reden sollen, redeten sie nicht, und redeten sie, gab es ständig Mißverständnisse. Mr. Godfrey, vor Publikum sonst so beredt, bemühte sich diesmal überhaupt nicht, ob aus Scham oder Ärger über seine Niederlage im Rosengarten, ist mir unbekannt. Alles, was er zu sagen hatte, galt nur dem Ohr der neben ihm sitzenden Dame (einem Familienmitglied). Miss Clack gehörte einem seiner Komitees an: eine religiös denkende Person, die an diesem Abend viel Schlüsselbein zeigte und den Champagner zu schätzen wußte. Natürlich hatte sie ihn gerne trocken und in großen Mengen. Ich stand neben dem Anrichtetisch, dicht hinter den beiden. Nach allem, was ich beim Entkorken und Tranchieren usw. aufschnappte, kann ich bezeugen, daß den Anwesenden viel Belehrendes entging. Was sie über die Wohltätigkeitsvereine sagten, hörte ich nicht. Als ich endlich Zeit hatte, ihnen ständig zuzuhören, waren sie längst von ihren Wöchnerinnen und gefallenen Mädchen abgekommen und besprachen jetzt ernste Dinge. Religion (hörte ich Mr. Godfrey sagen, als ich Korken herauszog und Fleisch tranchierte) bedeute

Liebe, und Liebe bedeute Religion, und die Erde sei auch Himmel, nur ein wenig abgenützt, und der Himmel gleiche der Erde, nur sei er neu und aufgeputzt. Auf der Erde gebe es zwar etliche Menschen, mit denen man nichts zu tun haben soll, doch dafür werde es im Himmel für die Frauen eine riesige Gemeinschaft geben, sozusagen ein einziges Komitee, in dem man nie miteinander zanke, und alle Männer werden ihnen als hilfreiche Engel dienen. Wie schön! Ach, wie schön! Doch warum, zum Teufel, behielt Mr. Godfrey dies alles für sich und seine Tischdame?

Jetzt höre ich meinen Leser sagen: Aber dafür hat doch Mr. Franklin sicher alles getan, die Gesellschaft aufzuheitern und den Abend zu einem guten Ende zu bringen, nicht wahr?

Weit gefehlt! Er hatte sich zwar gefaßt und war in wundervoller Laune – vermutlich weil ihm Penelope von Mr. Godfreys Abfuhr im Rosengarten erzählt hatte. Aber was er auch reden mochte, in neun von zehn Fällen sagte er etwas Falsches oder wandte sich an die falsche Adresse, weshalb zuletzt sich einige Gäste verletzt fühlten und alle übrigen sich über ihn wunderten. Seine ausländische Erziehung nämlich – ich habe schon erwähnt, daß es Deutsches, Französisches und Italienisches an ihm gab – offenbarte sich an der gastlichen Tafel meiner Herrin auf höchst unliebsame Weise.

Was soll man davon halten, wenn er beispielsweise besprach, wie weit eine Frau in ihrer Bewunderung für einen Mann, mit dem sie nicht verheiratet ist, gehen dürfe? Und noch dazu sagte er das auf seine witzige, scharfsinnige französische Art ausgerechnet zur jungfräulichen Tante des Pfarrers von Frizinghall! Und was soll man davon halten, wenn er das Deutsche an seiner Erziehung hervorkehrte, und einem Gutsherrn, einem Fachmann für Viehzucht, der eben von seinen Erfahrungen mit Jungstieren erzählte, klipp und klar sagte, jene Erfahrungen nützten genaugenommen gar nichts, der richtige Weg, Stiere zu züchten, wäre vielmehr, sich in sich selbst zu versenken, die geistige Vorstellung eines Stiers zu entwickeln und diesen danach zu formen? Und was soll man davon halten, wenn der Vertreter unserer Grafschaft sich bei Käse und Salat über die Verbreitung der Demokratie erhitzte und ausrief: »Mr. Blake, sollten wir einmal unsere alten Stützen verlieren, was, meinen Sie, bleibt uns dann noch?« Was soll man also davon halten, wenn Mr. Franklin vom italienischen Standpunkt aus antwortete: »Sir, dann bleibt uns noch Liebe, Musik und Salat!« Durch Aussprüche wie diese schockierte er nicht nur die ganze Gesellschaft, sondern er verlor auch, als später – wie üblich – das Englische in ihm überhandnahm, die sonst für ihn typische ausländische Gewandtheit. Es kam gerade die Rede auf den ärztlichen Beruf, doch Mr. Franklin hatte nur beißenden Spott für die Ärzte, weshalb der gutmütige Doktor Candy richtig in Wut geriet.

Der Streit zwischen den beiden entspann sich, als Mr. Franklin (ich weiß nicht aus welchem Anlaß) feststellte, er habe in der letzten Zeit sehr schlecht geschlafen. Daraufhin meinte der Doktor, Mr. Franklins Nerven seien offenbar angegriffen, er müsse sich unverzüglich einer ärztlichen Behandlung unterziehen. Mr. Franklin erwiderte, ärztliche Kunst und im dunkeln tappen seien für ihn ein und dasselbe. Mr. Candy parierte geschickt diesen Hieb: Mr. Franklin selbst tappe – körperlich gesprochen – im dunkeln nach Schlaf, nur Heilmittel könnten ihm helfen, ihn zu finden. Mr. Franklin, der sein Teil zur Sache beitragen wollte, sagte, er habe oft gehört, Blinde könnten Blinde führen, jetzt aber verstehe er erst, was damit gemeint sei. Dergestalt ging es zwischen den beiden lebhaft hin und her, wie beim Fechten, Hieb auf Hieb, bis sich beide erhitzten – besonders Mr. Candy, der, seinen Beruf verteidigend, die Selbstbeherrschung verlor, so daß schließlich meine Herrin eingreifen und weiteres Gezänk verbieten mußte. Dieser notgedrungene Akt der Autorität nahm der Gesellschaft den letzten Rest von Stimmung. Das Gespräch flackerte da und dort kurz wieder auf, aber es gab weder Glut noch Leben darin. Der Teufel (oder der Diamant) waltete über diesem Fest, und jedermann fühlte sich erleichtert, als sich meine Herrin erhob und den Damen ein Zeichen gab, die Herren beim Wein sich selbst zu überlassen.

Eben hatte ich die Karaffen in einer Reihe vor den alten Mr. Ablewhite (der die Stelle des Hausherrn vertrat) hingestellt, da drang von der Terrasse her ein Ton an mein Ohr, der mich mit einem Mal meine guten Manieren vergessen ließ. Mr. Franklin und ich sahen einander an: es war die indische Trommel. So wahr ich lebe! Die Gaukler waren es, zurück bei uns, zugleich mit dem Monddiamanten!

Ich sah sie um die Ecke kommen, jetzt standen sie da, vor der Terrasse. So schnell ich konnte, humpelte ich hinaus, sie zu verscheuchen. Aber leider waren die beiden »Dragoner« rascher als ich: sie schossen wie Raketen auf die Terrasse hinaus, ganz versessen darauf, die Inder und deren Künste zu bestaunen. Die anderen Damen folgten nach, die Herren stellten sich zu ihnen. Ehe man sich's versah, grüßten die Spitzbuben schon mit einem Selam, und die »Dragoner« küßten den hübschen blonden Knaben.

Mr. Franklin stellte sich neben Miss Rachel, und ich stellte mich hinter sie. So unser Argwohn gegen die Inder begründet war, zeigte sie ihnen jetzt – ohne die Wahrheit zu ahnen – den Diamanten am Ausschnitt ihres Kleides!

Welche Künste sie vorführten oder wie sie diese machten, kann ich nicht sagen. Ich muß gestehen, ich hatte den Kopf verloren, teils wegen der Ärgernisse beim Abendessen, teils wegen dieser Spitzbuben, die im rechten Augenblick gekommen waren, um den Diamanten mit eigenen Augen zu sehen. Ich kam erst zur Besinnung, als Mr. Murthwaite, der berühmte Forschungsreisende und ein Kenner Indiens, leise aus dem Halbkreis der versammelten Gäste trat, zu den Gauklern hinüberging und einen von ihnen in ihrer Sprache anredete.

Kaum waren ihm die ersten Worte über die Lippen, sprangen die Inder wie Tiger auf ihn zu, als hätte er sie mit einem Bajonett gestochen. Doch schon im nächsten Augenblick verneigten sie sich vor ihm, krümmten sich wie Schlangen und begrüßten ihn auf das höflichste mit einem Selam. Sie wechselten ein paar Worte mit ihm in dieser unverständlichen Sprache, dann zog sich Mr. Murthwaite, so leise wie er gekommen war, wieder zurück. Der Anführer der Inder, der auch ihr Dolmetscher war, wandte sich jetzt wieder den Gästen zu. Sein kaffeebraunes Gesicht war grau geworden, seit Mr. Murthwaite mit ihm gesprochen hatte. Er verneigte sich vor meiner Herrin und teilte ihr mit, die Vorstellung sei zu Ende. Die »Dragoner« zeigten sich unbeschreiblich enttäuscht und brachen in ein lautes »Oh!« aus, gerichtet gegen Mr. Murthwaite, weil er sich eingemischt hatte. Der Inder legte die Hand demütig auf die Brust und sagte ein zweites Mal, die Vorstellung sei zu Ende. Der Knabe ging herum und hielt den Gästen den Hut hin. Dann zogen sich die Damen in den Salon zurück, und die Herren (Mr. Franklin und Mr. Murthwaite ausgenommen) gingen wieder zu ihrem Wein. Ich und der Diener Samuel folgten den Indern, bis sie die Landstraße erreichten.

Auf meinem Weg zurück roch ich Tabak: da entdeckte ich Mr. Franklin und Mr. Murthwaite (letztgenannter rauchte eine Manila-Zigarre) unter den Bäumen. Sie gingen langsam auf und ab, und Mr. Franklin winkte mich heran.

»Das ist Gabriel Betteredge«, sagte Mr. Franklin und stellte mich hiemit dem großen Weltreisenden vor, »der alte Diener und Freund unserer Familie, von dem ich eben gesprochen habe. Wiederholen Sie ihm, wenn ich bitten darf, was Sie mir gesagt haben!«

Mr. Murthwaite nahm die Zigarre aus dem Mund und lehnte sich, müde wie immer, gegen einen Baumstamm.

»Mr. Betteredge«, begann er, »diese drei Inder sind ebenso wenig Gaukler wie Sie und ich.«

Das war eine neue Überraschung! Natürlich fragte ich Mr. Murthwaite, ob er die Inder schon von früher kenne.

»Nein, aber ich weiß, wie indische Gaukelei wirklich ist. Was Sie heute gesehen haben, war plump und schlecht nachgemacht. Wenn ich mich nicht täusche, sind diese Inder Brahmanen, also Angehörige der obersten Kaste. Ich hielt ihnen vor, daß sie sich verkleidet hätten, und Sie haben selbst sehen können, welche Wirkung das bei ihnen hatte – obschon Hindus sonst sehr geschickt ihre Gefühle verbergen. Eines aber bleibt mir rätselhaft: diese Inder haben die Gesetze ihrer Kaste zweimal übertreten – sie kamen übers Meer und haben sich als Gaukler verkleidet. Für Brahmanen ist das etwas Ungeheuerliches, wahrscheinlich liegt dem Ganzen ein sehr ernstes Motiv zugrunde. Nur eine außerordentliche Tat könnte ihr Verhalten rechtfertigen, so sie nach ihrer Rückkehr die Kaste wieder aufnehmen soll.«

Ich war sprachlos. Mr. Murthwaite rauchte seine Zigarre weiter. In Mr. Franklin lösten die verschiedenen Seiten seines Charakters einander ab. Zuletzt brach er mit folgenden Worten das Schweigen:

»Mr. Murthwaite, ich habe bisher gezögert, Sie mit Familienangelegenheiten zu behelligen, die Ihnen sicher gleichgültig sind und über die ich außerhalb meines Kreises nur ungern spreche. Aber jetzt fühle ich mich im Interesse von Lady Verinder und deren Tochter verpflichtet, Ihnen etwas zu sagen, das uns möglicherweise den Schlüssel zur Wahrheit in die Hand gibt. Es ist vertraulich – dessen sind Sie sich doch bewußt?«

Nach dieser Einleitung erzählte er dem Forschungsreisenden, was er mir bei unserer ersten Begegnung erzählt hatte. Sogar der sonst unbewegte Mr. Murthwaite zeigte sich so interessiert daran, daß er seine Zigarre ausgehen ließ.

»Was also sagen Sie nach Ihrer Erfahrung dazu?« fragte Mr. Franklin abschließend.

»Nach meiner Erfahrung sind Sie, Mr. Blake, in Ihrem Leben öfter einer drohenden Gefahr entronnen als ich, und das will viel heißen.«

Diesmal war es Mr. Franklin, der sich interessiert zeigte.

»Ist die Sache wirklich so ernst?« fragte er.

»Meiner Meinung nach, ja«, antwortete Mr. Murthwaite. »Nach allem, was Sie mir erzählt haben, liegt das Motiv für den Verstoß gegen die Kaste, auf den ich gerade angespielt habe, darin, den Monddiamanten auf seinen ursprünglichen Platz zurückzubringen, nämlich an die Stirn des Mondgottes. Diese Männer werden geduldig wie Katzen eine passende Gelegenheit abwarten, und grausam wie Tiger sie ergreifen. Das Motiv rechtfertigt ihr Handeln. Wie Sie ihnen bisher entkommen konnten, ist mir unverständlich«, sagte der berühmte Indienkenner und zündete sich seine Zigarre nochmals an. Er faßte Mr. Franklin scharf ins Auge. »Sie haben den Diamanten einmal dahin, einmal dorthin gebracht, hier und in London, und Sie sind noch am Leben! Versuchen wir, dafür eine Erklärung zu finden:

Wenn ich mich nicht irre, war es beide Male Tag, als Sie den Diamanten aus der Londoner Bank holten?«

»Ja, es war bei hellichtem Tag.«

»Und es waren viele Leute auf der Straße?«

»Ja.«

»Was Ihre Ankunft betrifft, haben Sie mit Lady Verinder doch sicher eine bestimmte Zeit ausgemacht? Die Gegend zwischen diesem Landsitz und der Bahnstation ist einsam. Haben Sie die Ankunftszeit eingehalten?«

»Nein, ich kam vier Stunden früher an.«

»Dazu können Sie sich gratulieren! Wann brachten Sie den Diamanten nach Frizinghall?«

»Eine Stunde nach meiner Ankunft – und drei Stunden bevor man mich hier erwartet hat.«

»Dazu können Sie sich ebenfalls gratulieren! Waren Sie allein, als Sie ihn wieder herbrachten?«

»Nein. Durch einen Zufall ritt ich gemeinsam mit meinem Cousin, meinen beiden Cousinen und dem Reitknecht.«

»Sie können sich ein drittes Mal gratulieren! Sollten Sie je Lust haben, über die Grenzen der zivilisierten Welt zu reisen, lassen Sie es mich wissen, und ich werde mithalten. Sie sind nämlich ein Glückspilz, Mr. Blake!«

Hier mischte ich mich ins Gespräch ein, denn was Mr. Murthwaite gesagt hatte, wollte gar nicht zu meinen englischen Ideen passen. »Sir«, sagte ich, »Sie wollen doch nicht behaupten, daß man wegen des Diamanten Mr. Franklin umgebracht hätte?«

»Rauchen Sie, Mr. Betteredge?« fragte der berühmte Forschungsreisende.

»Ja, Sir.«

»Liegt Ihnen etwas an der Asche, die Sie aus der Pfeife klopfen?«

»Nein, Sir.«

»In dem Land, aus dem diese Männer kommen, ist ein Menschenleben nicht mehr wert als hierzulande die Asche aus der Pfeife. Stünden diesen Leuten tausend Menschen im Wege – und glaubten sie, man würde ihre Taten nicht entdecken –, sie hätten keine Bedenken, tausend Menschen umzubringen, nur um den

Diamanten zurückzubekommen. Der Verlust der Kaste bedeutet nämlich in Indien etwas sehr Ernstes, der Verlust des Lebens bedeutet überhaupt nichts.«

Daraufhin meinte ich, alle Inder seien Diebe und Mörder, Mr. Murthwaite meinte, die Inder seien ein wunderbares Volk, und Mr. Franklin meinte gar nichts, sondern brachte uns zum eigentlichen Gegenstand wieder zurück.

»Die Inder haben den Monddiamanten an Miss Verinder gesehen«, sagte er. »Was soll nun geschehen?«

»Was Ihr Onkel angedroht hatte«, sagte Mr. Murthwaite. »Oberst Herncastle verstand die Leute, mit denen er zu tun hatte. Schicken Sie also den Diamanten morgen – von mehr als einem Mann bewacht – nach Amsterdam, lassen Sie ihn zerschneiden und ein halbes Dutzend Brillanten daraus machen. Damit ist der Monddiamant aus der Welt geschafft, desgleichen auch das Komplott.«

Mr. Franklin wandte sich mir zu. »Es geht nicht anders«, sagte er, »wir müssen morgen mit Lady Verinder sprechen.«

»Warum nicht heute abend, Sir? Vielleicht kommen die Inder zurück?« fragte ich.

Mr. Murthwaite antwortete mir, ehe noch Mr. Franklin etwas sagen konnte: »Das werden sie nicht riskieren. Fast nie wählen Inder den direkten Weg – geschweige denn in einer Sache wie dieser, bei der schon der winzigste Fehler das Erreichen ihres Ziels in Frage stellen würde.«

Ich blieb unbeirrt. »Wenn aber diese Kerle dreister sind als Sie vermuten?« fragte ich.

»Für diesen Fall lassen Sie die Hunde los. Gibt es hier große Hunde?«

»Zwei. Eine Dogge und einen Spürhund.«

»Das genügt. Im derzeitigen Notstand haben die Hunde einen großen Vorzug – sie haben keine Skrupel wie Sie, Mr. Betteredge, wenn es um die Unverletzlichkeit menschlichen Lebens geht.«

Klaviergeklimper aus dem Salon drang zu uns heraus, als er diesen Schuß auf mich abgab. Er warf die Zigarre weg, nahm Mr. Franklin beim Arm und ging mit ihm zu den Damen. Ich bemerkte, daß sich der Himmel rasch bezog, als ich den beiden ins Haus folgte – auch Mr. Murthwaite bemerkte es. Er wandte sich nach mir um und sagte auf seine trockene Art: »Mr. Betteredge, die Inder werden heute nacht Regenschirme brauchen!«

Er konnte leicht Witze machen, aber ich bin kein berühmter Forschungsreisender, und mein Weg auf dieser Welt hatte mich nicht in barbarische Gegenden geführt, wo man unter Dieben und Mördern das eigene Leben aufs Spiel setzt. Ich ging in mein kleines Zimmer, setzte mich schweißgebadet auf meinen Stuhl und dachte ratlos darüber nach, was man jetzt tun sollte. In einer so schrecklichen Gemütsverfassung hätten sich andere wahrscheinlich bis ins Fieber erhitzt. Ich aber machte es anders: ich steckte mir die Pfeife an und nahm meinen *Robinson Crusoe.*

Bevor ich noch fünf Minuten darin gelesen hatte, stieß ich – Seite einhunderteinundsechzig – auf folgende erstaunliche Stelle: *So ist Furcht vor Gefahr oft zehntausendmal schrecklicher als Gefahr selbst, wenn man sie erkennt. Wir tragen viel schwerer an der Last der Angst als an dem Übel, das uns ängstigt.*

Wer jetzt noch immer nicht an *Robinson Crusoe* glaubt, muß im Kopf eine Schraube locker oder sich im Nebel seines Dünkels verloren haben! Einem solchen Menschen mit Argumenten beikommen zu wollen, wäre sinnlos; auch sollte man sich lieber um andere kümmern, die geistig weniger starr sind.

Ich war schon bei meiner zweiten Pfeife und noch immer voll Bewunderung für dieses wunderbare Buch, da kam Penelope (die den Tee herumgereicht hatte) mit ihrem Bericht aus dem Salon. Demnach hatten bei ihrem Fortgehen die »Dragoner« eben ein Duett gesungen – viele lange »Oh!« und dazu die entsprechende Musik. Meine Herrin habe erstmals beim Whist Fehler gemacht, der große Forschungsreisende habe in einer Ecke geschlafen, Mr. Franklin habe Mr. Godfrey gegenüber seinen scharfen Witz gezeigt, insbesondere auf Kosten der Damenkomitees, und Mr. Godfrey habe die Hiebe heftiger zurückgegeben als einem Herrn von so wohlwollendem Wesen zustand; Miss Rachel habe sich scheinbar Mrs. Threadgall gewidmet, sie beruhigt und ihr Photographien gezeigt, in Wirklichkeit aber habe sie Mr. Franklin verstohlene Blicke zugeworfen, die für eine intelligente Zofe eindeutig waren; Mr. Candy, den Doktor, habe sie vermißt, er sei auf geheimnisvolle Weise aus dem Salon verschwunden und dann auf geheimnisvolle Weise zurückgekehrt, und hernach habe er ein Gespräch mit Mr. Godfrey begonnen. Im großen und ganzen lagen die Dinge günstiger, als man es nach diesem Abendessen hatte erhoffen können. Eine Stunde noch, dann würden endlich die Kutschen vorfahren, die uns von den Gästen erlösen sollten.

Alles auf dieser Welt nützt sich ab, auch die tröstende Wirkung des *Robinson Crusoe* nützte sich ab, nachdem Penelope gegangen war. Ich wurde wieder nervös und beschloß, vor dem Regen im Garten noch einmal Umschau zu halten. Statt des Dieners Samuel mit seiner Menschennase, die im Notfall nichts nützte, nahm ich den Spürhund mit, auf dessen Nase ich mich verlassen konnte. Wir gingen im Park umher, dann hinaus auf die Landstraße – und kamen zurück ebenso klug wie zuvor, denn wir hatten nichts und niemanden entdeckt.

Zugleich mit den Kutschen kam auch der Regen. Es schüttete, als wollte es nie wieder aufhören. Mit Ausnahme des Doktors, dessen offener Zweiradwagen auf ihn wartete, fuhren alle, wohlgeborgen unter Dach, in geschlossenen Wagen nach Hause. Ich drückte Mr. Candy meine Besorgnis aus: er werde durch und durch naß werden. Worauf er erwiderte, er wundere sich, daß ich trotz meines Alters eines noch immer nicht wisse: die Haut eines Arztes sei wasserdicht. So fuhr er, lachend über seinen Witz, im Regen davon, und so wurden wir die ganze Gesellschaft los.

Als nächstes will ich nun berichten, was in der Nacht geschah.

XI

Die letzten Gäste waren fort, ich ging in die Halle zurück. Am Seitentisch stand der Diener Samuel, er hatte dort über Whisky und Sodawasser gewacht. Aus dem Salon kamen meine Herrin und Miss Rachel, gefolgt von den beiden Herren: Mr. Godfrey nahm Whisky mit Soda, Mr. Franklin nahm gar nichts und setzte sich nieder. Todmüde sah er aus; vermutlich war das viele Sprechen an diesem Abend ihm zuviel gewesen.

Meine Herrin wandte sich um, ihnen allen gute Nacht zu wünschen, und warf dabei einen scharfen Blick auf das Vermächtnis des Obersten, das am Kleid ihrer Tochter glänzte.

»Rachel, wohin wirst du heute nacht deinen Diamanten legen?«

Miss Rachel war bester Stimmung und richtig aufgelegt, Unsinn zu reden und so zu tun, als wäre es kein Unsinn – was man bei jungen Mädchen manchmal beobachten kann, wenn sie am Abend eines aufregenden Tages etwas aus dem Geleise sind. Zuerst erklärte sie, sie wisse nicht, wohin sie den Diamanten legen sollte; dann sagte sie, sie lege ihn »natürlich auf den Toilettentisch, zusammen mit den anderen Sachen«. Schließlich fiel ihr ein, der Diamant könnte im Dunkel vielleicht zu leuchten beginnen, unheimlich wie der Mond – und das würde ihr mitten in der Nacht Schrecken einjagen. Da erinnerte sie sich des indischen Schränkchens, das in ihrem Wohnzimmer stand, und sie beschloß, den Diamanten dort hineinzugeben: so könnten zwei schöne Gegenstände aus demselben Land einander bewundern. Bis zu diesem Punkt war sie mit ihrem Schwall von Unsinn gekommen, als ihre Mutter der Sache ein Ende machte.

»Liebes Kind«, sagte sie, »dein indisches Schränkchen kann man nicht versperren.«

»Du meine Güte!« rief Miss Rachel. »Leben wir in einem Hotel? Gibt es Diebe im Haus?«

Meine Herrin nahm keine Notiz von Miss Rachels wunderlichem Gerede. Sie wünschte den beiden Herren eine gute Nacht, küßte Miss Rachel und sagte ihr nur: »Soll nicht lieber ich den Diamanten für dich aufheben?«

Miss Rachel nahm diesen Vorschlag auf, als hätte man einem Kind zugemutet, sich von einer neuen Puppe zu trennen, und meine Herrin mußte einsehen, daß an diesem Abend mit ihr nicht vernünftig zu reden war. »Komm morgen früh gleich zu mir, mein Kind, ich habe dir etwas zu sagen!« Mit diesen Worten ging sie langsam aus dem Zimmer, ihren eigenen Gedanken nachhängend, die sie sichtlich beunruhigten.

Nach ihr wünschte auch Miss Rachel den beiden Herren eine gute Nacht. Zuerst gab sie Mr. Godfrey die Hand. Er stand gerade am andern Ende der Halle und betrachtete ein Gemälde. Dann wandte sie sich an Mr. Franklin, der immer noch müde und schweigsam in einer Ecke saß.

Was sie miteinander redeten, kann ich nicht sagen. Da ich aber neben dem alten Eichenrahmen stand, der unsern großen Spiegel hält, konnte ich sie beobachten. Sie zog aus dem Ausschnitt ihres Kleides das Medaillon, das ihr Mr. Franklin geschenkt hatte, und zeigte es ihm kurz, mit einem Lächeln, das sicher etwas Besonderes sagen sollte. Hernach trippelte sie davon. Dieser Vorfall erschütterte ein wenig den Glauben an meine eigene Urteilskraft. Vielleicht hatte Penelope doch recht, was die Zuneigung ihrer jungen Herrin betraf?

Sobald Mr. Franklin wieder für etwas anderes Augen hatte, bemerkte er mich. Sprunghaft, wie er in seinem Denken war, hatte er die Sorgen wegen der Inder abgewälzt.

»Betteredge«, sagte er, »ich glaube fast, ich habe Mr. Murthwaite zu ernst genommen, als wir im Park miteinander sprachen. Er hat zwar auf seinen Reisen viel erlebt – aber ob wir ihm bei dieser Geschichte nicht aufgesessen sind? Wollen Sie wirklich die Hunde losmachen?«

»Ich werde den Hunden die Kette abnehmen; sollten sie etwas wittern, dann können sie sich frei bewegen.«

»Schön, morgen werden wir weitersehen. Ohne gewichtigen Grund will ich meine Tante nicht beunruhigen. Gute Nacht, Betteredge!«

Er sah blaß und erschöpft aus, als er mir zunickte und die Kerze ergriff, um hinaufzugehen; ich wagte daher, ihm zu raten, ein bißchen Whisky, vermischt mit Sodawasser, zu sich zu nehmen – sozusagen als Schlaftrunk. Mr. Godfrey kam zu uns herüber und stimmte mir zu. Freundlich riet er Mr. Franklin, doch etwas zu trinken.

Ich erwähne diese Nebensächlichkeiten nur, weil es mich nach allem, was ich an diesem Tage gesehen und gehört hatte, besonders freute, unsere beiden jungen Herren miteinander wieder auf ebenso gutem Fuß zu sehen wie früher. Weder ihr

Wortgefecht (das Penelope im Salon gehört hatte) noch ihre Rivalität um Miss Rachels Gunst hatten einen ernsten Zwist ausgelöst. Sie waren ja beide gutmütig, Männer von Welt! Eines ist sicher: Leute von Stand haben den Vorzug, bei weitem nicht so streitsüchtig zu sein wie unsereiner.

Mr. Franklin lehnte den Schlaftrunk ab und ging mit Mr. Godfrey hinauf, ihre Zimmer lagen nebeneinander. Doch schon auf dem Treppenabsatz hatte ihn sein Cousin entweder überredet, oder er selbst hatte wieder einmal seine Meinung geändert. »Vielleicht brauche ich den Whisky in der Nacht, schicken Sie ihn mir ins Zimmer, bitte!« rief er zu mir herunter.

Samuel brachte ihm das Gewünschte, und ich ging hinaus, den Hunden das Halsband abzunehmen. Beide verloren fast den Kopf vor Freude – so überrascht waren sie, zu später Stunde noch die Kette los zu sein. Wie junge Hunde sprangen sie an mir herauf! Doch der Regen kühlte sie gleich wieder ab, jeder schlürfte ein bißchen Wasser und kroch dann in die Hundehütte zurück. Vorläufig schüttete es noch, der Boden war aufgeweicht, aber am Himmel bemerkte ich Anzeichen einer Wetterbesserung.

Danach gingen Samuel und ich durchs ganze Haus und verriegelten, wie gewohnt, Fenster und Türen. Diesmal überprüfte ich es selbst und überließ nichts meinem Stellvertreter. So war alles gut abgesichert, als ich zwischen Mitternacht und ein Uhr morgens meine alten Knochen zur Ruhe legte.

Vermutlich waren die Aufregungen des Tages ein bißchen viel für mich gewesen. In jener Nacht jedenfalls hatte ich das gleiche Leiden, das auch Mr. Franklin befallen hatte: die Sonne ging bereits auf, als ich endlich einschlief. Solange ich wach gelegen hatte, war das ganze Haus still wie ein Grab gewesen. Keinen Laut hatte ich gehört, und von draußen war nur das Plätschern des Regens und das Seufzen des Windes in den Bäumen an mein Ohr gedrungen.

Etwa um halb acht erwachte ich, öffnete das Fenster und ließ einen schönen sonnigen Tag herein. Die Uhr hatte eben acht geschlagen. Ich wollte hinausgehen, die Hunde wieder anzuketten, da hörte ich Frauenröcke hinter mir die Treppe herunterfegen.

Ich drehte mich um und sah Penelope, die wie von Sinnen auf mich zustürzte. »Vater!« kreischte sie, »geh hinauf, um Gottes willen! Der Diamant ist fort!«

»Bist du verrückt?«

»Er ist fort! Er ist fort! Keiner weiß wie! Geh hinauf, und du wirst es selbst sehen!«

Sie zerrte mich hinauf und hinein in das Wohnzimmer unseres jungen Fräuleins. Dort, auf der Schwelle zur Schlafzimmertür, stand Miss Rachel, im Gesicht fast so weiß wie der Morgenrock, den sie trug. Das indische Schränkchen hatte weit geöffnete Türen, eines der Schubfächer war ganz herausgezogen.

»Schau her«, rief Penelope, »ich habe mit eigenen Augen gesehen, wie Miss Rachel gestern abend den Diamanten in dieses Schubfach gelegt hat!«

Ich ging hin, es war leer.

»Spricht Penelope die Wahrheit?« fragte ich Miss Rachel.

Mit einem Blick und einer Stimme, die nicht ihr zu gehören schienen, sagte sie das gleiche wie meine Tochter: »Der Diamant ist fort!«

Mit diesen Worten zog sie sich in ihr Schlafzimmer zurück und sperrte hinter sich ab.

Ehe wir noch darüber nachdenken konnten, was wir jetzt tun sollten, kam meine Herrin herbei, die meine Stimme gehört und sich gewundert hatte, was im Zimmer ihrer Tochter vorgehe. Als sie hörte, der Diamant sei verschwunden, versteinerte ihre Miene. Sie ging geradewegs zur Tür, die in Miss Rachels Schlafzimmer führte, und verlangte Einlaß. Miss Rachel gehorchte ihr.

Im Hause verbreitete sich die Nachricht wie ein Lauffeuer und erreichte als erstes die beiden Herren.

Zunächst kam Mr. Godfrey aus seinem Zimmer. Als er hörte, was passiert war, hob er nur völlig verwirrt die Arme hoch, was nicht gerade für seine Geistesgegenwart sprach. Mr. Franklin, von dessen klarem Kopf ich mir Rat erwartet hatte, schien mir so hilflos wie sein Cousin, als er seinerseits die Nachricht hörte.

Merkwürdigerweise hatte er endlich einmal eine ungestörte Nachtruhe gehabt, und der ungewohnte Schlaf habe ihn, wie er sagte, wahrscheinlich ganz benommen gemacht. Als er jedoch seine Tasse Kaffee getrunken hatte – was er, nach ausländischer Manier, immer ein paar Stunden vor dem Frühstück tat –, hellte sich sein Verstand wieder auf. Die Vernunft gewann die Oberhand, er nahm sich jetzt klug und entschlossen der ganzen Sache an.

Er ließ zunächst alle Dienstboten antreten und befahl ihnen, Türen und Fenster des Erdgeschosses (ausgenommen die Eingangstür, die ich bereits geöffnet hatte) unberührt zu lassen – so wie ich und Samuel sie nachts verriegelt hatten. Als nächstes sollten sein Cousin und ich uns vergewissern – bevor man weitere Schritte unternähme –, ob der Diamant nicht zufällig hinuntergefallen sei, vielleicht hinter das Schränkchen oder hinter den Tisch, auf dem es stand. Wir suchten, fanden aber nichts. Dann fragten wir Penelope aus, konnten aber von ihr nicht mehr erfahren als das, was sie bereits gesagt hatte. Hierauf meinte Mr. Franklin, man müsse jetzt Miss Rachel befragen und ließ Penelope an die Schlafzimmertür klopfen.

Meine Herrin kam heraus und schloß die Tür hinter sich. Wir hörten, daß Miss Rachel den Schlüssel sofort wieder umdrehte. Sie sah verwirrt und unglücklich aus. »Durch den Verlust des Diamanten ist Rachel vollkommen verstört«, sagte sie zu Mr. Franklin. »Seltsam, sie weigert sich sogar, mit mir darüber zu sprechen. Vorläufig kann man mit ihr gar nichts anfangen.«

Diese Worte versetzten uns in höchste Bestürzung. Nach einer Pause faßte sich meine Herrin und nahm jetzt, wie man es bei ihr gewohnt war, eine entschiedene Haltung ein.

»Ich glaube, da ist nichts zu machen«, sagte sie ruhig. »Man hat keine andere Wahl, als nach der Polizei zu schicken.«

»Und die soll als erstes die indischen Gaukler von gestern abend verhaften«, fügte Mr. Franklin ergänzend hinzu.

Meine Herrin und Mr. Godfrey wußten ja nicht, was Mr. Franklin und ich wußten. Beide zuckten zusammen, beide sahen überrascht auf Mr. Franklin.

»Ich habe jetzt keine Zeit, mich näher darüber auszulassen«, fuhr Mr. Franklin fort. »Eines ist aber sicher: die Inder haben den Diamanten gestohlen.« Und zu meiner Herrin gewendet sagte er: »Geben Sie mir ein Empfehlungsschreiben an den Friedensrichter von Frizinghall – er soll wissen, daß ich in Ihrem Interesse handle. Ich will unverzüglich nach Frizinghall reiten. Die Diebe kann man nur fangen, wenn wir sofort handeln.« (N. B. Ob es jetzt das Französische oder das Englische in ihm war, das sich zeigte, weiß ich nicht. Jedenfalls handelte er richtig. Es fragte sich nur, wie lange diese Stimmung anhielt.)

Er schob Tinte und Papier zu seiner Tante hin, die (wie mir schien) den gewünschten Brief etwas widerwillig schrieb. Wäre es möglich gewesen, den Verlust eines Diamanten im Werte von zwanzigtausend Pfund zu vertuschen, hätte sie – aufgrund ihrer Meinung über Oberst Herncastle und dessen Geburtstagsgeschenk – die Diebe des Monddiamanten wahrscheinlich am liebsten davonkommen lassen.

Ich ging mit Mr. Franklin in den Pferdestall und nützte die Gelegenheit, ihn zu fragen, wie die Inder (die auch ich verdächtigte) wohl in das Haus gelangt seien.

»Bei dem Durcheinander, als sich die Gäste verabschiedeten, ist vielleicht einer von ihnen in die Halle geschlichen; vielleicht ist er gerade unterm Sofa gelegen, während sich meine Tante und Rachel darüber unterhielten, wo man den Diamanten aufbewahren sollte. Hernach brauchte er dann bloß zu warten, bis es im Hause still war, und ihn aus dem Schränkchen zu holen.« Nach diesen Worten rief er dem Reitknecht zu, das Tor zu öffnen, und galoppierte davon.

Das schien wirklich die einzig vernünftige Erklärung. Doch wie hatte der Dieb aus dem Hause gelangen können? Ich hatte nachts die Haustür gut versperrt und verriegelt, und so war sie auch am Morgen gewesen, als ich sie geöffnet hatte: gut versperrt und verriegelt. Die Fenster und auch die anderen Türen waren ebenfalls gut abgesichert gewesen, sie waren es auch jetzt noch – und das sprach für sich selbst. Und die Hunde? Angenommen, der Dieb hatte sich aus einem der oberen Fenster hinuntergelassen – warum hatten ihn die Hunde nicht bemerkt? Hatte er einen giftigen Köder für sie gehabt? Gerade als mir diese

Sorge durch den Kopf ging, sprangen die Hunde um die Ecke, wälzten sich im nassen Gras und waren so munter und ausgelassen, daß ich sie nur mit Mühe zur Vernunft bringen und wieder an die Kette legen konnte. Je mehr ich darüber nachdachte, desto unbefriedigender schien mir Mr. Franklins Erklärung.

Wir frühstückten. Einerlei, was in einem Haus passiert, Raub oder Mord, frühstücken muß man. Hernach ließ mich meine Herrin kommen, und ich mußte ihr erzählen, was ich bisher verschwiegen hatte – nämlich von den Indern und deren Komplott. Als Frau von großem Mut überwand sie bald den ersten Schrekken. Weit mehr Unruhe als diese heidnischen Schurken und deren Komplott bereitete ihr Miss Rachel. »Sie wissen, Betteredge, wie seltsam meine Tochter ist, und wie sehr sie sich in ihrem Benehmen von anderen Mädchen unterscheidet. Aber so merkwürdig und verschlossen wie jetzt habe ich sie noch nie gesehen. Offenbar hat sie der Verlust des Steins fast um den Verstand gebracht. Wer hätte gedacht, daß dieser furchtbare Diamant sie in kürzester Zeit so in seine Macht bekommen würde?«

Gewiß, das alles war höchst sonderbar. Miss Rachel nämlich machte sich lange nicht so viel aus Schmuck und Tand wie andere Mädchen. Und dennoch saß sie jetzt in ihrem Schlafzimmer, hatte sich eingesperrt und war untröstlich. Freilich, sie war nicht die einzige von uns, die anscheinend aus dem Geleise geworfen war. Mr. Godfrey beispielsweise – obgleich von Beruf eine Art Tröster für jedermann – hatte offenbar selbst den Boden unter den Füßen verloren. Er hatte niemanden, der ihn aufheiterte, noch fand er Gelegenheit, seine Erfahrungen im Umgang mit unglücklichen Frauen an Miss Rachel zu erproben. So wanderte er in Haus und Garten bald dahin, bald dorthin, ziellos und beunruhigt. Er war sich nicht schlüssig, was sich nach unserm Unglück für ihn ziemte: konnte er der Familie, so wie die Dinge jetzt lagen, eine weitere Gastfreundschaft zumuten, oder sollte er vielleicht doch bleiben, falls seine geringen Dienste uns etwas nützten? Er entschied sich schließlich für das letztere. In einem solchen Notstand einer Familie beizustehen, schien ihm angemessener und rücksichtsvoller. Unvorhergesehene Ereignisse prüfen den Stoff, aus dem einer gemacht ist. Dergestalt geprüft, erwies sich Mr. Godfrey aus schwächerem Stoff als ich angenommen hatte. Was die Dienstmädchen betraf, so suchten sie – ausgenommen Rosanna Spearman, die immer allein blieb – ihre Zuflucht bei heimlichem Flüstern und argwöhnischem Starren, so wie es für das schwächere Geschlecht typisch ist, wenn etwas Ungewöhnliches in einem Hause passiert. Ich gestehe, ich selbst war nervös und mißgelaunt. Der verwünschte Monddiamant hatte das ganze Haus auf den Kopf gestellt.

Kurz vor elf kam Mr. Franklin zurück. Der seelische Druck, der auf ihm lastete, hatte, allem Anschein nach, inzwischen das Energische an ihm verdrängt. Im Galopp war er fortgeritten, im Schritt kam er zurück; als er uns verlassen hatte, war er aus Eisen gewesen, als er zurückkam, war er wie mit Watte ausgestopft, so schlaff und kraftlos.

»Nun, kommt die Polizei?« fragte ihn meine Herrin.

»Ja, hinter mir in einem Einspänner, und zwar Wachtmeister Seegrave mit zwei Polizisten. Bloße Formsache! Der Fall ist hoffnungslos.«

»Was! Sind denn die Inder entwischt?« fragte ich.

»Die armen Inder haben wir zu Unrecht verdächtigt – sie sind unschuldig wie ein Kind«, erklärte Mr. Franklin. »Meine Ansicht, daß sich einer von ihnen im Haus versteckte, hat sich als völlig haltlos erwiesen – so wie alles, was ich bisher behauptet habe, Unsinn ist«, fügte er belustigt hinzu, als freute er sich über die eigene Unfähigkeit.

Nachdem er uns durch diese neue Wendung in Erstaunen versetzt hatte, bat ihn meine Herrin, Platz zu nehmen und sich deutlicher zu erklären.

Anscheinend hatte das Energische in ihm bis zu seinem Eintreffen in Frizinghall angehalten. Er hatte den ganzen Fall dem Friedensrichter vorgelegt, und der hatte sofort nach der Polizei geschickt. Die ersten Erhebungen ergaben, daß die Inder nicht den geringsten Versuch gemacht hatten, heimlich das Städtchen zu verlassen. Ferner erwies sich, daß man alle drei, zusammen mit dem Knaben, am Vorabend zwischen zehn und elf Uhr nach Frizinghall hatte kommen sehen – was (gerechnet nach Zeit und Entfernung) ebenfalls bewies, daß sie nach ihrem Auftritt auf der Terrasse unverzüglich in ihr Quartier zurückgekehrt waren. Später, etwa um Mitternacht, als man dort eine Kontrolle vorgenommen hatte, waren die drei Inder und der Knabe bereits zu Bett gegangen. Gleich nach Mitternacht hatte ich, wie man weiß, selbst das Haus versperrt.

Kurzum, einen deutlicheren Beweis für die Unschuld der Inder konnte es nicht geben. Nach Ansicht des Friedensrichters lag also vorläufig nicht der geringste Verdacht gegen sie vor. Doch meinte er, es wäre immerhin möglich, daß man ihnen bei genaueren Nachforschungen auf dieses oder jenes daraufkommen würde. Daher wollte er sie wegen Vagabondage vorläufig festhalten, eine Woche lang, sozusagen zu unserer Verfügung. Sie hatten nämlich im Städtchen unwissentlich etwas getan (was es war, habe ich vergessen), das sie mit dem Gesetz in Konflikt brachte. Jede Einrichtung (die Justiz inbegriffen) läßt sich, wenn man sie nur richtig anfaßt, ein wenig dehnen. Der würdige Friedensrichter war ein Freund meiner Herrin und ließ daher noch am selben Tag die Inder für eine Woche »in Gewahrsam nehmen«.

Das also war Mr. Franklins Bericht über die Ereignisse in Frizinghall. Die Inder hatten mit dem verschwundenen Diamanten offenbar nichts zu tun, und damit war uns der Schlüssel zu dem Geheimnis in den Händen zerbrochen. Wenn aber diese vorgeblichen Gaukler wirklich unschuldig waren – wer, um Himmels willen, hatte den Diamanten aus dem Schubfach genommen?

Zehn Minuten später traf zu unserer großen Erleichterung Wachtmeister Seegrave ein. Er meldete sich bei Mr. Franklin, der jetzt auf der Terrasse in der Sonne saß (vermutlich hatte gerade das Italienische in ihm die Oberhand) und ihm und den beiden anderen Polizisten sagte, daß die Untersuchung zwecklos sei – bevor sie noch begonnen hatte.

Für eine Familie in unserer Situation konnte es nichts Beruhigenderes geben als den Anblick des Wachtmeisters. Er war groß und stattlich und von militärischem Gehaben, er hatte eine wohltönende Stimme, die befehlen konnte, einen klaren Blick, der gebieten konnte, und er trug einen prächtigen zweireihigen Waffenrock mit glänzenden Knöpfen bis hinauf zum Lederkragen. »Ich bin der Mann, den Sie brauchen!« stand ihm ins Gesicht geschrieben. Er sprang mit den beiden Polizisten um – mit einer Strenge, die uns überzeugte, daß mit diesem Menschen nicht zu spaßen war.

Zunächst ging er durch den Park und durchs ganze Haus. Das Resultat dieser ersten Untersuchung bewies ihm, daß der Dieb nicht von außen ins Haus gelangt war, folglich unter den im Hause anwesenden Personen zu suchen sei. Ich überlasse es dem Leser, sich den Zustand vorzustellen, in den er durch diese Behauptung die Dienstboten versetzte. Er beschloß hierauf, das »Boudoir« zu untersuchen, und nachher die Domestiken zu verhören. Gleichzeitig postierte er den einen Polizisten auf der Hintertreppe, die zu den Domestikenzimmern führte, mit dem Befehl, vorläufig niemanden vorbeizulassen.

Sofort geriet das schwache Geschlecht ganz außer sich. Von allen Seiten liefen die Frauenzimmer zusammen, fegten über die Treppe hinauf zu Miss Rachel (diesmal Rosanna Spearman mit sich reißend), stürzten sich auf Wachtmeister Seegrave und verlangten von ihm, die Verdächtige zu nennen, wobei sie alle gleich verlegen dreinsahen.

Der Herr Wachtmeister zeigte sich der Lage gewachsen: er sah sie an mit seinem gebieterischen Blick und schüchterte sie ein durch seine befehlende Stimme.

»Macht, daß ihr fortkommt, ihr Weiber! Hinunter mit euch! Hier kann ich euch nicht brauchen. Seht einmal her, was ihr angerichtet habt!« rief er und zeigte dabei auf eine kleine verschmierte Stelle an der frisch bemalten Tür. Sie befand sich an der Kante, gerade unterm Schloß. »Seht her, was für einen Schaden eure weiten Röcke machen! Hinaus mit euch! Hinaus!« Rosanna Spearman, die ihm und der Tür zunächst stand, ging mit gutem Beispiel voran und schlüpfte hinaus. Die anderen folgten ihr. Er selbst fuhr mit der Untersuchung des Zimmers fort. Da er aber nichts Verdächtiges finden konnte, fragte er mich, wer den Diebstahl entdeckt habe, und da dies meine Tochter gewesen war, ließ er sie kommen.

Der Herr Wachtmeister ging gleich ein wenig zu scharf mit ihr vor. »Also, Mädchen, aufgepaßt! Wir kommen schon hinter die Wahrheit!« Penelope schoß sofort zurück: »Herr Polizist, lügen habe ich nicht gelernt – und wenn Vater dabeistehen und ruhig anhören kann, daß man mich der Lüge und des Diebstahls zeiht, und wenn man mein Zimmer absperrt, mir meinen guten Ruf nimmt, das einzige, was einem armen Ding wie unsereinem bleibt, dann ist er nicht der gute Vater, für den ich ihn gehalten habe!« Ein Wort von mir zur rechten Zeit brachte die Justiz und Penelope einander wieder näher. Er fragte, sie antwortete, alles ging glatt, doch nichts Neues kam dabei heraus. Meine Tochter hatte Miss Rachel dabei gesehen, als sie den Diamanten gestern nacht ins Schubfach gelegt hatte, sie war morgens um acht mit einer Tasse Tee zu Miss Rachel gekommen, sie hatte das Schubfach offen und leer gefunden und daraufhin das Haus alarmiert – und das war alles, was Penelope aussagen konnte.

Hierauf verlangte der Herr Wachtmeister, Miss Rachel selbst zu sprechen. Penelope übermittelte die Bitte durch die Tür, die Antwort kam auf demselben Wege: »Ich habe dem Polizisten nichts zu sagen – ich kann jetzt mit niemandem sprechen.« Unser erfahrener Polizeibeamter sah bei dieser Antwort ebenso überrascht wie beleidigt aus. Ich sagte ihm, das junge Fräulein fühle sich nicht wohl, er möge ein wenig zuwarten und später mit ihr sprechen. Hernach gingen wir beide wieder hinunter und trafen in der Halle auf Mr. Godfrey und Mr. Franklin.

Wachtmeister Seegrave wollte wissen, ob die beiden Herren als Mitbewohner des Hauses etwas aussagen könnten, das Licht in die Sache brächte. Keiner wußte etwas zu sagen. Ob sie in der vergangenen Nacht ein verdächtiges Geräusch gehört hätten? Nein, nur das Murmeln des Regens. Ob ich, der ich noch wach im Bett gelegen sei, auch nichts gehört hätte? Nein, nichts!

Nach dieser ersten Untersuchung blieb Mr. Franklin bei seiner Ansicht, daß wir hilflos seien, denn er flüsterte mir zu: »Dieser Mensch wird uns nicht das mindeste nützen – er ist ein Esel.« Auch Mr. Godfrey flüsterte mir etwas zu: »Betteredge, ich habe das größte Vertrauen zu ihm – offenbar ein äußerst fähiger Beamter!« Viele Köpfe, viele Sinne – das sagt schon ein altes Sprichwort.

Der weitere Verlauf der Untersuchung führte den Herrn

Wachtmeister wieder ins »Boudoir« zurück. Meine Tochter und ich folgten ihm auf den Fersen. Er wollte nämlich herausfinden, ob während der Nacht irgendein Möbel von seinem Platz gerückt worden sei – offenbar waren die Ergebnisse in dieser Hinsicht bisher nicht befriedigend gewesen.

Wir krochen gerade unter Tischen und Stühlen herum, da tat sich plötzlich die Schlafzimmertür auf. Miss Rachel, die bis dahin niemanden vorgelassen hatte, kam zu unserm Erstaunen von selbst heraus. Sie nahm von einem Stuhl ihren Gartenhut, ging dann geradewegs auf Penelope zu und fragte sie: »Hat Mr. Franklin Blake heute morgen mit einer Nachricht zu mir geschickt?«

»Ja, Miss Rachel.«

»Er wollte mit mir sprechen, nicht wahr?«

»Ja, Miss Rachel.«

»Wo ist er jetzt?«

Ich hörte gerade Stimmen auf der Terrasse. Ein Blick aus dem Fenster bestätigte mir, daß es die beiden jungen Herren waren, die unten auf und ab gingen. Daher antwortete ich für meine Tochter: »Mr. Franklin ist auf der Terrasse.«

Ohne ein weiteres Wort und ohne einen Blick für den Herrn Wachtmeister, der mit ihr sprechen wollte, bleich wie der Tod und seltsam gedankenverloren verließ Miss Rachel das Zimmer und ging hinunter auf die Terrasse.

So sehr es gegen den schuldigen Respekt und gegen die gute Sitte war – ich konnte nicht umhin, zum Fenster hinauszusehen, als Miss Rachel dort unten geradewegs auf Mr. Franklin zuging, ohne von Mr. Godfrey Notiz zu nehmen, der sich daraufhin zurückzog und die beiden allein ließ. Ich hatte den Eindruck, sie redete sehr heftig auf Mr. Franklin ein. Es dauerte aber nur kurz und muß ihn maßlos bestürzt haben, wie ich von seinem Gesicht ablesen konnte. Sie standen noch beisammen, da erschien meine Herrin auf der Terrasse. Miss Rachel sah sie und sagte noch ein paar Worte zu Mr. Franklin. Ehe noch ihre Mutter herankam, ging sie rasch ins Haus zurück. Meine Herrin, selbst erstaunt, bemerkte Mr. Franklins Verstörung und ging zu ihm hin. Auch Mr. Godfrey gesellte sich zu ihnen. Beide nahmen Mr. Franklin in die Mitte und gingen mit ihm auf und ab, wobei Mr. Franklin ihnen vermutlich erzählte, was geschehen war, denn beide blieben plötzlich wie angewurzelt stehen, so verwundert schienen sie. Soviel hatte ich eben gesehen, da wurde die Tür aufgerissen, und Miss Rachel, sichtlich wütend, mit blitzenden Augen und glühenden Wangen, stürzte herein. Der Herr Wachtmeister versuchte nochmals, sie zu verhören, doch sie war, so schnell sie konnte, zur Schlafzimmertür geeilt, drehte sich dort nach ihm um und schrie ihn an: »Ich habe nicht nach Ihnen geschickt! Ich brauche Sie nicht! Mein Diamant ist fort, und niemand wird ihn finden – weder Sie noch irgendein anderer!« Mit diesen Worten schlug sie uns die Tür vor der Nase zu und verriegelte sie von innen. Penelope stand dicht daneben und konnte hören, wie Miss Rachel drinnen in Tränen ausbrach.

Zuerst in heller Wut, dann in Tränen – was hatte das zu bedeuten?

Ich sagte dem Wachtmeister, wahrscheinlich sei Miss Rachel durch den Verlust des Diamanten ganz außer sich. Besorgt um die Ehre der Familie, bekümmerte es mich, daß mein junges Fräulein sich so weit vergaß – auch wenn es nur vor einem Polizeioffizier war –, und daher entschuldigte ich sie so gut ich konnte. Doch in Wirklichkeit bestürzten mich ihre Redeweise und ihr ungewöhnliches Benehmen mehr, als ich sagen konnte. Aus dem, was sie dem Wachtmeister ins Gesicht geschrien hatte, mußte ich schließen, daß sie tödlich beleidigt war, weil wir die Polizei geholt hatten, und daß Mr. Franklin nur deshalb so verstört war, weil sie ihm (sozusagen als dem Hauptschuldigen) deshalb Vorwürfe gemacht hatte. War meine Schlußfolgerung richtig, warum dann in aller Welt hatte sie etwas gegen Leute, deren Aufgabe es war, den verschwundenen Diamanten für sie zu suchen? Und woher konnte sie wissen, daß man ihn nie wiederfinden würde?

Wie die Dinge lagen, konnte man derzeit von niemandem im Hause eine Antwort auf diese Fragen erlangen. Anscheinend hielt es Mr. Franklin für Ehrensache, sogar einem so alten Diener wie mir das vorzuenthalten, was Miss Rachel ihm auf der Terrasse gesagt hatte. Mr. Godfrey, als Verwandter und Gentleman, war von Mr. Franklin wahrscheinlich ins Vertrauen gezogen worden, und respektierte dies, wie es seine Pflicht war. Meine Herrin, die zweifellos auch um das Geheimnis wußte, und die allein Zugang zu Miss Rachel hatte, gestand mir offen, daß mit ihr nichts anzufangen sei. »Du machst mich verrückt, wenn du vom Diamanten sprichst!« sei alles gewesen, was man aus ihr herausgebracht habe – trotz ihrem Einfluß als Mutter.

So waren wir an einem toten Punkt angelangt – sowohl was Miss Rachel betraf als auch den Diamanten. In dem einen Fall war meine Herrin außerstande, uns zu helfen, und im andern Fall war Mr. Seegrave (wie der Leser gleich sehen wird) bald mit seinem Latein zu Ende.

Nachdem unser erfahrener Beamter das ganze »Boudoir« durchsucht hatte, ohne an den Möbeln irgend etwas zu entdekken, fragte er mich, ob die Dienstboten gewußt hätten, auf welchem Platz man den Diamanten aufbewahren wollte.

»Sir, ich selbst habe davon gewußt, und auch der Diener Samuel hat es gewußt, denn er war in der Halle, als die Damen darüber sprachen. Meine Tochter wußte es ebenfalls, wie sie Ihnen bereits gesagt hat. Vielleicht hat sie oder Samuel den anderen Dienstboten gegenüber die Sache erwähnt – oder vielleicht haben die anderen das Gespräch selbst angehört, weil die Seitentür der Halle vielleicht offenstand. Es ist daher möglich, daß das ganze Haus wußte, wohin man den Stein legen wollte.«

Meine Antwort bot also dem Herrn Wachtmeister ein weites Feld: er konnte alle verdächtigen. Daher versuchte er, es einzuengen, indem er sich zunächst über die einzelnen Dienstboten erkundigte.

Ich dachte sofort an Rosanna Spearman. Aber es lag weder in meinem Amt noch in meiner Absicht, den Verdacht auf ein armes Mädchen zu lenken, deren Ehrlichkeit – solange ich sie kannte – nicht anzuzweifeln war. Die Hausmutter in der Besserungsanstalt hatte sie meiner Herrin gegenüber als ein Mädchen bezeichnet, das aufrichtig bereue, und dem man daher durchaus vertrauen könne. Es war Sache des Polizeioffiziers, Verdachtsgründe gegen sie zu finden – und dann erst wäre es meine Pflicht gewesen, ihm zu sagen, wie sie in Lady Verinders Dienste gekommen war. »Alle unsere Leute haben einen ausgezeichneten Leumund«, sagte ich, »und alle verdienen das Vertrauen, das meine Herrin in sie gesetzt hat.« Daraufhin konnte Wachtmeister Seegrave nur eines tun: an die Arbeit gehen und selbst den Leumund der Dienstboten überprüfen.

Einer nach dem andern wurde einvernommen, einer nach dem andern hatte nichts zu sagen, und sagte dieses Nichts (sofern es sich um das schwache Geschlecht handelte) sehr ausführlich und sehr verärgert wegen des Wachtpostens auf der Hintertreppe, die zu den Domestikenzimmern führte. Einer nach dem andern wurde wieder hinuntergeschickt. Man holte Penelope und verhörte sie ein zweites Mal.

Penelope hatte – wie erinnerlich – kurz zuvor einen Zornausbruch gehabt, weil sie geglaubt hatte, der Verdacht richte sich gegen sie, und dies dürfte auf Wachtmeister Seegrave einen ungünstigen Eindruck gemacht haben. Zudem hielt er es anscheinend für einen erschwerenden Umstand, daß sie die letzte gewesen war, die den Diamanten gesehen hatte. Jedenfalls kam sie nach diesem zweiten Verhör in höchster Aufregung zu mir gelaufen. Für sie gab es keinen Zweifel mehr: Der Wachtmeister habe ihr zu verstehen gegeben, daß er sie für die Diebin halte! Selbst wenn ich Mr. Franklins Standpunkt bezog, konnte ich es kaum fassen, daß dieser Mensch wirklich ein solcher Esel sein sollte. Er hatte es zwar nicht offen ausgesprochen, doch der Blick, mit dem er meine Tochter ansah, gefiel mir gar nicht. Der armen Penelope wegen lachte ich mit ihr darüber – das Ganze war ja zu unsinnig, um ernst genommen zu werden. Insgeheim aber war ich leider so töricht, mich darüber zu ärgern. Die Lage war schwierig, gewiß. Meine Kleine setzte sich in eine Ecke, die Schürze über den Kopf gezogen, und weinte herzzerbrechend. Wie dumm von ihr, wird mein Leser sagen, sie hätte doch warten können, bis man sie rundheraus beschuldigte. Als rechtlich denkender Mensch gebe ich das zu. Doch der Herr Wachtmeister hätte bedenken sollen – egal, was er hätte bedenken sollen … Hol ihn der Teufel!

Der nächste und letzte Schritt der Untersuchung brachte – wie man so sagt – eine Krise. Wachtmeister Seegrave hatte eine

Besprechung (ich war zugegen) mit meiner Herrin. Zunächst teilte er ihr mit, den Diamanten müsse ein Hausbewohner gestohlen haben, dann bat er sie, mit seinen beiden Polizisten die Habe und die Zimmer der Dienstboten durchsuchen zu dürfen. Meine gute Herrin, vornehm und edeldenkend wie sie war, wollte nicht, daß man uns wie Diebe behandelte. »Ich werde nie zulassen, daß man meiner Dienerschaft ihre Treue so vergilt«, sagte sie.

Der Herr Wachtmeister verbeugte sich, doch blickte er dabei auf mich, als wollte er mir zu verstehen geben: Warum läßt man mich kommen, wenn man mir auf diese Weise die Hände bindet?

Um allen Beteiligten gerecht zu werden, fühlte ich mich als Vorgesetzter der Domestiken veranlaßt, die Großmut meiner Herrin nicht zu unserm Vorteil zu nützen. »Mylady, wir sind Ihnen zu großem Dank verpflichtet«, sagte ich, »doch erlauben wir uns, das zu tun, was uns jetzt richtig erscheint: Wir geben unsere Schlüssel her. Und wenn Gabriel Betteredge dies als erster tut, werden die übrigen seinem Beispiel folgen«, sagte ich zu Wachtmeister Seegrave und hielt ihn an der Tür zurück. »Hier sind die Schlüssel!« Meine Herrin ergriff meine Hand und dankte mir mit Tränen in den Augen. O Gott, was hätte ich in diesem Augenblick dafür gegeben, den Kerl niederschlagen zu dürfen!

Auf mein Wort hin taten die andern das gleiche, natürlich ungern, aber alle waren mit mir einer Meinung. Welch ein Theater die Frauenzimmer machten, als die Polizisten in ihren Sachen herumwühlten! Die Köchin sah drein, als wollte sie den Herrn Wachtmeister lebendig auf dem Rost braten, und die anderen taten, als wollte sie ihn auffressen, wenn er gar wäre.

Die Durchsuchung war vorüber, doch kein Diamant, nicht die Spur eines Diamanten war gefunden worden. Wachtmeister Seegrave zog sich in mein Zimmer zurück, darüber nachzudenken, was als nächstes geschehen sollte. Er und seine Leute befanden sich nun schon stundenlang im Haus, doch waren sie der Wahrheit um keinen Zoll nähergekommen. Wir wußten weder, wie man den Diamanten gestohlen hatte, noch wer der Dieb sein könnte.

Während Wachtmeister Seegrave einsam über dem Problem grübelte, schickte man mich zu Mr. Franklin in die Bibliothek. Gerade wollte ich die Hand auf die Türklinke legen, da wurde sie von innen aufgerissen, und zu meinem größten Erstaunen kam Rosanna Spearman heraus!

Wenn die Bibliothek morgens gefegt und gereinigt war, hatte keines der Hausmädchen dort etwas zu suchen. Ich hielt Rosanna an und warf ihr vor, gegen die Hausordnung verstoßen zu haben.

»Was tust du hier um diese Zeit?« fragte ich.

»Mr. Franklin Blake hat oben einen seiner Ringe liegen lassen, und den habe ich ihm gebracht.« Tiefes Rot überzog ihr Gesicht. Als sie weiterging, warf sie den Kopf zurück und sah sehr selbstbewußt drein, was ich mir nicht erklären konnte. Sicher hatten die Vorgänge im Haus alle Frauenzimmer mehr oder weniger aus dem Gleichgewicht gebracht, doch keine hatte sich so verändert wie Rosanna.

Mr. Franklin saß an einem Tisch und schrieb. Kaum hatte ich die Bibliothek betreten, bat er mich, ihn sogleich zur Bahn bringen zu lassen. Schon sein erstes Wort bewies mir, daß das Energische in ihm wieder einmal die Oberhand hatte. Der Mann aus Watte war wie weggeblasen, der Mann aus Eisen saß vor mir.

»Sie fahren nach London, Sir?«

»Nein, ich will nur nach London telegraphieren. Ich habe nämlich meine Tante davon überzeugen können, daß wir jemanden brauchen, der klüger ist als Wachtmeister Seegrave. Und deshalb möchte ich meinem Vater telegraphieren. Er kennt den Polizeichef von London, und der wird uns vielleicht den richtigen Mann schicken, dieses Rätsel zu lösen. Übrigens, da wir von einem Rätsel sprechen« – Mr. Franklins Stimme wurde jetzt leiser – »ich muß Ihnen etwas sagen, Betteredge, aber lassen Sie nichts davon verlauten: entweder ist Rosanna Spearman nicht ganz richtig im Kopf oder sie weiß leider mehr über den Diamanten, als sie wissen sollte.«

Es ist schwer zu sagen, ob mich diese Worte bestürzten oder betrübten. Wäre ich jünger gewesen, hätte ich Mr. Franklin jetzt wahrscheinlich die Wahrheit gebeichtet. Aber je älter man wird, desto mehr beobachtet man eine vortreffliche Regel: so man nicht klar sieht, hält man den Mund.

»Sie kam mit dem Ring, den ich in meinem Zimmer liegen ließ«, fuhr Mr. Franklin fort. »Ich dankte ihr dafür und erwartete natürlich, daß sie wieder gehe. Statt dessen stellte sie sich hin und sah mich ganz sonderbar an – halb schüchtern, halb vertraulich – ich bin daraus nicht klug geworden. ›Das mit dem Diamanten ist eine seltsame Sache, Sir‹, sagte sie hastig. ›Ja, in der Tat‹, meinte ich und wartete neugierig, was jetzt käme. Auf mein Ehrenwort, Betteredge, ich glaube, sie ist nicht ganz richtig im Kopf! Sie sagte nämlich: ›Den Diamanten wird man nie finden, nicht wahr, Sir? Nein! Auch den nicht, der ihn genommen hat – dafür trete ich ein!‹ Und dabei nickte sie mir zu und lächelte! Ehe ich noch fragen konnte, was sie damit meinte, hörte ich Ihre Schritte draußen. Vermutlich hatte sie Angst, von Ihnen hier ertappt zu werden. Sie wechselte die Farbe und verließ schleunigst das Zimmer. Was in aller Welt hat das zu bedeuten?«

Auch jetzt konnte ich es nicht über mich bringen, ihm Rosannas Geschichte zu erzählen – da hätte ich sie gleich als Diebin bezeichnen können! Und selbst wenn ich mir das Ganze vom Herzen geredet hätte, und selbst wenn sie die Diebin gewesen wäre – hätte ich es mir nur schwer erklären können, warum sie ausgerechnet unserm jungen Herrn das Geheimnis anvertrauen wollte.

Mr. Franklin fuhr zu sprechen fort: »Ich möchte das arme Ding nicht in eine Klemme bringen – bloß weil sie ein wenig verrückt ist und so sonderbar redet. Immerhin, hätte sie das gleiche dem Wachtmeister gesagt, dann fürchte ich … Dummkopf, der er ist …« Der Satz blieb unausgesprochen.

»Sir, es ist wohl am besten, wenn ich ehestens mit Lady Verinder darüber spreche. Meine Herrin zeigt Rosanna eine wohlwollende Gesinnung. Vielleicht ist das Mädchen nur töricht und vorlaut gewesen? Wenn im Hause irgend etwas nicht stimmt, sehen Frauenzimmer immer gleich das Schlimmste – diese Armen kommen sich dann sehr wichtig vor. Ist einer krank, werden sie gewiß dessen Tod prophezeien; wird ein Diamant verloren, werden sie sicher prophezeien, daß man ihn nicht wiederfindet.«

Diese Ansicht (je länger ich darüber nachdachte, desto mehr machte ich sie mir zu eigen) schien Mr. Franklin sehr zu erleichtern. Er faltete das Telegramm zusammen und betrachtete das Thema als erledigt. Auf meinem Weg in den Pferdestall, wo ich die Pony-Chaise anspannen lassen wollte, warf ich einen Blick ins Domestikenzimmer, wo man gerade beim Mittagessen saß. Rosanna war nicht dabei. Ich fragte nach ihr und erfuhr, sie sei plötzlich erkrankt und daher in ihrem Zimmer.

»Sonderbar! Vorhin sah sie noch ganz gesund aus!« meinte ich und ging.

Penelope kam hinter mir her. »Vater, bitte sprich nicht so vor den anderen!« bat sie mich. »Sie sind dann noch strenger mit ihr. Der Armen ist ohnedies so weh ums Herz wegen Mr. Franklin.«

Zugegeben, man konnte damit auch Rosannas merkwürdiges Benehmen erklären. Sollte Penelope recht haben, dann war es dem Mädchen wahrscheinlich gleichgültig, was sie daherredete, sofern sie nur Mr. Franklins Aufmerksamkeit auf sich lenkte. Wenn dies des Rätsels Lösung war, erklärte sich dadurch auch, weshalb sie so selbstbewußt an mir vorbeigegangen war. Er hatte zwar kaum mehr als drei Worte mit ihr gesprochen, aber sie hatte erreicht, was sie wollte: er hatte tatsächlich mit ihr gesprochen!

Ich stand dabei, als man das Pony anschirrte. In diesem teuflischen Netz von Zweifeln und Geheimnissen, in das wir alle verstrickt waren, empfand ich den Anblick als eine Wohltat: wie vortrefflich fügten sich Riemen und Schnallen zusammen! Als das Pony zwischen den Deichseln stand, konnte ich etwas sehen, das nicht fragwürdig war, und das, lieber Leser, gehörte jetzt in unserm Haus zu den seltenen Genüssen.

Ich führte die Chaise vor den Haupteingang und fand dort nicht nur Mr. Franklin vor, sondern auch Mr. Godfrey und Wachtmeister Seegrave. Alle drei warteten auf mich.

Da man in den Zimmern der Dienstboten den Diamanten

nicht gefunden hatte, war der Herr Wachtmeister durch angestrengtes Nachdenken anscheinend zu einem neuen Schluß gekommen. Er beharrte zwar nach wie vor auf seiner Meinung, daß der Dieb im Hause zu suchen sei, doch glaubte er, der Dieb (er hütete sich wohlweislich, Penelope zu nennen, einerlei was er insgeheim über sie dachte!) habe mit den Indern zusammengearbeitet. Demzufolge gedachte unser erfahrener Beamter auch die Gaukler, die sich in polizeilichem Gewahrsam befanden, in seine Untersuchungen einzubeziehen. Mr. Franklin hatte von dieser Maßnahme erfahren und sich daher erboten, Wachtmeister Seegrave nach Frizinghall zu bringen, von wo er genausogut nach London telegraphieren konnte wie von unserer Bahnstation. Mr. Godfrey, der noch immer unbeirrt an Mr. Seegrave glaubte und beim Verhör der Inder dabei sein wollte, hatte ihn gebeten, ihn begleiten zu dürfen. Einer der beiden Polizisten sollte im Hause bleiben, für den Fall, daß etwas passierte. Der andere sollte mit dem Wachtmeister ins Städtchen zurückkehren. So waren die vier Plätze in der Pony-Chaise gerade besetzt.

Bevor Mr. Franklin die Zügel ergriff, nahm er mich kurz beiseite, um mir etwas zu sagen. »Ich werde erst nach London telegraphieren, wenn ich sehe, was das Verhör der Inder ergibt«, erklärte er. »Dieser konfuse Mensch tappt sicher noch immer im dunkeln und will nur Zeit gewinnen. Der Gedanke, daß einer der Domestiken mit den Indern im Bunde sei, ist einfach absurd. Betteredge, ich bitte Sie: haben Sie einstweilen ein Auge auf das Haus, und versuchen Sie, sich über Rosanna Spearman möglichst klar zu werden! Ich verlange von Ihnen nicht, daß Sie etwas tun, das gegen Ihre Selbstachtung wäre. Sie sollen auch dem Mädchen nicht wehtun, sondern auf sie nur schärfer aufpassen als sonst. Meine Tante soll davon möglichst wenig bemerken – aber glauben Sie mir, Betteredge, es geht um Wichtigeres, als Sie vielleicht vermuten!«

»Es geht um zwanzigtausend Pfund, Sir«, sagte ich, weil ich an den Wert des Diamanten dachte.

»Es geht darum, Rachel wieder ins Gleichgewicht zu bringen«, antwortete Mr. Franklin ernst. »Ich bin sehr besorgt um sie.«

Mit diesen Worten ließ er mich plötzlich stehen, als wollte er ein weiteres Gespräch vermeiden. Warum, das war mir klar: er hätte mich dann wohl oder übel wissen lassen müssen, was ihm Miss Rachel auf der Terrasse gesagt hatte.

So fuhren sie also davon. Ich war willens, mit Rosanna unter vier Augen zu sprechen, schon in ihrem eigenen Interesse, aber die passende Gelegenheit wollte sich nicht bieten. Rosanna kam erst zum Tee herunter, und als sie kam, war sie nervös und aufgeregt und hatte das, was man einen hysterischen Anfall nennt. Auf Befehl meiner Herrin gab man ihr ein bißchen Hirschhornsalz und schickte sie wieder zu Bett.

Wahrhaftig, der Tag schleppte sich trostlos und trübselig hin. Miss Rachel blieb in ihrem Schlafzimmer und erklärte, sie sei zu krank, um zum Essen zu kommen. Meine Herrin war über das Verhalten ihrer Tochter so bekümmert, daß ich sie nicht noch zusätzlich ängstigen und ihr erzählen wollte, was Rosanna zu Mr. Franklin gesagt hatte. Penelope beharrte auf ihrer Meinung: man werde sie demnächst des Diebstahls anklagen, verurteilen und deportieren. Die anderen Frauenzimmer flüchteten sich zu ihrer Bibel oder zu ihrem Gesangbuch und machten dabei ein saures Gesicht, was meist der Fall ist, wenn man sich zu ungewohnter Tageszeit frommen Übungen hingibt – wie ich in meinem Lebenskreis oft beobachtet habe. Ich selbst konnte mich nicht einmal dazu entschließen, meinen *Robinson Crusoe* aufzuschlagen. So ging ich in den Hof hinaus, und da mich nach einer heiteren Gesellschaft verlangte, rückte ich meinen Stuhl zu den Hundehütten hin und unterhielt mich mit den Hunden.

Eine halbe Stunde vor Tischzeit kamen die beiden jungen Herren aus Frizinghall zurück. Sie hatten mit dem Wachtmeister verabredet, daß er am nächsten Tag wieder zu uns kommen sollte. Auch hatten sie Mr. Murthwaite, den Indienkenner, in seiner derzeitigen Wohnung aufgesucht. Auf Mr. Franklins Bitte war er so freundlich gewesen, beim Verhör jener beiden Inder, welche nicht Englisch sprachen, mit seinen Sprachkenntnissen behilflich zu sein. Die Einvernahme, gründlich und langatmig, hatte zu nichts geführt. Es gab keinen Anhaltspunkt, der auch nur den Schatten eines Verdachts gerechtfertigt hätte: die Inder hatten keinen unserer Domestiken zu beeinflussen versucht. Daraufhin hatte Mr. Franklin sein Telegramm nach London abgeschickt, die Sache ruhte also bis zum nächsten Morgen.

Dies ist der Verlauf des Tages, der auf den Geburtstag folgte: bis jetzt also gab es keinen Hoffnungsstrahl für uns. Ein paar Tage später jedoch sollte sich das Dunkel ein wenig lüften. Wie und mit welchem Ergebnis wird der Leser sofort sehen.

XII

Die Nacht von Donnerstag auf Freitag ging vorbei, und nichts geschah. Der Freitagmorgen brachte zwei Neuigkeiten.

Hier die eine: Der Bäckerjunge erklärte, er habe am Donnerstagnachmittag Rosanna Spearman gesehen, als sie dichtverschleiert auf dem Pfad über das Heideland nach Frizinghall gegangen sei. Es schien kaum glaublich, daß man Rosanna mit einer andern verwechseln konnte. Die schiefe Schulter machte das arme Ding auffällig genug, aber der Bäckerjunge mußte sie doch mit einer andern verwechselt haben. Rosanna war ja, wie der Leser weiß, den ganzen Donnerstagnachmittag in ihrem Zimmer gewesen.

Die zweite Nachricht brachte der Postbote: der würdige Mr. Candy hatte beim Geburtstagsfest eine weitere unglückliche Bemerkung gemacht, wie sich jetzt herausstellte. Als er damals weggefahren war, hatte er behauptet, die Haut eines Arztes sei wasserdicht. Trotz seiner Haut war er durch und durch naß geworden, hatte sich erkältet und lag jetzt mit Fieber darnieder. Der Arme sei ganz wirr im Kopf, meldete uns der Postbote, und rede Unsinn in seinem Delirium, genauso geläufig wie er es früher zuweilen getan habe, als er noch bei klarem Verstand gewesen sei.

Uns allen tat der kleine Doktor leid, vor allem Mr. Franklin bedauerte dessen Krankheit, und zwar um Miss Rachels willen, wie mir schien. Er sagte nämlich beim Frühstück zu meiner

Herrin, er befürchte, Miss Rachel würde vielleicht bald eines Arztes bedürfen, wenn sich die Aufregung wegen des Diamanten bei ihr nicht lege.

Das Frühstück war kaum vorüber, da kam das Antworttelegramm von Mr. Blake senior. Er teilte seinem Sohn mit, er habe mit Hilfe des Londoner Polizeichefs, mit dem er befreundet sei, den richtigen Mann für uns gefunden, nämlich Inspektor Cuff, den wir bereits am Vormittag aus London erwarten könnten.

Bei diesem Namen stutzte Mr. Franklin. Offenbar hatte er während seines Aufenthalts in London, und zwar vom Advokaten seines Vaters, bemerkenswerte Dinge über diesen Mann gehört. Jedenfalls sagte er: »Ich beginne jetzt zu hoffen, daß unsere Sorgen bald vorüber sind. Falls die Hälfte der Geschichten über ihn wahr ist, so kommt niemand in ganz England an ihn heran, wenn es gilt, ein Rätsel zu lösen.«

Je näher die Ankunft dieses berühmten und tüchtigen Mannes heranrückte, desto aufgeregter und ungeduldiger wurden wir. Wachtmeister Seegrave war zur vereinbarten Zeit zurückgekehrt. Als er hörte, daß Inspektor Cuff unterwegs zu uns sei, schloß er sich mit Tinte, Feder und Papier sofort in ein Zimmer ein, den Bericht zu verfassen, den man sicher von ihm erwartete. Ich hätte den Inspektor gern selbst von der Bahnstation abgeholt, aber meine Herrin stellte Pferde und Kutsche nicht einmal dem berühmten Cuff zur Verfügung, und die Pony-Chaise stand für Mr. Godfrey bereit, der es tief bedauerte, seine Tante mit ihren Sorgen allein lassen zu müssen. Freundlicherweise verschob er seine Abreise bis zum letzten Zug, denn er wollte noch hören, was der kluge Londoner Polizeibeamte von diesem ganzen Fall halte, sagte er. Doch spätestens Freitagabend müsse er leider unbedingt in der Stadt sein: am nächsten Morgen nämlich erwarteten ihn die Damen eines Wohlfahrtskomitees, die dringend seines Rats bedürften.

Der Inspektor mußte jeden Augenblick eintreffen. Ich ging daher zum Gittertor, um nach ihm auszuschauen.

Eben erreichte ich das Pförtnerhaus, da kam eine Droschke vorgefahren und heraus sprang ein grauer, ältlicher Mann, so erbarmenswert dürr, als hätte er auf seinen Knochen nicht ein einziges Lot Fleisch. Er war ganz in Schwarz gekleidet und hatte eine weiße Halsbinde. Sein scharfgeschnittenes Gesicht hatte eine gelbe und trockene Haut, verwelkt wie Herbstlaub. Die Augen, von hellem Stahlgrau, mußten auf jeden beunruhigend wirken: blickten sie einen an, hatte man das Gefühl, daß sie mehr von einem erwarteten, als man gewärtig war. Er hatte einen leisen Schritt, seine Stimme klang melancholisch, seine langen dünnen Finger waren wie Klauen gekrümmt. Man hätte ihn für einen Pfarrer oder einen Leichenbestatter oder für sonst irgend etwas halten können, nur nicht für das, was er war. Er sah so ganz anders aus als Wachtmeister Seegrave. Einen trostloseren Anblick für eine Familie in Not hätte es nicht geben können.

»Wohnt hier Lady Verinder?« fragte er mich.

»Ja, Sir.«

»Ich bin Inspektor Cuff.«

»Bitte kommen Sie mit mir, Sir!«

Auf dem Weg zum Haus nannte ich ihm meinen Namen und meine Stellung in der Familie. Ich wollte ihm dadurch zu verstehen geben, daß er mit mir über die Sache sprechen könnte, derentwegen man ihn hatte kommen lassen. Aber vergebens, er sagte kein Wort darüber, sondern bewunderte bloß den Park und fand die Luft rein und frisch hier. Insgeheim fragte ich mich, wie der berühmte Cuff zu seinem Ruf gekommen sei. Wir erreichten das Haus und fühlten uns dabei wie zwei Hunde, die man erstmals an dieselbe Kette gelegt hatte.

Man sagte mir, meine Herrin befände sich in einem der Treibhäuser. Ich schickte einen Diener aus, sie zu suchen, indes der Inspektor und ich hinters Haus gingen, sie dort zu erwarten. Dabei entdeckte Inspektor Cuff zu unserer Linken den Bogen aus Immergrün, durch den man in den Rosengarten gelangte. Er ging geradewegs hinein und bekundete erstmals so etwas Ähnliches wie Interesse. Zum Erstaunen des Gärtners und zu meinem Verdruß erwies sich dieser berühmte Mann als wahre Fundgrube an Wissen auf dem Gebiet der Rosenzucht, einem wahrhaft nichtigen Gegenstand.

Inspektor Cuff nickte mit dem Kopf und sagte mit einer Spur von Freude in seiner melancholischen Stimme: »Ah, Sie haben hier die richtige Lage – nach Süden und nach Südwesten! So muß ein Rosengarten aussehen, nicht bloß ein Kreis in einem Viereck, jaja, und mit Wegen zwischen allen Beeten. Doch keine Kieswege, wie diese, Herr Gärtner, sondern Graswege, Kies wirkt zu hart neben Rosen. Das ist ein hübsches Beet hier, weiße und rote Rosen, die nehmen sich zusammen immer gut aus, nicht wahr? Und hier, Mr. Betteredge, ist die weiße Moschusrose, unsere alte englische Rose, die es mit den schönsten und neuesten Sorten noch immer aufnehmen kann – diese liebe gute Moschusrose«, sagte er zärtlich und liebkoste sie mit seinen dünnen Fingern, als spräche er mit einem Kind.

Und dieser Mensch da soll Miss Rachels Diamanten und dessen Dieb finden? fragte ich mich insgeheim, doch laut sagte ich: »Sie scheinen Rosen gern zu haben?«

»Mr. Betteredge, ich habe nicht viel Zeit, um auch nur irgend etwas gern zu haben. So mir ein Augenblick für Gefühle bleibt, gehört er den Rosen. Ich habe im Garten meines Vaters mein Leben unter Rosen begonnen, und ich werde es, wenn ich kann, auch unter Rosen einmal beenden. Ja, ich hoffe, mit Gottes Hilfe es bald aufgeben zu können, Diebe und Mörder ihrer Taten zu überführen, und dann werde ich mich der Rosenzucht widmen. Und in meinem Garten wird es zwischen den Beeten Graswege geben«, sagte der Inspektor, dem die Kieswege unseres Rosengartens sehr zu mißfallen schienen.

»Eine sonderbare Vorliebe für einen Mann Ihres Fachs«, wagte ich zu bemerken.

»Wenn Sie sich in Ihrer Umgebung ein wenig umsehen, was die wenigsten Menschen tun, werden Sie feststellen, daß die jeweilige Vorliebe meist im schärfsten Gegensatz zum jeweiligen Beruf steht. Zeigen Sie mir zwei Dinge, die noch schwerer vereinbar sind als Rosen und Verbrecher – und ich werde mich danach richten, so es nicht zu spät ist bei meinem Alter. Und Sie, Herr Gärtner, glauben auch, daß die Damaszener Rose ein guter Stamm zum Pfropfen ist, nicht wahr? Aha, dachte ich mir's doch! Hier kommt eine Dame – ist das Lady Verinder?«

Er hatte sie gesehen, ehe wir sie sahen, obgleich der Gärtner und ich wußten, aus welcher Richtung sie kommen würde, er es aber nicht wissen konnte. Ich begann ihn doch für fähiger zu halten, als ich anfangs geglaubt hatte.

War es sein Aussehen, war es der Zweck seines Hierseins, war es vielleicht beides? Jedenfalls machte die Begegnung meine Herrin etwas verlegen, erstmals wußte sie nicht, was sie einem Fremden sagen sollte. Inspektor Cuff nahm ihr sofort die Befangenheit. Er fragte, ob wir, bevor er kam, schon jemand andern mit der Untersuchung beauftragt hätten. Und als er erfuhr, daß der Betreffende noch hier sei, bat er, ihn sprechen zu dürfen, ehe er selbst etwas in dieser Sache unternähme.

Meine Herrin ging voran. Er sagte noch rasch zum Gärtner: »Bringen Sie Ihre Herrin dazu, es mit Gras zu versuchen! Kein Kies, kein Kies!« rief er und blickte sauer auf die Wege.

Warum Wachtmeister Seegrave mir plötzlich halb so groß vorkam, als er sich dem Inspektor vorstellte – das zu erklären, geht über meine Kraft. Ich kann nur die Tatsache feststellen. Sie zogen sich gemeinsam zurück und blieben ewig lange hinter verschlossenen Türen. Als sie wieder herauskamen, war der Wachtmeister aufgeregt, der Inspektor aber gähnte.

»Der Herr Inspektor wünscht Miss Verinders Wohnzimmer zu sehen«, sagte mir Mr. Seegrave feierlich. »Vielleicht hat der Herr Inspektor ein paar Fragen an Sie, begleiten Sie ihn bitte!«

Während man dergestalt mit mir herumkommandierte, sah ich auf den großen Cuff. Der große Cuff seinerseits sah auf Wachtmeister Seegrave, ruhig, beobachtend, wie ich es schon früher an ihm bemerkt hatte. Ob er darauf wartete, daß sich sein Kollege plötzlich in einen Esel verwandelte, kann ich nicht behaupten. Es kam mir nur so vor.

Ich führte die beiden hinauf. Inspektor Cuff überprüfte vorsichtig das indische Schränkchen sowie das ganze »Boudoir«, stellte Fragen (meist an mich, nur ab und zu an den Wachtmeister), deren wahrer Zweck uns beiden ganz unverständlich blieb. Schließlich stieß er auch auf die Tür mit der Dekorationsmalerei, von der mein Leser bereits weiß. Prüfend legte er einen seiner hageren Finger auf die verschmierte Stelle unter dem Schloß, die auch Wachtmeister Seegrave bereits bemerkt hatte, als er die Mädchen rügte, weil sie hier zusammengelaufen waren.

»Schade«, meinte er, »wie ist das geschehen?«

Er hatte die Frage an mich gerichtet. Ich erklärte, gestern morgen hätten sich die Dienstmädchen ins Zimmer gedrängt und eine davon habe mit ihrem Rock dieses Unheil angerichtet. Wachtmeister Seegrave schickte hierauf die Mädchen hinaus, damit sie keinen weiteren Schaden machen.

»Jawohl!« rief der Herr Wachtmeister auf seine militärische Art. »Ich habe sie alle hinausgeschickt, eine von ihnen muß es gewesen sein – jaja, diese weiten Frauenröcke!«

»Und haben Sie bemerkt, welcher Frauenrock es war?« fragte Inspektor Cuff wiederum mich, nicht aber seinen Kollegen.

»Nein, Sir.«

Daraufhin wandte er sich dem Wachtmeister zu. »Sie aber haben es vermutlich bemerkt?«

Der Herr Wachtmeister stand wie vom Donner gerührt da, bewahrte jedoch Haltung. »Mit einer solchen Nebensächlichkeit, Herr Inspektor, belaste ich mein Gedächtnis nicht.«

Inspektor Cuff sah Mr. Seegrave mit dem gleichen Blick an, mit dem er die Kieswege in unserm Rosengarten angesehen hatte, und gab uns auf seine melancholische Art den ersten Vorgeschmack seines Talents.

»Herr Wachtmeister, vorige Woche mußte ich eine Untersuchung vornehmen, sie sollte zur Aufklärung eines Mordes führen. Aber der einzige Anhaltspunkt, den ich hatte, war ein Tintenklecks auf einem Tischtuch, den niemand gemacht haben wollte. Bei meinen langjährigen Erfahrungen auf den schmutzigsten Wegen dieser schmutzigen kleinen Welt ist mir noch nie so etwas wie eine Nebensächlichkeit begegnet. Bevor wir also einen Schritt weiter tun, müssen wir das Kleidungsstück finden, das die Farbe verwischt hat, und wir müssen genau wissen, wann die Farbe noch feucht war.«

Der Herr Wachtmeister nahm den Verweis verdrossen zur Kenntnis. Er fragte, ob er die Dienstboten kommen lassen sollte. Inspektor Cuff überlegte kurz, seufzte und schüttelte den Kopf.

»Nein«, sagte er, »wir beschäftigen uns zuerst mit der Farbe; das ist eine Frage, die man mit ja oder nein beantwortet – daher ist sie kurz. Die Frage, welcher Frauenrock es war, ist weniger rasch zu beantworten. Wieviel Uhr war es, als gestern die Mädchen ins Zimmer kamen? Elf Uhr – wie? Ist jemand im Hause, der sagen kann, ob gestern um elf Uhr die Farbe trokken war?«

»Der Neffe meiner Herrin, Mr. Franklin Blake, weiß es.«

»Ist der Herr zu Hause?«

Mr. Franklin war in unmittelbarer Nähe, er wartete ja auf die erste Gelegenheit, den großen Cuff kennenzulernen. Eine halbe Minute später betrat er das Zimmer und machte folgende Aussage:

»Diese Tür wurde von Miss Rachel, mit meiner Hilfe und unter meiner Aufsicht, bemalt. Das von mir selbst gemischte Malmittel trocknet – gleichviel für welche Farbe man es verwendet – in zwölf Stunden.«

»Sir, erinnern Sie sich, wann die Stelle bemalt wurde, die jetzt verschmiert ist?« wollte Inspektor Cuff wissen.

»Ja, sicher, nämlich ganz zuletzt. Wir wollten am Mittwoch damit fertig werden, und ich selbst habe daran gearbeitet, um drei Uhr nachmittag oder kurz danach.«

»Heute ist Freitag«, sagte Inspektor Cuff zu Wachtmeister Seegrave, »rechnen wir zurück: am Mittwochnachmittag, drei Uhr, wurde diese Stelle bemalt. Die Farbe trocknete in zwölf Stunden – also bis Donnerstag drei Uhr früh. Um elf Uhr haben Sie hier mit der Untersuchung begonnen. Elf weniger drei ist acht. Die Farbe war also bereits acht Stunden trocken, Herr Wachtmeister, als Sie vermuteten, eines der Mädchen habe mit ihrem Rock die Farbe verwischt.«

Das war der erste niederschmetternde Schlag auf Mr. Seegraves Haupt. Hätte er die arme Penelope nicht verdächtigt, wäre ich voll Mitleid gewesen.

Nachdem dergestalt diese Frage geklärt worden war, gab Inspektor Cuff seinen Kollegen als Mithelfer wegen Unzulänglichkeit auf und wandte sich hinfort an Mr. Franklin als den tauglicheren von den beiden.

»Es ist sehr leicht möglich, Sir, daß Sie uns den Schlüssel in die Hand gegeben haben«, sagte er ihm.

Kaum waren die Worte über seine Lippen, öffnete sich die Schlafzimmertür, und Miss Rachel trat heraus.

Sie stellte sich vor Inspektor Cuff hin, anscheinend ohne zu bemerken (oder zu berücksichtigen), daß er ihr völlig fremd war. »Sagten Sie gerade, daß er es war, der Ihnen den Schlüssel in die Hand gelegt hat?« fragte sie und deutete dabei auf Mr. Franklin.

»Das ist Miss Verinder«, flüsterte ich dem Inspektor zu.

»Ja«, sagte er und seine stahlgrauen Augen musterten dabei aufmerksam das Gesicht unseres jungen Fräuleins, »dieser Herr hat möglicherweise den Schlüssel in unsere Hand gelegt.«

Sie drehte sich kurz um und versuchte, Mr. Franklin anzusehen (ich sage: sie versuchte), denn ehe sie noch einander anschauen konnten, hatte sie sich schon wieder abgewendet. Eine seltsame Erregung schien sich ihrer zu bemächtigen, zuerst wurde sie rot, dann wurde sie bleich, und mit der Blässe bekam ihr Gesicht einen ganz anderen Ausdruck – einen Ausdruck, der mich bestürzte.

»Ich habe jetzt Ihre Frage beantwortet, mein Fräulein«, sagte Inspektor Cuff, »und bitte Sie nun meinerseits, eine Frage an Sie richten zu dürfen. Die Farbe an dieser Tür ist an der einen Stelle verwischt – wissen Sie zufällig, wann es passierte und wer es tat?«

Statt zu antworten, stellte Miss Rachel eine neue Frage, als hätte er nicht gesprochen oder als hätte sie ihn nicht gehört. »Sind Sie denn auch ein Polizeibeamter?«

»Ich bin Inspektor Cuff von der Kriminalpolizei.«

»Hat der Rat eines jungen Mädchens für Sie einen Wert?«

»Gewiß, mein Fräulein.«

»Machen Sie Ihre Arbeit allein, und lassen Sie sich nicht von Mr. Blake helfen!«

Ihr Blick war trotzig, ihre Stimme höhnisch, und sie sagte es in einem solchen Ausbruch von Haß gegen Mr. Franklin, daß ich mich – obgleich ich sie seit ihrer Kindheit kannte und sie fast so sehr wie meine Herrin ehrte und liebte – erstmals in meinem Leben ihrer schämte.

Inspektor Cuffs ruhiger Blick ließ ihr Gesicht nicht los. »Danke, Fräulein«, sagte er. »Wissen vielleicht Sie etwas über diese verschmierte Farbe zu sagen? Vielleicht sind Sie selbst dort angestreift?«

»Nein.«

Daraufhin drehte sie sich um, ging ins Schlafzimmer und schloß sich wieder ein. Diesmal hörte ich es – wie Penelope es schon zuvor gehört hatte: als sie allein war, brach sie in Tränen aus.

Ich brachte es nicht über mich, Inspektor Cuff anzusehen – so sah ich Mr. Franklin an, der mir zunächst stand. Er schien über das Vorgefallene noch betrübter als ich.

»Betteredge, ich habe Ihnen ja gesagt, wie beunruhigt ich bin, und jetzt sehen Sie warum«, sagte er mir.

»Ich habe den Eindruck, Miss Verinder ist wegen des verschwundenen Diamanten schlechter Laune. Das ist verständlich bei einem so kostbaren Edelstein«, meinte Inspektor Cuff.

Die gleiche Entschuldigung, die auch ich für sie gehabt hatte (als sie sich vor dem Wachtmeister vergessen hatte), brachte jetzt ein anderer für sie vor, der nicht so interessiert daran war wie ich – schließlich war Miss Rachel ihm ja völlig fremd. Eine Art kalten Schauers überlief mich, ich wußte nicht, warum. Heute weiß ich, daß ich in diesem Augenblick ahnte, Inspektor Cuff sähe plötzlich den Fall in einem neuen (und schrecklichen) Licht, nur weil ihm an Miss Rachels Worten und Benehmen etwas aufgefallen war, als er erstmals mit ihr gesprochen hatte.

»Die Worte einer jungen Dame darf man nicht zu genau nehmen, Sir«, sagte der Inspektor zu Mr. Franklin. »Vergessen wir, was geschehen ist, und fahren wir mit der Arbeit fort! Wir wissen also durch Sie, wann die Farbe trocken war. Als nächstes müssen wir herausbekommen, wer die Tür zuletzt ohne verwischte Stelle gesehen hat, und wann das war. Sie sind ja ein Mann von Einsicht – Sie verstehen, was ich meine.«

Mr. Franklin versuchte sich zu fassen. Nur mit Mühe riß er

seine Gedanken von Miss Rachel los und sagte sachlich: »Ich glaube, Sie zu verstehen: je genauer wir die Zeit bestimmen können, desto kleiner wird der Kreis.«

»So ist es, Sir. Haben Sie später an jenem Mittwochnachmittag die Malerei an der Tür nochmals angesehen?«

Mr. Franklin schüttelte den Kopf. »Ich glaube kaum.«

»Und Sie?« Inspektor Cuff wandte sich jetzt an mich.

»Sir, ich weiß es nicht.«

»Wer war am Mittwochabend als letzter in diesem Zimmer?«

»Vermutlich Miss Rachel, Sir.«

»Oder vielleicht Ihre Tochter, Betteredge«, meinte Mr. Franklin. Er teilte dem Inspektor mit, daß meine Tochter Miss Rachels Zofe sei.

»Mr. Betteredge, bitten Sie Ihre Tochter, heraufzukommen ... Doch nein, warten Sie ein wenig!« sagte mir Inspektor Cuff und führte mich außer Hörweite. Flüsternd fuhr er fort: »Dieser Polizeiwachtmeister aus Frizinghall hat mir einen genauen Bericht über die bisherige Untersuchung erstattet. Unter anderm hat er, wie er selbst zugibt, die Dienstboten gegen sich aufgebracht. Es scheint mir wichtig, sie wieder zu beruhigen. Richten Sie Ihrer Tochter, aber auch allen anderen, meine Empfehlungen aus. Und stellen Sie folgendes klar: Erstens, ich habe bisher noch keinen Beweis, daß der Diamant gestohlen ist – ich weiß nur, daß er verschwunden ist; zweitens, die Bewohner dieses Hauses mögen mir gemeinsam helfen, den Diamanten wiederzufinden. Das ist es, worum ich sie bitte und weshalb ich hier bin.«

Bei dieser Gelegenheit konnte ich ihm auch zu verstehen geben, wie sehr es die Mädchen dem Wachtmeister übelgenommen hatten, als sie ihre Zimmer nicht mehr hatten betreten dürfen. Ich fragte ihn: »Herr Inspektor, darf ich den Mädchen (mit Ihren Empfehlungen) noch ein Drittes sagen? Können sie jetzt nach Belieben treppauf und treppab laufen und in ihre Zimmer hinein, wann immer sie wollen?«

»Selbstverständlich!«

»Das wird sie alle wieder besänftigen, angefangen von der Köchin bis zur Scheuermagd.«

»Sagen Sie es den Mädchen gleich, Mr. Betteredge!«

Das war in weniger als fünf Minuten getan. Nur eines war schwierig: als sie hörten, sie könnten jetzt wieder beliebig oft ihre Zimmer betreten, bedurfte es meiner ganzen Autorität als Vorgesetzter der Domestiken, sie daran zu hindern, zu Inspektor Cuff zu stürmen, brennend vor Eifer, ihm bei seiner Arbeit zu helfen.

Mit Penelope ging ich wieder zu ihm hinauf. Offenbar machte sie einen guten Eindruck auf ihn, denn er sah jetzt ein bißchen weniger traurig drein: es war, als blickte er auf die weiße Moschusrose in unserm Garten.

Ich schreibe hier nieder, was Inspektor Cuff ihr entlockte. Sie hat sich dabei, glaube ich, recht wacker gehalten. Jaja, sie ist ganz meine Tochter! Nichts hat sie von ihrer Mutter, Gott sei Dank!

Penelopes Zeugenaussage: Interessierte sich lebhaft für das Bemalen der Tür, da sie beim Mischen der Farben half. Kennt die gewisse Stelle unter dem Schloß, da diese zuletzt bemalt wurde. Sah sie noch ein paar Stunden später nicht verschmiert; auch um Mitternacht, als sie ihrer Herrin gute Nacht wünschte, waren dort die Farben nicht verwischt; hörte die Uhr im »Boudoir« schlagen und hatte die Hand gerade auf dem Türgriff; wußte, daß die Farbe noch nicht trocken war (da sie, wie bereits gesagt, beim Mischen der Farben geholfen hatte); gab daher besonders acht, die Stelle nicht zu berühren; kann beschwören, ihre Röcke zusammengerafft zu haben, und daß in diesem Augenblick die Farben nicht verwischt waren; kann aber nicht beschwören, ob sie nicht vielleicht doch beim Hinausgehen angestreift ist; erinnert sich an das Kleid, das sie trug, weil es neu ist, ein Geschenk von Miss Rachel; ihr Vater erinnert sich ebenfalls daran und kann dies bestätigen; kann und will es holen, und holt es; ihr Vater erkennt es als jenes Kleid, welches sie an diesem Abend trug. Der Rock samt Unterröcken wird überprüft, eine lange Arbeit, weil viel Material, doch nicht die Spur eines Farbflecks. Schluß der Aussage (von Penelope brav und überzeugend vorgebracht). Unterschrift.

Als nächsten befragte der Inspektor mich. Er wollte wissen,

ob wir im Hause große Hunde hätten, die durch Schwanzwedeln den Schaden hätten anrichten können. Als er hörte, daß man die Hunde nicht herauflasse, schickte er nach einem Vergrößerungsglas und untersuchte mit dessen Hilfe die verschmierte Stelle. Er konnte keinen Fingerabdruck finden, doch Anzeichen, daß die Malerei von einem Vorbeigehenden durch ein loses Kleidungsstück verwischt worden war. Aufgrund der Aussagen Penelopes und Mr. Franklins kam er also zu dem Schluß, daß zwischen Mitternacht und drei Uhr früh irgend jemand das Zimmer betreten hatte.

Bei diesem Stand der Untersuchung bemerkte Inspektor Cuff, daß sich auch noch ein gewisser Wachtmeister Seegrave im Zimmer befand, woraufhin er zum Nutzen dieses Kollegen das Ergebnis kurz zusammenfaßte:

»Was Sie, Herr Wachtmeister, eine Nebensächlichkeit genannt haben, ist seither etwas Wichtiges geworden. Wir müssen jetzt drei Punkte klären, die alle mit dieser verschmierten Stelle zusammenhängen. Erstens: ob es in diesem Hause ein Kleidungsstück mit einem Farbfleck gibt; zweitens: wem dieses Kleidungsstück gehört; drittens: welche Gründe die betreffende Person nennt, daß sie zwischen Mitternacht und drei Uhr morgens dieses Zimmer betreten und dabei die Farbe verwischt hat. Kann sie keine befriedigende Auskunft darüber geben, brauchen wir nach dem Dieb nicht lange zu suchen. Herr Wachtmeister, ich werde mir erlauben, diesen Fall allein aufzuklären. Ich will Sie nicht mehr länger von Ihren Amtsgeschäften in Frizinghall fernhalten. Es ist noch einer Ihrer Polizisten hier, wie ich sehe. Lassen Sie ihn mir zur Verfügung, für den Fall, daß ich ihn benötige. Ich gestatte mir, Ihnen einen guten Tag zu wünschen!«

Wachtmeister Seegraves Achtung vor Inspektor Cuff war groß, doch seine Selbstachtung war noch größer. Vom berühmten Cuff schwer getroffen, schlug er, so gut er konnte, elegant zurück. Beim Verlassen des Zimmers sagte er mit unvermindert militärischem Tonfall: »Herr Inspektor, ich habe mich bisher jeder Meinung enthalten. Aber wenn ich nun den Fall in Ihre Hände lege, erlaube ich mir, eines zu bemerken: es soll Leute geben, die aus einem Maulwurfshaufen einen Berg machen. Guten Tag!«

»Es soll auch Leute geben, die einen Maulwurfshaufen nicht sehen, weil sie den Kopf zu hoch tragen!« Nachdem Inspektor Cuff dergestalt den Abschiedsgruß seines Kollegen erwidert hatte, drehte er sich um und ging zum Fenster.

Mr. Franklin und ich warteten, was jetzt kommen würde. Er stand am Fenster, die Hände in den Hosentaschen, blickte hinaus und pfiff die Melodie von ›Die letzte Rose dieses Sommers‹ vor sich hin. Im Laufe der Zeit kam ich darauf, daß er nur dann sein gutes Benehmen vergaß und pfiff, wenn es in seinem Kopf arbeitete und er Schritt für Schritt den Weg suchte, der ihn ans Ziel führen sollte, wobei ihm offenbar ›Die letzte Rose‹ weiterhalf und ihn anfeuerte, vielleicht, weil dieses Lied zu seiner Stimmung paßte und von seinen geliebten Rosen handelte. Wenn er es pfiff, war es allerdings die schwermütigste Melodie, die man sich denken kann.

Ein paar Minuten verstrichen, dann wandte er sich um, ging in die Mitte des Zimmers und blieb dort gedankenversunken stehen, die Augen auf Miss Rachels Schlafzimmertür gerichtet. Plötzlich riß er sich von diesem Anblick wieder los, nickte mit dem Kopf, als wollte er sagen: »Das genügt mir.« Er bat mich dann, ihm eine kurze Unterredung mit Lady Verinder zu vermitteln, und zwar sobald es ihr genehm sei.

Mit diesem Auftrag wollte ich eben das Zimmer verlassen, da hörte ich Mr. Franklin den Inspektor etwas fragen. Sofort blieb ich auf der Schwelle stehen und wandte mich um, damit mir die Antwort nicht entgehe.

»Haben Sie eine bestimmte Vermutung, wer den Diamanten gestohlen haben könnte?« wollte Mr. Franklin wissen.

»Niemand hat ihn gestohlen.«

Von dieser merkwürdigen Ansicht verblüfft, baten wir ihn beide, uns doch zu sagen, was er damit meine.

»Gedulden Sie sich noch ein wenig«, erwiderte Inspektor Cuff, »es fehlen noch etliche Steine des Zusammensetzspiels.«

XIII

Ich fand meine Herrin in ihrem Wohnzimmer vor und meldete ihr, daß Inspektor Cuff sie zu sprechen wünsche.

»Muß ich ihn sehen?« fragte sie verärgert. »Könnten nicht Sie mich vertreten?«

Ich wußte nicht, wie ich das verstehen sollte. Man konnte es mir am Gesicht ablesen. Meine Herrin hatte die Güte, sich näher zu erklären.

»Leider sind meine Nerven ein wenig angegriffen«, sagte sie. »Dieser Polizeibeamte aus London hat etwas an sich, das mir Angst einjagt – ich weiß nicht warum. Ich spüre es: er bringt Unruhe und Unglück in unser Haus. Das ist vielleicht töricht von mir, ich bin ja sonst nicht so, aber ich kann nicht anders.«

Was sollte ich dazu sagen? Je länger ich nämlich Inspektor Cuff bei seiner Arbeit beobachtete, desto besser gefiel er mir eigentlich. Nachdem mir meine Herrin ihr Herz geöffnet hatte, nahm sie sich wieder zusammen. Sie war ja, wie gesagt, eine Frau von großer Entschlossenheit.

»Wenn ich ihn wirklich sehen muß, so bleibt mir nichts anderes übrig. Aber ich bringe es nicht zustande, dabei allein zu sein. Führen Sie ihn herein, Gabriel, aber bleiben Sie, solange er hier ist!«

Seit ihren Mädchenjahren hatte ich meine Herrin nicht in einer solchen Stimmung gesehen. Sie wirkte sehr niedergeschlagen.

Ich ging also ins »Boudoir« zurück. Mr. Franklin spazierte einstweilen im Garten herum und stellte sich dann zu Mr. Godfrey, der auf die Pony-Chaise wartete. Seine Abreise stand unmittelbar bevor.

Inspektor Cuff und ich betraten gemeinsam das Zimmer meiner Herrin. Ich muß zugeben, bei seinem Anblick wurde sie tatsächlich noch blässer als zuvor. Sie behielt aber ihre Fassung und fragte den Inspektor mit ruhiger Stimme, ob er etwas dagegen habe, wenn ich bliebe. Und dann hatte sie die Güte hinzuzufügen, ich sei nicht nur ihr alter Diener, sondern auch ihr erprobter Ratgeber; in allem, was das Haus betreffe, wende man sich daher am besten an mich.

Mr. Cuff antwortete höflich: meine Anwesenheit sei ihm angenehm, zumal er etwas über die Dienerschaft im allgemeinen sagen möchte; auch habe er in diesem Punkt meine Erfahrungen bereits nutzen können. Meine Herrin wies uns zwei Stühle an, und unsere Besprechung begann.

»Mylady«, sagte Inspektor Cuff, »ich habe mir über diesen Fall bereits eine Meinung gebildet, die ich aber mit Ihrer gütigen Erlaubnis vorläufig für mich behalten möchte. Zunächst will ich berichten, was ich in Miss Verinders Wohnzimmer entdeckt habe, und was ich als nächstes zu tun gedenke.«

Hierauf erwähnte er die Sache mit der verwischten Farbe und zählte die Schlüsse auf, die er daraus gezogen hatte – so wie er sie auch dem Wachtmeister aufgezählt hatte, doch meiner Herrin gegenüber mit dem schuldigen Respekt. »Eines ist sicher: der Diamant ist aus dem Schubfach verschwunden. Auch etwas Zweites ist sicher: es gibt Spuren der verwischten Farbe auf einem Kleidungsstück, das einem Mitbewohner gehört, und dieses müssen wir finden, ehe wir den nächsten Schritt tun.«

»Und wenn man es findet, hat man vermutlich auch den Dieb?« meinte meine Herrin.

»Verzeihen Sie, Mylady, ich sage nicht: der Diamant ist gestohlen. Ich sage vorläufig nur: er ist verschwunden. So man dieses Kleidungsstück entdeckt, könnte dies dazu führen, daß man auch den Diamanten findet.«

Meine Herrin sah mich an: »Verstehen Sie das?«

»Inspektor Cuff versteht es, Mylady.«

»Und wie wollen Sie dieses Kleidungsstück finden?« fragte meine Herrin und wandte sich wieder zu Inspektor Cuff. »Der andere Polizeibeamte hat die Habe und die Zimmer meiner braven Dienerschaft, die seit Jahren in meinem Hause ist, bereits durchsucht. Ich kann und will es nicht zulassen, daß man meine Leute nochmals so demütigt!«

(Das war eine Herrin! Eine unter tausend!)

»Gerade das ist es, was ich mit Ihnen, Mylady, besprechen wollte. Der Polizeiwachtmeister hat die ganze Untersuchung erschwert, weil er die Dienstboten merken ließ, daß er sie verdächtige. Geschieht dies ein zweites Mal, so ist nicht abzusehen, was sie mir alles antun werden – besonders die Frauenzimmer. Anderseits aber muß man ihre Sachen nochmals durchsuchen, schon deshalb, weil man beim ersten Mal nach dem Diamanten suchte, diesmal aber sucht man nach dem Kleidungsstück mit dem Fleck. Ich bin ganz Ihrer Meinung, Mylady, man muß auf die Gefühle der Dienerschaft Rücksicht nehmen, aber ich kann nicht anders: es muß geschehen.«

Wir saßen also in der Klemme. Meine Herrin sprach es aus, nur in gewählteren Worten.

»Ich wüßte eine Lösung, sofern Sie, Mylady, ihr zustimmen«, meinte Inspektor Cuff. »Man wird den Leuten erklären, warum es geschieht.«

»Die Frauenzimmer werden sich sofort verdächtigt fühlen«, gab ich zu bedenken.

»Nein, Mr. Betteredge, dies wird nicht der Fall sein, sofern ich ihnen sagen könnte, daß ich die Schränke aller Personen durchsuchen werde, die in der Nacht auf Donnerstag hier geschlafen haben, angefangen von Lady Verinder, was natürlich nur reine Formsache wäre...«, meinte Inspektor Cuff mit einem Seitenblick auf meine Herrin. »Aber die Dienerschaft wird es hinnehmen, weil man sie mit der Herrschaft gleichstellt, und anstatt die Untersuchung zu erschweren, wird sie es als Ehre ansehen, mithelfen zu dürfen.«

Das leuchtete mir ein. Meine Herrin war zuerst verblüfft, aber nach kurzer Überlegung leuchtete es ihr ebenfalls ein.

»Die Kontrolle ist also unbedingt notwendig?« fragte sie.

»Mylady, nur so erreichen wir auf dem schnellsten Weg unser Ziel.«

Meine Herrin erhob sich, sie wollte nach ihrer Zofe schellen. »Mr. Cuff, wenn Sie mit meiner Dienerschaft sprechen, sollen Sie die Schlüssel zu meinen Schränken vorzeigen können.«

Eine unerwartete Frage Inspektor Cuffs hielt sie davon ab, nach der Glocke zu greifen: »Mylady, sollten wir uns nicht zuerst vergewissern, ob auch die anderen anwesenden Damen und Herren diesem Vorschlag zustimmen?«

»In diesem Hause gibt es nur eine andere Dame, nämlich meine Tochter«, antwortete meine Herrin überrascht. »Die einzigen Herren sind meine beiden Neffen, Mr. Blake und Mr. Ablewhite. Daß von diesen dreien auch nur einer sich weigern könnte, ist nicht zu befürchten.«

Ich erinnerte meine Herrin daran, daß Mr. Godfrey eben abreisen wollte. Da klopfte es an der Tür. Es war Mr. Godfrey selbst. Er kam, um sich von ihr zu verabschieden, und mit ihm kam Mr. Franklin, der ihn bis zur Bahnstation begleiten wollte.

Meine Herrin erklärte den beiden, welche neuen Schwierigkeiten sich eingestellt hatten. Mr. Godfrey erledigte die Sache sofort: er ging zum Fenster und rief dem Diener Samuel hinunter, er möge den Koffer wieder heraufbringen. Den Schlüssel dazu übergab er dem Inspektor. »Man kann mir mein Gepäck später nachschicken«, sagte er.

Mr. Cuff übernahm den Schlüssel mit gebührender Entschuldigung: »Sir, ich bedauere, Ihnen wegen einer reinen Formsache Unannehmlichkeiten zu bereiten. Aber das Beispiel der Herrschaft wird ein Wunder zuwege bringen: die Dienstboten werden sich mit der Durchsuchung ihrer Habe abfinden.«

Mr. Godfrey nahm auf herzliche Weise Abschied von meiner Herrin und hinterließ eine Botschaft für Miss Rachel, deren Wortlaut mir klarmachte, daß er ihr Nein nicht für endgültig hielt und ihr bei nächster Gelegenheit die Frage einer Heirat sicher nochmals vorlegen würde. Bevor Mr. Franklin seinen Cousin hinausbegleitete, teilte er dem Inspektor mit, man könne alle seine Sachen durchsuchen, nichts sei versperrt. Mr. Cuff dankte auch ihm verbindlichst. Wie mein Leser sieht, hatte er bei meiner Herrin, bei Mr. Godfrey und bei Mr. Franklin bereitwilliges Entgegenkommen gefunden. Nun brauchte nur noch Miss Rachel diesem Beispiel zu folgen, und wir konnten die Dienerschaft zusammenrufen und mit der Suche nach dem Kleidungsstück, das den Farbfleck hatte, beginnen.

Kaum waren sie wieder allein, zeigte sich die unerklärliche Abneigung meiner Herrin gegen den Inspektor noch stärker als zuvor. »Wenn ich Ihnen die Schlüssel meiner Tochter bringen lasse, habe ich doch fürs erste alles getan, was Sie von mir wollen?« fragte sie scharf.

»Verzeihung, Mylady, vorerst möchte ich Sie, wenn es Ihnen genehm ist, um das Wäschebuch bitten. Das bewußte Kleidungsstück könnte ja auch aus Leinen sein. Wenn nämlich die Durchsuchung der Koffer und Schränke zu nichts führt, müßte ich sämtliche vorhandene Unterwäsche, aber auch jene, welche man zum Waschen gegeben hat, überprüfen. Das Wäschestück mit dem Fleck könnte nämlich von seinem Eigentümer gestern oder heute unter der Schmutzwäsche versteckt worden sein. Wachtmeister Seegrave machte die Mädchen, als sie sich ins Zimmer drängten, auf die verwischte Malerei aufmerksam.« Bei diesen Worten wandte sich der Inspektor mir zu. »Auch das könnte sich jetzt als Fehler herausstellen – es ist einer von den vielen, die ihm unterlaufen sind.«

Meine Herrin wünschte, daß ich nach dem Wäschebuch schicke. Sie selbst wollte ebenfalls darauf warten, für den Fall, daß Inspektor Cuff nach dessen Kontrolle noch eine Frage an sie habe.

Rosanna Spearman brachte es herein. Sie hatte noch am Morgen beim Frühstück jammervoll blaß und abgehärmt ausgesehen, schien jedoch von ihrer Übelkeit so weit erholt, daß sie ihre gewohnte Arbeit verrichten konnte. Der Inspektor sah sie aufmerksam an – das Gesicht, als sie hereinkam, die schiefe Schulter, als sie hinausging.

»Haben Sie mir noch etwas zu sagen?« fragte ihn meine Herrin, noch immer ungeduldig, seine Gesellschaft loszuwerden.

Der große Cuff öffnete das Wäschebuch, fand sich sofort darin zurecht und schloß es wieder. »Ich wage es, Mylady mit einer letzten Frage zu behelligen: Ist das Mädchen, das uns das Buch brachte, so lange wie die übrigen Dienstboten im Hause?«

»Warum fragen Sie?«

»Als ich sie das letzte Mal sah, war sie wegen Diebstahls im Gefängnis.«

Nun blieb nichts anderes übrig, wir mußten ihm die Wahrheit gestehen. Meine Herrin betonte, wie gut Rosannas Führung in diesem Hause sei und welch hohe Meinung die Hausmutter in der Besserungsanstalt von ihr habe. »Hoffentlich hat man sie nicht in Verdacht?« fügte meine Herrin ernst hinzu.

»Ich sagte es bereits, Mylady: ich habe niemanden in Verdacht – vorläufig.«

Daraufhin erhob sich meine Herrin. Sie wollte hinaufgehen und Miss Rachel um die Schlüssel bitten. Inspektor Cuff kam mir zuvor und öffnete ihr die Tür. Er verneigte sich tief. Es schauerte meine Herrin, als sie an ihm vorbeiging.

Wir warteten und warteten, aber es gab keine Schlüssel. Mr. Cuff sagte kein Wort. Er wandte sein trauriges Gesicht dem Fenster zu, steckte die mageren Hände in die Hosentaschen und pfiff die ›Letzte Rose‹ vor sich hin.

Endlich kam Samuel, ohne die Schlüssel, doch mit einem Zettel für mich. Ich fummelte in der Tasche nach meiner Brille, lang und umständlich, und fühlte dabei den schwermütigen Blick des Inspektors auf mir ruhen. Auf dem Zettel standen ein paar Zeilen, mit Bleistift geschrieben. Sie kamen von meiner Herrin und teilten mir mit, daß Miss Rachel es rundweg abgelehnt habe, ihren Schrank durchsuchen zu lassen. Auf die Frage nach ihren Gründen habe sie zu weinen begonnen und gesagt: »Ich will nicht, weil ich nicht will! Ich gebe nur nach, wenn man mich gewaltsam dazu zwingt!« Ich begriff, daß meine Herrin diese Antwort dem Inspektor nicht ins Gesicht sagen wollte. Wäre ich nicht zu alt für eine solch liebenswerte Eigenheit der Jugend – ihm so etwas sagen zu müssen, hätte mir die Schamröte ins Gesicht getrieben.

»Betrifft die Nachricht Miss Verinders Schlüssel?« fragte der Inspektor.

»Meine junge Herrin lehnt es ab, ihren Schrank durchsuchen zu lassen.«

»Ach so!«

Seine Stimme beherrschte er nicht so gut wie sein Gesicht. Als er »Ach so!« sagte, klang es, als habe er meine Antwort erwartet gehabt. Halb ärgerte er mich, halb erschreckte er mich – warum, weiß ich nicht, aber es war einmal so.

»Müssen wir die Durchsuchung bleiben lassen?« wollte ich wissen.

»Ja, und zwar weil Ihr junges Fräulein sich nicht fügen will. Entweder müssen wir alle Schränke durchsuchen, oder wir durchsuchen keinen. Schicken Sie Mr. Ablewhites Koffer mit dem nächsten Zug nach London, und geben Sie mit Dank und Empfehlungen dem jungen Mädchen das Wäschebuch zurück!«

Er legte es auf den Tisch, zog sein Federmesser aus der Tasche, klappte eine winzige Schere auf und begann, sich die Fingernägel zu schneiden.

»Anscheinend sind Sie nicht allzu enttäuscht«, meinte ich.

»Nein.«

Ich versuchte, ihm eine Erklärung zu entlocken. »Warum eigentlich legt Miss Rachel Ihnen ein Hindernis in den Weg? Es liegt doch in ihrem Interesse, Ihnen zu helfen.«

»Warten wir ab, Mr. Betteredge – warten wir ab!«

Ein klügerer Kopf als ich hätte vielleicht seine Gedanken durchschaut. Oder einer, der Miss Rachel nicht so gern hatte wie ich, hätte vielleicht seine Gedanken durchschaut. Vielleicht schauderte meine Herrin bei seinem Anblick, weil sie seine Gedanken tatsächlich durchschaute – »wir sehen jetzt durch einen Spiegel in einem dunkeln Wort«, wie es in der Heiligen Schrift heißt. Ich durchschaute seine Gedanken nicht – das ist jedenfalls sicher.

»Und was soll jetzt geschehen?« fragte ich.

Inspektor Cuff feilte den Fingernagel zurecht, mit dem er sich eben beschäftigt hatte, betrachtete ihn nachdenklich und klappte dann das Federmesser zu.

»Kommen Sie mit mir in den Garten, sehen wir uns die Rosen an«, sagte er.

XIV

Der nächste Weg nach dem Rosengarten, wenn man von Lady Verinders Sitzzimmer kam, war der Heckenweg, den mein geneigter Leser bereits kennt. Zum besseren Verständnis des Kommenden darf ich hinzufügen, daß auf diesem Weg Mr. Franklin gern spazierenging. Wenn er sich im Freien aufhielt und man ihn sonst nirgends finden konnte, hier fand man ihn fast immer.

Leider muß ich gestehen, daß ich ein ziemlich dickköpfiger alter Mann bin. Je mehr mir nämlich Inspektor Cuff seine Gedanken verschloß, desto beharrlicher versuchte ich, in sie einzudringen. Gerade als wir in jenen Weg einbogen, wollte ich ihn überlisten und sagte: »So wie die Sache jetzt steht, wäre ich an Ihrer Stelle mit meinem Latein am Ende.«

»An meiner Stelle hätten Sie sich bereits eine Meinung gebildet – und wie die Sache jetzt steht, wäre nun jeder Zweifel an den eigenen Schlußfolgerungen, den Sie bis dahin vielleicht gehabt hätten, restlos geschwunden. Gleichviel zu welchen Schlußfolgerungen ich gekommen bin: jedenfalls bin ich mit Ihnen nicht ins Freie gegangen, um mich von Ihnen wie ein Dachs aus dem Loch locken zu lassen. Ich will vielmehr von Ihnen eine Auskunft haben, die Sie mir zwar sicher auch im Hause hätten geben können, doch Wände haben Ohren, und deshalb hat man in meinem Beruf eine gesunde Vorliebe für frische Luft.«

Wer soll diesen Menschen überlisten können? fragte ich mich. Ich gab mich geschlagen und wartete geduldig, was jetzt kommen würde.

»Wir wollen auf Miss Verinders Gründe nicht näher eingehen«, fuhr er fort, »es genügt, wenn ich jetzt feststelle: schade, daß sie mir ihre Hilfe versagt, denn dadurch erschwert sie die Untersuchung. Wir müssen jetzt das Rätsel lösen, warum die Malerei an der Tür verwischt ist, und – auf mein Wort – damit lösen wir auch auf irgendeine Weise das Rätsel des verschwundenen Diamanten. Ich habe mich dafür entschieden, die Dienstboten einzeln antreten zu lassen, mit ihnen zu sprechen und in ihrem Tun und Treiben zu stöbern statt in ihren Schränken. Doch vorher habe ich an Sie, Mr. Betteredge, ein paar Fragen, Sie sind ja ein guter Beobachter. Gewiß, nach dem Verschwinden des Diamanten waren die Leute verschreckt und verwirrt – aber ist Ihnen sonst noch etwas aufgefallen? Vielleicht ein Streit ohne ersichtlichen Grund? Üble Laune? Niedergeschlagenheit? Oder eine plötzliche Krankheit?«

Gerade noch blieb mir Zeit, an Rosannas gestrige Erkrankung

zu denken, aber zu einer Antwort kam ich nicht. Mit einem Ruck wandte sich Inspektor Cuff zur Seite, richtete seinen Blick auf das Gesträuch und sagte leise vor sich hin: »Oh –!«

»Was gibt's?« fragte ich.

»Ach, ich spüre das Rheuma in meinem Rücken«, sagte er laut, als wollte er, daß es ein Dritter höre. »Wir bekommen anderes Wetter.«

Ein paar Schritte noch, und wir waren bei der Hausecke. Wir wandten uns scharf nach rechts, betraten die Terrasse und gelangten von dort über eine Freitreppe in den Garten hinunter. Man konnte jetzt unbehindert nach allen Seiten blicken. Inspektor Cuff blieb stehen und sagte: »Diese Rosanna Spearman – so wie sie aussieht, ist es doch unwahrscheinlich, daß sie einen Liebhaber hat, oder? Mr. Betteredge, ich muß Sie etwas fragen, diesem armen Ding zuliebe: Hat sie nicht vielleicht doch einen Schatz so wie alle anderen Mädchen?«

Was in aller Welt meinte er bloß? Jetzt und hier, diese Frage! Statt zu antworten, starrte ich ihn an.

»Vorhin sah ich nämlich, daß sich Rosanna Spearman im Gesträuch versteckt hielt.«

»Als Sie leise ›Oh –!‹ sagten?«

»Jawohl. Wenn da ein Liebhaber im Spiel ist, hat dies nichts zu bedeuten; wenn nicht, so ist unter den gegenwärtigen Umständen ein solches Versteckspiel höchst verdächtig. Bedauerlicherweise müßte ich entsprechende Schritte unternehmen.«

Was, um Himmels willen, sollte ich ihm sagen? Dort ging ja Mr. Franklin gern spazieren, wie ich wußte. Auf dem Rückweg von der Bahnstation würde er wahrscheinlich dort nach Hause kommen, auch das wußte ich. Penelope hatte schon wiederholt Rosanna sich dort herumtreiben sehen und von ihr behauptet, sie wolle auf diese Weise Mr. Franklins Aufmerksamkeit erregen. Das wußte ich ebenfalls. Falls meine Tochter recht hatte, so lauerte jetzt Rosanna wahrscheinlich auf Mr. Franklins Rückkehr, wobei Inspektor Cuff sie entdeckt hatte. Ich befand mich also in einer richtigen Zwickmühle. Entweder ich machte Penelopes phantasievolle Annahme zu meiner eigenen, oder das unglückliche Geschöpf mußte die Folgen tragen, und zwar sehr ernste Folgen: der Verdacht würde sich gegen sie richten. Aus reinem Mitleid für das Mädchen – auf Ehre und Gewissen, aus reinem Mitleid – gab ich dem Inspektor die erforderliche Erklärung, indem ich ihm erzählte, Rosanna sei so wahnwitzig, an Mr. Franklin Blake ihr Herz zu hängen.

Inspektor Cuff lachte nie. Manchmal, wenn ihn etwas belustigte, zuckte es ihm um die Mundwinkel, mehr nicht. Und jetzt zuckte es.

»Sollten Sie nicht lieber sagen: Ist es nicht wahnwitzig von ihr, reizlos und nur ein Dienstmädchen zu sein? Dennoch bin ich froh, hier klar zu sehen, das erleichtert mir die Sache. Ja, Mr. Betteredge, ich werde dieses Geheimnis für mich behalten. Was menschliche Schwächen betrifft, bin ich gern nachsichtig. In meinem Beruf nämlich habe ich nicht oft Gelegenheit, mich in dieser Tugend zu üben. Und Sie glauben wirklich, Mr. Blake ahnt nichts von ihrer Liebe zu ihm? Ach, er hätte es sicher rasch heraus, wäre sie nur hübsch! Reizlose Mädchen haben es schwer auf dieser Welt, hoffentlich wird es ihnen in einer andern vergolten! Mr. Betteredge, Sie haben hier einen schönen Garten mit gepflegtem Rasen. Jetzt sehen Sie selbst, um wieviel hübscher Blumen sind, wenn Gras sie umgibt, und nicht Kies. Nein, danke, ich will keine Rose, es trifft mich ins Herz, wenn man sie abbricht. Genauso wie es Sie ins Herz trifft, wenn bei der Dienerschaft etwas nicht stimmt. Ist Ihnen an einem Ihrer Untergebenen etwas Ungewöhnliches aufgefallen, als man den Verlust des Diamanten entdeckte?«

Bis jetzt war ich ganz gut mit Inspektor Cuff ausgekommen, aber die Schlauheit, mit der er diese letzte Frage einfließen ließ, warnte mich. Offengestanden, mir gefiel der Gedanke überhaupt nicht, ihm bei seiner Arbeit zu helfen, wenn er sich mit solchen Fragen wie eine heimtückische Schlange heranschlich.

»Ich habe nichts bemerkt«, sagte ich. »Wir alle haben den Kopf verloren, auch ich.«

»So. Und das ist alles, was Sie mir zu sagen haben, nicht?«

»Ja«, sagte ich mit (wie ich mir schmeichelte) unbewegter Miene, »das ist alles.«

Inspektor Cuffs traurige Augen blickten mich fest an. »Mr.

Betteredge, Sie haben doch nichts dagegen, wenn ich Ihnen die Hand schüttle? Sie gefallen mir ganz außerordentlich!«

(Warum er für diesen Beweis seiner Hochachtung ausgerechnet den Augenblick wählte, in dem ich ihn täuschte, geht über meinen Horizont. Ich war ein bißchen stolz darauf – ja, wirklich! –, daß ich den berühmten Cuff einmal in den Sack stecken konnte.)

Wir gingen wieder ins Haus zurück. Inspektor Cuff ersuchte mich, ihm ein Zimmer zu überlassen und ihm dann die Dienstboten, einen nach dem andern, in der Reihenfolge ihres Ranges, zu schicken.

Ich führte ihn in mein eigenes Zimmer und rief dann die gesamte Dienerschaft in der Halle zusammen. Rosanna Spearman kam und schien mir nicht anders als sonst, war sie doch auf ihre Art genauso durchtrieben wie Inspektor Cuff auf seine. Vermutlich hatte sie gehört, was er mir auf dem Heckenweg über die Dienstboten gesagt hatte. Jedenfalls tat sie so unbefangen, als gäbe es kein Gesträuch, in dem er sie entdeckt hatte.

Ich schickte meine Leute zu Inspektor Cuff hinein, einen nach dem andern, wie besprochen. Die Köchin war die erste in diesem Gerichtssaal, der sonst mein Zimmer war. Sie blieb nur kurz. Bericht beim Herauskommen: »Inspektor Cuff ist zwar mißgelaunt, aber sonst ein vollendeter Gentleman!« Die Zofe meiner Herrin kam als nächste dran und blieb viel länger drinnen. Bericht beim Herauskommen: »Wenn Inspektor Cuff einem anständigen Mädchen nicht glaubt, soll er seine Meinung lieber für sich behalten!« Penelope war die dritte und blieb nur wenige Augenblicke. Bericht beim Herauskommen: »Vater, dieser Mann ist sehr zu bedauern! Er muß, als er jung war, Unglück in der Liebe gehabt haben!« Das erste Hausmädchen folgte auf Penelope. Wie die Zofe blieb auch sie sehr lange drinnen. Bericht beim Herauskommen: »Mr. Betteredge, ich habe es nicht nötig, mir von einem niederen Polizeibeamten sagen zu lassen, daß er mir mißtraut!« Die nächste war Rosanna, und sie blieb länger als alle anderen. Kein Bericht beim Herauskommen, sondern tödliches Schweigen, Lippen fahl wie Asche. Auf Rosanna folgte Samuel, der Diener, blieb ein paar Minuten. Bericht beim

Herauskommen: »Wer Inspektor Cuff die Schuhe gewichst hat, sollte sich schämen!« Nancy, das Küchenmädchen, ging als letzte hinein und blieb wenige Minuten. Bericht beim Herauskommen: »Inspektor Cuff hat ein gutes Herz, Mr. Betteredge. Er nämlich erlaubt sich keine Späße mit einem armen Mädchen, das schwer arbeiten muß!«

Das Verhör war abgeschlossen. Ich ging hinein, weil ich wissen wollte, ob Inspektor Cuff weitere Befehle für mich hätte. Er wandte wieder seine alte List an: stand beim Fenster, sah hinaus und pfiff die ›Letzte Rose‹ vor sich hin.

»Haben Sie etwas herausgefunden, Sir?«

»Sollte Rosanna Spearman um Ausgang bitten, geben Sie dem armen Ding frei, aber sagen Sie es mir vorher!«

Ich hätte wohl besser über Rosanna und Mr. Franklin den Mund halten sollen! Trotz meiner Bemühungen, ihr zu helfen, hatte sich der Verdacht des Inspektors gegen sie gerichtet.

»Hoffentlich glauben Sie nicht, daß Rosanna etwas mit dem verschwundenen Diamanten zu tun hat?« wagte ich zu sagen.

Es zuckte um seine Mundwinkel. Er sah mich fest an – wie zuvor im Garten.

»Mr. Betteredge, es ist wahrscheinlich besser, wenn ich Ihnen gar nichts sage. Sie könnten sonst zum zweiten Mal den Kopf verlieren, wissen Sie?«

Mir kamen Bedenken, ob ich den großen Cuff vorhin wirklich in den Sack gesteckt hatte. Daher fühlte ich mich eher erleichtert, als man an der Tür klopfte und damit das Gespräch unterbrach. Die Köchin hatte zu mir schicken lassen. Rosanna habe um Ausgang gebeten, sie brauche ein wenig frische Luft, und zwar sei es das übliche: Kopfschmerzen. Auf einen Wink des Inspektors sagte ich: »Ja.«

Wir waren wieder allein. »Durch welches Tor verlassen die Dienstboten das Haus?« fragte er. Ich zeigte es ihm. »Versperren Sie Ihr Zimmer, Mr. Betteredge! Und sollte man nach mir fragen, so sagen Sie bitte, ich sei drinnen und lege mir einen Plan zurecht!« Wieder zuckte es um seine Mundwinkel, dann ging er.

Brennende Neugier trieb mich jetzt, unter den gegebenen Umständen auf eigene Faust etwas herauszufinden.

Sicher war erst während des Verhörs der Verdacht auf Rosanna gelenkt worden, irgend etwas hatte Inspektor Cuff entdeckt. Nun, die einzigen Dienstmädchen (Rosanna ausgenommen), die er länger verhört hatte, waren die Zofe meiner Herrin und das erste Hausmädchen – also jene beiden, welche von Anfang an diese Unglückliche am heftigsten verfolgt hatten. Dies bedenkend, wollte ich mit ihnen sprechen, wie zufällig. Ich schaute ins Domestikenzimmer, sah sie dort beim Tee sitzen und lud mich dazu ein. (Wohlgemerkt, ein Schluck Tee ist für die Zunge eines Frauenzimmers so viel wie ein Tropfen Öl für eine ausgehende Lampe.)

Mein Vertrauen auf den Tee als Verbündeten blieb nicht unbelohnt. In weniger als einer halben Stunde wußte ich so viel wie der Inspektor selbst.

Weder die Zofe noch das Hausmädchen hatten, wie mir schien, an Rosannas Krankheit geglaubt. Diese beiden Teufelinnen (ich bitte den Leser um Vergebung – aber wie soll man boshafte Weiber anders nennen?) hatten sich an diesem Donnerstagnachmittag mehrmals die Treppe hinaufgeschlichen, die Tür zu Rosannas Zimmer zu öffnen versucht, sie aber versperrt gefunden, hatten geklopft, aber keine Antwort bekommen, hatten gehorcht, aber keinen Ton gehört. Als Rosanna dann zum Tee heruntergekommen und, da noch krank, wieder ins Bett hinaufgeschickt worden sei, hatten die besagten beiden Teufelinnen die Tür abermals untersucht und sie versperrt gefunden; hatten durchs Schlüsselloch spähen wollen, aber es verstopft gefunden; hatten um Mitternacht Licht durch einen Türspalt dringen sehen und um vier Uhr früh ein Feuer knistern hören (Kaminfeuer in einem Dienstbotenzimmer im Juni!). All das hatten sie Inspektor Cuff erzählt. Als Dank für ihre so bereitwillig gegebenen Auskünfte habe er sie nur sauer und argwöhnisch betrachtet und ihnen deutlich gezeigt, daß er keiner glaube. Daher auch der ungünstige Bericht über ihn, den man nach dem Verhör von jeder bekommen hatte. Daher auch (nicht gerechnet den Einfluß des Tees) waren sie jetzt nur allzu bereit, sich lang und ausführlich über das unfreundliche Benehmen des Inspektors zu beklagen.

Ich selbst kannte ja schon ein bißchen die Umwege des großen

Cuff und wußte, daß er Rosanna heimlich folgen wollte, wenn sie ausging. Daher konnte ich es mir erklären, weshalb er es die beiden nicht wissen ließ, wie sehr sie ihm geholfen hatten. Hätte er sie als glaubwürdige Zeugen behandelt, wären sie eitel geworden (sie gehörten zu jener Art Frauen, die sich aufblähen), und hätten vielleicht etwas getan oder gesagt, das Rosanna gewarnt hätte.

Das arme Mädchen tat mir leid. Die plötzliche Wendung der Dinge beunruhigte mich.

Ich ging ins Freie, hinaus in den schönen Sommernachmittag. Auf dem Heckenweg, wohin ich meine Schritte gelenkt hatte, traf ich Mr. Franklin. Er hatte seinen Cousin zur Bahnstation gebracht, war dann bei meiner Herrin gewesen und hatte lange mit ihr gesprochen. Sie hatte ihm von Miss Rachels Weigerung erzählt, ihren Schrank durchsuchen zu lassen. Mr. Franklin war so deprimiert, daß er über Miss Rachel gar nicht mehr sprechen wollte.

Erstmals bemerkte ich an diesem Tag auch an ihm die reizbare Art, ein Familienerbe. Er sagte: »Nun, Betteredge, wie bekommt Ihnen die von gegenseitigen Verdächtigungen verpestete Atmosphäre in diesem Haus? Erinnern Sie sich an den Tag, als ich mit dem gelben Diamanten herkam? Wollte Gott, ich hätte ihn damals in den Triebsand geworfen!«

Nach diesem Ausbruch verfiel er in Schweigen. Wortlos gingen wir nebeneinander. Es dauerte geraume Zeit, bis er sich wieder gefaßt hatte. Seine erste Frage galt Mr. Cuff. Es war mir unmöglich, ihn mit der Ausrede abzuspeisen, daß der Inspektor in meinem Zimmer sei und sich sein weiteres Vorgehen zurechtlege. So erzählte ich ihm denn, was inzwischen alles vorgefallen war, und was die Zofe und das Hausmädchen über Rosanna ausgesagt hatten.

Mr. Franklins klarer Kopf begriff im Nu, in welche Richtung sich Inspektor Cuffs Gedanken bewegten.

»Betteredge, haben Sie mir nicht erzählt, der Bäckerjunge sei Rosanna gestern auf dem Weg nach Frizinghall begegnet? Und wir glaubten doch, sie läge krank zu Bett?«

»Ja, Sir.«

»Sollten die beiden Mädchen beim Verhör die Wahrheit gesagt haben, dann stimmt es auch, daß Rosanna in Frizinghall war. Ihre plötzliche Krankheit diente ihr nur als Vorwand, um heimlich in die Stadt zu gehen. Das Kleidungsstück mit dem Farbfleck gehört ihr, und das Feuer, das sie um vier Uhr morgens im Kamin ihres Zimmers machte, sollte dieses Kleidungsstück vernichten. Sie also hat den Diamanten gestohlen! Ich gehe unverzüglich zu meiner Tante und erzähle ihr von dieser neuen Wendung!«

»Noch nicht, wenn ich bitten darf!« sagte eine melancholische Stimme hinter uns. Mit einem Ruck drehten wir uns um und fanden uns Aug in Aug mit Inspektor Cuff.

»Und warum?« fragte Mr. Franklin.

»Weil Lady Verinder es ihrer Tochter erzählen würde.«

»Und wenn schon, was weiter?« Mr. Franklin sagte es wütend, als hätte der Inspektor ihn tödlich beleidigt.

»Sir, halten Sie es für klug, gerade jetzt in einem solchen Ton mit mir zu sprechen?« entgegnete Mr. Cuff unbewegt.

Stille trat ein, Mr. Franklin ging ganz nahe an ihn heran, beide sahen einander scharf ins Gesicht.

Mr. Franklin brach als erster das Schweigen, und seine Stimme war dabei so leise, wie sie vorher laut gewesen war. »Sie vergessen hoffentlich nicht, daß es sich hier um eine delikate Angelegenheit handelt?«

»Es wäre nicht die erste, mit der ich in meinem Beruf zu tun habe«, erwiderte der andere, ruhig wie immer.

»Das soll also heißen: Sie verbieten mir, meiner Tante davon zu erzählen?«

»Wenn Sie Lady Verinder oder jemand anderem ohne meine Erlaubnis etwas erzählen, lege ich den Fall nieder und reise ab. Nehmen Sie dies gefälligst zur Kenntnis, Sir!«

Damit war das letzte Wort gesprochen. Mr. Franklin blieb keine Wahl, er mußte sich fügen. Zornig wandte er sich ab und ließ uns stehen.

Am ganzen Körper zitternd hatte ich es anhören müssen und wußte weder aus noch ein. Ich war ganz konfus, doch zwei Dinge wurden mir trotzdem klar. Erstens: meine junge Herrin war, für mich allerdings unerklärlich, die Ursache dieser scharfen Auseinandersetzung. Zweitens: beide hatten einander verstanden, ohne daß es, von welcher Seite immer, eines erklärenden Wortes bedurft hatte.

»Mr. Betteredge, Sie haben in meiner Abwesenheit etwas sehr Törichtes getan, nämlich auf eigene Faust Detektiv gespielt«, sagte mir Inspektor Cuff. »In Hinkunft werden Sie vielleicht die Güte haben, dies nur unter meiner Anleitung zu tun.«

Er packte mich am Arm und ging mit mir durch den Park bis auf die Landstraße hinaus, von der er gekommen war. Ich gestehe, sein Vorwurf war nicht unbegründet gewesen – aber trotzdem wollte ich ihm nicht helfen, Rosanna Fallen zu stellen. Ob Diebin oder nicht, ob sie das Gesetz brach oder nicht, mir war es einerlei: ich hatte Mitleid mit ihr.

»Was wollen Sie von mir?« fragte ich ihn, schüttelte seinen Arm ab und blieb stehen.

»Ein bißchen Auskunft über die Gegend hier.«

Ich konnte nichts einwenden, wenn Inspektor Cuff seine geographischen Kenntnisse erweitern wollte.

»Gibt es in dieser Richtung einen Weg zum Meer?« fragte er und deutete auf die Kiefernschonung, durch die man zum Strand kommt.

»Ja.«

»Zeigen Sie ihn mir!«

Im Grau des Sommerabends machten wir uns auf den Weg zum »Zittersand«.

XV

Der Inspektor ging wortlos neben mir und hing seinen Gedanken nach. Erst als wir die Kiefernschonung erreichten, erwachte er aus seinem Grübeln, als hätte er plötzlich einen Entschluß gefaßt.

»Mr. Betteredge«, sagte er, »Sie haben mir die Ehre erwiesen, in meinem Boot ein Ruder zu übernehmen. Noch an diesem Abend werden Sie mir vielleicht eine Hilfe sein. Ich sehe daher nicht ein, weshalb wir einander länger im dunkeln halten sollen, und will daher mit gutem Beispiel vorangehen und offen sprechen: Sie sind fest entschlossen, mir nichts Nachteiliges über Rosanna Spearman zu sagen, weil sie Ihnen gegenüber immer ehrlich war. Zudem tut sie Ihnen von ganzem Herzen leid. Derlei menschenfreundliche Überlegungen machen Ihnen alle Ehre, aber gerade in diesem Fall sind sie vollkommen überflüssig. Es besteht keinerlei Gefahr, daß Rosanna Spearman in eine schlimme Lage gerät – nein, nicht einmal wenn ich ihr auf den Kopf zusage, daß sie mit dem Verschwinden des Diamanten etwas zu tun hat, und zwar aufgrund von Beweisen, die eindeutig sind.«

»Glauben Sie denn, daß meine Herrin keine Klage gegen sie einreichen wird?«

»Ihre Herrin kann keine Klage einreichen, denn Rosanna ist nur Werkzeug in der Hand einer andern Person, und wegen dieser andern Person wird man sie unbehelligt lassen.«

Er meinte es sichtlich ernst, dennoch löste er in mir ein Unbehagen aus. »Können Sie mir diese andere Person nennen?«

»Und Sie, Mr. Betteredge? Können Sie es denn nicht?«

»Nein.«

Inspektor Cuff blieb wie angewurzelt stehen und musterte mich interessiert. »Was menschliche Schwäche betrifft, übe ich gern Nachsicht. In diesem Augenblick bin ich nachsichtig mit Ihnen, Mr. Betteredge, und Sie sind aus demselben Grunde nachsichtig mit Rosanna Spearman, nicht wahr? Übrigens – wissen Sie zufällig, ob sie sich kürzlich neue Wäsche angeschafft hat?«

Was er mit dieser merkwürdigen und unerwarteten Frage beabsichtigte, konnte ich mir wirklich nicht vorstellen. Ich glaubte, Rosanna nicht zu schaden, wenn ich jetzt mit der Wahrheit herausrückte: sie sei, als sie in unser Haus kam, nur kümmerlich ausgestattet gewesen, und meine Herrin habe sie als Belohnung für gute Führung (ich betonte dies) vor etwa vierzehn Tagen mit neuer Wäsche versehen.

»Es ist doch wirklich eine böse Welt, Mr. Betteredge! Das Leben ist eine Art Zielscheibe, und das Unglück trifft immer wieder denselben, immer wieder ins Schwarze. Da Rosanna neue Wäsche hat, findet man unter ihren Sachen ganz bestimmt ein neues Nachthemd oder einen neuen Unterrock und könnte sie dann als die Schuldige festnageln. Sie verstehen mich, nicht wahr? Schließlich haben Sie ja selbst die beiden Mädchen ausgefragt und von ihnen gehört, was sie alles entdeckt haben. Und sicher wissen Sie auch, was Rosanna, als sie gestern angeblich erkrankte, wirklich getan hat? Nein? Sie können es nicht erraten? Du meine Güte, das ist doch so deutlich zu sehen wie dieser Lichtstreifen dort am Ende der Kiefernschonung! Am Donnerstagmorgen um elf Uhr zeigt Wachtmeister Seegrave (diese Verkörperung menschlicher Unzulänglichkeit!) allen Dienstboten die verwischte Farbe an der Tür, Rosanna hat Grund genug zu vermuten, daß ihr dieses Mißgeschick passierte, daher läuft sie bei erster Gelegenheit in ihr Zimmer, findet den Farbfleck auf ihrem Nachthemd oder sonstwo, stellt sich krank, schleicht sich aus dem Haus und kauft in der Stadt das Zeug für ein neues Nachthemd oder ein Unterkleid oder was es eben ist, fertigt es in der Nacht an, macht im Kamin Feuer – nicht um das alte Kleidungsstück zu verbrennen, denn die zwei anderen Mädchen spionieren draußen vor ihrer Tür, und es darf in ihrem Zimmer jetzt nicht nach verbranntem Stoff riechen, zudem müßte sie eine Menge Feuerschwamm loswerden, den sie als Zunder braucht – sie macht also Feuer, sie will das neue Nachthemd oder das Unterkleid waschen, trocknen und plätten, versteckt das alte – wahrscheinlich unter ihrem Rock – und ist jetzt eben dabei, es irgendwo an einem passenden Ort zu verbergen, beispielsweise auf jenem einsamen Strand dort vor uns. Ich habe heute nachmittag ihre Spur verfolgt, sie ging ins Fischerdorf und in eine bestimmte Hütte, die wir möglicherweise noch aufsuchen werden. Dort blieb sie längere Zeit, und als sie herauskam, hatte sie etwas unter dem Umhang verborgen. Eine Frau kann nämlich mit ihrem Mantel – dem Sinnbild der christlichen Nächstenliebe – alles mögliche zudecken, auch Verfehlungen. Später sah ich dann Rosanna Spearman den Strand entlanggehen, und zwar nach Norden zu – dort ist doch angeblich eine besonders schöne Küste, nicht wahr?«

Ich antwortete mit einem ganz kurzen »Ja«.

»Geschmäcker sind verschieden«, sagte Inspektor Cuff. »Für mich gibt es keine eintönigere Küste als diese. Wenn man hier jemandem nachgehen muß und der Betreffende sieht sich zufällig um, gibt es weder Stein noch Baum, hinter dem man sich verstecken könnte. So blieb mir nur die Wahl, Rosanna, da verdächtig, einfach festzunehmen, oder sie vorläufig ihr kleines Spiel treiben zu lassen. Aus bestimmten Gründen, mit denen ich Sie nicht behelligen will, entschloß ich mich, lieber etwas aufzugeben, als schon heute abend eine bestimmte Person zu alarmieren, die von uns ungenannt bleiben soll. Daher kam ich zurück, Sie zu bitten, mich auf einem andern Weg zum Nordende des Strands zu führen. Was Spuren betrifft, ist nämlich Sand einer der besten Helfer des Detektivs. Wenn wir also auf diesem Fußweg Rosanna Spearman nicht begegnen, kann uns vielleicht der Sand erzählen, was sie gemacht hat – vorausgesetzt, daß es noch hell genug ist. Hier also beginnt der Sand! Und nun, Mr. Betteredge, darf ich Sie darum bitten, Ihre Zunge im Zaum zu halten und mich vorausgehen zu lassen?«

Gäbe es in der Medizin so etwas wie Entdeckungsfieber, dann müßte ich sagen: mit einem Mal befiel mich diese Krankheit. Inspektor Cuff ging zwischen den Dünen bis hinunter zum Strand, und ich folgte ihm, wobei mir das Herz im Hals klopfte. Zuletzt blieb ich in einiger Entfernung von ihm stehen und wartete, was jetzt geschähe.

Es ergab sich, daß ich fast an derselben Stelle stand, wo ich mit Rosanna gesprochen hatte, als Mr. Franklin überraschend gekommen war. Während meine Augen dem Inspektor folgten, wanderten meine Gedanken unwillkürlich zurück zu dem, was damals vorgefallen war. Es war mir, als fühlte ich noch den dankbaren Händedruck des armen Dings, den sie mir gab, weil ich zu ihr freundlich gewesen war. Und es war mir, als hörte ich sie sprechen, vom »Zittersand«, der sie immer wieder auf geheimnisvolle Weise anziehe. Und es war mir, als sähe ich ihr Gesicht aufleuchten – so wie damals, als sie Mr. Franklin auf uns zukommen sah. An all das dachte ich, und meine Stimmung wurde immer gedrückter. Und versuchte ich, hier nach etwas

Erfreulichem Ausschau zu halten, so verursachte der Anblick der einsamen Bucht mir nur noch größeres Unbehagen.

Das Licht wurde fahler und fahler, Totenstille herrschte über diesem trostlosen Ort. Draußen, hinter der großen Sandbank, rollten die Wogen des Ozeans heran, doch es geschah lautlos, hier hörte man sie nicht, und das Wasser der Bucht war trüb und glatt, kein Windhauch bewegte es, an manchen Stellen glich es einer scheußlichen, gelblich-weißen Brühe. Wo zwischen den zwei felsigen Landzungen, die im Norden und im Süden die Bucht begrenzten, noch etwas Licht einfiel, leuchteten Schaum und Schlamm. Die Flut kam, und der Sand begann zu zittern, sein breites braunes Angesicht erbebte, bekam Grübchen – nichts bewegte sich sonst an diesem gräßlichen Ort.

Überrascht blickte Inspektor Cuff auf den zitternden Sand, beobachtete ihn eine Weile, dann machte er kehrt und kam zu mir zurück.

»Das ist ein heimtückischer Sand, Mr. Betteredge. Und nirgends von Rosanna Spearman eine Spur, wohin man auch schaut!«

Er führte mich jetzt zum Strand hinunter, und ich konnte selbst sehen, daß es hier nur seine und meine Fußstapfen gab.

»In welcher Richtung liegt das Fischerdorf?« fragte er mich.

»Cobb's Hole – so heißt der Ort – liegt genau südlich.«

»Ich habe gesehen, wie das Mädchen von dort in nördlicher Richtung ging, folglich muß die Bucht ihr Ziel gewesen sein. Liegt Cobb's Hole gleich hinter dieser Landzunge? Und kann man, solange der Wasserstand noch niedrig ist, zu Fuß hinüberkommen?«

Ich bejahte beide Fragen.

»Mr. Betteredge, wenn es Ihnen recht ist, machen wir uns gleich auf den Weg. Ich möchte nämlich, bevor es dunkelt, die Stelle finden, an der Rosanna Spearman gewesen ist.«

Wir mochten ein paar hundert Schritte gegangen sein, Richtung Cobb's Hole, da ließ sich Inspektor Cuff plötzlich auf die Knie nieder, als wollte er beten.

»Mr. Betteredge, diese Art Küste ist doch zu etwas gut! Hier sind die Fußspuren einer Frau. Nehmen wir an, Rosanna habe sie hinterlassen – sofern sich nicht etwas anderes herausstellt. Nun, es sind sehr undeutliche Abdrücke – sehen Sie das? Absichtlich undeutlich, würde ich sagen. Ach, Rosanna weiß so gut wie ich, daß Sand ein Helfer des Detektivs ist! Aber vielleicht war sie in zu großer Eile, um die Spuren gänzlich zu verwischen? Hier ist ein Abdruck in Richtung von Cobb's Hole und da ist ein Abdruck in Richtung nach Cobb's Hole. Und zeigt hier die Fußspitze nicht zum Wasser hin? Und sehe ich nicht dort drüben die Spuren von zwei Schuhabsätzen, ebenfalls gleich neben dem Wasser? Ich will Ihre Gefühle nicht verletzen, Mr. Betteredge, aber Rosanna ist leider schlau. Offensichtlich wollte sie in die Bucht hinüber, von der wir gerade kommen, und zwar ohne daß sie im Sand Spuren hinterläßt. Sollen wir annehmen, daß sie von dieser Stelle hier bis zu dem Felsen, von dem wir gerade kommen, durchs Wasser gegangen und auch denselben Weg zurückgekommen ist? Und daß sie dort drüben, wo sich die zwei Schuhabsätze eingedrückt haben, wieder den Strand erreicht hat? Ja, nehmen wir das alles an! Und damit bewahrheitet sich auch meine Vermutung, daß sie unter ihrem Umhang etwas verborgen hatte, als sie die Hütte verließ. Nein, nicht etwa um es zu vernichten – wozu wären dann alle diese Vorsichtsmaßnahmen nötig, um das Ziel ihres Weges unentdeckt zu lassen? Wahrscheinlich wollte sie nur etwas verstecken. Wenn wir jetzt die Fischerhütte aufsuchen, könnten wir vielleicht dort erfahren, was es war – oder?«

Bei diesem Vorschlag war mein Entdeckungsfieber plötzlich wie weggeblasen. »Dazu brauchen Sie mich nicht«, sagte ich. »Was könnte ich Ihnen schon dabei nützen?«

»Mr. Betteredge, je länger ich Sie kenne, desto mehr Tugenden entdecke ich an Ihnen. Bescheidenheit! – du lieber Gott, wie selten findet man auf dieser Welt Bescheidenheit! Und wie viel besitzen Sie von dieser Tugend! Ich sehe nämlich die Sache in diesem Licht: gehe ich allein in die Fischerhütte, stockt bei meiner ersten Frage den Leuten die Zunge; komme ich mit Ihnen, führt mich dort ein zu Recht geachteter Nachbar ein, und ein wahrer Redestrom ist das Ergebnis. Was also meinen Sie zu dieser Überlegung?«

Ich hatte keine so treffende Antwort bereit, wie ich es mir gewünscht hätte, daher versuchte ich, Zeit zu gewinnen. Ich fragte ihn, welche Fischerhütte er aufsuchen wollte.

So wie sie Inspektor Cuff beschrieb, erkannte ich sie als jene des Fischers Yolland, der dort mit Frau und zwei erwachsenen Kindern, Sohn und Tochter, wohnte. Der Leser wird sich erinnern: Als ich in diesem Bericht erstmals von Rosanna Spearman sprach, erwähnte ich, daß sie ihre Spaziergänge gelegentlich mit einem Besuch bei Freunden in Cobb's Hole verbunden hat. Diese Freunde also sind die Yollands, ehrliche Leute von gutem Ruf. Rosanna hatte sie durch die Tochter kennengelernt, die wegen ihres Klumpfußes in unserer Gegend »die lahmende Lucy« hieß. Die beiden verunstalteten Mädchen hatten vermutlich eine Art Sympathie füreinander. Jedenfalls kamen die Yollands mit Rosanna anscheinend immer gut aus. Wenn also Rosannas Spur in diese Hütte führte, ließ dies meine Hilfe für Inspektor Cuff in einem andern Licht erscheinen: Rosanna war ja nur dorthin gegangen, wo sie immer hinging, und ihr Zusammensein mit dem Fischer und dessen Familie bewies damit, daß sie bis dahin nichts Unrechtes getan hatte; unterstützte ich also Inspektor Cuffs folgerichtiges Vorgehen, erwiese ich dem Mädchen einen guten Dienst und schadete ihr nicht. Daher erklärte ich, seine Gründe hätten mich überzeugt.

Wir gingen nun nach Cobb's Hole und konnten, solange es noch hell war, Rosannas Fußstapfen im Sand sehen.

In der Hütte angelangt, erfuhren wir, daß der Fischer und sein Sohn mit dem Boot hinausgefahren seien, und daß die lahmende Lucy, wie immer schwach und müde, im Zimmer oben zu Bett liege. Die gute Mrs. Yolland war allein in ihrer Küche. Als sie hörte, Inspektor Cuff sei in London ein berühmter Mann, stellte sie eine Flasche Genever auf den Tisch, legte ein paar saubere Pfeifen dazu und starrte ihn an, als könnte sie sich an ihm nicht sattsehen.

Ich saß ruhig in einer Ecke und wartete gespannt, wie er das Gespräch auf Rosanna Spearman bringen würde. Diesmal schien er sich seinem Ziel auf noch größeren Umwegen zu nähern als sonst. Wie es ihm schließlich gelang, hätte ich damals genausowenig zu sagen vermocht wie heute. Jedenfalls begann er mit der königlichen Familie, der Methodistensekte und den Fischpreisen, und von dem ausgehend, kam er auf geheimnisvolle Weise auf den gelben Diamanten, der verschwunden sei, dann auf unser erstes Hausmädchen, das Rosanna mit Haß verfolge, wie ja überhaupt sich alle Dienstmädchen im Hause hart und gefühllos zu ihr zeigten. Nachdem er dergestalt den Punkt erreicht hatte, den er haben wollte, erzählte er von seinem Auftrag, nämlich der polizeilichen Untersuchung in der Sache mit dem Diamanten: er sei hier, teils um den verschwundenen Stein wiederzufinden, teils um Rosanna reinzuwaschen, die von ihren Feinden zu Unrecht verdächtigt werde. Es war noch nicht einmal eine Viertelstunde vergangen, und er hatte die gute Mrs. Yolland bereits fest davon überzeugt, sie spreche mit Rosannas bestem Freund. Immer wieder nötigte sie ihn, mit Hilfe des Genevers seinen Magen zu trösten und seine Stimmung zu heben.

Ich glaubte fest, Inspektor Cuff rede in den Wind und werde sein Ziel nicht erreichen; daher amüsierte ich mich bei diesem Gespräch, als säße ich im Theater. Der große Cuff zeigte eine wundervolle Geduld. Er versuchte sein Glück auf vielerlei Weise, feuerte Schuß um Schuß ab, auch aufs Geratewohl, um vielleicht doch ins Schwarze zu treffen, alles sprach zu Rosannas Gunsten, nichts zu ihrem Nachteil – und so endete dann das Gespräch, bei dem Mrs. Yolland das Blaue vom Himmel herunterschwätzte und ihm restlos vertraute. Wir sahen auf die Uhr, standen auf, uns zu verabschieden – da machte er einen letzten Versuch.

»Ich muß Ihnen jetzt gute Nacht wünschen, Madam. Doch bevor ich Sie verlasse, möchte ich es noch einmal betonen: Rosanna Spearman hat in mir einen aufrichtigen Freund und ergebenen Diener. Freilich, dort, wo sie jetzt dient, gibt es für sie leider kein Weiterkommen. Ich würde ihr raten, einen andern Posten zu suchen.«

»Gott sei Dank, das tut sie ja!« rief Mrs. Yolland.

Rosanna uns verlassen? Ich spitzte die Ohren! Es schien mir, gelinde gesagt, seltsam, daß sie bisher nichts davon zu meiner Herrin oder zu mir gesagt hatte. Besorgnis kam in mir auf.

Hatte Inspektor Cuffs letzter Schuß doch ins Schwarze getroffen? Ich fragte mich, ob mein Anteil an der Sache wirklich so harmlos sei, wie ich es geglaubt hatte. Es mochte ja angehen, wenn er, wie es zu seinem Geschäft gehörte, eine rechtschaffene Frau in ein Lügengewebe verstrickte, aber als guter Protestant hätte ich dabei nicht vergessen dürfen, daß der Teufel der Vater der Lüge ist – und daß Teufel und Unheil nie weit auseinander sind. Ich witterte Unheil und wollte daher den Inspektor von hier wegbringen; er aber setzte sich sofort wieder nieder und bat um einen kleinen Tropfen Magentrost aus der Geneverflasche. Mrs. Yolland setzte sich ihm gegenüber und gab ihm das Schlückchen. Ich fühlte mich äußerst unbehaglich und ging zur Tür und sagte, ich müsse ihnen gute Nacht wünschen – und doch ging ich nicht.

»Sie will also fort?« fragte der Inspektor. »Und was macht sie dann? Ach, die Arme hat ja keine Freunde auf der Welt, außer Ihnen und mir!«

»O doch! Ich hab's Ihnen schon gesagt, Herr Inspektor: Heute nachmittag ist sie gekommen, hat mit Lucy und mir geredet, und dann hat sie in Lucys Zimmer hinaufgehen wollen, dort nämlich gibt's ein Schreibzeug. ›Ich möchte einen Brief an einen Freund schreiben‹, hat sie gesagt, ›aber zu Hause kann ich es nicht, weil die anderen Mädchen in meinen Sachen schnüffeln.‹ An wen dieser Brief ist, weiß ich nicht, aber furchtbar lang ist er sicher, gerechnet nach der Zeit, die sie dafür gebraucht hat. Dann ist sie wieder heruntergekommen, und ich hab ihr eine Briefmarke geben wollen, aber sie hat sie nicht genommen. Sie redet ja nie von sich selbst oder von dem, was sie tut – jaja, verschlossen ist sie schon, dieses arme Ding. Aber einen Freund hat sie irgendwo, ganz gewiß, und zu dem wird sie auch gehen, auf mein Wort!«

»Und bald?«

»Sobald sie kann.«

Da ging ich wieder zum Tisch zurück. Als Vorgesetzter der Domestiken konnte ich es nicht erlauben, daß in meiner Gegenwart über das Bleiben oder Fortgehen eines Dienstmädchens herumgeredet wurde.

»Mrs. Yolland, Sie müssen sich irren!« sagte ich. »Sollte

Rosanna ihren jetzigen Posten wirklich aufgeben wollen, hätte sie es vorher mir gesagt.«

»Ich mich irren? Mr. Betteredge, erst vor einer Stunde hat sie von mir ein paar Sachen gekauft, die sie für die Reise braucht – jawohl, hier in dieser Küche!« Diese schwerfällige Frau begann plötzlich in ihrer Tasche zu kramen. »Dabei fällt mir übrigens ein, ich muß Rosanna wegen ihres Geldes etwas sagen. Wird einer von den Herren sie sehen?«

»Mit dem größten Vergnügen werde ich ihr etwas ausrichten«, erklärte Inspektor Cuff, ehe ich noch ein Wort herausbrachte.

Mrs. Yolland holte aus ihrer Tasche ein paar Münzen, zählte sie umständlich und sorgfältig in ihre hohle Hand und hielt sie dem Inspektor hin. Sie sah dabei drein, als fiele es ihr schwer, sich davon zu trennen.

»Darf ich Sie bitten, ihr das Geld mit meinen besten Grüßen zu übergeben? Sie hat nämlich darauf bestanden, die paar Sachen gleich zu bezahlen – und Geld ist in unserm Haus willkommen, das können Sie mir glauben. Aber ich möchte dem armen Ding nicht ihr Erspartes nehmen, und offen gestanden, mein Mann wird sich vielleicht auch nicht freuen, wenn er morgen früh zurückkommt und hört, daß ich von Rosanna Geld bekommen hab ... Herr Inspektor, bitte sagen Sie ihr: Ich schenk ihr die Sachen gern, und das Geld kriegt sie zurück.« Sie warf die Münzen auf den Tisch, als würden sie ihr die Finger verbrennen. »Aber lassen Sie das Geld nicht liegen, ja? Die Zeiten sind hart und das Fleisch ist schwach. Sonst steck ich's vielleicht wieder ein!«

»Gehen wir!« sagte ich zum Inspektor. »Ich kann nicht länger bleiben, ich muß zurück.«

»Jaja, ich komme gleich!«

Zum zweiten Mal ging ich zur Tür, und zum zweiten Mal konnte ich, so sehr ich auch wollte, die Schwelle nicht überschreiten.

»Jemandem Geld zurückgeben ist eine heikle Sache, Madam«, hörte ich ihn sagen. »Sie haben ihr das alles doch sicher billig überlassen?«

»Und wie billig! Kommen Sie und sehen Sie selbst!«

Sie ergriff eine brennende Kerze und führte ihn in einen dunklen Winkel der Küche. Ich konnte nicht umhin, ihnen zu folgen. Dort lag allerlei Krimskrams hingeworfen, ein ganzer Haufen, zum Großteil altes Metall, das der Fischer da und dort von gestrandeten Schiffen zusammengetragen, doch noch keinen Käufer dafür gefunden hatte. Mrs. Yolland stöberte in diesem Gerümpel und zog eine alte lackierte Blechdose hervor, mit Deckel und Schließband daran – einen jener typischen Behälter, welche Seekarten vor Nässe schützen und auf jedem Schiff zu finden sind.

»Da!« sagte sie. »Eine Büchse wie diese hat Rosanna heute bei mir gekauft. ›Das ist genau das richtige für mich‹, hat sie gesagt, ›ich brauche es für meine Krägen und Manschetten – so werden sie im Koffer nicht verdrückt.‹ Und dafür, Herr Inspektor, hab ich ein Shilling Sixpence bekommen – so wahr ich lebe, keinen Penny mehr!«

»Spottbillig«, sagte der Inspektor und seufzte tief. Er wog die Büchse in seiner Hand und betrachtete sie. Mir war es, als hörte ich ein paar Töne aus der ›Letzten Rose‹. Kein Zweifel, er hatte wieder etwas entdeckt, das Rosanna schadete, und zwar ausgerechnet dort, wo ich sie für sicher gehalten hatte. Noch dazu durch meine Hilfe! Ich überlasse es meinem Leser, sich auszumalen, was in diesem Augenblick in mir vorging, und wie sehr ich es bereute, ihn zu Mrs. Yolland geführt zu haben.

»Nun ist's genug«, sagte ich, »wir müssen wirklich fort!«

Ohne im geringsten auf mich zu achten, stöberte Mrs. Yolland schon wieder in diesem Gerümpel und zog diesmal eine Hundekette hervor.

»Sir, wiegen Sie das einmal in Ihrer Hand!« sagte sie. »Wir hatten drei solche Ketten, und Rosanna hat zwei davon genommen. ›Wozu brauchst du diese Ketten, mein Kind?‹ hab ich sie gefragt. ›Wenn ich sie zusammenhänge, passen sie genau für meinen Koffer‹, hat sie gesagt. ›Seil ist billiger‹, hab ich gesagt. ›Ketten sind am sichersten‹, hat sie gesagt. ›Ich hab mein Lebtag nicht gehört, daß man einen Koffer mit Ketten zusammenhält‹, hab ich gesagt. ›Ach, Mrs. Yolland, bitte, kann ich die Ketten haben?‹ hat sie gesagt. Jaja, ein sonderbares Mädchen ist das, so brav, und zu Lucy lieb wie eine Schwester, aber immer ein bißchen sonderbar. Also, ich tat ihr den Gefallen. Von einer ehrlichen Haut wie mir hat sie's für nur drei Shilling Sixpence gekriegt.«

»Eine Kette oder beide?«

»Beide natürlich!«

»Das ist geschenkt, Madam«, sagte der Inspektor und schüttelte den Kopf, »wirklich geschenkt!«

»Da ist das Geld, Herr Inspektor«, sagte Mrs. Yolland und kam langsam wieder zum Tisch zurück, als zöge sie das Häuflein Silber unwiderstehlich an. »Die Büchse und die Hundeketten sind alles, was sie gekauft und mitgenommen hat. Ein Shilling Sixpence und drei Shilling Sixpence machen zusammen fünf Shilling. Geben Sie ihr's zurück, Herr Inspektor, mit schönen Grüßen von mir, aber ich kann's nicht über mich bringen, einem armen Ding das Ersparte abzunehmen, das sie vielleicht selbst braucht.«

»Und ich kann es nicht über mich bringen, Madam, ihr das Geld zurückzugeben. Das ist doch nicht viel – Sie haben ihr die Sachen so gut wie geschenkt, ja, ganz bestimmt!«

»Glauben Sie das wirklich, Herr Inspektor?« sagte Mrs. Yolland und begann zu strahlen.

»Sicher! Fragen Sie doch Mr. Betteredge!«

Mich zu fragen war sinnlos. Alles, was man aus mir herausbrachte, war ein kurzes: »Gute Nacht!«

»Ach, das verflixte Geld!« rief Mrs. Yolland, die jetzt ihre Selbstbeherrschung ganz verlor. Sie raffte hastig das Häuflein Silber in ihre Tasche. »Es bringt einen ganz durcheinander, wenn man's so daliegen sieht und niemand es nimmt!« schrie diese dumme Person. Mit einem Plumpser ließ sie sich auf den Stuhl fallen und sah Inspektor Cuff an, als wollte sie ihm zu verstehen geben: »Jetzt hab ich's wieder in der Tasche – nimm es mir, wenn du dich traust!«

Diesmal ging ich nicht bloß bis zur Tür, sondern hinaus auf die Straße, dem Dorfe zu. Ich konnte es mir nicht erklären, aber irgendwie fühlte ich mich tödlich beleidigt. Von ihr? Von ihm? Oder von beiden? Ich weiß es nicht. Ehe ich noch drei Schritte getan hatte, hörte ich schon den Inspektor hinter mir.

»Mr. Betteredge, besten Dank für die Einführung! Ich bin der Fischersfrau sehr verbunden: ich habe ein völlig neues Gefühl – sie hat mich verwirrt.«

Mir lag eine scharfe Antwort auf der Zunge, und zwar aus dem einfachen Grunde, weil ich mich ärgerte – nicht über ihn, sondern über mich. Aber da er mir gestand, daß sie ihn verwirrt hatte, kam mir ein tröstlicher Gedanke: vielleicht war der angerichtete Schaden doch nicht so groß. Vorsichtig geworden, schwieg ich, um mehr zu hören.

»Ja«, meinte der Inspektor, als könnte er im Dunkel meine Gedanken lesen. »Bei Ihrem Interesse für Rosanna mag es Sie trösten, daß ich durch Sie die Spur verloren habe, anstatt daß Sie mich durch Ihre Hilfe auf die richtige Spur gebracht hätten. Was das Mädchen heute vorgehabt hat, ist natürlich klar: sie hat beide Ketten zusammengefügt, mit dem Schließband verbunden, die Büchse im Wasser oder im Triebsand versenkt und das lose Ende der Kette unter dem Felsen befestigt, und zwar an einer bestimmten Stelle, die sie sich merkt. Und sie wird die Büchse dort so lange fest verankert lassen, bis die Untersuchung vorüber ist. Und wenn es ihr paßt, kann sie dann das Zeug heimlich wieder herausziehen. Das ist einmal sicher. Aber« – erstmals hörte ich Ungeduld in seiner Stimme – »das Rätsel bei der Sache ist: was, zum Teufel, hat sie in dieser Büchse versteckt?«

Insgeheim dachte ich bei mir: den gelben Diamanten! Doch ich sagte bloß: »Können Sie es nicht erraten?«

»Der Diamant ist es nicht. Es spräche gegen meine Erfahrung, wenn Rosanna Spearman den Diamanten hätte.«

Bei diesen Worten begann wieder das teuflische Entdekkungsfieber in mir zu brennen. Jedenfalls vergaß ich mich völlig und platzte heraus: »Das Kleidungsstück mit dem Farbfleck!«

Da blieb Inspektor Cuff stehen und legte die Hand auf meinen Arm. Er sagte: »Mr. Betteredge, wenn man in diesen sogenannten ›Zittersand‹ etwas hineinwirft, kommt es je wieder an die Oberfläche?«

»Nie. Alles, ob leicht oder schwer, wird verschluckt, es kommt nie wieder zum Vorschein.«

»Und Rosanna weiß das?«

»So gut wie ich.«

»Dann weiß der Himmel, warum sie das gewisse Kleidungsstück nicht an einen Stein bindet und hineinwirft! Ich sehe nicht den geringsten Grund, weshalb sie es verstecken sollte – und versteckt hat sie es! Es fragt sich nur« – fuhr er im Weitergehen fort –, »ist es ein Unterrock oder ein Nachthemd. Oder etwas ganz anderes, das sie um jeden Preis aufbewahren will ... Mr. Betteredge, wenn nichts dazwischen kommt, muß ich morgen unbedingt nach Frizinghall. Ich will herausfinden, was sie dort heimlich gekauft hat. Natürlich ist es gewagt, gerade jetzt das Haus zu verlassen – aber ich riskiere mehr, wenn ich weiterhin im dunkeln tappe. Verzeihen Sie, Mr. Betteredge, wenn ich jetzt so verdrossen bin, aber ich habe meine Selbstsicherheit verloren, weil ich mich von Rosanna Spearman überlisten ließ.«

Bei unserer Rückkehr saßen die Dienstboten gerade beim Abendbrot. Der erste, dem wir begegneten, war der Polizist, den Wachtmeister Seegrave dem Inspektor zur Verfügung gestellt hatte. Inspektor Cuff fragte ihn, ob Rosanna zurück sei. Jawohl. Und seit wann? Seit fast einer Stunde. Was sie dann getan habe? Sie sei in ihr Zimmer gegangen, um Hut und Mantel abzulegen – und jetzt sitze sie mit den anderen beim Abendbrot.

Ohne sich dazu zu äußern, und sichtlich noch verdrossener als zuvor, ging Inspektor Cuff hinters Haus. Im Dunkeln verfehlte er den Dienereingang. Trotz meines Rufens schritt er weiter, bis er an die Gartenpforte stieß. Ich holte ihn ein und wollte ihm den richtigen Weg zeigen. Da bemerkte ich, daß er ein bestimmtes Fenster an der Rückseite des Hauses, und zwar dort, wo die Schlafzimmer lagen, aufmerksam betrachtete.

Ich schaute jetzt ebenfalls hinauf. Hinter diesem Fenster (es gehörte zu Miss Rachels Schlafzimmer) sah man ein Licht, und es bewegte sich hin und her, als ginge etwas Ungewöhnliches dort drinnen vor.

»Ist das nicht Miss Verinders Schlafzimmer?« fragte er.

Ich bejahte die Frage, bat ihn aber zugleich, zum Abendessen ins Haus zu kommen. Er rührte sich nicht vom Fleck und sagte nur etwas über den Duft des Gartens bei Nacht, den er genießen wollte. Ich ließ ihn also allein. Gerade als ich ins Haus ging, hörte ich von der Gartenpforte her die ›Letzte Rose‹. Offenbar hatte Inspektor Cuff wieder etwas entdeckt. Diesmal aber betraf es das Fenster meines jungen Fräuleins!

Dies bedenkend trieb es mich wieder zu ihm zurück. Ich könnte es nicht übers Herz bringen, ihn allein zu lassen, gab ich ihm höflich zu verstehen. »Kommt Ihnen dort oben etwas seltsam vor?« fragte ich ihn und deutete auf das Fenster.

Der Stimme nach zu schließen, hatte Inspektor Cuff seine Selbstachtung wiedergefunden. »Hier in Yorkshire wettet man doch gern, nicht wahr?« fragte er.

»Ja – und?«

»Wäre ich aus Yorkshire«, sagte der Inspektor und nahm mich beim Arm, »würde ich mit Ihnen um einen Sovereign wetten, daß Ihr junges Fräulein sich plötzlich entschlossen hat, das Haus zu verlassen. Und sollte ich diese Wette gewinnen, würde ich nochmals um einen Sovereign wetten, daß ihr dieser Gedanke erst vor einer Stunde gekommen ist.«

Seine Rückschlüsse alarmierten mich, paßte doch das, was er zuletzt gesagt hatte, zur Meldung des Polizisten, die ich noch im Kopf hatte: Rosanna war erst vor einer Stunde zurückgekehrt. Mir wurde unbehaglich, und als wir gemeinsam ins Haus gingen, vergaß ich meine Manieren, riß mich von ihm los und stürzte davon. Ich wollte selbst erkunden, was da im Hause vorging.

Im Flur traf ich auf den Diener Samuel. »Unsere Herrin wünscht Sie und Inspektor Cuff zu sprechen!« rief er mir entgegen, ehe ich Zeit für eine Frage hatte.

»Seit wann wartet sie auf uns?« hörte ich hinter mir die Stimme des Inspektors fragen.

»Seit einer Stunde, Sir.«

Da hatten wir es wieder! Rosanna war zurückgekommen, Miss Rachel hatte anscheinend einen ungewöhnlichen Entschluß gefaßt, und meine Herrin wartete auf uns – alles innerhalb der letzten Stunde. Es hörte sich nicht gut an, daß sich so

Verschiedenes, das verschiedene Personen betraf, auf diese Weise zusammenfügte. Ich ging mit dem Inspektor zu meiner Herrin, ohne ihn anzusehen, ohne mit ihm zu sprechen. Meine Hand zitterte plötzlich, als ich sie hob, um an die Tür zu klopfen.

»Es würde mich nicht wundern, wenn es heute abend in diesem Hause zu einem Skandal kommt«, flüsterte mir der Inspektor zu. »Regen Sie sich nicht auf, Mr. Betteredge! Ich habe im Lauf der Zeit schon in schlimmere Familienaffären als diese meine Nase hineingesteckt.«

Er sagte es, und ich hörte die Stimme meiner Herrin: »Herein!«

XVI

Nur das Licht einer Leselampe erhellte ihr Zimmer. Der Lampenschirm war so weit heruntergeschraubt, daß er ihr Gesicht im Schatten ließ. Anstatt – so wie gewohnt – uns mit geradem Blick anzusehen, heftete sie die Augen auf ein offenes Buch, das vor ihr auf dem Tisch lag.

»Inspektor Cuff«, sagte sie, »muß man es Ihnen, als dem Leiter der Untersuchung, vorher melden, wenn jemand von hier abreisen will?«

»Unbedingt, Mylady!«

»Dann möchte ich Ihnen mitteilen, daß meine Tochter die nächste Zeit in Frizinghall, und zwar bei Mrs. Ablewhite, ihrer Tante, zu verbringen gedenkt. Sie will morgen früh dieses Haus verlassen.«

Inspektor Cuff sah mich an. Ich tat einen Schritt vor, ich wollte meiner Herrin etwas sagen, aber der Mut verließ mich, ich tat den Schritt wieder zurück und sagte nichts.

»Darf ich von Mylady erfahren, wann Sie Miss Verinder von dieser Absicht in Kenntnis gesetzt hat?« wollte der Inspektor wissen.

»Vor ungefähr einer Stunde.«

Wieder sah mich Inspektor Cuff an. Angeblich haben alte

Leute weniger leicht Herzklopfen als junge. Mein Herz hätte nicht stärker klopfen können als jetzt!

»Ich habe kein Recht, Miss Verinder etwas zu verbieten«, sagte er. »Mylady, ich möchte Sie nur ersuchen, auf Miss Verinder einzuwirken, daß sie ihre Abreise verschiebt. Morgen früh muß ich nämlich selbst nach Frizinghall, aber ich werde spätestens um zwei Uhr zurück sein. Sollten Sie Miss Verinder bis dahin hier zurückhalten können, möchte ich ihr vor der Abreise ein paar Worte sagen.«

Meine Herrin bat mich, den Kutscher zu beauftragen, erst um zwei Uhr mit dem Wagen vorzufahren. »Haben Sie noch etwas zu sagen?« fragte sie dann den Inspektor.

»Ja, allerdings, Mylady: Sollte sich Miss Verinder über diesen Aufschub wundern, erwähnen Sie bitte nicht, daß ich ihn veranlaßt habe.«

Da blickte meine Herrin von ihrem Buch auf, als wollte sie etwas sagen, besann sich aber eines andern und entließ uns mit einer Handbewegung.

Draußen in der Halle sagte mir der Inspektor: »Eine wundervolle Frau! Wüßte sie sich nicht so zu beherrschen, wäre noch heute abend das Rätsel gelöst, das Sie, Mr. Betteredge, so beunruhigt.«

Erst jetzt begriff mein dummer alter Kopf die Wahrheit. In diesem Moment war ich sicher nicht ganz bei Verstand, denn ich packte den Inspektor am Rockkragen und drückte ihn gegen die Wand.

»Hol Sie der Teufel!« schrie ich. »Es handelt sich um Miss Rachel, und Sie haben es mir die ganze Zeit verheimlicht!«

Inspektor Cuff, flach an der Wand, sah mich unbewegt an und rührte keine Hand. »Ah, endlich sind Sie draufgekommen!« sagte er.

Ich ließ ihn los, mein Kopf sank mir auf die Brust. Der geneigte Leser möge bedenken, daß ich damals schon fünfzig Jahre lang in diesem Hause gedient hatte: dies zur Entschuldigung meines Wutausbruchs. Miss Rachel war als Kind oft genug auf meine Knie geklettert und hatte mich am Backenbart gezupft; mit allen ihren Fehlern war Miss Rachel für mich die beste, liebste und hübscheste junge Herrin, die ein alter Diener verehren und verwöhnen durfte. Ich bat Inspektor Cuff mir zu verzeihen, aber ich tat es leider mit feuchten Augen und auch sonst nicht auf angemessene Weise.

»Kränken Sie sich nicht!« sagte er freundlicher, als ich es erwartet hatte. »Wenn Leute meines Berufs sich gleich beleidigt fühlten, wären sie keinen Schuß Pulver wert. Und wenn Ihnen dadurch leichter ums Herz wird, packen Sie mich ruhig nochmals am Kragen! Übrigens wissen Sie gar nicht, wie man das richtig anstellt. Nur in Anbetracht Ihrer Gefühle will ich Ihnen diese Ungeschicklichkeit nachsehen.«

Er blickte mich traurig an, es zuckte um seine Mundwinkel. Wahrscheinlich glaubte er, eben einen guten Witz gemacht zu haben.

Ich führte ihn in mein kleines Wohnzimmer und schloß die Tür hinter uns. »Sagen Sie mir die Wahrheit!« bat ich. »Was vermuten Sie? Es ist nicht freundlich von Ihnen, es mir zu verheimlichen.«

»Ich vermute es nicht, ich weiß es.«

Mein unglückliches Temperament gewann wieder die Oberhand. »Wollen Sie mir damit zu verstehen geben, daß Miss Rachel ihren eigenen Diamanten gestohlen hat?«

»Ja, das meine ich: Miss Verinder ist nach wie vor im Besitz des Diamanten. Sie hat Rosanna ins Vertrauen gezogen, denn sie rechnete damit, daß man Rosanna verdächtigen würde. Damit ist in wenigen Worten alles gesagt. Packen Sie mich nur wieder am Kragen, wenn es Ihnen ein Trost ist!«

So wahr mir Gott helfe, das machte mir die Sache wirklich nicht leichter! »Sagen Sie mir Ihre Gründe!« war alles, was ich herausbrachte.

»Die werden Sie morgen hören! Sollte Miss Verinder sich weigern, den Besuch bei ihrer Tante zu verschieben – was sicher ist –, muß ich den ganzen Fall Ihrer Herrin vorlegen. Ich weiß natürlich nicht, was sich da alles noch ergeben könnte, und bitte Sie daher, morgen bei diesem Gespräch anwesend zu sein. Und jetzt wollen wir das Ganze überschlafen! Nein, Mr. Betteredge, Sie kriegen kein Wort aus mir heraus! Der Tisch ist für das

Abendbrot gedeckt, und essen ist eine der vielen menschlichen Schwächen, die ich nachsichtig behandle. Wenn Sie jetzt schellen und man uns das Abendbrot bringt, werde ich das Tischgebet sprechen: ›Segne uns, o Herr, und diese deine Gaben …‹«

»Herr Inspektor, ich wünsche Ihnen einen guten Appetit – mir ist er vergangen! Trotzdem werde ich bleiben und dafür sorgen, daß man Sie bedient. Nachher werde ich mich mit Ihrer gütigen Erlaubnis zurückziehen und mich von den Aufregungen erholen.«

Man brachte ihm zum Abendbrot das Allerbeste, aber ich wäre nicht traurig darüber gewesen, wenn ihn dieses Allerbeste erstickt hätte. Unser Gärtner (Mr. Begbie) wollte mich sprechen und kam mit der Rechnung für die laufende Woche. Inspektor Cuff begann mit ihm sogleich ein Gespräch über Rosen, und in diesem Zusammenhang natürlich auch über Graswege und Kieswege. Ich ließ die beiden allein und ging schweren Herzens hinaus, war es doch seit Jahren der erste Kummer, den ich weder mit ein paar Zügen aus meiner Pfeife davonblasen noch mit *Robinson Crusoes* Hilfe überwinden konnte.

Ich war unruhig und unglücklich, auch fehlte mir mein Wohnzimmer, in das ich mich hätte flüchten können. So ging ich auf die Terrasse hinaus und wollte dort die Sache in Ruhe überdenken. Gleichviel was mir durch den Kopf ging: ich fühlte mich alt, verbraucht und untauglich für meinen Beruf. Erstmals begann ich darüber nachzudenken, wann es Gott gefallen würde, mich zu sich zu nehmen. Trotz aller Bedenken blieb mein Glaube an Miss Rachel unerschüttert. Wäre der berühmte Salomo an der Stelle des Inspektors gewesen und hätte er mir gesagt, mein junges Fräulein sei in ein übles Komplott verwickelt und daher schuldig, hätte ich für ihn, obschon er so weise war, nur eine Antwort gehabt: »Du kennst sie nicht, ich aber kenne sie.«

Aus diesen Überlegungen riß mich Samuel. Er brachte mir eine schriftliche Botschaft von meiner Herrin.

Als ich mit Samuel ins Haus ging, weil ich zum Lesen Licht brauchte, meinte er, das Wetter werde sich ändern. Bekümmert wie ich war, hatte ich darauf nicht geachtet gehabt, jetzt aber horchte ich auf und hörte die Hunde beunruhigt bellen und den Wind leise stöhnen. Ich sah zum Himmel auf: dort ballten sich Wolken zusammen, wurden schwärzer und schwärzer und zogen rascher und rascher an einem wässerigen Mond vorbei. Ein Wetter braute sich zusammen, Samuel hatte recht.

Auf dem Zettel teilte mir meine Herrin mit, daß der Friedensrichter von Frizinghall sie an die drei Inder erinnert habe: zu Beginn der nächsten Woche müßte man sie freilassen, und dann könnten sich diese Kerle herumtreiben, wo sie wollten; so wir noch Fragen an sie hätten, wäre demnach keine Zeit zu verlieren.

Meine Herrin hatte nämlich vorhin vergessen, dies dem Inspektor mitzuteilen, und daher bat sie mich, das Versäumte gleich nachzuholen. Die Inder waren mir tatsächlich ganz entfallen (sicher meinem Leser auch). Ich sah zwar nicht ein, warum man das Ganze wieder aufrühren sollte, aber ich gehorchte selbstverständlich.

In meinem Wohnzimmer saßen immer noch Inspektor Cuff und der Gärtner Begbie, sie hatten eine Flasche Whisky auf dem Tisch und waren bis über die Ohren in einem Gespräch über Rosenzucht. Der Inspektor war so vertieft, daß er mir mit der Hand abwinkte. Soweit ich bei dem Gespräch mitkommen konnte, handelte es sich darum, ob man die weiße Moosrose, damit sie gedeihe, auf die Wilde Rose okulieren soll oder nicht. Mr. Begbie sagte »ja«, Inspektor Cuff sagte »nein«. Wie zwei streitende Jungen verlangten sie von einem Dritten ein Urteil, doch da ich von Rosen nichts verstehe, steuerte ich einen Mittelkurs an, so wie es die Richter Ihrer Majestät tun, wenn die Waagschalen der Gerechtigkeit sich genau im Gleichgewicht halten, sie aber einen Ausweg suchen müssen. »Meine Herren, es läßt sich viel für beide Ansichten sagen«, erklärte ich. Die durch diesen unparteiischen Schiedsspruch erwirkte Pause genügte, besagten Zettel vor die Augen des Inspektors zu halten.

Inzwischen war ich wirklich schon nahe daran gewesen, den Inspektor zu hassen, aber – um der Wahrheit die Ehre zu geben – was seine Geistesgegenwart betraf, war er wirklich wundervoll.

Er hatte die Botschaft gelesen, und schon erinnerte er sich an eine bestimmte Stelle im Bericht des Wachtmeisters, die von den

Indern handelte. Gleich hatte er eine Antwort bereit: ein berühmter Indienforscher, der das Land kenne und dessen Sprachen verstehe, komme doch in Mr. Seegraves Bericht vor, nicht wahr? Sehr gut! Ob ich Namen und Adresse des Betreffenden wisse? Ebenfalls sehr gut! Ob ich so freundlich wäre, beides auf die Rückseite des Zettels zu schreiben? Sehr verbunden, Mr. Betteredge! Er werde morgen, wenn er in Frizinghall sei, diesen Herrn aufsuchen.

»Versprechen Sie sich davon etwas?« fragte ich ihn. »Wachtmeister Seegrave hielt die Inder für unschuldig wie ein neugeborenes Kind.«

»Alles, was Wachtmeister Seegrave behauptete, hat sich als falsch erwiesen. Vielleicht steht es dafür, morgen herauszufinden, ob er sich auch darin geirrt hat.« Mit diesen Worten wandte er sich ab und nahm das Gespräch genau dort wieder auf, wo er es unterbrochen hatte. »Mr. Begbie, es handelt sich hier um eine Frage des Bodens und der Jahreszeit sowie um eine der Geduld und der aufgewendeten Arbeit. Nun wollen wir die Sache einmal von einem andern Standpunkt betrachten: Sie nehmen Ihre weiße Moosrose –«

In diesem Augenblick hatte ich die Tür hinter mir bereits geschlossen und konnte nicht mehr hören, was sie sagten.

Auf dem Flur traf ich Penelope, die dort herumstand. Ich fragte sie, worauf sie warte.

Sie wartete auf das Klingelzeichen des jungen Fräuleins, für den Fall, daß es dieser genehm wäre, mit dem Packen der Koffer fortzufahren. Durch weiteres Fragen erfuhr ich Miss Rachels Grund für die plötzliche Abreise: sie fahre zu ihrer Tante nach Frizinghall nur deshalb, weil sie es hier nicht mehr länger aushalten könne, die Anwesenheit dieses widerwärtigen Polizeibeamten sei ihr unerträglich. Als man ihr vor einer halben Stunde gesagt habe, daß sie ihre Abreise auf zwei Uhr nachmittag verschieben müsse, sei sie in heftigen Zorn geraten. Meine Herrin habe Miss Rachel deshalb scharf zurechtgewiesen und Penelope dann aus dem Zimmer geschickt (anscheinend wollte sie ihrer Tochter etwas unter vier Augen sagen). Penelope schien mir äußerst bedrückt: im Hause sei jetzt alles anders als früher. »Vater, es ist nicht mehr so, wie es war, nichts will gelingen. Mir ist, als bedrohe uns alle ein schreckliches Unglück.«

Auch ich hatte dieses Gefühl. Aber vor meiner Tochter ließ ich mir nichts anmerken. Während wir so miteinander redeten, schellte Miss Rachel. Penelope lief die Hintertreppe hinauf, um mit Miss Rachel weiterzupacken, ich ging in die andere Richtung, der Halle zu, denn ich wollte sehen, was das Barometer über das Wetter sagte.

Gerade als ich mich der Flügeltür näherte, die vom Dienertrakt in die Halle führte, wurde sie von der andern Seite aufgerissen, und Rosanna Spearman wollte an mir vorbei: Schmerz verzerrte ihre Züge, die eine Hand hielt sie auf dem Herzen, als hätte sie dort ein plötzliches Stechen. »Was ist mit dir, mein Kind?« fragte ich und hielt sie auf. »Bist du krank?«

»Um der Barmherzigkeit willen, lassen Sie mich los!« rief sie und stürmte davon zur Dienertreppe. Ich rief der Köchin, die in Hörweite war, zu, sie möge sich um das arme Ding kümmern. Aber auch zwei andere hatten mich gehört: Inspektor Cuff schoß leise aus meinem Zimmer und fragte, was los sei. »Nichts«, sagte ich. Und Mr. Franklin riß von der andern Seite die Flügeltür auf, winkte mich zu sich in die Halle und fragte mich, ob ich Rosanna gesehen hätte.

»Eben ist sie an mir vorbei, von einem Schmerz gepackt und auch sonst höchst wunderlich.«

»Betteredge, leider bin ich die unschuldige Ursache dieser Verstörung.«

»Sie?«

»Ich weiß es mir nicht zu erklären. Aber sollte das Mädchen etwas mit dem verschwundenen Diamanten zu tun haben, dann wollte sie mir – ausgerechnet mir – vorhin etwas gestehen.«

Mir war, als würde von der andern Seite die Flügeltür ein wenig geöffnet – gerade als er es sagte.

Sollte einer horchen? Die Tür fiel wieder zu, ehe ich sie erreichte, und als ich hinaussah, glaubte ich die Schöße von Inspektor Cuffs respektablem schwarzen Gehrock um die Ecke verschwinden zu sehen. Er wußte so gut wie ich, daß er jetzt (da mir klar war, auf wen er seinen Verdacht lenkte) von mir keine Hilfe mehr erwarten konnte. Unter diesen Umständen entsprach es ganz seinem Charakter, sich selbst zu helfen und dabei im verborgenen zu bleiben.

Ich war ja nicht ganz sicher, ob es wirklich der Inspektor gewesen war. Zudem wollte ich nicht unnötigerweise weiteres Unheil stiften, gab es doch schon Unheil genug. Aus diesen Gründen sagte ich Mr. Franklin, wahrscheinlich habe sich einer der beiden Hunde ins Haus geschlichen; ich bat ihn, mir zu erzählen, was zwischen ihm und Rosanna vorgefallen sei. »Gingen Sie gerade durch die Halle, Sir? Haben Sie Rosanna zufällig getroffen?« fragte ich ihn.

Mr. Franklin deutete auf den Billardtisch und sagte: »Ich habe eben ein bißchen geübt, mit dem Stab die Bälle gegeneinandergestoßen, denn ich wollte etwas tun, um diese unselige Diamantengeschichte aus dem Kopf zu bekommen. Da schaue ich zufällig auf, und Rosanna steht plötzlich neben mir, wie ein Geist! Daß sie sich angeschlichen hat, kommt mir sonderbar vor, fürs erste bin ich überrascht und weiß nicht, was ich tun oder sagen soll. Da fällt mir ihre ängstliche Miene auf, und ich frage sie, ob sie mich sprechen will. Sie sagt: ›Ja, wenn ich darf.‹ Schließlich weiß ich ja, welcher Verdacht auf ihr ruht, und kann mir ihre Worte daher nur auf diese Weise erklären. Natürlich ist mir unbehaglich dabei, habe ich doch kein Verlangen, das Vertrauen dieses Mädchens zu gewinnen. Doch angesichts der Schwierigkeiten, in denen wir uns jetzt befinden, kann ich es kaum ablehnen, ihr zuzuhören, wenn sie mit mir sprechen will. Eine peinliche Lage, das muß ich sagen! Und nur auf höchst peinliche Weise konnte ich mich aus der Affäre ziehen. Ich habe ihr einfach gesagt: ›Ich verstehe dich nicht. Kann ich etwas für dich tun?‹ Ich war nicht unfreundlich, Betteredge, nein! Das arme Ding kann nichts dafür, daß sie reizlos ist – dessen bin ich mir bewußt. Der Stab war noch in meiner Hand, und ich stieß weiterhin die Bälle aufeinander, nur um der Situation das Peinliche zu nehmen. Wie sich herausgestellt hat, habe ich die Sache dadurch noch schlimmer gemacht. Ich befürchte, ich habe sie unabsichtlich gekränkt, denn sie wandte sich ab, und ich hörte sie sagen: ›Er schaut die Bälle an, alles schaut er an, nur mich nicht!‹ Ehe ich etwas sagen konnte, war sie schon aus der Halle. Betteredge, mir ist nicht ganz wohl bei der Sache. Würden Sie, bitte, Rosanna sagen, daß ich nicht unfreundlich sein wollte? Vielleicht bin ich insgeheim ein wenig zu hart mit ihr, denn ich habe die schwache Hoffnung, daß man das Verschwinden des Diamanten ihr anlasten kann; nicht weil ich dem armen Ding feindlich gesinnt bin, sondern –« Er hielt inne, trat wieder an den Billardtisch und fuhr fort, die Bälle aufeinanderzustoßen.

Nach allem, was zwischen dem Inspektor und mir gesprochen worden war, wußte ich, was er hatte sagen wollen.

Nur wenn man den Diamanten bei Rosanna fände, wäre Miss Rachel gegen den infamen Verdacht gefeit, den Inspektor Cuff auf sie wälzen wollte. Es ging jetzt nicht mehr darum, die überreizten Nerven meines jungen Fräuleins zu beruhigen, man mußte vielmehr ihre Unschuld beweisen können. Hätte Rosanna durch ihr auffallendes Benehmen sich nicht kompromittiert, wäre die Hoffnung vergeblich gewesen, daß sie in Verdacht komme. Aber dies war nicht der Fall, im Gegenteil: sie hatte sich krank gestellt und war heimlich nach Frizinghall gegangen, sie war die ganze Nacht auf gewesen und hatte etwas angefertigt oder vernichtet, von dem andere nichts wissen durften, und sie war abends am Strand gewesen, unter, gelinde gesagt, höchst verdächtigen Umständen. So leid mir Rosanna tat, aber aus all diesen Gründen schien mir Mr. Franklins Standpunkt weder unnatürlich noch unvernünftig. Ich sagte es ihm auch.

»Ja, gewiß«, meinte er, »aber es ist doch immerhin möglich, daß Rosannas Gebaren eine andere Erklärung hat, die wir vorläufig gar nicht vermuten. Betteredge, ich verletze nicht gern die Gefühle einer Frau: richten Sie dem armen Ding aus, was ich Ihnen aufgetragen habe! Und sollte sie mich sprechen wollen – mir ist's einerlei, wie andere darüber denken – schicken Sie Rosanna zu mir in die Bibliothek!« Er sagte diese freundlichen Worte, legte den Billardstab hin und verließ mich.

Im Domestikenzimmer fragte ich nach Rosanna und erfuhr, sie sei zu Bett gegangen; sie habe jeden Beistand abgelehnt und gebeten, daß man sie in Ruhe lasse. Für diesen Abend war also kein Geständnis von ihr zu erwarten (sofern sie wirklich eines hatte ablegen wollen). Ich teilte es Mr. Franklin mit, der hierauf die Bibliothek verließ und in sein Zimmer ging.

Ich löschte gerade die Lichter aus und verriegelte die Fenster, als Samuel mit einer Nachricht von meinen beiden Gästen kam, die ich in meinem Wohnzimmer zurückgelassen hatte: der Streit über die weiße Moosrose sei offenbar zu Ende, der Gärtner sei nach Hause gegangen, und den Inspektor könne man nirgends finden.

Ich schaute in mein Zimmer hinein. Es stimmte: hier war nichts zu entdecken – außer zwei leeren Gläsern und einem starken Whiskygeruch. Hatte der Inspektor allein das Zimmer aufgesucht, das man für ihn vorbereitet hatte? Ich ging hinauf, ich wollte nachsehen.

Auf dem zweiten Treppenabsatz war mir, als hörte ich zu meiner Linken ein ruhiges, regelmäßiges Atmen – aber zu meiner Linken führte ein Korridor zu Miss Rachels Zimmern. Ich schaue hin, und was finde ich? Auf drei Stühlen, die den Weg versperren, liegt Inspektor Cuff, ein rotes Schnupftuch um den ergrauten Kopf, den schwarzen Gehrock zu einem Polster zusammengerollt!

Ich ging hin, und im selben Augenblick erwachte er, lautlos wie ein Hund.

»Gute Nacht, Mr. Betteredge! Und sollten Sie sich je der Rosenzucht widmen, vergessen Sie nicht: die weiße Moosrose gedeiht nur, wenn man sie nicht auf die Wilde Rose pfropft – gleichviel was der Gärtner daherredet!«

»Was machen Sie hier? Warum sind Sie nicht in Ihrem Bett?«

»Ich schlafe nicht in meinem Bett, weil ich auf dieser elenden Welt einer von denen bin, für die das Geldverdienen nicht leicht ist, wenn es auf ehrliche Weise geschieht. Es hat sich heute abend zufällig ergeben, daß Miss Rachel zur selben Stunde zu verreisen beschloß, als Rosanna Spearman vom Strand zurückkehrte. Was immer sie versteckt hat, soviel ist mir klar: Ihr junges Fräulein konnte diesen Entschluß nicht fassen, ehe sie nicht wußte, daß dieser Gegenstand versteckt ist. Die beiden haben sich heute abend sicher schon einmal heimlich verständigt. Versuchen sie es nochmals, wenn alle schlafen, werde ich ihnen im Wege sein und es verhindern. Geben Sie nicht mir die Schuld, Mr. Betteredge, wenn ich Ihre Dispositionen umstoße – geben Sie dem Diamanten die Schuld!«

»Ich wünschte zu Gott, der Diamant hätte nie den Weg in dieses Haus gefunden!« brach es aus mir hervor.

»Ich auch«, sagte Inspektor Cuff ernst und blickte wehmütig auf die drei Stühle, wo er freiwillig die Nacht verbringen mußte.

XVII

Während der Nacht ereignete sich nichts, und (ich bin froh, es sagen zu können) kein Verständigungsversuch zwischen Miss Rachel und Rosanna belohnte Mr. Cuffs Wachsamkeit.

Ich hatte erwartet, er würde zeitig am Morgen nach Frizinghall aufbrechen, aber er zögerte, als hätte er zuvor noch etwas zu erledigen. So überließ ich ihn seinen Schlichen und ging ins Freie, wo ich Mr. Franklin auf seinem Lieblingsspaziergang, dem Heckenweg, traf.

Ehe wir noch zwei Worte miteinander reden konnten, gesellte sich der Inspektor ganz unerwartet zu uns. Ich muß gestehen, Mr. Franklin begegnete ihm ziemlich hochmütig. »Haben Sie mir etwas zu sagen?« war alles, was der Inspektor auf seine höfliche Begrüßung hörte.

»Ja, Sir, ich habe Ihnen etwas zu sagen, und zwar betrifft es meine Erhebungen. Sie haben gestern erkannt, welche Wendung die Sache bekommen hat, und so wie Sie zur Familie stehen, sind Sie bestürzt und unglücklich. Das ist verständlich, und es ist ebenso verständlich, daß Sie Ihren Zorn über den Skandal in Ihrer Familie an mir auslassen.«

»Was wollen Sie eigentlich?« fragte ihn Mr. Franklin scharf.

»Sir, ich will Ihnen bloß ins Gedächtnis rufen, daß man meine Auffassung bisher nicht widerlegen konnte. Vergessen Sie das nicht – und erinnern Sie sich gütigst auch daran, daß ich hier als Polizeibeamter tätig bin, und zwar mit Billigung der

Herrin dieses Hauses. Ist es unter diesen Umständen nicht Ihre Bürgerpflicht, mir nach bestem Wissen beizustehen und mich über alles zu informieren?«

»Ich weiß nicht, worüber ich Sie informieren könnte.«

Inspektor Cuff schob diese Antwort beiseite, als hätte er nichts gehört.

»Sir«, sagte er, »Sie könnten mir eine langwierige Untersuchung ersparen, wenn Sie so freundlich wären, sich auszusprechen.«

»Ich weiß nicht, was Sie meinen, ich habe nichts zu sagen.«

»Sir, eines der Dienstmädchen – ich nenne keinen Namen – hat gestern abend heimlich mit Ihnen gesprochen.«

Wieder prallte es an Mr. Franklin ab, wieder erklärte er: »Ich habe nichts zu sagen.«

Ich stand stumm dabei und dachte an die sich leise bewegende Flügeltür und an die Rockschöße, die ich hatte um die Ecke verschwinden sehen. Zweifellos hatte er gerade genug gehört, um zu glauben, Rosanna habe bei Mr. Franklin durch ein Geständnis ihr Herz erleichtert.

Kaum war mir dieser Gedanke gekommen – wer erschien da am Ende des Heckenwegs? Niemand anderer als Rosanna selbst! Penelope folgte ihr und bemühte sich offenbar, sie ins Haus zurückzuzerren. Rosanna bemerkte, daß Mr. Franklin nicht allein war, und blieb stehen, sichtlich unschlüssig, was sie nun tun sollte. Penelope wartete hinter ihr. Mr. Franklin hatte zugleich mit mir die Mädchen erblickt, der Inspektor jedoch, teuflisch verschlagen wie er war, gab vor, sie nicht zu bemerken. All dies trug sich in Sekundenschnelle zu, und ehe Mr. Franklin oder ich ein Wort sagen konnten, redete Inspektor Cuff ganz ruhig weiter, als wollte er das unterbrochene Gespräch fortführen: »Sir, Sie brauchen nicht zu befürchten, daß Sie dem Mädchen dadurch schaden«, sagte er zu Mr. Franklin, allerdings so laut, daß Rosanna es hören konnte. »Im Gegenteil, ich empfehle Ihnen, mich mit Ihrem Vertrauen zu ehren – so Sie ein Interesse an Rosanna Spearman haben.«

»Ich habe wirklich nicht das geringste Interesse an Rosanna Spearman«, erklärte Mr. Franklin ebenso laut.

Ich blickte zu Rosanna hin, doch fiel mir nur auf, daß sie sich plötzlich umdrehte und sich von meiner Tochter widerstandslos beim Arm nehmen und zurückführen ließ.

Eben wurde zum Frühstück geläutet. Inspektor Cuff sah ein, daß aus Mr. Franklin nichts herauszubekommen war. Er wandte sich mir zu und sagte nur: »Ich muß nach Frizinghall und werde vor zwei Uhr zurück sein.« Hierauf machte er sich auf den Weg, und wir waren ihn wenigstens für ein paar Stunden los.

»Betteredge, Sie müssen die Sache mit Rosanna in Ordnung bringen«, sagte mir Mr. Franklin, als wir allein waren. »Es ist wie ein Verhängnis: Vor dieser Unglücklichen sage oder tue ich immer etwas Ungeschicktes! Sie haben doch sicher selbst bemerkt, daß Inspektor Cuff uns eine Falle stellte? Wäre es ihm gelungen, mich zu verwirren und das Mädchen herauszufordern, hätten wir vielleicht beide etwas gesagt, das er hätte hören wollen. Einer momentanen Eingebung folgend, sah ich keinen besseren Ausweg. Indem ich ihm diese Antwort gab, hinderte ich das Mädchen daran, daß sie etwas sagte, und zeigte ihm zugleich, daß ich ihn durchschaute. Sicher hat er gestern abend gehorcht, als wir beide in der Halle waren!«

Insgeheim sagte ich mir: Im Grunde hat der Inspektor Schlimmeres getan als bloß gehorcht. Wußte er doch von mir, daß Rosanna in Mr. Franklin verliebt war, und dieses Wissen hatte er benützt, Mr. Franklin zu einer Stellungnahme zu zwingen. Und dieser hatte hierauf laut und deutlich gesagt, daß er nicht das geringste Interesse an ihr habe – noch dazu in Rosannas Hörweite!

»Was das Horchen betrifft«, meinte ich (die anderen Überlegungen behielt ich wohlweislich für mich), »so sitzen wir alle im selben Boot, wenn es hier im Hause noch länger so fortgeht: Spähen, Lauern, Horchen – damit müssen sich Leute in unserer Lage begreiflicherweise beschäftigen. Ein paar Tage noch, Mr. Franklin, und wir werden alle verstimmt sein, aus dem einfachen Grund, weil wir einander bespitzeln und dies auch wissen! ... Entschuldigen Sie meinen Zorn, Sir, aber das schreckliche, geheimnisvolle Dunkel, das auf diesem Hause lastet, wirkt auf meinen Kopf wie Branntwein und macht mich rasend. Im übrigen: ich vergesse nicht, was Sie mir aufgetragen haben. Bei erster Gelegenheit bringe ich die Sache mit Rosanna in Ordnung.«

»Sie haben ihr noch nichts davon gesagt, daß ich bereit wäre, mit ihr unter vier Augen zu sprechen?«

»Nein, Sir.«

»Dann lassen Sie es, bitte, bleiben! Sie soll mich nicht ins Vertrauen ziehen, ist doch der Inspektor nur darauf aus, uns bei einem Gespräch zu ertappen. Ich bin in meiner Haltung nicht sehr konsequent, was? Aber ich sehe keinen Ausweg aus dieser Sache, alle Möglichkeiten scheinen mir gleich gräßlich, es sei denn, man könnte dem Mädchen ihre Schuld am Verschwinden des Diamanten nachweisen. Und doch kann und will ich dem Inspektor nicht dabei helfen, sie des Diebstahls zu überführen.«

Derlei Überlegungen waren sicher unvernünftig, aber mir war ähnlich zumute, ich verstand ihn vollkommen. Und wenn du, mein geneigter Leser, wenigstens einmal in deinem Leben, bedenkst, daß du auch nur ein Mensch bist, wirst du Mr. Franklin ebenfalls verstehen.

Während Inspektor Cuff auf dem Weg nach Frizinghall war, lagen bei uns die Dinge, kurz gesagt, so:

Miss Rachel wartete eigensinnig in ihrem verschlossenen Zimmer auf den Wagen, der sie um zwei Uhr zu ihrer Tante bringen sollte. Meine Herrin und Mr. Franklin frühstückten zusammen, und danach faßte Mr. Franklin einen seiner plötzlichen Entschlüsse: Er brach zu einem langen Spaziergang auf, er wollte sich beruhigen. Nur ich sah ihn fortgehen. Er sagte mir, er werde noch vor dem Inspektor zurück sein. Das Wetter hatte umgeschlagen, die Anzeichen am Vorabend hatten mich also nicht getrogen. Noch bei Morgengrauen war der Regen heftig niedergeprasselt, jetzt blies nur mehr ein scharfer Wind. Schwarze Wolken drohten immer wieder, nochmals Regen zu bringen. Immerhin, für einen Spaziergang war das Wetter nicht übel, so man jung und kräftig war und gegen die von der See herankommenden Windstöße ankämpfen konnte.

Nach dem Frühstück half ich meiner Herrin, die Haushaltsrechnungen zu ordnen. Nur einmal spielte sie auf die Sache mit dem Diamanten an, gab mir aber dabei gleichzeitig zu verstehen, daß ich nicht darauf eingehen dürfe. »Gabriel, warten Sie, bis dieser Mensch wieder zurück ist«, sagte sie und meinte damit den Inspektor, »dann müssen wir davon sprechen, jetzt haben wir das nicht nötig.«

Ich verließ meine Herrin, ging in mein Zimmer und fand dort Penelope vor. Sie hatte mich erwartet.

»Vater, könntest du mit Rosanna sprechen? Ich bin ihretwegen sehr beunruhigt.«

Ich erriet sofort, worum es sich handelte. Aber grundsätzlich bin ich der Meinung, daß Männer (infolge ihrer Überlegenheit) verpflichtet sind, Frauen zu bessern – so sie es können. Wenn eine Frau (gleichviel ob meine Tochter oder irgendeine andere) etwas von mir will, muß ich immer wissen warum. Je öfter man nämlich Frauen nötigt, in ihrem eigenen Denken nach einem Grund zu suchen, desto fügsamer sind sie in allen Lebenslagen. Diese Armen können ja nichts dafür, daß sie stets zuerst handeln und dann denken. Daran sind nur die Dummköpfe schuld, die sich ihnen angenehm machen.

Penelopes Gründe kann ich hier mit ihren eigenen Worten wiedergeben: »Vater, ich befürchte, Mr. Franklin hat unabsichtlich Rosanna sehr weh getan.«

»Was führte denn Rosanna auf den Heckenweg?«

»Ihre eigene Verrücktheit, anders kann ich's nicht nennen. Sie war heute früh ganz versessen darauf, mit Mr. Franklin zu sprechen – komme, was da wolle. Ich habe alles getan, sie davon abzuhalten, du hast es gesehen. Hätte ich sie nur wegzerren können, ehe sie jene schrecklichen Worte hörte –«

»Na, na, liebes Kind! Verliere nicht den Kopf!« meinte ich. »Soweit ich mich erinnern kann, ist nichts vorgefallen, das Rosanna beunruhigen könnte.«

»Nein, gewiß nicht. Aber Mr. Franklin hat gesagt, er habe nicht das geringste Interesse an ihr – und ach, er sagte es so grausam!«

»Er sagte es, weil er dem Inspektor den Mund stopfen wollte.«

»So habe ich es ihr ohnedies erklärt. Man kann zwar Mr.

Franklin keinen Vorwurf machen – aber weißt du, Vater, er hat sie seit Wochen immer wieder gekränkt und enttäuscht. Und nun kommt auch das noch dazu! Natürlich hat sie kein Recht, von ihm ein Interesse zu erwarten. Es ist doch ungeheuerlich, daß sie, ein Dienstmädchen, sich so weit vergißt! Aber anscheinend hat sie keinen Stolz mehr, und auch kein Gefühl dafür, was sich gehört... Vater, als Mr. Franklin diese Worte sagte, erstarrte sie zu Stein, ich war ganz erschrocken darüber. Und mit einem Mal kam eine plötzliche Ruhe über sie. Jetzt macht sie wieder ihre Arbeit, aber sie tut es wie im Traum.«

Ich fühlte mich unsicher, denn so wie Penelope mir die Sache schilderte, durfte ich jetzt nicht meine Überlegenheit als Mann ausspielen. Ihre Worte riefen in mir die Erinnerung an den gestrigen Abend wach, als Rosanna mit Mr. Franklin hatte sprechen wollen. Ich hatte den Eindruck gehabt, sie sei zutiefst ins Herz getroffen, als sie hernach vollkommen verstört davongestürzt war. Und nun wollte es ein Mißgeschick, daß man diese Arme nochmals kränkte. Traurig! Traurig! Und um so trauriger, als es nichts gab, das Rosannas Gefühle und Betragen hätte rechtfertigen können.

Jetzt schien mir der geeignete Augenblick gekommen, mein Wort zu halten. Ich hatte ja Mr. Franklin versprochen, Rosanna sein Bedauern auszudrücken.

Wir fanden sie draußen auf dem Flur vor, den sie gerade fegte: blaß, ruhig, und in ihrem bescheidenen Kattunkleid schlicht wie immer. Mir fiel auf, wie seltsam matt und stumpf ihre Augen waren. Es sah aber nicht aus, als hätte sie geweint, nein, man hätte eher vermuten können, sie habe zu lange und zu angestrengt etwas angesehen, vielleicht war es etwas Nebelhaftes, ein Gegenstand ihrer Phantasie. Doch sicher gab es rundherum nichts, das sie nicht schon Hunderte Male gesehen hätte.

»Nur Mut, Rosanna!« sagte ich. »Du sollst dich nicht über etwas grämen, das du dir bloß einbildest! Übrigens, ich soll dir von Mr. Franklin etwas ausrichten.«

Daraufhin legte ich ihr die Sache dar: mit den freundlichsten und tröstlichsten Worten, die ich finden konnte. Was das andere Geschlecht betrifft, sind meine Prinzipien sehr streng, wie der

Leser vielleicht bemerkt hat. Aber ich weiß nicht, wie es kommt: Wenn ich Frauen direkt gegenüberstehe, handle ich offen gestanden gegen meine Prinzipien.

»Das ist freundlich und rücksichtsvoll von Mr. Franklin, bitte danken Sie ihm!« Das war ihre ganze Antwort.

Meine Tochter hatte schon bemerkt, daß Rosanna ihre Arbeit wie im Traum verrichtete. Und ich konnte jetzt sehen, daß sie auch wie im Traum redete und zuhörte, weshalb ich nicht sicher war, ob sie auch begriff, was ich ihr sagte.

»Rosanna, verstehst du mich eigentlich?« fragte ich.

»Gewiß!« kam es von ihr zurück, nicht wie von einem menschlichen Wesen, sondern wie von einer Maschine. Dabei fegte sie den Flur in einem fort weiter. So sacht und freundlich wie möglich nahm ich ihr den Besen aus der Hand.

»Na komm schon, Mädchen! Das paßt doch gar nicht zu dir! Du hast etwas auf dem Herzen. Ich bin dein Freund und werde es bleiben, auch wenn du etwas Unrechtes getan hättest. Rede es dir vom Herzen, Rosanna, sag es mir!«

Früher einmal hätten solche Worte ihr Tränen in die Augen getrieben, jetzt konnte ich nichts davon bemerken.

»Ja«, sagte sie, »ich werde es mir vom Herzen reden.«

»Du wirst mit unserer Herrin sprechen?«

»Nein.«

»Mit Mr. Franklin?«

»Ja.«

Ich wußte wirklich nicht, was ich dazu sagen sollte. So wie es jetzt um sie stand, hätte sie wirklich nicht begriffen, warum sie sich davor hüten sollte, mit Mr. Franklin unter vier Augen zu sprechen. Schließlich hatte mir Mr. Franklin aufgetragen, sie davon abzuhalten. Ich ging also behutsam vor, Schritt für Schritt, und sagte daher nur, Mr. Franklin sei auf einem Spaziergang.

»Gleichviel, ich werde Mr. Franklin heute nicht bemühen.«

»Warum willst du nicht mit unserer Herrin sprechen? Du kannst dein Herz erleichtern, wenn du dich an eine barmherzige und christlich denkende Frau wendest, die immer so gut zu dir ist.«

Einen Augenblick lang sah sie mich ernst und aufmerksam an, als wollte sie sich meine Worte einprägen. Dann nahm sie mir den Besen aus der Hand und ging damit langsam ein Stück weiter. Wieder begann sie den Flur zu fegen.

»Nein, ich weiß einen besseren Weg«, sagte sie zu sich selbst.

»Und der wäre?«

»Bitte lassen Sie mich weiterarbeiten!«

Penelope ging zu ihr hin und bot sich an, ihr zu helfen. Sie sagte nur: »Nein danke, Penelope, ich mache meine Arbeit allein.« Dann sah sie sich nach mir um. »Vielen Dank, Mr. Betteredge!«

Nichts konnte sie aus dieser unnatürlichen Ruhe bringen, nichts blieb mehr zu sagen. Ich deutete Penelope, mit mir zu kommen, und wir ließen sie so zurück, wie wir sie vorgefunden hatten: sie fegte den Flur wie im Traum.

»Da muß jetzt der Doktor Rat schaffen, ich weiß keinen«, sagte ich zu Penelope. Sie erinnerte mich daran, daß Mr. Candy krank sei, er hatte sich ja (wie mein Leser weiß) auf der Rückfahrt vom Geburtstagsfest erkältet. Der Mann, der ihn vertrat, ein gewisser Mr. Jennings, stand uns natürlich zur Verfügung, aber er war fremd in unserer Gegend. Ob nun zu Recht oder zu Unrecht, keiner von uns mochte ihn, keiner von uns vertraute ihm, zumal ihn Mr. Candy unter höchst merkwürdigen Umständen angestellt hatte. Natürlich gab es auch in Frizinghall Ärzte, aber wir hatten sie noch nie im Hause gehabt. Überdies hielt Penelope es für durchaus möglich, daß ein fremder Arzt Rosanna in ihrem derzeitigen Zustand mehr schaden als nützen könnte.

Ich wollte mit meiner Herrin darüber reden, aber da fielen mir die schweren Sorgen ein, die auf ihr lasteten, und deshalb brachte ich es nicht über mich, ihr noch weiteren Kummer aufzubürden. Und doch mußte etwas geschehen. Der Zustand des Mädchens beunruhigte mich. So schien es mir trotz allem richtig, meine Herrin davon zu verständigen. Nur widerwillig ging ich in ihr Wohnzimmer. Niemand war da. Sie hatte sich mit Miss Rachel eingeschlossen, vorläufig konnte ich sie nicht sprechen.

Aber ich wartete vergeblich. Die große Uhr bei der Vordertreppe schlug zwei. Fünf Minuten später hörte ich vor dem Hause jemanden meinen Namen rufen und erkannte gleich die Stimme: Inspektor Cuff war aus Frizinghall zurück.

XVIII

Ich begegnete ihm auf den Stufen, die zur Auffahrt hinunterführten. Nach allem, was zwischen uns vorgefallen war, widerstrebte es mir, ihm zu zeigen, daß mich seine Maßnahmen auch nur im geringsten interessierten. Trotzdem konnte ich der Versuchung nicht widerstehen, mein Gefühl für Würde verließ mich und ich platzte mit der Frage heraus: »Was bringen Sie Neues?«

»Ja, die Inder habe ich gesehen, und dann habe ich auch herausgefunden, was Rosanna am Donnerstag heimlich gekauft hat. Die Inder also wird man Mittwoch wieder auf freien Fuß setzen. Weder Mr. Murthwaite noch ich zweifeln daran, daß sie hergekommen sind, den Diamanten zu stehlen. Was hier nach dem Geburtstagsfest passiert ist, hat natürlich ihre Pläne vereitelt, und deshalb haben sie mit dem Verlust des Diamanten nichts zu tun. Aber eines lassen Sie sich sagen, Mr. Betteredge: Sollten wir diesen sogenannten Monddiamanten nicht finden – die finden ihn gewiß! Wir haben noch nicht das letzte von ihnen gehört.«

Gerade als der Inspektor diese beunruhigenden Worte sagte, kam Mr. Franklin von seinem Spaziergang zurück. Er wußte seine Neugierde besser zu beherrschen als ich, denn er ging wortlos an uns vorbei, hinein ins Haus.

Da ich nun einmal meine Würde verloren hatte, wollte ich wenigstens die Vorteile davon genießen. »Und was wissen Sie über Rosanna?« fragte ich.

Inspektor Cuff schüttelte den Kopf. »In dieser Hinsicht ist der Fall noch undurchsichtiger geworden. Ich habe Rosannas Spur verfolgt: sie war bei einem Leinenhändler namens Maltby, doch in anderen Läden, wo sie etwa Spitzen, Bänder oder sonstige

Kurzwaren hätte bekommen können, war sie nicht. Und bei Maltby kaufte sie nur ein langes Stück Leinen, und zwar verlangte sie eine bestimmte Qualität; was die Quantität betrifft, reicht es für ein Nachthemd.«

»Und für wen ist dieses Nachthemd?«

»Natürlich für sie. In der Nacht zum Donnerstag, zwischen zwölf und drei Uhr, als alle schliefen, hat sie sich in Miss Verinders Zimmer geschlichen und den Diamanten versteckt. Beim Hinausgehen hat ihr Nachthemd die noch feuchte Malerei gestreift. Der Fleck ließ sich nicht auswaschen, und das Nachthemd konnte sie nicht beiseite schaffen, ohne sich vorher mit einem neuen zu versehen. Und damit hat sie ihren Wäschebestand wieder vervollständigt.«

»Was spricht dafür, daß es sich um Rosannas Nachthemd handelt?« gab ich ihm zu bedenken.

»Das gekaufte Material. Wäre es Miss Verinders Nachthemd gewesen, hätte sie Spitzen und Rüschen und allerhand anderen Putz besorgt und es nicht in einer so kurzen Zeit anfertigen können. Ein Stück gewöhnliches Leinen bedeutet in diesem Fall: das einfache Nachthemd eines Dienstmädchens. Nein, nein, Mr. Betteredge, das alles ist ganz klar! Nur eine Frage bleibt offen: Warum hat sie nachher das Nachthemd mit dem Farbfleck versteckt, nicht aber vernichtet? Wenn Rosanna nicht mit der Sprache heraus will, gibt es nur eines: wir müssen im Triebsand nach dem Versteck suchen, erst dann wird man die Wahrheit ans Licht bringen.«

»Und wie wollen Sie es finden?«

»Tut mir leid, Sie enttäuschen zu müssen, Mr. Betteredge, aber das bleibt mein Geheimnis.«

(Ich will deine Neugierde, lieber Leser, nicht erst reizen, daher sage ich dir schon jetzt: Inspektor Cuff hatte sich in Frizinghall mit einem Hausdurchsuchungsbefehl versehen. Als erfahrener Detektiv wußte er, daß Rosanna wahrscheinlich eine Art Lageplan, das Versteck betreffend, bei sich hatte, für den Fall, daß sie später einmal zurückkehren wollte. Fand er diesen Lageplan, hatte er alles, was er brauchte.)

»Mr. Betteredge, es ist müßig, sich in Vermutungen zu erschöpfen«, fuhr der Inspektor fort, »kommen wir zur Sache! Ich habe Joyce beauftragt, Rosanna im Auge zu behalten. Wo ist er?«

Joyce war der Polizist aus Frizinghall, den Wachtmeister Seegrave zurückgelassen hatte. Die Uhr schlug zwei, als er diese Frage an mich richtete, und pünktlich auf die Minute fuhr der Wagen vor, der Miss Rachel zu ihrer Tante bringen sollte.

»Eines nach dem andern, Mr. Betteredge«, sagte der Inspektor und hielt mich zurück, weil ich Joyce suchen lassen wollte. »Zuerst muß ich mich Miss Verinder widmen.«

Da es noch immer nach Regen aussah, hatte man für die Fahrt nach Frizinghall den geschlossenen Wagen gewählt. Inspektor Cuff winkte Samuel vom Dienersitz zu sich herunter und sagte ihm: »Ein Freund von mir wartet dort beim Pförtnerhaus unter den Bäumen. Er wird, ohne den Wagen aufzuhalten, sich neben Sie setzen. Sie halten den Mund und schließen die Augen – sonst könnte es für Sie peinlich werden!«

Mit diesem Rat schickte er den Diener wieder auf seinen Sitz zurück. Was Samuel darüber dachte, weiß ich nicht. Mir aber war es klar: Miss Rachel sollte auf ihrer Fahrt, sobald sie das Haus verließ, überwacht werden. Mein junges Fräulein unter Polizeiaufsicht! Ein Spitzel hinter ihr auf dem Dienersitz von Lady Verinders Wagen! Ich hätte mir am liebsten die Zunge abgeschnitten – hatte ich mich doch so weit vergessen, mit einem Menschen wie Inspektor Cuff zu sprechen!

Meine Herrin, einen leichten Umhang um die Schultern, trat als erste aus dem Hause. Sie stellte sich auf die oberste Stufe, ein wenig seitwärts, wahrscheinlich wollte sie sehen, was jetzt geschehe. Sie sagte kein Wort, weder zu mir noch zu Inspektor Cuff. Mit zusammengepreßten Lippen und verschränkten Armen stand sie da, statuengleich, und erwartete ihre Tochter.

Eine Minute später kam Miss Rachel herunter – hübsch gekleidet, ganz in Gelb, was zu ihrem dunklen Teint gut paßte: sie trug ein enganliegendes Jackenkleid und einen eleganten Strohhut mit weißem Schleier rundherum. Die primelfarbenen Handschuhe spannten sich über ihre Finger wie eine zweite Haut, das schöne schwarze Haar sah seidenweich unter dem Hut hervor, und ihre kleinen Ohren waren wie rosige Muscheln, von denen je eine Perle hinunterhing. Raschen Schritts kam sie herunter, schlank wie eine Lilie, in den Bewegungen flink und wendig wie ein Kätzchen. Soviel ich bemerken konnte, hatte sich, abgesehen von Augen und Lippen, an ihrem hübschen Gesicht nichts verändert. Die Augen blickten stolzer und trotziger, als mir gefallen wollte, und die Lippen hatten Farbe und Lächeln verloren: sie kamen mir ganz anders vor. Hastig und flüchtig küßte sie ihre Mutter auf die Wange und sagte: »Mama, vergib mir, wenn du kannst –« und dann zog sie den Schleier so heftig vors Gesicht, daß er zerriß. Im nächsten Augenblick hatte sie schon die Stufen hinter sich und war rasch in den Wagen gestiegen, als wollte sie sich dort verstecken.

Inspektor Cuff war nicht weniger schnell. Er schob Samuel zur Seite und stand im selben Moment, als sie sich auf den Sitz fallen ließ, vor dem offenen Wagenschlag.

»Was wollen Sie?« sagte Miss Rachel hinter ihrem Schleier.

»Ein Wort nur, bevor Sie fahren, Miss! Ich kann mich nicht erdreisten, Sie vom Besuch bei Ihrer Tante abzuhalten, und daher erlaube ich mir, Ihnen folgendes zu sagen: Wenn Sie uns beim derzeitigen Stand der Dinge verlassen, hindern Sie mich daran, Ihren Diamanten wiederzufinden. Bitte begreifen Sie das! Und jetzt entscheiden Sie selbst, ob Sie gehen oder bleiben!«

Miss Rachel würdigte ihn keiner Antwort. »Los!« rief sie dem Kutscher zu.

Wortlos schloß Inspektor Cuff die Wagentür. Im selben Moment kam Mr. Franklin die Stufen heruntergelaufen. »Adieu!« sagte er und streckte ihr die Hand hin.

»Los!« schrie sie, so laut sie konnte, und beachtete Mr. Franklin ebensowenig wie vorher den Inspektor.

Wie vom Donner gerührt wich Mr. Franklin zurück. Der Kutscher wußte nicht, was er tun sollte, und blickte hilfesuchend auf meine Herrin, die noch immer unbeweglich auf der obersten Stufe stand. Nur an ihren Zügen konnte man Zorn, Sorge und Beschämung ablesen. Sie deutete ihm, loszufahren, drehte sich um und wollte rasch ins Haus zurück. Da fand Mr. Franklin seine Sprache wieder. »Tante!« rief er, »du hattest ganz recht. Hab Dank für deine Güte – und damit darf ich mich verabschieden!«

Sie sah sich um, als wollte sie zu ihm hinuntergehen, doch dann hielt sie inne und winkte ihm nur zu. »Komm zu mir, bevor du fortfährst!« sagte sie mit gebrochener Stimme und ging.

»Tun Sie mir einen letzten Gefallen, Betteredge«, sagte Mr. Franklin zu mir mit Tränen in den Augen. »Bringen Sie mich, bitte, zum nächsten Zug!«

Auch er ging jetzt ins Haus zurück, vollkommen gebrochen. Und das hatte Miss Rachel aus ihm gemacht! Danach urteile man, wie sehr er sie geliebt haben muß.

Inspektor Cuff und ich blieben zurück. Er sah starr in eine bestimmte Richtung, und zwar dorthin, wo das Laub den Blick auf die Ausfahrt freigab. Die Hände in den Hosentaschen, pfiff er die ›Letzte Rose‹ vor sich hin.

»Alles zu seiner Zeit«, sagte ich, »aber jetzt zu pfeifen ist fehl am Platz.«

In diesem Moment sah man dort, wo das Laub den Blick freigab, den Wagen auf dem Weg zum Pförtnerhaus. Hinten auf dem Dienersitz saß neben Samuel ein zweiter Mann.

»Alles in Ordnung«, sagte der Inspektor zu sich selbst. Dann wandte er sich mir zu. »Mr. Betteredge, Sie haben recht: zum Pfeifen ist jetzt keine Zeit. Gehen wir an die Arbeit, wir müssen die Sache in die Hand bekommen, schonungslos! Beginnen wir mit Rosanna Spearman! Wo ist Joyce?«

Wir riefen beide nach ihm, bekamen aber keine Antwort. Ich schickte daher einen Stalljungen aus, ihn zu suchen.

»Sie haben gehört, was ich zu Miss Verinder sagte?« fragte mich Inspektor Cuff, während wir warteten. »Und Sie haben gesehen, wie sie es aufgenommen hat? Ich habe es ihr doch deutlich genug zu verstehen gegeben: Wenn sie uns verläßt, hindert sie mich daran, den Diamanten wiederzufinden. Und trotzdem reist sie ab! Mr. Betteredge, Ihr junges Fräulein hat im Wagen einen Reisegefährten – und der heißt Monddiamant.«

Ich sagte nichts. Insgeheim hielt ich verbissen daran fest, daß Miss Rachel unschuldig sei.

Der Stalljunge kam zurück, ihm folgte Joyce, betreten, wie mir schien.

»Wo ist Rosanna Spearman?« fragte Inspektor Cuff.

»Ich kann es mir nicht erklären, Sir. Es tut mir leid, aber aus irgendeinem Grunde –«

Der Inspektor fiel ihm ins Wort: »Bevor ich nach Frizinghall ging, habe ich Sie beauftragt, Rosanna Spearman im Auge zu behalten, ohne daß sie selbst etwas davon bemerkt. Wollen Sie etwa sagen, daß sie Ihnen entwischt ist?«

»Leider ja«, sagte Joyce und begann zu zittern. »Vielleicht war ich ein bißchen zu vorsichtig, sie sollte es doch nicht bemerken, es gibt hier nämlich so viele Ausgänge –«

»Seit wann vermissen Sie Rosanna Spearman?«

»Es ist bald eine Stunde her, Sir.«

»Sie können nach Frizinghall zurückkehren und dort Ihren Dienst versehen«, sagte Inspektor Cuff, jetzt wieder gefaßt, und mit trauriger Stimme, wie man es bei ihm gewohnt war. »Mr. Joyce, ich habe den Eindruck, Ihre Talente entsprechen unsern Erwartungen nicht, Ihre derzeitige Aufgabe übersteigt ein wenig Ihre Kräfte. Ich empfehle mich Ihnen.«

Der Polizist schlich schuldbewußt fort. Es fällt mir schwer zu beschreiben, wie sehr mich Rosannas Verschwinden bewegte. Hunderterlei Gedanken schossen mir gleichzeitig durch den Kopf. So wie es um mich stand, konnte ich Inspektor Cuff bloß anstarren, mit ihm zu sprechen, war mir unmöglich.

»Nein, Mr. Betteredge, Ihre junge Freundin wird mir nicht so leicht durch die Finger schlüpfen, wie Sie glauben«, sagte der Inspektor, als hätte er die Frage erraten, die mich am stärksten beschäftigte, um sie als erste zu beantworten. »Solange ich weiß, wo Miss Verinder ist, kann ich auch ihre Komplizin finden. Ich habe in der letzten Nacht eine heimliche Zusammenkunft verhindert. So weit, so gut. Anstatt hier werden die beiden einander in Frizinghall treffen. Ich muß also früher, als ich angenommen habe, die Erhebungen in jenes Haus verlegen, in welchem Miss Verinder zu Besuch ist. Inzwischen aber muß ich Sie, Mr. Betteredge, leider bemühen, nochmals die Dienstboten zusammenzurufen.«

Ich machte mich auf den Weg zum Domestikenzimmer. Es ist eine Schande, aber leider stimmt es: kaum hatte er diese Worte gesagt, befiel mich schon wieder das Entdeckungsfieber. Ich vergaß, daß ich ihn haßte. Wie einen alten Freund packte ich ihn am Arm: »Ich flehe Sie an, sagen Sie mir doch, was Sie vorhaben!«

Der große Cuff stand stocksteif da. Verzückt richtete er seinen Blick zum Himmel. »Würde dieser Mann nur etwas von Rosenzucht verstehen!« sagte er melancholisch und meinte offenbar mich. »Er wäre das vollkommenste Wesen auf Erden!« Nach diesem Gefühlsausbruch seufzte er auf und hakte sich bei mir ein. In geschäftsmäßigem Ton fuhr er fort: »Es gibt also zweierlei Möglichkeiten: entweder ist Rosanna direkt nach Frizinghall gegangen, oder sie hat zuerst das Versteck aufgesucht. Doch vor allem müssen wir herausfinden, wer von den Dienstboten sie zuletzt gesehen hat.«

Und das war Nancy, das Küchenmädchen, wie sich erwies. Sie erzählte uns folgendes: Der Schlachtergeselle habe beim Wirtschaftseingang gerade Fleisch geliefert; da sei Rosanna mit einem Brief in der Hand herausgelaufen; sie selbst habe gehört, wie Rosanna ihn gebeten habe, diesen Brief in Frizinghall aufzugeben; nach einem Blick auf die Adresse habe der Bursche gesagt, das sei doch ein Umweg für einen Brief nach Cobb's Hole, noch dazu an einem Samstag, nicht vor Montag könne der Brief dort eintreffen; dann habe Rosanna gesagt, das sei ihr einerlei, es komme ihr nur darauf an, daß er ihn ganz gewiß aufgebe; und das habe ihr der Bursche versprochen; nachher habe sie selbst wieder in die Küche müssen, zu ihrer Arbeit, Rosanna aber habe sich nicht mehr blicken lassen, im Hause habe sie niemand mehr gesehen.

»Nun?« fragte ich den Inspektor, als wir wieder allein waren.

»Ich muß nach Frizinghall!«

»Wegen des Briefs?«

»Ja. Sie hat darin das Versteck angegeben. Auf dem Postamt kann ich erfahren, an wen der Brief adressiert ist. Und wenn ich richtig vermute, werden wir beide am Montag die liebe Mrs. Yolland nochmals besuchen.«

Ich wollte für Inspektor Cuff die Pony-Chaise anspannen lassen. Wir machten uns daher auf den Weg zum Pferdestall – doch was wir jetzt über Rosanna erfuhren, warf auf die Sache ein neues Licht.

XIX

Anscheinend hatte sich die Nachricht von Rosannas Verschwinden auch außerhalb des Hauses rasch verbreitet. Man hatte inzwischen auf eigene Faust nachgeforscht, mit dem Ergebnis, daß der kleine Duffy über Rosanna etwas zu sagen wußte. Dieser Knirps, der dem Gärtner gelegentlich beim Unkrautjäten half, hatte vor etwa einer halben Stunde Rosanna noch gesehen, und zwar auf dem Weg zur Kiefernschonung, Richtung Meer. Und sie sei nicht gegangen, sondern gerannt, sagte er uns.

»Kennt sich der Kleine hier aus?« fragte mich Inspektor Cuff.

»Er ist hier aufgewachsen.«

»Duffy, willst du dir einen Shilling verdienen?« sagte der Inspektor. »Wenn ja, dann komm mit mir! ... Mr. Betteredge, die Pony-Chaise soll warten, bis ich wieder da bin!«

Sogleich machte er sich auf den Weg zum »Zittersand«, in einem solchen Tempo, daß ich nicht hoffen konnte, mit meinen Beinen Schritt zu halten, obschon sie trotz meinem Alter noch ganz gut sind. Duffy jaulte auf, weil er sich freute – er war eben nicht anders als andere Jungen –, und folgte dem Inspektor auf den Fersen.

Abermals ist es mir unmöglich, den Zustand zu schildern, in dem ich mich jetzt befand. Jedenfalls erfaßte mich eine seltsame Ruhelosigkeit, ich war wie benommen und tat einmal dies, einmal das, ohne Sinn, ohne Zweck, ich erinnere mich gar nicht, was es war. Ich weiß auch nicht, wie lange der Inspektor schon fort war, als Duffy mit einem Zettel für mich angesaust kam. Es war ein herausgerissenes Blatt aus dem Notizbuch des Inspektors, auf dem geschrieben stand: »Ich brauche einen Schuh aus Rosannas Besitz, aber schnell!«

Ich schickte das erstbeste Dienstmädchen, das mir in den Weg kam, in Rosannas Zimmer hinauf, einen Schuh zu holen, und Duffy schickte ich zu Inspektor Cuff zurück. Er sollte ihm ausrichten, daß ich mit dem Schuh unverzüglich nachkommen würde.

Zugegeben, dieses Verfahren war nicht das schnellste, aber ich wollte selbst nachsehen, was der Inspektor ausgeheckt hatte, ehe ich ihm Rosannas Schuh anvertraute. Ich versuchte eben noch immer, das Mädchen zu schützen, auch im letzten Moment noch. Dieses Bestreben hatte anscheinend jetzt wieder die Oberhand bekommen, es spornte mich an (nicht zu reden vom Entdeckungsfieber), ich rannte los, mit dem Schuh in der Hand, und ich rannte so schnell, wie es für einen Siebziger möglich ist.

Fast hatte ich die Bucht erreicht, da ballten sich Wolken zusammen, der Himmel wurde schwarz, Regen kam hernieder, in heftigen Güssen, vom Wind getrieben. Ich hörte, wie draußen die Brecher an die Sandbank donnerten, und ich rannte weiter, an Duffy vorbei, der sich an der windgeschützten Seite einer Düne verkrochen hatte. Dann sah ich die tobende See, sah den vom Sturm gepeitschten Regen über das Wasser fegen wie ein flatterndes Gewand, sah die gelbe Fläche des Strandes und inmitten dieser Einöde eine einsame schwarze Gestalt: Inspektor Cuff.

Auch er sah mich jetzt. »Halten Sie sich in diese Richtung!« schrie er mir zu und deutete nordwärts. »Und kommen Sie von dort zu mir herunter!«

Endlich hatte ich ihn erreicht. Mir stockte der Atem, mein Herz hüpfte, als wollte es aus mir heraus. Sprechen konnte ich nicht, und hätte hundert Fragen an ihn gehabt – keine wollte mir über die Lippen. Sein Gesicht erschreckte mich, Entsetzen stand in seinen Augen. Er riß mir den Schuh aus der Hand und stellte ihn in eine Fußspur im Sand. Der Regen hatte sie noch nicht verwischt, der Schuh paßte genau hinein, sie wies zum Riff auf der Landzunge, die man hier »Südspitze« nennt.

Wortlos deutete er auf den Schuh. Ich packte ihn beim Arm, wollte ihm etwas sagen, doch es gelang mir noch immer nicht.

Er folgte jetzt den Fußstapfen, Schritt für Schritt, bis an die

Stelle, wo der Fels aus dem Sand ragte. Die hereinkommende Flut umspülte das Riff, Wasser hob und senkte sich über dem verborgenen Antlitz des »Zittersands«. Einmal hier, einmal dort, mit zäher Ausdauer, die mir unerträglich schien, paßte er den Schuh in die Spuren, und immer blieb es dieselbe Richtung: geradewegs auf das Riff zu. Soviel er auch suchte, nirgends führten sie vom Riff weg.

Schließlich gab er es auf. Immer noch wortlos sah er mich an, dann wanderte sein Blick auf das Wasser vor uns, das über dem Triebsand höher und höher stieg. Ich folgte seinem Blick, und ich wußte, was er dachte. Mir schauderte vor Entsetzen, ich sank auf die Knie.

»Sie ist zum Versteck gegangen«, hörte ich ihn sagen. »Auf diesem Riff muß ihr etwas zugestoßen sein.«

Ihr verändertes Aussehen, ihre Worte, ihr seltsames Gehaben, wie starr und benommen sie mir zugehört hatte, als ich ihr vor wenigen Stunden auf dem Flur begegnet war – all das kam mir jetzt in den Sinn und gab mir zu bedenken: Ob ihn seine Vermutung nicht weitab führte von der schrecklichen Wahrheit? Ich versuchte ihm zu sagen, welche Furcht mich zu Eis erstarren ließ, ich versuchte ihm zu sagen: »Mr. Cuff, den Tod, den sie starb, hat sie selbst gewollt.« Nein! Die Worte kamen nicht heraus. Grauen schüttelte mich, ich spürte den peitschenden Regen nicht, ich sah die steigende Flut nicht. Gleich einem Traumgesicht tauchte das arme Geschöpf vor mir auf: Mir war, als sähe ich sie wieder – wie an jenem Morgen, an welchem ich sie von hier ins Haus hatte zurückholen wollen, und ich hörte sie wie damals, als sie mir sagte, daß es sie immer wieder herziehe, an diesen Ort, und daß ihr zumute sei, als erwarte sie hier ihr Grab. Entsetzen packte mich, ich mußte plötzlich an mein eigenes Kind denken, das genauso alt war wie sie. Auch Penelope hätte bei einer schweren Prüfung, die ihre Kraft überstieg, ebenso unglücklich sein und ebenso elend zugrunde gehen können.

Inspektor Cuff half mir freundlich auf die Beine und zog mich weg von hier, weg von dem Ort, wo sie den Tod gesucht hatte.

Ich fand jetzt meinen Atem wieder, ich kehrte in die Wirklichkeit zurück. Von den Dünen her kamen Leute. Ich sah etliche

Männer, die zu unserm Gut gehörten, auch den Fischer Yolland sah ich, und alle rannten auf uns zu, alle wollten wissen, ob wir das Mädchen gefunden hätten. In knappen Sätzen erzählte ihnen Inspektor Cuff von den Fußspuren und von dem Unglück, das ihr zugestoßen sei. Er fragte den Fischer: »Wäre es bei einem solchen Wetter möglich, daß ein Boot sie von dort abgeholt hat?« Er wandte sich um und deutete auf die Stelle, wo sich die Fußabdrücke verloren.

Mit einem Blick auf die Brecher, die sich über die Sandbank ergossen, und auf den Gischt, der am Felsen hochquoll und ihn überschäumte, sagte der Fischer Yolland: »Kein Boot der Welt könnte hier landen.«

Inspektor Cuff betrachtete nochmals die Fußspuren im Sand, die der Regen jetzt rasch verwischte. »Hier ist der Beweis, daß sie nicht zurückgegangen ist, und hier« – er sagte es mit einem Blick auf den Fischer – »ist der Beweis, daß sie nicht übers Meer davon ist.« Er schwieg und überlegte kurz. »Eine halbe Stunde bevor ich herkam, hat man sie an den Strand laufen sehen«, sagte er zu Yolland. »Seither mag vielleicht eine Stunde vergangen sein. Wie hoch stand zu dieser Zeit das Wasser hinter dem Felsen dort?« Er deutete nach Süden, wo das Fischerdorf lag und es keinen Triebsand gab.

»Vor einer Stunde gab es dort nicht einmal so viel Wasser, daß man ein Kätzchen hätte ertränken können.«

»Und wieviel Wasser gab es dort?« fragte der Inspektor und deutete jetzt nordwärts, wo der Triebsand war.

»Noch weniger«, antwortete Yolland. »Der ›Zittersand‹ war vielleicht gerade vom Wasser überspült, mehr nicht.«

Inspektor Cuff wandte sich jetzt mir zu und meinte, der Unfall müsse ihr wohl beim Triebsand zugestoßen sein. Das löste mir die Zunge. »Nein, es ist kein Unfall!« rief ich. »Sie kam her, ihrem Leben ein Ende zu machen!«

Er wich vor mir zurück. »Wieso wissen Sie das?« fragte er. Die Leute hatten uns mittlerweile umringt. Rasch fing er sich wieder. Er drängte die anderen von mir weg und sagte, ich sei eben ein alter Mann, das Unglück habe mich ganz durcheinandergebracht. »Lassen Sie ihn ein bißchen allein!« meinte er zu den Leuten. Hierauf wandte er sich wieder dem Fischer Yolland zu. »Könnte man sie finden, wenn die Flut zurückgeht?« fragte er ihn, und Yolland antwortete: »Nein, was der Sand packt, behält er für immer.« Dann trat er einen Schritt näher an mich heran. »Mr. Betteredge, was den Tod dieses Mädchens betrifft, muß ich Ihnen etwas sagen: vier Fuß weiter draußen, gerade vor der ›Südspitze‹, gibt es unterm Sand, in der Tiefe von etwa einem halben Faden, felsigen Grund. Daher frage ich mich: Wenn sie ausgeglitten und hinuntergefallen ist, hätte sie dort einen Halt gefunden, sie hätte stehen können, das Wasser wäre ihr kaum bis zu den Hüften gegangen – warum also war dies nicht der Fall? Sie ist nämlich entweder hinausgewatet oder über die seichte Stelle hinweggesprungen, direkt ins tiefe Wasser hinein. Und Sie, Mr. Betteredge, haben recht: es ist kein Unfall! Rosanna liegt im Triebsand begraben, er hat sie hinuntergezogen – aber es war ihr freier Wille!«

Nach den Worten eines Mannes, auf dessen Wissen man sich verlassen konnte, hatte der Inspektor nichts mehr zu sagen. Auch die übrigen schwiegen. Wie auf Befehl machten wir alle kehrt und gingen zusammen zu den Dünen hinauf.

Dort begegneten wir dem Stalljungen, der uns entgegengelaufen war; ein braver Junge, mit entsprechendem Respekt vor mir. Bekümmert überreichte er mir ein Briefchen. »Mr. Betteredge, Penelope hat mich hergeschickt, sie hat es in Rosannas Zimmer gefunden.«

Es war ihr letztes Lebewohl an einen alten Mann, der sein Bestes – Gott sei Dank, immer sein Bestes – für sie getan hatte. *Sie haben mir oft vergeben, Mr. Betteredge, vergeben Sie mir auch diesmal, wenn Sie es können. Ich habe mein Grab dort gefunden, wo es mich erwartet hat. Für Ihre Güte, Sir, bleibe ich dankbar bis in den Tod.*

Das war alles. Ich konnte mich der Tränen nicht erwehren. Sie kommen leicht, wenn man jung ist und die Welt vor sich hat, und sie kommen leicht, wenn man alt ist und sie verläßt. Ich weinte bitterlich.

Inspektor Cuff stellte sich zu mir, er meinte es sicher freundlich. Ich wich vor ihm zurück. »Rühren Sie mich nicht an!« schrie ich. »Die Angst vor Ihnen hat sie in den Tod getrieben!«

»Mr. Betteredge, Sie irren sich«, sagte er ruhig, »aber wir haben Zeit genug, uns darüber zu unterhalten, wenn wir wieder im Hause sind.«

Auf den Arm des Stalljungen gestützt, folgte ich den anderen. Im strömenden Regen kehrten wir ins Haus zurück, wo man verzagt und verstört auf uns wartete.

XX

Die Leute, die vor uns eingetroffen waren, hatten die Nachricht von Rosannas Tod verbreitet. Die ganze Dienerschaft befand sich in heller Aufregung. Wir kamen gerade am Zimmer meiner Herrin vorbei. Da wurde von innen die Tür aufgerissen, und heraus kam meine Herrin, gefolgt von Mr. Franklin, der sie zu beruhigen versuchte.

Sie war außer sich vor Entsetzen. »Nur Sie sind daran schuld!« schrie sie und hob drohend die Hand gegen den Inspektor. »Gabriel, geben Sie diesem Elenden sein Geld – ich will ihn nicht mehr sehen!«

Inspektor Cuff war der einzige von uns, der es mit ihr aufnehmen konnte. Er allein hatte ja seine Fassung nicht verloren. »Mylady, ich bin für dieses bedauerliche Unglück so wenig verantwortlich wie Sie. Bestehen Sie nach einer halben Stunde noch immer darauf, daß ich mich entferne, werde ich meine Entlassung annehmen, nicht aber Ihr Geld.«

Er sagte es mit dem schuldigen Respekt, doch mit energischer Stimme. Die Wirkung auf meine Herrin und mich blieb daher nicht aus. Sie ließ sich von Mr. Franklin in ihr Zimmer zurückführen. Nachdem sich die Tür hinter ihnen geschlossen hatte, blickte Inspektor Cuff um sich. Nichts entging seinem wachsamen Auge. Sofort fiel ihm auf, daß Penelope in Tränen aufgelöst war, indes die anderen Dienstmädchen starr und steif vor Schrecken, doch ohne eine Träne zu vergießen, herumstanden. »Sobald Ihr Vater wieder trockene Kleider am Leib hat, kommen Sie in sein Zimmer! Wir können dort miteinander reden«, sagte er ihr.

Die halbe Stunde war noch nicht vorbei. Ich war bereits umgezogen, und auch dem Inspektor hatte ich etwas aus meinem Bestand zur Verfügung gestellt. Penelope kam und wollte hören, was er ihr zu sagen habe. Noch nie hatte ich so deutlich empfunden, welch brave, pflichtgetreue Tochter ich habe. Ich umarmte sie, nahm sie wie ein Kind auf den Schoß – und bat den lieben Gott, daß er sie segne. Penelope lehnte den Kopf an meine Brust, schlang die Arme um meinen Hals, und beide verharrten wir in Schweigen, des armen toten Mädchens gedenkend. Inspektor Cuff war inzwischen ans Fenster getreten und blickte hinaus. Ich hielt es für schicklich, ihm nachher für diese Rücksicht zu danken.

Vornehme Leute leisten sich jeden Luxus, auch den Luxus, ihre Gefühle zu zeigen. Gewöhnliche Leute dürfen sich das nicht erlauben. Die Not, die Hochgestellte verschont, kennt bei unsereinem kein Mitleid. Wir müssen lernen, unsere Gefühle für uns zu behalten und so geduldig wie möglich weiterzudienen. Ich beklage mich nicht darüber, ich stelle es nur fest.

Penelope und ich waren für den Inspektor bereit, sobald er für uns bereit war. Als er sie fragte, was wohl das Mädchen veranlaßt hätte, sich den Tod zu geben, antwortete meine Tochter (wie nicht anders erwartet), daß sie es aus unglücklicher Liebe zu Mr. Franklin Blake getan habe. Und als er sie danach fragte, ob sie diese Ansicht auch anderen mitgeteilt habe, antwortete Penelope: »Rosannas wegen habe ich es niemandem erzählt.« Hier schien es mir notwendig, ein Wort zu sagen. »Auch Mr. Franklins wegen, mein Kind! Wenn Rosanna aus unglücklicher Liebe zu ihm sich den Tod gab, so geschah es ohne seine Schuld. Er wußte ja nichts von ihren Gefühlen. Man sollte ihn heute abreisen lassen, ohne ihm durch die Wahrheit unnötigen Kummer zu bereiten.«

»Sehr richtig«, meinte der Inspektor und verfiel wieder in Schweigen. Wahrscheinlich verglich er jetzt Penelopes Ansicht mit seiner eigenen, die er aber für sich behielt.

Nach Ablauf einer halben Stunde schellte meine Herrin.

Auf dem Wege zu ihr begegnete mir Mr. Franklin, der eben von ihr kam. Sie sei bereit, Inspektor Cuff zu empfangen, auch diesmal in meiner Gegenwart, sagte er mir. Er selbst möchte ihm aber vorher etwas sagen, weshalb ich umkehrte, und wir zusammen in mein Zimmer zurückgingen. Auf dem Weg dorthin blieb Mr. Franklin in der Halle stehen und studierte den Eisenbahnfahrplan.

»Sir, wollen Sie uns denn wirklich verlassen?« fragte ich ihn. »Miss Rachel wird sich sicher eines Besseren besinnen und wiederkommen, Sie müssen ihr nur ein wenig Zeit lassen!«

»Sie wird wiederkommen, wenn sie hört, daß ich abgereist bin.«

Vermutlich nahm er es ihr übel, daß sie ihn so schlecht behandelte. Aber es war mehr als das: Von dem Augenblick an, als die Polizei in unser Haus gekommen war, hatte die bloße Nennung seines Namens bei Miss Rachel jedesmal einen Wutausbruch zur Folge gehabt. Dies war auch meiner Herrin aufgefallen. Wahrscheinlich hatte Mr. Franklin seine Cousine zu sehr geliebt und deshalb diesen Umschwung ihrer Gefühle nicht zur Kenntnis nehmen wollen, bis es ihm dann bei ihrer Abreise wie Schuppen von den Augen gefallen war. Erst dann hatte er die grausame Wahrheit begriffen und seinen Entschluß gefaßt, den einzigen, den ein aufrechter Mann fassen konnte: das Haus zu verlassen.

Was er dem Inspektor sagen wollte, wurde in meiner Gegenwart gesagt: Lady Verinder sehe ein, sie habe vorschnell gehandelt. Ob er bereit wäre, sein Honorar anzunehmen, doch die Sache mit dem Diamanten auf sich beruhen zu lassen?

»Nein, Sir. Mein Honorar nehme ich nur an, wenn ich meine Pflicht erfüllt habe.«

»Inspektor Cuff, ich verstehe Sie nicht.«

»Dann will ich es Ihnen erklären: Ich bin hergekommen, weil ich in die Sache mit dem verschwundenen Diamanten Licht bringen sollte. Das habe ich Lady Verinder zugesagt, und ein gegebenes Versprechen will und muß ich halten. Erst wenn ich ihr den derzeitigen Stand der Erhebungen dargelegt und ihr erläutert habe, welche weiteren Schritte nötig sind, um wieder in den Besitz des Diamanten zu gelangen – erst dann stehe ich nicht mehr unter dem Druck der Verantwortung, erst dann habe ich die mir übertragene Aufgabe erfüllt und kann folglich das Honorar annehmen. Ob ich weiterarbeiten soll oder nicht, mag Lady Verinder hernach selbst entscheiden.«

Auf diese Weise erinnerte uns Inspektor Cuff daran, daß man auch als Detektiv auf seinen guten Ruf bedacht sein muß.

Seine Ansicht hatte uns überzeugt, daher waren weitere Worte überflüssig, ich erhob mich, ihn zu Lady Verinder zu geleiten. Er wollte wissen, ob Mr. Franklin dabei zu sein wünsche.

»Nur wenn Lady Verinder es verlangt«, erklärte Mr. Franklin. Als wir hinter dem Inspektor zur Tür hinausgingen, flüsterte er mir jedoch zu: »Ich weiß, was dieser Mensch über Rachel sagen wird – aber ich könnte es nicht ruhig anhören. Lassen Sie mich allein, Betteredge!«

So blieb er denn zurück. Betrübt lehnte er am Fenster, die Hände vors Gesicht gepreßt. Penelope sah durch die halbgeöffnete Tür hinein und hätte ihn gern getröstet. An seiner Stelle hätte ich sie gerufen. Wird man nämlich von einer Frau schlecht behandelt, ist es recht tröstlich, sich einer andern mitzuteilen, denn die andere nimmt fast immer für den Enttäuschten Partei. Vielleicht hat er sie doch gerufen, als ich den Rücken kehrte? Wenn ja, hat meine Tochter sicher alles getan, ihn zu trösten.

Inspektor Cuff und ich betraten indessen Lady Verinders Wohnzimmer. Bei unserm letzten Gespräch war sie nicht gewillt gewesen, den Blick von ihrem Buch zu erheben. Diesmal stand die Sache besser. Sie sah dem Inspektor fest ins Auge, genauso fest wie er ihr. Ihr Mut, ein Familienerbe, stand ihr auf der Stirn geschrieben. Ich wußte, er würde in meiner Herrin einen ebenbürtigen Gegner finden, obgleich sie darauf gefaßt war, von ihm das Schlimmste zu hören.

XXI

Wir nahmen Platz. Meine Herrin ergriff zuerst das Wort: »Inspektor Cuff, ich habe mich vorhin Ihnen gegenüber zu einer Taktlosigkeit hinreißen lassen, für die ich vielleicht eine Entschuldigung finden könnte. Aber das will ich nicht, ich möchte Ihnen vielmehr mein aufrichtiges Bedauern ausdrücken, daß ich Ihnen unrecht getan habe.«

Als sie diese versöhnlichen Worte sprach, blieben ihre Anmut und der Zauber ihrer Stimme nicht ohne Wirkung auf den Inspektor. Er bat, sich rechtfertigen zu dürfen: Dies sei seine Pflicht, der er aus Respekt zu meiner Herrin nachkommen müsse. Man könne ihn nicht verantwortlich machen für dieses Unglück, das uns alle so erschüttert habe, und zwar aus dem einfachen Grunde, weil sein Erfolg bei der Untersuchung nur dann gewährleistet sei, wenn er weder etwas tue noch etwas sage, das Rosanna Spearman hätte warnen können. Er forderte mich auf, meiner Herrin zu bestätigen, ob er sich daran gehalten habe oder nicht. Dies konnte ich selbstverständlich bezeugen. Und damit, so dachte ich, hätte er es vernünftigerweise bewenden lassen sollen.

Er allerdings ging einen Schritt weiter, offenbar zu dem Zweck, die denkbar peinlichste Auseinandersetzung zwischen sich und meiner Herrin zu erzwingen – auch mein Leser wird sich sicher dieser Meinung anschließen.

Er sagte: »Man hat mir für Rosannas Selbstmord ein Motiv genannt, das vielleicht stimmt. Es hat aber mit der Untersuchung, die ich hier führe, gar nichts zu tun. Was das Motiv betrifft, bin ich allerdings anderer Meinung. Ich glaube nämlich, eine unerträgliche Angst, die mit dem verschwundenen Diamanten zusammenhing, hat diese Arme in den Tod getrieben – eine Angst, deren Grund ich nicht kenne. Mit Ihrer gütigen Erlaubnis, Mylady, könnte ich allerdings an jene Person herankommen, welche zu sagen imstande wäre, ob ich recht oder unrecht habe.«

»Ist sie hier?« fragte meine Herrin nach einer Pause.

»Nein, Mylady, sie hat das Haus verlassen.«

Diese Antwort war nicht mißzuverstehen. Er meinte Miss Rachel. Stille breitete sich über uns, mir wollte sie nicht enden. O Gott, wie der Wind heulte, der Regen gegen das Fenster peitschte, während ich darauf wartete, daß der eine oder der andere endlich das Wort ergriff.

»Haben Sie die Freundlichkeit, sich deutlich zu erklären! Meinen Sie meine Tochter?«

»Ja.«

Als wir eingetreten waren, hatte das Scheckheft meiner Herrin auf dem Tisch gelegen, zweifellos hatte sie ihm seine Dienste bezahlen wollen. Jetzt legte sie es in die Schublade zurück. Es traf mich ins Herz, als ich sah, wie ihre arme Hand dabei zitterte – die Hand, die ihren alten Diener stets mit Wohltaten überhäuft hatte.

»Ich hatte gehofft, Sie für Ihre Dienste nach getaner Arbeit entlohnen zu können, ohne daß der Name meiner Tochter in diesem Zusammenhang genannt wird«, sagte meine Herrin ruhig und langsam. »Mein Neffe hat Ihnen doch meinen Wunsch vorhin zu verstehen gegeben?«

»Mr. Blake hat es mir ausgerichtet, Mylady, aber ich habe ihm meine Gründe gesagt, weshalb –«

»Danke, Sie brauchen mir nicht Ihre Gründe zu nennen, das ist jetzt überflüssig geworden. Denn Sie sind zu weit gegangen, Inspektor Cuff. Das wissen Sie so gut wie ich. Ich schulde es mir, aber ich schulde es auch meinem Kind, daß ich jetzt darauf bestehe: Sie bleiben jetzt hier und Sie sprechen frei heraus!«

Der Inspektor warf einen Blick auf seine Uhr.

»Mylady, ich hätte diesen Bericht lieber schriftlich gemacht. Wenn jedoch diese Untersuchung zügig weitergehen soll, kann ich die Zeit nicht mit Schreiben vertun. Gut. Ich komme also gleich auf den Kern der Sache. Sie ist peinlich für uns beide: für mich, darüber zu sprechen, und für Sie, es anhören zu müssen.«

Da fiel ihm meine Herrin nochmals ins Wort: »Vielleicht kann ich es für Sie und für meinen braven Diener und Freund etwas weniger peinlich machen, wenn ich mit gutem Beispiel vorangehe und es offen ausspreche: Sie verdächtigen also meine Tochter, indem Sie annehmen, daß sie den Diamanten aus irgendeinem Grunde versteckt hält und uns somit hinters Licht führt. Stimmt das?«

»Ja, Mylady.«

»Hm. Doch ehe Sie noch mit Ihrem Bericht beginnen, muß ich als Miss Verinders Mutter betonen, daß sie absolut unfähig ist, sich derart zu verstellen. Sie kennen sie erst seit zwei Tagen, ich kenne sie seit es sie gibt – und kenne sie daher gründlich. Sprechen Sie sich ruhig aus, Inspektor Cuff, begründen Sie Ihren Verdacht – mich können Sie dadurch nicht verletzen, denn ich bin sicher, daß Sie, trotz Ihrer Erfahrung, diesmal verhängnisvoll in die Irre gehen. Und bedenken Sie eines: ich selbst habe weder irgendwelche Informationen von meiner Tochter noch besitze ich ihr Vertrauen. Ich habe, wie gesagt, nur einen einzigen Grund, der mich veranlaßt, so positiv von ihr zu sprechen: ich kenne mein Kind!« Bei diesen Worten wandte sie sich zu mir und reichte mir ihre Hand, die ich wortlos küßte. »Bitte sprechen Sie jetzt!« sagte sie zum Inspektor und blickte ihm fest in die Augen.

Er deutete mit dem Kopf eine kleine Verbeugung an. Eines hatte meine Herrin bei ihm erreicht: seine scharfgeschnittenen Züge wurden einen Augenblick lang weicher, es sah aus, als täte sie ihm leid; doch von seiner Meinung hatte sie ihn nicht einen Zoll breit abbringen können, das war klar. Er machte es sich jetzt auf seinem Stuhl bequem und begann seinen niederträchtigen Angriff auf Miss Rachel mit folgenden Worten:

»Mylady, ich muß Sie bitten, diese Angelegenheit von meinem Standpunkt aus zu sehen. Stellen Sie sich, bitte, vor, Sie stünden an meiner Stelle, hätten meine Erfahrungen, und man riefe Sie her, diesen Fall aufzuklären. Darf ich Ihnen jetzt kurz andeuten, welcher Art meine Erfahrungen sind?«

Meine Herrin gab ihm ein bejahendes Zeichen, und er fuhr fort:

»In den letzten zwanzig Jahren habe ich mich sozusagen als Vertrauensperson vor allem mit solchen Fällen befaßt, bei denen es sich um Affären innerhalb von Familien handelte. Auf diesem Gebiet konnte ich genug Erfahrungen sammeln – eine davon scheint mir diesmal durchaus anwendbar. Kurzum, es ist mir bekannt, daß junge Damen aus vornehmen Kreisen gelegentlich Schulden machen, die sie ihren nächsten Freunden und Verwandten nicht einzugestehen wagen. Manchmal stecken Juweliere und Putzmacherinnen dahinter, manchmal wird Geld für andere Zwecke gebraucht, die ich bei vorliegendem Fall freilich nicht annehmen und auch nicht nennen möchte, um Sie als Mutter nicht zu schockieren. Immerhin, berücksichtigen Sie bitte diese Umstände, Mylady, wenn ich Ihnen jetzt begründe, weshalb bestimmte Vorgänge hier in diesem Haus mich dazu zwingen – ob ich es will oder nicht –, auf meine alten Erfahrungen zurückzukommen.«

Er überlegte kurz und begann uns dann seine Ansicht zu erläutern, so klar, daß wir das Furchtbare begreifen mußten, und so gerecht in seinem Urteil, daß er dabei niemanden schonte. »Meine erste Information über den verschwundenen Diamanten erhielt ich von Wachtmeister Seegrave, der sich als unfähig erwies, diesen Fall aufzuklären – wie ich mit Befriedigung feststellen konnte. Das einzig Bemerkenswerte an seinem Bericht war für mich: Miss Verinder hatte eine Einvernahme abgelehnt und aus unbegreiflichen Gründen nur Grobheit und Verachtung für ihn gehabt. Ich fand dies merkwürdig, schrieb es aber vorerst der etwas ungeschickten Art des Wachtmeisters zu. Vielleicht hatte er die junge Dame beleidigt. Ich ließ die Sache auf sich beruhen und nahm den Fall selbst in die Hand. Wie Sie wissen, entdeckte ich an der frischbemalten Tür eine verwischte Stelle. Die Aussage von Mr. Franklin Blake bewies mir, daß die verschmierte Malfarbe und der Verlust des Diamanten etwas miteinander zu tun haben. Bis dahin beschränkte sich meine Vermutung darauf, daß der Diamant gestohlen sei und man den Dieb unter den Dienstboten suchen müßte. So weit, so gut. Doch was geschieht? Miss Verinder tritt plötzlich aus ihrem Schlafzimmer und spricht mich an. Drei Dinge fallen mir an ihr auf, die mir verdächtig erscheinen: sie ist noch immer furchtbar aufgeregt, obschon seit dem Verschwinden mehr als vierundzwanzig Stunden vergangen sind; sie behandelt mich genauso schlecht wie den Wachtmeister; und sie verhält sich so, als hätte Mr. Blake sie zutiefst beleidigt. Nochmals: so weit, so gut. Ich sage mir im stillen: Hier ist eine junge Dame, der ein kostbarer Edelstein abhanden gekommen ist, und noch dazu ist es eine junge Dame von ungestümem Temperament, wovon ich mich eben überzeugen konnte. Und wie gebärdet sie sich in dieser Situation? Sie zeigt eine für jedermann unverständliche Abneigung gegen Mr. Blake, den Wachtmeister und mich – also ausgerechnet gegen jene drei Personen, welche ihr, jeder auf seine Weise, helfen wollen, den Diamanten wiederzufinden Erst bei diesem Stand der Erhebungen, und nicht vorher, beginne ich nach dem Grund dieses seltsamen Benehmens zu suchen. Ich erinnere mich an gewisse andere junge Damen – ich vergleiche, und meine Erfahrung sagt mir, daß Miss Verinder Schulden hat, die sie bezahlen muß. Und ich frage mich: Kann man das Verschwinden des Diamanten nicht damit erklären, daß sie ihn wegen ihrer Schulden heimlich verpfänden muß? Das also ist der Schluß, den ich, auf Grund meiner Erfahrung, aus den Tatsachen ziehe. Und was spricht, Ihrer Erfahrung nach, dagegen, Mylady?«

»Ich habe es Ihnen schon mit anderen Worten gesagt: Sie wurden durch die Umstände irregeführt«, entgegnete sie.

Ich selbst sagte nichts. *Robinson Crusoe* war mir – Gott weiß wie – in den wirren alten Kopf gekommen. Hätte Inspektor Cuff sich jetzt auf einem wüsten Eiland befunden, ohne einen Freitag zu seiner Gesellschaft und ohne rettendes Schiff: er wäre genau dort gewesen, wo ich es mir wünschte! (*Notabene:* Ich bin ein guter Christenmensch, solange man mein christliches Denken nicht zu sehr auf die Probe stellt. Und alle meine Leser werden mir darin sicher gleichen, was für mich tröstlich ist.)

Inspektor Cuff fuhr mit seinem Bericht fort: »Ob ich nun recht oder unrecht habe – nachdem ich zu diesem Schluß gekommen war, mußte ich die Sache überprüfen. Daher schlug ich Ihnen, Mylady, vor, die Schränke und die Koffer aller im Hause anwesenden Personen durchsuchen zu dürfen. Wir hätten das Kleidungsstück gefunden, das den Farbfleck hat, und es hätte sich erwiesen, ob meine Annahme richtig ist oder nicht. Und was geschah? Sie, Mylady, haben der Durchsuchung zugestimmt, desgleichen Mr. Blake und Mr. Ablewhite. Nur Miss Verinder macht das Vorhaben zunichte, weil sie sich weigert, ihren Schrank durchsuchen zu lassen. Natürlich bestärkt mich das in meiner Annahme. Wenn Sie, Mylady, weiterhin anderer Meinung sind, so verschließen Sie absichtlich die Augen: denn heute, in Ihrer Gegenwart, habe ich der jungen Dame gesagt, wenn sie uns beim derzeitigen Stand der Dinge verlasse, hindere sie mich daran, den Diamanten wiederzufinden. Und sie ist trotzdem weggefahren, wie Sie selbst sehen konnten. Desgleichen konnten Sie sehen, daß sie nicht daran denkt, Mr. Blake zu verzeihen, weil ja er es war, der alles getan hat, den Schlüssel zur Lösung mir in die Hand zu geben; und nicht nur das, sie beleidigt ihn sogar vor aller Augen, als sie das Haus verläßt! Wie soll man das alles erklären? Sollte Miss Verinder mit dem Verschwinden des Diamanten wirklich nichts zu tun haben – was hat dann das alles zu bedeuten?«

Diesmal blickte er in meine Richtung. Es war wirklich furchtbar, wie er Beweis auf Beweis vor uns aufbaute. Wir mußten ihn anhören und wußten gleichzeitig, daß wir seine Behauptungen nicht widerlegen konnten, obschon wir Miss Rachel so gern verteidigt hätten. Gott sei Dank bin ich Vernunftgründen nicht zugänglich, und deshalb war ich imstande, auf meiner Meinung zu beharren, die auch die Meinung meiner Herrin war. Das gab mir Mut, und ich sah dem Inspektor frech ins Gesicht.

Lieber Leser, nimm dir bitte ein Beispiel an mir! Das erspart dir so manchen Verdruß. Verschließe dich allen Vernunftgründen, und du wirst sehen, wie du die Krallen aller jener beschneidest, welche zu deinem Besten an dir kratzen wollen!

Inspektor Cuff bemerkte, daß weder ich noch meine Herrin dazu etwas sagen wollten, und sprach daher weiter. Mein Gott, wie mich das ärgerte! Unser Schweigen brachte ihn nicht aus der Fassung. »So liegen also die Dinge, soweit sie Miss Verinder betreffen«, sagte er. »Und nun erhebt sich die Frage: Wie sieht man die Dinge im Zusammenhang mit der toten Rosanna Spearman? Mylady, erlauben Sie mir, nochmals darauf zurückzukommen, daß sich Ihre Tochter geweigert hatte, ihren Schrank durchsuchen zu lassen. Meine Meinung stand daraufhin fest, doch gab es zwei offene Fragen: Erstens, ob mein Vorgehen bei dieser Untersuchung richtig sei. Und zweitens, ob Miss Verinder im Hause eine Komplizin habe. Ich habe die Sache gründlich überdacht und hernach beschlossen, die Untersuchung auf eine – für uns Fachleute – etwas ungewöhnliche Weise weiterzuführen, und zwar aus folgendem Grund: Es handelt sich um einen Skandal innerhalb der Familie, daher muß ich ihn auch auf die Familie beschränken, je weniger Lärm und je weniger fremde Hilfe, desto besser. An das übliche Vorgehen – Verdächtige in polizeilichen Gewahrsam nehmen, Aussagen vor dem Friedensrichter usw. – ist nicht zu denken, wenn Ihre Tochter, wie man annehmen muß, die Ursache dieser Affäre ist. Einen verläßlichen Menschen wie Mr. Betteredge, der dank seiner Stellung im Hause ein Ansehen hat und die Dienstboten gut kennt, und der zudem die Ehre der Familie hochhält, einen solchen Menschen als Helfer zu nehmen, und nicht einen x-beliebigen, der mir gerade in den Weg kommt, schien mir also von Anfang an besser. Ich hätte auch Mr. Blake nehmen können, doch gab es da ein Hindernis: er nämlich hat schon bald erkannt, auf wen sich in erster Linie der Verdacht richtet, doch wegen seines Interesses für Miss Verinder konnte ich mich mit ihm nicht verständigen, und das machte eine Zusammenarbeit unmöglich. Ich muß Sie, Mylady, mit diesen Einzelheiten leider behelligen, um Ihnen zu beweisen, daß ich die Sache auf den engsten Familienkreis beschränken möchte. Ich bin der einzige, der nicht zur Familie gehört und davon weiß – aber ich untergrabe mir meine eigene Existenz, wenn ich nicht den Mund halte.«

Hier mußte ich mich einschalten: Ich hatte das Gefühl, mir meine Existenz zu untergraben, wenn ich den Mund hielte. Mich alten Mann vor meiner Herrin als eine Art Hilfspolizist hinzustellen, war wieder einmal eine zu schwere Prüfung für mein christliches Denken.

»Mylady, ich erlaube mir, Ihnen mitzuteilen, daß ich diese abscheuliche Detektivarbeit von Anfang an in keiner Weise unterstützt habe. Inspektor Cuff soll mir widersprechen – wenn er es wagt!«

Nachdem ich mir dergestalt Luft gemacht hatte, fühlte ich mich erleichtert. Meine Herrin ehrte mich, indem sie mir freundlich auf die Schulter klopfte. Ich blickte ehrlich entrüstet auf den Inspektor, weil ich sehen wollte, was er von einem so deutlichen Beweis ihrer Zuneigung hielt. Aber er sah mich an wie ein Lamm, anscheinend gefiel ich ihm besser denn je.

Meine Herrin ließ ihn wissen, daß er mit seinem Bericht fortfahren dürfe. »Inspektor Cuff, sicher haben Sie sich redlich bemüht, das zu tun, was Ihrer Ansicht nach in meinem Interesse liegt. Ich erkenne es an und bin bereit, weiteres zu hören.«

»Das Weitere betrifft Rosanna Spearman. Sie erinnern sich, Mylady: ich erkannte sie sofort, als sie das Wäschebuch hereinbrachte. Bis dahin hatte ich nicht angenommen, daß Miss Verinder ihr Geheimnis jemandem anvertraut haben könnte. Ich sah Rosanna und änderte meine Meinung. Sofort vermutete ich, daß sie vom verschwundenen Diamanten etwas wußte. Die Arme hat ein schreckliches Ende genommen, und nun, da sie tot ist, sollen Sie, Mylady, von mir nicht glauben, daß ich übermäßig streng zu ihr gewesen bin. Wäre der vorliegende Fall nichts anderes als ein ganz gewöhnlicher Diebstahl, hätte ich an Rosannas Ehrlichkeit nie gezweifelt. Unsere Erfahrung mit den Entlassenen aus Besserungsanstalten haben nämlich gezeigt, daß fast alle diese Mädchen, so man sie freundlich und gerecht behandelt, ihre Vergehen ehrlich bereuen und es daher wert sind, daß man sich ihrer annimmt. Meines Erachtens handelt es sich im vorliegenden Fall jedoch um einen wohlüberlegten Betrug, hinter dem die Eigentümerin des Diamanten steckt. Angesichts dieser Tatsache ergab sich, im Zusammenhang mit Rosanna, folgende Überlegung für mich: Wird es Miss Verinder – verzeihen Sie, Mylady – genügen, uns in dem Glauben zu lassen, der Diamant sei bloß verschwunden? Oder wird sie einen Schritt weitergehen und uns glauben machen, der Diamant sei gestohlen? Für den letztgenannten Fall gab es ja eine Rosanna Spearman, mit dem Ruf einer Diebin und daher geeignet, Sie, Mylady, und mich auf eine falsche Spur zu bringen.«

Ich fragte mich im stillen, ob es wohl noch etwas Schlimmeres gäbe, das er im Zusammenhang mit Miss Rachel und Rosanna aussprechen könnte. Ja, es sollte noch kommen, gleich jetzt, wie mein Leser sehen wird.

»Zudem hatte ich noch einen zweiten Grund, die Tote zu verdächtigen, und dieser scheint mir triftiger. Wer sollte Miss Verinder behilflich sein, den Diamanten zu Geld zu machen? Nur Rosanna Spearman, denn keine junge Dame von Rang wie Miss Verinder konnte allein etwas Derartiges riskieren. Dazu bedurfte es einer Mittelsperson, und wieder frage ich: Wer war dazu geeignet? Nur Rosanna Spearman. Ihr Hausmädchen, Mylady, wußte als Diebin auch alle Schliche, die zu diesem Metier gehören. Sie kannte natürlich einen bestimmten Geldverleiher in London, der für einen so auffallenden Edelstein wie den sogenannten Monddiamanten eine große Summe vorstrecken würde, und zwar ohne unangenehme Fragen oder unangenehme Bedingungen zu stellen. Bitte vergessen Sie das nicht, Mylady! Und jetzt darf ich Ihnen noch beweisen, wie Rosannas auffälliges Verhalten meinen Verdacht erhärtete, und welche Schlußfolgerungen ich daraus gezogen habe.«

Hierauf beschrieb er alles, was Rosanna getan hatte – eines nach dem andern. Der Leser kennt es schon so gut wie ich und wird daher begreifen, daß der Inspektor durch seine unwiderlegbaren Argumente imstande war, dem armen toten Mädchen die Schuld am Verschwinden des Diamanten zuzuschieben. Sogar meine Herrin war jetzt ganz verstört. Sie konnte ihm nicht einmal antworten, als er zu Ende gesprochen hatte. Aber ob sie ihm antwortete oder nicht, ihm machte es nichts aus, er redete unbeirrt weiter (hol ihn der Teufel!).

»Dies also ist meine Ansicht. Und jetzt, Mylady, möchte ich Ihnen sagen, was ich zu tun gedenke: Ich sehe zwei Möglichkeiten, diese Untersuchung zu einem erfolgreichen Ende zu bringen. Die eine scheint mir absolut sicher; die andere ist allerdings ein gewagtes Experiment. Sie, Mylady, werden darüber entscheiden, welche wir wählen. Soll ich zuerst von dem Weg sprechen, der meiner Ansicht nach sicher zum Ziel führt?«

Meine Herrin gab ihm mit einer Handbewegung zu verstehen, daß sie das alles ihm überlasse.

»Danke, Mylady, ich spreche also mit Ihrer gütigen Erlaubnis von der ersten Möglichkeit: Gleichviel ob Miss Verinder in Frizinghall bleibt oder nach Hause zurückkehrt – ich lasse sie auf Schritt und Tritt überwachen, ob sie nun spazierengeht oder ausreitet oder Besuche macht. Ich kontrolliere sogar alle Briefe, die sie schreibt und die sie erhält.«

»Was noch?«

»Ich werde Sie, Mylady, bitten, anstelle von Rosanna Spearman ein anderes Hausmädchen in Dienst zu nehmen. Diese Vertrauensperson werde ich hier einführen, sie hat Erfahrung in derlei Dingen, und ich bürge für ihre Diskretion.«

»Was noch?«

»Und dann will ich einen meiner Kollegen zu jenem Londoner Geldverleiher schicken, welcher seinerzeit mit Rosanna Spearman in Verbindung stand und dessen Namen und Adresse sie Ihrer Tochter sicher mitgeteilt hat. Zugegeben, um auf diesem Weg zum Ziel zu kommen, wird man Geld brauchen und auch Zeit, aber der Erfolg ist sicher. Man wirft über den Diamanten sozusagen ein Netz, zieht es enger und enger – und findet ihn zuletzt in Miss Verinders Besitz, sofern sie ihn behalten will. Und will sie ihn nicht behalten, weil Schulden sie drücken, dann weiß man, an wen man sich wenden soll. Mein Kollege steht bereit; sobald der Diamant in London eintrifft, legt er seine Hand darauf.«

Bis jetzt hatte meine Herrin ruhig zugehört, wie man ihre Tochter der Tat zu überführen gedachte. Aber dies war zuviel, erstmals schlug sie einen gereizten Ton an. »Betrachten Sie diesen Vorschlag als abgelehnt!« sagte sie. »Ich will wissen, wie man diese Untersuchung auf andere Weise abschließen kann.«

»Der andere Weg wäre jenes gewagte Experiment, auf welches ich bereits angespielt habe«, fuhr der Inspektor unbeirrt fort. »Ich glaube, Miss Verinder richtig beurteilen zu können. Meines Erachtens ist sie imstande, einen Betrug zu verüben, aber sie ist zu hitzig und zu ungestüm, zudem im Betrügen ungeübt, um sich in allen Situationen entsprechend zu verstellen und zu beherrschen. Auch diesmal hat sie oft ihren Gefühlen freien Lauf gelassen, und zwar gerade dann, wenn es im eigenen Interesse gewesen wäre, sich zurückzuhalten. Wenn ich jetzt also weitere Schritte unternehme, verlasse ich mich auf ihr Temperament. Ich werde ihr einen Schock versetzen, ganz unvorbereitet, nämlich mit einer Nachricht, die sie ins Mark trifft. Kurzum, ich werde ihr ohne vorherige Warnung Rosannas Tod mitteilen, weil dann vielleicht der Fall eintritt, daß ihr besseres Ich sie dazu treibt, sich die Sache vom Herzen zu reden. Sagt Ihnen dieser Vorschlag zu, Mylady?«

Meine Herrin verblüffte mich wirklich durch ihre Antwort. Sie sagte nämlich: »Ja.«

»Die Pony-Chaise steht für mich bereit, Mylady. Ich verabschiede mich hiermit.«

Er war schon bei der Tür. Meine Herrin hob die Hand und deutete ihm zu bleiben.

»Wir wollen, wie Sie vorschlagen, an das bessere Ich meiner Tochter appellieren«, sagte sie. »Aber als ihre Mutter beanspruche ich das Recht, sie selbst auf die Probe zu stellen. Inspektor Cuff, Sie werden so freundlich sein und hierbleiben. Ich fahre allein nach Frizinghall.«

Zum ersten Mal in seinem Leben war der große Cuff sprachlos vor Staunen – wie ein gewöhnlicher Sterblicher.

Meine Herrin schellte und ließ ihr Regencape holen, denn es goß noch immer in Strömen, und der geschlossene Wagen war, wie mein Leser weiß, mit Miss Rachel nach Frizinghall gefahren. Ich versuchte, meine Herrin davon abzubringen, sich diesem scheußlichen Wetter auszusetzen. Vergebens! Ich bat sie, mir zu erlauben, mit ihr zu fahren und den Regenschirm zu halten. Sie wollte nichts davon wissen. Der Reitknecht kam mit der Pony-Chaise angefahren. In der Halle unten sagte sie zu Inspektor Cuff: »Auf zwei Dinge können Sie sich verlassen: Ich werde meine Tochter genauso gewissenhaft auf die Probe stellen wie Sie – und Sie erfahren das Ergebnis entweder mündlich oder brieflich, bevor noch heute abend der letzte Zug nach London abgeht.«

Sie bestieg die Chaise, ergriff die Zügel und fuhr los.

XXII

Meine Herrin hatte uns verlassen, und so fand ich Zeit, an Inspektor Cuff zu denken. Ich traf auf ihn in der Halle. Er saß gemütlich in einer Ecke, las in seinem Notizbuch und kräuselte dabei spöttisch die Lippen.

»Aha, das sind wohl Notizen zu diesem Fall?« meinte ich.

»Nein. Ich sehe bloß nach, was meine nächste berufliche Aufgabe sein wird.«

»Sie halten also Ihre Arbeit in diesem Hause für abgeschlossen?«

»Ich halte Lady Verinder für eine der klügsten Frauen von ganz England. Und ich halte es für besser, eine Rose anzusehen statt eines Diamanten. Übrigens, wo ist der Gärtner?«

Was den Diamanten betraf, war aus ihm kein Wort herauszubringen. Anscheinend hatte er jedes Interesse an dieser Untersuchung verloren und verlangte jetzt nur, den Gärtner zu sprechen. Eine Stunde später hörte ich die beiden im Treibhaus laut und heftig miteinander diskutieren, wieder war die Wilde Rose die Ursache.

Inzwischen wollte ich herausfinden, ob Mr. Franklin auf seinem Entschluß beharrte, noch am selben Abend abzufahren. Ich erzählte ihm, zu welchem Ergebnis das Gespräch zwischen meiner Herrin und dem Inspektor geführt hatte, worauf er sich sofort entschloß, die Nachrichten aus Frizinghall abzuwarten. Es war nur zu natürlich, daß er seine Pläne änderte. Jeder andere hätte sich in der Zwischenzeit ganz normal verhalten, er aber gebärdete sich höchst seltsam. Die Muße wirkte beunruhigend auf ihn, und dadurch kam alles Ausländische nacheinander zum Vorschein, er ließ es heraus wie Ratten aus dem Sack.

Bald als italienischen, bald als deutschen, bald als französischen Engländer trieb es ihn durch alle Räume, er wußte von nichts anderem zu reden als von Miss Rachel und wie übel sie ihn behandelt habe, und daß es niemanden gebe, mit dem er darüber reden könnte – außer mir. Da fand ich ihn – zum Beispiel – in der Bibliothek. Er saß in einem Lehnstuhl, dahinter die Landkarte des modernen Italien. Anscheinend wurde er mit seinem Kummer nicht fertig, immer wieder redete er davon. »Betteredge, ich bemühe mich doch nach besten Kräften, im Leben etwas zu erreichen, aber jetzt macht mir nichts mehr Freude«, sagte er. »In mir schlummern gute Eigenschaften, würde nur Rachel mir helfen, es ihr zu beweisen!« Beredt schilderte er mir seine Vorzüge, die niemand erkenne, und er klagte so ergreifend darüber, daß ich wirklich nicht wußte, wie ich ihn trösten sollte. Da fiel mir ein, ich könnte in diesem Fall doch den *Robinson Crusoe* zu

Hilfe nehmen, humpelte in mein Zimmer, humpelte wieder zurück, mit diesem unvergänglichen Werk in der Hand – aber niemand war in der Bibliothek! Die Landkarte des modernen Italien starrte mich an, und ich starrte auf die Landkarte des modernen Italien.

Ich versuchte mein Glück im Salon. Dort fand ich sein Schnupftuch, was bewies, daß es ihn hereingetrieben hatte. Aber der Raum war leer, was bewies, daß es ihn wieder hinausgetrieben hatte.

So ging ich ins Eßzimmer und entdeckte dort Samuel mit Keks und einem Glas Sherry, still auf der Suche nach Mr. Franklin, der vor einer Minute heftig geschellt hatte, weil er eine kleine Erfrischung wollte. Samuel hatte eiligst etwas gebracht, doch Mr. Franklin war verschwunden, ehe noch die Glocke, an der er gezogen hatte, ganz verstummt war.

Im Zimmer, das sonst den Damen zum Morgenaufenthalt dient, fand ich ihn endlich. Dort stand er am Fenster und malte Hieroglyphen auf die beschlagenen Scheiben.

»Sir, Ihr Sherry wartet auf Sie!« sagte ich ihm. Ich hätte genauso gut eine der vier Wände des Zimmers anreden können, so tief war er in eigenen Gedanken versunken, nichts vermochte ihn herauszureißen.

»Betteredge, wie erklären Sie sich Miss Rachels Benehmen?« war die Antwort, die ich bekam. Ich hatte eine entsprechende Auskunft nicht zur Hand, daher hielt ich ihm den *Robinson Crusoe* hin, in dem sicher eine passende Erklärung gewesen wäre, hätten wir nur lang genug danach gesucht. Ich hatte das Buch aufgeschlagen, Mr. Franklin schlug es zu und verfiel ins Philosophieren, was seine Ursache sicher in seiner deutschen Erziehung hatte. »Warum sollen wir in dem Buch nicht nachsehen?« fragte er mich, als hätte ich etwas dagegen gehabt. »Warum, zum Teufel, soll man die Geduld verlieren, wenn nur Geduld zur Wahrheit führt? Unterbrechen Sie mich nicht, Betteredge! Miss Rachels Benehmen ist vollkommen verständlich, wenn Sie gerecht sind und das Ganze erst einmal objektiv betrachten, hernach subjektiv und zuletzt objektiv-subjektiv. Was weiß man schon? Man weiß, daß der verschwundene Diamant sie am

Donnerstagmorgen in eine derartige Aufregung versetzte, von der sie sich bis jetzt nicht erholt hat. Gedenken Sie etwa, diese objektive Sicht abzulehnen? Also gut – unterbrechen Sie mich nicht! Nun aber, da sie noch immer in diesem Zustand ist – wie können wir von ihr erwarten, daß sie sich so verhält wie unter normalen Umständen? Wenn ich also diese Folgerung ziehe, sozusagen von innen nach außen, wohin kommen wir dann? Zur subjektiven Sicht. Und was können Sie dagegen sagen? Nichts! Also gut, und was folgt daraus? Guter Gott! Natürlich die objektiv-subjektive Erklärung! Genaugenommen ist Rachel nicht sie selbst, sondern eine andere. Habe ich etwas dagegen, von einer andern grausam behandelt zu werden? Betteredge, Sie sind zwar recht unvernünftig, aber das können Sie doch nicht von mir erwarten! Und was kommt dabei heraus? Es erweist sich, daß ich trotz eurer Vorurteile und eurer verdammten englischen Borniertheit vollkommen glücklich und zufrieden bin. Wo ist der Sherry?«

In meinem Kopf kam mir alles durcheinander, ich wußte nicht einmal: Gehörte er mir oder Mr. Franklin? Mein Zustand war beklagenswert. Trotzdem wollte ich es fertigbringen, diese Angelegenheit objektiv zu betrachten und in diesem Sinne drei Dinge zu tun: Ich holte für Mr. Franklin den Sherry, ich zog mich in mein Wohnzimmer zurück, und ich tröstete mich mit meiner Pfeife, die mich so beruhigte wie noch nie zuvor.

Der Leser darf aber nicht glauben, daß ich Mr. Franklin so leicht losgeworden wäre. Es trieb ihn wieder hinaus aus dem Damenzimmer, in die Halle hinein, und von dort fand er seinen Weg in den Domestikentrakt. Er roch meine Pfeife, und dabei fiel ihm ein, daß er töricht genug gewesen war, Miss Rachel zuliebe das Rauchen aufzugeben. Sofort platzte er mit seinem Zigarrenetui in mein Zimmer herein und war natürlich gleich wieder bei seinem Thema, diesmal aber witzig und scharfsinnig, es zeigte sich also das Französische in ihm. »Geben Sie mir Feuer, Betteredge! Unbegreiflich, daß man schon so lange raucht und nicht dahinterkommt: das eigene Zigarrenetui sagt einem schon, wie man Frauen eigentlich behandeln müßte! Merken Sie auf, Betteredge, ich will es Ihnen sagen! Man sucht sich eine Zigarre aus, probiert sie, aber sie enttäuscht einen. Und was tut man? Man wirft sie weg und probiert eine andere. Aber was geschieht im ähnlichen Fall? Man sucht sich eine Frau aus, man probiert es mit ihr, und sie bricht einem das Herz. Ein Dummkopf, wer daraus nicht die Lehre zieht! Wegwerfen muß man sie und es mit einer andern probieren!«

Ich schüttelte den Kopf. Es klang zwar wirklich gescheit, aber meine eigene Erfahrung hatte mir genau das Gegenteil bewiesen. »Sir, als meine Frau noch lebte, war ich oft versucht, Ihre Philosophie zu erproben. Aber das Gesetz zwingt unsereinen, die Zigarre zu rauchen, sobald man sie sich ausgesucht hat«, sagte ich und blinzelte dabei mit den Augen. Da brach Mr. Franklin in Lachen aus, und beide waren wir kreuzfidel – aber nur so lange, bis wieder eine andere Seite seines Wesens in ihm die Oberhand gewann. Dies also spielte sich zwischen mir und meinem jungen Herrn ab, und so verbrachten wir die Zeit bis zum Eintreffen einer Nachricht aus Frizinghall, indes der Inspektor und der Gärtner sich über Rosen stritten.

Die Pony-Chaise kam eine gute halbe Stunde früher zurück, als wir sie erwartet hatten. Meine Herrin hatte beschlossen, zunächst bei ihrer Schwester zu bleiben. Der Reitknecht überbrachte zwei Briefe, den einen für Mr. Franklin, den andern für mich.

Den einen schickte ich in die Bibliothek – abermals Zufluchtsort, in den es ihn hineingetrieben hatte –, den andern öffnete ich in meinem Wohnzimmer. Ein Scheck fiel heraus und deutete mir an (bevor ich noch den Inhalt gelesen hatte), daß Inspektor Cuffs Entlassung beschlossene Sache war.

Ich ließ den Inspektor wissen, daß ich ihn zu sprechen wünschte. Er erschien, doch in seinem Kopf hatte er jetzt nur den Gärtner und die Wilde Rose. Einen so starrsinnigen Menschen wie Mr. Begbie habe er noch nie gesehen, erklärte er, worauf ich ihn bat, derlei lächerliche Nichtigkeiten beiseite zu lassen und sich etwas Ernsterem zuzuwenden. Erst jetzt nahm er sich zusammen und bemerkte endlich den Brief in meiner

Hand. »Ah, Sie haben von Lady Verinder gehört – hat es etwas mit mir zu tun?« fragte er müde.

»Urteilen Sie selbst!« sagte ich und las ihm den folgenden Brief vor, wobei ich mich bemühte, das Wichtige entsprechend zu betonen.

Mein guter Gabriel – wollen Sie, bitte, Inspektor Cuff wissen lassen, daß ich mein Versprechen gehalten habe, und zwar soweit es Rosanna Spearman betrifft. Meine Tochter erklärt feierlich, sie habe – seit diese Unglückliche mein Haus betreten hat – nie unter vier Augen mit ihr gesprochen; seit jener Nacht, in welcher der Diamant verschwunden ist, habe sie das Mädchen nicht mehr gesehen, nicht einmal zufällig. Dies also ist alles, was ich erfahren konnte, nachdem ich meiner Tochter Rosannas Selbstmord mitgeteilt hatte.

Bei dieser Stelle sah ich auf und fragte Inspektor Cuff, was er bis jetzt von diesem Brief halte.

»Meine Meinung würde Sie verletzen. Lesen Sie weiter, Mr. Betteredge, lesen Sie weiter!« sagte er so gottergeben, daß es mich ärgerte.

Es fiel mir ein, daß dieser Mensch eben die Frechheit gehabt hatte, sich über den Starrsinn des Gärtners zu beklagen, und es juckte mich, ihn etwas anderes hören zu lassen als die Worte meiner Herrin. Trotzdem benahm ich mich diesmal wie ein Christenmensch und fuhr unbeirrt zu lesen fort:

Zuerst also appellierte ich an das Gewissen meiner Tochter, so wie Inspektor Cuff es für wünschenswert gehalten hatte, dann aber sprach ich mit ihr, so wie ich es für richtig hielt, um auf sie Eindruck zu machen. Ich hatte sie nämlich noch vor ihrer Abreise zweimal davor gewarnt, daß sie durch ihr Benehmen einen scheußlichen Verdacht auf sich lenke. Und jetzt gab ich ihr klipp und klar zu verstehen, daß sich meine Befürchtungen bewahrheitet hätten. Sie hat mir daraufhin zwei Dinge feierlich beteuert: sie schulde niemandem Geld, und der Diamant sei seit dem Mittwochabend, als sie ihn ins Schränkchen gelegt habe, nicht mehr in ihrem Besitz. Weiter allerdings geht das Vertrauen meiner Tochter zu mir nicht. Nach wie vor schweigt sie starrköpfig, wenn ich sie frage, ob sie sich das Verschwinden des Diamanten erklären könne. Und sie weigert sich unter Tränen, wenn ich sie bitte, doch mir zuliebe zu sprechen. »Der Tag wird kommen, an dem du erfahren wirst, warum es mir nichts ausmacht, wenn man mich verdächtigt, und warum ich sogar dir gegenüber schweige. Ich habe viel getan, weswegen mich meine Mutter bemitleiden könnte, aber ich habe nichts getan, weswegen meine Mutter sich meiner schämen mußte.« Dies sind die Worte meiner Tochter. Nach der Aussprache mit Inspektor Cuff halte ich es für richtig, daß er, der für uns ein Fremder ist, ebenfalls wissen soll, was meine Tochter gesagt hat. Lesen Sie ihm diesen Brief vor und übergeben Sie ihm den beiliegenden Scheck! Ich verzichte auf seine weiteren Dienste und möchte bei dieser Gelegenheit hinzufügen, daß ich von seiner Klugheit und seiner Redlichkeit überzeugt bin. Ich weiß allerdings jetzt mehr denn je, daß er sich im vorliegenden Fall durch unwichtige Einzelheiten auf verhängnisvolle Weise irreführen ließ.

Mit diesen Worten schloß der Brief. Bevor ich dem Inspektor den Scheck überreichte, fragte ich ihn, ob er etwas dazu sagen möchte.

»Mr. Betteredge, ich bin nicht verpflichtet, zu einem Fall noch etwas zu bemerken, sobald ich die Arbeit abgeschlossen habe.«

Ich schob ihm den Scheck über den Tisch hinüber zu. »Und was sagen Sie zu diesem Teil des Briefs?« fragte ich unwillig.

Der Inspektor betrachtete mit traurigem Blick den Scheck und zog die Brauen hoch, weil ihn das großzügige Honorar verblüffte.

»Lady Verinder hat meine Zeit hochherzig gewürdigt, daher fühle ich mich ihr weiterhin verpflichtet. Mr. Betteredge, ich werde bei entsprechender Gelegenheit mich dieser stattlichen Summe erinnern.«

»Was wollen Sie damit sagen?«

»Lady Verinder hat fürs erste die Sache geschickt beigelegt, doch ein Familienskandal wie dieser bricht meist dann wieder aus, wenn man es am wenigsten erwartet. Es wird für einen Detektiv noch etliches zu tun geben, ehe der Monddiamant ein paar Monde älter ist.«

Sofern diese Worte einen tieferen Sinn hatten, und er damit etwas anderes ausdrücken wollte, konnte es nur dieses sein: Lady Verinders Brief hatte seiner Meinung nach bewiesen, daß Miss Rachel gefühllos und daher auch den inständigsten Bitten ihrer

Mutter nicht zugänglich sei, und daß sie ihre eigene Mutter (guter Gott, unter welchen Begleitumständen!) durch abscheuliche Lügen hintergehe. Was andere Leute an meiner Stelle dem Inspektor erwidert hätten, weiß ich nicht. Jedenfalls sagte ich ihm unverblümt, was ich dachte: »Inspektor Cuff, ich halte Ihre Worte für eine Beschimpfung meiner Herrin und des jungen Fräuleins!«

»Mr. Betteredge, halten Sie meine Worte lieber für eine Warnung an Sie – das trifft eher zu!«

Wütend wie ich war, verschloß mir diese ekelhafte Vertraulichkeit die Lippen.

Ich ging zum Fenster, mich zu fassen. Es hatte zu regnen aufgehört – und wen sah ich im Hof? Den Gärtner Begbie! Er wartete draußen, die Debatte über die Wilde Rose fortzusetzen.

»Schöne Empfehlung dem Herrn Inspektor!« sagte er, als er mich erblickte. »Wenn er zu Fuß zur Bahnstation gehen will, komm ich gern mit.«

»Was? Sind Sie denn noch immer nicht überzeugt?« schrie der Inspektor hinter mir.

»Zum Kuckuck noch einmal! Nein!«

»Dann gehe ich zu Fuß!«

»Ich wart beim Pförtnerhaus!«

Mein Leser weiß es: ich war wirklich wütend gewesen. Aber wie kann man wütend bleiben, wenn man dabei so gestört wird? Inspektor Cuff bemerkte, daß sich meine Stimmung änderte und tat noch sein übriges dazu. »Na kommen Sie schon!« sagte er. »Warum sehen Sie den Fall nicht so wie ihn Lady Verinder sieht? Warum sagen Sie nicht auch, unwichtige Einzelheiten hätten mich auf verhängnisvolle Weise irregeführt?«

Es so zu sehen wie meine Herrin es sah, war ein Vorrecht, das man genießen konnte, sogar dann, wenn es mir unglücklicherweise von Inspektor Cuff angeboten wurde. So beruhigte ich mich denn allmählich, hatte ich doch nur mitleidige Verachtung für Leute, die über Miss Rachel anders dachten als meine Herrin oder ich. Doch das einzige, das mir nicht gelingen wollte, war, das Thema des Monddiamanten nicht zu berühren. Mein gesunder Menschenverstand hätte mich davor warnen müssen; ja, ich weiß, ich hätte die Sache auf sich beruhen lassen sollen. Mitnichten! Die Eigenschaften, die unsere heutige Generation auszeichnen, gab es zu meiner Zeit noch nicht. Inspektor Cuff kannte meine schwache Seite. Ich blickte zwar mit Verachtung auf ihn herab, aber mein Fleisch war schwach, es juckte mich trotzdem, ich konnte nicht anders. Eigensinnig wie ich bin, brachte ich das Gespräch doch wieder auf den Brief. »Ich für meine Person bin sehr zufrieden mit dem, was Lady Verinder schreibt. Aber lassen Sie sich dadurch nicht beirren! Sprechen Sie nur ruhig weiter, als wäre ich Ihren Argumenten zugänglich! Sie halten also Miss Rachel für unglaubwürdig und behaupten, wir würden vom Monddiamanten bald wieder hören. Bitte begründen Sie diese Ansicht!« sagte ich hochnäsig.

Anstatt es mir übelzunehmen, ergriff Inspektor Cuff meine Hand und schüttelte sie so lange, bis mich die Finger schmerzten.

»Der Himmel sei mein Zeuge«, sagte feierlich dieser sonderbare Kauz, »hätte ich die Möglichkeit, neben Ihnen zu arbeiten, würde ich mich gleich morgen als Diener verdingen! Zu behaupten, daß Sie, Mr. Betteredge, so durchschaubar seien wie ein Kind, hieße Kindern ein Kompliment machen, das die meisten von ihnen nicht verdienen. Nein, wir wollen nicht nochmals streiten! Sie kriegen es auch auf andere Weise aus mir heraus, ganz leicht sogar. Und über Ihre Herrin und deren Tochter werde ich kein Wort mehr sagen. Freilich, Ihretwegen, Mr. Betteredge, werde ich jetzt den Propheten spielen: Ich habe Sie bereits aufmerksam gemacht, daß die Affäre um den gelben Diamanten noch nicht zu Ende ist. So weit, so gut. Doch jetzt, beim Abschied, sage ich Ihnen überdies noch, daß drei Ereignisse eintreten werden, die Sie, ob Sie wollen oder nicht, beachten werden müssen.«

»Sprechen Sie nur!« sagte ich herausfordernd und genauso hochnäsig wie zuvor.

»Erstens: Sie werden von den Yollands etwas hören, und zwar am Montag, wenn der Brief in Cobb's Hole eingetroffen ist.«

Hätte er mich mit einem Eimer kalten Wassers übergossen,

wäre dies wahrscheinlich kein unangenehmeres Gefühl für mich gewesen als die Wirkung dieser Worte. Miss Rachel hatte zwar ihre Unschuld beteuert, doch Rosannas Verhalten war weiterhin ungeklärt. Warum hatte sie ein neues Nachthemd angefertigt? Warum das alte versteckt? Auch was es sonst noch an Sonderbarem gab – das alles war mir entfallen gewesen, erst Inspektor Cuff brachte es mir jetzt wieder in Erinnerung.

»Zweitens: Sie werden nochmals von den drei Indern hören. Man wird sie in dieser Gegend sehen, so Miss Rachel in Frizinghall bleibt, oder aber in London, so Miss Rachel nach London fährt.«

Da ich von der Unschuld meines jungen Fräuleins vollkommen überzeugt war, hatte ich jedes Interesse an den Indern verloren. Demnach nahm ich diese Prophezeiung nicht ernst. »Das wären also zwei von den drei Ereignissen, die angeblich eintreten sollen«, sagte ich. »Und das dritte?«

»Drittens: Sie werden früher oder später etwas von diesem Londoner Geldverleiher hören, den ich bereits zweimal genannt habe. Geben Sie mir Ihr Notizbuch! Ich schreibe seinen Namen und seine Adresse ein, damit es keinen Zweifel gibt, wenn das Ereignis eintritt.«

Er schrieb auf ein leeres Blatt meines Notizbuchs: *Mr. Septimus Luker, Middlesex-place, Lambeth, London.*

»Das also ist das letzte, was ich zum Thema Monddiamant noch zu sagen habe«, erklärte er und deutete auf die Adresse. »Bald wird sich herausstellen, ob ich recht oder unrecht habe. Und jetzt möchte ich Ihnen nur sagen: Ich habe Sie aufrichtig gern, Mr. Betteredge, und ich glaube das ehrt uns beide. Sollten wir uns, solange ich noch meinen Beruf ausübe, nicht wiedersehen, hoffe ich auf Ihren späteren Besuch. Ich gedenke nämlich, in der Nähe von London ein Häuschen zu kaufen, auf das ich bereits mein Auge geworfen habe. Dort wird es in meinem Garten Graswege geben, ja, Mr. Betteredge, mein Wort darauf! Und was die weiße Moosrose betrifft –«

»Zum Kuckuck noch einmal, die weiße Moosrose gedeiht doch nur, wenn man sie auf die Wilde Rose pfropft!« schrie eine Stimme durchs Fenster herein.

Mit einem Ruck drehten wir uns um. Da stand der unvermeidliche Mr. Begbie, der es beim Pförtnerhaus nicht mehr ausgehalten hatte, weil er aufs Streiten versessen war. Der große Cuff drückte mir die Hand und schoß pfeilschnell in den Hof hinaus, weil er selbst noch mehr darauf versessen war. Und jetzt wandte er sich um und schrie ebenfalls durchs Fenster herein: »Fragen Sie ihn, wenn er zurückkommt, was er von der Moosrose hält! Und Sie werden sehen, ich habe ihn breitgeschlagen!«

»Meine Herren!« rief ich ihnen nach, weil ich auch diesmal ihren Eifer mäßigen wollte, »was die Moosrose betrifft, hat jede Ansicht etwas für sich!« Ich hätte genauso gut einem Meilenstein etwas vorpfeifen können (wie die Iren sagen). Sie stürmten davon und fochten dabei ihren Krieg aus, mitleidlos. Ich sah noch, wie der Gärtner Begbie den Kopf schüttelte und Inspektor Cuff ihn beim Arm packte, als wollte er ihn verhaften. Dann waren sie meinem Blick entschwunden. Ach ja, ich konnte nicht anders: mir gefiel dieser Inspektor, obwohl ich ihn manchmal haßte.

Mag sich der geneigte Leser selbst über mich klar werden, so er kann. Bald wird er mich samt meinen Widersprüchen los sein. Jetzt erzähle ich noch von Mr. Franklins Abreise, dann bin ich mit dem Bericht über die Ereignisse dieses Tages zu Ende. Und wenn ich die wunderlichen Begebenheiten der nächsten Wochen beschrieben habe, ist mein Beitrag zur Geschichte des Monddiamanten abgeschlossen, und ich übergebe die Feder jemand anderem, der meinem Beispiel folgen wird. Und solltest du, lieber Leser, dann so genug vom Lesen haben wie ich vom Schreiben – mein Gott, wie froh werden wir bald sein!

XXIII

Ich hatte die Pony-Chaise anspannen lassen für den Fall, daß Mr. Franklin mit dem Nachtzug abreisen wollte. Man brachte sein Gepäck herunter, er selbst folgte nach. Kein Zweifel, wenigstens einmal in seinem Leben hatte er an einem Entschluß festgehalten.

»Sir, Sie wollen also wirklich heute noch abreisen?« fragte ich ihn in der Halle. »Warum warten Sie nicht ein paar Tage und geben Miss Rachel noch eine Chance?«

Nun, da der Abschied kam, hatte er sein ausländisches Gehaben vollkommen abgestreift. Anstatt mir zu antworten, übergab er mir den Brief, den ihm Lady Verinder geschrieben hatte. Es stand darin zum Großteil das gleiche wie in dem, den ich bekommen hatte. Doch abschließend fand sich etwas über Miss Rachel, das mir – wenn schon nichts anderes – wenigstens Mr. Franklins unabänderlichen Entschluß erklärte.

In diesem Brief hieß es: *Du wirst Dich vielleicht fragen, warum ich es hinnehme, daß meine Tochter mich darüber im dunkeln läßt. Ein Diamant im Wert von zwanzigtausend Pfund ist unauffindbar – ich aber muß annehmen, daß sein Verschwinden für Rachel kein Rätsel ist, und daß entweder eine oder mehrere mir unbekannte Personen ihr zu schweigen geboten haben, und zwar aus einem bestimmten Grunde, den ich nicht einmal vermuten kann. Ist es begreiflich, daß ich mir eine solche Behandlung gefallen lasse? Bei Rachels gegenwärtigem Zustand ist es begreiflich: es jammert mich, sie in einer solchen nervösen Unruhe zu sehen. Ich wage es nicht, das Thema des Monddiamanten auch nur zu berühren, ehe nicht die Zeit das ihrige getan hat und Rachel sich wieder beruhigt. Deshalb habe ich den Polizeibeamten unverzüglich entlassen. Das Geheimnis, das uns verwirrt, hat auch ihn verwirrt; es zu erforschen, kann uns kein Fremder helfen, seinetwegen muß ich noch mehr ertragen, und Rachel gerät außer sich vor Zorn, wenn sie nur seinen Namen hört. Meine Pläne für die nächste Zeit haben so weit wie möglich eine feste Form angenommen. Im Augenblick denke ich daran, Rachel mit mir nach London zu nehmen – die neue Umgebung soll sie auf andere Gedanken bringen, und zudem hätte man dort den besten ärztlichen Rat. Möchtest Du uns in der Stadt besuchen? Mein lieber Franklin, Du mußt Dir auf Deine Weise ein Beispiel an meiner Geduld nehmen und, so wie ich, auf bessere Zeiten warten. In ihrer derzeitigen seelischen Verfassung hält Rachel Deine wertvolle Hilfe bei der Suche nach dem verschwundenen Diamanten für eine unverzeihliche Beleidigung. Du hast ohne viel zu überlegen Dein Bestes gewollt, doch dadurch die auf ihr lastende Sorge noch vergrößert, weil Dein Eingreifen zur Entdeckung ihres Geheimnisses führen könnte. Es wäre wider-*

sinnig, Dich für Folgen verantwortlich zu machen, die wir beide nicht vorhersehen und uns auch nicht vorstellen konnten. Ihre Haltung ist nicht zu entschuldigen, aber man kann mit Rachel nicht vernünftig reden, man kann sie höchstens bemitleiden. Vorläufig also bleiben Du und Rachel besser getrennt, so leid es mir tut. Der einzige Rat, den ich Dir geben kann, ist: Laß ihr Zeit!

Ich faltete den Brief zusammen und gab ihn Mr. Franklin wieder zurück. Er tat mir leid, wußte ich doch, wie sehr er mein junges Fräulein liebte. Was ihre Mutter schrieb, muß ihn zutiefst getroffen haben. »Sir, Sie kennen doch das Sprichwort: Wenn die Not am größten, ist Gottes Hilf am nächsten. Es könnte nicht schlimmer sein als jetzt.« Das war alles, was ich ihm sagte.

Mr. Franklin steckte den Brief in die Tasche. Ich hatte nicht den Eindruck, daß mein Zuspruch ihn tröstete. Er sagte: »Als ich mit diesem unseligen Diamanten herkam, glaubte ich, in ganz England kein glücklicheres Haus zu kennen. Und jetzt? Alle sind verstört, miteinander verfeindet, und sogar die Luft scheint von Verdacht und Heimlichtuerei vergiftet! Betteredge, erinnern Sie sich an den Tag, als wir dort unten am Strand von Onkel Herncastle und seinem Geburtstagsgeschenk sprachen? Der gelbe Diamant hat der Rache des Obersten gedient, auf eine Weise, die er sich nicht einmal in seinen Träumen vorgestellt hat!« Bei diesen Worten schüttelte er mir die Hand und ging hinaus zur Pony-Chaise.

Ich folgte ihm die Stufen hinunter. Es war traurig anzusehen, wie er den Ort verließ, an dem er die glücklichsten Jahre seines Lebens verbracht hatte. Penelope kam weinend herbeigelaufen, ihm Lebewohl zu sagen. Auch sie war traurig und bestürzt, weil alles jetzt anders war in diesem Hause. Mr. Franklin küßte sie, und ich gab ihm mit einer Handbewegung zu verstehen: Von mir aus können Sie meine Kleine gerne küssen, Sir! Einige Dienstmädchen guckten hinter der Hausecke hervor. Er gehört ja zu jenen Männern, welchen alle Weiberherzen zufliegen. Noch im letzten Augenblick hielt ich die Pony-Chaise zurück und bat ihn, mit einem Brief an uns von sich hören zu lassen. Doch er schien auf meine Worte gar nicht zu achten, er blickte stumm um sich, wahrscheinlich nahm er Abschied vom alten Haus und vom Park, für immer.

»Sir, lassen Sie uns wissen, wohin Sie gehen werden!« rief ich und hielt noch immer die Pony-Chaise zurück – ich wollte nämlich auf diese Weise hinter seine Pläne kommen.

»Wohin ich gehe?« Es klang wie ein Echo. »Zum Teufel gehe ich!«

Das Pony machte einen Satz, als hätten ihm diese Worte christlichen Schrecken eingejagt.

»Gott segne Sie, Sir, wohin Sie auch gehen!« war alles, was ich noch sagen konnte, ehe er außer Sicht- und Hörweite kam. Ein Gentleman, den man gern haben mußte, trotz allen Fehlern und Torheiten! Ja, man mußte ihn gern haben! Jetzt war er fort und ließ eine schmerzliche Leere zurück.

Trüb und traurig brach nach einem langen Sommerabend die Nacht herein.

Ich wollte nicht, daß meine Stimmung noch tiefer sank und hielt mich daher an meine Pfeife und an *Robinson Crusoe*. Die Frauenzimmer (Penelope ausgenommen) vertrieben sich die Zeit, indem sie von Rosannas Selbstmord redeten. Alle beharrten auf ihrer Meinung: Die Unglückliche habe den Diamanten gestohlen und sich das Leben genommen, weil sie Angst vor den Folgen gehabt hätte. Meine Tochter hielt – insgeheim natürlich – an dem fest, was sie immer behauptet hatte. Doch merkwürdigerweise konnte auch sie das auslösende Motiv des Selbstmords nicht erklären, es gab mancherlei Undurchsichtiges, und zwar gerade in jenen Punkten, über welche auch mein junges Fräulein, trotz Unschuldsbeteuerungen, keinen Aufschluß geben wollte. So blieben beispielsweise Rosannas heimlicher Gang nach Frizinghall sowie die ganze Sache mit dem neuangefertigten Nachthemd nach wie vor im Dunkel. Aber es war sinnlos, Penelope darauf hinzuweisen, ihr hätte ein Einwand genausowenig ausgemacht wie einem wasserdichten Mantel ein Regenschauer. Offen gestanden, meine Tochter ist Vernunftgründen genauso unzugänglich wie ich, nur ist es bei ihr noch schlimmer als bei mir.

Am nächsten Tag (Sonntag) kam der geschlossene Wagen leer

zurück. Der Kutscher hatte eine Bestellung für mich und schriftliche Instruktionen für Penelope und die Zofe. Meine Herrin hatte nämlich beschlossen, am Montag mit Miss Rachel nach London zu fahren, und zwar von Frizinghall direkt. Die beiden Mädchen wurden angewiesen, für meine Herrin die notwendige Garderobe einzupacken und sich mit den Koffern zu einer bestimmten Stunde in London einzufinden. Von den übrigen Domestiken sollten die meisten nachkommen. Nach allem, was hier vorgefallen sei, habe Miss Rachel keine Lust gezeigt, in dieses Haus zurückzukehren. Ich sollte bis auf weiteres auf dem Landgut bleiben und mich um Haus und Wirtschaft kümmern. Die anderen Dienstboten im Hause sollten Kostgeld bekommen.

Da fiel mir ein, was Mr. Franklin über unser Haus gesagt hatte: Alle seien jetzt verstört und miteinander verfeindet. Natürlich wanderten meine Gedanken zu Mr. Franklin, und je mehr ich an ihn dachte, desto unbehaglicher wurde mir zumute, wenn ich mir seine Zukunft vorstellte. Schließlich griff ich nach der Feder und schickte mit der Sonntagspost einen Brief an Mr. Jeffco (den Kammerdiener seines Vaters), den ich seit Jahren kannte. Ich bat ihn, mich wissen zu lassen, was Mr. Franklin nach seiner Ankunft in London zu tun gedenke.

Der Sonntagabend war womöglich noch trostloser als der Samstagabend. Wir beschlossen diesen Ruhetag so, wie ihn auf den britischen Inseln Hunderttausende regelmäßig beschließen, wir griffen nämlich der Schlafenszeit vor und schliefen auf unseren Stühlen ein.

Wie die anderen Angehörigen unseres Haushalts den Montag verbrachten, weiß ich nicht. Für mich jedenfalls gab es eine schreckliche Aufregung. Die erste von Inspektor Cuffs Prophezeiungen bewahrheitete sich: Ich hörte von den Yollands.

Ich hatte Penelope und die Zofe mit dem Gepäck zur Bahnstation gebracht und spazierte gerade ein wenig im Park herum, als hinter mir jemand meinen Namen rief. Ich drehte mich um, und da stand die Tochter des Fischers, die lahmende Lucy. Abgesehen von ihrem Hinkebein und ihrer Hagerkeit (die dem Aussehen einer Frau abträglich ist) hatte das Mädchen etliches, das einem Männerauge gefallen konnte. Ihr kluges Gesicht war feingeschnitten, die Stimme hörte sich klar und angenehm an, auch ihr prächtiges braunes Haar zählte zu ihren Vorzügen. Daß sie sich auf eine Krücke stützen mußte, war natürlich ein Mißgeschick. Freilich, einer der schlimmsten Makel an ihr war ihr Zorn.

»Nun, mein Kind, was gibt's?« frage ich.

»Wo ist der Mann, der Franklin Blake heißt?« sagt das Mädchen und starrt mich wütend an.

»So spricht man nicht von einem Gentleman. Wenn du dich nach Lady Verinders Neffen erkundigst, dann nennst du ihn gefälligst Mr. Franklin Blake.«

Sie hinkte einen Schritt näher und sah mich an, als wollte sie mich bei lebendigem Leibe verspeisen.

»Mr. Franklin Blake?« äffte sie mich nach. »Mörder Franklin Blake würde besser passen!«

Meine Erfahrungen mit meiner Seligen kamen mir hier zustatten. Wenn Weiber versuchen, einen zu ärgern, drehe man den Spieß um und ärgere sie. Verteidigt man sich nämlich, erreicht man meist gar nichts, aber ärgert man sie, dann tut es ein einziges Wort auch. Und dieses genügte bei der lahmenden Lucy. Ich sagte bloß »Pah!« und sah ihr dabei vergnügt ins Gesicht.

Ihr Zorn flammte auf. Sie stand jetzt auf ihrem gesunden Bein und schlug mit der Krücke dreimal auf den Boden. »Er ist ein Mörder! Er ist ein Mörder! Er ist ein Mörder! Er hat den Tod von Rosanna Spearman auf dem Gewissen!« Sie kreischte in den höchsten Tönen. Ein paar Leute, die in unserer Nähe im Garten arbeiteten, sahen auf – sahen, daß es die lahmende Lucy war, wußten, was sie von ihr zu halten hatten, und sahen wieder weg.

»Wie kommst du dazu, so etwas zu behaupten?«

»Was macht es Ihnen schon aus? Was macht es einem Mann überhaupt aus? Oh, hätte sie über die Männer nur so gedacht wie ich! Dann würde sie wahrscheinlich noch leben!«

»Über mich hat sie sicher nur Freundliches gedacht, dieses arme Ding. Auch ich habe mich bemüht, nett mit ihr zu sein.« Ich sagte es so versöhnlich ich konnte. Um die Wahrheit zu gestehen: ich brachte es nicht über mich, durch eine herausfordernde Antwort das Mädchen nochmals zu reizen. Vorhin hatte ich nur ihren Zorn gesehen, jetzt sah ich auch ihr Elend, und Elend ist bei Menschen niederen Standes oft mit Überheblichkeit verbunden, wie sich erweist. Meine Antwort machte die lahmende Lucy ganz zahm. Sie senkte den Kopf und lehnte die Stirn an die Krücke.

»Ich hab sie so lieb gehabt«, sagte sie leise. »Ihr Leben war traurig gewesen: schlechte Menschen haben sie schlecht behandelt und auf Abwege gebracht, aber es hatte sie nicht verdorben. Sie war ein Engel von einem Mädchen! Wir hätten zusammen glücklich sein können, ich hatte schon vorgehabt, mit ihr nach London zu gehen, wir wären beisammen geblieben und hätten uns als Näherinnen ehrlich durchgebracht. Aber da kommt dieser Mensch und macht alles zunichte! Er hat sie ganz verhext. Und jetzt, Mr. Betteredge, sagen Sie nicht: Er hätte es nicht gewußt, nicht darauf angelegt gehabt. Er hätte es nämlich wissen müssen, er hätte Mitleid mit ihr haben müssen! ›Ach Lucy, ich kann ohne ihn nicht leben‹, hat sie gesagt, ›er aber schaut mich nicht an‹, hat sie gesagt. Ist das nicht schrecklich? Und da habe ich ihr gesagt: ›Kein Mann ist es wert, daß man sich seinetwegen kränkt!‹ Und sie hat gesagt: ›Aber es gibt solche, die es wert sind, daß man für sie stirbt – und zu denen gehört er!‹ Ja, Mr. Betteredge, ich hatte mir ein bißchen Geld erspart, ich hatte mit Vater und Mutter alles abgesprochen, Rosanna und ich wollten fort von hier, wo man sie kränkte und demütigte. Wir hätten uns in London eine kleine Wohnung genommen und dort wie zwei Schwestern miteinander gelebt. Sie wußte ja, wie man sich benimmt, und eine gute Handschrift hatte sie auch, und mit der Nadel war sie geschickter als ich. Aber ich hätte es schon gelernt, und wir hätten zusammen unser Brot verdient. Doch ach, welch Unglück widerfährt mir heute morgen! Ihr Brief kommt, und sie sagt mir darin, sie habe genug vom Leben – ihr Brief kommt, und sie sagt mir darin Lebewohl für immer. Mr. Betteredge, wo ist dieser Franklin Blake?« rief das Mädchen und riß den Kopf hoch. »Wo ist dieser Gentleman, von dem ich nur respektvoll reden darf?« schrie sie mit Zorn in der Stimme und

Tränen in den Augen. »Ha, der Tag wird kommen, an dem sich die Armen gegen die Reichen erheben! So Gott will, wird am Tag der Abrechnung dieser Gentleman als erster drankommen!«

Der Leser sieht: Lucy war also auch ein Fall von einem durchschnittlich guten Christenmenschen, der versagt, weil man sein christliches Denken zu sehr auf die Probe stellt. Nicht einmal der Pfarrer (und das will etwas heißen!) hätte dem Mädchen jetzt eine Strafpredigt halten können, zornig wie sie war. Ich selbst wagte bloß eine Frage an sie, weil ich hoffte, sie auf den Kern der Sache zurückzubringen und von ihr etwas herauszukriegen, was hörenswert war.

»Was willst du von Mr. Franklin Blake?« fragte ich.

»Ihn sprechen.«

»Aus einem besondern Grund?«

»Ich habe einen Brief für ihn.«

»Von Rosanna Spearman?«

»Ja.«

»War er dem Brief an dich beigelegt?«

»Ja.«

Sollte sich der Schleier endlich lüften? Kam das, was ich so verzweifelt suchte, von selbst zu mir und bot sich an? Ich wartete ein wenig, mich zu fassen. Inspektor Cuff hatte mich angesteckt. Gewisse Anzeichen, die ich an mir beobachtete, warnten mich vor dem Entdeckungsfieber, das in mir wieder aufflackerte.

»Du kannst Mr. Blake jetzt nicht sprechen«, sagte ich.

»Ich will es und ich muß es!«

»Er ist gestern abend nach London gefahren.«

Die lahmende Lucy blickte mir fest in die Augen und sah, daß ich die Wahrheit sprach. Ohne ein weiteres Wort drehte sie sich um und hinkte nach Cobb's Hole zurück.

»Bleib stehen, Lucy! Ich erwarte morgen eine Nachricht von Mr. Blake. Gib mir den Brief, ich werde ihn Mr. Blake nachschicken!«

Die lahmende Lucy lehnte sich wieder an ihre Krücke und blickte über die Schulter zu mir zurück. »Ich soll ihm den Brief eigenhändig übergeben – so und nicht anders!« rief sie.

»Und wenn ich ihm schreibe, was du gesagt hast?«

»Schreiben Sie ihm, daß ich ihn hasse – und Sie sagen die Wahrheit!«

»Jaja, aber was ist mit dem Brief?«

»Wenn er ihn haben will, muß er zurückkommen und ihn bei mir holen«, sagte sie und ging weiter.

Mit einem Mal hatte das Entdeckungsfieber meine ganze Würde verzehrt. Ich folgte ihr nach, wollte sie zum Sprechen bringen, doch alles vergebens. Es war mein Pech, ein Mann zu sein, und die lahmende Lucy freute sich, mich abblitzen zu lassen. Etwas später an diesem Tage versuchte ich mein Glück bei ihrer Mutter. Die gute Mrs. Yolland flennte bloß und empfahl mir einen Schluck Trost aus der Geneverflasche. Den Fischer traf ich am Strand. Er sagte: »Welch ein Unglück!« und flickte weiter an seinem Netz. Weder Vater noch Mutter wußten mehr als ich. So blieb mir nur eines: auf den nächsten Morgen zu warten und Mr. Franklin zu schreiben.

Ich überlasse es dem Leser, sich die Ungeduld auszumalen, mit der ich am Dienstagmorgen den Postboten erwartete. Er brachte mir zwei Briefe. Einen von Penelope (den ich nur hastig las): er meldete mir, meine Herrin und Miss Rachel seien in London gut angekommen. Und einen von Mr. Jeffco, mit der Nachricht, daß der Sohn seines Herrn England bereits verlassen habe; nach seinem Eintreffen in der Hauptstadt sei Mr. Franklin noch am späten Abend zu seinem Vater gegangen, doch zu ungelegener Zeit, denn Mr. Blake senior habe bis über die Ohren in Geschäften gesteckt, er habe sich an jenem Abend mit einer Liebhaberei des Unterhauses beschäftigt, die man hierzulande »private bill« nennt. Mr. Jeffco selbst habe Mr. Franklin in Mr. Blakes Arbeitszimmer geleitet und folgendes Gespräch angehört:

»Mein lieber Franklin! Warum kommst du so überraschend zurück? Ist etwas passiert?«

»Ja, mit Rachel. Ich bin darüber sehr bekümmert.«

»Tut mir furchtbar leid. Aber jetzt kann ich dich nicht anhören.«

»Wann hast du Zeit für mich, Vater?«

»Mein lieber Junge, ich will dir nichts vormachen: vielleicht wenn die Sitzungsperiode vorbei ist, früher nicht. Gute Nacht!«

»Danke, Vater! Gute Nacht!«

Das also war das Gespräch im Arbeitszimmer, so wie es mir Mr. Jeffco in seinem Brief schilderte. Das anschließende Gespräch mit Mr. Jeffco war noch kürzer gewesen.

»Jeffco, wann geht morgen früh ein Fährzug nach Dover?«

»Um sechs Uhr vierzig.«

»Lassen Sie mich um fünf Uhr wecken!«

»Sie fahren ins Ausland, Sir?«

»Ich weiß nicht, wo ich lande.«

»Soll ich es Ihrem Vater mitteilen?«

»Ja, nach Ende der Sitzungsperiode.«

Am nächsten Morgen also war Mr. Franklin bereits unterwegs, wohin, das wußte niemand, nicht einmal er selbst. Mr. Jeffco meinte, vielleicht hörten wir von ihm aus Europa oder aus Asien oder aus Afrika oder aus Amerika – die Chancen dieser vier Weltteile seien vollkommen gleich.

Aus diesem Grunde also war es mir unmöglich, die lahmende Lucy und Mr. Franklin zusammenzubringen; auch was den Monddiamanten betraf, schwand für mich jede Hoffnung, auf eigene Faust etwas zur Klärung des Falles beizutragen. Es bestätigte sich lediglich, was Penelope schon immer angenommen hatte: Rosanna hatte sich aus unglücklicher Liebe zu Mr. Franklin das Leben genommen. Es blieb ungeklärt, ob der Brief, den Rosanna für Mr. Franklin hinterlassen hatte, das Geständnis enthielt, das sie ihm schon vorher hatte machen wollen. Aber vielleicht war es nur ein letztes Lebewohl, und sie bekannte ihm darin ihre heimliche Liebe, war er doch als Mann für sie unerreichbar gewesen; oder vielleicht gab sie Aufschluß über ihr seltsames Tun und Treiben, das sie in den Augen des Inspektors verdächtig gemacht hatte. Ein versiegelter Brief lag somit in Lucys Hand, und ein versiegelter Brief blieb er für mich und die anderen, Lucys Eltern inbegriffen. Wir vermuteten, Lucy habe das Vertrauen der Toten besessen; wir versuchten, sie zum Sprechen zu bringen, doch ohne Erfolg. Bei dem Felsen, wohin ihre Spuren geführt hatten, suchte und stöberte einmal die und einmal der, denn die Domestiken glaubten nach wie vor, Rosanna habe den Diamanten gestohlen und dort versteckt. Aber man suchte und stöberte vergebens. Die Flut stieg, die Flut fiel, der Sommer verging, der Herbst kam, aber der Triebsand, der ihren Körper barg, barg auch ihr Geheimnis.

Wie mein Leser weiß, hatte ich durch die Dienstagpost erfahren, daß Mr. Franklin am Sonntagmorgen von England abgereist und meine Herrin und Miss Rachel am Montagnachmittag in London angekommen seien. Der Mittwoch kam, nichts geschah, der Donnerstag aber brachte einen Sack voll Neuigkeiten, diesmal von Penelope.

Penelope schrieb: Ein großer Londoner Arzt sei von ihrer jungen Herrin konsultiert worden und habe sich eine Guinea verdient, weil er festgestellt habe, daß man sie zerstreuen müsse. Miss Rachel habe also Bälle, Opernbesuche, Blumenausstellungen und andere Amüsements vor sich und finde, zum Erstaunen ihrer Mutter, Geschmack daran. Mr. Godfrey habe bei ihnen Besuch gemacht und sei offenbar auch jetzt noch hinter Miss Rachel her, trotz der Abfuhr, die er von ihr am Geburtstag erhalten habe. Zu Penelopes großem Mißvergnügen habe man ihn höchst freundlich aufgenommen, und es sei ihm auf der Stelle gelungen, Miss Rachels Namen für einen seiner Wohltätigkeitsvereine zu gewinnen. Meine Herrin sei sehr niedergeschlagen, sie habe zweimal sehr lange mit ihrem Advokaten gesprochen. Auch von einer armen Verwandten der Familie war in diesem Brief die Rede, und zwar von einer gewissen Miss Clack, die ich in meinem Bericht über das Geburtstagsdinner bereits erwähnt habe, weil sie an diesem Abend neben Mr. Godfrey saß und den Champagner schätzte. Es sei erstaunlich, daß Miss Clack noch keinen Besuch bei meiner Herrin gemacht habe, stellte Penelope fest, doch sicher würde sie sich bald wie eine Klette an sie hängen, das sei ja immer so bei ihr usf. usf. – in der Art eben wie Frauenzimmer sticheln, sei es mit der Zunge, sei es mit der Feder. Die Sache wäre nicht erwähnenswert, hätte ich nicht einen bestimmten Grund: Wie ich eben erfahre, sollst du, mein geneigter Leser, sobald du dich von mir getrennt hast, dieser Miss Clack in die Hände geraten. In diesem Fall hätte ich eine Bitte an dich: Wenn sie von deinem ergebenen Diener spricht, glaub ihr kein Wort davon!

Freitag geschah nichts, nur einer der Hunde zeigte Spuren eines Ausschlags hinter den Ohren. Ich gab ihm eine Dosis Kreuzdornsaft und setzte ihn bis auf weiteres auf eine Diät von Gemüse und Fleischbrühe. Entschuldige, lieber Leser, daß ich dies erwähne, es ist mir einfach dazwischengekommen, bitte übergehe es! Jetzt werde ich ja nicht mehr lange deinen guten Geschmack beleidigen. Überdies war der Hund ein braves Tier und verdiente daher wirklich eine entsprechende ärztliche Behandlung.

Samstag, der letzte Tag der Woche, ist auch der letzte Tag, von dem ich erzähle. Die Frühpost brachte mir eine Überraschung in Form einer Londoner Zeitung. Die Schrift auf dem Streifband gab mir zu denken, und ich verglich sie mit der Eintragung in meinem Notizbuch. Als ich Namen und Adresse des Londoner Geldverleihers vor mir hatte, wußte ich, daß Inspektor Cuff mir die Zeitung geschickt hatte.

Ich blätterte darin und fand einen Polizeibericht, mit einem Merkzeichen versehen. Hier ist er, lieber Leser, zu deinen Diensten. Lies ihn, wie ich ihn gelesen habe, und du wirst die höfliche Aufmerksamkeit des Inspektors zu schätzen wissen, der mir die Neuigkeiten des Tages hatte zukommen lassen:

LAMBETH. – Kurz vor Sitzungsschluß wandte sich Mr. Septimus Luker, ein stadtbekannter Händler in Edelsteinen, Schnitzereien und anderen Antiquitäten, an den Friedensrichter um einen Rat. Der Bittsteller erklärte, herumstreunende Inder, Gaukler, und zwar drei an der Zahl, hätten ihn heutigen Tages mehrmals belästigt. Die Polizei habe sie zwar vertrieben, aber sie seien immer wieder zurückgekehrt und hätten in sein Haus einzudringen versucht, angeblich um ein Almosen zu erbetteln. Man habe sie beim Vordereingang abgewiesen, doch später bei der Hintertür entdeckt. Mr. Luker fühle sich dadurch nicht nur behelligt, sondern auch bedroht. Er habe das Gefühl, die Inder planten einen Raubüberfall. Seine Sammlung enthalte nämlich viele kostbare und einzigartige Edelsteine abendländischer und morgenländischer Herkunft. Erst tags zuvor habe er einen geschickten Elfenbein-

schnitzer (einen Inder, wohlgemerkt) entlassen müssen, weil er diesen Mann in Verdacht habe, daß er ihn bestehlen wollte. Zudem sei nicht ausgeschlossen, daß er mit besagten Gauklern zusammenspiele. Immerhin könnten es die Inder darauf abgesehen haben, Unruhe zu stiften, auf der Straße eine größere Menschenmenge um sich zu versammeln und in der allgemeinen Verwirrung ins Haus einzudringen. Auf eine Frage des Friedensrichters mußte Mr. Luker allerdings zugeben, daß er keinen sicheren Beweis für einen geplanten Raubüberfall habe. Doch eines sei gewiß: Die Inder störten und belästigten ihn. Der Friedensrichter erklärte hierauf: Sollten sich diese Belästigungen wiederholen, könnte Mr. Luker die Inder vors Polizeigericht bringen lassen, wo man gegen sie ein Verfahren einleiten würde. Was die Wertgegenstände in seinem Besitz betreffe, müsse Mr. Luker selbst geeignete Maßnahmen zu deren Schutz ergreifen. Er würde jedenfalls gut daran tun, sich wegen zusätzlicher Vorsichtsmaßnahmen an die Polizei zu wenden. Mr. Luker dankte dem Friedensrichter und entfernte sich.

Einer der Weisen des Altertums soll einem Zeitgenossen (ich habe vergessen, bei welcher Gelegenheit) empfohlen haben, bei allem »auf das Ende und den Ausgang zu sehen«. Und da ich selbst nun auf das Ende dieser Seiten sehe, fällt mir ein, daß ich noch vor wenigen Tagen nicht gewußt habe, wie ich mit dem Ganzen zu Rande käme. Und jetzt finde ich, daß mein einfacher Tatsachenbericht ganz von selbst zur rechten Zeit seinen Schluß bekommt. Was das Schicksal des Monddiamanten betrifft, gab es vieles, worüber man staunen mußte, und zuletzt kam ich aus dem Staunen gar nicht mehr heraus, denn tatsächlich waren die drei Ereignisse, die Inspektor Cuff prophezeit hatte, in knapp einer Woche eingetreten.

Am Montag hatte ich von den Yollands gehört, und jetzt durch eine Londoner Zeitung von den Indern und dem Geldverleiher. Dabei vergesse man nicht: auch Miss Rachel war zur selben Zeit bereits in London! Mein Leser sieht, ich schreibe alles nieder, auch wenn es schlimmer nicht sein könnte und meiner eigenen Ansicht widerspricht. Und wenn du, lieber Leser, jetzt abfällst von mir (aufgrund all dieser Beweise) und dich auf die Seite des Inspektors stellst, weil du vernünftigerweise annehmen mußt, Miss Rachel und Mr. Luker hätten einander getroffen und der sogenannte Monddiamant sei im Hause des Wucherers als Pfand, kann ich dir beim besten Willen keinen Vorwurf machen. Bis hierher habe ich dich gebracht, im Dunkel, und im Dunkel muß ich dich verlassen – womit ich mich empfehle.

Warum aber muß ich dich verlassen? Warum ist es ein Zwang? wird man vielleicht fragen. Warum führe ich den geneigten Leser, der mir so lang gefolgt ist, nicht aus dem Dunkel hinaus, in die höheren Regionen der Erleuchtung, in denen ich jetzt selber weile?

Meine Antwort lautet: Ich handle auf Befehl, und dieser Befehl ist (wie ich höre) im Interesse der Wahrheit. In meinem Bericht darf ich nicht mehr sagen, als ich damals wußte. Anders ausgedrückt: Ich soll mich streng an meine eigenen Erlebnisse halten und dir, lieber Leser, nichts erzählen, was andere mir gesagt haben – und zwar aus dem einfachen Grunde, weil du es von jenen anderen aus erster Hand hören sollst. Dieser ganze Fall, in dessen Mittelpunkt der gelbe Diamant steht, soll nämlich nicht bloß nacherzählt werden, es sollen vielmehr die Zeugen der Reihe nach ihre Aussagen machen.

Ich stelle mir vor, wie in fünfzig Jahren ein Mitglied der Familie diese Blätter lesen wird. Du meine Güte, wird er sich geschmeichelt fühlen! Man mutet ihm nicht zu, etwas auf bloßes Hörensagen zu glauben, er sitzt ja wie ein Richter auf seinem Stuhl!

Hier also müssen wir voneinandergehen, vorläufig wenigstens. Wir haben zusammen eine lange Reise gemacht, es war recht unterhaltend – für beide Teile, wie ich hoffe. Der teuflische Tanz um den Monddiamanten findet jetzt in London statt, und nach London mußt du, lieber Leser, ihm folgen, mich aber läßt du hier in Yorkshire zurück. Bitte verzeih die Mängel an diesem Bericht! Ich habe darin so viel von mir gesprochen und bin, fürchte ich, mit dir, lieber Leser, zu familiär. Aber es ist nicht bös gemeint. So trinke ich denn (da ich mit dem Essen gerade fertig bin) ein Glas von Lady Verinders Ale ehrerbietigst auf dein Gedeihen und deine Gesundheit. Mögest du in diesen von mir beschriebenen Blättern etwas finden, das auch Robinson Crusoe auf dem wüsten Eiland fand, nämlich: *Etwas Tröstliches, das man beim Verzeichnen von Gut und Böse auf die Haben-Seite der Rechnung setzen kann.* Gott befohlen!

ENDE DES ERSTEN TEILS

Zweiter Teil
Die Entdeckung der Wahrheit (1848–1849)

Die Ereignisse, geschildert in mehreren Berichten

Erster Bericht
von Miss Clack, Nichte des verstorbenen Sir John Verinder

I

Ich bin meinen lieben Eltern (beide sind schon im Himmel) zu Dank verpflichtet, weil sie mich von klein auf zur Ordnung erzogen haben.

In jener ach so glücklichen, vergangenen Zeit haben sie mich gelehrt, zu jeder Stunde des Tages und der Nacht mein Haar in Ordnung zu halten und vor dem Schlafengehen meine Kleidung sorgfältig zusammenzufalten, Stück für Stück, immer in der gleichen Reihenfolge, und auf demselben Stuhl am Fuß des Bettes hinzulegen. Regelmäßig trug ich vorher die Ereignisse des Tages in mein kleines Tagebuch ein, regelmäßig sang ich nachher (ein zweites Mal im Bett) ein frommes Abendlied, und diesem folgte regelmäßig der süße Schlummer des Kindes.

Leider haben sich in späterer Zeit dem frommen Abendlied manch traurige und bittere Gedanken angeschlossen, und unruhiger Schlaf, den der Kummer bringt, ist an die Stelle süßen Schlummers getreten. Trotzdem habe ich mein Tagebuch regelmäßig weitergeführt und meine Kleidung ordentlich zusammengelegt. Dieses verknüpft mich auch heute noch in Gedanken mit meiner glücklichen Kinderzeit (ehe noch Papa ein ruinierter Mann war), jenes – bis jetzt eine nützliche Gewohnheit, die mir immer half, den durch Adams Fall fortgepflanzten sündigen Trieb zu zügeln – erweist sich plötzlich auf andere Weise für meine bescheidenen Interessen als wichtig. Meine Wenigkeit ist dadurch imstande, der Laune eines Reichen zu dienen, in dessen

Familie mein Onkel eingeheiratet hat. Es ist für mich ein Glücksfall, daß ich Mr. Franklin Blake nützlich sein kann.

Schon seit längerer Zeit gibt es keinerlei Verbindung mehr zwischen mir und diesem angeheirateten Verwandten. Ist man arm und einsam, wird man leicht vergessen. Aus finanziellen Gründen lebe ich im Ausland, und zwar in einer Kleinstadt der Bretagne, mit dem Vorzug eines billigen Marktes, eines protestantischen Geistlichen und eines ausgewählten Kreises frommer englischer Freunde, was unschätzbar ist.

In dieser Zurückgezogenheit, einem Patmos inmitten des heulenden Ozeans der Papisterei, der uns umgibt, hat mich kürzlich ein Brief aus England erreicht. Mr. Franklin Blake erinnert sich plötzlich meiner bescheidenen Existenz! Mein reicher Verwandter – o könnte ich doch hinzufügen: mein seelisch reicher Verwandter! – schreibt mir unverblümt, daß er von mir etwas will. Launenhaft wie er ist, möchte er die unerquickliche und skandalöse Sache mit dem sogenannten Monddiamanten wieder aufrühren, und ich soll ihm dabei helfen. Wenn ich über das schreibe, was ich in Tante Verinders Londoner Haus erlebt habe, bietet er mir ein Entgelt dafür: wie allen Reichen mangelt es auch ihm an Taktgefühl. Ich soll also jene alten Wunden aufreißen, welche die Zeit kaum geheilt hat, ich soll schmerzlichste Erinnerungen in mir wachrufen, und auf meine verletzten Gefühle will er seinen Scheck als Pflaster legen. Meine Natur ist schwach. Es hat mich einen schweren Kampf gekostet, ehe christliche Demut den sündigen Stolz überwand. Ich habe mein Selbst verleugnet und den Scheck angenommen.

Der Leser erlaube mir, es so plump zu sagen, ohne mein Tagebuch könnte ich wohl kaum auf ehrliche Weise dieses Geld verdienen; mit meinem Tagebuch hingegen ist, um es mit den Worten der Bibel zu sagen, die arme Arbeiterin (die dem reichen Mr. Blake den Insult verzeiht) ihres »Lohnes wert«. Denn an den Tagen, als ich die liebe Tante Verinder besuchte, entging nichts meiner Aufmerksamkeit. So wie man es mich als Kind gelehrt hatte, trug ich alles ein, jeden Abend. Und das werde ich hier niederschreiben, bis in alle Einzelheiten. Meine Hochachtung vor der Wahrheit geht mir gottlob über jede Rücksicht auf

Personen. Meinem Verwandten, Mr. Franklin Blake, wird es wahrscheinlich ein leichtes sein, alles auszulassen, was auf diesen Blättern – sofern es die Person betrifft, um die es hauptsächlich geht – nicht schmeichelhaft ist. Er hat meine Zeit gekauft, doch mein Gewissen kann er, trotz seines Reichtums, nicht kaufen.*

Aus meinem Tagebuch ersehe ich, daß ich am Montag, dem 3. Juli 1848, zufällig an Tante Verinders Haus am Montagu Square vorbeikam.

Ich sah die Läden offen, die Jalousien aufgezogen und hielt es daher für einen Akt der Höflichkeit, anzuklopfen und mich nach dem Befinden meiner Tante zu erkundigen. Die Person, die mir die Tür öffnete, teilte mir mit, meine Tante und deren Tochter (ich bringe es nicht über mich, sie Cousine zu nennen) seien vor einer Woche aus Yorkshire zurückgekommen und beabsichtigten, einige Zeit in London zu bleiben. Ich bat, ihnen auszurichten, daß ich nicht stören, sondern nur anfragen wolle, ob ich den Damen nützlich sein könnte.

Die Person, die mir die Tür geöffnet hatte, nahm meine Bestellung mit impertinentem Schweigen entgegen und ließ mich in der Halle stehen. Sie ist die Tochter dieses alten Gottverächters, der Betteredge heißt und den man schon lange, viel zu lange, in der Familie meiner Tante duldet. Ich setzte mich in der Halle nieder und wartete auf Antwort, und da ich in meiner Handtasche stets ein paar fromme Heftchen bereit habe, suchte ich eines davon aus. Es schien mir für die Person, die mir die Tür

* *Fußnote von der Hand Franklin Blakes:* Was diesen Punkt betrifft, kann Miss Clack beruhigt sein. Weder in ihrem Manuskript noch in irgendeinem andern, das durch meine Hand geht, wird etwas verändert, ausgelassen oder hinzugefügt. Ungeachtet der Meinung des Verfassers, ungeachtet seines Stils, durch den er aus literarischen Gründen Tatsachen entstellen mag: nicht ein einziger Satz wird umgeschrieben. Als echte Dokumente gehen mir diese Berichte zu, und als echte Dokumente werde ich sie aufbewahren und mit den beglaubigten Unterschriften jener Zeugen versehen, welche die Tatsachen bestätigen können. Ich möchte nur eines hinzufügen: die Person, »um die es hauptsächlich geht«, ist derzeit in der glücklichen Lage, daß ihr die Ergüsse aus der spitzen Feder dieser Dame nichts anhaben können; im Gegenteil, für sie liegt der Wert dieses Dokuments sogar darin, daß es ein bezeichnendes Licht auf deren Charakter wirft.

geöffnet hatte, wie von der Vorsehung bestimmt. Die Halle war schmutzig, und der Stuhl, auf dem ich saß, war hart. Aber das beseligende Bewußtsein, Böses mit Gutem zu vergelten, ließ mich derlei Nichtigkeiten vergessen. Das Heftchen gehörte zu einer Reihe, die sich gegen das Sündhafte an der Kleidung bei jungen Frauen richtet, es war in ansprechendem Stil geschrieben und hatte den Titel: ›Ein Wort an Euch über Häubchenbänder.‹

»Meine Herrin läßt Ihnen bestens danken und bittet Sie, morgen um zwei Uhr zum Lunch zu kommen.«

Ich übersah die Art, wie sie es mir sagte, und wie gräßlich frech sie mich dabei ansah. So dankte ich denn dieser jungen Verworfenen und sagte im Ton christlicher Anteilnahme: »Wollen Sie mir den Gefallen tun und dieses Heftchen annehmen?«

Sie warf einen Blick auf den Titel. »Hat es ein Mann oder eine Frau geschrieben, Miss? Wenn es von einer Frau ist, möchte ich es schon deshalb nicht lesen, und wenn es von einem Mann ist, so sagen Sie ihm bitte, daß er davon nichts versteht!« Sie gab mir das Heftchen zurück und öffnete die Tür.

Wir müssen den Samen des Guten streuen, wo immer wir können. Ich wartete, bis die Tür hinter mir geschlossen war, und ließ das Heftchen in den Briefkasten gleiten. Hernach warf ich ein zweites Heftchen durch das Geländer, das den Lichtraum nach dem Bürgersteig hin abschließt, und es fiel vor ein Fenster des Souterrains. Ich fühlte mich (ein bißchen wenigstens) von der schweren Verantwortung meinen Mitmenschen gegenüber erleichtert.

An jenem Abend hatten wir eine Ausschußsitzung des »Hosenvereins der Mütter«. Wie alle frommen Menschen wissen, hat dieses exzellente Wohltätigkeitsunternehmen folgendes Ziel: Man löst beim Pfandleiher die verpfändeten Hosen von Vätern aus und verhindert damit, daß ein unverbesserlicher Ehemann bei nächster Gelegenheit seine Hose nochmals versetzt, indem man sie sofort auf die Größe des noch unschuldigen Söhnchens zurechtschneidert. Ich gehörte damals diesem Ausschuß an. Den Verein erwähne ich nur deshalb, weil sich mein geschätzter und bewundernswerter Freund Mr. Godfrey Ablewhite mit unserm Werk moralischen und materiellen Nutzens verbunden hatte.

Ich hatte erwartet, ihn an diesem Montagabend, von dem ich eben berichte, im Sitzungszimmer zu sehen und wollte ihm bei dieser Gelegenheit mitteilen, daß die liebe Tante Verinder nach London zurückgekehrt sei. Doch er erschien nicht, und ich war maßlos enttäuscht. Als ich deshalb meinen Schwestern, die schon versammelt waren, meine Überraschung ausdrückte, sahen sie alle zugleich von den Hosen auf (wir hatten an jenem Abend eine reiche Ausbeute) und fragten mich erstaunt, ob ich die große Neuigkeit nicht wüßte. Ich bekannte meine Unwissenheit und erfuhr nun erstmals von einem Ereignis, das sozusagen den Ausgangspunkt dieses Berichts bildet.

Am letzten Freitag waren zwei Herren, die völlig verschiedenen Gesellschaftsschichten angehören, Opfer von Überfällen geworden. Ganz London war darob in Aufregung. Einer der beiden war Mr. Septimus Luker aus dem Stadtteil Lambeth, der andere war Mr. Godfrey Ablewhite.

Fern der Heimat, wie ich jetzt lebe, bin ich nicht in der Lage, den diesbezüglichen Zeitungsbericht an dieser Stelle einzufügen. Zudem entging mir damals der unschätzbare Gewinn, aus dem beredten Munde Mr. Godfrey Ablewhites selbst die Geschichte zu vernehmen; ich kann daher nur die nackten Tatsachen berichten, so wie ich sie an jenem Montagabend erfuhr. Ich gehe dabei nach der gleichen Methode vor, die man mir als Kind beigebracht hat, als ich meine Kleidung zusammenfalten sollte: ordentlich, alles der Reihe nach, alles auf seinem Platz.

Diese Zeilen werden von einer armen schwachen Frau geschrieben. Wer könnte so unbarmherzig sein, von einer armen schwachen Frau mehr zu verlangen?

Es geschah also am Freitag, dem 30. Juni 1848 – was ein Datum betrifft, kann nämlich, dank meinen lieben Eltern, kein Lexikon der Welt genauer sein als ich. Früh am Morgen dieses denkwürdigen Tages war unser reichbegabter Mr. Godfrey zufällig in der Lombard Street und löste dort in einer Bank einen Scheck ein. (Der Name dieser Bank ist in meinem Tagebuch verwischt. Da ich die Wahrheit hochhalte, will ich diesbezüglich keine Vermutung wagen. Glücklicherweise kommt es hier ohnedies nicht auf den Namen an, sondern vielmehr darauf, was passierte, als Mr. Godfrey den Scheck eingelöst hatte.) Auf dem Weg zur Tür stieß er auf einen ihm völlig fremden Herrn, der zufällig zugleich mit ihm die Bank verließ. Es entspann sich zwischen den beiden ein höflicher Streit um den Vortritt. Der Fremde wollte, daß Mr. Godfrey vorangehe, auch Mr. Godfrey sagte ein paar artige Worte, beide verbeugten sich, und auf der Straße trennten sie sich.

Oberflächliche und gedankenlose Leute werden vielleicht sagen: Das ist ein belangloser kleiner Zwischenfall, umständlich erzählt.

O meine jungen Freunde und Mitsünder, hütet euch davor – schwaches Fleisch, das ihr seid –, euch eurer verdorbenen Vernunft zu bedienen! Befleißigt euch der höchsten sittlichen Genauigkeit! Laßt euren Glauben sein wie eure Strümpfe, und eure Strümpfe wie euren Glauben: beide stets fleckenlos rein, beide bereit, gebraucht zu werden!

Ich bitte tausendmal um Verzeihung, bin ich doch, von mir selbst unbemerkt, in meinen Sonntagsschulstil verfallen, der in einem Bericht wie diesem höchst unpassend ist. So will ich denn versuchen, mich mehr auf das Irdische auszurichten und zu sagen: Geringfügige Kleinigkeiten (in diesem Fall wie in anderen Fällen) ziehen oft schreckliche Folgen nach sich. Ich will nur vorausschicken, daß der höfliche Fremde Mr. Luker aus Lambeth war, indes wir Mr. Godfrey in seine Wohnung im Stadtteil Kilburn folgen.

Dort erwartete ihn in der Halle ein ärmlich gekleideter Knabe, dessen Gesicht interessante, feingeschnittene Züge hatte. Eine alte Dame, die er nicht kenne, habe ihn mit einem Brief hergeschickt; er brauche nicht auf Antwort zu warten, sagte er. So ließ ihn also Mr. Godfrey gehen. Schließlich war er, als Förderer privater Wohltätigkeit, daran gewöhnt, daß man an ihn herantrat. Die Handschrift war ihm völlig fremd. Er öffnete den Brief. Eine alte Dame ersuchte ihn – sie nannte auch ihren Namen –, innerhalb der nächsten Stunde in die Northumberland Street zu kommen, und zwar in ein Haus, in dem er noch nie gewesen war. Sie wünsche nämlich von ihm, als bedeutendem Philanthropen und würdigem Präsidenten des »Hosenvereins der Mütter«, bestimmte Einzelheiten über dieses Unternehmen zu erfahren. Sollten die Auskünfte befriedigend sein, gedenke sie, eine größere Summe für wohltätige Zwecke zur Verfügung zu stellen. Er möge die Dringlichkeit der Sache entschuldigen, sie sei nämlich eben erst in London eingetroffen, ihr Aufenthalt sei kurz, und deshalb habe sie sich nicht früher an ihn wenden können.

Durchschnittsmenschen hätten gezögert, einer Fremden zuliebe eigene Verabredungen hintanzusetzen. Doch der wahre Christ zögert nie, wenn er Gutes tun kann. Mr. Godfrey verließ unverzüglich seine Wohnung und begab sich in die Northumberland Street. Ein achtbar aussehender, etwas korpulenter Mann öffnete ihm die Haustür. Er nannte ihm seinen Namen, und der Mann führte ihn in die erste Etage hinauf, in ein Zimmer, das nach hinten gelegen war. Zwei Dinge fielen Mr. Godfrey sogleich auf: das eine war ein schwacher Geruch von Moschus und Kampfer, das andere war eine orientalische Handschrift, mit indischen Symbolen und Emblemen reich geschmückt, die aufgeschlagen auf einem Tisch lag.

Mr. Godfrey betrachtete eben dieses schöne alte Buch und stand deshalb mit dem Rücken zur Flügeltür, die ins Vorderzimmer führte. Da schlang sich plötzlich – ohne daß er vorher ein warnendes Geräusch vernommen hätte – von hinten ein Arm um seinen Hals. Er konnte noch sehen, daß der Arm nackt und von gelbbrauner Farbe war. Dann verband man ihm die Augen, knebelte ihn und warf ihn zu Boden. Er hatte jedoch den Eindruck, es wären zwei Männer, die ihn, der wehrlos auf dem Boden lag, festhielten, indes ein dritter ihm gründlich die Taschen durchsuchte, und nicht nur das – als Dame scheue ich mich, es auszusprechen: Ohne viele Umstände zu machen, durchsuchte man ihn bis auf die Haut.

Hier würde ich gerne ein paar Worte der Bewunderung für Mr. Godfrey einfügen, weil er einzig und allein durch frommes Gottvertrauen eine so arge Bedrängnis ertragen konnte. Aber vielleicht ziemt es sich für eine Dame nicht, sich darüber zu verbreiten, was alles bei dieser Verletzung des Anstands (wie oben beschrieben) mit meinem bewundernswerten Freund geschah. Ich übergehe daher die nächsten Minuten und will erst von dem Zeitpunkt an von Mr. Godfrey sprechen, als er diese abscheuliche Durchsuchung hinter sich hatte. Der Exzeß war vom Anfang bis zum Ende bei tödlicher Stille vor sich gegangen. Nach getaner Arbeit wechselten diese Schurken ein paar Worte, und zwar in einer Sprache, die Mr. Godfrey nicht verstand. Freilich, sein für Nuancen empfindliches Ohr konnte am Tonfall Wut und Enttäuschung der Sprechenden erkennen. Plötzlich hob man ihn hoch, setzte ihn auf einen Stuhl und fesselte ihn an Händen und Füßen. Im nächsten Moment spürte er einen Luftzug (als Folge einer geöffneten Tür), er horchte, hörte nichts und schloß daraus, daß er sich wieder allein in diesem Zimmer befand. Lautlos lastete auf ihm die Atmosphäre des Verbrechens.

Da hörte er plötzlich ein Geräusch auf der Treppe, es kam näher und näher und hörte sich an wie das Rascheln eines Frauenkleids. Der Schrei einer Frau zerriß das Schweigen. Jetzt kamen Männerschritte die Treppe herauf. Mr. Godfrey hörte einen erstaunten Ausruf und fühlte, daß ihm barmherzige Christenhände die Binde von den Augen und den Knebel aus dem Mund nahmen. Überrascht erblickte er ein ehrbar aussehendes Paar und hauchte mit schwacher Stimme: »Was soll das?« Die beiden sahen ihn ebenfalls überrascht an und sagten: »Die gleiche Frage wollten wir an Sie richten.«

Es folgte natürlich eine Erklärung. Doch nein! Als gewissenhafter Mensch will ich es ganz genau nehmen: Zuerst brachte man Wasser und Hirschhornsalz, und dann erst folgte die Erklärung.

Wie der Besitzer des Hauses und dessen Frau (beide von einwandfreiem Ruf) aussagten, hatten sie am Vortag die erste und die zweite Etage ihres Hauses einem achtbar aussehenden Herrn vermietet. Es war derselbe, der Mr. Godfrey die Haustür geöffnet hatte. Der Herr habe die Miete für eine Woche sowie alle Extras im voraus bezahlt und gesagt, er benötige die Räume für drei Freunde, die erstmals nach England kämen; es handle sich um drei Orientalen vornehmer Abkunft.

Am Morgen des Tages, von dem ich berichte, hatten also zwei dieser Orientalen, von ihrem englischen Freund begleitet, dieses Logis bezogen, der dritte sollte bald nachfolgen, und das Gepäck – angeblich sehr umfangreich – werde erst spät am Nachmittag, sobald es den Zoll passiert habe, eintreffen. Knappe zehn Minuten vor Mr. Godfrey sei der dritte Orientale angekommen; nichts Ungewöhnliches habe sich ereignet, wie der Hausbesitzer und dessen Frau bestätigten. Vom Parterre aus, das sie selbst bewohnten, hätten sie gesehen, wie fünf Minuten vorher die drei Ausländer, von ihrem englischen Freund begleitet, das Haus in Richtung Strand verlassen hatten. Da sei aber der Frau eingefallen, daß ein Besucher zwar gekommen, doch nicht fortgegangen war, was ihr sonderbar schien. Sie habe mit ihrem Mann darüber gesprochen und nachsehen wollen, ob man den Herrn allein gelassen habe, oder ob vielleicht etwas passiert sei. Was sie dann sah, habe ich bereits zu beschreiben versucht. Das also war die Erklärung des Hausbesitzers und seiner Frau.

Hierauf untersuchte man das Zimmer und fand das Eigentum meines teuren Mr. Godfrey überall verstreut. Man sammelte es ein, kein einziges Stück fehlte, der Eigentümer konnte alles wieder an sich nehmen: Uhr, Kette, Schlüssel, Schnupftuch, Notizbuch und Geldbörse waren unversehrt, letztgenannte hatte man allerdings genau untersucht. Auch aus der Wohnung selbst war nichts abhanden gekommen. Nur die alte indische Handschrift hatten die Orientalen mitgenommen, doch die gehörte ohnedies ihnen.

Was aber hatte das alles zu bedeuten? Mr. Godfrey konnte nur das Opfer eines unbegreiflichen Irrtums gewesen sein, der diesen drei unbekannten Fremden unterlaufen war. In unserer Mitte mußte ein Komplott von Dunkelmännern bestehen, und unser teurer Freund war unschuldig in ihr Netz geraten. Wenn der christliche Held, der Hunderte von mildtätigen Siegen errungen hat, in eine ihm irrtümlich gestellte Falle geht – o welche Warnung ist uns das! Wir müssen ständig auf der Hut sein, sonst nämlich könnten unsere eigenen dunklen Leidenschaften – eben wie jene Dunkelmänner – uns eines Tages unversehens überfallen!

Ich möchte seitenlang bei diesem Thema verweilen und meine Mitmenschen liebevoll vor Gefahren warnen, aber ach, es ist mir hier leider nicht gestattet, andere zu bessern, ich bin vielmehr dazu verurteilt, einzig und allein das Erlebte zu berichten. Der Scheck meines reichen Verwandten – ein Alp, der mir auf der Seele liegt – mahnt mich, daß ich mit meinem Bericht über die Gewalttaten dieses Tages noch nicht zu Ende bin. Wir müssen also Mr. Godfrey in der Northumberland Street zurücklassen, wo er sich allmählich erholt, und wenden uns Mr. Luker zu, dem später an diesem Tag, ebenfalls etwas Seltsames zustößt.

Nachdem Mr. Luker die Bank verlassen hatte, war er in Geschäften unterwegs gewesen und dann in seine Wohnung im Stadtteil Lambeth zurückgekehrt. Dort fand er einen Brief vor, den – wie man ihm sagte – kurz zuvor ein Knabe abgegeben habe. Auch ihm war die Handschrift unbekannt, doch schien der Brief von einem Kunden zu kommen, dessen Name als Absender angegeben war. Der Schreiber meldete (in der dritten Person – anscheinend war ihm dieser Brief vom Absender diktiert worden), der Kunde habe in London unerwartet zu tun und in der Tottenham Court Road ein Logis genommen. Er wünsche Mr. Luker unverzüglich zu sprechen, es handle sich um einen Kauf, den er bei ihm zu machen gedenke. Der Betreffende war ein leidenschaftlicher Sammler orientalischer Antiquitäten und hatte schon oft in großzügigster Weise bei Mr. Luker eingekauft.

Oh, wann endlich machen wir uns frei, dem schnöden Mammon zu frönen! Mr. Luker nahm eine Droschke und fuhr auf der Stelle in die Tottenham Court Road.

Genau das gleiche, was Mr. Godfrey in der Northumberland Street passiert war, widerfuhr nun Mr. Luker. Beim angegebenen Haus öffnete der achtbar aussehende Herr die Tür und führte den Besucher in den Salon hinauf. Auch hier lag die reich bemalte indische Handschrift aufgeschlagen auf dem Tisch und lenkte Mr. Lukers Aufmerksamkeit auf sich, und auch er wurde aus seiner Betrachtung gerissen: durch einen nackten gelbbraunen Arm, der sich um seinen Hals schlang, durch eine Binde über die Augen und einen Knebel in den Mund; auch ihn warf man zu Boden und durchsuchte ihn bis auf die Haut. Ehe man ihn fand, verstrich zwar eine längere Zeit als bei Mr. Godfrey, aber es geschah aus dem gleichen Grund: den Leuten im Hause schien etwas nicht in Ordnung zu sein, sie gingen hinauf und wollten nachsehen. Genau die gleiche Erklärung wie in der Northumberland Street folgte auch hier. Die wohlgefüllte Börse und das vertrauenswürdige Äußere des Mannes, der im Auftrag seiner ausländischen Freunde handelte, hatte die Hausleute beeindruckt. Einen Unterschied gab es allerdings bei Mr. Lukers Fall, als man den verstreuten Tascheninhalt einsammelte: Uhr und Geldbörse waren unversehrt, aber (darin weniger von Glück begünstigt als Mr. Godfrey) ein Zettel, den er bei sich gehabt hatte, fehlte. Es handelte sich um die Quittung für einen Wertgegenstand, den Mr. Luker am selben Tag in seiner Bank deponiert hatte. Für betrügerische Zwecke konnte man den Zettel allerdings nicht verwenden, da der Wertgegenstand nur dem Eigentümer persönlich ausgehändigt werden durfte. Trotzdem eilte Mr. Luker, kaum daß er sich erholt hatte, zur Bank, weil er vermutete, die Orientalen, die von dieser Bestimmung nichts wußten, würden den Wertgegenstand einlösen wollen. Aber sie hatten sich in der Bank nicht blicken lassen und kamen auch später nicht. Der Bankier meinte, der englische Freund der drei Orientalen habe die Quittung wahrscheinlich genau geprüft und sie vor einem Gebrauch rechtzeitig gewarnt.

Beide Überfälle hatte man der Polizei gemeldet, auch die nötigen Nachforschungen wurden, wie ich glaube, mit größter Energie betrieben. Bei der Polizei war man der Meinung, diese Schurken hätten es bestimmt auf Raub abgesehen gehabt, doch wären sie nicht sicher gewesen, ob Mr. Luker selbst seinen wertvollen Edelstein in der Bank deponiert oder dies einem andern anvertraut habe. Und der arme Mr. Godfrey habe für seine Höflichkeit büßen müssen, weil er mit Mr. Luker beim Ausgang ein paar Worte gewechselt hatte.

So kam es, daß an jenem Montagabend Mr. Godfrey unserer Sitzung ferngeblieben war. Er hatte zu dieser Zeit seine Aussagen bei der Polizei machen müssen. Und nun, da ich den Sachverhalt dargelegt habe, kann ich mit der weit einfacheren Geschichte meiner eigenen Erlebnisse im Hause am Montagu Square beginnen.

Am Dienstag stellte ich mich pünktlich auf die Minute zum Lunch ein. Ich ersehe aus meinem Tagebuch, daß es ein bewegter Tag war. Er brachte so manches, das man ehrlich bedauern muß, aber auch so manches, wofür man aufrichtig dankbar sein kann.

Tante Verinder empfing mich huldvoll und liebenswürdig wie immer. Doch irgend etwas stimmte nicht – das bemerkte ich sehr bald. Es entging mir nicht, daß sie dann und wann einen ängstlichen Blick auf ihre Tochter warf. Mir selbst ist es immer ein Rätsel geblieben, daß eine so unbedeutend aussehende Person das Kind so vornehmer Eltern wie Sir Johns und Lady Verinders sein kann. Doch schlimmer noch: damals enttäuschte mich Rachel nicht nur, sie schockierte mich geradezu. Ihrer Sprache und ihrem Benehmen fehlte jede damenhafte Zurückhaltung, was peinlich auffiel. Durch eine Art fieberhafter Erregung war sie, wenn sie lachte, qualvoll laut. Als wir bei Tisch saßen, war sie launenhaft und aß und trank solche Mengen, daß es mir sündhaft vorkam. Ihre arme Mutter tat mir aufrichtig leid – schon bevor ich noch den wahren Sachverhalt von ihr erfuhr.

Nach dem Essen sagte meine Tante: »Rachel, denk daran, was der Arzt dir gesagt hat: Immer wenn du gegessen hast, sollst du dich durch Lektüre beruhigen!«

»Gut, Mama, ich gehe in die Bibliothek. Doch wenn Godfrey kommt, laß es mich bitte wissen. Nach allem, was er in der Northumberland Street erlebt hat, brenne ich auf weitere Neuigkeiten.« Sie küßte ihre Mutter auf die Stirn und streifte mich mit einem flüchtigen Blick. »Adieu, Clack!« sagte sie beiläufig. Ihre Insolenz erweckte keinen Zorn in mir, ich nahm mir insgeheim vor, für sie zu beten.

Als meine Tante und ich allein waren, erzählte sie mir diese skandalöse Sache mit dem indischen Diamanten, die ich gottlob nicht zu wiederholen brauche. Sie verhehlte mir nicht, daß sie über dieses Thema lieber geschwiegen hätte. Aber man könne die Geschichte nicht mehr verheimlichen, meinte sie, zumal ja die eigenen Dienstboten davon wüßten, und auch in den Zeitungen könne man davon lesen – ja, es gäbe sogar gewisse Vermutungen, daß die Ereignisse auf ihrem Landsitz in Yorkshire und jene in der Northumberland Street und in der Tottenham Court Road vielleicht miteinander zusammenhingen. Demnach sei vollkommene Offenheit sowohl eine Tugend wie auch eine Notwendigkeit.

Andere Leute wären beim Anhören dieser Geschichte wahrscheinlich fassungslos vor Staunen gewesen. Ich allerdings kenne Rachels verderbtes Gemüt von Kindheit an, mich konnte daher nichts überraschen – was immer meine Tante über ihre Tochter erzählen mochte. Es hätte von Mord und Totschlag handeln können – insgeheim hätte ich mir gesagt: Das mußte so kommen, du lieber Gott, das mußte so kommen!

Was mich dabei erschütterte, war einzig und allein das Verhalten meiner Tante. Unter den obwaltenden Umständen wäre es natürlich richtig gewesen, einen Priester heranzuziehen, sie aber hatte ärztlichen Rat eingeholt. Meine arme Tante hatte nämlich ihre Jugend im Hause ihres gottlosen Vaters verbringen müssen. Auch was sie betraf, dachte ich bei mir: Das mußte so kommen, du lieber Gott, daß mußte so kommen!

»Die Ärzte empfehlen Rachel viel Bewegung und Zerstreuung. Sie haben mir dringend geraten, Rachel so viel wie möglich abzulenken«, erklärte sie.

Oh, welch gottloser Rat! sagte ich mir insgeheim. In diesem christlichen Land – welch gottloser Rat!

»Ich tue mein möglichstes, die Vorschriften genau zu befolgen«, fuhr meine Tante fort. »Aber Godfreys seltsames Abenteuer kam im unglücklichsten Moment. Seit Rachel davon erfahren hat, ist sie unruhig und aufgeregt. Sie ließ mich nicht in Frieden: ich mußte ihm schreiben und ihn zu uns bitten. Auch für den andern Mann, der von diesen Orientalen mißhandelt wurde, interessiert sie sich. Dabei ist er ihr vollkommen fremd – Mr. Luker heißt er oder so ähnlich.«

»Du kennst die Welt besser als ich, liebe Tante«, sagte ich mißtrauisch, »aber für Rachels ungewöhnliches Betragen muß es doch einen Grund geben. Sie hat vor dir und vor jedermann ein sündiges Geheimnis – und vielleicht befürchtet sie, daß es durch diese beiden Vorfälle an den Tag kommen könnte?«

»Was soll an den Tag kommen? Ein Geheimnis? Durch Luker und durch meinen Neffen?«

Kaum waren diese Worte über ihre Lippen, wollte es eine sonderbare Fügung des Himmels, daß der Diener eintrat und Mr. Godfrey Ablewhite meldete.

II

Mr. Godfrey folgte der Nennung seines Namens im rechten Augenblick – er tut ja immer alles zur rechten Zeit. Er heftete sich dem Diener nicht an die Fersen und überfiel uns nicht mit seinem Besuch, und er ließ auch nicht auf sich warten, was eine geöffnete Tür und eine ungute Pause zur Folge gehabt hätte. In dieser Vollkommenheit im täglichen Leben zeigt sich eben der wahre Christ. Dieser teure Mann ist in der Tat höchst vollkommen!

»Melden Sie Miss Verinder, daß Mr. Ablewhite hier ist!« sagte meine Tante zum Diener.

Beide erkundigten wir uns nach seiner Gesundheit, beide fragten wir ihn, ob er nach seinem schrecklichen Abenteuer jetzt wieder ganz der alte sei. Mit vollendetem Takt brachte er es zuwege, uns beiden zugleich zu antworten. Meiner Tante antwortete er mit Worten, mir mit seinem reizvollen Lächeln.

»Was habe ich getan, diese Teilnahme zu verdienen?« rief er unsagbar zärtlich. »Meine liebe Tante! Meine liebe Miss Clack! Man hat mich ja nur für einen andern gehalten, mir nur die Augen verbunden, mich nur gewürgt, nur hingeworfen auf einen sehr dünnen Teppich, der einen besonders harten Boden bedeckte. Bedenken Sie doch, wie viel schlimmer es hätte sein können! Man hätte mich berauben, mich ermorden können! Und was habe ich verloren? Nichts außer Nervenkraft – und das ist, nach dem Gesetz, kein persönliches Eigentum. So habe ich, genaugenommen, gar nichts verloren. Ginge es nach mir, hätte ich dieses Abenteuer für mich behalten – widerstrebt es mir doch, von einer Sache viel Aufhebens zu machen. Allein, Mr. Luker hat die ihm widerfahrene Mißhandlung publik gemacht, und damit natürlich auch meine. Und jetzt haben sich die Zeitungsschreiber auf mich gestürzt, und das Publikum muß von diesem Abenteuer lesen bis zum Überdruß. Ich selbst habe die Sache schon satt, Gott gebe es, daß auch der Leser sie bald satt hat! Und wie geht es der lieben Rachel? Unterhält sie sich in London noch immer so gut? Ich freue mich für sie! Miss Clack, ich bedarf Ihrer ganzen Nachsicht, bin ich doch mit meiner Arbeit im Verein arg im Rückstand. Aber ich hoffe wirklich, mich nächste Woche bei meinen verehrten Damen des ›Hosenvereins‹ einstellen zu können. Sind Sie am letzten Montag mit Ihrer Arbeit im Ausschuß gut vorangekommen? Hofft man auf Erfolg? Hat man genügend Hosen?«

Die himmlische Sanftheit seines Lächelns machte ihn unwiderstehlich, als er sich dergestalt entschuldigte. Seine volle, tiefe Stimme verlieh der interessanten geschäftlichen Angelegenheit, von der er zu mir sprach, einen unbeschreiblichen Reiz. Tatsächlich hatten wir einen fast zu großen Vorrat an Hosen, eine wahre Flut. Eben wollte ich es ihm mitteilen, da öffnete sich die Tür, und in Gestalt Miss Verinders drang ein profanes Element ein, das uns störte.

Sie kam auf den teuren Mr. Godfrey so rasch zu, wie es sich für eine Dame gar nicht ziemt, und dabei hing ihr das Haar widerwärtig ins Gesicht, das sich – meiner Meinung nach – mit einer häßlichen Röte bedeckte.

»Es freut mich, dich zu sehen«, sagte sie beiläufig – so wie ein junger Mann mit einem andern jungen Mann spricht (wie ich zu meinem Bedauern feststellen mußte). »Ich wollte, du hättest Mr. Luker mitgebracht! Ihr beide seid ja derzeit die interessantesten Männer von ganz London – solange die Aufregung darüber nicht vergessen ist. Gräßlich, wenn man so etwas sagt, nicht wahr? Es gehört sich nicht, und Miss Clack, die ein so wohlgeordnetes Denken hat, schreckt sicher davor instinktiv zurück. Gleichviel: erzähl mir, was dir in der Northumberland Street passiert ist! Die Zeitungen haben bestimmt einiges davon ausgelassen.«

Sogar der teure Mr. Godfrey hat die durch Adams Fall entstandene Verderbnis der Vernunft und des Willens mitbekommen – nur wenig zwar, aber leider doch. Es schmerzte mich wirklich, als ich sah, daß er Rachels Hand in beide Hände nahm und sie sanft an die linke Seite seiner Weste legte. Damit feuerte er sie geradezu an, weiterhin verwegen darauf loszureden und mich schlecht zu behandeln.

»Liebste Rachel«, sagte er mit der gleichen Stimme, die mich bezaubert hatte, als er von unseren Hosen und den diesbezüglichen Hoffnungen gesprochen hatte, »die Zeitungen haben dir alles gesagt, und noch dazu besser, als ich es kann.«

»Godfrey findet wohl, wir messen der Sache übermäßige Bedeutung bei«, meinte meine Tante. »Er hat uns vorhin gerade zu verstehen gegeben, daß er davon nicht gern spricht.«

»Warum?« Rachel stellte diese Frage mit blitzenden Augen und sah dabei Mr. Godfrey ins Gesicht. Er seinerseits sah sie nachsichtig an, was mir unverdient und unbesonnen schien. Ich fühlte mich daher veranlaßt, in diesem Moment einzuschreiten.

»Rachel, Liebling, wahre Größe und wahrer Mut sind immer bescheiden«, warf ich freundlich ein.

»Godfrey, du bist auf deine Art ein guter Kerl«, sagte sie, ohne die geringste Notiz von mir zu nehmen – und noch immer in einem Ton, als wäre sie ein junger Mann, der sich mit einem andern jungen Mann unterhält (wohlgemerkt!). »Aber eines weiß ich: Du hast an dir weder etwas von Größe, noch besitzt du besonderen Mut. So du überhaupt jemals bescheiden warst, deine Anbeterinnen haben dir seit Jahren diese Tugend abgewöhnt. Du willst aus irgendeinem tieferen Grund über dein Abenteuer in der Northumberland Street nicht sprechen – und diesen Grund will ich wissen!«

»Mein Grund ist verständlich und einleuchtend: ich habe die Sache satt!« sagte er geduldig.

»Du hast die Sache satt? Mein lieber Godfrey, dazu erlaube ich mir, etwas zu sagen.«

»Und das wäre?«

»Du bewegst dich viel zuviel in Gesellschaft von Frauen und hast dir daher zwei schlechte Gewohnheiten zugelegt: Du schwätzt mit ernster Miene Unsinn und du flunkerst, weil es dir Freude macht. Bei deinen Anbeterinnen kannst du nicht unumwunden deine Meinung äußern, doch bei mir sollst du offen sprechen. Komm, setz dich her! Ich habe eine Menge Fragen an dich, die du mir alle rückhaltlos beantworten sollst.«

Sie zerrte ihn tatsächlich zu einem Stuhl beim Fenster, wo ihm das Licht aufs Gesicht fallen mußte. Ich bedauere es, eine solche Sprache wiedergeben und ein solches Benehmen beschreiben zu müssen. Aber eingeklemmt wie ich bin – zwischen Mr. Blakes Scheck und meinem heiligen Streben nach Wahrheit –, was bleibt mir da übrig?

Ich blickte auf meine Tante. Unbewegt saß sie da und schien nicht gesonnen, sich einzumischen. Sie kam mir wie betäubt vor, noch nie hatte ich einen solchen Zustand an ihr bemerkt. Vielleicht war es die Reaktion auf die schweren Zeiten, die sie auf ihrem Landsitz mitgemacht hatte – jedenfalls kein erfreuliches Symptom (oder was es sonst sein mochte) bei der teuren Tante angesichts ihres Alters und ihrer mit den Jahren zunehmenden Korpulenz.

Rachel hatte sich inzwischen mit unserm liebenswürdigen und nachsichtigen – allzu nachsichtigen – Mr. Godfrey beim Fenster niedergelassen. Sie begann jetzt die Fragenreihe, mit der sie ihm gedroht hatte, und behandelte dabei ihre Mutter und mich wie Luft.

»Godfrey, hat die Polizei etwas herausgefunden?«

»Bis jetzt nicht.«

»Ist es sicher, daß die drei Männer, die dich in die Falle gelockt hatten, dieselben sind, die nachher Mr. Luker in die Falle lockten?«

»Liebe Rachel, darüber besteht kein Zweifel.«

»Und es fehlt von ihnen jede Spur?«

»Ja.«

»Die drei Männer sollen angeblich jene Inder sein, welche als Gaukler zu unserm Haus kamen?«

»Ja, manche Leute glauben das.«

»Du auch?«

»Meine liebe Rachel, man hat mir die Augen verbunden, ehe

ich sie sehen konnte. Ich weiß gar nichts. Wie also soll ich mich dazu äußern?«

Man sieht – sogar Mr. Godfreys Sanftmut begann durch die Belästigung, die er sich gefallen lassen mußte, allmählich zu schwinden. Ob ungezügelte Neugier oder panische Angst Miss Verinder diese Fragen eingab, wage ich nicht zu untersuchen. Ich kann bloß schlicht feststellen: Mr. Godfrey versuchte sich nach dieser Antwort von seinem Sitz zu erheben, sie aber packte ihn an beiden Schultern und drückte ihn nieder.

Meine christlichen Freunde, sagt nicht, daß dies unverschämt von ihr war! Sagt nicht, daß man sich ein solches Benehmen nur durch Angst und Schuldbewußtsein erklären kann! Richtet nicht, auf daß ihr nicht gerichtet werdet! Wahrlich, o Freunde, richtet nicht!

Schamlos fuhr sie mit ihren Fragen fort. Ernsten Bibelfreunden werden (so wie mir) die verblendeten Kinder Gottes einfallen, die in den Tagen vor der Sintflut Böses taten.

»Godfrey, erzähl mir von Mr. Luker!«

»Auch da gerätst du leider an den Unrechten – niemand weiß weniger über ihn als ich.«

»Du hattest ihn bei der Bank zum ersten Mal gesehen?«

»Ja.«

»Und hast du ihn seither wiedergesehen?«

»Ja, man hat uns bei der Polizei einvernommen, zuerst einzeln, dann zusammen.«

»Man hat ihm eine Quittung geraubt, nicht wahr? Wofür war sie?«

»Für die Übernahme eines wertvollen Edelsteins, den er der Bank zur Aufbewahrung übergeben hat.«

»So steht es in den Zeitungen. Dem Leser mag dies genügen, mir genügt es nicht. Auf der Quittung muß doch vermerkt sein, was es für ein Edelstein ist.«

»Angeblich stand auf der Quittung bloß: Ein Wertgegenstand, Eigentum des Mr. Luker, deponiert von Mr. Luker, versiegelt mit Mr. Lukers Petschaft, nur Mr. Luker persönlich auszuhändigen. So ungefähr war der Wortlaut, mehr weiß ich nicht.«

Nachdem er das gesagt hatte, hörte sie zu fragen auf, für eine Weile wenigstens. Sie sah ihre Mutter an, seufzte, dann sah sie wieder Mr. Godfrey an.

»Wie ich gehört habe, ist in den Zeitungen auch von unserer Familie die Rede – auch von dem, was auf unserm Landsitz in Yorkshire passierte?«

»Ja, Rachel, leider.«

»Und irgendwelche Schwätzer, die uns nicht einmal kennen, fühlen sich bemüßigt, die Ereignisse in Yorkshire mit denen in London in Zusammenhang zu bringen?«

»Leider wendet sich die Neugier gewisser Personen in diese Richtung.«

»Und jene, welche behaupten, die drei Unbekannten wären die drei Inder, behaupten auch, der wertvolle Edelstein sei –«

Hier hielt sie inne. Ihr Gesicht war in den letzten Minuten weißer und weißer geworden. Das Tiefschwarz ihres Haars ließ diese Blässe noch mehr hervortreten. Sie war totenbleich, und als sie mitten in der Frage stockte, glaubten wir alle, sie würde jetzt ohnmächtig zu Boden sinken. Der teure Mr. Godfrey wollte ein zweites Mal sich erheben. Meine Tante ersuchte sie dringend, nicht weiterzusprechen, und ich reichte ihr in Form eines Riechfläschchens sozusagen eine bescheidene Versöhnungsgabe medizinischer Art. Doch keiner von uns hatte den geringsten Erfolg.

»Godfrey, du bleibst! Mama, es besteht keine Ursache, daß du dir meinetwegen Sorgen machst! Clack, du brennst vor Neugierde, die Sache zu Ende zu hören – schon deinetwegen werde ich nicht in Ohnmacht fallen!«

Das waren ihre Worte – so wie ich sie in mein Tagebuch schrieb, als ich nach Hause kam. Doch bedenkt, meine christlichen Freunde: Richtet nicht, auf daß ihr nicht gerichtet werdet!

Nochmals wandte sie sich Mr. Godfrey zu. Mit einem Eigensinn, der gräßlich war, kam sie auf den Punkt zurück, bei dem sie innegehalten hatte, und vervollständigte ihre Frage mit diesen Worten: »Ich habe dir eben gesagt, was gewisse Leute behaupten. Godfrey, sag mir offen: Behaupten sie auch, daß Mr. Lukers wertvoller Edelstein – der Monddiamant sei?«

Kaum waren diese Worte über ihre Lippen, fiel mir auf, wie sich das Gesicht meines bewundernswerten Freundes veränderte: Er errötete und verlor die joviale Milde, die einer seiner größten Reize ist. Edler Unwille schwang in seiner Antwort mit.

»Ja, allerdings, das sagt man. Es gibt nämlich Leute, die nicht davor zurückschrecken, Mr. Luker der Lüge zu zeihen. Dabei hat er wiederholt feierlich erklärt, er habe zuvor von der Existenz des gelben Diamanten nie gehört. Erst durch diese üblen Gerüchte habe er davon erfahren. Ohne auch nur den Schatten eines Beweises zu erbringen, behaupteten diese gemeinen Leute, er habe seine Gründe, die Sache zu vertuschen. Man will ihm nicht glauben – ist das nicht schändlich?«

Während er sprach, sah ihn Rachel höchst sonderbar an – wie, das kann ich nicht beschreiben. Und als er zu Ende war, sagte sie: »Bedenkt man, daß du Mr. Luker nur zufällig kennst – so vertrittst du seine Sache doch mit großem Eifer.«

Mein teurer Freund gab ihr eine Antwort, die von wahrhaft apostolischem Geist getragen war.

»Ich hoffe, liebe Rachel, ich trete für alle Unterdrückten mit größtem Eifer ein.«

Der Ton, mit dem er dies sagte, hätte einen Stein erweichen können. Doch ach, was ist die Härte eines Steins? Nichts im Vergleich zur Härte des verderbten menschlichen Herzens. Sie lachte höhnisch. Ich schäme mich, es niederzuschreiben. Sie lachte ihm höhnisch ins Gesicht.

»Godfrey, spar dir deine edlen Gefühle für deine wohltätigen Damen! Der Klatsch, in den Mr. Luker hineingezogen ist, hat auch dich hineingezogen – davon bin ich überzeugt.«

Sogar meine Tante erwachte durch diese Worte aus ihrer Betäubung. »Mein liebes Kind, du hast wirklich nicht das Recht, so etwas zu sagen!« ermahnte sie ihre Tochter.

»Ich meine es nicht böse, Mama, ich meine es nur gut. Hab ein wenig Geduld mit mir – du wirst sehen!«

Wieder wandte sie sich Mr. Godfrey zu, diesmal war Mitleid in ihrem Blick. Sie vergaß sich sogar so weit, auf höchst undamenhafte Weise nach seiner Hand zu greifen. »Ich weiß sicher den wahren Grund, weshalb du von dieser Sache vor meiner Mutter und mir nicht sprechen willst. Ein unglücklicher Zufall hat dich – für andere Leute – mit Mr. Luker in Zusammenhang gebracht. Gut. Du hast mir erzählt, was der Klatsch über ihn sagt – und was sagt er über dich?«

Sogar jetzt noch versuchte der teure Mr. Godfrey – immer bereit, Böses mit Gutem zu vergelten – sie zu schonen. »Frag mich nicht, Rachel! Es bleibt wirklich besser ungesagt!«

»Ich will es aber hören!« schrie sie wütend, und ihre Stimme überschlug sich.

»Godfrey, sag es ihr doch!« bat ihn meine Tante. »Nichts schadet ihr so wie dein Schweigen.«

Mr. Godfreys herrliche Augen füllten sich mit Tränen. Er warf ihr nochmals einen flehenden Blick zu, und dann sagte er die verhängnisvollen Worte: »Wenn du es durchaus wissen willst, Rachel: Man behauptet, der Monddiamant sei im Besitz Mr. Lukers, und ich hätte ihn verpfändet.«

Mit einem Schrei sprang sie auf. Sie blickte auf meine Tante, dann auf Mr. Godfrey, danach wieder auf meine Tante und nochmals auf Mr. Godfrey. Und sie war so außer sich, daß ich glaubte, sie hätte den Verstand verloren.

»Sagt nichts! Rührt mich nicht an!« kreischte sie und flüchtete sich in einen Winkel wie ein gejagtes Tier. »Es ist meine Schuld! Ich muß es wiedergutmachen! Ja, ich habe mich geopfert – aber das hätte ich nicht tun dürfen, dazu hatte ich kein Recht. Aber einem Unschuldigen den guten Ruf nehmen, ein Geheimnis bewahren, das ihn zugrunde richtet – o mein Gott! Das ist furchtbar, das ist mehr, als ich ertragen kann!«

Meine Tante wollte sich erheben, sank aber wieder zurück. Mit schwacher Stimme rief sie mich herbei und deutete auf ein Arzneifläschchen in ihrem Handarbeitskorb.

»Rasch!« flüsterte sie mir zu. »Sechs Tropfen in ein Glas Wasser – aber Rachel soll nichts davon bemerken.«

Unter anderen Umständen wäre mir das sonderbar vorgekommen. Aber zu denken blieb mir keine Zeit, galt es doch, ihr so schnell wie möglich die Medizin zu reichen. Der teure Mr. Godfrey half mir unwissentlich, mein Tun vor Rachel zu verbergen. Er saß ja noch immer mit ihr beim Fenster und sprach jetzt beruhigend auf sie ein.

»Rachel, du übertreibst wirklich«, hörte ich ihn sagen. »Mein Ruf ist zu gut, als daß ihm ein zufällig auftauchendes Gerücht schaden könnte. In einer Woche denkt niemand mehr daran. Und wir, Rachel, wollen nie mehr davon sprechen!«

Derlei großmütige Worte blieben bei ihr ohne Wirkung – ja, es kam sogar noch schlimmer.

»Ich muß und will diesen Gerüchten ein Ende machen!« schrie sie. »Mama – bitte hör mir zu! Clack, hör mir zu! Ich kenne die Hand, die den Diamanten genommen hat, ich weiß, daß Godfrey Ablewhite unschuldig ist!« Sie betonte jedes einzelne Wort und stampfte dabei auf den Boden. »Bringt mich vor den Friedensrichter, bringt mich vor den Friedensrichter – dort werde ich es beschwören!«

Meine Tante ergriff meine Hand und flüsterte mir zu: »Stell dich zwischen mich und Rachel – sie soll mich nicht sehen!« Ich bemerkte, daß sich ihr Gesicht bläulich verfärbte, was mich beunruhigte. Sie sah mir die Angst an. »Die Tropfen bringen alles wieder in Ordnung«, sagte sie, schloß die Augen und wartete.

Während ich mich um meine Tante kümmerte, hörte ich den teuren Mr. Godfrey weiterhin leise auf Rachel einreden. »Du mußt dich heraushalten, du darfst nicht in aller Öffentlichkeit derlei Dinge aussprechen. Denn dein Ruf, liebste Rachel, ist etwas Reines, etwas Heiliges. Du sollst ihn nicht leichtsinnig aufs Spiel setzen.«

»Mein Ruf?« platzte sie lachend heraus. »Aber Godfrey, man verdächtigt mich ja genauso wie dich! Englands bester Detektiv behauptet, ich hätte meinen eigenen Diamanten gestohlen. Frag ihn doch, was er denkt, und er wird dir sagen, ich hätte den wertvollen Edelstein verpfändet, um meine heimlichen Schulden zu bezahlen!« Sie hielt inne, lief zu ihrer Mutter und fiel vor ihr auf die Knie. »Ach, Mama! Ich muß wohl verrückt sein, wenn ich noch immer nicht die Wahrheit sage – was?« Sie war zu erregt, um den Zustand ihrer Mutter zu bemerken. Und schon war sie wieder auf den Füßen, schon war sie wieder bei Mr. Godfrey. »Ich lasse es nicht zu, daß man dich oder einen andern

Unschuldigen verdächtigt und verleumdet – nur weil ich schweige. Wenn du mich nicht vor den Friedensrichter bringen willst, mußt du eine schriftliche Erklärung deiner Schuldlosigkeit abfassen, und ich werde sie unterschreiben. Tu, was ich dir sage! Tu, was ich dir sage, Godfrey, oder ich schreibe es selbst und schicke es an die Zeitungen – ich gehe sogar auf die Straße und schreie es hinaus! Jeder soll es hören!«

Es war nicht die Sprache der Reue, es war die Sprache der Hysterie. Der nachsichtige Mr. Godfrey beschwichtigte sie, indem er ein Blatt Papier nahm und die Erklärung aufsetzte. Rachel unterzeichnete sie in fieberhafter Eile.

»Zeig sie herum – und denk dabei nicht an mich!« sagte sie, als sie ihm das Blatt zurückgab. »Ich fürchte, ich habe dir in meinem Denken bisher keine Gerechtigkeit widerfahren lassen. Du bist uneigennütziger, als ich dachte, du bist ein besserer Mensch, als ich glaubte. Komm zu uns, so oft du kannst – ich werde versuchen, das Unrecht, das ich dir angetan habe, wiedergutzumachen.«

Sie reichte ihm die Hand. Wehe, wie schwach ist doch der Mensch nach dem Sündenfall! Mr. Godfrey vergaß sich nicht nur, indem er ihr die Hand küßte – nein, schlimmer noch: er antwortete ihr mit einer Sicherheit, die mir fast sündhaft schien. Er sagte: »Ich werde kommen, Liebste, aber nur unter der Bedingung, daß wir nicht mehr von dieser verhaßten Sache reden.« Nie noch hatte ich unsern christlichen Helden von einer weniger vorteilhaften Seite kennengelernt als damals.

Es entstand eine Pause. Ehe noch einer von uns etwas sagen konnte, erschreckte uns ein donnerähnliches Klopfen an der Haustür. Ich ging ans Fenster und sah dort draußen die böse, die weltliche und die fleischliche Lust in Gestalt dreier herausfordernd gekleideter Frauenzimmer. Sie saßen in einer von einem Lakaien begleiteten Equipage und warteten.

Rachel hatte sich mittlerweile gefaßt. Sie ging zu ihrer Mutter und sagte: »Man holt mich zur Blumenausstellung ab. Mama, ein Wort noch, bevor ich gehe: Ich habe dir doch hoffentlich keine Sorgen gemacht – oder?«

Soll man eine solche Stumpfheit sittlichen Gefühls – nach allem, was geschehen war – bedauern oder verdammen? Ich neige zur Barmherzigkeit. Bedauern wir es daher!

Die Tropfen hatten bereits gewirkt, meine arme Tante sah wieder besser aus. »Nein, nein, liebes Kind«, sagte sie. »Geh nur mit deinen Freundinnen und unterhalte dich gut!«

Ihre Tochter beugte sich zu ihr hinab und küßte sie. Als Rachel sich zum Gehen bereitmachte, war ich vom Fenster zur Tür gegangen. Ihr Gesicht hatte sich verändert, Tränen standen ihr in den Augen. Interessiert bemerkte ich, daß dieses verstockte Gemüt plötzlich weich wurde. Ich konnte nicht umhin, ein paar Worte an sie zu richten. Aber ach! Meine wohlgemeinte Anteilnahme erregte nur ihren Ärger. »Was soll das? Willst du mich vielleicht bemitleiden?« flüsterte sie mir bitter zu, als sie an mir vorbeiging. »Siehst du denn nicht, wie glücklich ich bin? Ich gehe zur Blumenausstellung und habe den hübschesten Hut von ganz London!« spottete sie töricht und machte das Maß voll, indem sie mir beim Verlassen des Zimmers eine Kußhand zuwarf.

Ich wünschte, ich könnte das Mitleid schildern, das ich mit diesem unglücklichen und irregeleiteten Mädchen empfand. Doch leider mangelt es mir an Worten (ebenso sehr wie an Geld), und daher erlaube ich mir bloß zu sagen: Mein Herz blutete für sie.

Als ich mich wieder neben meine Tante setzte, bemerkte ich, daß der teure Mr. Godfrey im Zimmer etwas suchte. Er ging bald dahin, bald dorthin, doch bevor ich ihm noch meine Hilfe anbieten konnte, hatte er gefunden, was er wollte: In der einen Hand die Unschuldserklärung, in der andern eine Streichholzschachtel, kam er auf uns zu.

»Liebe Tante«, sagte er, »eine kleine Verschwörung – oder, besser gesagt, ein frommer Betrug, den die liebe Miss Clack trotz ihrer Korrektheit und hohen Moral entschuldigen wird. Würden Sie Rachel im Glauben lassen, daß ich ihr edelmütiges Opfer angenommen habe? Und würden Sie, bitte, Zeugin dafür sein, daß ich die Erklärung vernichte?« Er zündete ein Streichholz an und ließ das Papier auf einem Teller verbrennen. »Auch wenn es unangenehme Folgen für mich hätte – es ist doch viel wichtiger, Rachels Ruf vor Schmutz zu bewahren. Schauen

Sie her! Nun ist diese Erklärung zu einem Häuflein Asche geworden, und die uns so teure Rachel wird es nie erfahren! Was halten Sie davon? Wie ist Ihnen zumute, liebe Tante, liebe Miss Clack? Was mich betrifft: ich bin heiter und unbeschwert wie ein Kind!«

Er strahlte uns an mit seinem lieblichen Lächeln und hielt dabei die eine Hand meiner Tante hin, die andere mir. Sein edles Benehmen hatte mich so beeindruckt, daß ich keine Worte fand. Ich schloß die Augen und drückte in einer Art frommer Selbstvergessenheit seine Hand an meine Lippen. Leise flüsternd wehrte er diese Dankesbezeigung ab. O welch selige Verzükkung fühlte ich in diesem Augenblick, wie rein, wie himmlisch war das alles! Ich saß – wo ich saß, vermag ich kaum zu sagen –, dem Sturm der Empfindung hingegeben. Als ich die Augen aufschlug, fühlte ich mich vom Himmel wieder auf die Erde zurückversetzt. Niemand war da – außer meiner Tante. Er war fort.

Gern würde ich hiermit meinen Bericht schließen, denn Mr. Godfreys edle Haltung wäre ein Höhepunkt. Doch leider gibt es noch viel – sogar sehr viel –, das ich erzählen muß. Mr. Blakes Scheck, dieser pekuniäre Druck, ist mitleidslos. Es sollte nämlich an diesem Tag noch zu weiteren peinlichen Enthüllungen kommen.

Als ich mich mit Lady Verinder wieder allein fand, lenkte ich selbstverständlich das Gespräch auf ihre Gesundheit. Ich spielte zartfühlend auf die seltsame Angst an, die mir an ihr aufgefallen war, als sie ihre Unpäßlichkeit und die dagegen angewandte Arznei vor ihrer Tochter verbergen hatte wollen.

Die Antwort überraschte mich. »Drusilla«, sagte sie (sollte ich bisher noch nicht erwähnt haben, daß mein Vorname Drusilla ist, erlaube ich mir hiermit, dies nachzuholen), »du berührst – sicher unwissentlich – ein trauriges Thema.«

Ich erhob mich zum Gehen, mein Feingefühl ließ mir keine andere Wahl: ich konnte mich nur für meine Wißbegierde entschuldigen und danach mich verabschieden. Doch meine Tante hielt mich zurück und bestand darauf, daß ich mich setzte.

»Du hast ein Geheimnis entdeckt«, sagte sie. »Nur meine

Schwester, Mrs. Ablewhite, und mein Advokat wissen davon, sonst niemand. Ihnen habe ich es anvertraut, auf ihre Diskretion kann ich mich verlassen – und gewiß auch auf deine, wenn ich dir mehr darüber sage. Bist du pressiert, Drusilla? Oder kannst du heute nachmittag über deine Zeit verfügen?«

Ich brauche wohl nicht zu sagen, daß ich meiner Tante selbstverständlich zu Diensten stand.

»Leiste mir noch eine Weile Gesellschaft!« bat sie mich. »Ich muß dir leider etwas Trauriges mitteilen, und dann werde ich dich – sofern du nichts dagegen hast – um einen Gefallen bitten.«

Wieder brauche ich wohl nicht zu sagen, daß ich ihr diese Bitte nicht abschlagen wollte – im Gegenteil: ich brannte ja nur darauf, ihr behilflich zu sein.

»Bleib bis fünf Uhr bei mir! Dann nämlich kommt Mr. Bruff. Ich mache mein Testament, und du kannst es als Zeugin unterschreiben – sofern du willst.«

Ihr Testament! Mir fielen das Arzneifläschchen ein, die Tropfen, ihre bläuliche Gesichtsfarbe. Ein Licht, das nicht von dieser Welt war – ein Licht, das ahnungsvoll aus einem offenen Grab leuchtete –, erschien mir. Lady Verinders Geheimnis war für mich kein Geheimnis mehr.

III

Rücksicht auf die arme Lady Verinder gebot mir, bevor sie die Lippen zum Sprechen öffnete, es mir nicht anmerken zu lassen, daß ich die traurige Wahrheit bereits erraten hatte. Schweigend wartete ich, bis es ihr zu sprechen beliebte. Ich war bereit, jede mir zugedachte Pflicht zu erfüllen, so schmerzlich sie auch sein mochte. Insgeheim hatte ich mir vorgenommen, bei der ersten passenden Gelegenheit ihr ein paar tröstliche Worte zu sagen.

»Drusilla, ich bin seit einiger Zeit ernstlich krank, doch merkwürdigerweise habe ich bis vor kurzem nichts davon gewußt.«

Abertausende sind in ihrer Todesstunde seelisch krank, ohne

es zu wissen, auch meine arme Tante könnte dazugehören, dachte ich bei mir. Doch ich sagte bloß (natürlich traurig): »Ja, teure Tante.«

»Wie du weißt, bin ich mit Rachel nach London gekommen, weil ich eines ärztlichen Rats bedurfte. Ich hielt es für richtig, zwei Ärzte zu konsultieren.«

Zwei Ärzte! O mein Gott! Und keinen Geistlichen – bei Rachels Zustand! »Ja, teure Tante«, sagte ich nochmals.

»Der eine war mir bis dahin unbekannt gewesen. Der andere war ein Freund meines verstorbenen Mannes und hat – schon seinetwegen – immer ein persönliches Interesse an mir gehabt. Zuerst befaßte er sich eingehend mit Rachel, doch nachher sagte er mir, er wünsche mich allein zu sprechen. Ich nahm natürlich an, es ginge bei diesem Gespräch um Rachels Gesundheit, und war daher sehr überrascht, als er mich bei der Hand nahm und mir mit besorgter Miene sagte: ›Lady Verinder, ich habe auch Sie beobachtet – aus beruflichem und persönlichem Interesse. Und was ärztlichen Rat betrifft, so haben Sie ihn, fürchte ich, nötiger als Ihre Tochter.‹ Hierauf stellte er mir einige Fragen, denen ich kein Gewicht beimaß – bis mir auffiel, daß ihn meine Antworten bekümmerten. Unser Gespräch endete mit folgender Vereinbarung: Er wollte mich am nächsten Tag zusammen mit einem befreundeten Arzt in meiner Wohnung aufsuchen, und zwar zu einer Stunde, da Rachel nicht zu Hause wäre. Und das geschah denn auch. Beide Ärzte untersuchten mich. Mit größtmöglicher Rücksicht gaben sie mir zu verstehen, es sei leider zuviel kostbare Zeit verstrichen, ich sei bereits in einem Zustand, bei dem ärztliche Kunst nicht mehr viel ausrichten könnte. Kurzum, Tatsache ist: ich leide seit mehr als zwei Jahren an einer Herzkrankheit, die ohne warnende Symptome mich allmählich hinwegrafft. Vielleicht lebe ich noch ein paar Monate, vielleicht bin ich morgen tot. Die Ärzte können und wollen sich in dieser Hinsicht nicht festlegen. So ist es also, liebe Drusilla. Glaub mir, ich habe – seit ich es weiß – manch böse Stunde mitgemacht. Jetzt allerdings habe ich mich in mein Schicksal gefügt und versuche, so gut ich kann, meine privaten Angelegenheiten in Ordnung zu bringen. Nur eines möchte ich nicht: daß Rachel die Wahrheit erfährt. Sonst nämlich würde diese Ärmste meine zerrüttete Gesundheit sofort den Aufregungen über den verschwundenen Diamanten zuschreiben und sich deswegen bittere Vorwürfe machen. Dabei hat das eine mit dem andern wirklich nichts zu tun, denn beide Ärzte bestätigten mir, das Leiden habe mich schon vor zwei, vielleicht sogar vor drei Jahren befallen. Und du, Drusilla, wirst mein Geheimnis bewahren, nicht wahr? Davon bin ich überzeugt – glaube ich doch Mitgefühl und aufrichtige Sorge von deinem Gesicht ablesen zu können.«

Sorge und Mitgefühl! Oh, wie kann man nur solch heidnische Empfindungen von einer glaubensfesten englischen Christin erwarten!

Meine arme Tante konnte sich wohl kaum vorstellen, welch Schauer frommer Dankbarkeit mich überlief, als sie mit ihrer traurigen Geschichte zu Ende war. Mit einem Mal eröffnete sich mir ein weites Feld nützlicher Tätigkeit. Hier war eine geliebte Verwandte, ein Mitmensch, dem Tode nahe, am Vorabend der großen Reise, völlig unvorbereitet. Sie hatte sich mir anvertraut, weil es die göttliche Vorsehung so wollte. Wie soll ich die Freude schildern, mit der ich mich meiner teuren geistlichen Freunde erinnerte, auf die ich mich verlassen, auf die ich jetzt zählen konnte, nicht nur auf einige wenige von ihnen – nein, auf zehn oder zwanzig! Ich schloß meine Tante in meine Arme – ich vermochte meiner überströmenden Zärtlichkeit durch nichts Geringeres zu genügen.

»Tante, von welch inniger Anteilnahme bin ich bewegt!« rief ich inbrünstig. »Wieviel Gutes möchte ich dir, Liebste, erweisen, ehe wir scheiden müssen!« Nach ein paar ernsten Worten, die sie auf das Kommende vorbereiten sollten, ließ ich ihr die Wahl zwischen drei wertvollen Freunden von mir, die alle in ihrer Nähe wohnten und von morgens früh bis abends spät unermüdlich das Werk der Barmherzigkeit übten und stets ein Wort fanden, das erleuchtet und stärkt. Und ich sagte ihr, es bedürfe nur eines Hinweises von mir, daß sie sich liebevollst ihrer annähmen.

Aber ach! Was ich bei meiner armen Tante erreichte, war gar

nicht ermutigend. Verwirrt und verschreckt blickte sie mich an und begegnete allen meinen Vorschlägen mit dem unfrommen Einwand, sie fühle sich nicht stark genug, fremde Leute zu empfangen. Ich gab nach – vorläufig, versteht sich. Aufgrund meiner reichen Erfahrung (besuche ich doch regelmäßig die Predigten von nicht weniger als vierzehn geistlichen Freunden, die mir teuer sind) wußte ich, dies sei ein Fall, den ich durch entsprechende Lektüre vorbereiten müßte. Ich besaß einen kleinen Vorrat an Büchern, alle für den gegenwärtigen Notstand wie geschaffen, alle wie darauf abgezielt, meine arme Tante aufzurütteln, zu erleuchten, vorzubereiten und vom Geheimnis Gottes in uns zu überzeugen.

»Nicht wahr, Liebe, du wirst doch die herrlichen Bücher lesen, die ich dir bringe?« fragte ich sie mit gewinnendem Lächeln. »Wichtige Seiten haben umgebogene Ecken, und jene Stellen, bei welchen du in dich gehen und dich fragen sollst: ›Trifft dies auf mich zu?‹ sind mit Bleistift unterstrichen.«

Sogar diese simple Bitte schien meine Tante unangenehm zu berühren – so gottlos macht die Menschen der Einfluß der Welt. Überrascht sah sie mich an und sagte: »Drusilla, dir zuliebe werde ich tun, was ich kann.« Ihre Antwort war für mich ebenso erschreckend wie belehrend.

Ich durfte keine Zeit verlieren. Die Uhr auf dem Kaminsims mahnte mich: Ich könnte gerade noch nach Hause eilen und mich fürs erste mit ein paar Büchlein versorgen (etwa einem Dutzend), um rechtzeitig wieder da zu sein, wenn der Advokat mich beim Unterschreiben des Testaments als Zeugin brauchte. So versprach ich ihr, um fünf Uhr ganz bestimmt zurückzukommen, und verließ das Haus mit der Absicht, meine Gnadenmission zu erfüllen.

Geht es um meine eigenen Interessen, begnüge ich mich immer – bescheiden wie ich bin –, mit dem Omnibus zu fahren. Mein Leser erlaube mir, darauf hinzuweisen, wie uneigennützig ich in diesem Falle handelte. Im Interesse meiner Tante ließ ich mich von Verschwendungssucht hinreißen und nahm eine Droschke.

Ich fuhr nach Hause, suchte die vordringlichste Lektüre für

meine Tante aus, bezeichnete die wichtigsten Stellen und fuhr wieder zurück zum Montagu Square. In einer Reisetasche hatte ich etwa ein Dutzend Büchlein, die in der ganzen europäischen Literatur nicht ihresgleichen haben. Ich bezahlte dem Kutscher genau seine Taxe. Er nahm das Geld mit einem Fluch, woraufhin ich ihm eines dieser Büchlein gab. Hätte ich mit einer Pistole auf ihn gezielt, wäre dieser Verlorene kaum weniger bestürzt gewesen. Er sprang vom Kutschbock auf und fuhr wütend los, wobei er gotteslästerliche Worte rief, die mich abschrecken sollten. Ich bin glücklich zu sagen: Es half ihm nichts! Ich streute trotzdem die gute Saat aus, indem ich ein zweites Büchlein durch das offene Fenster der Droschke warf.

Diesmal öffnete mir zu meiner großen Erleichterung der Diener die Tür, und nicht die Person mit den Häubchenbändern. Ich hörte von ihm, es sei mittlerweile der Arzt gekommen. Er habe sich mit Lady Verinder in ein anderes Zimmer zurückgezogen. Auch Mr. Bruff, der Advokat, sei eben eingetroffen und warte in der Bibliothek. Mich führte man ebenfalls dorthin.

Mr. Bruff war sichtlich überrascht, als er mich sah. Ihn, den Rechtsbeistand der Familie, hatte ich schon mehr als einmal in diesem Hause getroffen. Er ist der Mann, der (wie ich zu meinem Bedauern sagen muß) bei seiner profanen Tätigkeit alt und grau geworden ist: in seinem Beruf auserwählter Prophet Mammons und Hüter des Gesetzes, und in seinen Mußestunden dazu imstande, einen Roman zu lesen und ein frommes Büchlein zu zerreißen.

»Übernachten Sie hier?« fragte er mich mit einem Seitenblick auf meine Reisetasche.

Den wertvollen Inhalt einem solchen Menschen vorzuzeigen, hätte nur zu gräßlichen Lästerungen geführt. Ich ließ mich herbei, auf die Stufe hinabzusteigen, die seinem Niveau entsprach, und erwähnte, weswegen ich gekommen sei. »Meine Tante hat mir mitgeteilt, daß sie ihr Testament unterzeichnen möchte, und war so freundlich, mich als Zeugin herzubitten.«

»Soso! Nun, Miss Clack, da sind Sie ja gerade die Richtige: über einundzwanzig Jahre alt und ohne das mindeste pekuniäre Interesse an Lady Verinders Testament.«

Nicht das mindeste pekuniäre Interesse an Lady Verinders Testament! O wie dankbar war ich, als ich dies hörte! Hätte meine Tante, der tausend Pfund Sterling gehören, meiner Wenigkeit gedacht, für die schon fünf Pfund eine bedeutende Summe sind, und wäre deshalb mein Name in Verbindung mit einem kleinen Vermächtnis im Testament aufgeschienen, würden meine Feinde vielleicht meine edlen Motive anzweifeln, die mich bewogen hatten, mich mit den köstlichsten Schätzen meiner Bibliothek zu beladen und mir trotz meiner spärlichen Mittel eine Droschke zu leisten. So aber konnte nicht einmal der grausamste Spötter etwas gegen mich sagen. Ja, so war es viel besser, wirklich viel besser!

Mr. Bruff riß mich aus diesen tröstlichen Überlegungen. Mein nachdenkliches Schweigen lastete anscheinend zu sehr auf diesem diesseitig gesinnten Mann und zwang ihn, gewissermaßen gegen seinen Willen, irgend etwas zu sagen. »Nun, Miss Clack, was gibt es Neues in Ihren wohltätigen Kreisen? Wie geht es Ihrem Freund Mr. Godfrey Ablewhite? Diese Schurken in der Northumberland Street haben ihm doch wirklich übel mitgespielt! Und jetzt erzählt man sich in meinem Klub wahrhaftig eine hübsche Geschichte über den mildtätigen Herrn!«

Ich hatte es schweigend hingenommen, daß dieser Mensch – im Zusammenhang mit dem Testament – auf mein Alter und auf meine pekuniären Verhältnisse angespielt hatte, doch der Ton, in dem er von meinem teuren Mr. Godfrey sprach, war mehr, als ich ertragen konnte. Nach allem, was an diesem Tag in meiner Gegenwart vorgefallen war, fühlte ich mich verpflichtet, die Schuldlosigkeit meines bewundernswerten Freundes zu bezeugen – so man sie anzweifelte. Deshalb hielt ich es nur für gerecht, diesem Menschen einen strengen Verweis zu erteilen: »Ich lebe nicht in der großen Welt, auch habe ich nicht den Vorzug, einem Klub anzugehören. Aber zufällig ist mir die Geschichte, auf die Sie anspielen, bekannt. Eine erbärmlichere Lüge als diese kann es nicht geben.«

»Jaja, Miss Clack, Sie glauben an Ihren Freund, das ist nur natürlich. Aber Mr. Godfrey Ablewhite wird noch selbst sehen, daß die Welt nicht so leicht von etwas zu überzeugen ist wie ein

Komitee wohltätiger Damen. Der Schein ist gegen ihn. Er war bei Lady Verinder zu Besuch, als der Monddiamant verschwand, und er war der erste, der nach London fuhr. Im Lichte späterer Ereignisse sind das für ihn äußerst widrige Umstände, Madam.«

Ich hätte, bevor er weitersprach, ihn zurechtweisen müssen. Ich weiß, ich hätte ihm sagen müssen, er spreche in Unkenntnis einer wichtigen Tatsache – hatte doch die einzige von uns, die diese ganze Affäre richtig beurteilen konnte, sich erbötig gemacht, Mr. Godfreys Schuldlosigkeit schriftlich zu bezeugen. Aber ach! Die Versuchung, dem Juristen listig eine Niederlage zu bereiten, war zu groß für mich. Ich fragte also mit der scheinbar unschuldigsten Miene, welche späteren Ereignisse er meine.

»Ich meine damit jene Angelegenheit, in welche die Inder verwickelt sind«, fuhr Mr. Bruff fort, und je länger er sprach, desto mehr spielte er den Überlegenen. »Was tun die Inder, kaum daß man sie in Frizinghall aus dem Gefängnis entlassen hat? Sie fahren schnurstracks nach London und heften sich Mr. Luker auf die Fersen. Und was geschieht? Mr. Luker macht sich Sorgen um einen Wertgegenstand, den er im Hause hat, und deponiert ihn deshalb (ohne ihn aber näher zu beschreiben) im Tresor seiner Bank. Äußerst schlau von ihm, aber die Inder sind ebenso schlau. Sie vermuten, der ›Wertgegenstand‹ würde an einen andern Ort gebracht, und legen sich einen wirklich kühnen Plan zurecht. Wen überfallen und durchsuchen sie? Nicht nur Mr. Luker, was verständlich wäre, sondern auch Mr. Godfrey Ablewhite. Und warum? Mr. Ablewhite behauptet zwar, die Inder hätten auf bloßen Verdacht hin gehandelt, da er zufällig mit Mr. Luker ein paar Worte gewechselt habe. Das ist absurd. Etwa ein halbes Dutzend anderer Leute sprachen an jenem Morgen ebenfalls mit Mr. Luker, was die Inder sicher gesehen haben. Und warum verfolgten sie diese anderen nicht bis nach Hause und lockten sie in die Falle? Nein, nein, Miss Clack! Man muß daraus folgendes schließen: Wie Mr. Luker hat auch Mr. Ablewhite ein heimliches Interesse an diesem Wertgegenstand, nur wußten die Inder nicht, welcher von beiden ihn bei sich haben könnte. So blieb ihnen nichts anderes übrig, als den einen wie den andern zu überfallen. Und diese Version, Miss Clack, glaube nicht nur ich. Man ist allgemein dieser Meinung, die man übrigens nur schwer widerlegen könnte.«

Selbstgefällig wie dieser diesseitig gerichtete Mensch ist, kam er sich bei jenen Worten unerhört weise vor. Ich konnte wirklich nicht widerstehen (zu meiner Schande sei es gesagt), ihn noch ein bißchen weiter aufs Eis zu führen, bevor ich ihn mit der Wahrheit niederschmettern wollte.

»Ich maße mir nicht an, mit einem klugen Juristen, wie Sie es sind, zu diskutieren«, sagte ich. »Aber ist es Mr. Ablewhite gegenüber gerecht, wenn Sie die Meinung des berühmten Londoner Polizeibeamten, der den Fall untersucht hat, einfach übersehen? Abgesehen von Miss Verinder selbst, hafte auf niemandem auch nur der Schatten eines Verdachts – zu dieser Ansicht gelangte Inspektor Cuff.«

»Wollen Sie damit sagen, daß Sie mit dem Inspektor einer Meinung sind?«

»Mr. Bruff, ich will niemandes Richter sein, und ich äußere keine Meinung.«

»Madam, ich maße mir zu sagen an, daß Inspektor Cuff im Unrecht ist. Er befindet sich auf einer falschen Fährte, denn er kennt Rachel nicht so gut wie ich. Sonst hätte er eher alle anderen verdächtigt, nur sie nicht. Zugegeben, Rachel mag ihre Fehler haben. Sie ist ungestüm und auch sonst etwas außergewöhnlich, jedenfalls nicht so wie andere Mädchen ihres Alters; sie ist verschlossen und eigenwillig, aber zuverlässig wie Gold und großmütig und edeldenkend, daß es höher nicht mehr geht. Sprächen alle Beweise gegen sie, und gäbe es auf der andern Seite nur Rachels Ehrenwort, daß sie schuldlos sei, würde ich – sogar als Jurist – mehr Gewicht auf ihr Wort als auf Beweise legen. Das ist eine harte Sprache, Miss Clack, aber ich meine es wirklich so.«

»Mr. Bruff, hätten Sie etwas dagegen, Ihre Meinung an Beispielen zu verdeutlichen, damit ich die Sache besser verstehe? Was würden Sie darüber denken, wenn Miss Verinder ein unerklärliches Interesse für diese beiden Überfälle zeigte? Was würden Sie davon halten, wenn Miss Verinder sonderbare Fragen stellte, die sich auf ein bestimmtes Gerücht beziehen, und nachher über die Antworten in helle Aufregung geriete?«

»Miss Clack, nehmen Sie an, was Sie wollen! Meinen Glauben an Miss Verinder können Sie nicht im mindesten erschüttern.«

»Man kann sich also völlig auf sie verlassen?«

»Sicher!«

»Dann erlauben Sie mir, Ihnen mitzuteilen, daß Mr. Godfrey Ablewhite vor knapp zwei Stunden hier war. Und was seine Schuldlosigkeit in dieser Sache betrifft, hat Miss Verinder eine so kühne Sprache geführt, wie ich es bei einer jungen Dame noch nie erlebt habe.«

Ich fürchte, es war nicht christlich gehandelt von mir. Aber ich genoß den Triumph, durch diese einfache Feststellung den schlauen Advokaten so fassungslos und niedergeschmettert zu sehen. Er sprang auf, sprachlos starrte er mich an. Ich blieb ruhig sitzen und erzählte ihm nun genau, was vorgefallen war. »Und wie denken Sie jetzt über Mr. Ablewhite?« fragte ich danach, so sanft ich konnte.

»Miss Clack, wenn Rachel seine Schuldlosigkeit bezeugt, scheue ich mich nicht, ebenfalls daran zu glauben – so fest wie Sie. Der Schein war gegen ihn, und das hat mich und alle Welt getäuscht. Ich werde versuchen, die Sache wiedergutzumachen und diesem üblen Gerücht, das dem Ruf Ihres Freundes schadet, bei jeder sich bietenden Gelegenheit entgegenzutreten. Überdies möchte ich mir erlauben, Ihnen zu gratulieren. Es war wirklich meisterhaft, wie Sie das ganze Feuer Ihrer Batterien in dem Augenblick auf mich losließen, als ich es am wenigsten erwartete. Wären Sie ein Mann, Madam, würden Sie in meinem Beruf Hervorragendes leisten.«

Mit diesen Worten wandte er sich von mir ab. Ruhelos wanderte er im Zimmer hin und her.

Es war mir klar: Durch meine Eröffnung mußte er den Fall in einem andern Licht sehen, und das hatte ihn verblüfft und verstört. Seine eigenen Gedanken nahmen ihn gefangen, und als ich die Worte hörte, die er leise vor sich hin murmelte, erkannte ich erst so richtig, was er bis dahin über das Verschwinden des gelben Diamanten gedacht hatte. Abscheulicherweise hatte er meinen teuren Mr. Godfrey für so niederträchtig gehalten, einen Diebstahl zu begehen, und Rachels auffallendes Benehmen hatte er nur dem Umstand zugeschrieben, daß sie auf edelmütige Weise das Verbrechen verschleiern wollte. Wie man sieht, war ihm ihr Urteil immer maßgeblich gewesen, sie war für ihn unantastbar – und jetzt zeigte es sich, ausgerechnet durch sie, daß er vollkommen im Unrecht gewesen war. Die Verlegenheit, in die ich diesen Mann – eine Autorität in Rechtsfragen – gebracht hatte, verwirrte ihn dermaßen, daß er es nicht verbergen konnte. Er stand gerade beim Fenster und trommelte mit den Fingern an die Scheiben. »Der Fall läßt sich nicht erklären«, hörte ich ihn leise sagen, »über leere Mutmaßungen kommt man nicht hinaus.«

Was er sagte, bedurfte keiner Erwiderung, und doch antwortete ich! Heute scheint es mir kaum glaublich, daß ich ihn nicht einmal jetzt in Frieden ließ, ja, es scheint mir geradezu verderbt, daß ich bei diesen Worten nochmals eine Gelegenheit wahrnahm, ihm unangenehm zu werden. Aber ach, o Freunde, wenn der ererbte Hang zum Bösen in uns obsiegt, ist alles möglich, auch die Verderbtheit des Herzens.

»Verzeihen Sie, wenn ich in Ihre Überlegungen eindringe«, sagte ich, »aber es gibt sehr wohl eine Mutmaßung, die sich bewahrheiten könnte. Nur hat man bis jetzt an diese Möglichkeit nicht gedacht.«

»Vielleicht, Miss Clack, aber ich weiß nicht, was Sie meinen.«

»Bevor es mir gelang, Sie von Mr. Ablewhites Schuldlosigkeit zu überzeugen, nannten Sie einen Verdachtsgrund gegen ihn – und zwar seine Anwesenheit in Lady Verinders Haus. Gestatten Sie mir, Sie daran zu erinnern: auch Mr. Franklin Blake gehörte zu den Hausbewohnern, als der Diamant verlorenging.«

Der alte Fuchs kam heran und setzte sich mir gegenüber auf einen Stuhl. Er sah mir fest ins Gesicht und lächelte starr und böse.

»Miss Clack, Sie würden doch keinen so guten Advokaten

abgeben, wie ich dachte«, meinte er nachdenklich. »Lassen Sie es sich gesagt sein: Man soll im rechten Moment die Dinge auf sich beruhen lassen.«

»Leider verstehe ich Sie nicht«, sagte ich bescheiden.

»Miss Clack, ein zweites Mal gelingt es Ihnen nicht, nein, wirklich nicht! Mr. Franklin Blake ist nämlich mein besonderer Liebling, wie Sie wissen. Aber das tut hier nichts zur Sache. Ehe Sie mich nochmals überrumpeln, will ich in diesem Fall Ihren Standpunkt zu dem meinen machen. Sie haben recht, Madam, ich habe Mr. Ablewhite aus Gründen verdächtigt, die es theoretisch rechtfertigen, auch Mr. Blake zu verdächtigen. So weit, so gut. Verdächtigen wir also alle beide! Nehmen wir an, Mr. Blake wäre, so wie sein Charakter beschaffen ist, durchaus imstande, den Diamanten zu stehlen. Es fragt sich nur, ob es in seinem Interesse läge.«

»Mr. Blake hat Schulden, das weiß die ganze Familie.«

»Und Mr. Godfrey Ablewhite hat Schulden, nur weiß es keiner. Aber es stimmt. Ihre Theorie, Miss Clack, hat zwei schwache Punkte. Ich habe nämlich Mr. Blakes geschäftliche Angelegenheiten in Händen und kann Ihnen daher mitteilen, daß die meisten seiner Gläubiger sich einstweilen mit den Zinsen begnügen und auf ihr Geld ruhig warten, ist doch Mr. Blake senior als reicher Mann bekannt. Das also ist der eine schwache Punkt – und er leuchtet doch ein, wie? Noch überzeugender ist der zweite. Ehe noch dieser verfluchte Diamant verschwunden ist, war Miss Rachel bereit, Franklin Blake zu heiraten – das weiß ich von Lady Verinder selbst. Kokett wie sie ist, hat sie ihm einmal schöne Augen gemacht, einmal ihn wieder abblitzen lassen. Doch daß sie ihn liebe, hat sie ihrer Mutter gestanden, die dieses Geheimnis ihm anvertraute. Er wußte also davon. So standen die Dinge, Miss Clack: Gläubiger, die geduldig warten, überdies die Aussicht, eine reiche Erbin zu heiraten. Meinetwegen, Miss Clack, Sie können ihn für einen Schuft halten! Aber sagen Sie mir, bitte, warum eigentlich hätte er den Diamanten stehlen sollen?«

»Das Herz des Menschen ist unergründlich. Wer könnte in seine Tiefen dringen?« fragte ich milde.

»Sagen wir es mit anderen Worten: Er hatte zwar überhaupt keinen Grund, den Diamanten sich anzueignen – aber vielleicht hat er es doch getan, verworfen wie er ist. Gut. Sagen wir: Er hat ihn genommen. Warum, zum Teufel –«

»Pardon, Mr. Bruff! Wenn man in meiner Gegenwart den Teufel nennt, muß ich das Zimmer verlassen.«

»Pardon, Miss Clack – künftig werde ich mit meinen Worten wählerischer sein. Ich wollte ja nur sagen: Warum war er von allen Anwesenden derjenige, der sich um die Klärung des Falls besonders bemühte? Sie werden mir vielleicht sagen, das sei besonders schlau von ihm gewesen, auf diese Weise habe er den Verdacht von sich ablenken wollen. Aber darauf kann ich nur antworten: Er hatte es nicht nötig, es hat ihn ja niemand der Tat verdächtigt. Wenn man das Verschwinden des Diamanten Mr. Franklin Blake zuschiebt, wäre der Sachverhalt folgender: Er stiehlt ihn, zwar ohne ersichtlichen Grund, aber weil er ein schlechter Mensch ist; der Diamant ist verschwunden, er selbst aber spielt seine Rolle, wofür kein Anlaß ist, und was nun zur Folge hat, daß er die junge Dame, die ihn sonst geheiratet hätte, tödlich beleidigt ... Nein, nein, Miss Clack, das ist eine ungeheuerliche Behauptung, deren Richtigkeit Sie erst beweisen müßten! Nach allem, was ich heute von Ihnen erfahren habe, ist die Sache jetzt an einem toten Punkt angelangt. Rachel ist schuldlos, das steht außer Zweifel, ihre Mutter und ich sind dessen gewiß. Desgleichen ist Mr. Ablewhites Schuldlosigkeit erwiesen, Rachel hätte sie sonst nie bezeugt. Und Mr. Blake ist ebenfalls schuldlos – das erklärt sich aus den erwähnten Gründen von selbst. Einerseits ist es sicher, daß alle drei schuldlos sind, doch anderseits ist es sicher, daß irgend jemand den Diamanten nach London gebracht hat und daß sich der Diamant derzeit entweder im Besitz Mr. Lukers oder in dessen Bank befindet. Was nützen mir in einem solchen Fall meine Erfahrungen als Jurist? Was nützen da die Erfahrungen anderer, die sich mit derlei Dingen beruflich befassen? Das Ganze ist nicht nur für Sie und mich verwirrend, sondern für uns alle.«

Nein, nicht für alle. Inspektor Cuff hatte sich nicht verwirren lassen. Eben gedachte ich, so sanft ich konnte, Mr. Bruff darauf aufmerksam zu machen und mich dabei zu verwahren, daß ich Rachels Ruf selbstverständlich keinen Abbruch tun wollte – da trat der Diener ein und meldete, der Arzt sei gegangen und Lady Verinder erwarte uns.

Damit hatte die Diskussion ein Ende. Mr. Bruff sah nach der anstrengenden Unterhaltung ein wenig erschöpft aus. Er nahm die Dokumente, die er vorbereitet hatte, und ich nahm meine Reisetasche mit den wertvollen Schriften. Stundenlang hätte ich noch weiterreden können. Stumm gingen wir in das Zimmer hinüber, in dem uns Lady Verinder erwartete.

Ehe ich mit meinem Bericht fortfahre, gestatte man mir eine Bemerkung: Ich habe das Gespräch mit Mr. Bruff nicht ohne bestimmte Absicht so genau wiedergegeben. In meinem Beitrag zur Geschichte des sogenannten Monddiamanten soll ich nämlich klar zu erkennen geben, welchen Verlauf die Dinge nahmen, und sogar die Namen der Personen nennen, die man damals, als man den Diamanten in London vermutete, der Tat verdächtigte. Nur die wortgetreue Wiedergabe meines Gesprächs scheint mir diesen Zweck restlos zu erfüllen. Gleichzeitig bin ich moralisch verpflichtet, was meine Selbstachtung betrifft, ein Opfer zu bringen – muß ich doch zugeben, daß mein von Adam und Eva ererbter sündiger Trieb die Oberhand in mir gewonnen hatte. Und jetzt, da ich dies demütig bekenne, gewinnt mein besseres Ich die Oberhand über den sündigen Trieb. Das sittliche Gleichgewicht ist damit wiederhergestellt, die geistige Atmosphäre gereinigt – und jetzt, teure Freunde, kann ich mit meinem Bericht fortfahren.

IV

Das Unterzeichnen des Testaments ging viel rascher vor sich, als ich mir gedacht hatte. Meinem Gefühl nach geschah es in überstürzter Hast, ganz und gar ungebührlich. Als zweiten Zeugen holte man den Diener Samuel herbei und drückte dann meiner Tante die Feder in die Hand. Es drängte mich, diese feierliche Gelegenheit nicht ohne ein paar angemessene Worte vorübergehen zu lassen, doch so wie Mr. Bruff dreinsah, schien es mir geraten, dies zu unterlassen, zumindest solange er im Zimmer war. In weniger als zwei Minuten hatten wir unterschrieben, und Samuel ging ohne die Segnung meiner Worte wieder hinunter.

Mr. Bruff faltete das Dokument zusammen und sah mich dann fragend an. Anscheinend wollte er wissen, ob ich ihn mit meiner Tante allein zu lassen gedächte oder nicht. Ich hatte noch meine Gnadenmission zu erfüllen, die Reisetasche mit den wertvollen Schriften lag auf meinem Schoß bereit – daher hätte er durch seinen Blick eher die St.-Pauls-Kathedrale von der Stelle bringen können als mich. Dank seiner weltlichen Tätigkeit besitzt er eine gute Eigenschaft, das muß ich zugeben: Er hat eine rasche Auffassungsgabe. Anscheinend wirkte ich auf ihn wie auf den Droschkenkutscher. Auch er stieß ein gotteslästerliches Wort aus, ging eiligst von dannen und überließ mir das Feld.

Ich war jetzt mit meiner Tante allein. Noch etwas verwirrt lehnte sie sich an die Kissen des Sofas und kam sogleich auf das Testament zu sprechen. »Drusilla, ich hoffe, du fühlst dich nicht zurückgesetzt. Ich habe dir ein kleines Vermächtnis zugedacht, das ich dir eigenhändig übergeben möchte.«

Hier bot sich eine goldene Gelegenheit, die ich sofort ergriff. Anders ausgedrückt: Ich öffnete meine Reisetasche und nahm das zuoberst liegende Büchlein heraus. Es handelte sich um eine der ersten Auflagen – die fünfundzwanzigste – eines berühmten Werks (angeblich aus der Feder der vortrefflichen Miss Bellows) und hatte den Titel *Die Schlange im Heim.* Der Zweck dieser Schrift, die dem Laien vielleicht fremd sein mag, liegt darin, den Leser davor zu warnen, daß der böse Feind stets auf uns lauert, sogar bei scheinbar unschuldigen Tätigkeiten im täglichen Leben. Die für eine Frau am besten geeigneten Kapitel sind: ›Satan in der Haarbürste‹, ›Satan hinter dem Spiegel‹, ›Satan unter dem Teetisch‹, ›Satan vor dem Fenster‹ und etliche andere dieser Art.

»Liebe Tante, schenke deine Aufmerksamkeit diesem wertvollen Werk – damit schenkst du mir alles, was ich haben will!« Hiermit überreichte ich ihr das Buch, es war aufgeschlagen, und zwar bei einem bestimmten Kapitel, einem herrlichen Beispiel mitreißender Beredsamkeit. Thema: ›Satan zwischen den Sofakissen‹.

Meine arme Tante, gedankenlos an die Sofakissen gelehnt, warf einen Blick darauf, schien noch verwirrter als zuvor, gab es mir sofort zurück und sagte: »Drusilla, ich muß leider warten, bis es mir besser geht. Erst dann darf ich lesen. Der Doktor –«

Im selben Moment, als sie es sagte, wußte ich schon, was jetzt käme. Immer wieder war es mir bei todkranken Mitmenschen ähnlich ergangen: Vertreter dieses notorisch ungläubigen Standes haben mich bei meiner Gnadenmission behindert, und zwar unter dem lachhaften Vorwand, daß der Patient der Ruhe bedürfe, wahrscheinlich weil sie mich und meine Bücher am allermeisten fürchteten. Der gleiche verblendete Materialismus (der hinter meinem Rücken verräterisch arbeitet) versuchte mich des einzigen Eigentums zu berauben, auf das ich Arme ein Recht hatte: die unsterbliche Seele meiner dem Tode nahen Tante für mich, und damit für den Himmel zu retten.

»Der Doktor findet, es gehe mir heute nicht besonders gut«, fuhr meine arme, irregeleitete Verwandte fort. »Er verbietet mir, Besuche zu empfangen, und verordnet mir, so ich überhaupt lesen will, leichte und unterhaltende Lektüre. ›Lady Verinder, vermeiden Sie alles, was Sie ermüdet oder Ihren Puls beschleunigt‹ – das sagte er, bevor er ging.«

Es blieb mir nichts anderes übrig, als nochmals nachzugeben – wieder nur für den Augenblick, versteht sich. Hätte ich offen ausgesprochen, daß meine Dienste weit wichtiger seien als jene eines Arztes, wäre der Doktor vielleicht imstande gewesen, den schwachen Willen seiner Patientin zu nützen, und ihr zu drohen, die Behandlung niederzulegen. Glücklicherweise gibt es mehr als einen Weg, den guten Samen auszustreuen. Nur wenige kennen diese Wege besser als ich.

»Vielleicht fühlst du dich in ein paar Stunden besser, Liebe«, sagte ich, »oder vielleicht erwachst du morgen früh mit dem Gefühl, daß dir etwas fehlt. Und gerade dieses bescheidene Bändchen ist dann imstande, diesem Mangel abzuhelfen. Darf ich dir das Buch hierlassen, Tante? Der Arzt kann sicher nichts dagegen haben!«

Ich schob es unter ein Sofakissen, gleich neben Schnupftuch und Riechfläschchen. Es lugte ein wenig hervor, und jedes Mal, wenn ihre Hand nach einem dieser beiden Gegenstände griff, mußte sie das Buch berühren. Und wer weiß? Früher oder später könnte das Buch auch sie wohltuend berühren, sagte ich mir. Hernach hielt ich es für angebracht, mich zurückzuziehen.

»Ruh dich aus, liebe Tante, morgen komme ich wieder«, sagte ich. Zufällig fiel dabei mein Blick aufs Fenster. Es war angefüllt mit Blumen in Töpfen und Kistchen. Lady Verinder liebte diese vergänglichen Schätze und hatte die Gewohnheit, von Zeit zu Zeit sich zu erheben, sie zu betrachten und sich ihres Dufts zu erfreuen. Ein neuer Gedanke durchzuckte mich. »Oh, darf ich mir eine Blume pflücken?« fragte ich und gelangte auf diese Weise zum Fenster, ohne daß es ihr auffiel. Doch anstatt eine Blume wegzunehmen, legte ich eine dazu, und zwar in Gestalt eines Büchleins aus meiner Reisetasche, das ich, meine Tante zu überraschen, zwischen Rosen und Geranien zurückließ. Ein weiterer glücklicher Gedanke kam mir: Warum sollte ich für diese Ärmste nicht das gleiche in allen anderen Zimmern tun? So verabschiedete ich mich denn, ging durch die Halle und schlüpfte leise in die Bibliothek. Samuel war heraufgekommen, mir die Haustür zu öffnen. Als er mich nicht sah, ging er wieder ins Souterrain hinunter. Auf dem Tisch in der Bibliothek bemerkte ich zwei von diesen Büchern, die der Doktor »unterhaltende Lektüre« nannte und ihr empfohlen hatte. Sofort entzog ich sie dem Blick, indem ich zwei meiner wertvollen Schriften darauflegte. Im Frühstückszimmer stand auf einem Tischchen der Käfig mit dem von meiner Tante so sehr geliebten Kanarienvogel. Sie fütterte ihn immer selbst, und da neben dem Käfig ein bißchen Vogel-Kreuzkraut herumlag, schob ich ein Büchlein darunter. Im großen Salon fand ich noch bessere Möglichkeiten, meine Reisetasche zu leeren. Auf dem Klavier lagen Noten – die Lieblingsstücke meiner Tante. Ich versteckte zwei Büchlein darunter. Ein drittes legte ich im kleinen Salon unter eine unfertige Stickerei, von der ich wußte, daß meine Tante daran arbeitete. Durch eine Portiere – an Stelle einer Tür – gelangte man von hier in ein drittes, ein noch kleineres Zimmer. Auf dem Kaminsims lag dort der einfache altmodische Fächer meiner Tante. Ich öffnete mein neuntes Büchlein bei einer bedeutsamen Stelle und legte den Fächer als Lesezeichen hinein. Nun erhob sich die Frage, ob ich in die Schlafzimmer hinaufgehen sollte und damit riskierte, insultiert zu werden, falls mich die Person mit den Häubchenbändern dort anträfe. Aber was kümmerte es mich schon? Ein armseliger Christ, der sich vor Insulten fürchtet! Auf alles gefaßt, ging ich also die Treppe hinauf. Still war es, nichts rührte sich, vermutlich hatten die Dienstboten Teestunde. Zuerst gelangte ich ins Schlafzimmer meiner Tante. Das Miniaturbild meines seligen Onkels, des teuren Sir John, hing dem Bett gegenüber an der Wand. Es schien mich anzulächeln, es schien mir zu sagen: »Drusilla, laß ein Büchlein hier!« Zu beiden Seiten des Betts stand je ein Tischchen. Meist schlief sie schlecht und bedurfte (oder glaubte ihrer zu bedürfen) einer Menge Dinge. Auf das eine Tischchen legte ich ein Buch neben die Streichhölzer, und auf das andere eines neben die Schokoladebonbons. Ob sie nun ein Licht brauchte oder ein Bonbon: in beiden Fällen traf ihr Auge oder traf ihre Hand auf eine dieser wertvollen Schriften, die ihr stumm zu verstehen geben würden: »Komm, nimm mich, versuch es mit mir!«

Nur noch ein einziges Buch verblieb mir in der Reisetasche. Einen Raum hatte ich noch nicht betreten, nämlich das Badezimmer, das neben dem Schlafzimmer lag. Ich guckte hinein, und die fromme innere Stimme, die uns nie täuscht, flüsterte mir zu: »Drusilla, du bist ihr überall gegenwärtig, auch im Bad sollst du ihr gegenwärtig sein – dann ist dein Werk getan!« Auf einen Stuhl hingeworfen lag ihr Schlafrock. Er hatte eine Tasche, und in diese steckte ich mein letztes Büchlein.

Worte können es nicht ausdrücken, welch herrliches Gefühl ich hatte, als ich nach erfüllter Pflicht ungesehen aus dem Hause schlich und mit der geleerten Reisetasche auf die Straße trat. O meine Freunde, die ihr so diesseitig denkt und durch die sündigen Irrgärten der Zerstreuung einem Phantom nachjagt, das sich Vergnügen nennt – wie leicht ist es, glücklich zu sein, wenn man gütig ist!

Als ich an jenem Abend meine Kleidungsstücke zusammenfaltete und dabei über den wahren Reichtum nachdachte, den ich mit verschwenderischer Hand überall im Hause meiner Tante verstreut hatte, fühlte ich mich wirklich frei von jeder Unruhe. Mir war, als wäre ich ein Kind. Mein Herz schien mir leicht, ich sang einen Psalmvers, mein Herz schien mir so leicht, daß ich einschlummerte, ehe ich noch den nächsten singen konnte. Ganz wie ein Kind fühlte ich mich wieder, ganz wie ein Kind!

Ich verbrachte eine glückselige Nacht. Und wie jung fühlte ich mich am nächsten Morgen! Ich könnte hinzufügen: Wie jung sah ich aus – wäre ich nur imstande, von meinem sterblichen Leib zu sprechen. Aber ich bin dazu nicht imstande und füge daher nichts hinzu.

Gegen Mittag – nicht des Genusses wegen, den mir Essen böte, sondern nur, um die liebe Tante sicher zu Hause anzutreffen – setzte ich den Hut auf und wollte zum Montagu Square fahren. Ich war zum Fortgehen bereit, da sah das Dienstmädchen meiner Hausleute zur Tür herein und sagte: »Miss Clack, Lady Verinders Diener wünscht Sie zu sprechen!«

Mein damaliges Logis befand sich im Parterre, das Besuchszimmer war mein Wohnzimmer. Sehr klein, sehr niedrig, sehr dürftig möbliert – aber ach, so sauber! Ich blickte auf den Gang hinaus, ich wollte sehen, welcher von Lady Verinders Dienern nach mir gefragt hatte. Es war der junge Samuel, ein höflicher Bursche von frischer Gesichtsfarbe, gelehrig und zuvorkommend.

Ich hatte schon immer ein geistiges Interesse für ihn verspürt und hätte gerne ein paar ernste Worte mit ihm gesprochen. Deshalb forderte ich ihn auf, bei mir einzutreten. Er kam mit einem großen Paket unterm Arm. Fast sah es aus, als hätte er Angst, es bei mir abzugeben. »Viele Grüße von meiner Herrin. Ich soll Ihnen ausrichten, Miss, daß Sie im Paket einen Brief finden werden«, sagte er und machte dabei ein Gesicht, als wollte er sich sofort aus dem Staub machen.

Ich versuchte ihn zurückzuhalten, weil ich noch ein paar Fragen an ihn hatte: Ob ich meine Tante jetzt antreffen könnte, wenn ich käme? Nein, sie sei ausgefahren, und Miss Rachel sei bei ihr. Auch Mr. Ablewhite habe in der Kutsche Platz genommen. Ich wußte, daß der teure Mr. Godfrey mit seiner Arbeit für die Wohltätigkeit arg im Rückstand war. Daher befremdete es mich, daß er spazierenfuhr, als hätte er nichts zu tun. Samuel war schon bei der Tür, doch ich nagelte ihn durch weitere Erkundigungen nochmals fest und erfuhr: Miss Rachel ginge heute abend auf einen Ball, und Mr. Ablewhite wollte zum Kaffee kommen und sie nachher auf den Ball begleiten. Für den nächsten Tag sei eine musikalische Matinee angekündigt, Samuel sollte Karten für eine größere Gesellschaft besorgen, zu der auch Mr. Ablewhite gehöre. »Wenn ich mich nicht beeile, Miss, sind vielleicht alle Karten verkauft«, sagte der unschuldige Bursche und rannte davon. Ich fand mich mit meinen sorgenvollen Gedanken allein.

Wir hatten an jenem Abend eine Sondersitzung des »Hosenvereins der Mütter«, die man ausdrücklich einberufen hatte, um sich bei Mr. Godfrey Rat und Hilfe zu holen. Anstatt unsere Schwesternschaft zu unterstützen, die durch eine überwältigende Flut von Hosen ganz erschöpft war, hatte er Rachel zugesagt, bei ihr Kaffee zu trinken und nachher mit ihr auf einen Ball zu gehen! Für die Mittagsstunde des nächsten Tages war eine Feier der »Britischen Gesellschaft zur Überwachung der Dienstmädchen am Sonntag« vorgesehen. Anstatt diesem schwer um seine Existenz ringenden Verein mit Leib und Seele beizustehen, hatte er sich anderen Vergnügungssüchtigen angeschlossen und wollte ein Konzert besuchen! Ich fragte mich: Was hat das zu bedeuten? Leider erschien mir mit einem Mal unser christlicher Held in einem neuen Licht und verband sich in meinem Denken mit dem entsetzlichen Abfall von Gott, der in unserer Zeit leider so häufig vorkommt.

Doch kehren wir zur Geschichte dieses Tages zurück! Als ich mich allein fand, wandte ich meine Aufmerksamkeit natürlich dem Paket zu, das den jungen Diener merkwürdigerweise so verschüchtert hatte. Sollte mir meine Tante das versprochene Vermächtnis schicken, und zwar in Gestalt abgelegter Kleider oder unmodernen Schmucks oder abgenützter Silberlöffel oder sonst etwas dieser Art? Entschlossen, alles anzunehmen und nichts abzulehnen, öffnete ich das Paket – aber was mußte ich sehen? Die zwölf wertvollen Büchlein, die ich tags zuvor im ganzen Haus verstreut hatte: auf Anordnung des Arztes alle an mich zurückgeschickt! Mit gutem Grund mußte der jugendliche Samuel vor dieser Maßnahme zurückschrecken, was er sich ja anmerken ließ, als er mir das Paket überbrachte! Mit gutem Grund mußte er schleunigst das Weite suchen, nachdem er sich dieses üblen Auftrags entledigt hatte! Der Brief meiner Tante teilte mir bloß mit, daß sie – diese arme Seele – es nicht wagte, die Anordnungen ihres Arztes zu mißachten.

Was sollte ich tun? Dank meiner Erziehung und dank meinen Prinzipien schwankte ich keinen Augenblick. Ich tat das, was ich für richtig hielt.

Sobald nämlich der wahre Christ erkennt, daß er sich auf die Stimme seines Gewissens verlassen kann und sich auf der richtigen Bahn befindet, durch die er anderen Nutzen bringt, weicht er nie und nimmer zurück. Nichts und niemand kann uns auch nur im geringsten beeinflussen, wir erfüllen unsere Mission, gleichgültig wie deren Folgen sind, ob Krieg, ob Aufruhr, ob Anschuldigung – wir harren aus, vollenden unser Werk, ohne Rücksicht auf das, was rundherum geschieht. Wir trotzen der Vernunft, wir achten nicht des Spotts, wir sehen mit niemandes Augen, wir hören mit niemandes Ohren, wir fühlen mit niemandes Herzen – außer dem eigenen. Welch herrliches, herrliches Vorrecht! Und wie erlangt man es? O Freunde, spart euch diese unnütze Frage! Wir sind ja die einzigen, die es erwerben können, nämlich die einzigen Gerechten!

Im Falle meiner armen, irregeleiteten Tante wußte ich sofort, fromm und standhaft wie ich bin, was ich nun tun mußte.

Meine geistlichen Freunde konnten diese arme Seele auf das Jenseits nicht vorbereiten – Lady Verinder hatte sie nicht empfangen wollen. Auch Bücher waren dazu nicht imstande – das hatte der Starrsinn des ungläubigen Doktors vereitelt. Sei's denn! Womit sollte ich es jetzt versuchen? Mit Briefchen! Anders ausgedrückt: Nun, da sie mir die Bücher zurückgeschickt hatte, sollten ausgewählte Stellen aus diesen Schriften, von verschiedenen Personen abgeschrieben, in Briefform meiner Tante zugehen, teils per Post, teils von mir im Haus verteilt, und zwar so, wie ich es tags zuvor mit den Büchern getan hatte. Die Briefchen würden keinen Verdacht erregen, man würde sie öffnen und vielleicht auch lesen.

Einige schrieb ich selbst: »Liebe Tante, darf ich Deine Aufmerksamkeit auf diese Zeilen lenken?« usf. Oder: »Liebe Tante, gestern abend traf ich beim Lesen zufällig auf folgende Stelle«, usw. Andere Briefe schrieben meine trefflichen Mitarbeiterinnen für mich, vor allem jene vom »Hosenverein der Mütter«. Zum Beispiel: »Verehrte Dame, verzeihen Sie, wenn eine wahre und demütige Freundin an Ihnen ein Interesse nimmt.« Oder: »Verehrte Dame, darf Ihnen eine wohlgesinnte Freundin, die es ernst meint, ein paar ermunternde Worte schreiben?« Wir bedienten uns dieser und ähnlicher Formen höflicher Redensarten, um sie mit bestimmten Stellen aus diesen wertvollen Büchern bekanntzumachen, und zwar auf eine Weise, die nicht einmal der argwöhnische, materialistisch denkende Arzt vermuten würde. Ehe uns noch der Schatten der Nacht umgab, hatte ich an Stelle von einem Dutzend erbaulicher Schriften ein Dutzend erbaulicher Briefe für meine Tante bereit. Sechs davon gab ich noch auf, die übrigen behielt ich bei mir, um sie am nächsten Tag selbst im Haus zu verteilen.

Gleich nach zwei Uhr begab ich mich wieder an die Stätte frommer Kämpfe. Samuel öffnete mir die Tür, und ich erkundigte mich freundlichst nach Lady Verinders Befinden.

Sie habe eine schlechte Nacht gehabt, und jetzt sei sie in dem Zimmer, wo man am Vortag das Testament unterzeichnet habe. Dort liege sie auf dem Sofa und versuche, ein wenig zu schlafen.

Ich sagte Samuel, ich wollte in der Bibliothek warten, vielleicht könnte ich Lady Verinder später sehen. In meinem Eifer, die Briefchen zu verteilen, kam es mir gar nicht in den Sinn, nach Rachel zu fragen. Das Haus war ruhig, die musikalische Matinee war vermutlich noch im Gange. So nahm ich denn als sicher an, daß Rachel mit den anderen Vergnügungssüchtigen (leider gehörte auch Mr. Godfrey dazu) noch im Konzert wäre. Ich widmete mich sofort meinem guten Werk, denn ich wollte Zeit und Gelegenheit hierfür nützen.

Die am Morgen eingetroffene Post – meine sechs erbaulichen Briefe, die ich aufgegeben hatte, inbegriffen – lag ungeöffnet auf dem Tisch in der Bibliothek. Offenbar hatte sie sich der Lektüre der Briefe nicht gewachsen gefühlt.

Wenn sie später die Bibliothek betritt, wird die Zahl der Briefe sie sicher erschrecken, sagte ich mir. Trotzdem legte ich eines der sechs Briefchen, die ich bei mir hatte, auf den Kaminsims. Es sollte, weil es dort so einsam lag, ihre Neugierde wekken. Ein zweites ließ ich im Frühstückszimmer auf den Boden fallen. Sollte nach mir eines der Dienstmädchen hereinkommen, würde es annehmen, meine Tante habe das Briefchen verloren, und sich daher besonders befleißigen, es ihr zu bringen. Nachdem ich im Parterre meine Saat ausgestreut hatte, lief ich leichten Fußes die Treppe hinauf, um im ersten Stock meinen Segen der Barmherzigkeit zu verteilen.

Ich betrat gerade das Vorderzimmer, da hörte ich ein zweimaliges Klopfen an der Haustür: kurz, sanft, zaghaft und rücksichtsvoll. Ehe ich noch daran denken konnte, in die Bibliothek hinunterzuhuschen, wo ich hätte warten sollen, war der beflissene Samuel schon in der Halle und öffnete die Haustür.

Macht nichts, sagte ich mir, man wird wegen des schlechten Gesundheitszustands meiner Tante keine Besucher empfangen. Erstaunt und erschrocken mußte ich feststellen, daß man diesmal eine Ausnahme von der Regel machte. Samuel sagte (offenbar hatte er inzwischen ein paar Fragen beantwortet, die ich nicht hatte hören können) jetzt ganz deutlich: »Wollen Sie sich bitte hinauf bemühen, Sir!« Im nächsten Augenblick hörte ich Schritte, die über die Treppe immer näher kamen. Es waren Männerschritte. Wer konnte der Besucher sein, dem man diesen Vorzug gegeben hatte? Kaum hatte ich mir diese Frage gestellt, fiel mir auch schon die Antwort ein: der Arzt!

Jeder andere hätte mich hier oben entdecken dürfen: wäre es doch als Folge des langen Wartens in der Bibliothek nicht ungewöhnlich gewesen, daß ich, um Abwechslung zu suchen, heraufgegangen war. Allein, meine Selbstachtung verbot es mir, jenem Mann gegenüberzutreten, welcher mich durch die Rücksendung meiner Bücher insultiert hatte. Ich schlich daher in das kleine Zimmer, das ich bereits erwähnt habe. Eine Portiere trennte es vom Salon. Ich ließ den Vorhang hinter mir zufallen und wollte dort ein paar Minuten warten, bis sich der Arzt, wie üblich, zu seiner Patientin begeben würde.

Ich wartete und wartete, es vergingen zwei Minuten, es vergingen viele Minuten, indes der Besucher unruhig hin und her ging. Er redete mit sich selbst, das hörte ich, und ich glaubte auch, die Stimme zu erkennen. Hatte ich mich geirrt? War es nicht der Arzt, sondern jemand anderer? Vielleicht Mr. Bruff? Nein! Ein untrüglicher Instinkt sagte mir, es sei nicht Mr. Bruff. Wer es auch sein mochte – immer noch redete er mit sich selbst. Ich zog die schweren Vorhänge ein wenig auseinander und horchte. »Heute tue ich es!« waren die Worte, die ich hörte, und die Stimme, die sie sagte, war Godfrey Ablewhites Stimme.

V

Ich ließ die Hand sinken, die Portiere schloß sich wieder. Doch glaubt nicht, o Freunde, daß es das Peinliche an meiner Situation war, das mir im Kopf umging und mich in Verlegenheit setzte! Mein schwesterliches Interesse für Mr. Godfrey war noch immer so stark, daß ich mich nicht einmal fragte, warum er nicht im Konzert sei. Nein! Ich mußte einzig und allein an seine Worte denken, an diese beunruhigenden Worte, die ihm eben entfahren waren. Er wollte es heute tun, und es hatte geklungen, als handelte es sich um einen weittragenden Entschluß. Er wollte es heute tun. Aber was? Was wollte er tun? Etwas noch Bedauerlicheres, noch Unwürdigeres als er ohnedies schon getan hatte? Wollte er vom Glauben abfallen? Wollte er uns in unserm »Hosenverein der Mütter« gänzlich im Stich lassen? Hatten wir in unserm Vereinszimmer zum letzten Mal sein himmlisches Lächeln gesehen? Hatten wir in der Exeter Hall zum letzten Mal seine unvergleichliche Beredsamkeit erlebt? Der Gedanke an alle diese gräßlichen Möglichkeiten hatte die Tiefen meiner Seele so aufgewühlt, daß ich nahe daran war, aus meinem Versteck hervorzustürzen und ihn im Namen aller Frauenvereine Londons anzuflehen, sich näher zu erklären. Da hörte ich plötzlich eine zweite Stimme, sie drang durch die Portiere, laut, frech, bar jeder weiblichen Anmut: Es war die Stimme Rachel Verinders!

»Godfrey, warum bist du heroben? Warum nicht in der Bibliothek?«

Er lachte leise. »Dort ist Miss Clack.«

»Die Clack in der Bibliothek? Du hast recht, bleiben wir lieber hier.«

Ich war eben noch wie im Fieber gewesen und hatte nicht gewußt, was ich tun sollte. Mit einem Mal wurde ich ruhig, kühl überlegte ich, alle Zweifel waren geschwunden. Nach allem, was ich gehört hatte, konnte ich mich nicht zeigen. Mich irgendwo zu verkriechen, kam nicht in Frage, es sei denn, ich hätte den Kamin als Versteck gewählt. Marterqualen standen mir bevor. Ich mußte mich mit meiner Zwangslage abfinden, und das tat ich, so gut ich konnte. Unbemerkt zog ich die schweren Vorhänge ein wenig auseinander. Ich konnte jetzt sowohl hören als auch sehen und war nun bereit, mit der Kraft einer Frühchristin mein Martyrium zu ertragen.

Rachel hatte sich auf die Ottomane gesetzt, die im Hintergrund des Zimmers stand. »Hol dir einen Stuhl, Godfrey!« sagte sie. »Wenn ich mit jemandem spreche, sitze ich ihm gern gegenüber.«

Er setzte sich auf einen niedrigen Stuhl, ihr so nahe wie möglich. Noch nie hatte ich seine Beine so unvorteilhaft gesehen, war er doch viel zu groß für diesen Sitz.

»Nun, was hast du den anderen gesagt?« fragte sie ihn.

»Das gleiche, was du mir gesagt hast.«

»Daß Mama sich heute nicht wohl fühle? Und daß ich sie wegen eines Konzerts nicht allein lassen möchte?«

»Ja, das waren meine Worte. Man bedauerte es sehr, aber man kann dich verstehen. Alle lassen dich herzlich grüßen und hoffen, daß es deiner Mutter bald besser gehen möge.«

»Godfrey, hältst du ihren Zustand für bedenklich?«

»Ganz und gar nicht. Ich bin überzeugt, in ein paar Tagen wird sie wieder in Ordnung sein.«

»Das glaube ich auch. Freilich, zuerst war ich ein bißchen erschrocken. Es war lieb von dir, mich bei meinen Freunden, die du ja kaum kennst, zu entschuldigen. Warum eigentlich bist du nicht ins Konzert gegangen? Es ist doch schade, daß du es nun auch versäumst.«

»Sag das nicht, Rachel! Wüßtest du nur, wieviel glücklicher ich darüber bin, bei dir sein zu können.«

Er faltete die Hände und blickte Rachel an. Dadurch konnte auch ich sein Gesicht sehen. Worte können nicht schildern, welch Widerwillen ich empfand! Ich bemerkte an ihm nämlich genau den gleichen Ausdruck, mit dem er mich sonst entzückte, wenn er auf der Rednerbühne der Exeter Hall für Millionen notleidender Menschen das Wort ergriff.

»Godfrey, es ist schwer, schlechte Gewohnheiten abzulegen. Aber mir zuliebe versuch doch, bitte, es dir abzugewöhnen, Komplimente zu machen!«

»Dir, Rachel, habe ich noch nie im Leben ein Kompliment gemacht. Zugegeben, wer in der Liebe erfolgreich ist, bedient sich manchmal einer Schmeichelei, doch wer hoffnungslos liebt, spricht immer die Wahrheit.«

Bei den Worten »hoffnungslos liebt« rückte er mit seinem Stuhl näher an sie heran und ergriff ihre Hand. Eine Pause trat ein. Er, der jedermann beeindruckte, hatte auch sie beeindruckt. Jetzt glaubte ich den Sinn der Worte zu verstehen, die ihm vorhin entfahren waren. »Heute tue ich es.« Selbst wenn man noch so streng in Fragen des Anstands denkt – es war nur allzu deutlich: Er tat es jetzt. Leider.

»Godfrey, hast du vergessen, daß wir damals im Rosengarten einander versprochen haben, fortan nicht mehr als Cousin und Cousine füreinander zu sein?«

»Rachel, wenn ich dich sehe, kann ich dieses Versprechen nicht halten.«

»Dann geh mir aus dem Weg!«

»Das ist zwecklos. Ich kann es nicht einmal halten, wenn ich an dich denke. O Rachel, wie lieb war es von dir, als du mir gestern sagtest, du hieltest mich für besser und uneigennütziger als du gedacht hast! Ist es vermessen, wenn ich aus diesen freundlichen Worten Hoffnung schöpfe? Ist es vermessen, wenn ich davon träume, dein Herz könnte sich für mich doch noch erweichen? Sag nicht, daß dies verrückt von mir ist! Laß mir diese Illusion, Liebste! Ich muß etwas haben, das mich tröstet, an das ich mich klammern kann – habe ich doch sonst nichts!«

Seine Stimme zitterte, er trocknete sich mit einem weißen Schnupftuch die Tränen. Wieder: Exeter Hall! Der Parallele fehlten bloß die Zuhörer, die Zurufe und das Glas Wasser.

Sogar ihr verhärtetes Gemüt berührten diese Worte. Ich sah, wie sie sich ein wenig zu ihm hinneigte, und ich hörte, wie in ihren Worten ein neuer Ton mitschwang. »Godfrey, bist du sicher, mich so sehr zu lieben?«

»Ja, Rachel. Du weißt, wie es um mich stand, und ich will dir sagen, wie es jetzt um mich steht: Nichts interessiert mich mehr in meinem Leben – außer dir. Ich bin wie ausgewechselt und weiß es mir nicht zu erklären. Stell dir vor: Meine Wohlfahrtsarbeit ist mir lästig, ist mir unerträglich, und sobald ich ein Damenkomitee sehe, wünsche ich mich ans andere Ende der Welt.«

Sollten die Annalen der Geschichte – soweit sie den Abfall vom Glauben betreffen – etwas Vergleichbares enthalten, so kann ich nur sagen: Ich habe eine Menge Bücher gelesen, aber das ist mir bisher noch nicht untergekommen! Ich dachte an den »Hosenverein der Mütter«, ich dachte an die »Britische Gesellschaft zur Überwachung der Dienstmädchen am Sonntag«, ich dachte an andere Institutionen – sie sind zu zahlreich, um sie hier einzeln zu erwähnen –, die alle auf diesen Mann bauten, als ein Bollwerk der Stärke. Ich dachte an die schwer ringenden Frauenvereine, denen sozusagen der Atem ihrer geschäftlichen Existenz durch Mr. Godfrey eingehaucht wurde – eben jenen Mr. Godfrey, welcher unsere gute Arbeit für »lästig« hielt und welcher eben erklärt hatte, er wünsche sich fort aus unserer Mitte, fort bis ans andere Ende der Welt! Meine jungen Freundinnen werden sich zum Ausharren ermutigt fühlen, wenn ich ihnen hier mitteile, daß es sogar mir, trotz meiner Selbstdisziplin, schwerfiel, meinen berechtigten Unmut schweigend zu ertragen. Der Gerechtigkeit halber muß ich allerdings hinzufügen, daß mir dennoch nicht eine einzige Silbe dieses Gesprächs entging. Jetzt ergriff Rachel das Wort.

»Godfrey, du hast mir ein Geständnis gemacht. Ich frage mich nur, ob ich dich von deiner unglücklichen Liebe zu mir heilen könnte, wenn ich meinerseits dir ein Geständnis mache?«

Er zuckte zusammen. Ich gebe es zu – auch ich zuckte zusammen. Er glaubte – und auch ich glaubte es –, sie wollte ihm das Geheimnis des gelben Diamanten enthüllen.

»Wenn du mich so siehst: Würdest du es für möglich halten, daß ich das unglücklichste Mädchen auf Erden bin? Ja, Godfrey, so ist es! Kann es ein größeres Elend geben, als ohne Selbstachtung leben zu müssen? Das nämlich ist bei mir der Fall.«

»Liebste Rachel, du hast doch keinen Grund, so über dich zu reden!«

»Und woher weißt du das?«

»Wie kannst du mich so etwas fragen! Ich weiß es, weil ich dich kenne. Durch dein Schweigen, Liebste, hast du die Achtung deiner wahren Freunde nicht verloren. Das Verschwinden deines kostbaren Geburtstagsgeschenks mag seltsam erscheinen, dein ungeklärter Anteil an diesem Ereignis mag noch seltsamer erscheinen –«

»Sprichst du von diesem sogenannten Monddiamanten?«

»Ja, ich glaubte, du wolltest darauf anspielen –«

»Nichts dergleichen, Godfrey. Von mir aus könnte jeder x-beliebige über diese Sache sprechen, ohne daß ich deshalb in meiner Selbstachtung sinke. So man die Wahrheit je erfährt, wird sich herausstellen, daß ich eine große Verantwortung auf mich genommen habe, auch daß ich ungewollt in ein Geheimnis eingedrungen bin – aber es wird sonnenklar sein, daß ich nichts Schändliches getan habe. Du hast mich vorhin mißverstanden, Godfrey, aber ich hätte mich deutlicher ausdrücken sollen, es ist meine Schuld. Ich werde jetzt offen sprechen, koste es, was es wolle: Godfrey, angenommen, du wärst nicht in mich verliebt, sondern in eine andere –«

»Und?«

»Angenommen, du kämst darauf, diese Frau sei deiner vollkommen unwürdig; angenommen, du wüßtest genau, es schadete deiner Ehre, auch nur einen Gedanken an sie zu verschwenden; angenommen, die bloße Vorstellung, eine solche Person zu heiraten, triebe dir die Schamröte ins Gesicht –«

»Und?«

»Angenommen, du könntest dich von ihr trotzdem nicht lösen; angenommen, sie hätte übermächtige Gefühle in dir erweckt, und zwar schon zu einer Zeit, als du noch an sie geglaubt hast; angenommen, die Liebe, die du für diese schamlose Person hegst – O Godfrey, wie kann ich hierfür nur die richtigen Worte finden! Wie kann ich einem Mann begreiflich machen, daß ein Gefühl, das mich vor mir selbst zurückschaudern läßt, zugleich ein Gefühl sein kann, das mich gefangennimmt? Es ist der Atem meines Lebens und zugleich das Gift, das mich zerstört – beides in einem! Godfrey, bitte laß mich allein! Ich muß verrückt sein, dir das alles zu erzählen! Nein, du darfst nicht gehen, du darfst mich nicht verlassen, nicht unter diesem Eindruck, der falsch ist. Ich muß dir noch etwas zu meiner Verteidigung sagen: Wohlgemerkt, der Betreffende weiß es nicht, und er wird es nie erfahren, was ich dir jetzt gesagt habe. Nie werde ich ihn wiedersehen – egal, was geschieht –, nie, nie, nie werde ich ihn wiedersehen. Frag nicht nach seinem Namen, frag mich überhaupt nichts mehr, sprechen wir von etwas anderem! Godfrey, verstehst du soviel von Medizin, daß du mir sagen könntest, warum ich das Gefühl habe, ich müßte ersticken? Gibt es eine Form der Hysterie, die sich in einem Erguß von Worten statt in einem Strom von Tränen äußert? Ich glaube schon! Aber was schadet das? Wenn ich dir Kummer bereitet habe, wirst du jetzt leichter darüber hinwegkommen. Bin ich doch in deiner Achtung entsprechend tief gesunken, nicht wahr? Aber das soll dir nichts ausmachen, das soll dir nicht leid tun! Ich bitte dich jetzt nur um eines: Laß mich allein!«

Sie wandte sich um und schlug mit den Händen auf die Lehne der Ottomane, als hätte sie den Verstand verloren. Sie grub den Kopf in die Kissen und brach in Tränen aus. Ich fand ein solches Benehmen empörend. Doch damit nicht genug, es kam noch schlimmer, diesmal von Mr. Godfrey. Schreckerstarrt mußte ich ansehen, daß er vor ihr auf die Knie fiel. Es ist nicht zu glauben: auf beide Knie, wie ich hiermit feierlich erkläre! Und nicht nur das. Bar jedes Gefühls für Anstand umschlang er sie – auch das muß ich erwähnen; und widerwillig, doch bewundernd muß ich zugeben –, er elektrisierte sie mit zwei Worten: »Edles Geschöpf!« Mehr sagte er nicht, aber es brach aus ihm mit der gleichen Verzückung hervor, die seinen Ruhm als Redner begründet hatte.

Rachel saß wie erstarrt. Entweder war sie erschrocken oder verzaubert, ich weiß es nicht. Jedenfalls machte sie keinen Versuch, seine Arme von sich zu lösen – wie es sich gehört hätte. Was mich betrifft, so war mein Sinn für das Schickliche derart durcheinandergeraten, daß ich nicht wußte, ob ich zuerst die Augen schließen oder die Ohren verstopfen sollte. Ich tat daher keines von beidem. Seltsamerweise besaß ich trotz allem noch die Kraft, die schweren Vorhänge so weit offen zu halten, daß ich sowohl sehen als auch hören konnte, was ich einem unterdrückten hysterischen Anfall zuschreibe, einem Zustand, in dem man unbedingt etwas halten muß – das behaupten auch die Ärzte.

»Ja, du bist ein edles Geschöpf«, hauchte er mit dem ganzen Zauber seiner vom apostolischen Geist getragenen Beredsamkeit. »Der kostbarste aller Schätze ist eine Frau, die um der Wahrheit willen aufrichtig ist – eine Frau, die eher ihren Stolz opfert als den Mann, der es ehrlich mit ihr meint. Wer eine solche Frau erringt, gewinnt alles, was sein Leben adelt. Es muß ihm genügen, daß sie ihn schätzt und achtet ... Liebste, du hast mir zu verstehen gegeben, daß du in meiner Achtung zu sinken befürchtest. Beurteile selbst, wie ich darüber denke, wenn ich vor dir knie und dich anflehe, durch meine Fürsorge dein armes wundes Herz heilen zu dürfen. Rachel, willst du mich glücklich machen, willst du mich auszeichnen – indem du meine Frau wirst?«

In diesem Augenblick wäre ich bestimmt soweit gewesen, mir die Ohren zu verstopfen, hätte nicht Rachel mich ermutigt, sie offenzuhalten, indem sie ihm die ersten vernünftigen Worte, die ich je aus ihrem Munde hörte, sagte: »Godfrey, du hast den Verstand verloren!«

»Ich habe niemals vernünftiger gesprochen, Liebste – und ich spreche in deinem wie in meinem Interesse. Tu doch einen Blick in die Zukunft! Sollst du dein Glück einem Mann opfern, der nicht weiß, was du für ihn fühlst, und den du nie mehr sehen willst? Bist du nicht dir selbst verpflichtet, diese unselige Neigung zu vergessen? Könntest du überhaupt vergessen, wenn du weiterhin so lebst wie jetzt? Du hast es versucht und bist dieses Lebens überdrüssig. Wende dich edleren Dingen zu als dem nichtigen Tun der Welt! Such ein Herz, das dich liebt und ehrt, ein Heim, dessen beglückende Pflichten und friedliche Häuslichkeit dich mehr und mehr beanspruchen, und darin wirst du Trost finden, Rachel! Nicht um Liebe bitte ich dich – mit deiner Achtung und deiner Zuneigung will ich zufrieden sein, und das übrige überlasse vertrauensvoll der Ergebenheit deines Mannes, der dich liebt, und der Zeit, die Wunden heilt, auch wenn sie so tief wie deine sind.«

Schon wurde sie weich. Oh, wie schlecht hatte man sie erzogen! Oh, wie anders hätte ich mich an ihrer Stelle verhalten!

»Godfrey, versuche nicht, mich zu überreden! Ich bin jetzt schon unbekümmert und leichtsinnig genug. Bring es nicht so weit, daß es noch ärger wird!«

»Rachel, eine Frage: Hast du etwas gegen mich?«

»Nein, ich habe dich immer gemocht – und jetzt, nach allem, was du mir gesagt hast, müßte ich wirklich gefühllos sein, wenn ich dich nicht respektierte und bewunderte.«

»Meine liebe Rachel, du kennst doch sicher so manche Frau, die ihren Mann respektiert und bewundert – und doch lebt sie mit ihm sehr glücklich. So manche Braut geht zum Altar mit wundem Herzen – es würde kaum einer Prüfung durch den künftigen Ehemann standhalten. Und doch gibt es kein böses Ende, irgendwie geht alles gut aus, die Ehe hält. In Wahrheit nämlich sieht die Frau die Heirat als eine Art Zuflucht – dies ist öfter der Fall, als man gemeinhin annimmt. Und was noch wichtiger ist: Die Frau entdeckt schließlich, daß ihre Zuversicht gerechtfertigt war. Bedenk doch einmal deinen eigenen Fall,

Rachel! Bei deiner Jugend und bei deinen Reizen hältst du es für möglich, ehelos dein Leben zu verbringen? So etwas ist unvorstellbar, glaub mir, ich kenne die Welt. Es ist lediglich eine Frage der Zeit. Früher oder später heiratest du – irgendeinen. Oder, Liebste, du heiratest den Mann, der dir zu Füßen liegt und der mehr Wert darauf legt, von dir respektiert und bewundert als von einer andern Frau geliebt zu werden.«

»Halt ein, Godfrey! Du bringst mich auf einen Gedanken, der mir bisher fremd war. Du verlockst mich mit einer neuen Möglichkeit, nun, da alle anderen Möglichkeiten mir genommen sind. Ich sage es dir nochmals: Ich bin so verzagt und verzweifelt, daß ich – wenn du noch ein Wort sagst – bereit wäre, unter den von dir genannten Bedingungen dich zu heiraten. Laß es dir eine Warnung sein und geh!«

»Ich stehe nicht auf, ehe du nicht ja gesagt hast!«

»Du und ich werden es bereuen, wenn es zu spät ist.«

»Liebling, wir werden beide den Tag segnen, an dem ich dich bedrängte und du mir nachgegeben hast.«

»Hast du wirklich so viel Vertrauen?«

»Mach dir selbst ein Bild, ich spreche aus Erfahrung: Was hältst du vom Familienleben der Ablewhites? Sind meine Eltern in ihrer Ehe etwa unglücklich?«

»Soweit ich es beurteilen kann: sicher nicht.«

»Es ist kein Geheimnis, Rachel. So wie du hat meine Mutter als junges Mädchen ihr Herz einem Unwürdigen geschenkt. Geheiratet aber hat sie einen andern, meinen Vater. Sie hat ihn respektiert, sie hat ihn bewundert, mehr nicht. Wie gut diese Ehe ist, siehst du selbst. Liegt darin nicht eine Ermutigung für dich und mich?«*

»Wirst du Geduld mit mir haben, Godfrey?«

»Soviel du willst.«

»Wirst du nicht mehr von mir verlangen, als ich dir geben kann?«

»Mein Engel! Ich bitte dich ja nur, daß du selbst dich mir gibst.«

* Siehe den Bericht von Gabriel Betteredge, 8. Kapitel.

»So nimm mich!«

Mit diesen Worten nahm sie seinen Antrag an!

Wieder brach es aus ihm hervor, diesmal war es unheilige Verzückung. Er zog sie näher und näher an sich heran, bis ihr Gesicht das seinige berührte und dann – Nein! Ich kann es wirklich nicht über mich bringen, diese schockierende Szene weiterhin zu beschreiben. Es sei bloß vermerkt, daß ich, ehe es passierte, die Augen schließen wollte, doch tat ich es eine Sekunde zu spät. Ich hatte nämlich damit gerechnet, daß sie sich sträuben würde, aber sie ließ es geschehen. Das spricht Bände. Jede feinfühlige Person weiblichen Geschlechts dächte ähnlich wie ich.

Obschon ich in derlei Dingen völlig unerfahren bin, konnte ich jetzt das Ende des Gesprächs absehen. Die beiden verstanden einander so wunderbar, daß ich fest damit rechnete, sie würden sogleich Arm in Arm fortgehen, direkt zum Traualtar. Nach Mr. Godfreys Worten zu schließen, gab es aber doch eine winzige Formalität, die sie beachten mußten. Er setzte sich neben sie auf die Ottomane, diesmal ohne daß sie es ihm verwehrte. »Soll ich mit deiner lieben Mutter sprechen?« fragte er. »Oder willst du es tun?«

Sie wollte weder das eine noch das andere. »Meine Mutter soll erst davon erfahren, wenn es ihr besser geht. Einstweilen bleibt es unser Geheimnis, Godfrey. Geh jetzt und komm erst am Abend wieder! Wir sind hier schon lange genug allein.«

Sie erhob sich und blickte dabei erstmals auf die Portiere, hinter der ich wie eine Märtyrerin litt.

»Wer hat diese Vorhänge zugezogen? Das Zimmer ist ohnedies klein, man sollte die Luft nicht aussperren«, sagte sie und schritt auf die Portiere zu. Im selben Moment, als sie den schweren Stoff anfaßte – als sie mich entdecken mußte –, ließ plötzlich die Stimme des jungen Dieners sie dabei innehalten. Bestürzt rief er die Treppe herauf: »Miss Rachel! Wo sind Sie? Miss Rachel!«

Sie ließ den Vorhang los, mit einem Satz war sie bei der Tür.

Der Diener stand davor, sein sonst so frisches Gesicht sah bleich aus. »Bitte kommen Sie hinunter, Miss! Lady Verinder ist ohnmächtig. Wir haben vergeblich versucht, sie wieder zu sich zu bringen.«

Im nächsten Augenblick war ich allein und konnte unbeobachtet und unbehindert ebenfalls hinuntergehen.

Mr. Godfrey stürzte in der Halle an mir vorbei. »Gehen Sie hinein und helfen Sie!« rief er mir zu und rannte davon, den Arzt zu holen.

Rachel kniete neben dem Sofa und hielt den Kopf ihrer Mutter an sich gedrückt. Für mich, die ich um ihren Zustand wußte, genügte ein Blick. Ich erkannte die furchtbare Wahrheit, behielt jedoch meine Gedanken für mich. Es dauerte nicht lange, und der Arzt kam herbeigeeilt. Zuerst schickte er Rachel aus dem Zimmer, dann teilte er uns mit, Lady Verinder sei verschieden. Fromme Menschen, die sich für Beweise eines verhärteten Skeptizismus interessieren, wird es nicht überraschen, daß er bei meinem Anblick keine Spur von Reue zeigte.

Etwas später warf ich rasch einen Blick ins Frühstückszimmer und in die Bibliothek. Meine Tante war gestorben, ohne einen einzigen meiner Briefe geöffnet zu haben. Ich war darüber so entsetzt, daß es mir erst einige Tage später bewußt wurde: Sie war dahingegangen, ohne mir mein kleines Vermächtnis zu geben.

VI

(1.) »Miss Clack übersendet Mr. Franklin Blake das fünfte Kapitel ihres bescheidenen Berichts, zugleich mit ihren besten Empfehlungen. Sie erlaubt sich dabei zu bemerken, daß sie sich der Aufgabe nicht gewachsen fühle, sich in wünschenswerter Weise über ein so schreckliches Ereignis wie Lady Verinders Ableben zu verbreiten. Deshalb hat sie dem eigenen Manuskript etliche Auszüge aus wertvollen, in ihrem Besitz befindlichen Büchlein beigelegt, die sich inhaltlich auf das Thema irdischer Vergänglichkeit beziehen. Miss Clack gibt ihrer Hoffnung Ausdruck, daß diese Worte in den Ohren ihres geschätzten Verwandten so laut tönen mögen wie die Posaunen von Jericho.«

(2.) »Mr. Franklin Blake läßt sich Miss Clack bestens empfehlen und dankt ihr verbindlichst für das fünfte Kapitel ihres Berichts. Die Auszüge gehen anbei an sie zurück. Er sieht davon ab, für oder gegen diese Art Literatur Stellung zu nehmen, und möchte bei dieser Gelegenheit folgendes feststellen: Was das Gesamtmanuskript betrifft, erübrigen sich – will man das vorgesehene Ziel erreichen – derlei zusätzliche Betrachtungen.«

(3.) »Miss Clack bestätigt den Erhalt der Auszüge. Sie erlaubt sich, Mr. Franklin Blake freundlichst daran zu erinnern, daß sie Christin ist und er sie daher nicht beleidigen könne. Sie möchte nochmals betonen, daß ihr Mr. Blakes Wohlergehen sehr wichtig sei; sollte er je krank darniederliegen, würde sie sich verpflichtet fühlen, ihm nochmals diese Auszüge anzubieten. Bevor sie mit den letzten Kapiteln ihres Berichts beginne, hätte sie gern gewußt, ob es ihr gestattet sei, ihren bescheidenen Beitrag zur Geschichte des sogenannten Monddiamanten dadurch zu vervollständigen, indem sie spätere Ergebnisse der Untersuchung vorwegnehme.«

(4.) »Mr. Franklin Blake bedauert, Miss Clack enttäuschen zu müssen. Er kann nur das wiederholen, was er sich vor Beginn ihrer Arbeit zu sagen erlaubt hat: Sie möge sich auf ihre persönlichen Erfahrungen beschränken – so wie sie in ihrem Tagebuch vermerkt sind. Spätere Erkenntnisse möge sie gütigst der Feder jener Personen überlassen, welche Zeugen der betreffenden Vorgänge waren.«

(5.) »Miss Clack bedauert zutiefst, Mr. Franklin Blake nochmals behelligen zu müssen. Er habe ihr die Auszüge zurückgeschickt und ihr verboten, ihr reifes Urteil in dieser Sache auszusprechen. Sie hat das schmerzliche Gefühl, man habe sie – um es klar herauszusagen – vor den Kopf gestoßen. Doch Not und Unglück hätten sie Ausharren gelehrt. Der Zweck ihres Schreibens sei folgender: Mr. Blake, der alles verbiete, möge sie wissen lassen, ob er es ebenfalls verbiete, daß diese Korrespondenz in ihrem Bericht erscheine. Es sei gegen Recht und Billigkeit, wenn sie nicht feststellen dürfe, daß die Vorschriften Mr. Blakes sie als Verfasserin in eine mißliche Lage gebracht hätten. Es läge ihr sehr viel daran, daß in diesem Bericht ihre Briefe für sich selbst sprächen.«

(6.) »Mr. Franklin Blake stimmt diesem Vorschlag zu, unter der Bedingung, daß Miss Clack hiermit die Korrespondenz als abgeschlossen betrachte.«

(7.) »Vor Abschluß der Korrespondenz hält es Miss Clack für einen Akt christlicher Pflicht, Mr. Franklin Blake mitzuteilen, daß sein letzter Brief, mit dessen Inhalt er sie beleidigen wollte, diesen Zweck nicht erreicht habe. Sie möchte Mr. Blake freundlichst ersuchen, in sich zu gehen und zu überlegen, ob sie nicht größere Bewunderung verdiene, als er ihr angedeihen lassen möchte. Dank der Übung christlicher Tugenden sei sie als arme schwache Frau imstande, unempfindlich für Insulte zu sein. Sollte er sie mit einer diesbezüglichen Mitteilung auszeichnen und ihr zustimmen, gäbe sie ihr Wort darauf, ihm sämtliche Auszüge aus ihren wertvollen Büchern wieder zukommen zu lassen.«

(Auf diesen Brief erfolgte keine Antwort. Kommentar überflüssig.

gez.: Drusilla Clack)

VII

Die vorliegende Korrespondenz erklärt hinlänglich, weshalb mir nichts anderes übrig blieb, als am Ende des fünften Kapitels kurz und bündig Lady Verinders Ableben mitzuteilen.

Ich beschränke mich also in Hinkunft darauf, nur das zu erzählen, was ich selbst erlebt habe. Demgemäß muß ich zunächst erwähnen, daß ein Monat verging, ehe ich Rachel Verinder wiedersah. Wir verbrachten anschließend ein paar Tage unter demselben Dach, und zwar anläßlich meines Besuchs in Brighton, wo sich im Zusammenhang mit ihrer Verlobung etwas Wichtiges ereignete, das ich unbedingt berichten muß. Wenn ich dieses letzte von den vielen peinlichen Ereignissen innerhalb unserer Familie beschrieben habe, wird meine Aufgabe erfüllt sein. Dann habe ich alles erzählt, was ich als unfreiwilliger Zeuge erlebt habe.

Die sterbliche Hülle der Verblichenen brachte man nach dem Landsitz in Yorkshire, wo man sie auf dem kleinen Friedhof begrub, der zu dem Kirchlein in dessen Park gehörte. Man hatte mich, nebst der übrigen Familie, zum Begräbnis eingeladen. Fromm und gottesfürchtig, wie ich bin, war ich jedoch nicht imstande, mich in einer so kurzen Zeit von dem Schock zu erholen, den ihr Tod bei mir hinterlassen hatte. Zudem sollte der Pfarrer von Frizinghall die Totenmesse halten. In vergangenen Tagen hatte ich diesen Verworfenen immer an Lady Verinders Whisttisch sitzen sehen, und deshalb schien es mir nicht gerechtfertigt, an der Zeremonie teilzunehmen – auch wenn ich zu reisen imstande gewesen wäre.

Rachel Verinder stand jetzt unter der Vormundschaft von Mr. Ablewhite senior, einem Schwager der Verstorbenen, und zwar so lange, bis sie heiratete oder mündig wurde – so war es im Testament vorgesehen. Unter diesen veränderten Voraussetzungen schien es Mr. Godfrey wahrscheinlich angemessen, seinen Vater über das Verlöbnis sogleich zu informieren. Jedenfalls war dieses Geheimnis zehn Tage nach dem Tode meiner Tante für die Familie kein Geheimnis mehr. So erhob sich für Mr. Ablewhite senior, einen gleichfalls Verworfenen, die Frage, auf welche Weise er sich bei der reichen jungen Dame, die seinen Sohn heiraten sollte, möglichst angenehm machen könnte.

Rachel bereitete ihm Schwierigkeiten, von Anfang an, und zwar ging es um die Wahl einer Wohnung, die ihr zusagte. Das Haus am Montagu Square verband sich für sie mit der Erinnerung an den Tod der Mutter. Der Landsitz in Yorkshire verband sich für sie mit der Erinnerung an die skandalöse Sache mit dem Diamanten. Dem Haus ihres Vormunds in Frizinghall stand keines dieser Hindernisse im Wege. Aber Rachels Anwesenheit hätte, da sie in Trauer war, die Vergnügungen ihrer Cousinen, der Fräulein Ablewhite, beeinträchtigt. So bat sie selbst darum, daß man ihren Besuch in Frizinghall auf einen gelegeneren Zeitpunkt verschiebe. Schließlich schlug der alte Mr. Ablewhite vor, es mit einem möblierten Haus in Brighton zu versuchen. Seine Frau und Rachel sowie eine seiner Töchter, die etwas kränklich war, sollten dort wohnen, er selbst wollte Ende Juli zu ihnen stoßen. Man würde nur ein paar alte Freunde sehen, Gesellschaften sollte es keine geben, doch sein Sohn Godfrey würde täglich zwischen London und Brighton hin und her fahren und ihnen daher stets zur Verfügung stehen.

Ich erwähne dieses zwecklose Herumeilen zwischen zwei Wohnsitzen – diese nicht endenwollende Ruhelosigkeit des Leibs und diese entsetzliche Trägheit der Seele – nur deshalb, weil sich daraus bestimmte Folgen ergaben. Das von der Vorsehung ausersehene Ereignis, mich und Rachel Verinder wieder zusammenzuführen, war der Umzug nach Brighton.

Mrs. Ablewhite, meine Tante, ist eine große, schweigsame Frau mit hellem Teint. Sie hat eine einzige bemerkenswerte Charaktereigenschaft: Man weiß von ihr, daß sie von klein auf nie auch nur das geringste selbständig getan hat. Ihr ganzes Leben lang hat sie stets jedermanns Hilfe und jedermanns Meinung angenommen. Auch in geistiger Hinsicht habe ich nie einen hoffnungsloseren Fall gesehen. Nichts und niemandem setzt sie auch nur den geringsten Widerstand entgegen, sie ist beeinflußbar, und ob sie nun dem Dalai Lama zuhört oder mir – sie würde seine Ansichten genauso zu den eigenen machen wie meine. Sie fand das möblierte Haus in Brighton, indem sie in London in einem Hotel abstieg, sich auf ein Sofa legte und nach ihrem Sohn schickte. Sie engagierte die hiefür notwendigen Dienstboten, indem sie eines Morgens im Bett frühstückte und ihrer Zofe Ausgang gab, unter der Bedingung, vorher noch Miss Clack zu ihr zu bringen.

Ich fand sie um elf Uhr morgens noch im Schlafrock vor, sie lag auf dem Sofa und fächelte sich friedlich. »Liebste Drusilla, ich brauche Dienstboten. Du bist so tüchtig, bitte verschaff sie mir!«

Ich sah mich um in diesem unaufgeräumten Zimmer. Die Kirchenglocken läuteten eben zum Gottesdienst und gemahnten mich, ein paar Worte in freundlichem, doch vorwurfsvollem Ton zu sagen. »Ach Tante, ist das einer englischen Christin würdig? Soll man auf diese Weise von der Zeit zur Ewigkeit wandeln?«

Meine Tante antwortete: »Ich ziehe mich gleich an, Drusilla, wenn du mir bei der Dienstbotensuche behilflich bist.«

Was sollte ich darauf sagen? Ich habe bei Mörderinnen Wunder gewirkt, aber bei Tante Ablewhite bin ich nicht einen Zoll weitergekommen. »Wo ist die Liste der Domestiken, die du benötigst?« fragte ich.

Sie schüttelte bloß den Kopf. Ihre Energie reichte nicht einmal aus, um eine Liste aufzubewahren. »Rachel hat sie bei sich, sie ist nebenan.«

Ich ging ins Nebenzimmer und traf Rachel seit dem Tode ihrer Mutter erstmals wieder. In ihrer tiefen Trauer sah sie bejammernswert klein und dünn aus. Legte ich Wert auf eine solche Nichtigkeit wie beispielsweise das Äußere eines Menschen, wäre ich vielleicht zu sagen versucht, daß Rachel jene unglückliche Gesichtsfarbe hat, welche immer ein wenig Weiß um den Hals verlangt. Aber, o meine Freundinnen, was liegt schon an unserm Aussehen, ist es doch nur ein Fallstrick, ein Hindernis auf unserm Weg zu Höherem!

Zu meiner großen Überraschung erhob sich Rachel bei meinem Eintritt und kam mir mit ausgestreckter Hand entgegen. »Drusilla, ich freue mich, dich zu sehen«, sagte sie. »Es war töricht von mir, wenn ich manchmal unhöflich zu dir war. Entschuldige! Ich hoffe, du vergibst mir!«

Offenbar sah sie mir an, wie verblüfft ich war. Sie errötete leicht, dann wurde sie deutlicher: »Zu Lebzeiten meiner armen Mutter waren ihre Freunde nicht immer meine Freunde. Nun, da ich sie verloren habe, suche ich Trost bei denen, die sie gern hatte. Und dich hatte sie gern. Drusilla, laß uns versuchen, Freundinnen zu sein, wenn du willst!«

Für einen Gerechten mußte ein solches Eingeständnis geradezu anstößig sein. Hier, in unserm christlichen England, gab es ein junges Wesen, von einem schmerzlichen Verlust getroffen, das überhaupt keine Ahnung hatte, wo es wahren Trost suchen sollte! Es hoffte, ihn bei den Freunden ihrer Mutter zu finden! Vor mir stand eine Verwandte, die sich ihres Unrechts gegen andere bewußt war, doch nicht, weil Pflicht und Einsicht sie dazu trieben, sondern bloß ihre Gefühle! Das war zwar bedauerlich, doch sah ich einen Hoffnungsschimmer für mich, die gewohnt ist, unermüdlich gute Taten zu vollbringen. Meiner Meinung nach konnte es fürs erste keineswegs schaden, aus ihr herauszubekommen, wieweit sie der Verlust der Mutter verändert hatte. Ich beschloß, sie auf die Probe zu stellen, und zwar im Hinblick auf ihre Heirat.

Ich nahm also ihre Avancen so herzlich wie möglich entgegen und setzte mich dann, weil sie mich dazu aufforderte, neben sie aufs Sofa. Wir besprachen Familienangelegenheiten und Zukunftspläne, wobei von allem die Rede war, nur nicht von ihrer baldigen Heirat. Sooft ich versuchte, das Gespräch darauf zu bringen – meinen leisen Wink wollte sie einfach nicht verstehen. Auf die Frage offen anzuspielen, schien mir in diesem ersten Stadium unserer Versöhnung noch verfrüht. Zudem hatte ich alles, was ich wissen wollte, bereits bemerkt. Sie war nicht mehr das rücksichtslose, herausfordernde junge Ding, das ich im Haus am Montagu Square beobachtet hatte, während ich Martern litt. Jedenfalls, ich sah mich ermutigt, nun an ihre Bekehrung heranzugehen. Zunächst warnte ich sie mit ernsten Worten vor einer übereilten Heirat. Danach wollte ich auf höhere Dinge zu sprechen kommen. Als ich, mit diesem neuen Ziel vor Augen, sie mir ansah und mir dabei einfiel, wie sie den Heiratsantrag Hals über Kopf angenommen und Mr. Godfreys Ansichten über die Ehe sich zu eigen gemacht hatte, fühlte ich in mir die heilige Pflicht, hier sofort einzuschreiten, und zwar mit einem Feuereifer, der mir Gewähr bot, Außergewöhnliches zu erreichen. Rasches Handeln schien mir in diesem Fall geraten. Unverzüglich kam ich auf die Dienstbotenfrage zu sprechen.

»Wo hast du die Liste, Liebe?«

Rachel zeigte sie mir.

»Köchin, Küchenmädchen, Hausmädchen und Diener«, las ich. »Meine liebe Rachel, wir benötigen diese Domestiken nur für eine bestimmte Zeit – nämlich solange du in Brighton bleibst. Hier in London wird es schwierig sein, brauchbare und verläßliche Leute zu finden, die für kurze Zeit eine Stellung annehmen wollen. Übrigens – hat man in Brighton schon ein passendes Haus gefunden?«

»Ja, Godfrey hat es gemietet. Es gäbe in diesem Haus auch Dienstboten, wir könnten sie übernehmen. Aber Godfrey meint, sie würden unseren Anforderungen nicht entsprechen. So kam er zurück, ohne diesbezüglich etwas erledigt zu haben.«

»Und du hast keine Erfahrung in derlei Dingen?«

»Überhaupt keine.«

»Tante Ablewhite will sich wohl gar nicht anstrengen –«

»Die Arme! Mach ihr keinen Vorwurf, Drusilla! Ich glaube, sie ist die einzige glückliche Frau, die ich kenne.«

»Liebling, es gibt verschiedene Grade des Glücks. Über dieses Thema müßten wir uns gelegentlich unterhalten. Inzwischen will ich die Domestikenfrage erledigen. Deine Tante soll dem Hausbesitzer einen Brief schreiben –«

»Sie wird den Brief unterzeichnen, wenn ich ihn für sie schreibe – was auf das gleiche herauskommt.«

»Da hast du recht. Also, ich bekomme von dir diesen Brief und nehme ihn morgen nach Brighton mit.«

»Das ist aber lieb von dir! Sobald du mit allem fertig bist, kommen wir dir nach. Und du wirst hoffentlich bleiben – als mein Gast, versteht sich. Es wird dir sicher gefallen, in Brighton ist viel los.«

So eröffnete sich mir die herrliche Aussicht, dort auf meine Weise zu wirken.

Schon vier Tage später war für Rachel alles bereit. In dieser kurzen Zeit hatte ich nicht nur den Leumund, sondern auch die Frömmigkeit sämtlicher Domestiken geprüft, die wegen einer Stellung bei mir vorgesprochen hatten. Die von mir getroffene Auswahl konnte ich mit gutem Gewissen vertreten. Ich besuchte auch zwei hochachtbare Menschen, mit denen ich befreundet war und die in Brighton lebten. Ich wußte, daß ich ihnen den frommen Zweck, der mich hergeführt hatte, getrost anvertrauen konnte. Der eine, ein Geistlicher, verschaffte uns freundlicherweise reservierte Plätze für den täglichen Gottesdienst in seiner Pfarrkirche. Die andere, eine alleinstehende Dame wie ich, stellte mir ihre aus durchwegs wertvollen Büchern bestehende Bibliothek ganz zur Verfügung. Ich borgte mir von ihr ein halbes Dutzend Werke aus, inhaltlich sorgfältig auf Rachel abgestimmt. Sobald ich sie in den Räumen, die sie voraussichtlich bewohnen würde, umsichtig verteilt hatte, hielt ich meine Vorbereitungen für abgeschlossen. Gesunde Prinzipien bei den Domestiken, die sie bedienen würden, gesunde Prinzipien in der täglichen Predigt, die sie hören würde, gesunde Prinzipien in den Büchern, die auf ihrem Tisch liegen würden – dergestalt war der dreifache Willkomm, den ich, dank meinem Eifer, für das mutterlose Mädchen bereit hatte! Beseligende Ruhe erfüllte mich, als ich an jenem Samstagnachmittag am Fenster saß und meine Verwandten erwartete. Flüchtig und flatterhaft schienen mir die Menschen, die vorübereilten. Wie wenige nur mochten es sein, die das gleiche erhebende Gefühl getaner Pflicht hatten wie ich? Ach, ich will über diese traurige Frage nicht nachdenken!

Zwischen sechs und sieben Uhr trafen die Erwarteten ein. Zu meiner unbeschreiblichen Überraschung begleitete sie nicht Mr. Godfrey (wie ich angenommen hatte), sondern Mr. Bruff, der Advokat.

»Ah – Miss Clack! Wie geht's? Diesmal lasse ich mich nicht verdrängen!« sagte er. Offenbar spielte er darauf an, daß er bei unserm letzten Zusammentreffen mir das Feld hatte überlassen müssen.

Dieser alte Fuchs war sicher nach Brighton gekommen, weil er etwas Bestimmtes vorhatte. Ein kleines Paradies hatte ich meiner geliebten Rachel bereitet, und schon lauerte die Schlange darin!

»Godfrey bedauert sehr, daß er nicht kommen kann«, sagte mir Tante Ablewhite. »Irgend etwas hat ihn in der Stadt zurückgehalten. Freundlicherweise fand sich Mr. Bruff bereit, ihn zu vertreten. Er wird bis Montag morgen bleiben ... Wissen Sie übrigens, Mr. Bruff, daß der Arzt mir Bewegung verordnet hat? Aber Gehen freut mich gar nicht.« Sie zeigte durchs Fenster auf einen Invaliden im Rollstuhl. »Das dort wäre das richtige für mich! Braucht man frische Luft, sitzt man dabei schön bequem, und braucht man Bewegung, so genügt es, wenn man dem zuschaut, der schiebt.«

Rachel schwieg. Sie stand am Fenster und blickte aufs Meer hinaus.

»Müde, Liebste?« fragte ich.

»Nein, Drusilla, nur ein wenig bekümmert. Ich habe in Yorkshire das Meer oft in der gleichen Beleuchtung gesehen und denke an vergangene Tage, die nie wiederkehren.«

Mr. Bruff blieb zum Dinner und verbrachte den ganzen Abend bei uns. Je länger ich ihn beobachtete, desto überzeugter wurde ich, daß er bestimmte Absichten verfolgte. Ich ließ ihn nicht aus den Augen. Er gab sich völlig zwanglos, schwatzte stets das gleiche gottlose Zeug. Stunde um Stunde verging, und es wurde Zeit zum Gehen. Er reichte Rachel die Hand zum Abschied. Mir fiel auf, daß seine scharfen, listigen Augen sie augenblickslang aufmerksam musterten. Offensichtlich hatte der Zweck seines Kommens etwas mit Rachel zu tun. Doch sagte er nichts Ungewöhnliches, weder zu ihr noch zu jemand anderem. Er lud sich für den nächsten Tag zum Lunch ein und ging ins Hotel.

Am Morgen war ich nicht imstande, Tante Ablewhite rechtzeitig für den Kirchgang aus ihrem Schlafrock herauszubekommen. Ihre kränkliche Tochter (die an nichts anderem als an der von ihrer Mutter ererbten Faulheit litt) erklärte mir, daß sie den ganzen Tag im Bett zu bleiben gedächte. So gingen also Rachel und ich allein zum Gottesdienst. Mein begabter Freund hielt eine prächtige Predigt über die unchristliche Gleichgültigkeit der Welt gegen läßliche Sünden. Länger als eine Stunde donnerte seine herrliche Stimme durch den geweihten Raum.

Als wir die Kirche verließen, fragte ich Rachel: »Liebe, hat sein Wort den Weg zu deinem Herzen gefunden?«

»Nein, es hat mir nur Kopfschmerzen verursacht.« Andere hätte diese Antwort vielleicht entmutigt, doch ich lasse mich, sobald ich die Bahn meines segensreichen Wirkens beschritten habe, durch nichts entmutigen.

Tante Ablewhite und Mr. Bruff saßen bereits beim Lunch. Rachel wollte nichts essen, wegen ihrer Kopfschmerzen. Sofort ergriff der schlaue Advokat die Gelegenheit, die sich ihm bot. »Gegen Kopfschmerzen gibt es nur ein Mittel«, sagte dieser abscheuliche Mensch. »Ein Spaziergang wird Sie kurieren, Miss Rachel. Ich stehe Ihnen zu Diensten, so Sie mir die Ehre erweisen wollen, sich auf meinen Arm zu stützen.«

»Mit größtem Vergnügen. Gerade nach einem Spaziergang habe ich mich gesehnt.«

»Rachel, es ist schon zwei Uhr vorbei, und der Nachmittagsgottesdienst beginnt um drei«, gab ich sanft zu bedenken.

»Wie kannst du von mir erwarten, daß ich nochmals in die Kirche gehe? Mit diesen Kopfschmerzen!« sagte sie verdrossen.

Diensteifrig öffnete ihr Mr. Bruff die Tür, eine Minute später hatten beide das Haus verlassen. Noch nie hatte ich in mir so stark die heilige Pflicht gefühlt, in den Lauf der Dinge einzugreifen. Aber was hätte ich tun sollen? Nichts konnte ich tun, außer die nächste Gelegenheit abwarten, die sich später an diesem Tage ergeben würde.

Bei meiner Rückkehr von der Nachmittagsmesse trafen die beiden ebenfalls gerade ein. Ein einziger Blick genügte mir: Er hatte ihr das gesagt, was er ihr hatte sagen wollen. Noch nie hatte ich Rachel so schweigsam und nachdenklich gesehen, noch nie hatte Mr. Bruff jemanden so aufmerksam und respektvoll behandelt wie sie. Er hatte (oder gab er es nur vor?) für diesen Abend eine Einladung zum Dinner und verabschiedete sich bald von uns. Am nächsten Morgen wollte er mit dem ersten Zug nach London zurückfahren.

»Ihr Entschluß ist unerschütterlich?« fragte er Rachel noch, ehe er zur Tür hinausging.

»Ja«, sagte sie, und so trennten sie sich.

Kaum war er fort, zog sich Rachel in ihr Zimmer zurück. Ihre Zofe (die Person mit den Häubchenbändern) kam herunter und meldete, ihre Herrin habe wieder Kopfschmerzen. Ich eilte hinauf, doch die Tür war versperrt und blieb versperrt, obwohl ich Rachel, durchs Schlüsselloch flüsternd, alle Arten schwesterlicher Liebesdienste anbot.

Welch steiniger Boden harrt hier der Bebauung! dachte ich bei mir. Insgeheim freute ich mich, daß sie die Tür versperrt hatte. Derlei Dinge nämlich spornen mich zu meinem frommen Werk nur noch mehr an.

Als man ihr am nächsten Morgen eine Tasse Tee ins Zimmer brachte, folgte ich dem Mädchen auf den Fersen. Ich setzte mich an Rachels Bett und sagte ihr ein paar ernste Worte, die sie höflich, aber gelangweilt aufnahm. Die wertvollen Schriften aus der Bibliothek meiner hochachtbaren Freundin lagen durcheinandergeworfen auf einem Tischchen. Ob sie einen Blick hinein getan hätte? wollte ich wissen. Ja, aber es habe sie nicht interessiert. Ob sie es mir gestatte, ihr einige Stellen, die ihre Aufmerksamkeit verdienten, doch ihr vielleicht entgangen seien, jetzt vorzulesen? Nein, sie müsse über anderes nachdenken. Als sie antwortete, schien ihr ganzes Interesse den Rüschen ihres Nachthemds zu gelten, mit denen sie spielte. Eines war klar: Ich mußte sie durch eine Bemerkung dazu bringen, daß sie von diesem profanen Kummer sprach, der sie quälte. Ich sagte also: »Weißt du, Liebe, gestern kam mir ein merkwürdiger Gedanke. Irgendwie hatte ich das Gefühl, Mr. Bruff habe dir auf dem Spaziergang etwas Unangenehmes mitgeteilt.«

Ihre Finger ließen die Rüschen los, zornig blitzte sie mich mit ihren schwarzen Augen an. »Ganz im Gegenteil! Für mich war es eine interessante Nachricht, für die ich Mr. Bruff wirklich dankbar bin.«

»So?« sagte ich im Ton freundlichen Interesses.

Wieder spielten ihre Finger mit den Rüschen, trotzig wandte sie den Kopf ab. Schon hunderte Male, wenn ich guten Samen ausstreuen wollte, hatte man mich ähnlich behandelt. Sie reizte mich damit nur, es nochmals zu versuchen. In meinem furchtlosen Eifer, alles für ihr Wohlergehen zu tun, unternahm ich das große Wagnis, auf ihre Verlobung anzuspielen.

»Eine interessante Nachricht?« wiederholte ich. »Vermutlich betrifft sie Mr. Godfrey Ablewhite?«

Sie fuhr in die Höhe und wurde totenblaß. Offenbar lag es ihr auf der Zunge, mir – wie schon so oft – eine Unverschämtheit zu sagen. Sie hielt sich allerdings zurück, legte sich wieder aufs Kissen, überlegte eine Weile und sprach dann die bemerkenswerten Worte: »Ich werde Godfrey Ablewhite nie heiraten.«

Diesmal fuhr ich in die Höhe. »Was sagst du da?« rief ich. »Die ganze Familie hält doch diese Heirat für so gut wie sicher!«

»Mr. Godfrey Ablewhite wird heute eintreffen. Dann wirst du ja selbst sehen«, sagte sie trotzig.

»Aber meine liebe Rachel, was –«

Sie zog an der Klingelschnur überm Kopfende ihres Betts. Die Person mit den Häubchenbändern erschien.

»Penelope, mein Bad!«

Um ihr Gerechtigkeit widerfahren zu lassen: So wie mir zumute war, hatte sie damit das einzige unfehlbare Mittel gefunden, mich aus dem Zimmer hinauszubekommen.

Wie die Dinge lagen, mochte einem Außenstehenden mein Vorhaben jetzt außerordentlich erschwert erscheinen – hatte ich doch damit gerechnet, Rachel höheren Dingen zuzuführen, wenn ich sie im Hinblick auf ihre bevorstehende Eheschließung entsprechend belehrte und ermahnte. Jetzt aber – so man ihr Glauben schenken konnte – sollte es zu gar keiner Heirat kommen!

Doch bedenket eines, o Freunde – eine tätige Christin wie ich, die einen Mitmenschen bekehren will, kann sich jeder Lage anpassen: Angenommen, diese Heirat, mit der die Ablewhites, Vater und Sohn, gerechnet hatten, fände nicht statt – was wäre die Folge? Beharrte Rachel darauf, das Verlöbnis zu lösen, käme es sicher zu einer stürmischen Auseinandersetzung. Rachel würde Widerstand leisten – wie bei ihr nicht anders zu erwarten war. Man würde ihr wegen ihres Verhaltens harte und bittere Vorwürfe machen. Und sicher überkäme sie nachher tiefe Niedergeschlagenheit, was eine heilsame Strafe für sie wäre – ihr Stolz wäre gebrochen, ihr Eigensinn erschöpft. Daher würde sie sich dem nächstbesten Menschen zuwenden, der ihr Mitgefühl bieten könnte – und dieser nächstbeste wäre eben ich, übervoll mit Worten des Trostes, den ich ihr spenden könnte, mit Worten der Ermunterung, die für diese Gelegenheit gerade paßten. Noch nie war mir die Aussicht, meine Mission zu erfüllen, verheißungsvoller erschienen als jetzt.

Sie kam zum Frühstück herunter, aß aber nichts und sprach fast nichts. Später wanderte sie ruhelos von Zimmer zu Zimmer. Plötzlich setzte sie sich ans Klavier. Die Musikstücke, die sie sich aussuchte, waren anstößig und solcherart, wie man sie neuerdings bei Theateraufführungen hört. Schon der Gedanke daran läßt unsereinem das Blut in den Adern stocken. Es wäre von mir voreilig gewesen, schon jetzt auf sie einwirken zu wollen. Ohne daß sie es bemerkte, vergewisserte ich mich, für welche Zeit man Mr. Godfrey Ablewhite erwartete, und entfloh der Musik, indem ich das Haus verließ.

Ich war allein und konnte daher die Gelegenheit nützen, meine beiden Freunde aufzusuchen. Welch unbeschreiblicher Genuß, mit zwei frommen Menschen in ernster Konversation zu schwelgen! Unaussprechlich erfrischt und ermutigt lenkte ich meine Schritte heimwärts, um rechtzeitig da zu sein, wenn der Erwartete käme. Ich betrat das Eßzimmer, das sonst zu dieser Stunde des Tages leer war – und stieß auf Mr. Godfrey Ablewhite.

Er machte keinen Versuch, vor mir zu flüchten. Im Gegenteil. Er streckte mir spontan die Hand entgegen. »Liebe Miss Clack, ich habe nur auf Sie gewartet! Durch einen Zufall konnte ich mich etwas früher von meinen Geschäften freimachen und bin daher vor der vereinbarten Zeit eingetroffen.«

Er verriet nicht die Spur einer Verlegenheit, obschon wir einander seit unserm Zusammentreffen im Hause meiner Tante erstmals wiedersahen. Zugegeben, er wußte nicht, daß ich Zeugin dieser peinlichen Szene gewesen war. Aber er mußte wissen, daß man mir davon erzählt hatte, wie schamlos er seine mildtätigen Damen vernachlässigte – gehörte ich doch dem Ausschuß des »Hosenvereins der Mütter« an und hatte Freundinnen bei anderen Wohltätigkeitsvereinen. Trotzdem gab er sich heiter und unbeschwert, redete mit süßtönender Stimme und lächelte unwiderstehlich.

»Haben Sie Rachel schon gesehen?« fragte ich ihn.

Er seufzte leise und ergriff meine Hand. Ich wäre zurückgezuckt, hätte mich seine Antwort nicht starr vor Staunen gemacht. Er sagte nämlich mit der allergrößten Ruhe: »Ja, ich habe Rachel schon gesehen. Sie wissen doch, liebe Freundin, daß sich Rachel mit mir verlobt hatte? Nun, sie hat sich plötzlich entschlossen, das Verlöbnis zu lösen. Nach langem Nachdenken habe sie die – wie sie sagte – Überzeugung gewonnen, daß es für uns beide am besten sei, ein übereiltes Versprechen wieder zurückzunehmen. Sie gebe mich daher frei, damit ich eine glücklichere Wahl treffen könne. Dies ist der einzige Grund, den sie mir nennt, und die einzige Antwort, die sie mir gibt – gleichviel, was ich sie frage.«

»Und was haben Sie gesagt? Haben Sie sich ihrem Wunsch gefügt?« fragte ich.

»Ja, das habe ich«, sagte er vollkommen gefaßt.

Ich konnte aus diesem Verhalten nicht klug werden und war so bestürzt, daß ich ihm noch immer nicht meine Hand entzog. Es gehört sich nicht, andere Leute anzustarren, und es ist höchst unschicklich, einen Herrn anzustarren – doch ich tat es wie im Traum und sagte bloß: »Was soll das alles?«

»Erlauben Sie mir, daß ich es Ihnen erkläre. Wollen wir uns setzen?« Er führte mich zu einem Stuhl, und dabei war er sehr zärtlich mit mir – wie ich mich dunkel erinnern kann. Ich glaube zwar nicht, daß er den Arm um meine Taille gelegt hat, um mich zu stützen, aber sicher bin ich nicht. Ich war ja so hilflos. Beim Umgang mit Damen zeigte er immer viel Zartgefühl. Jedenfalls setzten wir uns nieder. Wenn ich schon nichts anderes weiß – das weiß ich bestimmt.

VIII

»Ich verliere ein schönes Mädchen, eine hervorragende gesellschaftliche Stellung und ein glänzendes Einkommen«, begann Mr. Godfrey, »und ich gebe kampflos auf. Ein solches Verhalten ist doch unbegreiflich. Was also ist der Grund? Teuerste Freundin – es gibt keinen Grund!«

»Keinen?« wiederholte ich.

»Meine liebe Miss Clack, denken Sie an Ihre Erfahrungen mit Kindern! Ein Kind tut etwas Ungewöhnliches, das Ihnen auffällt, und Sie wollen den Grund dafür wissen. Doch es ist nicht imstande, ihn zu nennen. Man könnte ebensogut das Gras fragen, warum es wächst, oder die Vögel fragen, warum sie singen. Nun, was diese Angelegenheit betrifft, bin ich auch wie ein Kind, wie das Gras, wie die Vögel ... Ich weiß nicht, warum ich Miss Verinder einen Heiratsantrag gemacht habe, ich weiß nicht, warum ich meine lieben Damen so schmählich vernachlässigt habe, ich weiß nicht, warum ich dem ›Hosenverein der Mütter‹ untreu geworden bin. Man fragt das Kind: ›Warum bist du schlimm?‹ Und der kleine Engel steckt den Finger in den Mund und weiß den Grund nicht. Genauso ist es mit mir, Miss Clack! Niemand anderem könnte ich dieses Bekenntnis machen. Doch es drängt mich, es Ihnen zu sagen!«

Allmählich faßte ich mich. Hier lag ein seelisches Problem vor, und seelische Probleme interessieren mich sehr – es heißt sogar, ich verstünde sie geschickt zu lösen.

»Beste Freundin, gebrauchen Sie Ihren Scharfsinn und helfen Sie mir!« fuhr er fort. »Sagen Sie mir – warum kommt es mir plötzlich vor, als hätte ich meinen Heiratsantrag im Traum gemacht? Warum wird mir erst jetzt wieder klar, daß mein wahres Glück darin besteht, meinen lieben Damen zu helfen, mein bescheidenes und nützliches Tagewerk zu verrichten und ein paar ernste Worte zu sagen, wenn man mich dazu auffordert? Wozu brauche ich eine Stellung? Ich habe ja eine Stellung. Was will ich mit einem Einkommen? Ich habe genug Geld, um Brot und Käse für mich zu bezahlen, und auch mein kleines, nettes Logis sowie jährlich zwei neue Röcke. Was will ich von Miss Verinder? Ich habe es aus ihrem eigenen Mund gehört – aber das bleibt unter uns, meine Teure –, daß sie einen andern liebt. Und mich würde sie nur heiraten, um jenen andern vergessen zu können. Und das soll eine Ehe sein? Ist das nicht schrecklich? Ja, meine Teure, dergestalt waren meine Überlegungen, als ich von London herfuhr. Ich bin mit den Gefühlen eines Angeklagten gekommen, der sein Urteil erwartet. Und nun, da ich hier bin, entdecke ich, daß auch Rachel ihren Sinn geändert hat. Sie schlägt mir vor, das Verlöbnis zu lösen – und ich fühle mich offengestanden unsäglich erleichtert. Es ist kaum einen Monat her, da drückte ich sie leidenschaftlich an mein Herz – und nun, da ich die Gewißheit habe, sie nie wieder an mein Herz zu drükken, wirkt dies wie ein berauschendes Getränk auf mich. Sie, Teuerste, werden sich jetzt sagen: Das kann doch nicht sein, das ist doch unmöglich ... Aber es ist nun einmal so, es entspricht den Tatsachen. Ich habe mir erlaubt, sie Ihnen mitzuteilen. Unbegreiflich: ich verliere ein schönes Mädchen, eine hervorragende gesellschaftliche Stellung und ein glänzendes Einkommen – und ich gebe kampflos auf. Teure Freundin, können Sie es sich erklären? Ich nämlich kann es nicht.«

Er ließ seinen herrlichen Kopf auf die Brust sinken. Verzweifelt mußte er davon ablassen, sein seelisches Problem zu lösen.

Sein Geständnis hatte mich tief berührt. So ich mich der Sprache eines Seelenarztes bedienen darf: Der Fall war mir nun ganz klar. Die Erfahrung hat nämlich gezeigt, daß es gar nicht ungewöhnlich ist, wenn Hochbegabte gelegentlich auf das Niveau minderbegabter Naturen absinken. Die göttliche Vorsehung will uns nämlich dann und wann daran gemahnen, daß auch wahre Größe vergänglich ist und daß die Macht, die einem Menschen Größe verleiht, diese ihm auch wieder nehmen kann. Was Mr. Godfrey betraf, sah ich natürlich sofort, daß sein beklagenswertes Verhalten, dessen Zeuge ich im Hause meiner Tante gewesen war, zu jenen heilsamen Demütigungen gehörte, welche die göttliche Vorsehung für ihn auserwählt hatte. Und ebenso leicht konnte ich in diesem Augenblick feststellen, daß sein besseres Ich wieder auf erfreuliche Weise zutage trat. Ihm schauderte bei dem bloßen Gedanken, Rachel heiraten zu müssen. Mit erfreulichem Eifer gedachte er, sich wieder um seine Damen und seine segensreiche Arbeit für die Armen zu kümmern.

All das sagte ich ihm auch mit ein paar schlichten Worten, wie eine Schwester. Es war erschütternd, seine Freude zu sehen. Er verglich sich mit einem Verirrten, der aus dem Dunkel ins Licht tritt. Und als ich ihm eine liebevolle Aufnahme im »Hosenverein der Mütter« versprach, floß das Herz unseres christlichen Helden vor Dankbarkeit über. Er preßte meine Hände abwechselnd an seine Lippen, und ich ließ ihn gewähren, weil ich überwältigt war von dem herrlichen Triumph, ihn für uns wiedergewonnen zu haben. Selbstvergessen schloß ich die Augen und lehnte in frommer Verzückung den Kopf an seine Schulter. Fast wäre ich ohnmächtig ihm in die Arme gesunken, hätte nicht eine von draußen kommende Störung mich zur Besinnung gebracht. Vor der Tür klapperten Messer und Gabeln, und herein kam der Diener, den Tisch für den Lunch zu decken.

Mr. Godfrey sprang auf und blickte zur Uhr auf dem Kaminsims. »Wie rasch in Ihrer Gesellschaft die Zeit verfliegt!« rief er. »Ich werde kaum mehr den Zug erreichen.«

Ich wagte es, ihn zu fragen, warum er denn so eilig wieder zurück wollte. Seine Antwort erinnerte mich daran, daß es in der Familie Verdruß gab und daß noch weiterer Verdruß zu erwarten war. »Mein Vater hat mir mitgeteilt, daß er heute von Frizinghall nach London fährt. Er will noch abends, spätestens aber morgen früh, hier eintreffen. Ich muß ihm vorher sagen, was geschehen ist. Sein Herz hängt nämlich an dieser Heirat. Und deshalb befürchte ich, daß er mit der plötzlichen Entlobung gar nicht einverstanden ist. Ich muß ihn beruhigen, noch bevor er herkommt – der Familie wegen. Doch wir sehen uns bald – beste, liebste Freundin!«

Mit diesen Worten eilte er davon. Auch ich entfernte mich in großer Hast. Ich wollte in mein Zimmer, ich mußte mich fassen, ehe ich beim Lunch meiner Tante und Rachel gegenübersitzen würde.

Um noch einen Augenblick bei Mr. Godfrey zu verweilen: Ich bin mir wohl bewußt, daß die alles in den Schmutz ziehende sogenannte Gesellschaft ihn beschuldigt, er habe seine heimlichen Gründe gehabt, bei erstbester Gelegenheit vom Verlöbnis zurückzutreten. Es ist mir auch zu Ohren gekommen, er habe mir nur deshalb schöngetan, weil er sich (durch meine Vermittlung) mit einer ehrwürdigen Komiteedame des »Hosenvereins der Mütter« aussöhnen wollte. Sie ist nämlich mit den Gütern dieser Welt reich gesegnet und mir zudem eine liebe und vertraute Freundin. Ich erwähne diese gehässigen Verleumdungen nur deshalb, weil ich bei dieser Gelegenheit feststellen möchte, daß ich mich in meinem Urteil dadurch nicht beeinflussen lasse. Ich habe vorschriftsgemäß hier genau beschrieben, wie mein Glaube an unsern christlichen Helden zuweilen ins Schwanken kam – so wie es auch in meinem Tagebuch steht. Gerechterweise muß ich hinzufügen, daß mein begabter Freund, sobald er in meiner Achtung wieder gestiegen war, diesen Platz in meinem Herzen nie mehr verloren hat. Ich vermerke dies mit Tränen in den Augen. Es drängt mich, über dieses Thema mehr zu sagen. Allein, unbarmherzig besteht man darauf, daß ich mich auf meine Erlebnisse beschränke. Etwa einen Monat nach den Ereignissen, die ich hier beschreibe, zwang mich die Entwicklung auf dem Geldmarkt (die mein ohnedies dürftiges Einkommen schmälerte), ins Ausland zu gehen, und ließ mir, der Verbannten, nichts als eine zärtliche Erinnerung an Mr. Godfrey, den eine verleumderische Welt angreift, doch vergeblich angreift.

O Freunde, laßt mich die Tränen trocknen! Ich kehre nunmehr zu meinem Bericht zurück.

Zum Lunch ging ich wieder hinunter. Natürlich interessierte es mich, wie Rachel die Entlobung aufnahm.

Ich gebe zu, von derlei Dingen verstehe ich recht wenig. Aber anscheinend hatte die wiedererlangte Freiheit ihr Denken abermals zu dem andern hingelenkt, den sie liebte. Ich hatte den Eindruck, sie ärgerte sich über sich selbst, weil sie nicht imstande war, gegen ein Gefühl anzukämpfen, dessen sie sich heimlich schämte. Wer war jener Mann? Ich hatte diesbezüglich einen Verdacht, aber ich wollte die Zeit nicht mit müßigen Betrachtungen hinbringen, war doch eines gewiß: Sobald ich sie bekehrt hätte, würde sie mir nichts mehr verbergen. Sie würde mir von dem Betreffenden erzählen, und sie würde mir auch alles über den gelben Diamanten erzählen. Selbst wenn ich keine höheren Ziele im Auge gehabt hätte – nämlich ihren Sinn auf das Jenseits zu richten –, wäre schon allein die Tatsache, daß sie ihr schuldbeladenes Gewissen erleichtern könnte, für mich Grund genug gewesen, den einmal beschrittenen Weg weiterzugehen.

Tante Ablewhite verschaffte sich am Nachmittag in einem Rollstuhl Bewegung, Rachel begleitete sie. »Ich wollte, ich dürfte diesen Stuhl schieben! Ich wollte, ich könnte mich bis zum Umfallen ermüden!« rief sie leichtfertig.

Am Abend war sie noch immer in dieser Stimmung. In einem der wertvollen Bücher meiner Freundin (mit dem Titel *Leben, Briefe und Arbeiten der Miss Jane Ann Stamper*, achtundvierzigste Auflage) entdeckte ich etliche Stellen, die zu Rachels damaliger Lage wunderbar paßten. Ich schlug ihr vor, sie zu lesen, woraufhin sie sich ans Klavier setzte. Man sieht daran, wie wenig sie vom Wesen wahrhaft frommer Menschen wußte. Sonst hätte sie sicher nicht angenommen, meine Geduld auf diese Weise erschöpfen zu können. Ich hielt das Buch griffbereit. Mein Glaube wankte nicht, ich wartete die kommenden Ereignisse ab.

Mr. Ablewhite senior kam an diesem Abend nicht. Aber ich wußte, wie wichtig diesem habgierigen Mann die Heirat seines Sohnes mit Rachel Verinder war. So war ich sicher, wir würden ihn am nächsten Tag sehen. (Das konnte Mr. Godfrey nicht verhindern, mochte er sich auch noch so sehr bemühen.) Mit der Ankunft des alten Herrn würde sich der Sturm erheben, mit dem ich rechnete, und Rachels Widerstandskraft würde sich dabei erschöpfen. Zugegeben, Mr. Ablewhite senior steht allgemein (besonders bei Menschen, die weniger eigensinnig sind als er) im Ruf, gutmütig zu sein. Aber soviel ich an ihm beobachten konnte, gilt dies nur, solange man ihm seinen Willen läßt, und keinen Augenblick länger.

Wie ich es vorausgesehen hatte, fiel am nächsten Tag Tante Ablewhite aus allen Wolken, als plötzlich ihr Mann auftauchte – sofern dies bei ihrem Naturell überhaupt möglich ist. Kaum war er da, folgte ihm auch schon (in diesem Fall zu meiner grenzenlosen Überraschung) eine unerwartete Komplikation auf den Fersen, und zwar in Gestalt von Mr. Bruff.

Noch nie war mir die Gegenwart dieses schlauen Advokaten so lästig wie in diesem Augenblick. Er schien mir darauf aus, vor nichts zurückzuschrecken – ja, sogar den Frieden aufrechtzuerhalten, um Rachels willen.

»Welch freudige Überraschung, Sir!« sagte der alte Mr. Ablewhite mit geheuchelter Herzlichkeit. »Als ich gestern Ihre Kanzlei verließ, hatte ich keine Ahnung, daß ich heute die Ehre hätte, Sie in Brighton zu begrüßen.«

»Ja, Sie waren bereits gegangen, und als ich dann unser Gespräch überdachte, kam mir der Gedanke, ich könnte Ihnen heute vielleicht nützlich sein. Es gelang mir wohl, den Zug zu erreichen, aber das Abteil, in dem Sie saßen, konnte ich nicht finden.«

Nach dieser Erklärung ließ er sich neben Rachel nieder. Bescheiden zog ich mich in einen Winkel zurück, mit *Miss Jane Ann*

Stamper auf dem Schoß – für den Notfall. Meine Tante saß beim Fenster und fächelte sich geruhsam wie immer. Mr. Ablewhite stand in der Mitte des Zimmers, und seine Glatze war viel rosiger als je zuvor.

»Rachel, mein Kind, ich habe von Godfrey merkwürdige Dinge gehört«, sagte er zärtlichst. »Ich bin hergekommen, weil ich Näheres erfahren will. Du hast in diesem Haus ein eigenes Wohnzimmer – soviel ich weiß. Würdest du mir die Ehre geben, mich dorthin zu führen?«

Rachel blieb ungerührt. Ob sie die Sache auf die Spitze treiben wollte oder ob Mr. Bruff ihr heimlich ein Zeichen gegeben hatte, kann ich nicht sagen. Jedenfalls lehnte sie es rundweg ab, dem alten Herrn diese Ehre anzutun. »Was Sie mir sagen wollen, können Sie auch hier sagen – in Gegenwart meiner Verwandten und des alten Freundes meiner Mutter, der auch mein Vertrauen hat«, erklärte sie und sah dabei auf Mr. Bruff.

»Ganz wie du wünschst, mein Kind«, sagte der liebenswürdige Mr. Ablewhite und setzte sich nun ebenfalls. Alle Anwesenden sahen ihm gespannt ins Gesicht, als erwarteten sie, er werde (nachdem er sich siebzig Jahre lang in Verstellung geübt hatte) sich die Wahrheit anmerken lassen. Ich hingegen sah nur auf seine Glatze, hatte ich doch schon bei früheren Gelegenheiten bemerkt, daß sich seine wirkliche Stimmung dort zeigt. »Vor einigen Wochen teilte mir mein Sohn mit, Miss Verinder habe ihm die Ehre erwiesen, sich mit ihm zu verloben. Rachel, ist es möglich, daß er deine Worte mißverstanden oder zu kühn ausgelegt hat?«

»Nein, sicher nicht. Ich habe mich mit ihm verlobt.«

»Sehr offen geantwortet! Und höchst befriedigend bis jetzt. Was das betrifft, liebes Kind, gibt es also kein Mißverständnis. Offenbar ist das, was er mir gestern mitteilte, eine falsche Auslegung. Jetzt wird es mir klar: ihr beiden habt euch ein wenig gezankt, wie es unter Liebenden zuweilen vorkommt, und mein törichter Sohn hat die Sache ernstgenommen. Jaja, in seinem Alter wäre ich klüger gewesen!«

In Rachel regte sich der durch Evas Fall fortgepflanzte sündige Trieb. Sie löckte wider den Stachel. »Mr. Ablewhite, bitte verstehen Sie mich richtig: Ihr Sohn und ich haben gestern überhaupt nicht miteinander gezankt! Wahr ist vielmehr, daß ich ihm vorschlug, das Verlöbnis zu lösen, und er damit ein verstanden ist.«

Das Thermometer auf Mr. Ablewhites Glatze zeigte die steigende Erregung an. Seine Miene war liebenswürdiger denn je, doch das Rosenrot war eine Nuance dunkler geworden. »Komm, komm, mein Kind!« sagte er, so mild er konnte. »Ärgere dich nicht, und sei nicht hart gegen den armen Godfrey! Offenbar hat er nicht die richtigen Worte gewählt. Schon als Kind war er immer ungeschickt – aber er meint es gut, Rachel! Ja, er meint es gut!«

»Mr. Ablewhite, entweder habe ich mich schlecht ausgedrückt, oder Sie wollen mich absichtlich mißverstehen. Ein für allemal: Es ist eine ausgemachte Sache zwischen Ihrem Sohn und mir, daß wir weiterhin nur Cousin und Cousine bleiben, mehr nicht. Ist das deutlich genug?«

Der Ton, in dem sie es sagte, machte es sogar dem alten Mr. Ablewhite unmöglich, dieses Theater fortzusetzen. Die Thermometersäule stieg um einen weiteren Grad, und seine Stimme war jetzt nicht mehr die eines gutmütigen Menschen (wie es allgemein von ihm hieß). »Soll damit gesagt sein, daß eure Verlobung gelöst ist?«

»Jawohl.«

»Und soll damit gesagt sein, daß der Vorschlag von dir kam?«

»Auch das stimmt. Er ging von mir aus und wurde, wie ich schon gesagt habe, von Ihrem Sohn gebilligt.«

Die Thermometersäule hätte nicht höher steigen können. Ich meine damit: Das Rosenrot verwandelte sich in Scharlachrot.

»Mein Sohn ist ein feiger Hund!« schrie der Alte wütend. »Meinetwillen, nicht seinetwillen, möchte ich von dir wissen, was du an Godfrey auszusetzen hast!«

Da mischte sich Mr. Bruff ins Gespräch ein. »Sie sind nicht verpflichtet, diese Frage zu beantworten«, sagte er zu Rachel.

Der Alte stürzte sich auf dieses neue Opfer. »Sir, vergessen Sie nicht, daß Sie sich selbst eingeladen haben! Und wenn Sie schon etwas dazu sagen wollen, so warten Sie gefälligst, bis man Sie darum ersucht!«

Der Vorwurf prallte an Mr. Bruff wirkungslos ab. Das Gesicht dieses durchtriebenen Alten verlor seine Glätte nie. Rachel dankte ihm für den Rat und wandte sich dann wieder Mr. Ablewhite zu. Auch sie ließ sich nicht aus der Fassung bringen – ein Verhalten, das bei einem Mädchen ihres Alters einfach unerhört war. »Ihr Sohn hat mir mit ähnlichen Worten die gleiche Frage gestellt wie Sie. Ich konnte ihm darauf nur eine einzige Antwort geben – und diese gilt auch für Sie: Ich habe ihm vorgeschlagen, daß wir einander freigeben, weil ich bei genauerer Überlegung erkannt habe, daß es für ihn und mich am besten wäre, ein übereiltes Versprechen zurückzunehmen und ihm die Freiheit einer andern Wahl zu lassen.«

»Was hat mein Sohn getan?« fragte der Alte eigensinnig. »Ich habe ein Recht darauf, es zu wissen!«

Sie beharrte ebenso starrköpfig bei ihrer Ansicht. »Ich habe Ihnen und Ihrem Sohn bereits die Erklärung gegeben, die ich für notwendig erachte.«

»Mit anderen Worten: Es beliebt dir, meinem Sohn den Laufpaß zu geben.«

Rachel schwieg. Ich saß dicht hinter ihr und hörte sie seufzen. Mr. Bruff drückte ihr verstohlen die Hand. Sie faßte sich wieder und antwortete dem alten Herrn so frech wie zuvor: »Ich habe mich schon schlimmeren Mißverständnissen ausgesetzt als diesem, und ich habe es geduldig hingenommen. Aber die Zeiten sind vorbei, da man mich mit derlei Behauptungen kränken konnte.« Sie sprach diese Worte mit einer Bitterkeit, die mir zu denken gab. Offensichtlich war ihr der Skandal um den gelben Diamanten wieder in den Sinn gekommen. »Mehr habe ich nicht zu sagen«, fügte sie müde hinzu, wobei sie die Worte nicht an eine bestimmte Person richtete, sondern sich von uns abwandte und zum nächstgelegenen Fenster hinaussah.

Mr. Ablewhite sprang auf und stieß dabei den Stuhl so heftig zurück, daß er umstürzte. »Ich aber habe etwas zu sagen!« schrie er und schlug mit der Hand klatschend auf den Tisch.

»Auch wenn mein Sohn diesen Insult erträgt – ich lasse ihn mir nicht gefallen!«

Rachel zuckte zusammen und sah ihn verblüfft an. »Insult?« wiederholte sie. »Was wollen Sie damit sagen?«

»Ja, ein Insult ist es! Ich weiß, warum du dein Versprechen gebrochen hast! Ich weiß es so genau, als hättest du mir des langen und des breiten deinen Grund erklärt. Ist doch nur euer verdammter Familienstolz daran schuld, daß man Godfrey beleidigt, so wie man mich beleidigt hat, als ich deine Tante heiratete. Von diesem Moment an hat sich ihre Familie – diese Bettlerfamilie – von ihr abgewendet, weil sie die Frau eines ehrbaren Mannes wurde, der es aus eigener Kraft zu Stellung und Vermögen gebracht hat. Ich besitze zwar keinen Stammbaum, aber meine Vorfahren waren wenigstens keine Halsabschneider, die von Raub und Mord lebten. Auch ist es mir ganz gleichgültig, seit wann die Ablewhites ein Hemd auf dem Leibe tragen und ihren Namen schreiben können. Haha! Freilich, den Herncastles war ich nicht fein genug, als ich in die Familie einheiratete, und nun ist dir mein Sohn nicht fein genug. Das ist doch die Höhe! Aber ich habe es mir schon die ganze Zeit gedacht – du hast eben das Herncastle-Blut in deinen Adern, du feine junge Dame!«

»Mr. Ablewhite, das ist eine niedrige Verdächtigung. Die Unverfrorenheit, mit der Sie diese Dinge aussprechen, befremdet mich«, bemerkte Mr. Bruff.

Ehe noch Mr. Ablewhite antworten konnte, wandte sich Rachel ihrem Advokaten zu und sagte verächtlich und verärgert: »Mr. Bruff, bitte nehmen Sie davon keine Notiz! Wenn er imstande ist, so zu denken, mag er denken, was er will.«

Das Scharlachrot auf der Glatze wurde zu Purpurrot. Mr. Ablewhite schnappte nach Luft. Er wußte nicht, wen er zuerst attackieren sollte, sein wütender Blick ging zwischen Rachel und Mr. Bruff unstet hin und her. Seine Frau, die sich bis dahin mit unergründlicher Miene gefächelt hatte, schien mit einem Mal beunruhigt und wollte ihn, natürlich vergebens, beschwichtigen.

Ich selbst hatte während dieser ganzen betrüblichen Szene mehr als einmal den Ruf in mir vernommen, mich mit ein paar ernsten Worten einzumischen. Aber die Furcht vor möglichen Folgen hatte mich davon abgehalten: wahrlich unwürdig einer englischen Christin, die nicht darauf achten sollte, was vernünftig ist, sondern die bedenken sollte, was moralisch richtig ist. Die Sache hatte nun einen Punkt erreicht, bei dem ich einschreiten mußte, ob es nun zweckmäßig war oder nicht. Wären die Ermahnungen aus meinem eigenen bescheidenen Vorrat gewesen, hätte ich vielleicht noch gezögert. Aber für diesen traurigen Notstand der Familie, mit dem ich mich konfrontiert sah, gab es wunderbar treffende Worte, und zwar bei *Miss Jane Ann Stamper*, Brief Nummer tausendeins über ›Der Friede in der Familie‹. So erhob ich mich denn in meinem bescheidenen Winkel und öffnete dieses köstliche Buch. »Lieber Mr. Ablewhite, nur ein Wort!« sagte ich.

Als ich dergestalt die Aufmerksamkeit aller auf mich lenkte, war mir, als wollte er mir etwas Rüdes sagen, doch meine schwesterliche Art, ihn anzureden, hielt ihn davon ab. Er starrte mich an mit ungläubigem Staunen.

Ich fuhr fort: »Als wohlmeinende Freundin, die immer bestrebt ist, ihre Mitmenschen aus der Gleichgültigkeit aufzurütteln, sie von einer guten Sache zu überzeugen, sie auf das Jenseits vorzubereiten, sie zu erleuchten und zu stärken – gestatten Sie mir die verzeihlichste aller Freiheiten: die Freiheit, Ihr Gemüt zu beruhigen.«

Er schöpfte Atem, er war nahe daran, mich mit Haß zu überschütten – und er hätte es getan, bei jeder andern. Allein, meine Stimme, die sonst sanft ist, besitzt gegebenenfalls auch sehr hohe Töne. In dieser Notlage fühlte ich das Gebot in mir, eine kräftigere Stimme zu haben als er.

Ich hielt ihm das wertvolle Buch vor die Nase, ich klopfte mit dem Zeigefinger auf die aufgeschlagene Seite und rief leidenschaftlich: »Nicht meine eigenen Worte sind es, nein! O glauben Sie nicht, ich verlangte Ihre Aufmerksamkeit für meine armseligen Worte! Das hier, Mr. Ablewhite, ist für Sie Manna in der Wüste! Tau auf die versengte Erde! Worte des Trostes, Worte der Liebe, Worte der Weisheit – die gesegneten Worte der Miss Jane Ann Stamper!«

Hier mußte ich innehalten, weil mir im Augenblick der Atem fehlte. Ehe ich ihn wiederfand, brüllte dieses Monster in Menschengestalt: »Miss Jane Ann Stamper soll –«

Ich fühle mich nicht imstande, das Furchtbare niederzuschreiben, das hier durch einen Gedankenstrich ersetzt ist. Gellend schrie ich auf, als es ihm über die Lippen kam, ich stürzte zu meiner Handtasche, die auf einem Tischchen lag, ich schüttete alle Büchlein aus. Eines davon – es richtet sich gegen gotteslästerliches Fluchen und hat den Titel *Schweig still, um Himmels willen!* – übergab ich ihm mit flehentlichem und verängstigtem Blick.

Er riß es in zwei Teile und warf es mir über den Tisch herüber. Alle erhoben sich bestürzt, keiner wußte, was noch passieren konnte. Ich aber zog mich sofort wieder in meinen Winkel zurück und setzte mich. Bei einer ähnlichen Gelegenheit nämlich und unter ähnlichen Umständen hatte man Miss Jane Ann Stamper bei den Schultern gepackt und hinausgeworfen. Von ihrem Geist beseelt, erwartete ich, nun gleichfalls eine Märtyrerin zu werden.

Doch nein – es sollte nicht sein. Er nämlich wandte sich seiner Frau zu und fragte sie mit bebender Stimme. »Wer … wer … wer hat diese unverschämte Fanatikerin ins Haus geladen? Warst du es?«

Ehe noch Tante Ablewhite etwas sagen konnte, antwortete Rachel an ihrer Stelle: »Miss Clack ist mein Gast.«

Diese Worte hatten auf Mr. Ablewhite eine seltsame Wirkung. Mit einem Mal hatte sich sein flammender Zorn gelegt und eiskalter Verachtung Platz gemacht. Es war klar: Rachel hatte etwas gesagt (zwar kurz und bündig), aber er hatte dadurch endlich die Oberhand über sie gewonnen. »Soso. Miss Clack ist hier als dein Gast – in meinem Haus?«

Nun war die Reihe an Rachel, ihre Ruhe zu verlieren. Röte überzog ihr Gesicht, zornig flammten die Augen. Sie wandte sich zu Mr. Bruff, deutete auf Mr. Ablewhite und fragte hochnäsig: »Was meint er?«

Jetzt schaltete sich Mr. Bruff zum dritten Mal ein. Er sagte zu Mr. Ablewhite: »Anscheinend vergessen Sie, daß Sie als

Miss Verinders Vormund dieses Haus für Miss Verinder gemietet haben.«

»Dazu muß ich ein Wort sagen. Ich hätte es schon vorhin getan, wäre diese –« – Mr. Ablewhite sah zu mir her und dachte sichtlich nach, welchen Namen er mir geben sollte, um mich zu beleidigen – »wäre diese närrische alte Jungfer nicht dazwischengekommen. Sir, ich möchte Ihnen nur folgendes mitteilen: Wenn mein Sohn nicht gut genug ist, Miss Verinders Ehemann zu werden, halte ich mich – als seinen Vater – nicht für gut genug, Miss Verinders Vormund zu sein. Nehmen Sie bitte zur Kenntnis, daß ich hiermit die in Lady Verinders Testament vorgesehene Verantwortung nicht annehme. Juristisch gesprochen: Ich lehne das Amt ab. Es hat sich ergeben, daß ich dieses Haus unter meinem Namen mieten mußte, ich habe unterzeichnet. Es ist also mein Haus, ich kann es behalten oder einem andern vermieten – ganz wie es mir beliebt. Ich möchte Miss Verinder nicht drängen, im Gegenteil. Ich ersuche sie nur, die von ihr eingeladene Dame und deren Gepäck bei einer ihr passenden Gelegenheit aus dem Haus zu entfernen.« Er verbeugte sich tief und verließ das Zimmer.

So rächte sich Mr. Ablewhite an Rachel, weil sie seinen Sohn nicht heiraten wollte.

Kaum hatte er die Tür hinter sich geschlossen, machte uns Tante Ablewhite stumm vor Staunen. Es war ein wahres Wunder. Sie hatte plötzlich Kraft genug, sich zu erheben und ein paar Schritte zu tun. Sie ging zu Rachel, nahm sie bei der Hand und sagte: »Liebes Kind, ich würde mich meines Mannes schämen, wüßte ich nicht, daß nur sein Zorn aus ihm gesprochen hat. Du aber –« – nun wandte sich Tante Ablewhite mit weiterem Kraftaufwand an mich, und zwar äußerte sich ihre Energie in ihrem Blick – »du hast ihn mutwillig gereizt. Ich will dich und deine Schriften nie mehr sehen!« Sie küßte Rachel. »Im Namen meines Mannes bitte ich dich um Verzeihung. Was kann ich für dich tun, mein Kind?«

Rachel handelt ja immer anders als andere. Launenhaft und unvernünftig wie sie ist, zerfloß sie bei diesen banalen Worten in Tränen und erwiderte schweigend den Kuß.

»Mrs. Ablewhite, gestatten Sie mir, an Stelle Miss Verinders zu antworten«, sagte Mr. Bruff. »Ich möchte Sie bitten, Penelope mit Hut und Umhang ihrer Herrin herunterzuschicken.« Leiser fügte er hinzu: »Lassen Sie uns zehn Minuten allein, und Sie können sicher sein, daß ich die Sache zu Ihrer und Miss Verinders Zufriedenheit in Ordnung bringe.«

Das Vertrauen der Familie in diesen Mann war wirklich etwas Wundervolles. Ohne ein weiteres Wort verließ Tante Ablewhite das Zimmer.

Mr. Bruff blickte ihr nach. »Jaja, das Herncastle-Blut hat natürlich seine Schattenseiten, aber eine gute Kinderstube hat ihren Wert«, meinte er.

Nach dieser Bemerkung, die wieder einmal bewies, wie profan er dachte, sah er mich scharf an, als erwartete er, daß ich ginge. Doch mein Interesse an Rachel, wesentlich höher als seines, fesselte mich an den Platz.

Mr. Bruff gab es auf, genauso wie damals im Hause am Montagu Square. Er führte Rachel zu einem Stuhl, der neben dem Fenster stand. Dort sagte er ihr: »Liebe Miss Verinder, das Benehmen des alten Herrn hat Sie natürlich bestürzt und schokkiert. Stünde es dafür, sich mit diesem Mann in eine Debatte einzulassen, könnte man ihm bald den Kopf wieder zurechtsetzen. Aber es steht nicht dafür. Sie haben vorhin ganz recht gehabt: Nehmen wir keine Notiz von ihm!« Er hielt inne und blickte sich nach mir um. Ich rührte mich nicht. Meine Schriften hielt ich im Arm, Miss Jane Ann Stampers wertvolles Buch hatte ich auf dem Schoß. Da wandte er sich wieder zu Rachel und fuhr zu sprechen fort: »Sie müssen wissen, es gehörte zu den liebenswerten Eigenschaften Ihrer Mutter, an den Menschen ihrer Umgebung immer nur das Gute, nie das Schlechte zu sehen. Sie hat ihren Schwager testamentarisch zum Vormund ihrer Tochter bestellt, weil sie an ihn glaubte und ihrer Schwester eine Freundlichkeit erweisen wollte. Was mich betrifft, so habe ich Mr. Ablewhite nie leiden können, und deshalb habe ich Ihre Mutter veranlaßt, in das Testament eine Klausel aufzunehmen: Sollten nämlich unvorhergesehene Ereignisse eintreten, könnten sich die Testamentsvollstrecker mit mir über die Bestellung eines neuen Vormunds beraten. Und heute hat sich dieser Fall ergeben. Damit habe ich das Geschäftliche erledigt und möchte nun nach diesen trockenen, doch wichtigen Details auf Angenehmeres zu sprechen kommen. Meine Frau läßt Sie grüßen und bittet Sie, unser Gast zu sein. Wollen Sie mir die Ehre geben, in meinem Hause und bei meiner Familie zu wohnen – bis die Sache mit der Vormundschaft von ein paar klugen Köpfen geregelt ist?«

Da sprang ich auf, ich wollte etwas sagen, denn es war genau das eingetroffen, was ich befürchtet hatte, als Mr. Bruff um Rachels Hut und Umhang gebeten hatte. Doch ehe ich noch etwas sagen konnte, hatte sie mit wärmsten Worten seine Einladung angenommen. Ließ ich es nämlich zu, daß sie ihr Vorhaben ausführten – Rachel die Schwelle seines Hauses überschritt–, dann war es vorbei mit der schönsten Hoffnung meines Lebens, der Hoffnung, mein verlorenes Schaf zur Herde zurückzubringen. Der bloße Gedanke daran überwältigte mich. Ich streifte die lästigen Fesseln der Vorsicht ab und rief mit der ganzen Glut meines Herzens unbedacht Worte, so wie sie mir gerade in den Sinn kamen: »Halt! Halt! Auch ich muß gehört werden! Mr. Bruff! Sie sind nicht verwandt mit ihr, aber ich bin es! Ich lade sie ein, mich soll man zum Vormund machen! Rachel, liebste Rachel, ich biete dir mein bescheidenes Heim! Komm nach London, Liebe, mit dem nächsten Zug! Teile mein Heim mit mir!«

Mr. Bruff schwieg. Ohne sich die Mühe zu geben, ihre Gefühle zu verbergen, blickte Rachel mich grausam an. »Du bist sehr freundlich, Drusilla«, sagte sie. »Ich hoffe, dich besuchen zu können, wenn ich gelegentlich nach London komme. Aber ich habe Mr. Bruffs Einladung eben angenommen, und vorläufig ist es sicher am besten, wenn ich in seiner Obhut bleibe.«

»O Rachel, sprich nicht so!« flehte ich sie an. »Ich kann mich von dir nicht trennen, nein, ich kann es nicht!«

Ich versuchte, sie in die Arme zu schließen, aber sie entzog sich mir. Die Glut meines Herzens hatte sich ihr nicht mitgeteilt, sie hatte sie nur beunruhigt. Kalt sagte sie: »So viel Aufregung scheint mir hier wirklich unangebracht. Ich verstehe das nicht.«

»Ich auch nicht«, meinte Mr. Bruff.

Die Härte dieser beiden war abscheulich, sie empörte mich. »O Rachel, Rachel!« brach es aus mir hervor. »Hast du noch immer nicht bemerkt, daß mein Herz sich danach sehnt, eine wahre Christin aus dir zu machen? Hat dir eine innere Stimme nicht gesagt, daß ich das gleiche für dich tun will, das ich für deine liebe Mutter tun wollte, als der Tod sie meinen Händen entriß?«

Rachel kam einen Schritt näher und sah mich sonderbar an. »Ich verstehe die Anspielung auf meine Mutter nicht. Möchtest du dich deutlicher erklären?«

Ehe ich noch antworten konnte, stellte sich Mr. Bruff zu ihr, hielt ihr den Arm hin und wollte sie hinausführen. »Liebes Kind, Sie täten besser daran, die Sache nicht zu verfolgen, und Miss Clack täte besser daran, sich nicht zu erklären.« Eine solche Attacke hätte sogar einen Stock oder einen Stein gereizt, mit dem Wahrheitsbeweis herauszurücken. Empört schob ich Mr. Bruff zur Seite, mit eigener Hand. Und dann schilderte ich ihr in passenden und feierlichen Worten, daß die wahre Lehre es als furchtbares Unglück betrachte, wenn der Tod den Menschen unvorbereitet trifft.

Nun, da ich es niederschreibe, treibt es mir die Schamröte ins Gesicht. Taub gegen alle Ermahnungen fuhr Rachel mit einem entsetzten Schrei zurück. »Gehen wir!« rief sie. »Um Gottes willen, gehen wir, ehe sie weiterspricht! Mr. Bruff, Sie wissen doch, wieviel Gutes, Edles und Nützliches meine Mutter getan hat. Und als wir sie begruben, haben wir gesehen, wie sehr sie alle geliebt haben, wie die Armen und Hilflosen weinten, weil sie ihre Wohltäterin verloren hatten. Und diese infame Person steht hier und will mir weismachen, daß meine Mutter, die auf Erden ein Engel war, im Himmel kein Engel sei! Ich will nichts mehr davon hören! Ich ersticke, wenn ich mit dieser Person im selben Zimmer bleiben muß. Ich fürchte mich vor ihr! Fort! Nur fort!« Sie rannte zur Tür.

In diesem Augenblick kam ihre Zofe mit Hut und Umhang. Rachel setzte hastig den Hut auf, riß den Umhang an sich. »Pack meine Sachen und laß sie zu Mr. Bruff bringen!« rief sie dem Mädchen zu.

Ich versuchte, sie zurückzuhalten, und faßte sie am Umhang. Zugegeben, ich war betrübt und erschüttert, aber beleidigt war ich nicht. Ich wollte ihr bloß sagen: »Könnte ich doch dein hartes Herz erweichen. Ich vergebe dir gern!« Sie zog den Schleier vors Gesicht, riß sich los von mir, stürzte hinaus und schlug mir die Tür vor der Nase zu. Ich ertrug den Insult mit gewohnter Seelenstärke, denn ich bin über alle Beleidigungen, die man mir zufügt, erhaben – damals wie heute.

Mr. Bruff hatte zum Abschied nur höhnische Worte für mich. »Miss Clack, Sie hätten doch besser daran getan, sich nicht zu erklären!« sagte er, verbeugte sich und ging.

Die Person mit den Häubchenbändern folgte ihm nach. Doch vorher sagte sie mir noch: »Jetzt hat sich deutlich gezeigt, wer alle aufeinander hetzt. Ich bin zwar nur ein armes Dienstmädchen, aber für Sie schäme ich mich wirklich!« Mit einem Knall warf sie die Tür ins Schloß.

Ich blieb allein zurück. Von allen verhöhnt, von allen verlassen, blieb ich allein zurück. Ich lasse die Tatsachen sprechen. Muß ich noch etwas hinzufügen, um das ergreifende Bild einer von der Welt verfolgten Christin zu vervollständigen? Nein!

Mein Tagebuch bringt mir in Erinnerung, daß hiermit abermals eines der vielen bunten Kapitel meines Lebens zu Ende ging. Nach diesem Tag habe ich Rachel Verinder nie wiedergesehen. Ich habe ihr damals verziehen, und seither habe ich immer für sie gebetet. Und wenn ich sterbe, will ich Böses wieder mit Gutem vergelten, so wie ich es stets getan habe. Deshalb habe ich ihr in meinem Testament das wertvolle Buch der Miss Jane Ann Stamper vermacht.

Zweiter Bericht
von Matthew Bruff, Advokat, Gray's Inn

I

Miss Clack, meine verehrte Freundin, hat eben die Feder niedergelegt. Daß ausgerechnet ich sie als nächster in die Hand nehme, hat zwei Voraussetzungen.

Erstens: Ich bin in der Lage, in bisher ungeklärte Fragen Licht zu bringen. Miss Verinder hatte nämlich bestimmte Gründe, das Verlöbnis zu lösen, und zwar dank einem Hinweis von mir. Auch Mr. Godfrey Ablewhite hatte bestimmte Gründe, auf die Hand seiner reizenden Cousine ohne weiteres zu verzichten – welcher Art sie waren, habe ebenfalls ich herausgefunden.

Zweitens: In der Zeit, von der ich berichten soll, wurde ich durch einen glücklichen (oder unglücklichen?) Zufall in die geheimnisvollen Vorgänge um den Monddiamanten hineingezogen. Es ergab sich nämlich, daß in meiner Kanzlei ein Orientale von vollendetem Benehmen bei mir vorsprach. Zweifellos handelte es sich um niemand andern als um den Anführer der besagten Inder. Zudem traf ich einen Tag später Mr. Murthwaite, den berühmten Indienforscher, mit dem ich mich über den gelben Diamanten unterhalten konnte. Seine Auskünfte bezogen sich nicht nur auf vergangene, sondern auch auf kommende Ereignisse.

Damit sei mein Anspruch begründet, mich hier einzuschalten und meine eigenen Erlebnisse zu berichten.

Dem zeitlichen Ablauf gemäß kommt zuerst die Geschichte der Entlobung und deren wahre Beweggründe, weshalb ich meinen Bericht damit beginne.

Verfolge ich die Kette der Ereignisse zurück, steht – so sonderbar es dem Leser scheinen mag – an ihrem Anfang eine Szene, die sich am Krankenbett meines Klienten und vortrefflichen Freundes, des verstorbenen Sir John Verinder, abspielte.

Sir John hatte manche – vielleicht sogar sehr viele – Schwächen, die alle harmlos und liebenswert waren. Wichtig ist hier nur eine davon, nämlich sein Widerwille, ein Testament zu machen. Solange er sich einer guten Gesundheit erfreute, entzog er sich immer wieder dieser Verantwortung. Lady Verinder bot ihren ganzen Einfluß auf, diesbezüglich sein Pflichtgefühl zu erwecken, und ich tat das gleiche. Er gab zu, wir hätten beide recht. Aber nichts geschah. Da befiel ihn die Krankheit, der er schließlich erlag. Erst jetzt holte man mich, erst jetzt sollte ich nach seinen Wünschen das Testament aufsetzen. Seine Anordnungen waren die knappsten, die mir in meiner Praxis je zu Ohren kamen.

Sir John döste gerade, als ich ins Zimmer trat. Er bemerkte mich und richtete sich auf. »Ah, Mr. Bruff! Ich werde nicht lange brauchen, denn ich will weiterschlafen.« Während ich Tinte, Feder und Papier zusammentrug, sah er mir interessiert zu. »Sind Sie bereit?« fragte er dann. Ich nickte und tauchte die Feder ein. »Ich vermache alles meiner Frau. Mehr habe ich nicht zu sagen«, erklärte er, legte den Kopf aufs Kissen zurück und wollte einnicken.

Ich mußte ihn stören. »Wollen Sie damit sagen, daß Sie Ihr ganzes Eigentum, bewegliche und unbewegliche Sachen, unbeschränkt Ihrer Frau hinterlassen?«

»Ja. Nur habe ich es kürzer ausgedrückt. Warum können Sie das nicht? Warum lassen Sie mich nicht schlafen? ... Alles meiner Frau. Das ist mein Testament.«

Er hatte die alleinige Verfügungsgewalt über sein Vermögen. Es handelte sich um Grundbesitz und um Geldbesitz – ich sehe bewußt davon ab, juristische Fachausdrücke zu gebrauchen. In ähnlichen Fällen hätte ich es als meine Pflicht erachtet, den Klienten zu bitten, sein Testament nochmals zu erwägen. Doch hier wußte ich, daß Lady Verinder nicht nur das vorbehaltlose Vertrauen verdiente, das ihr Mann in sie setzte (alle guten Ehefrauen verdienen es), sondern daß sie auch imstande wäre, das ihr anvertraute Gut zweckmäßig zu verwalten (was nach meinen Erfahrungen mit dem schönen Geschlecht nicht einmal eine unter tausend Frauen kann). Innerhalb von zehn Minuten war das Testament abgefaßt und errichtet, und der gute Sir John konnte seinen unterbrochenen Schlaf fortsetzen.

Wie nicht anders zu erwarten, rechtfertigte Lady Verinder in jeder Weise das Vertrauen ihres Mannes. Kaum war sie Witwe geworden, schickte sie nach mir und machte nun ihrerseits ihr Testament. Ihre Ansichten waren gesund und vernünftig, daher erübrigte es sich für mich, sie zu beraten. Ich gab ihren Verfügungen lediglich die entsprechende gesetzliche Form. Sir John war nicht einmal vierzehn Tage unter der Erde, und schon hatte seine Witwe liebevoll und umsichtig für seine Tochter gesorgt.

Ihr Testament lag weiß Gott wie lange in einem feuerfesten Schrank meiner Kanzlei. Erst im Sommer achtzehnhundertachtundvierzig ergab sich für mich der traurige Anlaß, es nochmals zu überprüfen. Zur genannten Zeit nämlich sprachen die Ärzte im wahrsten Sinne des Wortes das Todesurteil über die arme Lady Verinder aus. Ich war der erste, den sie über ihren Zustand informierte. Sie wollte, gemeinsam mit mir, das Testament Punkt für Punkt durchsehen.

Die Verfügungen, die ihre Tochter betrafen, brauchte man nicht zu verbessern. Doch es erwies sich als nötig, gewisse kleinere Vermächtnisse an Verwandte abzuändern, indem man dem Originaldokument drei oder vier Zusätze anfügte. Ich erledigte dies sofort – es hätten ja unvorhergesehene Ereignisse eintreten können. Aber ich erbat Lady Verinders Erlaubnis, sämtliche Verfügungen in einem neuen Testament zusammenzufassen. Ich wollte dadurch bestimmte Wiederholungen und Unklarheiten ausmerzen, die jetzt das Originaldokument entstellten und (um die Wahrheit zu sagen) meinem Sinn für das Exakte zuwiderliefen.

Die Errichtung des zweiten Testaments hat Miss Clack beschrieben, die damals freundlicherweise als Zeuge fungierte. Soweit die Bestimmungen die finanzielle Versorgung Rachel Verinders betrafen, blieb alles beim alten. Die einzigen Änderungen bezogen sich, wie schon gesagt, auf die Vermächtnisse und zudem noch auf die Ernennung eines Vormunds. Bei letztgenanntem Punkt gab es bestimmte Bedingungen, die dieser

Vormund erfüllen müßte, wobei nichts ohne meinen Rat und meine Mithilfe geschehen sollte.

Nach Lady Verinders Tod übergab ich das Testament meinem *Proctor*, der – wie es im englischen Rechtsbrauch üblich ist – es auf seine Echtheit prüfen mußte.

Soviel ich mich erinnern kann, war es etwa drei Wochen später, als ich herausfand, daß hinter den Kulissen etwas Ungewöhnliches vorgehen müsse. Ich besuchte damals zufällig besagten *Proctor*, der mich mit größerem Interesse empfing als sonst.

»Ich habe eine Neuigkeit für Sie«, sagte er. »Stellen Sie sich vor, was ich heute im *Doctor's Commons* gehört habe! Man hat Lady Verinders Testament schon vor ein paar Tagen ausheben lassen und eingesehen.«

Das war in der Tat eine Neuigkeit! Es gab nämlich in diesem Testament wirklich nichts, das man anfechten konnte, und es gab auch niemanden, der das geringste Interesse daran gehabt hätte, es zu überprüfen. (Vielleicht ist es hier am Platz, ein paar erklärende Worte einzufügen: Dem Gesetz nach kann jeder, der darum ansucht und einen Shilling bezahlt, im *Doctor's Commons* jedes beliebige Testament einsehen.)

»Haben Sie auch gehört, wer das Testament verlangt hat?« wollte ich wissen.

»Ja, auch das hat man mir ohne weiteres erzählt. Und zwar hat es Mr. Smalley verlangt, von der Kanzlei Skipp & Smalley. Lady Verinders Testament ist noch nicht ins Register übertragen, daher blieb nichts anderes übrig, als Mr. Smalley das Originaldokument lesen zu lassen. Er hat es sorgfältig studiert und sich dann einiges notiert. Können Sie sich vorstellen, zu welchem Zweck er es tat?«

Ich schüttelte den Kopf. »Das werde ich noch heute herausbekommen«, sagte ich und ging zurück in meine Kanzlei.

Hätte sich nicht Mr. Smalley mit dieser Sache befaßt, sondern ein anderer Advokat, wäre das Nachforschen ungleich schwieriger gewesen. Doch die genannte Kanzlei war mir verpflichtet, und das erleichterte mir die Sache. Einer meiner Kanzleibeamten, ein vortrefflicher und fähiger Mann, war Mr. Smalleys

Bruder. Dank dieser Verbindung zu mir bekamen die Advokaten Skipp & Smalley seit etlichen Jahren sozusagen die Brosamen von meinem Tisch, und zwar in Gestalt gewisser Rechtsfälle, mit denen ich mich befassen sollte, aber aus verschiedenen Gründen nicht befassen wollte. Meine Protektion war also für die beiden Herren wichtig, und ich gedachte, wenn nötig, sie bei dieser Gelegenheit daran zu erinnern.

Ich teilte meinem Kanzleibeamten mit, was geschehen war, und schickte ihn zu seinem Bruder »mit schönen Empfehlungen von Mr. Bruff, der gerne wissen möchte, warum die Kanzlei Skipp & Smalley es nötig gefunden habe, Lady Verinders Testament zu überprüfen«.

Dies brachte Mr. Smalley auf die Beine. Er kam mit seinem Bruder zu mir. Er habe natürlich im Auftrage eines Klienten gehandelt, erklärte er. Ich möge selbst entscheiden, ob es für ihn als Advokaten nicht ein Vertrauensbruch wäre, wenn er mir mehr sagte.

Hierauf entspann sich zwischen uns eine heftige Debatte. Er war zweifellos im Recht und ich im Unrecht. Aber offengestanden, ich war verärgert, ich war argwöhnisch geworden – und daher bestand ich darauf, mehr zu erfahren. Schlimmer noch: ich wollte die Sache nicht streng vertraulich behandeln, als ein mir anvertrautes Geheimnis – ich verlangte vielmehr von ihm, daß ich mich dieser Information nach Gutdünken bedienen dürfe. Und noch schlimmer: ich nützte meine Position in unverantwortlicher Weise aus. »Sir, Sie haben die Wahl«, sagte ich zu Mr. Smalley, »entweder Sie riskieren es, die Aufträge Ihres Klienten zu verlieren, oder meine.« Zugegeben, das war unentschuldbar, das war reine Willkür. Doch durch diesen Druck erreichte ich mein Ziel. Mr. Smalley traf seine Wahl ohne zu zögern. Er lächelte resigniert und gab mir den Namen seines Klienten preis: Godfrey Ablewhite.

Das genügte mir, mehr wollte ich nicht wissen.

An diesem Punkt meines Berichts angelangt, muß ich jetzt – was Lady Verinders Testament betrifft – dem Leser etwas Wichtiges mitteilen, damit er genauso informiert ist wie ich.

Es sei mit wenigen Worten gesagt: Rachel Verinder hatte lediglich die Nutznießung des Vermögens. Ihre Mutter hatte diesbezüglich eine erstaunliche Voraussicht bewiesen, und auch meine Erfahrungen waren ihr natürlich dabei zugute gekommen. Durch unser gemeinsames Bemühen hatten wir Rachel Verinder vor der Gefahr geschützt, später einmal das Opfer eines Mitgiftjägers zu werden. Sollte sie heiraten, konnten weder sie noch ihr Mann auch nur einen einzigen Shilling des beweglichen oder unbeweglichen Vermögens für sich verwenden. Die beiden Häuser in London und in Yorkshire sollten dem Ehepaar zur Nutzung freistehen, das Vermögen würde ein schönes Einkommen abwerfen – aber das war alles.

Nun, da ich wußte, wer sich für das Testament interessiert hatte, befand ich mich in einer großen Verlegenheit. Was sollte ich tun?

Es war kaum eine Woche her, daß ich, zu meinem Erstaunen und zu meinem Bedauern, von Miss Verinders Verlobung gehört hatte. Ich war ihr sehr gewogen, und gerade deshalb bekümmerte es mich, daß sie sich an Mr. Godfrey Ablewhite wegwerfen sollte. Und jetzt sah ich meine Meinung über diesen Menschen bestätigt, den ich schon immer für einen glattzüngigen Hochstapler gehalten hatte. Es erwies sich, daß er noch übler war – hatte er es doch eindeutig auf ihr Geld abgesehen!

Und wenn schon! höre ich meinen Leser sagen. So etwas passiert alle Tage!

Zugegeben, Verehrtester, aber würden Sie ebenso darüber denken, wenn – sagen wir – Ihre eigene Schwester das Opfer wäre?

Als erstes erhob sich für mich die Frage: Wird Mr. Godfrey Ablewhite sie noch heiraten wollen, wenn er von seinem Advokaten die gewünschte Auskunft erhält?

Das hing natürlich von seiner finanziellen Lage ab, über die mir nichts bekannt war. So sie verzweifelt war, stand es trotzdem dafür, Miss Verinder zu ehelichen, schon des hohen Einkommens wegen. Benötigte er aber zu einem bestimmten Zeitpunkt dringend eine größere Summe, würden Lady Verinders Verfügungen ihren Zweck erfüllen – sie würden ihre Tochter davor bewahren, einem Schuft in die Hände zu geraten.

Im letztgenannten Fall müßte ich dem jungen Mädchen, das eben erst die Mutter verloren hatte, einen weiteren Schmerz zufügen, indem ich ihr unverzüglich die Wahrheit mitteilte. Im erstgenannten Fall jedoch würde ich – wenn ich nichts sagte – stillschweigend einer Ehe Vorschub leisten, die nur unglücklich werden konnte.

In meiner Ungewißheit beschloß ich zunächst, das Hotel aufzusuchen, in dem Mrs. Ablewhite und Miss Verinder abgestiegen waren. Ich hörte von ihnen, daß sie am nächsten Tag nach Brighton fahren wollten. Mr. Godfrey sei unvorhergesehenerweise in London zurückgehalten und könnte sie daher nicht begleiten. Sofort bot ich mich an, ihn zu vertreten. Solange ich mich nur gedanklich mit Rachel Verinder beschäftigt hatte, war ich unschlüssig gewesen, wie ich mich verhalten sollte. Aber nun, da ich sie vor mir sah, stand meine Absicht fest, ihr die Wahrheit zu sagen – komme, was da wolle.

Ich fand die Gelegenheit dazu, als ich am Tage nach unserer Ankunft in Brighton mit ihr allein spazierenging.

»Erlauben Sie mir, mit Ihnen über Ihre Verlobung zu sprechen?« fragte ich sie.

»Wenn Sie kein interessanteres Thema haben – bitte sehr!« meinte sie gleichgültig.

»Miss Rachel, verzeihen Sie mir als einem alten Freund und Diener Ihrer Familie, wenn ich mir die Frage gestatte: Hängt Ihr Herz an dieser Heirat?«

»Mr. Bruff, ich heirate aus Verzweiflung. Vielleicht finde ich eine Art stilles Glück, das mich mit meinem Leben aussöhnt.«

Eine seltsame Sprache! Vielleicht gibt es eine Liebesgeschichte, von der sie nicht sprechen will, dachte ich bei mir.

Aber ich hatte ja ein Ziel vor Augen, und daher wollte ich mich in dieser Frage nicht (wie wir Juristen sagen) mit Belanglosigkeiten abgeben.

»Ich muß annehmen, Mr. Godfrey Ablewhite denkt anders als Sie. Sein Herz hängt doch sicher an dieser Heirat?«

»Er behauptet es, und ich muß ihm wohl glauben. Nach allem, was ich ihm gestanden habe, würde er mich sicher nicht heiraten, wenn er mich nicht wirklich gern hätte.«

Armes Ding! Der Gedanke, daß ein Mann sie aus egoistischen und gewinnsüchtigen Gründen heiraten könnte, war ihr überhaupt nicht in den Sinn gekommen. Mein Vorhaben schien mit einem Mal schwieriger, als ich gedacht hatte.

»Für mich altmodischen Menschen klingt es sonderbar –«

»Was klingt sonderbar?« unterbrach sie mich.

»– wenn Sie von Ihrem künftigen Ehemann so reden, als wären Sie nicht ganz sicher, daß er Sie aufrichtig liebt. Haben Sie einen Grund, daran zu zweifeln?«

Hellhörig und sensibel wie sie war, hatte sie an meiner Stimme oder an meinem Benehmen etwas entdeckt, das ihr meine Nebenabsichten verriet. Sie blieb stehen, entzog mir ihren Arm und sah mich forschend an.

»Mr. Bruff, Sie wollen mir etwas über Godfrey Ablewhite sagen. Bitte tun Sie es!«

Ich kannte sie gut genug. Was sie sagte, meinte sie auch. Und daher erzählte ich es ihr.

Sie hatte sich jetzt bei mir wieder eingehakt. Langsam gingen wir weiter, und während ich sprach, fühlte ich, wie sich ihre Hand krampfhaft zusammenballte. Sie wurde blasser und blasser, kein einziges Wort kam ihr über die Lippen. Auch als ich geendet hatte, schwieg sie noch immer. Sie schritt an meiner Seite dahin mit gesenktem Kopf, sie hatte mich vergessen, sie hatte alles vergessen, was um sie herum geschah, so sehr war sie in Gedanken versunken – fast möchte ich sagen: verloren.

Ich versuchte nicht, sie aus ihren Gedanken herauszureißen, hatte ich doch schon oft bei ihr die Beobachtung gemacht, daß man ihr Zeit geben mußte.

Wenn andere junge Mädchen etwas erfahren, das sie betrifft, stellen sie meist Hunderte von Fragen, und hernach rennen sie zu einer Freundin, um mit ihr alles zu besprechen. Rachel Verinder hingegen verschloß bei derlei Anlässen ihre Gedanken immer in sich und ging mit sich selbst zu Rate. Diese absolute Unabhängigkeit ist bei einem Mann eine große Tugend. Bei einer Frau ist sie ein Nachteil, denn dadurch kapselt sich die Betreffende von ihren Geschlechtsgenossinnen moralisch ab, was zur Folge hat, daß die Allgemeinheit falsche Schlüsse aus ihrem Verhalten zieht. Auch ich würde unter Umständen nicht besser sein als andere – ausgenommen im Falle Rachel Verinders. Daß sie immer selbständig handelte, hielt ich für einen Vorzug ihres Wesens, schon allein deshalb, weil ich sie gern hatte und bewunderte. Zudem hatte ich über ihren Anteil am Verschwinden des Monddiamanten meine persönliche Meinung, die auf der Kenntnis ihres Charakters gründete. So sehr auch der Schein gegen sie sein mochte, so schrecklich es war, daß man sie mit einem ungeklärten Diebstahl irgendwie in Zusammenhang brachte – ich war davon überzeugt, daß sie sicher nichts ihrer Unwürdiges getan hatte, und ebenso war ich davon überzeugt, daß sie ohne vorherige gründliche Überlegung nicht gehandelt hätte.

Wir mochten wohl eine halbe Stunde nebeneinander gegangen sein und schwiegen noch immer. Da hob sie den Kopf und sah mich an mit einem schwachen Abglanz ihres Lächelns – so wie ich es aus glücklicheren Zeiten kannte: des unwiderstehlichsten Lächelns, das je eine Frau hatte.

»Ihrer Güte verdanke ich schon vieles«, sagte sie mir, »und jetzt fühle ich mich noch tiefer in Ihrer Schuld. Sollten Sie bei Ihrer Rückkehr nach London Gerüchte über meine baldige Heirat hören, so treten Sie diesen entgegen! Ich ermächtige Sie dazu.«

»Haben Sie beschlossen, das Verlöbnis zu lösen?«

»Können Sie nach allem, was Sie mir erzählt haben, daran noch zweifeln?« erwiderte sie stolz.

»Meine liebe Miss Rachel, Sie sind sehr jung. Vielleicht ist es schwieriger, als Sie annehmen, ein gegebenes Wort wieder zurückzunehmen. Haben Sie jemanden – ich meine natürlich eine Dame, mit der Sie sich beraten könnten?«

»Nein.«

Es betrübte mich wirklich, sie so reden zu hören. Sie war so jung und so einsam – und doch ertrug sie es mit Haltung. Der Drang, ihr zu helfen, überwand bei mir alle Bedenken, obgleich ich mir bewußt war, daß ich nicht der geeignete Ratgeber sein konnte. So sagte ich ihr eben das, was mir der Augenblick eingab, nach bestem Wissen und Gewissen. Ich habe in meinem Leben zwar schon eine ganze Menge Klienten gut beraten und habe es auch mit sehr verwickelten Angelegenheiten zu tun gehabt, aber jetzt sollte ich erstmals einer jungen Dame sagen, wie sie von einem gegebenen Heiratsversprechen wieder loskommen könnte.

Ich empfahl ihr, Mr. Godfrey Ablewhite – natürlich unter vier Augen – folgendes zu sagen: Aus verläßlicher Quelle habe sie erfahren, daß reine Geldgier das Motiv seines Handelns sei. Sie sei daher außerstande, ihn zu heiraten. Wenn er das Verlöbnis einvernehmlich mit ihr löse, könne er mit ihrer Verschwiegenheit rechnen. Gäbe er sie jedoch nicht frei, würde sie sich nicht scheuen, ihre Weigerung vor jedermann zu begründen. Und für den Fall, daß er die Tatsachen abstritt und sich verteidigte, sollte sie ihn an mich verweisen.

Sie hörte mir aufmerksam zu. Als ich ausgeredet hatte, dankte sie mir freundlichst für meinen Rat, erklärte aber, sie könnte ihn nicht befolgen.

»Miss Verinder, darf ich fragen, was Sie daran hindert?«

Sie zögerte und stellte mir dann ihrerseits eine Frage: »Angenommen, man würde Sie fragen, was Sie von Mr. Godfrey Ablewhite halten?«

»Ja – und?«

»Was würden Sie sagen?«

»Daß er falsch und niederträchtig ist.«

»Sehen Sie, Mr. Bruff: und ich habe an diesen Mann geglaubt, ich habe ihm mein Jawort gegeben. Wie kann ich ihm jetzt ins Gesicht sagen, daß er falsch und niederträchtig ist, wie kann ich ihn vor aller Welt der Verachtung preisgeben? Ich habe mich doch selbst herabgewürdigt, weil ich daran dachte, seine Frau zu werden. Wenn ich also Ihren Rat befolge, gestehe ich ein, daß ich mich herabgewürdigt habe – und das kann ich nicht. Nein, nach allem, was war – ich kann es nicht! Ihm selbst würde es ja vielleicht nichts ausmachen, doch ich könnte diese Schande nicht ertragen.«

Hier zeigten sich wieder einmal die besonderen Seiten dieses empfindsamen Wesens. Schon beim bloßen Kontakt mit etwas

Gemeinem und Niedrigem schauderte sie. Es machte sie blind für jede Rücksicht auf sich selbst, sie geriet in eine bedenkliche Lage, wodurch sie sich in den Augen aller ihrer Freunde kompromittierte. Ich war bisher nicht ganz sicher gewesen, ob das, was ich ihr aufgrund meiner Erfahrungen empfohlen hatte, der richtige Weg sei. Jetzt allerdings, nach allem, was sie mir gesagt hatte, hielt ich es für den besten Rat, den ich ihr geben konnte, und zögerte nicht, ihn ihr nochmals dringendst zu empfehlen.

Sie schüttelte bloß den Kopf und wiederholte ihre Einwände, diesmal mit anderen Worten: »Immerhin standen wir einander so nahe, daß er mich um meine Hand bat. Und ich zögerte nicht, ihm mein Jawort zu geben, so sehr habe ich ihn geachtet. Eben deshalb ist es mir unmöglich, ihm jetzt ins Gesicht zu schleudern, daß ich für ihn nur Verachtung habe.«

»Aber meine liebe Miss Rachel! Es ist genauso unmöglich für Sie, ihm ohne Angabe von Gründen ganz einfach zu sagen, daß Sie Ihr Versprechen zurücknehmen!«

»Ich werde ihm folgendes sagen: Ich habe mir die Sache überlegt und halte es für das beste, wenn wir uns trennen.«

»Sonst nichts?«

»Kein Wort mehr.«

»Haben Sie auch darüber nachgedacht, was er Ihnen daraufhin sagen könnte?«

»Er kann reden, was er will.«

Ich konnte nicht umhin, ihr Feingefühl und ihre Entschlußkraft zu bewundern, doch gleichzeitig war mir wohl bewußt, daß sie sich durch ihr Vorgehen gefährden würde. Deshalb bat ich sie inständig, doch ihre eigene Lage zu bedenken, und machte sie darauf aufmerksam, daß andere ihre Motive falsch auslegen würden. »Liebe Miss Rachel«, sagte ich, »Sie können nicht aus Gründen, die Sie lieber für sich behalten, der öffentlichen Meinung trotzen.«

»Doch. Das kann ich. Ich habe es schon einmal getan.«

»Was wollen Sie damit sagen?«

»Mr. Bruff, Sie haben die Sache mit dem Diamanten vergessen! Habe ich damals vielleicht nicht der öffentlichen Meinung getrotzt? Und zwar aus Gründen, die ich lieber für mich behalte?«

Ihre Antwort ließ mich verstummen. Es hätte mich gereizt, dieses seltsame Geständnis, zu dem sie sich hatte hinreißen lassen, ein wenig unter die Lupe zu nehmen. Wäre ich jünger gewesen, hätte ich es vielleicht versucht. Aber ich brachte es nicht über mich.

Bevor wir nach Hause gingen, kam ich nochmals auf meinen Rat zurück, doch sie ließ sich von ihrem Entschluß nicht abbringen.

Als ich mich danach von ihr verabschiedete, befand ich mich in einem Zustand einander widerstreitender Gefühle: Dieses Mädchen war starrköpfig, war im Unrecht, aber sie war liebenswert und bewundernswert – und zutiefst zu bedauern. Ich nahm ihr das Versprechen ab, mir zu schreiben, wenn es etwas Neues gäbe. Schweren Herzens kehrte ich nach London zu meinen Geschäften zurück.

Am selben Abend noch überraschte mich Mr. Ablewhite senior mit seinem Besuch. Er teilte mir mit, Rachel habe an diesem Tage ihr Jawort zurückgegeben, und Godfrey habe sich damit abgefunden.

Damit sah ich mich in meiner Vermutung bestätigt, es war mir, als hätte es mir Mr. Godfrey Ablewhite selbst gestanden: Er benötigte eine größere Summe, und zwar zu einem baldigen Termin. Rachels Einkommen hätte ihm zwar über kleinere Verlegenheiten hinweggeholfen, doch in einer solchen prekären Lage konnte es ihm nicht nützen. Und deshalb hatte Rachel ihre Freiheit wieder, ohne daß sie auf Widerstand gestoßen war.

Und sollte mir jetzt einer sagen, dies sei eine reine Mutmaßung, dann muß ich meinerseits fragen: Wie sonst könnte man es sich erklären, daß er widerspruchslos den Plan dieser Geldheirat aufgab, die ihm ein Leben auf großem Fuß ermöglicht hätte?

Wahrscheinlich wäre ich über diese glückliche Wendung der Dinge herzlich froh gewesen, hätte mich nicht das Gespräch mit dem alten Mr. Ablewhite bedenklich gestimmt. Er wollte nämlich von mir wissen, ob ich ihm Miss Verinders seltsames Verhalten erklären könnte.

Natürlich sah ich mich außerstande, ihm die gewünschte Information zu geben. Hatte ihn schon sein Sohn durch die unerwartete Nachricht verstimmt, tat nun der Ärger über mich sein übriges. Mr. Ablewhite ließ die Maske fallen. Sowohl seine Miene wie seine Sprache überzeugten mich davon, daß Miss Verinder, wenn er am nächsten Tag nach Brighton käme, einen unbeugsamen Gegner in ihm haben würde.

Ich verbrachte eine schlaflose Nacht, weil ich nicht wußte, was ich jetzt tun sollte. Wohin mich meine Überlegungen führten und wie berechtigt mein Mißtrauen gegenüber Mr. Ablewhite war – das sind Einzelheiten, die (wie ich höre) meine verehrte Freundin Miss Clack an der entsprechenden Stelle ihres Berichts ordnungsgemäß bereits eingefügt hat. Ihn zu vervollständigen, brauche ich jetzt nur hinzuzufügen, daß die arme Miss Verinder in meinem Hause in Hampstead endlich die nötige Ruhe und Erholung finden konnte. Meine Frau und meine Töchter waren entzückt von ihr und freuten sich, daß sie uns mit ihrem Besuch beehrte. Nachdem man einen neuen Vormund für sie bestellt hatte, trennten wir uns von unserm Gast wie alte Freunde – wie ich mit Stolz und Freude hier vermerken kann.

II

Als nächstes will ich hier dem Leser mitteilen, was ich damals im Zusammenhang mit dem Monddiamanten erlebte – genauer gesagt, wie sich das Komplott, sich seiner zu bemächtigen, weiterentwickelte. Das wenige, das ich zu berichten habe, ist dennoch wichtig für das Verständnis kommender Ereignisse.

Etwa eine Woche oder zehn Tage nachdem Miss Verinder unser Haus verlassen hatte, meldete mir einer meiner Schreiber, daß ein Herr mich zu sprechen wünsche. Ich warf einen Blick auf die Visitenkarte und las einen fremdländischen Namen, der mir inzwischen entfallen ist. Aber an den Wortlaut der kurzen handschriftlichen Mitteilung kann ich mich sehr genau erinnern: »Empfohlen von Mr. Septimus Luker.«

Daß Mr. Luker (schließlich ist er doch ein übler Wucherer) es wagte, mir jemanden zu empfehlen, überraschte mich derartig, daß ich einen Augenblick lang überlegte, ob mich meine Augen nicht getrogen hätten. Der Schreiber, der mir die Visitenkarte gebracht hatte, bemerkte meine Verblüffung und sagte mir unaufgefordert, was ihm an dem Fremden, der unten wartete, aufgefallen war: »Sir, der Mann sieht ungewöhnlich aus. Er hat eine so dunkle Hautfarbe, daß wir alle ihn für einen Inder oder so etwas Ähnliches halten.«

In Gedanken verband ich diese Bemerkung mit den handgeschriebenen Worten auf der Visitenkarte. Immerhin schien es mir möglich, daß beides – die Empfehlung durch Mr. Luker und der Besuch des Fremden – mit dem gelben Diamanten zusammenhängen könnte. Zum Erstaunen meines Schreibers erklärte ich mich bereit, den Fremden unverzüglich vorzulassen.

Zugegeben, ich war ein Opfer meiner Neugierde, denn mit meinem Beruf hatte dies nichts zu tun. Um mein Verhalten zu rechtfertigen, möchte ich dem Leser in Erinnerung bringen, daß es außer mir in ganz England keinen andern gab, der mit dem wechselvollen Schicksal des indischen Diamanten so eng verknüpft war wie ich. Hatte mich doch seinerzeit Oberst Herncastle in seine Pläne eingeweiht, die er ausgeklügelt hatte, um einer Ermordung zu entgehen. Regelmäßig hatte ich seine Briefe erhalten, auch hatte ich sein Testament abgefaßt, in dem er den Diamanten seiner Nichte vermacht hatte, und den Testamentsvollstrecker überredet, den Stein schätzen zu lassen, weil es vielleicht doch ein wertvolles Erbstück sein könnte, und schließlich hatte ich Mr. Franklin Blakes Bedenken zerstreut und ihn bewogen, den Diamanten nach Yorkshire zu Lady Verinder zu bringen. Wenn also einer das Recht beanspruchen kann, sich für den Monddiamanten und für alles, was damit zusammenhängt, zu interessieren, bin dies unleugbar ich.

Man führte den geheimnisvollen Klienten zu mir herein, und ich wußte sofort, daß es sich um einen der drei besagten Inder, wahrscheinlich um deren Anführer, handelte. Er war europäisch gekleidet, doch der dunkle Teint, die schlanke, geschmeidige Gestalt und die feierlich übertriebene Höflichkeit genügten, jedem kundigen Auge die orientalische Herkunft zu verraten.

Ich deutete auf einen Stuhl und ersuchte ihn, mir den Grund seiner Vorsprache mitzuteilen.

Er entschuldigte sich in sorgfältig gewählten Worten, daß er sich die Freiheit genommen habe, mich zu stören. Hierauf zog er ein mit golddurchwirktem Stoff umhülltes Päckchen hervor, legte es auf meinen Tisch und packte es aus. Vor mir stand eine Schatulle aus Ebenholz, auf das schönste und reichste mit Edelsteinen verziert.

»Sir, ich bin gekommen, weil ich Sie bitten möchte, mir Geld zu leihen. Ich lasse hiefür die Schatulle als Pfand zurück.«

Ich wies auf seine Visitenkarte. »Mr. Luker hat Sie zu mir geschickt?«

Der Inder verneigte sich leicht.

»Darf ich wissen, warum Mr. Luker Ihnen das benötigte Geld nicht selbst vorstreckt?«

»Mr. Luker sagte mir, er sei nicht in der Lage, mir Geld zu leihen.«

»Und daher hat er Sie an mich verwiesen?«

Der Inder zeigte auf seine Visitenkarte. »Hier steht es geschrieben.«

Eine kurze und sachliche Antwort! Eines war mir klar: Wäre der Diamant in meinem Besitz gewesen, hätte mich dieser höfliche Herr ohne zu zögern umgebracht. Von dieser kleinen Unannehmlichkeit abgesehen war er das Muster eines Klienten – das muß ich anerkennen. Mein Leben hätte er nicht respektiert, aber er respektierte meine Zeit, was bisher noch keiner meiner Landsleute getan hatte.

»Es tut mir wirklich leid, daß Sie sich die Mühe gemacht haben, mich aufzusuchen«, sagte ich. »Aber Mr. Luker hat Sie an die falsche Adresse verwiesen. Wie andere Leute meines Berufs bin ich zwar in Besitz von Geldern, die ich verleihen kann, aber nicht an Fremde und nicht gegen ein Pfand, wie Sie es mir bieten.«

Der Inder versuchte nicht, mich von meinen Grundsätzen abzubringen – wie es andere Leute vielleicht getan hätten. Er verneigte sich nochmals, wickelte ohne Protest die Schatulle wieder ein und erhob sich. Sobald er die gewünschte Auskunft erhalten hatte, machte sich dieser wohlerzogene Mörder zum Gehen bereit!

»Würde Ihre Nachsicht einem Fremden gegenüber mir noch eine Frage erlauben?« sagte er.

Nun war es an mir, mich zu verneigen. Im Weggehen nur eine einzige Frage! Bei anderen waren es sonst mindestens fünfzig!

»Angenommen, Sir, Sie könnten und wollten mir Geld leihen – zu welcher Zeit könnte und müßte ich es Ihnen zurückzahlen?«

»Nach den Usancen dieses Landes wäre der Rückzahlungstermin nach Jahresfrist.«

Der Inder verneigte sich ein letztes Mal, diesmal am tiefsten, und glitt, ehe man sich's versah, aus dem Zimmer: geschmeidig, geräuschlos, katzengleich. Ich gestehe, es erschreckte mich ein wenig.

Sobald ich meine Gedanken wieder beisammen hatte, kam ich – was diesen sonst unverständlichen Besuch betraf – zu einem ganz bestimmten Schluß. Der Inder hatte sein Gesicht, seine Stimme und sein Auftreten so vollendet beherrscht, daß man seine wahren Absichten wirklich nicht erraten konnte. Trotzdem hatte ich ein einziges Mal hinter dieser Glätte etwas entdecken können. Anfangs hatte er bei unserm Gespräch nicht den leisesten Versuch gemacht, sich irgend etwas einzuprägen; erst als ich ihm den üblichen Rückzahlungstermin bei Schulden nannte, erst als er diese Information von mir erhielt, blickte er mir ins Gesicht. Hieraus schloß ich, daß diese Frage gezielt gewesen war und daß ihn nur diese Auskunft interessiert hatte. Je gründlicher ich über das Vorgefallene nachdachte, desto mehr drängte sich in mir der Verdacht auf, daß die Sache mit der Schatulle, die er angeblich verpfänden wollte, ein Vorwand gewesen war, der ihm hernach diese Frage ermöglichte.

Ich war davon überzeugt, daß meine Schlußfolgerung richtig sei, und wollte mir nun als nächstes zurechtlegen, was den Inder bewogen haben mochte, diese Frage zu stellen. Da überbrachte man mir einen Brief – von keinem Geringeren als Mr. Septimus Luker selbst! Er entschuldigte sich darin auf widerlich unterwürfige Weise wegen dieser peinlichen Sache und bot sich an, sie aufzuklären, wenn ich ihm erlaubte, bei mir vorzusprechen.

Nochmals wurde ich ein Opfer meiner Neugierde. Es hatte zwar nichts mit meinem Beruf zu tun, aber ich ließ ihn wissen, daß ich am nächsten Tag bereit wäre, ihn in meiner Kanzlei zu empfangen.

Mr. Luker stand in jeder Hinsicht dem Inder nach. Er war geschwätzig, ordinär und kriecherisch – kurzum, er ist es nicht wert, daß man ihn hier näher beschreibt. Was er mir zu sagen hatte, fasse ich im folgenden zusammen:

Vor zwei Tagen hatte auch er den Besuch dieses vollendeten Gentlemans erhalten. Obwohl der Inder europäisch gekleidet gewesen war, hatte er ihn sofort als den Anführer jener drei Männer erkannt, die seinerzeit bei seinem Haus herumgelungert und ihn belästigt hatten. Mr. Luker hatte sich damals sogar an den Friedensrichter wenden müssen. Nach dieser aufregenden Entdeckung hatte er natürlich gewußt, daß sein Besucher auch einer von jenen drei Männern sein müßte, die ihn in einem Hause in der Tottenham Court Road geknebelt und gefesselt hatten, um ihm die Bankquittung wegzunehmen. Er selbst sei daraufhin, wie er mir erklärte, vor Schreck wie gelähmt gewesen, denn er habe geglaubt, jetzt sei für ihn das letzte Stündlein gekommen. Der Inder allerdings habe so getan, als sei ihm Mr. Luker völlig fremd.

Wie ich von Mr. Luker erfuhr, hatte auch in diesem Fall der Inder eine Schatulle hervorgezogen und dem Wucherer das gleiche Anliegen vorgebracht wie mir. Mr. Luker wollte ihn natürlich so schnell wie möglich loswerden und erklärte ihm daher, er habe kein Geld im Hause. Daraufhin wollte der Inder wissen, an wen er sich wegen eines Darlehens wenden sollte. Mr. Luker antwortete, in solchen Fällen sei es am besten und sichersten, einen angesehenen Juristen aufzusuchen. Und auf die Frage, ob Mr. Luker ihm einen geeigneten Mann nennen könnte, habe er, Mr. Luker, ihm meinen Namen gesagt, und zwar aus dem einfachen Grunde, weil ihm in seiner Todesangst kein anderer eingefallen sei. »Sir, der Schweiß rann mir in Strömen herunter, ich wußte nicht, was ich sagte«, erklärte dieser widerwärtige

Mensch. »Sie werden es mir hoffentlich verzeihen, Mr. Bruff – aber ich war wirklich verrückt vor Angst.«

So höflich ich konnte, gewährte ich dem Kerl die erbetene Entschuldigung, denn dies war der rascheste Weg, seinen Anblick loszuwerden. Ehe ich ihn ziehen ließ, wollte ich ihn allerdings noch etwas fragen: Ob der Inder im Weggehen etwas Auffälliges gesagt habe?

In der Tat! Der Inder hatte sich ebenfalls wegen der Rückzahlungsmodalitäten bei ihm erkundigt – und natürlich die gleiche Auskunft bekommen wie von mir.

Was konnte dahinterstecken? Mr. Luker hatte mir mit seinem Bericht nicht weiterhelfen können. Ohne Hinweis ließ auch mein eigener Scharfsinn mich im Stich. Das Problem schien mir unlösbar.

Für den Abend hatte ich eine Einladung zum Dinner angenommen. Als ich nun in etwas gedämpfter Stimmung in mein Garderobenzimmer hinaufging, um mich umzukleiden, ahnte ich freilich noch nicht, daß ich in wenigen Stunden der Wahrheit etwas näher kommen sollte.

III

Die bedeutendste Persönlichkeit unter den Gästen dieses Abends war meiner Meinung nach Mr. Murthwaite.

Als er seinerzeit nach seinen Forschungsreisen hier wieder aufgetaucht war, hatte man sich lebhaft für ihn interessiert. Immerhin war er ein Mann, der gefährliche Abenteuer glücklich überstanden hatte und davon erzählen konnte. Und nun hatte er vor, an den Schauplatz seiner Erlebnisse zurückzukehren und in noch unerforschte Gebiete vorzudringen. Er scheute sich nicht, sein Leben ein zweites Mal aufs Spiel zu setzen, und gab dies auch mit bewundernswertem Gleichmut zu. Es war vorauszusehen, daß er diesmal nicht davonkommen würde ...

Nicht alle Tage trifft man beim Abendessen einen berühmten Mann und kann dabei das prickelnde Gefühl haben, daß die nächste Nachricht von ihm die seines Todes sein wird!

Als man im Eßzimmer die Herren sich selbst überließ, kam ich neben Mr. Murthwaite zu sitzen. Alle Anwesenden waren Engländer. Überflüssig zu sagen, daß sie gleich über Politik sprachen, kaum daß die durch die Gegenwart der Damen gesetzten (doch so vorteilhaften!) Schranken weggefallen waren.

Was dieses alles verdrängende nationale Gesprächsthema betrifft, bin ich einer der unenglischsten aller Engländer. Nichts scheint mir öder oder sinnloser als das Reden über Politik. Die Flaschen hatten eben ihre erste Runde gemacht; ich warf einen Blick auf Mr. Murthwaite – und bemerkte, daß er anscheinend genauso dachte wie ich. Insgeheim und mit der schuldigen Rücksicht auf seinen Gastgeber richtete er sich unverkennbar auf ein Nickerchen ein. Mich reizte der Versuch, ob eine wohlüberlegte Anspielung auf den Monddiamanten ihn wachhalten würde, und – sollte mir dies gelingen – hernach aus ihm herauszubekommen, was er von diesem unvermuteten Besuch des Inders in den nüchternen Räumen meiner Kanzlei hielte.

»Mr. Murthwaite, wenn ich mich nicht irre – Sie kannten doch die verstorbene Lady Verinder und interessierten sich damals für die seltsamen Begebenheiten, die zum Verlust des gelben Diamanten führten?«

Der berühmte Forscher tat mir die Ehre an, unverzüglich munter zu werden. Er erkundigte sich nach meinem Namen.

Ich erzählte ihm von meiner beruflichen Bindung an die Familie Herncastle und erwähnte dabei auch, welch außergewöhnliche Rolle mir der Oberst zugedacht hatte, als er um sein Leben hatte bangen müssen.

Mr. Murthwaite drehte hierauf seinen Stuhl um, zeigte den übrigen Herren (Konservativen wie Liberalen) den Rücken und konzentrierte seine Aufmerksamkeit auf mich, den einfachen Advokaten Matthew Bruff.

»Haben Sie in letzter Zeit von den Indern etwas gehört?« fragte er mich.

»Vermutlich war der Mann, der mich gestern besuchte, einer von ihnen.«

Mr. Murthwaite war nicht leicht zu verblüffen, aber diese Antwort machte ihn stutzig.

Ich beschrieb ihm, was Mr. Luker und mir passiert war – so wie ich es in diesem Bericht an früherer Stelle geschildert habe. »Offenbar stellte er die letzte Frage in einer bestimmten Absicht. Warum wollte er unbedingt wissen, wann man hierzulande ein Darlehen zurückzahlen muß?«

»Ist es denn möglich, daß Sie, Mr. Bruff, den Zweck der Frage nicht erkennen?«

»Ich schäme mich meiner Dummheit – aber ich weiß es wirklich nicht!«

Der große Mann wollte gar zu gerne meine Hohlheit bis in ihre tiefsten Tiefen messen. »Gestatten Sie mir eine Frage: Wie steht es derzeit um das indische Komplott?«

»Ich kann darüber nichts sagen, es ist mir ein Rätsel.«

»Lieber Mr. Bruff, das Komplott ist nur deshalb für Sie ein Rätsel, weil Sie der Sache nie auf den Grund gegangen sind. Sollen wir das Ganze, Punkt für Punkt, durchsprechen? Von dem Tag an, als Sie das Testament des Obersten aufsetzten, bis zum heutigen, als der Inder Sie aufsuchte? Es könnte sich herausstellen, daß es in Miss Verinders Interesse gegebenenfalls wichtig wäre, die Sache klar zu sehen. Im Hinblick darauf sagen Sie mir jetzt, bitte, ob Sie es vorziehen, das Motiv des Inders selbst zu ergründen, oder ob es Ihnen lieber ist, wenn ich Ihnen jede weitere Mühe erspare und es Ihnen gleich sage.«

Natürlich sah ich den praktischen Zweck, den er offensichtlich im Auge hatte, sofort ein und entschied mich für den erstgenannten Vorschlag.

»Gut«, meinte Mr. Murthwaite, »nehmen wir zuerst einmal die Frage nach dem Alter dieser drei Inder. Sie sehen alle drei gleich alt aus – das kann ich bezeugen. Und Sie, Mr. Bruff, werden mir sagen können, ob Ihr Besucher in der Blüte des Lebens stand oder nicht. Noch nicht vierzig, meinen Sie? Ja, das meine ich auch. Sagen wir also: Er ist unter vierzig. Und jetzt versetzen wir uns in die Zeit, als Oberst Herncastle nach England zurückkam und einen Plan ausheckte, der ihn vor der Ermordung schützen sollte. Sie wissen davon. Nun, wir brauchen die Jahre nicht nachzuzählen, denn eines ist sicher: Diese drei Inder sind dem Alter nach die Ersatzleute für jene drei, welche den Obersten verfolgten. Und wohlgemerkt – alle waren Brahmanen, Angehörige der obersten Kaste. So weit, so gut. Die Inder also, mit denen wir es zu tun haben, sind an die Stelle ihrer Vorgänger getreten. Wäre es nur das allein, müßte man die Sache nicht näher prüfen. Aber dem ist nicht so, es steckt weit mehr dahinter. Sie sind in das Komplott verwickelt, das ihre Vorgänger hier in England organisiert haben. Erschrecken Sie nicht, Mr. Bruff! Es handelt sich um keine straffe Organisation – gemessen an unseren Begriffen. Zugegeben, die Kerle haben Geld und finanzieren damit – wenn nötig – die Hilfsdienste gewisser fragwürdiger Subjekte, die sich inmitten von fremdländischem Gesindel in bestimmten Stadtvierteln herumtreiben. Zudem hat diese Organisation sicher die heimliche Sympathie indischer Einwanderer, die (zumindest früher einmal) jener Religion angehörten und jetzt in dieser großen Stadt irgendwie ihr Brot verdienen. Keine mächtige Organisation also, aber bei unserer Geschichte müssen wir sie zur Kenntnis nehmen. Das also sind die Voraussetzungen, von denen ich ausgehe. Und nun eine Frage an Sie, Mr. Bruff, die Sie dank Ihren Erfahrungen sicher beantworten können: Welches Ereignis gab den Indern erstmals eine Chance, sich des Diamanten zu bemächtigen?«

Ich verstand die Anspielung auf meine Praxis. »Oberst Herncastles Tod natürlich. Vermutlich hat man den Indern diese Nachricht sofort hinterbracht.«

»Das ist gewiß. Sein Tod also gab ihnen erstmals eine Chance. Bis dahin war ja der Monddiamant im Tresor einer Bank gelegen. Sie, Mr. Bruff, haben das Testament aufgesetzt, in dem ihn der Oberst seiner Nichte vermachte. Man hat es danach auf seine Echtheit geprüft und registriert. Als Jurist werden Sie erraten, was die Inder, dank der Hilfe eines Engländers, dann getan haben.«

»Sie verschafften sich im *Doctor's Commons* eine Kopie.«

»So ist es. Eines dieser fragwürdigen Subjekte konnte sich als Engländer eine Abschrift geben lassen. Die Inder ersehen daraus, daß Lady Verinders Tochter den Diamanten bekommen und Mr. Blake senior oder ein von ihm ernannter Vertreter ihn ihr überreichen soll. Sie, Mr. Bruff, werden mir zustimmen, wenn ich behaupte: Nötige Informationen über Personen von Rang und Namen wie Lady Verinder oder Mr. Blake sind leicht zu erhalten. Schwieriger für die Inder war die Entscheidung, ob sie sich des Diamanten bemächtigen sollten, wenn man ihn von der Bank abholte, oder ob sie warten sollten, bis man ihn nach Yorkshire brachte. Letztgenannte Möglichkeit schien ihnen sicherer – und damit erklärt sich auch das plötzliche Auftauchen der als Gaukler verkleideten Inder, die nun eine passende Gelegenheit abwarteten. In London hatten sie selbstverständlich ihre Helfershelfer, die ihnen die nötigen Nachrichten lieferten – zwei Leute genügten. Der eine sollte Mr. Blakes Haus im Auge behalten und demjenigen folgen, der zur Bank ging, den Diamanten zu holen. Der andere sollte sich an Mr. Blakes Domestiken heranmachen, sie im Wirtshaus mit Bier traktieren und aushorchen: also ganz simple Maßnahmen, die jedoch genügten, um rechtzeitig zu erfahren, daß Mr. Franklin Blake ausersehen war, den Diamanten zu überreichen. Was dann tatsächlich geschah, ist Ihnen, Mr. Bruff, genauso bekannt wie mir.«

Ich erinnerte mich an alle Einzelheiten: Franklin Blake hatte bemerkt, daß ihn auf der Straße ein Mann verfolgte, und war deshalb ein paar Stunden früher als vorgesehen von London abgereist. Dank dem vortrefflichen Rat des alten Betteredge hatte er den Diamanten wieder in die Obhut einer Bank gegeben, diesmal in Frizinghall, und zwar zu einer Zeit, als ihn die Inder noch gar nicht in dieser Gegend vermutet hatten.

Soweit schien mir alles vollkommen klar. Aber wie kam es, daß die Inder, die von dieser Vorsichtsmaßnahme nichts wußten, in der Zeit vor Rachels Geburtstag nie versucht hatten, in Lady Verinders Haus einzudringen? Schließlich mußten sie doch den Diamanten dort vermuten.

Ich gab Mr. Murthwaite dieses Problem zu bedenken, doch fügte ich hinzu, daß ich von dem hellseherischen Knaben, der tintenartigen Flüssigkeit und dem übrigen Hokuspokus gehört hätte. Nur sei die Sache mit der Hellseherei für mich keine hinreichende Erklärung.

»Auch für mich nicht«, meinte Mr. Murthwaite. »Was die Hellseherei betrifft, so beweist dies nur, daß die Inder einen

Hang zum Romantischen haben. Ihren mühevollen und gefahrvollen Auftrag in diesem fremden Land mit dem Nimbus des Wunderbaren und Übernatürlichen zu umgeben war für sie Stärkung und Ermutigung – eine Einstellung, die uns Engländern völlig unbegreiflich ist. Ganz gewiß ist dieser Knabe mesmerischen Kräften zugänglich, und unter diesem Einfluß hat er sicherlich das ausgestrahlt, was in der Person, die ihn magnetisierte, vorging. Nimmt man das Hellsehen genauer unter die Lupe, entdeckt man, daß die Vorgänge diesen Punkt nie überschreiten. Die Inder betrachten die Sache anders: Sie glauben, dieser Knabe könne Dinge sehen, die für sie unsichtbar sind, und finden in diesem Wunder einen Anreiz zu ihrem gemeinsamen Tun. Sie sehen, Mr. Bruff, wie sonderbar der Mensch sein kann, was Ihnen als praktisch denkendem Juristen völlig neu sein muß. Freilich, wenn wir der Sache auf den Grund gehen wollen, so müssen wir eines im vorhinein ausschließen: sie hat weder mit Hellseherei noch mit Mesmerismus noch mit irgend etwas Wunderbarem zu tun, das unsereiner nur schwer begreifen würde. Und wenn ich jetzt dieses Komplott aufzuschlüsseln versuche, so tue ich es, indem ich Schritt für Schritt die Entwicklung zurückverfolge und mit Hilfe der Vernunft die natürlichen Ursachen feststellen will. Nun, Mr. Bruff, ist es mir bis jetzt zu Ihrer Zufriedenheit gelungen?«

»Vollkommen! Ich warte jedoch gespannt darauf, wie Sie mit Hilfe der Vernunft die Frage klären können, die ich Ihnen eben vorgelegt habe.«

Mr. Murthwaite lächelte. »Dieses Problem ist am leichtesten zu lösen. Zunächst muß ich Ihnen das Kompliment machen, daß Sie bis hierher den Fall durchaus richtig sehen. Die Inder haben bestimmt nicht gewußt, was Mr. Franklin Blake mit dem Diamanten gemacht hat, denn sie begehen ihren ersten Fehler, und zwar gleich in der Nacht nach seiner Ankunft.«

»Ihren ersten Fehler?« wiederholte ich.

»Ja. Sie lassen sich nämlich von Gabriel Betteredge dabei ertappen, wie sie nächtens ums Haus schleichen. Man muß ihnen zugute halten, daß sie einsahen, einen falschen Schritt getan zu haben. Auch Sie, Mr. Bruff, haben eben festgestellt, daß sich die Inder danach wochenlang nicht mehr blicken ließen.«

»Aber warum? Das möchte ich wissen!«

»Kein Inder setzt sich unnötig einer Gefahr aus. Die von Ihnen selbst in Oberst Herncastles Testament aufgenommene Klausel hat die Inder belehrt, daß dem jungen Mädchen der Diamant an ihrem Geburtstag übergeben werden sollte. So war es doch? Und nun, Mr. Bruff, sagen Sie doch selbst, was mußte den Indern sicherer erscheinen: Sich des Diamanten zu bemächtigen, solange er in den Händen Mr. Blakes war, der ihnen bereits bewiesen hatte, daß er sie zu überlisten verstand? Oder so lange zu warten, bis der Diamant einem jungen Mädchen gehörte, das sich mit dem herrlichen Stein bei jeder nur möglichen Gelegenheit ahnungslos schmücken würde? Mr. Bruff – wünschen Sie einen Beweis dafür, daß diese Theorie richtig ist? Ja? Also gut. Das Verhalten der Inder spricht für diese Version. Nach langem Warten tauchen sie nämlich erst an Miss Verinders Geburtstag auf, und zum Lohn für ihre Geduld und ihr kluges Abwägen können sie den Diamanten an Miss Verinders Dekolleté erblicken! Als ich noch am selben Abend die Geschichte von Oberst Herncastle und dessen indischem Diamanten hörte, erkannte ich erst so richtig die Gefahr, in der Mr. Franklin Blake geschwebt hatte. Die Inder hätten ihn sicher überfallen, wäre er nicht in Begleitung von Frizinghall zurückgeritten. Desgleichen war ich fest davon überzeugt, daß eine noch größere Gefahr Miss Verinder selbst drohte, weshalb ich denn Mr. Blake empfahl, den Plan des Obersten auszuführen, nämlich den Stein zerschneiden zu lassen und ihn damit aus der Welt zu schaffen. Wie dann noch in derselben Nacht das Verschwinden des Diamanten meinen Rat gegenstandslos und das Komplott zunichte machte – wie am nächsten Tag überhaupt alle weiteren Pläne der Inder vereitelt wurden, weil man sie wegen Vagabondage verhaftete –, das alles wissen Sie, Mr. Bruff, genauso gut wie ich. Hiemit also schließt der erste Akt. Ehe wir mit dem zweiten beginnen, erlaube ich mir eine Frage an Sie: Habe ich das von Ihnen aufgeworfene Problem für einen praktisch denkenden Menschen wie Sie hinreichend geklärt?«

Das war nicht zu bestreiten. Da er nun einmal den Charakter der Inder viel besser kannte als ich und seit Oberst Herncastles Zeiten nicht über Hunderte von Testamenten hatte nachdenken müssen, waren alle Voraussetzungen gegeben, ein solches Problem hinreichend zu klären.

»Eines jedenfalls steht fest«, sagte Mr. Murthwaite. »Die erste Gelegenheit für die Inder, sich des Diamanten zu bemächtigen, war an dem Tage endgültig verpaßt, als man sie in Frizinghall verhaftete. Wann bot sich die zweite? Sie bot sich ihnen – ich kann es beweisen –, während sie noch im Gefängnis saßen.« Ehe er zu sprechen fortfuhr, zog er sein Notizbuch heraus und suchte nach einem bestimmten Blatt darin. »Ich wohnte damals in Frizinghall bei meinen Freunden. Ein paar Tage bevor man die Inder wieder freiließ – ich glaube, es war an einem Montag –, kam der Gefängnisdirektor zu mir und brachte mir einen Brief. Der Postbote hatte ihn bei einer gewissen Mrs. Macann abgegeben, in deren Haus sich die Inder eingemietet hatten. Der Brief trug den Stempel ›Lambeth‹. Die Adresse, obschon in korrektem Englisch, wich von der üblichen Form merkwürdig ab. Der Brief war von der Polizei geöffnet worden. Sein Text war in einer fremden Sprache, die man zu Recht für Hindustanisch hielt, und deshalb kam man zu mir. Ich mußte den Brief übersetzen, und bei dieser Gelegenheit trug ich den Originaltext nebst Übersetzung in mein Notizbuch ein. Hier, Mr. Bruff, sehen Sie!« Mit diesen Worten überreichte er mir das aufgeschlagene Notizbuch. Zuoberst stand die Adresse, in einem einzigen Satz, ohne jede Interpunktion. *An die drei Inder, die bei einer Dame mit Namen Macann in Frizinghall Yorkshire wohnen.* Danach kam der Text in indischen Schriftzeichen, und zuletzt standen als Übersetzung folgende geheimnisvollen Worte auf diesem Blatt: *Im Namen des Herrschers der Nacht, der auf der Antilope reitet, und dessen Arme die Enden der Welt umschlingen. Brüder, wendet euer Antlitz nach Süden und kommt zu mir in die Straße des großen Lärms, die hinunter zum Fluß führt. Der Grund ist dies: Meine eigenen Augen haben ihn gesehen*. Damit schloß der Brief, ohne Datum, ohne Unterschrift.

Ich gab Mr. Murthwaite das Notizbuch zurück und mußte ihm gestehen, daß dieses sonderbare Spezimen indischer Korrespondenz mich eher verwirrte.

Er sagte: »Ich kann Ihnen den ersten Satz erklären – und das Verhalten der Inder erklärt Ihnen den Rest. Der Mondgott ist in der Hindu-Mythologie eine Gottheit, die auf einer Antilope sitzt. Einer seiner Titel ist ›Herrscher der Nacht‹. Hier haben wir also etwas Ähnliches wie eine indirekte Bezugnahme auf den sogenannten Monddiamanten. Und jetzt beschäftigen wir uns mit dem Verhalten der Inder: Mit Erlaubnis des Gefängnisdirektors bekamen sie diesen Brief ausgehändigt. Kaum waren sie frei, setzten sie sich in den erstbesten Zug nach London. Wir alle bedauerten es, daß man sie auf ihrem weiteren Weg nicht polizeilich überwachte. Doch Lady Verinder hatte den berühmten Londoner Polizeibeamten entlassen und die Untersuchung des Falles untersagt. Daher konnte sich niemand anmaßen, diese unerquickliche Geschichte wieder aufzurühren. Die Inder begaben sich also unbehindert nach London. Und nun, Mr. Bruff, sagen Sie es selbst! Was hört man über die Inder?«

»Sie störten und belästigten Mr. Luker, weil sie vor seinem Hause im Stadtteil Lambeth herumlungerten.«

»Haben Sie in der Zeitung gelesen, daß Mr. Luker sich an den Friedensrichter wenden mußte?«

»Ja.«

»Wie Sie sich vielleicht erinnern, erwähnte Mr. Luker bei seiner Vorsprache einen indischen Elfenbeinschnitzer, den er hatte entlassen müssen. Er hatte diesen Mann in Verdacht gehabt, daß er mit besagten Indern unter einer Decke steckte und ihn bestehlen wollte. Sie sehen, Mr. Bruff, es stellt sich hiemit heraus, wer diesen geheimnisvollen Brief geschrieben hat, und auf welche orientalische Kostbarkeit aus Mr. Lukers Besitz es dieser Mann abgesehen hatte. Der Schluß ist doch zwingend!«

Das sei er in der Tat, gab ich unumwunden zu, darüber brauche man kein weiteres Wort zu verlieren. Ich hatte ja immer das Gefühl gehabt, daß der Diamant damals in Mr. Lukers Hände gelangt war. Unklar war mir nur geblieben, wie die Inder davon erfahren hatten. Diese Frage also, die mir bisher am schwersten zu lösen schien, hatte nun, wie alle übrigen, eine Antwort gefunden. Die geschickte Art, mit der mich Mr. Murthwaite bis jetzt durch dieses Labyrinth geführt hatte, bestätigte mir, daß ich als Jurist mich ihm blindlings anvertrauen konnte. Ich machte ihm auch diesbezüglich ein Kompliment, das er freundlichst aufnahm.

»Bevor wir den Weg der Inder weiterverfolgen, müssen auch Sie mir mit einer Information behilflich sein«, sagte er. »Irgend jemand hat den Diamanten von Yorkshire nach London gebracht und ihn dem Wucherer verpfändet – sonst wäre er nie in dessen Besitz gelangt. Hat man eigentlich herausbekommen, wer es sein könnte?«

»Nicht, daß ich wüßte.«

»Es gab doch da ein Gerücht, das Mr. Godfrey Ablewhite betraf – oder? Wie ich höre, ist er ein berühmter Philanthrop, was zunächst einmal gegen ihn spricht.«

Darin stimmte ich Mr. Murthwaite von ganzem Herzen bei. Ich fühlte mich allerdings verpflichtet, ihm – selbstverständlich ohne Miss Verinders Namen zu nennen – mitzuteilen, daß Mr. Godfrey Ablewhite über jeden Verdacht erhaben sei. Dafür könne ich bürgen.

»Nun, überlassen wir es der Zeit, Licht in die Sache zu bringen«, sagte Mr. Murthwaite ruhig. »Wir müssen jetzt wieder von den Indern sprechen. In London nämlich erlitten die drei eine neuerliche Niederlage, wie Sie wissen. Daß ihnen ein zweites Mal die Möglichkeit genommen wurde, sich des Diamanten zu bemächtigen, verdankt man in erster Linie dem schlauen und umsichtigen Wucherer, der in London nicht ohne Grund als prominentester Vertreter dieses uralten und einträglichen Berufszweiges gilt. Er entließ den Arbeiter, und damit nahm er den drei Indern die Möglichkeit, unbemerkt ins Haus zu gelangen. Er deponierte den Diamanten unverzüglich in einer Bank, und damit überrumpelte er die drei Inder, noch ehe sie einen neuen Raubplan aushecken konnten. Auf welche Weise ihm die Inder auf seine Schliche kamen, und was sie unternahmen, um sich die

Quittung anzueignen – das sind Ereignisse, die erst kürzlich in allen Zeitungen standen. Damit brauchen wir uns nicht erst zu beschäftigen. Es genügt, wenn wir feststellen: Der Diamant ist wieder an einem für die Inder unerreichbaren Ort, im Tresor einer Bank als Wertgegenstand deponiert. Und jetzt, Mr. Bruff, erhebt sich die Frage: Welche dritte Chance wird sich ihnen bieten, sich des Diamanten zu bemächtigen, und wann könnte sie sich ergeben?«

Im selben Augenblick, als ihm die Frage über die Lippen kam, erriet ich, was der Inder mit seiner Vorsprache bei mir hatte erreichen wollen. »Ich hab's!« rief ich. »Die Inder nehmen es ebenfalls als sicher an, daß man den Diamanten verpfändet hat. Und deshalb wollen sie genau wissen, zu welchem Zeitpunkt man das Pfand frühestens auslösen kann. Dann nämlich wird der Diamant aus dem Tresor geholt.«

»Jawohl, Mr. Bruff! Ich habe es Ihnen gesagt: Sie finden es von alleine, wenn ich Sie nur auf die richtige Spur bringe. Ein Jahr nach der Verpfändung wird sich den Indern eine dritte Chance bieten. Sie haben es aus Mr. Lukers eigenem Mund erfahren, wie lange sie warten müssen, und Sie, Mr. Bruff, als juristische Autorität, haben diese Auskunft bestätigt. Wann ungefähr hat der Diamant den Weg zum Geldverleiher gefunden?«

»Meiner Rechnung nach muß es Ende Juni gewesen sein.«

»Und jetzt haben wir das Jahr achtundvierzig. Gut. Wenn der Unbekannte, der ihn zu Mr. Luker gebracht hat, das Pfand erst in einem Jahr auslösen kann, wird es Ende Juni neunundvierzig wieder in seinem Besitz sein. Dann bin ich Tausende von Meilen weit weg von hier und ohne englische Zeitungen. Aber vielleicht lohnt es sich für Sie, daß Sie sich dieses Datum vormerken und in London sind.«

»Glauben Sie, Mr. Murthwaite, es könnte etwas passieren?«

»Ich bin unter den wildesten Fanatikern Zentralasiens bestimmt sicherer als auf dem Wege aus der Bank mit dem Monddiamanten in der Tasche. Man hat die Inder zweimal hintereinander täuschen können, ein drittes Mal gelingt es nicht.«

Das war das letzte, was er mir zu diesem Thema sagte. Es wurde Kaffee serviert. Danach erhoben sich alle. Wir gesellten uns zu den Damen, die oben im Salon saßen.

Ich wollte das Datum nicht vergessen und wiederhole daher an dieser Stelle, was ich mir damals aufnotierte: *Juni neunundvierzig. Gegen Monatsende wird man von den Indern hören.*

Hiemit habe ich meine Aufgabe erledigt und gebe die Feder an den weiter, der als nächster an die Reihe kommt.

Dritter Bericht von Franklin Blake

I

Im Frühjahr 1849, als ich gerade den Nahen Osten bereiste, mußte ich unvorhergesehenerweise die ursprünglich geplante Route, wie ich sie auch meinem Bankier und meinem Advokaten in London mitgeteilt hatte, plötzlich ändern.

Ich schickte einen meiner Diener zum Konsul der nächstgelegenen Stadt, die infolge des neuen Reiseplans nicht mehr zu den vorgesehenen Stationen gehörte. Er sollte dort die mittlerweile für mich eingetroffenen Briefe und Geldsendungen abholen und an einem vereinbarten Ort später wieder zu mir stoßen. Ein unverschuldeter Unfall verzögerte sein Kommen, eine ganze Woche lang warteten wir in einem Lager am Rande der Wüste auf ihn. Endlich tauchte der Vermißte eines Abends bei uns auf. Geld und Briefe hatte er bei sich.

»Sir, ich fürchte, ich bringe schlechte Nachrichten für Sie«, sagte er und deutete dabei auf einen Brief mit Trauerrand, dessen Adresse die Handschrift Mr. Bruffs verriet.

Nichts ist für mich unerträglicher als Ungewißheit. Ich öffnete diesen Brief als ersten.

Er enthielt die Nachricht, daß mein Vater gestorben sei und ich sein großes Vermögen geerbt habe. Der Reichtum, der mir dergestalt in den Schoß gefallen war, brachte selbstverständlich auch eine große Verantwortung mit sich, weshalb Mr. Bruff mich dringend ersuchte, unverzüglich nach England zurückzukehren. Bei Tagesanbruch befand ich mich bereits auf der Heimreise.

Ich habe den Eindruck, mein alter Freund Gabriel Betteredge hat ein wenig übertrieben, als er in seinem Bericht dem Leser ein anschauliches Bild von mir geben wollte. Schrullig wie er ist, hat er ein paar spöttische Bemerkungen seiner jungen Herrin über meine ausländische Erziehung ernst genommen und sich eingebildet, er sähe in meinem Wesen tatsächlich Deutsches, Französisches und Englisches, das meine Cousine im Scherz zu entdecken vorgab, das aber nur im Hirn unseres guten alten Betteredge existierte, nicht jedoch in Wirklichkeit. Abgesehen davon muß ich allerdings zugeben, daß er die reine Wahrheit gesagt hat, wenn er feststellt, daß die Behandlung, die mir Rachel zuteil werden ließ, mich ins Herz getroffen habe. Als ich England den Rücken kehrte, geschah dies im Schmerz über die bitterste Enttäuschung meines Lebens.

Eine völlig neue Umgebung sollte mir helfen – ich wollte Rachel vergessen. Es heißt, daß Trennung und Ortswechsel in solchen Fällen nichts nützen. Das stimmt nicht. Man wird nämlich dadurch gezwungen, sich anderen Dingen zuzuwenden und nicht ausschließlich an den eigenen Kummer zu denken. Es gelang mir zwar nicht, sie zu vergessen, aber der Schmerz ließ nach, die Verbitterung nahm ab, Zeit, Entfernung und neue Eindrücke schoben sich zwischen Rachel und mich.

Freilich, kaum lenkte ich meine Schritte wieder heimwärts, verlor dieses Heilmittel, das bis dahin so gut gewirkt hatte, nach und nach seine Kraft. Je näher ich dem Lande kam, in dem sie lebte, desto mehr überwältigte mich die Erinnerung. Der Drang, Rachel wiederzusehen, wurde unwiderstehlich.

Zugegeben, als ich England verlassen hatte, war sie die letzte gewesen, deren Namen ich über meine Lippen gebracht hätte. Als ich nach England zurückkam, war sie die erste, nach der ich mich erkundigte.

Mr. Bruff, den ich sogleich aufgesucht hatte, unterrichtete mich über alles, was inzwischen vorgefallen war – mit anderen Worten: über alles, was Miss Clack und er selbst hier berichtet haben –, eines ausgenommen. Er glaubte sich nämlich nicht berechtigt, mich auch über die Gründe zu informieren, die Rachel und Godfrey bewogen hatten, sich zu entloben. So behelligte ich ihn nicht mit Fragen über diese delikate Angelegenheit. Enttäuscht und eifersüchtig wie ich war (schließlich hatte sie ernstlich daran gedacht, Godfreys Frau zu werden), tröstete es mich immerhin, daß sie es sich rechtzeitig überlegt, einen vorschnellen Entschluß rückgängig gemacht und das Verlöbnis gelöst hatte.

Nachdem ich erfahren hatte, was geschehen war, wollte ich natürlich wissen, was Rachel jetzt tat, wo sie wohnte, wer ihr Vormund sei.

Mr. Bruff teilte mir mit, Rachel wohne bei ihrer Tante, einer verwitweten Schwester ihres Vaters, in einem Haus am Portland Place. Diese Dame, eine gewisse Mrs. Merridew, sei der neuernannte Vormund.

Ich hatte es nicht gewagt, Mr. Bruff von meiner Absicht etwas zu sagen – aber eine halbe Stunde später befand ich mich bereits auf dem Weg dorthin. Der Diener, der mir die Tür öffnete, erklärte, er müsse nachsehen, ob Miss Verinder zu Hause sei. Ich schickte ihn mit meiner Visitenkarte hinauf, da ich auf diese Weise die Frage raschest zu klären hoffte. Mit undurchdringlicher Miene kam er wieder herunter und teilte mir mit, Miss Verinder sei ausgegangen. Daß sich Rachel absichtlich verleugnen ließ, wäre mir nie in den Sinn gekommen. Ich ersuchte daher den Diener, Miss Verinder bei ihrer Rückkehr auszurichten, ich würde um sechs Uhr abends nochmals vorbeikommen.

Um sechs Uhr hörte ich zum zweitenmal, Miss Verinder sei nicht zu Hause. Ob sie eine Nachricht für mich hinterlassen habe? Nein. Ob sie meine Visitenkarte erhalten habe? Ja, allerdings.

Es war nicht mißzuverstehen: Rachel wollte mich nicht sehen. Ich aber konnte mir eine solche Behandlung nicht gefallen lassen. Wenn ich auch meine Absicht nicht erreichte, mußte ich wenigstens versuchen, den Grund zu erfahren. Deshalb ließ ich Mrs. Merridew bitten, mich zu einer ihr konvenierenden Stunde zu empfangen.

Mrs. Merridew machte keine Schwierigkeiten, sie gab ihr Einverständnis sofort. Der Diener führte mich in ein kleines behagliches Wohnzimmer, und ich stand einer kleinen ältlichen Dame gegenüber, die überaus freundlich war. Sie bedauerte, daß ich umsonst gekommen sei, und zeigte sich von Rachels Benehmen überrascht. Es sei ihr unerklärlich, doch leider könne sie in einer Angelegenheit, die rein persönliche Gefühle betreffe, auf Rachel keinen Druck ausüben. All das sagte sie mir immer wieder, höflich, geduldig – aber das war auch alles, was ich aus Mrs. Merridew herausbringen konnte.

Nun blieb mir nur noch ein Weg offen: an Rachel zu schreiben. Am nächsten Tag schickte ich ihr einen Brief durch meinen Diener, mit dem strengen Auftrag, auf Antwort zu warten. Und diese erhielt ich, sie bestand aus einem einzigen Satz: »Miss Verinder bedauert es, jede Korrespondenz mit Mr. Franklin Blake ablehnen zu müssen.«

Im Grunde meines Herzens liebte ich Rachel noch immer – eben deshalb entrüstete mich ihre beleidigende Antwort. Ehe ich mich noch fassen konnte, kam Mr. Bruff zu mir in die Wohnung, weil er etwas Geschäftliches mit mir besprechen wollte. Ich ging auf dieses Thema gar nicht erst ein, sondern erzählte ihm sogleich von dem Unrecht, das mir widerfahren war. Er konnte mir genausowenig Klarheit verschaffen wie Mrs. Merridew. Ich wollte wissen, ob mich vielleicht irgendwer aus Haß verleumdet hätte, aber Mr. Bruff war nichts Derartiges bekannt. Ich wollte wissen, ob Rachel, als sie in seinem Hause gewohnt hatte, von mir gesprochen hätte. Nein, nie. Ich wollte wissen, ob sie sich während meiner langen Abwesenheit je erkundigt hätte, ob ich noch am Leben sei. Nein, nie sei ihr eine solche Frage über die Lippen gekommen. Ich zog aus meiner Brieftasche das Schreiben heraus, das ich von Lady Verinder anläßlich meiner Abreise nach London erhalten hatte, und lenkte seine Aufmerksamkeit auf folgende Sätze: *In ihrer derzeitigen seelischen Verfassung hält Rachel Deine wertvolle Hilfe bei der Suche nach dem verschwundenen Diamanten für eine unverzeihliche Beleidigung. Du hast, ohne viel zu überlegen, Dein Bestes gewollt, doch dadurch die auf ihr lastende Sorge noch vergrößert, weil Dein Eingreifen zur Entdeckung ihres Geheimnisses führen könnte.*

Und dann fragte ich ihn: »Ist es denn möglich, daß sie über mein Verhalten noch immer so erbittert ist?«

Mr. Bruff sah ehrlich bekümmert aus. »Wenn Sie unbedingt eine Antwort hören wollen: Ich weiß leider auch keine andere Erklärung als diese«, sagte er mir.

Ich schellte nach meinem Diener und wies ihn an, mir ein Kursbuch zu bringen und meinen Reisesack zu packen.

Erstaunt fragte Mr. Bruff, was ich vorhätte.

»Ich fahre mit dem nächsten Zug nach Frizinghall.«

»Und warum?«

»Mr. Bruff, hier steht es ja schwarz auf weiß: Rachel hielt damals meine Hilfe bei der Suche nach dem Diamanten für eine unverzeihliche Beleidigung, und dieser Meinung ist sie noch heute. Ich kann das nicht stillschweigend hinnehmen! Daher bin ich fest entschlossen, endlich herauszufinden, warum sie ihrer Mutter gegenüber schwieg und mich haßt. Ich werde weder Zeit noch Geld noch Mühe sparen, den Dieb des Diamanten zu fassen!«

Der würdige alte Herr kam mit Einwänden, er wollte mich zur Vernunft bringen – kurzum: er tat seine Pflicht. Aber ich blieb taub gegen alle Ratschläge. Mein Entschluß war unerschütterlich, nichts und niemand konnte mich davon abbringen. Ich sagte ihm: »Genau dort, wo ich meine Nachforschungen eingestellt habe, werde ich wieder beginnen und die Sache weiterverfolgen, Schritt für Schritt. In der Kette der Beweise fehlten damals etliche Glieder, die Gabriel Betteredge mir liefern kann, und zu Gabriel Betteredge fahre ich jetzt!«

Noch am selben Abend, gegen Sonnenuntergang, stand ich auf der mir wohlbekannten Terrasse und blickte auf das friedliche alte Landhaus. Der Gärtner war der erste, den ich entdeckte. Ja, sagte er mir, er habe den alten Betteredge vor einer knappen Stunde verlassen, er sitze wahrscheinlich noch immer dort, im Hinterhof, auf dem gewohnten Platz, und sonne sich. Den Ort kannte ich, und deshalb sagte ich dem Gärtner, ich wolle den Alten selbst suchen. So ging ich denn auf vertrauten Wegen bis zum geöffneten Tor und sah in den Hinterhof hinein. Dort saß er – der gute alte Freund aus glücklichen Tagen, die nie wiederkehren sollten –, dort saß er, wie immer in seinem Winkel, auf seinem Stuhl aus Strohgeflecht, die Pfeife im Mund, den *Robinson Crusoe* auf dem Schoß, und seine beiden Freunde, die Hunde, dösten links und rechts von ihm!

So wie ich stand, warfen die schrägen Strahlen der Sonne meinen Schatten gerade vor mich hin. Die Hunde hatten ihn entweder gesehen, oder durch ihren scharfen Geruchssinn meine Nähe wahrgenommen. Knurrend sprangen sie auf. Der Alte zuckte zusammen und besänftigte die Tiere. Dann beschattete er mit den Händen seine schwachgewordenen Augen und sah forschend nach der Gestalt beim Tor.

In meinen Augen standen Tränen, ich mußte eine Weile warten, ehe ich zu sprechen imstande war.

II

»Betteredge!« rief ich und deutete auf sein geliebtes Buch, »hat *Robinson Crusoe* es vorausgesagt, daß Sie noch heute Franklin Blake sehen werden?«

»Beim Allmächtigen! Mr. Franklin! Wahrhaftig, so ist's!«

Mit meiner Hilfe kam er auf seine Beine zu stehen und sah abwechselnd mich und *Robinson Crusoe* an, sichtlich im Ungewissen, wer von uns beiden ihn mehr überrascht hatte. Schließlich entschied er sich für das Buch. Mit beiden Händen hielt er es aufgeschlagen vor sich hin und blickte es erwartungsvoll an, ob nicht Robinson Crusoe selbst erschiene, uns durch ein Gespräch zu beehren.

Es dauerte eine geraume Weile, bevor er die Sprache wiederfand. »Mr. Franklin! Da steht es geschrieben! So wahr ich lebe, just in dem Augenblick, als Sie hereinkamen, hab ich's gelesen! Auf Seite einhundertsechsundfünfzig: *Ich stand da wie vom Donner gerührt oder als hätte ich ein Gespenst gesehen.* Wenn das nicht besagen will, daß Mr. Franklin Blake plötzlich hier auftauchen wird – dann ist die englische Sprache nicht imstande, den wahren Sinn dieser Dichtung auszudrücken!« rief Betteredge, schlug das Buch zu und hatte jetzt endlich eine Hand frei, um meine ausgestreckte Rechte zu ergreifen.

So wie die Dinge lagen, hatte ich erwartet, er würde mich mit Fragen überhäufen. Doch nein – Gastlichkeit war der mächtigste Antrieb in seinem Dienerdenken, wenn ein Mitglied der Familie – gleichviel unter welchen Umständen – plötzlich zu Besuch kam.

»Treten Sie ein, Mr. Franklin!« sagte er und öffnete mir die Tür, wobei er sich auf eine höchst merkwürdige altmodische Art verneigte. »Was Sie herführt, sollen Sie mir später sagen – zuerst machen Sie sich's bequem! Jaja, seit Sie fort sind, hat sich hier viel verändert. Traurig ist's! Das Haus verschlossen, die Dienstboten entlassen. Aber das soll Sie nicht stören. Ich werde für Sie kochen, und die Gärtnersfrau wird Ihnen das Bett machen – und sollte es im Keller noch eine Flasche von unserm berühmten Latour geben, dann wird sie von Ihnen geleert. Seien Sie willkommen, Mr. Franklin, herzlich willkommen!« sagte der gute Alte, der mannhaft gegen die Düsternis des verlassenen Hauses ankämpfte. Gastfrei und höflich – so wie in vergangenen Zeiten – hatte er mich empfangen.

Es tat mir leid, ihn enttäuschen zu müssen. Das Haus gehörte jetzt Rachel. Nach allem, was sich in London ereignet hatte – konnte ich hier, in diesem Hause, Gastlichkeit beanspruchen? Meine Selbstachtung verbot mir, über die Schwelle zu treten.

Ich nahm Betteredge beim Arm und führte ihn in den Garten hinaus. Es half nichts, ich mußte ihm die Wahrheit sagen. Er hing an Rachel, er hing an mir. Traurig und betroffen hörte er, welche Wendung die Dinge genommen hatten. Freilich, wenn er eine Meinung äußerte, so tat er dies unverblümt, doch vermischt mit der positivsten Lebensweisheit, die ich kenne – mit der Philosophie der Betteredge-Schule.

»Miss Rachel hat ihre Fehler – das habe ich nie geleugnet«, begann er. »Einer davon ist, daß sie sich dann und wann aufs hohe Roß setzt. Jaja, Mr. Franklin, sie versucht, über Sie hinwegzureiten. Und das sollen Sie sich gefallen lassen! Du lieber Himmel! Kennen Sie die Frauen noch immer nicht besser? Ich habe Ihnen doch schon früher von meiner Seligen erzählt – oder?«

Sehr oft sogar hatte ich ihn von seiner verstorbenen Frau reden hören. Stets hatte er sie als Musterbeispiel angeborener Schwachheit und Launenhaftigkeit hingestellt – so wie er eben mit seinen Augen das andere Geschlecht sah. In diesem Sinne entwarf er auch jetzt ein Bild von ihr.

»Hören Sie zu, Mr. Franklin! Jede Frau reitet ihr Lieblingstier, das hohe Roß, auf andere Weise. Sooft ich meiner Seligen etwas versagte, woran ihr Herz hing, ritt sie los, und zwar so: Kam ich müde von der Arbeit nach Hause, rief sie mir von der Küche herauf, daß sie mir nach einer solchen brutalen Behandlung kein Essen kochen könne. Mehrere Male ließ ich's mir gefallen – so wie Sie sich's von Miss Rachel gefallen lassen. Zuletzt war meine Geduld erschöpft. Ich ging in die Küche hinunter, nahm meine Frau – liebevoll, versteht sich – auf meine Arme und trug sie flugs in unser bestes Zimmer, wo sie sonst ihre Besucher empfing. ›Das ist der richtige Platz für dich, meine Liebe!‹ sagte ich ihr und ging wieder in die Küche hinunter. Dort sperrte ich mich ein, legte den Rock ab, krempelte die Ärmel hoch und kochte mir mein Essen. Und als ich damit fertig war, servierte ich es mir so nett wie möglich und speiste mit Genuß. Danach steckte ich mir die Pfeife an und trank mein Gläschen Grog. Dann räumte ich den Tisch ab, wusch das Geschirr, putzte das Besteck, legte es in den Schrank und reinigte den Herd. Erst als alles wieder sauber war und glänzte, ließ ich meine Frau herein und sagte: ›Ich habe bereits gegessen, meine Liebe. Du gibst doch hoffentlich zu, daß ich die Küche dabei so rein gehalten habe, wie du es dir nur wünschen kannst.‹ Und wissen Sie, Mr. Franklin, was danach passierte? Solange meine Frau lebte – nie wieder habe ich mir mein Essen selber kochen müssen! Und die Lehre der Geschichte: In London müssen Sie sich Miss Rachel fügen, hier aber nicht. Kommen Sie ins Haus!«

Daran war nicht zu denken. Ich konnte meinem guten Freund bloß versichern, daß in diesem Fall seine Überredungskunst vergeblich sei. »Es ist ein schöner Abend, ich gehe jetzt zu Fuß nach Frizinghall und steige im Hotel ab«, erklärte ich. »Sie, Betteredge, kommen morgen früh zu mir – wir frühstücken zusammen. Bei dieser Gelegenheit muß ich Ihnen etwas erzählen.«

Er schüttelte ernst den Kopf. »Das tut mir aufrichtig leid. Ich habe gehofft, zwischen Ihnen und Miss Rachel sei alles in bester Ordnung ... Wenn Sie schon Ihren Willen haben wollen«, fuhr er nach einer kurzen Pause fort, »so brauchen Sie, um zu schlafen, nicht bis nach Frizinghall zu gehen. Ein Bett gibt es ganz in der Nähe – kaum zwei Meilen von hier liegt die Hotherstone-Farm. Gegen diesen Vorschlag können Sie Miss Rachels wegen sicher nichts einwenden, der Bauernhof ist nämlich unabhängiger Besitz«, fügte der Alte schlau hinzu.

Ich erinnerte mich sogleich an die Hotherstone-Farm. Sie lag in einem geschützten Talgrund, an den Ufern des hübschesten Flüßchens in diesem Teil Yorkshires. Die Besitzer vermieteten gelegentlich ein Schlafzimmer und ein Wohnzimmer an Fremde – Künstler oder Angler, aber auch an sonstige Touristen. Ich hätte mir keinen angenehmeren Aufenthaltsort wünschen können als diesen.

»Sind die Zimmer jetzt frei?« fragte ich meinen alten Freund.

»Sir, erst gestern hat mich Mrs. Hotherstone gebeten, ihr Haus überall zu empfehlen.«

»Gut. Ich miete mich gerne dort ein.«

Wir gingen also in den Hof zurück, wo ich meinen Reisesack gelassen hatte. Betteredge steckte meinen Stock durch den Griff und schwang den Sack über seine Schulter. Nochmals verfiel er in das gleiche fassungslose Staunen, das mein plötzliches Auftauchen bei ihm hervorgerufen hatte. Ungläubig starrte er einmal aufs Haus, einmal auf mich. »Ich habe lange genug auf dieser Welt gelebt«, meinte dieser beste und treueste aller Diener, »aber so etwas ist mir noch nicht vorgekommen. Da steht das Haus und hier steht Mr. Franklin Blake – aber, verdammt noch mal, da kehrt er dem Haus den Rücken und mietet sich anderswo ein!«

Grollend und kopfschüttelnd humpelte er vor mir her, und über die Schulter zurück brummte er mir zu: »Jetzt warte ich nur noch auf das eine große Wunder: daß Sie die sieben Shilling Sixpence zahlen, die Sie sich als kleiner Junge von mir geborgt haben.«

Dieser sarkastische Hieb freute ihn, er stimmte ihn etwas freundlicher. Wir gingen am Pförtnerhaus vorbei und durchschritten das Tor. Kaum hatten wir Haus und Park hinter uns, war für ihn – gemäß seinen moralischen Begriffen – die Gastfreundschaft nicht mehr die wichtigste Pflicht. Seine Neugierde gewann die Oberhand. Er hatte seine Schritte verlangsamt und ging jetzt neben mir. »Ein schöner Abend für einen Spaziergang, Sir«, sagte er, als wären wir einander gerade zufällig begegnet. »Angenommen, Sie wären doch im Hotel von Frizinghall abgestiegen?«

»Ja – und?«

»Dann hätte ich die Ehre gehabt, morgen mit Ihnen zu frühstücken.«

»So frühstücken Sie eben auf der Hotherstone-Farm mit mir!«

»Sir, ich danke Ihnen für Ihre Freundlichkeit – aber das Frühstück habe ich mit meiner Frage eigentlich gar nicht gemeint. Sie wollten mir doch bei dieser Gelegenheit etwas erzählen – erinnere ich mich recht? Und wenn es kein Geheimnis ist, Sir, so brenne ich darauf, von Ihnen zu erfahren, was Sie hergeführt hat«, sagte er unvermutet und ganz ohne Umschweife.

»Betteredge – was hat mich vor einem Jahr hergeführt?«

»Der Monddiamant. Aber was führt Sie jetzt her?«

»Wiederum der Monddiamant.«

Jäh blieb er stehen und sah mich an, als traue er seinen Ohren nicht. »Sir, das ist ein Scherz! Ich fürchte, ich bin auf meine alten Tage ein wenig schwer von Begriff geworden. Ich kapiere es nicht!«

»Betteredge, es ist kein Scherz. Ich bin hergekommen, um meine Nachforschungen dort aufzunehmen, wo ich sie vor einem Jahr eingestellt habe. Ich bin hergekommen, um das zu erreichen, was bisher niemandem gelungen ist: ich will herausfinden, wer den Diamanten gestohlen hat.«

»Mr. Franklin, lassen Sie es bleiben! Ich meine es gut mit Ihnen. Dieser verwünschte Diamant hat noch jedem, der ihm nahekam, geschadet. Sie stehen jetzt in der Blüte Ihrer Jahre. Nehmen Sie meinen Rat an und lassen Sie sich nicht auf ein solches Abenteuer ein! Sie würden nur Ihr Geld und Ihre gute Laune verlieren. Und – verzeihen Sie, wenn ich es ausspreche – wie können Sie nur auf Erfolg hoffen, wenn nicht einmal Inspektor Cuff der Lösung näherkam? Jaja, Inspektor Cuff!« wiederholte der Alte und drohte mir dabei vielsagend mit dem Finger. »Der tüchtigste Polizeibeamte von ganz England!«

»Lieber alter Freund, mein Entschluß steht fest. Der Mißerfolg des großen Cuff entmutigt mich nicht. Übrigens – ich werde ihn ohnedies früher oder später sprechen müssen. Haben Sie in letzter Zeit von ihm etwas gehört?«

»Inspektor Cuff wird Ihnen nicht helfen.«

»Warum?«

»Bei der Londoner Polizei hat sich im letzten Jahr verschiedenes geändert. Der große Cuff hat sich ins Privatleben zurückgezogen, in Dorking ein Häuschen gekauft und beschäftigt sich ausschließlich mit Rosenzucht. Das habe ich sogar schriftlich von ihm. Er hat uns geschrieben, es sei ihm inzwischen gelungen, die weiße Moosrose zu züchten, ohne sie auf die Wilde Rose zu okulieren. Mr. Begbie, unser Gärtner, möge doch nach Dorking kommen und sich endlich geschlagen geben.«

»Auch das kann mich nicht davon abhalten. Es geht auch ohne Hilfe des Inspektors. Ich muß mich nur auf Sie verlassen können –«

»Sie können sich auch auf andere verlassen – das soll einmal festgestellt sein!« sagte er ein wenig zu scharf. Wahrscheinlich war meine Bemerkung unbedacht gewesen, jedenfalls hatte ihn irgend etwas an meiner Antwort gereizt.

Sein Ton und eine gewisse Nervosität, die ich an ihm bemerkte, ließen mich vermuten, er könnte etwas wissen, das er mir nicht sagen wollte.

»Betteredge, ich erwarte von Ihnen, daß Sie mir helfen, die Untersuchung auf den alten Stand zu bringen. Das wird doch möglich sein? Oder können Sie noch mehr für mich tun?«

»Sir, was erwarten Sie denn noch von mir?« fragte Betteredge demütig – jedenfalls schien es mir so.

»Nach dem, was Sie eben sagten, erwarte ich mehr von Ihnen!«

»Ich habe mich nur aufgespielt«, erwiderte der Alte eigensinnig. »Manche Leute sind geborene Aufschneider und bleiben es bis an ihr Lebensende. So einer bin ich.«

Es gab nur ein Mittel, ihm beizukommen. Ich appellierte an seine Gefühle. »Betteredge, würden Sie sich darüber freuen, wenn Rachel und ich uns wieder versöhnten?«

»Sir, wenn Sie daran zweifeln können, habe ich vergeblich

jahrzehntelang Ihrer Familie in Treue und Anhänglichkeit gedient.«

»Erinnern Sie sich noch, wie schlecht mich Rachel behandelt hat?«

»Als wäre es gestern! Meine Herrin schrieb Ihnen deshalb sogar einen Brief, und Sie hatten die Güte, ihn mir zu zeigen. Es stand darin, daß Sie durch Ihre Bemühungen, den verschwundenen Diamanten wiederzufinden, Rachel tödlich beleidigt hätten. Und weder meine Herrin noch Sie, noch sonst einer wußte dieses Rätsel zu lösen.«

»Ja, so war es. Und jetzt komme ich von meinen Reisen nach einem Jahr zurück, und sie ist noch immer tödlich beleidigt. Der Diamant steckt dahinter, so war es damals, so ist es heute. Ich habe versucht, sie zu sprechen, aber sie will mich nicht sehen. Ich habe versucht, ihr zu schreiben, aber sie will mir nicht antworten. Wie in aller Welt soll ich die Sache ins reine bringen? Ich kann es nur, wenn ich nochmals dem Diamanten nachforsche – das ist der einzige Weg, den mir Rachel noch läßt.«

Mit diesen Worten hatte ich ihm den Fall offenbar in einem Licht geschildert, in dem er ihn bisher noch nicht gesehen hatte. Seine Frage bewies mir, daß ich nicht vergeblich an seine Gefühle appelliert hatte. »Mr. Franklin, Sie hegen keinen Groll mehr gegen Miss Rachel – oder?«

»Natürlich war ich aufgebracht, als ich von hier fortfuhr. Aber das ist vorbei. Ich möchte mich mit Rachel verständigen können, die Sache ins reine bringen – mehr will ich nicht.«

»Und Sie haben keine Angst, Sir? Angenommen, Sie entdeckten etwas – etwas, das Miss Rachel betrifft?«

Ich bemerkte sofort die Eifersucht. Der Glaube an seine junge Herrin hatte ihm diese Worte eingegeben.

»Ich bin ihres untadeligen Verhaltens so sicher, wie Sie es sind. Sollte man hinter ihr Geheimnis kommen, wird man sicher nichts an den Tag bringen, das sie in unserer Achtung sinken ließe.«

Daraufhin schwanden seine letzten Bedenken. Er rief: »Mr. Franklin, wenn es unrecht ist, Ihnen zu helfen, so kann ich nur sagen: Ich trage keine Schuld daran! Ja, ich kann Ihnen den Weg weisen, der Sie der Lösung näherbringt, aber gehen müssen Sie ihn selbst. Sie erinnern sich doch an dieses bedauernswerte Dienstmädchen – an Rosanna Spearman?«

»Selbstverständlich.«

»Sie haben doch immer vermutet, sie wollte Ihnen etwas gestehen, das mit dem verschwundenen Diamanten zusammenhing?«

»So war es. Ich konnte mir ihr seltsames Betragen nicht anders erklären.«

»Dieses Problem können Sie jetzt lösen – wann immer es Ihnen beliebt.«

Jetzt war die Reihe an mir, jäh stehen zu bleiben. In der einbrechenden Dunkelheit versuchte ich vergeblich, sein Gesicht zu sehen. Betroffen wie ich war, fragte ich ihn ein bißchen ungeduldig, was er damit meinte.

»Nur ruhig, Sir! Ich meine das, was ich sage. Rosanna Spearman hat einen versiegelten Brief hinterlassen – er ist an Sie gerichtet.«

»Und wer hat ihn?«

»Eine Freundin von ihr, in Cobb's Hole. Sie haben damals doch sicher von der lahmenden Lucy gehört – einem Mädchen mit Krücke?«

»Die Tochter des Fischers?«

»Ja.«

»Und warum hat man mir den Brief nicht nachgeschickt?«

»Das Mädchen hat einen eigenwilligen Kopf. Sie wollte den Brief Ihnen persönlich übergeben. Ich konnte Ihnen nicht schreiben, denn Sie hatten England bereits verlassen.«

»Betteredge, kehren wir um! Kehren wir auf der Stelle um!«

»Heute ist es zu spät, Sir. In Cobb's Hole spart man mit den Kerzen und geht zeitig zu Bett.«

»Unsinn! In einer halben Stunde sind wir dort!«

»Sie vielleicht. Aber wenn Sie dort sind, finden Sie die Tür versperrt.« Er deutete auf ein Licht, das im Talgrund flimmerte, und im selben Augenblick hörte ich auch durch die Stille der Nacht einen Bach plätschern. »Da ist schon die Hotherstone-Farm! Machen Sie sich's für heute dort bequem und kommen Sie morgen früh mich abholen – wenn es Ihnen recht ist.«

»Betteredge, Sie gehen mit nach Cobb's Hole?«

»Gewiß.«

»Frühmorgens?«

»So früh Sie wollen.«

Wir stiegen den Pfad zur Farm hinab.

III

An das, was nun folgte, kann ich mich nur undeutlich erinnern. Es gab ein herzliches Willkommen, ein üppiges Abendessen, von dem im Nahen Osten ein ganzes Dorf satt geworden wäre, ein sauberes, allerliebstes Schlafzimmer, in dem mich nur eines störte, nämlich das Federbett – die Narretei unserer Vorväter –, eine schlaflose Nacht, in der ich viele Streichhölzer verbrauchte, um immer wieder die Kerze neben mir anzuzünden, und das Gefühl ungeheurer Erleichterung, als die Sonne aufging und ich endlich ans Aufstehen denken konnte.

Ich hatte mit Betteredge ausgemacht, ihn – so früh ich wollte – abzuholen. Ungeduldig wie ich war, in den Besitz des Briefs zu kommen, bedeutete dies für mich – so früh ich konnte. Ohne erst das Frühstück abzuwarten, nahm ich ein Stück Brot und machte mich auf den Weg. Insgeheim war ich darauf gefaßt, den vortrefflichen Alten noch im Bett zu überraschen. Es tröstete mich, daß er wegen des bevorstehenden Ereignisses genauso aufgeregt war wie ich. Vor dem Tor wartete er bereits mit dem Stock in der Hand.

»Wie geht's heute?« fragte ich ihn.

»Schlecht.«

»Tut mir leid. Was fehlt Ihnen?«

»Sir, ich leide an einer neuen Krankheit, die ich selbst erfunden habe. Ich möchte Sie nicht erschrecken – aber sie wird Sie sicher noch heute befallen!«

»Was soll das, zum Kuckuck?«

»Wird Ihnen nicht schon heiß in der Magengrube? Glüht Ihnen nicht der Kopf? ... Was, Sie spüren noch immer nichts? Warten Sie nur, bis Sie in Cobb's Hole sind, spätestens dort wird Sie die Krankheit befallen. Ich nenne sie Entdeckungsfieber. Für mich ist dieser Zustand nicht neu, ich kenne ihn, seit ich die Bekanntschaft des Inspektors gemacht habe.«

»Soso! Und kurieren kann man diesmal die Krankheit wahrscheinlich nur durch Rosannas Brief, wie? Rasch, Betteredge, wir holen ihn jetzt!«

Es war zwar noch zeitig am Morgen, aber die Frau des Fischers stand bereits am Herd. Betteredge führte mich bei ihr ein, worauf die gute Mrs. Yolland ein bestimmtes Zeremoniell einleitete, das sie (wie ich später erfuhr) ausschließlich für Besucher von Rang und Namen bereit hatte: Sie stellte eine Flasche Genever auf den Tisch und legte ein paar saubere Pfeifen dazu. Das Gespräch eröffnete sie mit den Worten: »Was gibt es Neues in London, Sir?«

Ehe ich noch eine Antwort auf diese umfassende Frage finden konnte, näherte sich aus einem dunklen Winkel der Küche eine Gestalt – ein bleiches, hageres Mädchen mit auffallend schönem Haar und trotzigem Blick. Mit Hilfe einer Krücke hinkte sie zum Tisch, an dem ich saß, stellte sich vor mich hin und betrachtete mich halb interessiert, halb angewidert.

»Mr. Betteredge, bitte nennen Sie nochmals seinen Namen!« sagte sie, ohne mich aus den Augen zu lassen.

»Dieser Gentleman ist Mr. Franklin Blake«, sagte der Alte, wobei er das Wort »Gentleman« besonders betonte.

Das Mädchen drehte sich um und verließ die Küche. Mag sein, daß sich die gute Mrs. Yolland für dieses seltsame Betragen entschuldigte – mag sein, daß Betteredge ihre Worte in eine gewähltere Sprache übertrug. Es entging mir jedenfalls, denn das Klopfen der Krücke fesselte mich so, daß ich nichts anderes hörte. Tapp-tapp, die Holztreppe hinauf, tapp-tapp durchs Zimmer über uns, tapp-tapp die Treppe wieder herunter – und da stand sie nun in der offenen Tür, den Brief in der Hand, und winkte mich zu sich hinaus.

Ich rettete mich durch Entschuldigungen ins Freie und folgte diesem sonderbaren Geschöpf, das jetzt rascher und rascher zum

Strand hinunterhinkte. Sie führte mich hinter ein Fischerboot, das an Land gezogen war. Dort endlich, wo man uns weder sehen noch hören konnte, blieb sie stehen. Sie wandte sich um, sah mir ins Gesicht und sagte: »Halten Sie sich ruhig, ich will Sie anschauen!«

Ihre Miene war nicht zu mißdeuten – ich flößte ihr Ekel und Abscheu ein. Es mag eitel klingen – aber noch nie hatte mich eine Frau so angesehen wie sie. Bescheidener ausgedrückt: noch nie hatte eine Frau sich ihre Abneigung so anmerken lassen wie sie. Aber alles hat seine Grenzen, einen solchen Blick kann man auf die Dauer wirklich nicht ertragen. Deshalb versuchte ich, ihre Aufmerksamkeit auf etwas anderes zu lenken. Ich sagte: »Ich habe gehört, Sie wollen mir einen Brief übergeben. Ist es der in Ihrer Hand?«

»Sagen Sie es nochmals!« war ihre Antwort.

Ich wiederholte die Worte wie ein artiges Kind, das seine Lektion lernt.

»Nein«, sagte sie leise vor sich hin, »ich kann nicht begreifen, was sie an diesem Gesicht gefunden und in dieser Stimme gehört hat!« Es war, als spräche sie beiseite, nur ihre Augen richtete sie auf mich, lang und unbarmherzig. Müde ließ sie den Kopf sinken und lehnte ihn an die Krücke. »O du Ärmste, du mein verlorener Liebling, was hast du an diesem Mann finden können?« sagte sie. Erstmals hörte ich einen sanften Ton in ihrer Stimme. Plötzlich blickte sie auf, sah mich wütend an und rief: »Und Ihnen macht es nichts aus, was? Können Sie essen? Können Sie trinken?«

Ich gab mir alle Mühe, ernst zu bleiben, und antwortete mit einem kurzen: »Ja.«

»Können Sie schlafen?«

»Ja.«

»Quält Sie nicht Ihr Gewissen, wenn Sie ein armes Dienstmädchen sehen?«

»Nein. Warum auch?«

Da warf sie mir im wahrsten Sinne des Wortes den Brief ins Gesicht. »Nehmen Sie ihn!« schrie sie wütend. »So wahr mir Gott helfe: ich sehe Sie heute hoffentlich zum ersten und letzten

Mal!« Das sagte sie mir zum Abschied und hinkte, so rasch sie konnte, davon. Vermutlich ist diese Person verrückt, sagte ich mir im stillen. Nur so konnte ich mir dieses Betragen erklären. Mein Leser denkt da sicher so wie ich.

Nachdem ich zu diesem zwingenden Schluß gekommen war, wandte ich mich einem interessanteren Gegenstand zu, nämlich dem Brief. Die Adresse lautete wie folgt:

Für Franklin Blake Esq., ihm persönlich durch Lucy Yolland (und niemand anderen) zu übergeben.

Ich erbrach das Siegel. Der Umschlag enthielt einen Brief, dem ein schmaler Zettel beigelegt war. Den Brief las ich zuerst:

Sir,

wenn Sie mein unerklärliches Betragen verstehen wollen, tun Sie, was auf beiliegendem Zettel steht. Aber es soll Ihnen dabei niemand zusehen. Ihre ergebene Dienerin

Rosanna Spearman

Ich nahm den Zettel und las ihn. Hier der Wortlaut:

Kurz bevor die Flut kommt, den Zittersand aufsuchen. Dort bis auf die Südspitze gehen, und zwar so weit, bis die Bake und der Flaggenmast der Küstenwachstation oberhalb von Cobb's Hole eine Linie bilden. Einen Stock oder sonst etwas Gerades genau in diese Richtung legen, und zwar an jener Seite des Felsens, welche den Zittersand überragt. Mit der Hand am Stock entlangtasten, im Seegras nach der Kette suchen. Und dann die Kette aus dem Triebsand herausziehen.

Ich war mit dem Lesen noch nicht fertig, da hörte ich schon die Stimme des alten Betteredge hinter mir. Er war wieder einmal von der von ihm erfundenen Krankheit, dem Entdeckungsfieber, befallen. »Mr. Franklin, ich halte es nicht mehr aus!« rief er. »Was steht im Brief? Sagen Sie es mir doch, um der Barmherzigkeit willen!«

So übergab ich ihm denn beides. Den Brief las er anscheinend ohne besonderes Interesse, die Anweisungen hingegen beeindruckten ihn sehr. Denn er rief:

»Der Inspektor hat es vorausgesagt! Genauso hat er es vorausgesagt: daß in diesem Brief das Versteck angegeben ist! Gott steh uns bei, hier ist die Lösung des Rätsels, das uns alle so verwirrt hat. Sie, Mr. Franklin, haben jetzt den Schlüssel zur Wahrheit in der Hand!« Etwas leiser fuhr er fort: »Aber jetzt ist noch Ebbe, das sieht man ja. Wie lange es wohl dauert, bis die Flut kommt?« Fragend blickte er um sich. Da entdeckte er in einiger Entfernung einen Burschen, der gerade Netze flickte. »Tommie Bright!« rief er so laut er konnte.

»Was ist los?« rief der Bursche zurück.

»Wann kommt die Flut?«

»In einer Stunde!«

Wir sahen beide auf die Uhr. »Da bleibt uns Zeit genug, um den Strand entlang zum Triebsand zu gehen«, meinte Betteredge.

»Kommen Sie mit!« sagte ich.

Während wir langsam dahinschritten, bat ich den Alten, mir dabei zu helfen, die vergangenen Ereignisse mir wieder ins Gedächtnis zu rufen, vor allem soweit sie Rosanna Spearman betrafen. Mit seiner Unterstützung hatte ich bald den ganzen Ablauf rekonstruiert: Rosannas heimlichen Gang nach Frizinghall, als jedermann sie krank im Bett glaubte – Rosannas seltsames Treiben hinter verschlossener Tür, während die ganze Nacht bei ihr die Kerze brannte – Rosannas merkwürdige Käufe bei Mrs. Yolland – die Gewißheit des Inspektors, daß Rosanna im Triebsand etwas versteckt habe, wobei ihm nur unklar geblieben war, was es sein könnte. Mit einem Mal waren mir all diese sonderbaren Ergebnisse der abgebrochenen Untersuchung wieder gegenwärtig.

Wir erreichten jetzt den »Zittersand« und gingen gemeinsam hinaus zu dem Riff, das man »Südspitze« nennt. Mit Hilfe des alten Betteredge hatte ich bald die richtige Stelle gefunden: Bake und Flaggenmast bildeten eine Linie. So gut ich konnte, legte ich auf dem unebenen Felsen den Stock in diese Richtung. Dann sahen wir nochmals auf die Uhr. Es fehlten noch zwanzig Minuten, bis die Flut kommen würde. So schlug ich dem Alten vor, lieber auf dem Strand als auf dem nassen schlüpfrigen Felsen zu warten.

Ich wollte mich eben auf dem trockenen Sand niederlassen, da schickte sich Betteredge zum Gehen an. Erstaunt fragte ich ihn: »Warum verlassen Sie mich?«

»Lesen Sie nochmals den Brief, dann wissen Sie es!«

Es fiel mir ein, daß ich mein Vorhaben allein ausführen mußte. Niemand sollte mir zusehen – so hatte es Rosanna gewollt.

»Es fällt mir schwer genug, Sie jetzt allein zu lassen«, gestand mir der alte Betteredge. »Aber dieses arme Ding fand einen schrecklichen Tod. Irgendwie fühle ich mich verpflichtet, ihren Wunsch zu achten ... Wenn Sie wollen, können Sie mich nachher das Geheimnis wissen lassen – das ist ja nicht verboten«, fügte er in vertraulichem Ton hinzu. »Ich warte dort oben in der Kiefernschonung auf Sie. Und beeilen Sie sich, bitte! So wie die Dinge liegen, ist das Entdeckungsfieber kaum zu ertragen.« Mit dieser Mahnung verließ er mich.

Die Wartezeit, so kurz sie auch war, wollte nicht enden, die Spannung wurde unerträglich. In solchen Situationen erweist sich Rauchen als tröstlich und nützlich. Ich zündete mir eine Zigarre an und setzte mich auf die Böschung.

Aus wolkenlosem Himmel goß die Sonne ihr Licht über Land und Meer. Die Luft war frisch und machte das Atmen zum Genuß. Sogar diese trostlose Bucht begrüßte heiter diesen Morgen. Golden glitzerte die nackte nasse Fläche des Triebsands und verbarg gleichsam mit einem Anflug von Lächeln das Schreckliche unter ihrer trügerischen Glätte. Seit meiner Rückkehr nach England war das Wetter nie so schön gewesen wie an diesem Tag.

Ehe ich noch die Zigarre zu Ende rauchen konnte, kam die Flut. Ich sah, wie sich der Sand allmählich hob und über ihn ein scheußliches Zittern lief, als regte sich in den unergründlichen Tiefen ein Geist, der Schrecken verbreitet. Ich warf die Zigarre weg und ging zum Felsen zurück.

Den Anweisungen entsprechend mußte ich am Stock entlangtasten und nach der Kette suchen. Das tat ich denn auch. Ich war schon über die halbe Länge des Stocks hinaus, fühlte aber bloß rauhen Felsen. Ich tastete weiter, da wurde meine Geduld belohnt. In einem engen kleinen Spalt spürte mein Zeigefinger die Kette. Ich versuchte ihr zu folgen, doch dichter Seetang hinderte mich daran. Er hatte sich hier in diesem Spalt mittlerweile festgesetzt. Mit der Hand durchzukommen oder ihn ganz auszureißen, war mir unmöglich. Daher markierte ich die Stelle und wollte das andere Ende der Kette nach einem eigenen Plan suchen, und zwar unmittelbar unter dem Felsen, dort, wo der Sand sie bereits bedeckte. Ich nahm den Stock in die Hand und kniete am Rande des Felsens nieder. In dieser Stellung war mein Gesicht ganz nahe dem Triebsand. Sein Anblick zerrte an meinen Nerven. Immer wieder befiel ihn dieses scheußliche Zittern, und mit Grausen malte ich mir aus, die Tote könne plötzlich aus dem Sand auftauchen, ihrem Grab, um mir beim Suchen zu helfen. Ich fröstelte im warmen Sonnenschein, angstvolles Grauen überlief mich bei diesem Gedanken. Ich gestehe, daß ich die Augen schloß, als ich mit der Stockspitze in den Sand bohrte. Doch kaum steckte der Stock ein paar Zoll tief darin, war ich von dieser abergläubischen Angst befreit. Ich bebte vor Aufregung. Obschon ich aufs Geratewohl zugestochen hatte, war gleich der erste Versuch gelungen. Die Stockspitze hatte die Kette berührt!

Ich legte mich flach auf den Bauch, beugte mich über den Rand des Felsens, hielt mich mit der Linken am Seegras fest und faßte mit der Rechten nach der Kette. Ohne die mindeste Schwierigkeit zog ich sie heraus. An ihrem Ende hing eine lakkierte Blechbüchse.

Durch das lange Liegen im Salzwasser war die Kette verrostet. Es gelang mir nicht, das Schließband zu öffnen und die Büchse loszumachen. So nahm ich sie zwischen die Knie und zerrte mit ganzer Kraft den Deckel weg. Sie war mit etwas Weißem ausgefüllt, ich griff hinein und bemerkte, daß es Leinen war. Zugleich mit dem Leinen zog ich auch einen zerknitterten Brief heraus, auf dessen Umschlag mein Name stand. Ich steckte ihn in die Tasche und trug das Leinen, das infolge der länglichen Büchse die Form einer Rolle hatte, doch vom Salzwasser unbeschädigt war, zum trockenen Sand hin, nahm es auseinander und glättete es. Kein Zweifel, es handelte sich um ein Kleidungsstück – es war ein Nachthemd, ganz zerknittert, doch sonst nichts Auffälliges daran. Ich drehte es um und fand den Farbfleck, der von Rachels Boudoirtür stammte.

Gebannt blickten meine Augen auf diesen Fleck, während

meine Gedanken in die Vergangenheit schweiften. Mir war, als hörte ich die Worte des Inspektors – so nah, als stünde er neben mir: »Wir müssen herausfinden, ob es in diesem Hause ein Kleidungsstück mit einem Farbfleck gibt. Wir müssen herausfinden, wem dieses Kleidungsstück gehört. Wir müssen herausfinden, welche Gründe die betreffende Person nennt, warum sie zwischen Mitternacht und drei Uhr morgens dieses Zimmer betreten und dabei unbeabsichtigt die Farbe verwischt hat. Kann sie keine befriedigende Auskunft darüber geben, brauchen wir nach dem Dieb nicht lange zu suchen.« So lautete die Schlußfolgerung, die er aus diesem Farbfleck gezogen hatte.

Die Worte klangen mir in den Ohren, noch einmal und noch einmal, wie von einer Maschine gesprochen. Aus dieser Trance, die mir stundenlang zu dauern schien – aber in Wirklichkeit sicher nur ein paar Sekunden anhielt –, riß mich eine Stimme. Man rief mich. Ich sah auf und mußte feststellen, daß Betteredge seine Ungeduld nicht mehr bezähmen konnte. Er war zwischen den Dünen aufgetaucht und näherte sich dem Strand. Sein Anblick brachte mich wieder in die Gegenwart zurück und erinnerte mich daran, daß das Rätsel noch nicht gelöst war. Ich hatte den Farbfleck zwar entdeckt, aber wem gehörte das Nachthemd?

Ich wollte in meiner Tasche nach dem Brief suchen, den ich in der Büchse gefunden hatte. Aber da fiel mir ein, es gäbe einen kürzeren Weg, die Wahrheit zu finden: nämlich das Nachthemd selbst, das aller Voraussicht nach mit dem Namen seines Besitzers versehen war. Ich nahm es in die Hand und begann zu suchen. Da fand ich den Namen – es war mein eigener.

Ich las die mir vertrauten Lettern. Sie sagten mir, daß das Nachthemd mein Eigentum sei. Ich blickte auf: Da war die Sonne, da war die Bucht mit ihrem glitzernden Wasser, da war der alte Betteredge, der jetzt näher und näher kam. Ich blickte wieder auf die Lettern: Da stand mein eigener Name, ganz deutlich. Keine Täuschung also!

»Ich werde weder Zeit noch Geld, noch Mühe sparen, den Dieb des Diamanten zu fassen!« Mit diesen Worten auf den Lippen hatte ich mich von Mr. Bruff getrennt, hatte ich London verlassen. Nun war ich hinter das Geheimnis gekommen, das der Triebsand gehütet hatte. Der Beweis war unwiderleglich – der Farbfleck hatte mich als den Dieb entlarvt.

IV

Was in mir vorging, brauche ich wohl nicht erst zu schildern. Feststeht jedenfalls, daß ich infolge des Schocks weder etwas denken noch etwas fühlen konnte. Ich habe keine Ahnung, was ich gerade tat, als Betteredge sich zu mir stellte, denn er selbst behauptete später, ich hätte statt ihm zu antworten bloß gelacht. Und auf seine besorgte Frage hätte ich ihm das Nachthemd in die Hand gedrückt und ihm gesagt, er möge selbst nachsehen.

An das, was wir auf dem Strand miteinander sprachen, kann ich mich überhaupt nicht erinnern. Ich glaube, erst in der Kiefernschonung kam ich wieder zu mir, dort nämlich sehe ich mich: Betteredge und ich gehen zum Hause zurück. Er sagt mir, wenn wir ein Glas Grog trinken, wird es uns leichter fallen, mit der neuen Wendung der Dinge fertigzuwerden. Die Szene verwandelt sich: an die Stelle der Kiefernschonung tritt das kleine Wohnzimmer des Alten. Mein Entschluß, Rachels Haus nicht zu betreten, ist vergessen. Dankbar nehme ich die Ruhe und die schattige Kühle des Raumes zur Kenntnis. Ich trinke den Grog (zu dieser Tageszeit ein mir völlig unbekannter Luxus), den mein guter alter Freund mit eiskaltem Quellwasser vermischt hat. Unter anderen Voraussetzungen hätte mich dieses Getränk benommen gemacht. So aber spannen sich meine Nerven, ich beginne die neue Sachlage ins Auge zu fassen – so wie Betteredge es vorhergesagt hat. Auch er besinnt sich wieder und versucht, mit der überraschenden Wendung fertigzuwerden.

Das Bild, das ich nun von mir zu geben versuche, muß dem Leser – gelinde gesagt – sonderbar erscheinen. Wie verhalte ich mich in einer Situation, die wirklich ohnegleichen ist? Was tue ich als erstes? Glaube ich mich ausgeschlossen aus der menschlichen Gesellschaft? Will ich etwa dieses Schändliche, dieses Unerhörte, das mich als unleugbare Tatsache konfrontiert, näher überprüfen? Fahre ich mit dem erstbesten Zug nach London zurück, um mich so schnell wie möglich mit maßgeblichen Persönlichkeiten zu beraten und unverzüglich eine Untersuchung in die Wege zu leiten? Nein! Ich begebe mich vielmehr in den Schutz eines Hauses, das ich nie wieder betreten wollte, weil dies für mich ein Gebot der Ehre ist. Es ist zehn Uhr morgens, und ich sitze und süffle Grog in Gesellschaft eines alten Dieners! Ist ein solches Verhalten angesichts einer so furchtbaren Situation gerechtfertigt? Zu meiner Verteidigung kann ich nur sagen: Der Anblick der vertrauten Züge des alten Betteredge war mir unsagbar tröstlich, und der Grog des alten Betteredge half mir mehr als irgend etwas anderes, diesen Zustand körperlichen und seelischen Zusammenbruchs zu ertragen. Mehr kann ich zu meiner Entschuldigung nicht vorbringen. Und sollte mein Leser (oder meine Leserin) in jeder Lebenslage uneingeschränkt Würde bewahren und streng logisch handeln können, so hat er (oder sie) meine volle Bewunderung.

Betteredge warf das Nachthemd auf den Tisch. »Mr. Franklin, eines ist jedenfalls sicher«, sagte er und zeigte mit dem Finger darauf, als wäre es ein Lebewesen, das uns hören könnte. »Das Nachthemd lügt!«

Diese tröstliche Ansicht konnte ich leider nicht teilen. »Betteredge, am Verschwinden des Diamanten bin ich meines Wissens so schuldlos wie Sie. Allein, diese Zeugenaussage belastet mich schwer: Farbfleck und mein eigener Name auf diesem Hemd sind eindeutige Beweise.«

Der Alte griff nach meinem Glas und drückte es mir in die Hand. »Beweise?« wiederholte er. »Mr. Franklin, nehmen Sie noch ein Schlückchen Grog und überwinden Sie die Schwäche, an derlei Beweise zu glauben! Man hat Ihnen in übelster Weise mitgespielt – so nämlich sehe ich die Sache!« Etwas leiser und in vertraulichem Ton fuhr er fort: »Ja, irgendwer hat Ihnen übel mitgespielt, und wir müssen jetzt herausfinden, wer dahintersteckt. Befand sich sonst noch etwas in der Büchse?«

Mir fiel der Brief ein, den ich in der Tasche hatte. Ich zog ihn heraus und öffnete ihn – einen Brief mit vielen Seiten, eng beschrieben. Ungeduldig suchte ich die Unterschrift: *Rosanna Spearman.*

Als ich den Namen las, durchzuckte mich eine Erinnerung und rief einen Verdacht wach. Jetzt sah ich die Sache in einem neuen Licht. »Betteredge, ich hab's! Kam Rosanna Spearman nicht aus einer Besserungsanstalt? War sie nicht eine Diebin gewesen?«

»Ja, das stimmt. Aber was folgt daraus, wenn ich fragen darf?«

»Was daraus folgt? Vielleicht hat sie doch den Diamanten gestohlen? Vielleicht hat sie das Nachthemd absichtlich mit Farbe beschmiert –«

Betteredge hielt mich vom Weitersprechen ab. Er legte mir die Hand auf den Arm. »Mr. Franklin, Sie werden sich vom Verdacht sicher reinwaschen können, doch hoffentlich nicht auf diese Weise. Lesen Sie zuerst den Brief, um dem Mädchen gerecht zu werden! Ja, lesen Sie zuerst den Brief!«

Ich empfand den Ernst seiner Worte wie einen freundlich gemeinten Vorwurf. »Sie sollen sich aufgrund dieses Briefes selbst Ihr Urteil bilden«, sagte ich und begann, ihm den Brief vorzulesen:

Sir – ich muß Ihnen etwas gestehen. Ein Geständnis, das mit viel Kummer verbunden ist, kann man manchmal in wenige Worte fassen. Mein Geständnis hat drei Worte: Ich liebe Sie.

Der Brief entsank meinen Händen, fassungslos starrte ich Betteredge an. »Du lieber Himmel – was soll das?«

Anscheinend fiel ihm die Antwort nicht leicht. »Sir, Sie waren doch heute morgen mit der lahmenden Lucy allein. Hat sie nichts über Rosanna gesagt?«

»Sie hat nicht einmal den Namen erwähnt.«

»Mr. Franklin, bitte lesen Sie weiter! Ich sage es offen: Nach allem, was Sie bisher mitmachen mußten, bringe ich es nicht übers Herz, Sie noch mehr zu betrüben. Rosanna soll für sich sprechen. Und Sie trinken jetzt noch ein Glas Grog – sich selbst zuliebe, ja?«

Ich las weiter:

Es würde mir nicht anstehen, dies auszusprechen, wenn ich noch unter den Lebenden weilte. Aber wenn Sie diesen Brief finden, werde ich nicht mehr sein, und das macht mich jetzt kühn. Ich kann die Wahrheit gestehen, wartet doch der Triebsand auf mich, der mich verbergen wird, wenn diese Zeilen geschrieben sind. Nicht einmal ein Grab wird andere an mich erinnern.

Sie aber werden in einem Versteck Ihr Nachthemd mit dem Farbfleck finden und wissen wollen, warum ich es verborgen und zu meinen Lebzeiten Ihnen nichts davon gesagt habe. Es gibt dafür nur einen einzigen Grund: Ich tat diese seltsamen Dinge, weil ich Sie liebte.

Ich will Sie nicht mit dem behelligen, was ich getan und erlebt habe, ehe ich in dieses Haus kam. Lady Verinder hat mich aus einer Besserungsanstalt zu sich geholt. Dorthin war ich nach meiner Entlassung aus dem Gefängnis gekommen, in das man mich als Diebin gesteckt hatte. Und eine Diebin war ich, weil meine Mutter sich nicht um mich gekümmert hatte, als ich ein kleines Mädchen war. Sie war auf die Straße gegangen – das hatte sie tun müssen –, weil der Gentleman, der mein Vater war, sie hatte sitzen lassen. Eine so alltägliche Geschichte des langen und des breiten zu erzählen, erübrigt sich. Man liest sie oft genug in Zeitungen.

Lady Verinder war lieb zu mir, auch Mr. Betteredge war lieb zu mir. Diese beiden – und auch die Hausmutter in der Besserungsanstalt – sind die einzigen guten Menschen, die mir in meinem Leben begegnet sind. Ich hätte es vielleicht ein bißchen weitergebracht, allerdings ohne wirklich glücklich zu sein, aber ich hätte es weitergebracht, wären nicht Sie ins Haus gekommen. Doch gebe ich Ihnen keine Schuld, Sir. Es liegt an mir, ausschließlich an mir.

Erinnern Sie sich an jenen Morgen, als Sie Mr. Betteredge suchten und über die Dünen zum Strand hinuntergingen? Sie tauchten auf wie ein Märchenprinz – so erschienen Sie mir jedenfalls. Mir war, als träumte ich. Ich sah in Ihnen das anbetungswürdigste Wesen, das mir je begegnet war. Als mein Blick auf Sie fiel, ahnte ich etwas von einem glücklichen Leben, das mir nicht beschieden war. Bitte lachen Sie nicht über mich – o könnte ich Ihnen nur begreiflich machen, wie ernst mir das alles ist!

Ich ging ins Haus zurück und kritzelte Ihren und meinen Namen in mein Nadelkästchen und malte einen Liebesknoten darunter. Dann aber flüsterte mir ein Teufel – nein, besser gesagt, ein guter Engel – zu: »Schau in den Spiegel!« Der Spiegel aber sagte mir – was, das ist ja gleichgültig. Töricht wie ich war, achtete ich auf die Warnung nicht, sondern liebte Sie nur noch stärker, als wäre ich eine Dame Ihresgleichen, und für Sie das schönste Geschöpf auf Erden. Ich tat mein möglichstes – ach, was versuchte ich nicht! –, um Sie so weit zu bringen, daß Sie ein Auge für mich hätten. Und hätten Sie geahnt, wie ich nachts vor Kummer und Kränkung weinte, weil Sie mich nie beachteten, würden Sie mich vielleicht bemitleidet und mir ab und zu einen Blick geschenkt haben, von dem ich hätte zehren können.

Es wäre vielleicht kein freundlicher Blick gewesen, wenn Sie gewußt hätten, wie sehr ich Miss Rachel haßte. Vermutlich bemerkte ich, daß Sie Miss Rachel liebten, ehe Sie es noch selbst wußten. Manchmal schenkte sie Ihnen eine Rose fürs Knopfloch. Doch öfter, als Sie sich vorstellen können, war es meine Rose, die Sie trugen! Denn es war mir der einzige Trost damals, wenn ich meine Rose in Ihr Wasserglas geben – und Miss Rachels Rose wegwerfen konnte.

Wäre Miss Rachel wirklich so hübsch, wie sie es in Ihren Augen ist, könnte ich meinen Kummer leichter ertragen. Aber wahrscheinlich wäre ich ihr gegenüber dann noch aufsässiger. Angenommen, man steckt Miss Rachel in ein einfaches Kleid, wie Dienstboten es tragen, ohne allen Putz – aber wozu schreibe ich das? Immerhin, eines steht fest: sie hat eine schlechte Figur, sie ist zu dünn. Aber wer kann schon sagen, was Männern gefällt? Zudem können sich junge Damen aus gutem Hause ein Betragen erlauben, das ein Dienstmädchen die Stelle kosten würde. Aber darüber zu urteilen ist nicht meine Sache. Ich kann nicht erwarten, daß Sie meinen Brief weiterlesen, wenn ich solches Zeug schreibe. Doch wirkt es wirklich aufreizend, wenn unsereiner immer hören muß, wie hübsch Miss Rachel ist, und dabei weiß, daß sie es nur ihren Toiletten und ihrem Selbstbewußtsein verdankt …

Bitte verlieren Sie nicht die Geduld mit mir, Sir! Ich werde jetzt gleich auf das zu sprechen kommen, was Sie sicher interessiert – nämlich das Verschwinden des gelben Diamanten.

Freilich, eines muß ich Ihnen vorher noch sagen: Solange ich eine Diebin war, schien mir das Leben halbwegs erträglich. Erst als man mir in der Anstalt beibrachte, daß ich mich erniedrigt hätte und mich bessern müßte, wurden mir die Tage lang und beschwerlich. Gedanken an die

Zukunft drängten sich mir auf, das bloße Vorhandensein rechtschaffener Menschen, auch wenn sie es gut mit mir meinten, empfand ich als Vorwurf. Wohin ich auch ging, was ich auch tat, wen ich auch traf – stets fühlte ich mich herzzerreißend vereinsamt. Ich weiß, es war meine Pflicht, alles zu tun, um in diesem Hause mit den anderen Dienstboten gut auszukommen, aber ich konnte mich mit ihnen nicht anfreunden. Es war mir, als wüßten sie um meine Vergangenheit, aber wahrscheinlich kam mir das nur so vor. Ich bedauere es keinesfalls, daß man mir die Möglichkeit gab, mich zu bessern, doch für mich begann erst recht ein freudloses Dasein. Da kreuzten Sie meinen Weg gleich einem Sonnenstrahl – allein, auch Sie haben mich enttäuscht. Ich bin so töricht, Sie zu lieben – und dabei bin ich nicht einmal imstande, Ihre Aufmerksamkeit auf mich zu lenken. Mein Kummer quält mich, ich leide unsäglich.

Und jetzt komme ich zu dem, was ich Ihnen mitteilen möchte: In diesen traurigen Tagen suchte ich – immer wenn ich Ausgang hatte – meinen Lieblingsplatz auf, den Zittersand. Und ich sagte mir immer wieder: »Hier wird dein Leben ein Ende finden, wenn du es nicht mehr länger erträgst.«

Sie müssen nämlich wissen, Sir, daß dieser Ort stets eine merkwürdige Anziehungskraft auf mich ausgeübt hat, schon bevor Sie in dieses Haus kamen. Ich hatte das Gefühl, hier würde mir eines Tages etwas zustoßen. Damals wäre mir allerdings nie in den Sinn gekommen, mich hier umzubringen. Daran dachte ich erst, als ich zu leiden begann. Ich hatte den Ort gefunden, wo ich auf schnellste Weise von meinem Kummer erlöst werden würde, wo ich verschwinden würde für immer.

Was mich betrifft, ist dies alles, was ich zu sagen habe – angefangen von jenem Morgen, an welchem ich Sie erstmals sah, bis zu dem Morgen, an dem man im Haus den Diamanten vermißte.

Ich ärgerte mich über das törichte Gerede der Dienstmädchen, die nur darauf warteten, daß man mich verdächtigte. Und ich ärgerte mich über Sie (in diesem Augenblick wußte ich ja die Wahrheit nicht), weil Sie sich mühten, dem verschwundenen Diamanten nachzuspüren, und die Polizei holen ließen. Ich hielt mich also möglichst fern von alldem – bis am selben Tag noch der Polizeiwachtmeister aus Frizinghall ins Haus kam.

Wie Sie sich erinnern werden, ließ Mr. Seegrave die Zimmer aller Dienstboten beschlagnahmen. Daraufhin kamen die Mädchen wütend zu ihm gelaufen und wollten wissen, warum er sie mit dieser Maßnahme beleidigte. Ich lief mit. Hätte ich es nicht getan, wäre Mr. Seegraves Verdacht sofort auf mich gefallen. Wir versammelten uns alle in Miss Rachels Zimmer, er aber konnte uns dort nicht brauchen. Er deutete auf eine kleine verschmierte Stelle an der frisch bemalten Tür und behauptete, eine von uns hätte mit ihrem Rock diesen Schaden angerichtet. Und deshalb schickte er uns hinunter.

Ich blieb noch kurz auf dem Treppenabsatz stehen, weil ich nachsehen wollte, ob etwa auf meinem Rock dieser Farbfleck sei. Penelope Betteredge (die einzige, mit der ich mich verstand) kam gerade vorbei und bemerkte, was ich tat. »Mach dir nicht erst die Mühe, Rosanna«, rief sie mir zu, »die Malerei an der Tür ist schon längst trocken! Ließe Mr. Seegrave nicht unsere Zimmer bewachen, hätte ich es ihm gesagt. Aber so gemein hat mich noch niemand behandelt!«

Penelope gerät leicht in Zorn. Ich beruhigte sie und brachte das Gespräch wieder auf die bemalte Tür. »Wieso weißt du, daß sie längst trocken ist?«

»Gestern, als Miss Rachel und Mr. Franklin noch an der Tür arbeiteten, habe ich ihnen geholfen und Farben gemischt. Miss Rachel wollte wissen, ob die Malerei bis zum Abend trocknen würde – also rechtzeitig, damit die Geburtstagsgesellschaft sie besichtigen könnte. Aber Mr. Franklin schüttelte bloß den Kopf und meinte, das Trocknen dauere sicher noch zwölf Stunden. Erst um drei Uhr – also nach dem Lunch – waren die beiden endlich fertig. Was folgt daraus? Meiner Meinung nach muß die Tür spätestens um drei Uhr morgens trocken gewesen sein!«

»Vielleicht wollte gestern abend eine von den Damen die Malerei bewundern?« fragte ich. »Mir war, als hätte ich Miss Rachel sagen hören, daß man an die Tür nicht anstreifen dürfe.«

»Nein, von den Gästen war niemand oben«, erklärte Penelope. »Als ich Miss Rachel um Mitternacht verließ, konnte ich an der Tür keinen Schaden feststellen.«

»Penelope, solltest du es nicht Mr. Seegrave melden?«

»Nein, nicht um alles in der Welt! Ich denke nicht daran, ihm zu helfen!«

Sie ging dann wieder an ihre Arbeit und ich an meine. Dazu gehörte das Aufräumen Ihres Zimmers. Das war für mich die glücklichste

Stunde des Tages. Dann küßte ich das Kissen, auf dem Ihr Kopf geruht hatte. Wer immer seither für Sie gearbeitet haben mag – eines ist gewiß: niemand hat so sorgsam Ihr Bett für die Nacht gerichtet und Ihre Kleidungsstücke so schön zusammengelegt wie ich. Auf keinem Ihrer Fläschchen und Tiegelchen, die auf dem Toilettentisch standen, ließ ich auch nur den kleinsten Fleck. Sie haben es sicher nie bemerkt, genausowenig wie Sie mich bemerkt haben ...

Verzeihen Sie, Sir, ich vergesse mich schon wieder. Gleich komme ich zur Sache:

Nun, an jenem Morgen ging ich, wie gewohnt, in Ihr Zimmer, um es aufzuräumen. Ihr Nachthemd lag auf dem Bett – so wie Sie es hingeworfen hatten. Ich wollte es zusammenlegen. Da bemerkte ich den Farbfleck! Diese Entdeckung bestürzte mich derart, daß ich mit dem Nachthemd in der Hand hinauslief, zur Hintertreppe, und hinauf in mein Zimmer. Ich schloß mich ein, ich wollte den Farbfleck näher untersuchen. Hier konnte mich niemand stören.

Als ich wieder zu Atem kam, fiel mir ein, was Penelope mir gesagt hatte, und ich dachte bei mir: Hier ist der Beweis, daß er zwischen Mitternacht und drei Uhr morgens bei Miss Rachel gewesen ist!

Ich verrate jetzt nicht, welcher Verdacht in mir aufstieg, denn das würde Sie erzürnen und vielleicht veranlassen, diesen Brief auf der Stelle zu zerreißen. Freilich, auch dazu möchte ich noch etwas sagen: Nachdem ich – so gut ich konnte – mir das Ganze nochmals durch den Kopf hatte gehen lassen, schien mir diese Möglichkeit doch recht unwahrscheinlich. Hätten Sie sich nämlich mit Miss Rachels Wissen zu nächtlicher Stunde in ihr Zimmer begeben und unachtsam die frisch bemalte Tür gestreift, wäre sie es gewesen, die Sie daran erinnert hätte. Sie wäre darauf bedacht gewesen, daß ein so schlagender Beweis – wie er eben vor mir lag – nicht in andere Hände gelange. Und doch muß ich gestehen: So richtig überzeugt davon, daß mein Verdacht unbegründet sei, war ich nicht. Man darf eines nicht vergessen – ich hasse Miss Rachel, und dieses Gefühl spielte bei allen meinen Überlegungen eine Rolle. Sie endeten damit, daß ich beschloß, das Nachthemd bei mir zu behalten und abzuwarten, wie und wozu ich dieses Beweisstück verwenden könnte. Damals nämlich, wohlgemerkt, hatte ich keine Ahnung, daß Sie selbst den Diamanten gestohlen hatten.

Da legte ich abermals den Brief hin. Offen gestanden, ich

hatte mit aufrichtigem Bedauern das Geständnis dieser Unseligen – soweit sich die Sache auf mich bezog – zur Kenntnis genommen, und ich hatte es bereut, ehrlich bereut, daß ich noch kurz zuvor – ohne den Inhalt des Briefs zu kennen – gedankenlos ihr Andenken geschändet hatte. Doch diese letzten Sätze hatten mich verbittert.

»Lesen Sie den Brief allein weiter!« sagte ich zu Betteredge und reichte ihm die Bögen über den Tisch hinüber. »Wenn Sie etwas finden, das ich wissen sollte, machen Sie mich darauf aufmerksam!«

»Mr. Franklin, ich kann Sie verstehen. Was Sie empfinden, ist nur allzu natürlich«, sagte er. Und leiser fügte er hinzu: »Aber Gott steh mir bei: auch was dieses arme Mädchen empfand, ist nur allzu natürlich.«

Den Rest des Briefes schreibe ich hiermit vom Original ab, das sich in meinem Besitz befindet:

Da ich mich nun einmal entschlossen hatte, das Nachthemd bei mir zu behalten und abzuwarten, was ich aus Liebe oder aus Haß (ich weiß nicht, welches Gefühl stärker war) später damit anfangen könnte, mußte ich überlegen, wo ich es aufbewahren sollte, damit niemand es entdeckte.

Es gab nur eines: noch ehe am Samstag die Wäscherin käme und man an Hand der Liste die Wäsche nachzählte, ein ganz gleiches Nachthemd anzufertigen.

Ich wollte es nicht riskieren, die Sache auf den nächsten Tag (Freitag) zu verschieben, denn es hätte inzwischen etwas Unvorhergesehenes eintreten können. Daher beschloß ich, noch am selben Tag ein neues Nachthemd zu nähen, weil ich damit rechnen konnte, die nötige Zeit zu finden – wenn ich meine Möglichkeiten entsprechend nützte. Zunächst versperrte ich das Schubfach, in das ich Ihr Nachthemd gelegt hatte. Dann ging ich in Ihr Zimmer zurück – nicht weil ich meine Arbeit fertigmachen wollte (das hätte auf meine Bitte hin auch Penelope getan), sondern um nachzusehen, ob der noch nasse Farbfleck auch auf dem Bettzeug oder sonstwo Spuren hinterlassen hätte.

So untersuchte ich denn alles ganz genau und fand schließlich ein paar Farbspuren auf der Innenseite Ihres Schlafrocks – nicht auf dem leinenen, den Sie zur warmen Jahreszeit tragen, sondern auf dem wol-

lenen, den Sie ebenfalls bei sich haben. Vermutlich war Ihnen durch das Herumgehen im Nachthemd kalt geworden, und Sie hatten deshalb den wärmeren Schlafrock gewählt. Er hatte jedenfalls Farbspuren, man konnte sie gerade noch erkennen. Es gelang mir, sie vom Stoff wegzukratzen. Somit lag das einzige Beweisstück gegen Sie gut versperrt in meinem Schubfach.

Kaum war ich mit dem Aufräumen Ihres Zimmers fertig, mußte ich – so wie die anderen Dienstmädchen – bei Mr. Seegrave zum Verhör antreten. Hierauf ließ er in unseren Sachen nach dem Diamanten suchen. Und dann trat das ein, was mich an diesem Tage noch mehr überraschte als der Farbfleck auf Ihrem Nachthemd: Mr. Seegrave hatte Penelope eben ein zweites Mal verhört. Sie war danach ganz außer sich, weil er ihr zu verstehen gegeben hatte, daß er sie für die Diebin halte. Verblüfft fragten wir sie, weshalb er sie verdächtige.

»Weil sich der Diamant in Miss Rachels Wohnzimmer befand und ich es als letzte verlassen habe«, antwortete Penelope.

Bei diesen Worten fiel mir ein, daß nach Penelope noch jemand anderer das Zimmer betreten hatte, nämlich Sie. Der Kopf schwindelte mir, meine Gedanken verwirrten sich. Und als ich mich gefaßt hatte, gab mir eine innere Stimme zu bedenken, daß der Fleck auf Ihrem Nachthemd auf etwas ganz anderes hindeuten könnte, als ich bis dahin vermutet hatte. Insgeheim sagte ich mir: Wenn der Verdacht auf jenen fällt, welcher als letzter im Zimmer war, so ist nicht Penelope, sondern Mr. Franklin Blake der Dieb!

Ein Gentleman und ein Dieb! Der bloße Gedanke, einen Gentleman des Diebstahls zu verdächtigen, hätte mich erröten lassen. Und ausgerechnet Sie hatten sich erniedrigt, sich auf die gleiche Stufe mit mir gestellt, und ich war jetzt in der Lage, Sie zu schützen, vor Schande zu bewahren! Beides schien mir die Chance zu geben, endlich Ihre Gunst zu gewinnen. Ohne erst lange nachzudenken, zog ich meine Schlüsse, der Verdacht erhärtete sich zur Gewißheit. Mit einem Mal war ich fest davon überzeugt, Sie hätten nur deshalb die Polizei unverzüglich holen lassen, um uns alle zu täuschen. Für mich stand die Lösung des Rätsels fest: Nur Ihre Hand konnte es gewesen sein, die nach Miss Rachels Diamanten gegriffen hatte – und keine andere.

Diese aufregende Entdeckung verdrehte mir den Kopf. Ich verzehrte mich im Verlangen, Sie zu sehen und mit einer Anspielung auf den

Diamanten Sie auf die Probe zu stellen. Jedenfalls wollte ich Sie auf diese Weise dazu bringen, auch einen Blick für mich zu haben und mit mir zu sprechen. So kam es, daß ich mich – so gut ich konnte – zurechtmachte, mein Haar in Ordnung brachte und dann kurz entschlossen in die Bibliothek ging, wo Sie, wie ich wußte, gerade saßen und schrieben.

Sie hatten in Ihrem Schlafzimmer einen Ihrer Ringe liegenlassen, und das verschaffte mir einen Vorwand, wie ich ihn mir nicht besser hätte wünschen können. Aber ach! Wenn Sie je geliebt haben, werden Sie begreifen, warum mich mein Mut verließ: Als ich Ihnen gegenüberstand, blickten Sie kurz auf, sahen mich kalt an und dankten mir so gleichgültig für den gefundenen Ring, daß mir die Knie zu zittern begannen und mich fast die Kräfte verließen. Ohne mich eines weiteren Worts zu würdigen, fuhren Sie zu schreiben fort – vielleicht erinnern Sie sich daran. Ich fühlte mich gedemütigt. Da nahm ich allen Mut zusammen, Sie anzusprechen. Ich sagte: »Das mit dem Diamanten ist eine seltsame Sache, Sir.« Sie sahen auf und meinten: »Ja, in der Tat.« Zugegeben, Sie sagten es höflich, aber Sie waren grausam kühl und auf Abstand bedacht. Da ich überzeugt war, Sie hielten den verschwundenen Diamanten bei sich versteckt, forderte mich Ihre Eiseskälte heraus. Wütend wie ich war, wollte ich Ihnen einen Wink geben. Ich sagte: »Den Diamanten wird man nie finden, nicht wahr, Sir? Nein! Auch den nicht, der ihn genommen hat – dafür trete ich ein!« Und dann nickte ich Ihnen zu und lächelte, als wollte ich sagen: »Ich weiß Bescheid!« Da sahen Sie mich erstmals interessiert an, und ich hatte das Gefühl, es würde nur weniger Worte zwischen uns bedürfen, und die Wahrheit käme an den Tag. Doch just in diesem Augenblick verdarb Mr. Betteredge alles. Ich hörte ihn kommen, ich kannte seinen Schritt, aber ich wußte auch, daß es gegen die Hausordnung verstieß, wenn ich mich um diese Tageszeit in der Bibliothek aufhielt – geschweige denn, wenn ich mit Ihnen dort allein war. So blieb mir nichts anderes übrig, als mich raschest zu entfernen, ehe mich Mr. Betteredge hinausjagte. Ich war zornig und enttäuscht, aber trotz allem nicht ohne Hoffnung. Das Eis schien gebrochen – beim nächsten Mal wollte ich darauf achten, daß Mr. Betteredge mir nicht im Wege sei.

Als ich ins Domestikenzimmer kam, läutete man gerade zum Mittagessen, und ich dachte bei mir: Bald wird es Nachmittag sein, aber ich muß noch das Leinen für das Nachthemd besorgen! Mir blieb nichts an-

deres übrig, als mich krank zu stellen, um noch vor der Teezeit von Frizinghall wieder zurück zu sein.

Was ich tat, während man mich in meinem Zimmer glaubte, brauche ich Ihnen nicht erst zu erzählen. Ich war zwar zum Tee hinuntergegangen, aber da ich noch immer vorgab, krank zu sein, schickte man mich in mein Zimmer zurück. In der Nacht fertigte ich ein neues Nachthemd an.

Inspektor Cuff hat – wenn auch sonst nichts – alles herausgefunden, was ich heimlich tat. Ich glaube auch zu wissen, wie es ihm gelang: Man hat mich, obschon ich meinen Schleier nicht hochzog, beim Leinenhändler erkannt. Hinter dem Ladentisch gab es nämlich einen Spiegel, in dem ich sehen konnte, wie einer der Gehilfen auf meine Schulter zeigte und einem zweiten etwas zuflüsterte. Und während ich in der Nacht nähte, hörte ich draußen vor der versperrten Tür die beiden Mädchen atmen, die mich belauerten.

Das alles war mir einerlei. Jedenfalls, am Freitagmorgen, etliche Stunden bevor noch Inspektor Cuff hier eintraf, war das neue Nachthemd fertig und konnte jenes ersetzen, welches ich in meinem Schubfach verborgen hatte. Es war gewaschen, getrocknet, geplättet, mit Ihrem Namen versehen, genauso zusammengefaltet, wie es die Wäscherin immer macht – und es lag in Ihrem Schrank. Auch daß es neu war, konnte mich nicht verraten (für den Fall, daß man sämtliche Wäschestücke im Hause überprüfte), denn Ihre Sachen waren alle neu. Vermutlich hatten Sie sich nach Ihrer Rückkehr aus dem Ausland ausgestattet.

Und dann kam Inspektor Cuff, und mit ihm die nächste große Überraschung – nämlich seine Ansicht über die verschmierte Farbe an der Tür. Ich hatte Sie für schuldig gehalten, weil ich es so wollte – aus keinem andern Grund. Und nun gelangte, allerdings auf andere Weise, der Inspektor zum gleichen Schluß wie ich! Und ich besaß das Beweisstück, das Sie jederzeit als Dieb entlarven konnte! Und das wußte keine Menschenseele, nicht einmal Sie selbst! Ich scheue mich zu sagen, was damals in mir vorging, woran ich dachte – Sie würden mich sonst für immer hassen.

Bei dieser Stelle blickte Betteredge vom Brief auf. »Kein Schimmer eines Lichts bis jetzt«, meinte der alte Mann, nahm seine schwere Schildpattbrille ab und schob Rosannas Bekenntnisse mit der Hand ein wenig beiseite. »Sind Sie vielleicht inzwischen zu irgendeiner Schlußfolgerung gekommen?«

»Betteredge, lesen Sie den Brief zuerst zu Ende. Vielleicht klärt sich das Ganze doch noch auf. Nachher werde ich Ihnen ein paar Worte dazu sagen.«

»Sehr wohl, Sir. Ich möchte nur meine Augen ein wenig ausruhen, ehe ich weiterlese. Es liegt mir fern, Sie zu drängen, aber vielleicht könnten Sie mit einem Wort andeuten, ob Sie einen Ausweg aus dieser heillosen Verwirrung sehen?«

»Fürs erste sehe ich mich nach London zurückfahren. Ich werde mich mit Mr. Bruff beraten. Wenn er mir nicht helfen kann –«

»Was dann?«

»Und wenn Inspektor Cuff sich von Dorking nicht weglokken läßt –«

»Er kommt sicher nicht, Mr. Franklin!«

»Ja dann bin ich – soviel ich sehe – mit meinem Latein am Ende. Außer meinem Advokaten und dem Inspektor kenne ich keine Menschenseele, die mir irgendwie von Nutzen sein könnte.« Noch während ich sprach, hatte es an der Tür geklopft.

Betteredge schien über diese unvorhergesehene Störung verärgert. »Herein, wer es auch sein mag!« rief er verdrossen.

Die Tür öffnete sich, und herein trat ein Mann von ungewöhnlichem Aussehen. Seiner Gestalt und seinem Gehaben nach wirkte er jung. Doch wenn man seine Gesichtszüge mit jenen des alten Betteredge verglich, sah er betagter aus als dieser. Sein Teint war dunkel – so wie der eines Zigeuners –, seine fleischlosen Wangen waren tief eingefallen, die Backenknochen ragten wie Giebel hervor, die Nase war scharf und fein modelliert, wie man es nur selten bei den Nationen der westlichen Welt, doch oft bei den alten Völkern des Orients antrifft. Die Stirn war hoch und ebenmäßig. Aus diesem sonderbaren Gesicht mit seinen zahllosen Furchen und Fältchen blickten einen noch sonderbarere Augen an, von sanftestem Braun, traurig und träumerisch, tief in ihren Höhlen liegend. Man fühlte sich von ihnen gefangen – mir jedenfalls erging es so. Zu alldem kam noch, daß sein dichtes und krauses Haar durch eine Laune der Natur an bestimmten Stellen seine Farbe geändert hatte. Auf dem Scheitel war es noch tiefschwarz, an den Schläfen hingegen schneeweiß, und zwar ganz unvermittelt, ohne Übergang, wobei die Trennungslinie unregelmäßig verlief. An einer Stelle bildete das Weiß einen spitzen Winkel nach oben, an einer anderen wiederum bildete das Schwarz einen spitzen Winkel nach unten.

Ich schäme mich, es zuzugeben: ich betrachtete diesen Mann mit unverhohlener Neugierde. Mild begegneten seine braunen Augen meinem Blick, für meine ungewollte Taktlosigkeit fand er eine Entschuldigung, die ich nicht verdient hatte.

»Verzeihen Sie, Sir, ich wußte nicht, daß Mr. Betteredge Besuch hat.« Er zog einen Zettel aus der Tasche und gab ihn dem Alten. »Die Liste für die nächste Woche«, sagte er zu ihm. Sein sanfter Blick streifte mich nochmals, dann verließ er das Zimmer so leise, wie er gekommen war.

»Betteredge, wer ist das?«

»Der Gehilfe unseres Arztes. Ja, Mr. Franklin, leider muß ich Ihnen etwas Trauriges mitteilen: Doktor Candy hat sich von der Krankheit, die er sich nach dem Geburtstagsfest zuzog, nie mehr erholt. Äußerlich merkt man ihm zwar nichts an, aber er hat durch das Fieber sein Gedächtnis verloren, und daher muß sein Gehilfe für ihn einspringen. Natürlich haben die meisten Patienten jetzt einen andern Arzt, aber armen Leuten bleibt ja keine Wahl. Wenn sie ärztliche Hilfe brauchen, müssen sie sich an diesen Zigeuner mit dem scheckigen Haar wenden.«

»Sie mögen ihn nicht, was?«

»Niemand mag ihn.«

»Und warum?«

»Schon sein Aussehen spricht gegen ihn! Es heißt, er sei ein Mann von zweifelhaftem Ruf. Doch Doktor Candy nahm ihn bei sich auf und machte ihn zu seinem Gehilfen. Kein Mensch weiß, woher er ist – ein Fremdling. Wie soll man ihn da mögen?«

»Nun ja, das kann ich verstehen … Was wollte er eigentlich mit diesem Zettel?«

»Er brachte mir die Wochenliste der Kranken, die ein bißchen

Wein benötigen. Seinerzeit nämlich ließ meine Herrin stets Sherry und guten alten Port unter den Armen verteilen, die krank waren – und Miss Rachel hält sich an diesen Brauch. Jaja, die Zeiten haben sich geändert! Früher einmal erhielt meine Herrin von Doktor Candy selbst diese Liste, und jetzt erhalte ich sie von seinem Gehilfen ...« Betteredge griff wieder nach Rosannas Brief. »Wenn Sie erlauben, Sir, werde ich jetzt weiterlesen. Es ist zwar keine erbauliche Lektüre, aber es hält mich wenigstens davon ab, Vergangenem nachzutrauern.« Er setzte die Brille wieder auf und wackelte bekümmert mit dem Kopf. »Es hat schon seinen Grund, daß wir so ungebärdig sind, wenn die Mütter uns auf die Reise ins Leben schicken. Mehr oder weniger widerwillig kommen wir auf die Welt, und eigentlich haben wir recht, uns dagegen zu wehren.«

Der merkwürdig aussehende Arztgehilfe hatte einen starken Eindruck bei mir hinterlassen, unausgesetzt mußte ich an ihn denken. So überging ich ganz einfach diese schlüssige Folgerung, die zur Lebensweisheit des alten Betteredge gehörte, und brachte das Gespräch auf den Mann mit dem scheckigen Haar.

»Wie heißt der Arztgehilfe?« fragte ich.

»Sogar sein Name ist scheußlich: Ezra Jennings!« sagte Betteredge mürrisch.

V

Anscheinend glaubte jetzt Betteredge, er habe genügend Zeit an einen unbedeutenden Menschen verschwendet. Kaum hatte er mir den Namen genannt, schickte er sich unverzüglich an, Rosannas Brief zu Ende zu lesen.

Ich blieb beim Fenster sitzen und wollte abwarten, bis er fertig sei. Nur allmählich verblaßte der Eindruck, den Ezra Jennings auf mich gemacht hatte. Es schien mir ohnedies unverständlich, daß in einer für mich so kritischen Situation ein mir völlig fremder Mensch mein Denken so sehr hatte beschäftigen können.

Nach und nach kehrten meine Gedanken in die gewohnten Bahnen zurück. Ich zwang mich, den Dingen ins Gesicht zu sehen. Nochmals überdachte ich meine Situation und überlegte mir mein weiteres Vorgehen. Ich wollte noch am selben Tag nach London fahren, mich mit meinem Advokaten besprechen und – was das Wichtigste war – eine persönliche Aussprache mit Rachel suchen. Das also war mein Plan – soweit ich in diesem Augenblick überhaupt in der Lage war, einen zu fassen.

Um den Zug zu erreichen, blieb mir noch eine Stunde Zeit. Zudem war es möglich, daß Betteredge in Rosannas Bekenntnissen etwas entdeckte, das mir nützlich sein könnte. Darauf wartete ich jetzt.

Hier noch der Schluß des Briefes:

Mr. Franklin, Sie dürfen mir nicht zürnen, daß es für mich ein kleiner Triumph war, Ihr Schicksal in meiner Hand zu halten. Bald jedoch befielen mich wieder Furcht und Hoffnungslosigkeit, denn Inspektor Cuff hatte sich seine Meinung über das Verschwinden des Diamanten bereits zurechtgelegt. Wir alle mußten gewärtigen, daß er unsere Sachen durchsuchen lassen würde. Weder in meinem Zimmer noch im ganzen Haus gab es einen einzigen Ort, der vor ihm sicher gewesen wäre. Wo sollte ich Ihr Nachthemd verstecken? Diese Frage war nicht leicht zu lösen, zumal ich keine Zeit mehr verlieren durfte. Unentschlossen wie ich war, blieb mir nur eines – Sie werden darüber lachen: ich zog Ihr Nachthemd an, sozusagen als Unterkleid. Immerhin, Sie hatten es angehabt, und mir war es eine kleine Freude, es nach Ihnen zu tragen!

Die nächste Nachricht aus dem Domestikenzimmer bestätigte mir, daß ich gerade zur rechten Zeit gehandelt hatte: Inspektor Cuff wollte das Wäschebuch sehen.

Er saß im Wohnzimmer meiner Herrin, und ich brachte es ihm. Wir beide waren nämlich einander schon mehr als einmal begegnet. Ich war sicher, er würde mich erkennen, aber ich war nicht sicher, was er tun würde, wenn er mich als Dienstmädchen in einem Hause entdeckte, in dem ein kostbarer Edelstein verschwunden war. Die Ungewißheit quälte mich, ich wollte die Begegnung mit ihm hinter mich bringen und gleich das Schlimmste hören.

So überreichte ich ihm denn das Wäschebuch. Er sah mich an, als sei ich ihm völlig fremd. Und dann dankte er mir besonders höflich, was ich für ein schlechtes Zeichen hielt. Es war ja ungewiß, was er hinter mei-

*nem Rücken über mich sagen würde. Immerhin hätte er mich als Verdächtige sogleich verhaften und durchsuchen lassen können. Ich verbarg mich daher beim Heckenweg, den Sie regelmäßig entlang gingen. Sie hatten Mr. Godfrey Ablewhite zur Bahn begleitet und mußten nun bald zurückkommen, das wußte ich. Denn ich wollte nochmals versuchen, mit Ihnen zu sprechen – es hätte die letzte Möglichkeit sein können, die sich mir bot. Allein, Sie kamen nicht, und – was schlimmer war – Mr. Betteredge und Inspektor Cuff gingen an meinem Versteck vorüber, und der Inspektor entdeckte mich. So blieb mir keine andere Wahl als zu meiner Hausarbeit zurückzukehren, ehe mir noch Übleres passierte. Eben wollte ich den Weg überqueren, da kamen Sie endlich. Und als Sie mich sahen, machten Sie kehrt und gingen in die andere Richtung.**

So leise wie möglich schlüpfte ich durch den Dienereingang ins Haus. Und da um diese Tageszeit niemand die Wäschekammer betrat, setzte ich mich dorthin, um allein zu sein. Ich dachte an den Triebsand und fragte mich im stillen, was in meiner hoffnungslosen Lage das schwerere Los sei – Ihre Gleichgültigkeit zu ertragen oder Schluß zu machen. Es wäre sinnlos, von mir Rechenschaft über mein Verhalten zu verlangen. Ich versuche, es mir zu erklären, aber es will mir nicht gelingen.

Warum eigentlich habe ich Sie nicht aufgehalten, als Sie sich so grausam von mir abwandten? Warum habe ich Ihnen nicht zugerufen: »Mr. Franklin, ich muß Ihnen etwas sagen! Es betrifft Sie selbst! Sie müssen und sollen es hören!« Sie waren mir ausgeliefert, ich hatte Sie in meiner Gewalt. Mehr noch: ich besaß die Möglichkeit (wenn ich Sie dazu bringen konnte, mir zu vertrauen), mich Ihnen nützlich zu machen. Selbstverständlich nahm ich nicht an, daß Sie, ein Gentleman, aus bloßer Freude am Stehlen den Diamanten genommen hätten. Nein, ganz bestimmt nicht! Schließlich hatte man Miss Rachel und Mr. Betteredge dann und wann von Ihren Schulden und Ihrem aufwendigen Leben reden hören. Daraus schloß ich, daß Sie den Diamanten verkaufen oder verpfänden wollten, um sich das nötige Geld zu verschaffen. Nun, ich

* *Fußnote von Franklin Blake:* Das arme Mädchen befindet sich im Irrtum – ich habe sie nicht bemerkt. Ich wollte den Heckenweg entlanggehen, aber da fiel mir ein, daß mich meine Tante wahrscheinlich sprechen wollte, und deshalb änderte ich meinen Sinn und ging direkt ins Haus.

hätte Ihnen einen Mann in London nennen können, der Ihnen für ein derartiges Pfand eine ansehnliche Summe vorgestreckt hätte – ohne Ihnen unbequeme Fragen zu stellen ... Warum also habe ich Sie nicht angesprochen? Warum? Warum?

Vielleicht waren die Gefahren und die Schwierigkeiten, Ihr Nachthemd zu verstecken, für mich zu schwer zu bewältigen? Vielleicht nahm mich das zu sehr in Anspruch? Gewiß, bei anderen hätte dies der Fall sein können – aber warum sollte ich es nicht fertigbringen? Seinerzeit, als ich noch eine Diebin gewesen war, hatte ich mich manchmal auf viel größere Risiken eingelassen und so manche Schwierigkeit gelöst – war doch das jetzige im Vergleich damit ein Kinderspiel! Immerhin, im Lügen und im Betrügen war ich gut geschult, auch berüchtigt war ich, meiner Täuschungen wegen, die so schlau ersonnen waren, daß sie durch alle Zeitungen gegangen waren. Belastete mich denn tatsächlich eine solche Kleinigkeit wie das Verstecken Ihres Nachthemds so sehr, daß mich der Mut verließ, mit Ihnen zu sprechen – ausgerechnet in dem Moment, da ich mit Ihnen hätte sprechen sollen? Welch Unsinn! Dies alles trifft nicht zu, die Wahrheit liegt anderswo.

Warum eigentlich verweile ich so lange bei meinem törichten Tun? Fest steht jedenfalls, daß ich Sie liebte, von ganzem Herzen – aber nur, wenn ich Ihnen nicht gegenüberstand. Sah ich Sie vor mir, hatte ich Angst. Ich befürchtete, Sie zu erzürnen. Ich befürchtete, Sie würden mir etwas Böses sagen, wenn ich mir herausnähme, Ihnen anzudeuten, daß ich Sie als Dieb entlarvt hatte. Als ich in der Bibliothek eine Anspielung darauf machte, mußte ich meinen ganzen Mut zusammennehmen. Und Sie hatten mir nicht wortlos den Rücken gekehrt, waren nicht vor mir geflüchtet, als hätte ich die Pest!

Ich versuchte, mich mit Zorn gegen Sie zu wappnen und auf diese Weise mir ein Herz zu fassen. Doch leider gelang es mir nicht, ich fühlte mich gedemütigt und um so elender. Denn es war mir, als wollten Sie mir zu verstehen geben: »Du bist häßlich, du hast eine schiefe Schulter, du bist bloß ein Dienstmädchen – wie kannst du dir die Frechheit herausnehmen, mit mir zu sprechen?« Natürlich haben Sie mir nie diese Worte gesagt, aber ich wußte, daß Sie so dachten. Das alles ist verrückt von mir, ich weiß es. Aber wie soll ich es Ihnen sonst erklären? Ich vermag es nicht. So bleibt mir denn nichts anderes übrig, als es einzugestehen und es dabei bewenden zu lassen.

Nochmals bitte ich Sie, mir zu vergeben, daß meine Gedanken vom Ziel abgeschweift sind. Es soll nicht mehr passieren, zumal ich mit diesem Brief jetzt bald zu Ende komme.

Dort in der leeren Wäschekammer störte mich Penelope. Sie wußte schon seit langem von meinem Geheimnis und hatte sich bemüht, mir gütlich zuzureden, mich zur Vernunft zu bringen. Als sie mich dort so allein sitzen sah, sagte sie: »Ich weiß, warum du dich vor Gram verzehrst. Für dich wär's wohl am besten, wenn Mr. Franklin endlich auf Nimmerwiedersehen verschwinden würde. Irgendwie habe ich das Gefühl, daß er bald abreisen wird.«

Obschon ich immerzu an Sie denken mußte – daß Sie dieses Haus verlassen könnten, war mir nie in den Sinn gekommen. Wortlos starrte ich Penelope an.

»Ich war eben bei Miss Rachel«, fuhr Penelope fort, »aber unsereiner hat es jetzt wirklich schwer mit ihr. Sie behauptet, sie halte es hier nicht mehr aus, die Polizei gehe ihr auf die Nerven, und noch heute abend wolle sie ihrer Mutter sagen, daß sie unverzüglich zu Mrs. Ablewhite fahren möchte. Glaub mir, Rosanna: Wenn sie das wirklich tut, wird über kurz oder lang Mr. Franklin einen Grund finden, von hier abzureisen.«

Da fand ich meine Sprache wieder. »Willst du damit sagen, daß Mr. Franklin mitfährt?«

»Nur zu gern würde er das – sofern sie ihn mitfahren ließe. Aber sie erlaubt es nicht. Sogar er hat ihre schlechte Laune fühlen müssen, sogar er steht bei ihr auf der Schwarzen Liste! So übel ergeht es ihm – nach allem, was er für sie getan hat. Der Arme ... Jaja, Rosanna: wenn sich die beiden bis morgen nicht versöhnen, dann trennen sich ihre Wege. Ich weiß nicht, wohin er dann geht – aber sicher bleibt er nicht hier, wenn Miss Rachel uns verläßt.«

Nur mühsam gelang es mir, mich nicht der Verzweiflung zu überlassen. Der Gedanke, daß Sie abreisen würden, schien mir unerträglich – obschon ich, um die Wahrheit zu gestehen, einen kleinen Hoffnungsschimmer für mich zu sehen vermeinte, wenn Sie sich mit Miss Rachel entzweiten. Ich fragte Penelope: »Weißt du eigentlich, weshalb die beiden Streit miteinander hatten?«

»Ich habe den Eindruck, ausschließlich sie ist daran schuld – wahrscheinlich weil sie ein so reizbares Wesen hat ... Doch darfst du nur ja

nicht glauben, daß Mr. Franklin ihr deshalb böse sein könnte. Da muß ich dich leider enttäuschen, Rosanna! Einen ernstlichen Streit würde er nie mit ihr haben – dazu liebt er sie zu sehr!«

Als Penelope mir gerade diese grausamen Worte an den Kopf warf, rief uns Mr. Betteredge: Das ganze Gesinde sollte sich in der Halle versammeln, Inspektor Cuff wünschte uns zu verhören, einzeln, einen nach dem andern. Er ließ zuerst die Zofe meiner Herrin kommen, dann das erste Hausmädchen, dann kam ich an die Reihe.

Er verstand es zwar, sich geschickt zu verstellen, aber seine Fragen bewiesen mir, daß diese beiden Mädchen – meine bittersten Feindinnen in diesem Hause – am Donnerstagnachmittag und auch in der Nacht zum Freitag vor meiner Zimmertür gelauscht hatten. Was sie dem Inspektor erzählten, genügte, ihm die Augen zu öffnen. Er ahnte die Wahrheit, freilich nicht die ganze. Er hatte recht, wenn er annahm, daß ich heimlich ein neues Nachthemd angefertigt hatte. Aber er hatte unrecht, wenn er glaubte, daß das Nachthemd mit dem Farbfleck mir gehörte. Aus dem, was er sagte, ging noch etwas hervor, das mich gewissermaßen befriedigte: Er verdächtigte mich zwar, daß ich mit dem Verschwinden des Diamanten etwas zu tun hätte, aber er gab mir zu verstehen, daß er mich nicht für die treibende Kraft hielt. Wahrscheinlich glaubte er, ich hätte auf Befehl eines andern gehandelt. Wen er damit meinte, weiß ich bis heute nicht.

Obschon er mich darüber im ungewissen ließ – eines war so gut wie sicher: die Wahrheit wußte er nicht. Und Sie, Mr. Franklin, blieben unentdeckt, solange man Ihr Nachthemd nicht fand – aber keinen Augenblick länger.

Es fällt mir schwer, Ihnen die namenlose Angst zu schildern, die mich quälte – konnte ich es doch nicht länger riskieren, Ihr Nachthemd weiterhin auf dem Leibe zu tragen. Jeden Augenblick mußte ich gewärtig sein, daß man mich verhaftete, vor den Friedensrichter brachte und meine Kleidung durchsuchte. Ich mußte mich rasch entscheiden: entweder das Nachthemd vernichten oder es an einem sicheren Ort verstecken.

Wären meine Gefühle für Sie weniger stark, hätte ich es wahrscheinlich beseitigt. Aber warum sollte ich den einzigen Gegenstand vernichten, der später einmal beweisen könnte, daß einzig und allein ich Sie vor Entdeckung geschützt hatte? Ich überlegte: Käme es je zu einer Aussprache zwischen uns, sollten Sie mir ein unlauteres Motiv meines

Handelns vorwerfen und Ihre Tat ableugnen – auf welche Weise könnte ich Sie dann dazu bringen, mir zu vertrauen, wenn mir dieses einzige Beweisstück fehlte? Tue ich Ihnen unrecht, wenn ich glaube, daß Sie ein armes Mädchen wie mich nur ungern als Mitwisserin Ihres Geheimnisses und als Mitschuldige an dem Diebstahl sähen, den Sie begangen hatten, weil Sie in Geldverlegenheit waren? Denken Sie daran, wie kalt und hart Sie stets zu mir gewesen waren – und Sie werden begreifen, daß ich den einzigen Gegenstand, durch den ich Ihr Vertrauen und Ihre Dankbarkeit gewinnen konnte, nicht aus der Welt schaffen wollte.

So beschloß ich, ihn zu verstecken, an sicherem und mir wohlbekanntem Ort – im Triebsand.

Unmittelbar nach dem Verhör gab ich vor, ein wenig frische Luft zu brauchen, und ging geradewegs nach Cobb's Hole. Mrs. Yolland und Lucy sind die besten Freunde, die ich je gehabt habe. Doch glauben Sie nicht, Sir, daß ich den beiden Ihr Geheimnis anvertraut habe! Niemand weiß davon. Ich wollte dort nur diesen Brief an Sie schreiben und – ohne daß man mich dabei entdeckte – Ihr Nachthemd ausziehen. Zu Hause konnte ich weder das eine noch das andere tun, weil sich der Verdacht des Inspektors gegen mich gerichtet hatte.

Und nun, Sir, bin ich fast fertig mit diesem langen Brief, den ich hier, in Lucy Yollands Zimmer, schreibe. Nachher gehe ich in die Küche hinunter, das zusammengerollte Nachthemd unter meinem Umhang versteckt, und suche dort im Krimskrams des Fischers nach einem Behälter, in dem ich es trocken aufbewahren kann. Dann wandere ich zum Triebsand hinaus (keine Angst – meine Fußspuren werden mich nicht verraten, dafür sorge ich schon!), und dort verstecke ich das Nachthemd. Keine Menschenseele wird es finden, es sei denn, ich verrate dem Betreffenden mein Geheimnis. Aber was dann? Was soll dann geschehen?

Ich werde nochmals versuchen, Ihnen das zu sagen, was ich bis jetzt nicht sagen konnte. Reisen Sie ab – so wie Penelope es vermutet – und kann ich Sie vorher nicht sprechen, ist die letzte Gelegenheit vorbei, ein für allemal. Falls ich aber mit Ihnen sprechen kann und Sie mir deshalb böse sind, bleibt mir immerhin der Trost, daß das Beweisstück für Ihre Schuld, das ich besitze, unter Umständen besser meine Sache vertreten könnte, als ich selbst es kann. Wenn dies nicht imstande ist, mein Herz gegen die Kälte Ihres Benehmens unempfindlich zu machen, ist alles aus für mich, ich mache mit meinem Leben ein Ende.

Ja, Mr. Franklin, dazu bin ich fest entschlossen. Wenn Sie wieder so grausam zu mir sind, wenn ich wieder diese Kälte fühle, dann sage ich der Welt Lebewohl, die mir nicht das Glück vergönnt, das sie für andere bereit hat. Ach, ein klein wenig Freundlichkeit von Ihnen könnte mir das Leben lebenswert machen!

Sir, es trifft Sie kein Vorwurf, wenn es mit mir dieses Ende nehmen sollte. Aber versuchen Sie wenigstens, mich ein klein wenig zu verstehen – und mir zu verzeihen. Erst wenn ich es selbst nicht mehr sagen kann, werden Sie erfahren, was ich für Sie getan habe. Werden Sie dann ein freundliches Wort für mich finden? In jenem sanften Ton, welchen Ihre Stimme hat, wenn Sie zu Miss Rachel sprechen? Und sollte es so etwas wie Geister der Verstorbenen geben, so würde ich Sie in diesem Fall gewiß hören und vor Freude darüber erbeben.

Ich muß den Brief jetzt schließen. Tränen hindern mich am Schreiben. Wie soll ich den Weg zum Versteck finden, wenn dieses nutzlose Weinen mich blind macht?

Aber warum eigentlich soll ich nur düstere Gedanken haben? Warum soll ich nicht annehmen, daß alles doch noch zu einem guten Ende kommt? Vielleicht treffe ich Sie heute abend bei bester Laune an, und Sie zeigen sich geneigt, mit mir zu sprechen? Vielleicht habe ich doch noch ein wenig Glück? Durch Kummer und Weinen wird man nicht schöner. Wer weiß, vielleicht habe ich diesen langen, mühsamen Brief ganz umsonst geschrieben? Sicherheitshalber, aus keinem andern Grund, verstecke ich ihn zusammen mit dem Nachthemd. Käme es zu einem Gespräch mit Ihnen – wie glücklich wäre ich, ihn zerreißen zu können!

So verbleibe ich denn Ihre Sie innig liebende treu ergebene Dienerin

Rosanna Spearman

Schweigend hatte Betteredge den Brief zu Ende gelesen. Er steckte ihn vorsichtig wieder ins Kuvert. Gesenkten Hauptes, die Augen auf den Boden geheftet, dachte er nach.

»Findet sich darin irgend etwas, das mir weiterhelfen könnte?« fragte ich ihn.

Langsam blickte er auf und seufzte. »Nein, Mr. Franklin. Ich kann Ihnen nur raten, diesen Brief so lange in seinem Kuvert zu lassen, bis Ihre Befürchtungen wieder zerstreut sind. Er würde Sie nämlich sicher betrüben. Lesen Sie ihn lieber nicht!«

Ich steckte ihn in meine Brieftasche.

Ein Blick auf das sechzehnte und das siebzehnte Kapitel im Bericht des alten Betteredge beweist dem Leser, daß man jetzt meine Nerven zu Recht ein wenig schonen mußte. Diese abermalige Prüfung hätte meine Kraft überstiegen.

Zweimal nämlich hatte die Unglückliche den Versuch gemacht, mich zu sprechen. Und zweimal hatte es das Mißgeschick gewollt (Gott allein weiß, wie unschuldig ich daran war!), daß ich sie von mir stieß. Wie Betteredge es wahrheitsgemäß berichtet, hatte sie mich am Freitagabend beim Billardtisch allein angetroffen. Nach ihrem Benehmen zu urteilen, mußte jedermann (und natürlich auch ich) annehmen, sie wollte mir etwas gestehen, das den verschwundenen Diamanten betraf. Ihretwillen hatte ich mich uninteressiert gezeigt, ihretwegen hatte ich absichtlich die Bälle angesehen – und nicht sie. Was hatte ich damit erreicht? Bis ins Herz getroffen ging sie von mir fort! Und am Samstag, als man mit meiner baldigen Abreise rechnen mußte (Penelope hatte recht), widerfuhr mir das gleiche Mißgeschick. Nochmals hatte sie versucht, mir auf dem Heckenweg zu begegnen, aber ich befand mich in Gesellschaft des Inspektors und des alten Betteredge. Inspektor Cuff provozierte mich durch eine gezielte Frage. Ich mußte sagen, ob ich ein Interesse an Rosanna Spearman hätte oder nicht, und ich erklärte – auch diesmal ihretwillen – mit lauter Stimme, so daß sie mich hören konnte, ich hätte nicht das geringste Interesse an ihr. Bei diesen Worten, die sie bloß davon abhalten sollten, mich allein sprechen zu wollen, hatte sie sich abgewandt und war gegangen – gewarnt vor der Gefahr, in der sie sich befand (so glaubte ich damals), zur Selbstvernichtung verurteilt (wie ich jetzt weiß).

Was dann folgte, habe ich bereits beschrieben, und zwar bis zu jenem Moment, als ich die verblüffende Entdeckung im Triebsand machte. Rückschauend kann ich nur feststellen: Die Geschichte der unglücklichen Rosanna Spearman, an die ich nicht einmal jetzt – nach so langer Zeit – ohne Betrübnis denken kann, spricht für sich selbst. Ich lasse hier absichtlich vieles ungesagt und wende mich von diesem Freitod mit all seinen schrecklichen Folgen für mich nun wieder den anderen Ereignissen zu, die nach und nach die Wahrheit an den Tag brachten und mein langes und mühseliges Wandern durchs Dunkel endlich im Licht enden ließen.

VI

Ich ging zu Fuß zur Bahnstation, begleitet von – überflüssig zu sagen – Gabriel Betteredge. Den Brief hatte ich eingesteckt, und das Nachthemd lag gut verpackt in meiner Reisetasche. Beides wollte ich noch am selben Tag meinem Advokaten, Mr. Bruff, vorlegen.

Schweigend hatten wir das Haus verlassen. Erstmals – solange ich mich erinnere – befand ich mich in Gesellschaft des Alten, ohne daß er mir auch nur ein Wort zu sagen hatte. Da aber ich ihm etwas zu sagen hatte, begann ich – kaum, daß wir das Pförtnerhaus hinter uns gelassen hatten – ein Gespräch.

»Betteredge, ehe ich abreise, muß ich Sie etwas fragen. Es betrifft mich und wird Sie vielleicht verblüffen.«

»Wenn es mir nur den Brief dieses armen Dings aus dem Kopf bringt, mag es sein, was es will. Bitte verblüffen Sie mich durch Ihre Fragen so rasch wie möglich!«

»Zum ersten: War ich beim Geburtstagsdinner betrunken?«

»Sie? Betrunken? Aber Mr. Franklin, das ist doch Ihr größter Fehler, daß Sie nur während des Essens ein bißchen trinken und danach keinen Tropfen Alkohol anrühren!«

»Rachels Geburtstag war doch ein besonderes Fest. Vielleicht habe ich damals eine Ausnahme gemacht?«

Betteredge überlegte kurz. »Ja, Sie haben an diesem Abend tatsächlich mit Ihrer Gewohnheit gebrochen. Und zwar war die Sache so: Sie sahen elend aus, und wir überredeten Sie, ein bißchen Whisky mit Soda zu trinken, um sich zu stärken.«

»Das bin ich nicht gewohnt. Es ist daher durchaus möglich, daß –«

»Einen Moment, Mr. Franklin! Daß Sie es nicht gewohnt sind, habe auch ich gewußt und deshalb nur ein halbes Weinglas voll von unserm fünfzigjährigen Whisky eingeschenkt und – zu meiner Schande sei es gesagt – dieses edle Getränk mit einem großen Glas Sodawasser verdünnt. Das hätte nicht einmal ein Kind betrunken gemacht, geschweige denn einen Erwachsenen!«

Ich wußte, auf sein Gedächtnis konnte ich mich in einer solchen Sache verlassen. Betrunken war ich also sicher nicht gewesen. So ging ich zur nächsten Frage über: »Betteredge, ehe man mich seinerzeit ins Ausland schickte, haben Sie mich doch schon gut gekannt. Sagen Sie mir offen: Ist Ihnen an mir aufgefallen, daß ich als Kind nach dem Schlafengehen herumwanderte?«

Betteredge blieb stehen und sah mich einen Augenblick an. Dann nickte er mit dem Kopf und ging weiter. »Ich weiß, warum Sie mich fragen«, sagte er. »Sie möchten herausfinden, wie der Farbfleck auf Ihr Nachthemd gekommen ist, und suchen nach einer Erklärung. Aber da ist nichts zu machen, Sir! Sie sind sicher noch immer meilenweit von der Wahrheit entfernt. Sie wollen wissen, ob Sie schlafwandeln? So etwas habe ich an Ihnen mein Lebtag nicht bemerkt!«

Wieder sagte mir mein Gefühl: Auf Betteredge kann man sich da bestimmt verlassen. Zudem hatte ich weder da noch dort ein einsames Leben geführt. Wäre ich also ein Schlafwandler, gäbe es Hunderte von Personen, die es bemerkt und mich darauf aufmerksam gemacht hätten, schon im Interesse meiner Sicherheit. Man hätte Vorsichtsmaßnahmen getroffen, mich daran zu hindern.

Ich mußte einsehen, daß Betteredge recht hatte. Trotzdem hielt ich eigensinnig – was unter diesen Umständen erklärbar und entschuldbar war – an einer der beiden genannten Möglichkeiten fest, die mich, wie ich glaubte, von meiner qualvollen Ungewißheit befreien könnten. Betteredge bemerkte, daß ich mich von ihm nicht überzeugen lassen wollte. Schlau führte er bestimmte Gründe ins Treffen, die mit dem späteren Lauf der Dinge zusammenhingen, wodurch er ein für allemal bewies, daß meine beiden Theorien auf einem Irrtum beruhen mußten.

Er sagte nämlich: »Sir, ich werde es Ihnen auf andere Weise erklären. Beharren Sie ruhig auf Ihrer Ansicht und urteilen Sie selbst, wie weit Sie damit kommen! Wenn Sie also den Farbfleck auf Ihrem Nachthemd als Beweis ansehen – was mich betrifft, so bin ich anderer Auffassung –, haben Sie, ohne es zu wissen, nicht nur die Malerei verschmiert, sondern auch den Diamanten an sich genommen. Stimmt das?«

»Ja, Betteredge. Aber was weiter?«

»Gut. Feststeht also, Sie waren betrunken oder Sie wandelten gerade im Schlaf herum, als Sie nach dem Diamanten griffen. Damit läßt sich alles erklären, was in dieser Nacht geschah. Aber wie läßt sich das erklären, was nachher geschehen ist? Der Diamant wurde nach London gebracht und Mr. Luker verpfändet. Haben Sie das auch getan, ohne etwas davon zu wissen? Waren Sie etwa betrunken, als ich Sie an jenem Samstagabend zur Pony-Chaise begleitete? Und wandelten Sie im Schlaf zu Mr. Luker, nachdem der Zug Sie nach London gebracht hatte? Nehmen Sie es mir nicht übel, Mr. Franklin, aber diese ganze Geschichte hat Sie derartig verwirrt, daß Sie nicht imstande sind, klar zu sehen. Je eher Sie sich mit Mr. Bruff beraten, desto schneller werden Sie aus dieser Sackgasse, in die Sie sich verrannt haben, wieder herausfinden.«

Wir erreichten die Bahnstation. Es blieben uns nur wenige Minuten, bis der Zug eintraf. Eiligst gab ich Betteredge meine Londoner Adresse. Er sollte mir, wenn nötig, schreiben. Und ich sollte ihm von der Entwicklung der Dinge unverzüglich berichten. Eben wollte ich mich von Betteredge verabschieden, da fielen meine Augen auf den Zeitungsstand, und ich sah den wunderlich aussehenden Arztgehilfen, der sich gerade mit dem Verkäufer unterhielt. Unsere Blicke begegneten einander. Ezra Jennings lüftete den Hut, ich erwiderte den Gruß und bestieg den Zug. Ich empfand es als Erleichterung, meine Gedanken mit etwas beschäftigen zu können, das mich nicht unmittelbar betraf. So seltsam es scheinen mag – die für mich so wichtige Fahrt zu Mr. Bruff begann damit, daß ich ausschließlich darüber nachgrübelte, warum ich wohl diesem Mann mit dem scheckigen Haar zweimal am selben Tag begegnet sei.

Die späte Stunde meiner Ankunft machte jede Hoffnung zunichte, den Advokaten noch in seiner Kanzlei anzutreffen. So fuhr ich vom Bahnhof direkt zu seinem Wohnsitz und störte den alten Herrn bei einem Schläfchen, das er, mit seinem Lieblingsmops auf den Knien und einer Weinflasche neben sich, im Eßzimmer gerade hielt.

Den Eindruck, den meine Geschichte auf ihn machte, brauche ich nicht erst zu schildern. Es genügt, wenn ich erwähne, daß er seinem Diener befahl, im Arbeitszimmer Licht zu machen, einen starken Tee zu bringen und den Damen auszurichten, daß man ihn keinesfalls stören dürfe. Nach diesen vorbereitenden Maßnahmen inspizierte er zunächst das Nachthemd und widmete sich hernach der Lektüre des Briefs.

Er war mit dem Lesen fertig und sagte mir: »Franklin Blake, die Sache ist ernst, und zwar in mehrerlei Hinsicht. Meiner Meinung nach erklärt sich jetzt auch Rachels seltsames Verhalten, denn sie glaubt ja, Sie hätten den Diamanten gestohlen.«

Bis dahin hatte ich diesen naheliegenden Schluß nicht wahrhaben wollen, immerhin hatte er sich mir aufgedrängt gehabt. Aus diesem und aus keinem andern Grunde hatte ich längst beschlossen, mit Rachel eine Aussprache zu suchen. Mr. Bruff bestätigte meine Auffassung, denn er sagte: »Wir müssen uns also unverzüglich an Miss Rachel wenden. Sie hat bisher geschwiegen, aus Gründen, die ich nur allzu gut begreifen kann. Aber jetzt darf sie nicht länger schweigen. Wir müssen sie dazu überreden oder dazu zwingen, ihr Verhalten zu begründen. So ernst die Sache scheint, könnte es sich immerhin ergeben, daß sich alle Schwierigkeiten in Wohlgefallen auflösen, wenn es uns gelingt, Rachel aus ihrer Reserve herauszulocken und sie zum Sprechen zu bringen.«

»Was Sie da sagen, Mr. Bruff, klingt für mich recht tröstlich, aber ich möchte wohl wissen –«

»Sie möchten wissen, womit ich es begründen kann«, unterbrach mich Mr. Bruff. »Hören Sie zu: Ich sehe die Sache vom Standpunkt des Juristen, wohlverstanden. Für mich ist es somit eine Beweisfrage. So weit, so gut. Doch in einem sehr wichtigen Punkt versagt die Beweisführung.«

»Und der wäre?«

»Das werden Sie gleich hören. Zugegeben, der Name auf dem Nachthemd beweist zwar, daß es Ihnen gehört, und der Fleck beweist, daß das Nachthemd an der frischbemalten Tür anstreifte. Doch was beweist, daß ausgerechnet Sie das Nachthemd anhatten, als es passierte?«

Der Einwand leuchtete mir ein, zumal mir etwas Ähnliches schon vorher durch den Kopf gegangen war.

»Und was den Brief betrifft«, meinte Mr. Bruff, indem er auf Rosannas Bekenntnisse deutete, »ist es verständlich, daß sein Inhalt Sie betrübt, und daß Sie, sozusagen als Beteiligter, in diesem Fall nicht ganz unparteiisch sein können. Bei mir hingegen liegen die Dinge anders. Für mich ist dieser Brief ein Dokument wie jedes andere, ich bin nicht befangen, und ich habe als Jurist meine berufliche Erfahrung, die mir zustatten kommt. Unnötig zu sagen, daß diese Person – ehe sie in Lady Verinders Haus kam – eine Diebin gewesen war. In diesem Fall genügt es, daß sie sich geschickt auf Finten und Täuschungsmanöver verstand. Ihr Brief beweist es, und sie gibt es sogar selbst zu. Daraus folgere ich: Man kann mit Recht vermuten, daß sie nicht die ganze Wahrheit sagt. Ich will jetzt keine Theorien darüber aufstellen, was sie getan oder nicht getan haben könnte. Sollte jedoch Miss Rachel nur wegen des Farbflecks auf dem Nachthemd Sie des Diebstahls verdächtigen, kann man nahezu als sicher annehmen, daß Rosanna Spearman es ihr gezeigt hat. Immerhin gibt sie in ihrem Brief zu, sie sei auf Rachel eifersüchtig gewesen, habe die Rosen in Ihrem Glas vertauscht und in einer möglichen Verstimmung zwischen Ihnen und Rachel einen Hoffnungsschimmer für sich selbst erblickt. Es geht jetzt nicht darum, wer den wertvollen Edelstein genommen hat, denn um ihr Ziel zu erreichen, wäre eine Rosanna Spearman nicht davor zurückgeschreckt, fünfzig Diamanten zu stehlen. Ich möchte lediglich feststellen: Sein Verschwinden bot dieser Person, die in Sie verliebt war, die Gelegenheit, Sie und Rachel für immer zu entzweien. Damals nämlich dachte sie noch nicht daran, sich das Leben zu nehmen. Es liegt also durchaus im Bereich des Möglichen, daß sie die Situation für sich nützen wollte. Was halten Sie davon, Mr. Franklin?«

»Ich habe den Brief zwar nicht zu Ende gelesen, aber es kam mir ein ähnlicher Verdacht.«

»Da haben wir's! Sie bedauerten das arme Ding, sie schien Ihnen frei von jedem Verdacht. Immerhin, Ihre Haltung gereicht Ihnen zur Ehre, mein Lieber!«

»Was aber, wenn sich herausstellt, daß ich das Nachthemd damals tatsächlich anhatte? Was dann?«

»Wie soll man das beweisen? Freilich, sollte dies gelingen, wird es nicht leicht sein, Sie als schuldlos hinzustellen. Aber vorläufig brauchen wir uns mit diesem Problem nicht zu befassen. Zuerst müssen wir herausfinden, ob Rachel Sie ausschließlich aufgrund dieses Beweisstücks des Diebstahls verdächtigt.«

»Guter Gott, wie gelassen Sie von derlei Dingen sprechen können!« brach es aus mir hervor. »Was gibt Rachel das Recht, mich überhaupt als Dieb zu verdächtigen?«

»Das ist eine vernünftige Frage, nur etwas zu hitzig gestellt. Immerhin muß man sie erwägen. Was Sie verwundert, verwundert auch mich. Forschen Sie einmal in Ihrer Erinnerung nach, und sagen Sie mir jetzt: Ist während Ihres Aufenthalts im Hause Ihrer Tante irgend etwas vorgefallen, das zu Recht oder zu Unrecht Rachels Glauben an Sie hätte erschüttern können? Nicht Ihre Ehre betreffend, davon kann keine Rede sein, doch – sagen wir – Ihre Lebensgrundsätze betreffend?«

Ich sprang vom Stuhl auf: so sehr bewegte mich diese Frage, fiel mir doch ein, daß es tatsächlich etwas Derartiges gegeben hatte.

Betteredge erwähnt im achten Kapitel seines Berichts, daß ich damals den Besuch eines Herrn erhielt, der Englisch mit fremdem Akzent sprach. Es handelte sich um folgende Sache: Da ich mich wieder einmal in Geldverlegenheit befunden hatte, war ich leichtsinnigerweise zum Schuldner geworden. Und zwar hatte mir der Besitzer eines kleinen Restaurants in Paris, der mich, seinen Stammkunden, natürlich gut kannte, Geld geliehen. Für die Rückzahlung hatten wir einen bestimmten Tag vereinbart. Doch als die Frist ablief, war ich nicht imstande, mich daran zu halten. Auch anderen ehrlichen Menschen mag so etwas passieren. Ich schickte daher dem Mann einen Wechsel, aber leider war mein Name auf derlei Urkunden schon allzu bekannt. Der Mann konnte ihn nicht einlösen. Inzwischen hatten sich aber seine Geschäfte verschlechtert, er stand vor dem Bankrott. Ein Verwandter von ihm, ein Advokat, kam nach England, um mich hier auszuforschen und das Geld bei mir einzutreiben. Im Hause meiner Tante setzte er mir scharf zu, es kam zu einem hitzigen Wortwechsel zwischen mir und diesem temperamentvollen Franzosen. Unglücklicherweise befanden sich im Nebenzimmer meine Tante und Rachel. Sie hörten, wie wir einander beschimpften. Meine Tante kam herein und wollte wissen, was los sei. Der Franzose zeigte Ausweis und Vollmacht und erklärte, ich sei verantwortlich für den Ruin seines Verwandten, der mir als Ehrenmann vertraut habe. Meine Tante bezahlte unverzüglich meine Schuld und schickte ihn fort. Natürlich kannte sie mich zu genau, um sich der Auffassung dieses Mannes anzuschließen, aber mein Leichtsinn bestürzte sie. Mit Recht ärgerte sie sich, daß ich mich in eine Lage gebracht hatte, die ohne ihre Hilfe sehr peinlich für mich hätte sein können. Ob Rachel es von ihrer Mutter erfahren oder ob sie nebenan alles mitgehört hatte, vermag ich nicht zu sagen. Jedenfalls machte sie sich ihre Gedanken darüber, und zwar auf eine eher romantisch-schwülstige Art. Sie nannte mich herzlos und ehrlos, ich hätte keine Grundsätze, man wisse bei mir nie, was ich vielleicht noch anstellen würde – kurzum, sie sagte mir die schärfsten Worte, die ich aus dem Munde einer jungen Dame je vernommen habe. Die Verstimmung zwischen uns hielt den ganzen nächsten Tag an. Erst zwei Tage später gelang es mir, Rachel mit mir zu versöhnen. Ich selbst hatte dieses Vorkommnis aus meiner Erinnerung verdrängt, aber vielleicht war es Rachel wieder eingefallen, und zwar in jenem kritischen Augenblick, als mein Ansehen bei ihr viel ernstlicher gefährdet war denn je zuvor. Auch Mr. Bruff, dem ich diesen Vorfall eben geschildert hatte, schloß sich meiner Ansicht an.

»Diese leidige Sache hat Miss Rachel ganz sicher beeinflußt«, sagte er ernst. »Ihretwegen, Mr. Franklin, wünschte ich, sie wäre nie passiert. Feststeht jedenfalls, daß Rachel voreingenommen gegen Sie ist. Darüber haben wir jetzt Gewißheit. Doch das ist vorläufig auch alles. Wir müssen jetzt darangehen, eine Aussprache mit Rachel herbeizuführen.«

Er erhob sich und schritt nachdenklich auf und ab. Zweimal war ich nahe daran, ihm zu sagen, daß ich Rachel allein sprechen wollte, und zweimal schreckte ich davor zurück. Ich wollte den alten Herrn nicht in einem ungünstigen Moment überrumpeln.

»Das Schwierigste ist, Rachel so weit zu bringen, daß sie sich rückhaltlos ausspricht«, meinte er. »Wie kann man das erreichen? Hätten Sie einen Vorschlag?«

»Mr. Bruff, ich habe beschlossen, mit Rachel allein zu sprechen.«

»Sie?« Wie angewurzelt blieb er stehen und starrte mich an, als hätte ich plötzlich den Verstand verloren. »Ausgerechnet Sie wollen mit ihr sprechen!« rief er. Aber er faßte sich bald und begann wieder im Zimmer auf und ab zu gehen. Nach einer Weile meinte er: »Vielleicht ist ein kühner Entschluß im Falle einer außergewöhnlichen Situation doch am besten.« Nochmals überlegte er kurz und entschied sich dann für meinen Standpunkt. Er sagte: »Wer wagt, gewinnt. Für Sie sind die Chancen günstiger, bei Rachel etwas zu erreichen. Versuchen Sie es als erster!«

»Und wieso sind sie günstiger?«

Er blieb stehen. Erstmals huschte ein Lächeln über sein Gesicht. »Um die Wahrheit zu sagen: Ich bin zwar nicht ganz sicher, daß Sie geschickt zu Werke gehen werden – vielleicht verlieren Sie Ihre Selbstbeherrschung. Aber ich bin ganz sicher, daß Rachel in einem verborgenen Winkel ihres Herzens noch immer eine für andere unbegreifliche Schwäche für Sie hat. Gelingt es Ihnen, diese empfindliche Saite bei ihr zu berühren, dann entlocken Sie ihr sicher ein offenes Geständnis. Es erhebt sich jetzt nur das Problem: Wie sollen wir es anstellen, daß Sie Rachel allein sprechen können?«

»Sie ist seinerzeit Gast in Ihrem Hause gewesen. Darf ich Ihnen vorschlagen, daß diese für Rachel unerwartete Begegnung hier stattfinden soll?«

»Ein gewagtes Spiel!« stellte Mr. Bruff lakonisch fest und begann wieder im Zimmer auf und ab zu gehen. »Mit anderen Worten: Mein Haus soll für Rachel eine Falle sein und die Einladung durch meine Frau und meine Töchter der Köder. Wären Sie nicht Mr. Franklin Blake, und wäre die Sache nicht so schrecklich ernst, würde ich diesen Vorschlag rundweg ablehnen. Doch wie die Dinge liegen, bin ich fest davon überzeugt, daß es mir Rachel ihr Leben lang danken wird, wenn ich auf meine alten Tage zum Verräter an ihr werde. Betrachten Sie mich als Ihren Komplizen! Wir laden also Rachel zu uns ein, und Sie werden rechtzeitig davon erfahren.«

»Wann? Morgen?«

»Bis morgen ist die Zeit zu knapp. Sagen wir: übermorgen.«

»Und wie lassen Sie es mich wissen?«

»Bleiben Sie übermorgen den ganzen Vormittag zu Hause! Ich werde Sie aufsuchen.«

Ich dankte ihm von ganzem Herzen für die unschätzbare Hilfe. Seine freundliche Einladung, hier zu übernachten, lehnte ich ab und kehrte in meine Londoner Wohnung zurück.

Vom nächsten Tage kann ich nur sagen, daß er der längste meines Lebens war. So unschuldig ich mich fühlte, so sicher ich war, daß der abscheuliche Verdacht, der auf mir lastete, sich früher oder später als unbegründet erweisen würde – ich kam mir trotzdem gedemütigt vor und wollte keinen meiner Freunde sehen. Manchmal hört man – freilich nur von Leuten, die oberflächlich denken –, daß Schuld oft wie Unschuld auf andere wirkt. Meiner Meinung nach trifft es viel eher zu, daß Unschuld wie Schuld aussehen kann. Ich ließ mich nämlich den ganzen Tag verleugnen und wagte mich erst im Schutz der Dunkelheit aus dem Hause.

Am nächsten Morgen saß ich gerade beim Frühstück, als mich Mr. Bruff mit seinem Besuch überraschte. Erstmals in seinem Leben schäme er sich, erklärte er und überreichte mir einen großen Schlüssel.

»Kommt sie?« wollte ich wissen.

»Ja, heute. Wir haben sie zum Lunch eingeladen. Sie wird den Nachmittag mit meiner Frau und meinen Töchtern verbringen.«

»Haben Sie die Damen in unsere Pläne eingeweiht?«

»Das war nicht zu vermeiden. Aber Sie wissen ja: Frauen handeln nicht nach Prinzipien. Meine Familie fühlt keine Gewissensbisse – so wie ich. Um Sie und Rachel wieder zusammenzubringen, ist meiner Frau und meinen Töchtern jedes Mittel recht. In dieser Hinsicht sind sie so unbekümmert wie Jesuiten.«

»Dafür bin ich den Damen unendlich verbunden. Doch wozu dieser Schlüssel?«

»Mein Garten hat hinten eine kleine Tür. Sie kommen um drei Uhr, betreten durch diese Pforte den Garten und gehen durchs Treibhaus, von wo man unmittelbar in meine Wohnung gelangt. Neben dem kleinen Salon liegt das Musikzimmer – dort werden Sie Rachel finden. Sie wird allein sein.«

»Mr. Bruff, wie kann ich Ihnen meinen Dank bezeigen?«

»Indem Sie mich für die Folgen nicht verantwortlich machen«, sagte er und ging.

Die vielen, nicht endenwollenden Stunden schleppten sich langsam dahin. Um mir die Zeit zu verkürzen, sah ich die Post durch und fand einen Brief vom alten Betteredge. Ungeduldig riß ich ihn auf und mußte enttäuscht feststellen, daß Betteredge gleich mit einer Entschuldigung begann: Ich möge von ihm keine wichtigen Nachrichten erwarten. Im nächsten Satz allerdings begegnete mir schon wieder dieser seltsame Mensch, der Ezra Jennings hieß. Wie mir Betteredge mitteilte, habe ihn der Arztgehilfe auf dem Rückweg von der Bahnstation angesprochen und sich erkundigt, wer ich sei. Dadurch habe auch Mr. Candy von meinem Besuch erfahren und sei daraufhin zu Betteredge gekommen, ihm zu sagen, daß er mich unbedingt sprechen müsse. Sollte ich in der nächsten Zeit wieder in dieser Gegend sein, möge man ihn rechtzeitig davon verständigen. Abgesehen von ein paar Äußerungen, die für die Lebensphilosophie des alten Betteredge charakteristisch waren, enthielt der Brief wirklich nichts, was der Rede wert wäre. Der treue Alte gab offen zu, er habe mir nur geschrieben, weil es für ihn ein Vergnügen sei.

Ich stopfte den Brief in meine Tasche und hatte ihn schon im nächsten Moment vergessen, nahm doch die kommende Aussprache mit Rachel mein ganzes Denken gefangen.

Als die Kirchenuhr von Hampstead drei schlug, sperrte ich die Gartentür auf. Kaum hatte ich sie von innen wieder verschlossen, überkamen mich Zweifel. Schuldbewußt wie ich mich fühlte, fragte ich mich, was die nächste Stunde wohl bringen würde. Ängstlich blickte ich herum, ob sich in diesem mir unbekannten Garten jemand versteckt hielt und mich beobachtete. Doch meine Besorgnis war nicht gerechtfertigt. Niemand zeigte sich, niemand war zu entdecken, nur Vögel und Bienen waren Zeugen meines Eindringens.

Ich ging zum Treibhaus und gelangte von dort in den kleinen Salon. Als ich mich der Tür näherte, die ins Nebenzimmer führte, vernahm ich ein paar traurige Akkorde. In glücklichen Tagen hatte ich Rachel oft auf diese Weise auf dem Klavier phantasieren gehört. Da hielt ich im Gehen inne, ich mußte mich erst fassen. Vergangenes und Gegenwärtiges wurden mir in diesem Augenblick so richtig bewußt, ich verglich die damalige Situation mit der heutigen, ein niederdrückendes Gefühl überkam mich. Nur allmählich fand ich meinen Mut wieder und öffnete die Tür.

VII

Rachel erblickte mich und sprang auf. Ich schloß hinter mir die Tür. Schweigend standen wir einander gegenüber, sie an dem einen, ich an dem andern Ende des Zimmers. Mehr als sich zu erheben, hatte sie nicht zustande gebracht, wortlos starrte sie mich an.

Der angstvolle Gedanke, daß ich mich ihr zu plötzlich gezeigt hätte, durchzuckte mich. Ich ging auf sie zu und sagte leise: »Rachel!«

Meine Stimme brachte Farbe in ihr Gesicht, Leben in ihre Glieder. Auch sie tat ein paar Schritte, aber sie sagte noch immer nichts. Sie kam auf mich zu, als handelte sie unter unwiderstehlichem Zwang. Eine warme Röte überzog ihre Wangen, ihre Augen leuchteten und gaben mir zu verstehen, daß sie sich allmählich von dem Schock erholte. Ich vergaß den Zweck meines Kommens, ich vergaß den abscheulichen Verdacht, der auf meinem guten Namen ruhte, ich vergaß jede Rücksicht auf Vergangenes, Gegenwärtiges oder Künftiges, das ich hätte bedenken sollen. Ich sah nichts als die Frau, die ich liebte, und sie kam näher und näher. Plötzlich blieb sie stehen. Ich bemerkte, daß sie zitterte. Da konnte ich mich nicht länger zurückhalten. Ich eilte auf sie zu, nahm sie in die Arme und bedeckte ihr Gesicht mit Küssen.

Einen Augenblick lang war mir, als erwiderte sie meine Küsse. Einen Augenblick lang glaubte ich, auch sie hätte alles vergessen. Doch ehe ich noch diesen Gedanken festhalten konnte, bewies mir ihre erste bewußte Handlung, daß sie sich sehr genau an alles erinnerte. Mit einem Schrei, der wie ein Angstschrei klang, und mit einer Kraft, die man ihr nicht zugetraut hätte, stieß sie mich von sich. Aus ihren Augen blitzte flammender Zorn, um ihren Mund zeigte sich erbarmungslose Verachtung. Sie musterte mich von Kopf bis Fuß, als sähe sie einen Fremden, der sie beleidigt hatte.

»Du Feigling!« rief sie. »Du gemeiner, erbärmlicher, herzloser Feigling!«

Das waren ihre ersten Worte! Es war der unerträglichste Vorwurf, den eine Frau einem Mann machen kann – und gerade den mußte ich von ihr hören.

»Verzeih, Rachel, aber ich erinnere mich an eine Zeit, da du es mir in einer würdigeren Form zu verstehen gegeben hättest, daß ich dich beleidigt habe.«

Der Ton meiner Stimme dürfte ihr verraten haben, wie bitter meine Gefühle waren. Denn ihr Blick, den sie eben von mir abgewandt hatte, ruhte jetzt unwillkürlich wieder auf mir. Leiser und etwas widerwillig, was mir an ihr ganz neu war, antwortete sie: »Vielleicht gibt es eine Entschuldigung für mich. Ist es denn eines Mannes würdig, mich auf solche Weise zu überfallen? Nach allem, was du getan hast? Ich halte es für feig, wenn du meine Schwäche für dich nützt, mich überraschst und es fertigbringst, mich zu küssen. Das ist meine Meinung, freilich nur die

Meinung einer Frau. Ich hätte wissen müssen, daß es nicht deine Meinung sein kann, und ich hätte besser getan, mich zu beherrschen und zu schweigen.«

Die Art, wie sie sich entschuldigte, war noch schwerer zu ertragen als die Beleidigung zuvor. Auch ein noch so tief gesunkener Mann hätte sich dadurch gedemütigt gefühlt.

»Läge meine Ehre nicht in deinen Händen, würde ich unverzüglich gehen, um dich nie wiederzusehen. Du behauptest, ich hätte etwas getan – aber was habe ich eigentlich getan?«

»Du fragst mich noch?«

»Ja, ich frage dich!«

»Ich habe deine Schändlichkeiten geheimgehalten und deshalb die Folgen tragen müssen. Eigentlich dürfte ich von dir erwarten, daß du mir eine solche Frage ersparst! Ist denn jedes Gefühl für Dankbarkeit in dir erstorben? Früher einmal warst du ein Gentleman, meiner Mutter warst du lieb und mir noch viel –«

Die Stimme versagte ihr, sie sank auf einen Lehnstuhl nieder, wandte sich ab und hielt die Hände vors Gesicht.

Es dauerte eine Weile, bevor ich die Sprache wiederfand. Ich wüßte nicht zu sagen, was mir schmerzlicher war: Der Stich, den mir ihre Verachtung versetzt hatte, oder ihre stolze Art, mich von ihrem Kummer auszuschließen. »Wenn du nicht sprechen willst, so muß ich es tun«, sagte ich schließlich. »Ich bin hergekommen, um dir etwas Ernstes zu sagen. Willst du mir wenigstens soviel Gerechtigkeit zuteil werden lassen, mich anzuhören?«

Sie sagte nichts, sie rührte sich nicht. Ich bat sie kein zweites Mal, ich kam ihr auch nicht näher – keinen Zollbreit. Und dann erzählte ich ihr, wie ich zu meiner Entdeckung im Triebsand gekommen war – und ich erzählte es, so knapp ich konnte und mit einem Stolz, der so unbeugsam war wie der ihre. Natürlich brauchte ich längere Zeit dazu. Aber vom Anfang bis zum Ende – nie sah sie mich an, nie sagte sie ein einziges Wort. Trotzdem behielt ich die Fassung, wußte ich doch, daß wahrscheinlich meine ganze Zukunft davon abhing, ob ich mich jetzt beherrschen konnte oder nicht. Es galt festzustellen, ob Mr. Bruff mit seiner Theorie recht hatte. Deshalb trat ich von der andern Seite an den Lehnstuhl heran, so daß sie mir beim Aufblicken ins Gesicht sehen mußte. »Rachel, ich habe eine Frage an dich, denn ich muß auf dieses peinliche Thema zurückkommen: Hat Rosanna dir das Nachthemd gezeigt? Ja oder nein?«

Sie sprang auf und trat ganz nahe an mich heran, wobei ihre Augen mir forschend ins Gesicht blickten, als suchten sie darin etwas, das ihr bisher entgangen war. »Bist du von Sinnen?« fragte sie mich.

Ich hielt mich noch immer zurück und sagte ganz ruhig: »Bitte beantworte meine Frage!«

Sie tat, als hätte sie mich nicht gehört. »Was willst du damit erreichen?« fragte sie mich. »Ich verstehe dich nicht. Fürchtest du vielleicht, ich könnte gegen dich etwas unternehmen? Es heißt, du bist nach dem Tod deines Vaters ein reicher Mann geworden. Willst du mich jetzt für den Verlust des Diamanten entschädigen? Bist du nicht Manns genug, dich einer solchen Sache wegen zu schämen? Was steckt hinter dieser angeblichen Schuldlosigkeit und hinter dieser Geschichte, die du mir über Rosanna erzählt hast? Hast du, obschon du falsch bist, vielleicht doch noch einen Rest von Schamgefühl?«

Ich konnte mich nicht mehr beherrschen, wütend fiel ich ihr ins Wort: »Du tust mir auf gemeinste Weise unrecht! Warum verdächtigst du mich, den Diamanten gestohlen zu haben? Warum? Ich habe ein Recht, es zu wissen!«

»Ich dich verdächtigen?« rief sie mit wachsendem Zorn. »Du Schuft! Mit eigenen Augen habe ich gesehen, wie du den Diamanten genommen hast!«

Diese für mich überraschende Wendung, die auch Mr. Bruffs Theorie über den Haufen warf, machte mich völlig hilflos. Schuldlos wie ich war, brachte ich kein Wort zu meiner Verteidigung über die Lippen. In ihren Augen – in jedermanns Augen – mußte ich wie ein Ertappter ausgesehen haben, dem man seine Lügen auf den Kopf zugesagt hat. Ihr Triumph und meine Demütigung, vor allem aber mein plötzliches Verstummen, schienen ihr Unbehagen zu bereiten. Sie wich vor mir zurück und sagte mit abgewandtem Gesicht: »Ich habe dich damals geschont, auch jetzt hätte ich dich geschont, wäre ich von dir nicht zum Reden gezwungen worden.« Es sah aus, als wollte sie das Zimmer verlassen, doch ehe sie die Tür erreichte, zögerte sie. »Warum bist du hergekommen, um dich zu demütigen?« fragte sie. »Oder um mich zu demütigen?« Wieder tat sie ein paar Schritte zur Tür hin, wieder zögerte sie. »Um Himmels willen – so sag doch nur ein einziges Wort!« rief sie leidenschaftlich. »Hab Mitleid mit mir und erniedrige mich nicht noch mehr! Sag etwas, das mich aus diesem Zimmer hinaustreibt!«

Meiner Sinne kaum mächtig, ging ich auf sie zu. Vielleicht glaubte ich, sie zurückhalten zu können, damit sie mir noch mehr sage. Denn seit ich von ihr gehört hatte, daß sie mit eigenen Augen mich bei meiner Tat gesehen habe, war in mir alles zusammengebrochen, sogar die Überzeugung, an dieser Tat schuldlos zu sein. Ich ergriff ihre Hand, ich versuchte, ruhig und sachlich zu bleiben, aber in meiner Verwirrung brachte ich bloß heraus: »Rachel, du hast mich einst geliebt.«

Schaudernd wandte sie sich von mir ab, schlaff lag ihre Hand in meiner. »Laß mich los!« sagte sie matt.

Die Berührung schien die gleiche Wirkung zu haben wie der Klang meiner Stimme, als ich eingetreten war. Sie hatte mich zwar einen Feigling genannt, sie hatte mich des Diebstahls bezichtigt – aber solange ihre Hand in meiner lag, war ich noch immer der Stärkere!

Sacht zog ich sie von der Tür fort und zu einem Sofa hin, wo ich mich neben sie setzte.

»Rachel, ich muß dir widersprechen – ich kann dir nicht erklären warum, ich kann dir nur die Wahrheit sagen, so wie du sie mir gesagt hast. Du hast mich also mit eigenen Augen gesehen? Du hast gesehen, wie ich den Diamanten an mich nahm? Der Allmächtige möge mein Zeuge sein! Ich erkläre dir: Davon habe ich bisher nichts gewußt! Kannst du noch immer an mir zweifeln?«

Entweder hatte sie nicht aufgepaßt, oder sie hatte mich nicht gehört. »Laß mich los!« wiederholte sie mit schwacher Stimme. Das war alles, was sie sagte. Ihr Kopf sank auf meine

Schulter, ohne es zu wissen, umschloß sie meine Hand, als sie mich bat, sie loszulassen.

Ich wollte sie nicht nochmals mit meiner Frage bedrängen, doch noch länger zu warten schien mir unrichtig. Immerhin hing es von ihr ab, ob ich mich in Hinkunft erhobenen Hauptes unter ehrlichen Menschen würde bewegen können oder nicht. Ich mußte sie dazu bringen, mir alles zu sagen. Eine Hoffnung blieb mir: Vielleicht hatte Rachel bei dieser vermeintlichen Beweiskette doch irgendein Glied übersehen, eine bloße Kleinigkeit, durch die sich – wenn man sie sorgfältig überprüfte – meine Schuldlosigkeit herausstellen würde. Deshalb ließ ich ihre Hand nicht los und wandte meine ganze Beredtheit auf, um längstvergangene Gefühle in ihr wachzurufen.

»Rachel, ich habe eine Bitte an dich. Du erinnerst dich – an jenem Abend wünschten wir einander gute Nacht. Sag mir jetzt alles, was sich danach zugetragen hat!«

Sie hob den Kopf und wollte mir ihre Hand wegziehen. »Ach, wozu das alles wieder aufrühren?« sagte sie seufzend.

»Hör zu, Rachel: Du und ich sind die Opfer einer ungeheuren Täuschung, die sich der Maske der Wahrheit bedient. Wenn wir uns jetzt gemeinsam alles ins Gedächtnis zurückrufen, was damals geschah, könnten wir die Sache vielleicht doch noch klären.«

Ihr Kopf sank wieder auf meine Schulter zurück, Tränen rollten langsam die Wangen hinab. »Ach, habe ich denn nicht immer diese Hoffnung gehegt? Habe ich denn nicht immer versucht, das Ganze so zu sehen, wie du es jetzt siehst?«

»Rachel, du hast es bis jetzt nur allein versucht, ohne mich.«

Meine Worte schienen in ihr die gleiche Hoffnung zu erwekken, die auch ich hatte. Von diesem Moment an nämlich beantwortete sie alle meine Fragen wie ein fügsames Kind. Mehr noch: sie nahm ihren ganzen Verstand zusammen und zeigte mir volles Verständnis. »Rachel, beginnen wir damit, was zuerst geschah. Bist du, nachdem wir einander gute Nacht gewünscht hatten, schlafengegangen oder aufgeblieben?«

»Ich ging zu Bett.«

»Um welche Zeit? War es spät?«

»Ungefähr Mitternacht.«

»Bist du sofort eingeschlafen?«

»Nein. Ich konnte in dieser Nacht keinen Schlaf finden.«

»Warst du nervös?«

»Ich dachte an dich.«

Durch diese Antwort verlor ich beinahe die Fassung. Mehr noch als ihr Geständnis traf mich der Ton ihrer Stimme ins Herz. Erst nach einer Pause war ich wieder zu sprechen imstande. »Hattest du Licht im Zimmer?« fragte ich.

»Nein. Erst als ich aufstand, zündete ich die Kerze an.«

»Wann war das?«

»Etwa eine Stunde später, vielleicht um ein Uhr.«

»Hast du dein Schlafzimmer verlassen?«

»Das wollte ich eben tun. Ich hatte meinen Schlafrock angezogen und war auf dem Weg in mein Wohnzimmer, mir ein Buch zu holen –«

»Hattest du die Tür bereits geöffnet?«

»Ja.«

»Aber du hattest das Schlafzimmer noch nicht verlassen?«

»Etwas Bestimmtes hielt mich davon ab.«

»Was war das?«

»Ich sah vom Korridor her unter der Tür einen Lichtschein, und ich hörte, wie sich Schritte näherten.«

»Hattest du Angst?«

»Nein. Ich wußte, meine arme Mutter schlief schlecht. Und da fiel mir ein, daß sie mich am Abend hatte überreden wollen, ihr den Diamanten zur Aufbewahrung zu geben. Diese Besorgnis war mir übertrieben erschienen. So dachte ich eben, sie käme, um mit mir nochmals darüber zu sprechen – sofern ich noch wach wäre.«

»Wie hast du dich verhalten?«

»Ich habe die Kerze ausgeblasen, damit meine Mutter glaube, ich sei im Bett und schlafe. Das war natürlich unvernünftig von mir, aber ich wollte den Diamanten unbedingt in meinem Zimmer aufbewahren.«

»Und nachdem du die Kerze ausgeblasen hattest – bist du dann wieder zu Bett gegangen?«

»Dazu hatte ich keine Zeit mehr. Denn die Tür meines Wohnzimmers öffnete sich, und ich sah –«

»Wen?«

»Dich!«

»Was hatte ich an?«

»Du warst im Nachthemd, und in der Hand hattest du den Leuchter mit einer brennenden Kerze.«

»War ich allein?«

»Ja.«

»Konntest du mein Gesicht sehen?«

»Ja.«

»Deutlich?«

»Sogar sehr, denn das Licht deiner Kerze fiel darauf.«

»Hatte ich meine Augen offen?«

»Ja.«

»Ist dir an ihnen etwas aufgefallen? Blickte ich starr vor mich hin – wie geistesabwesend?«

»Überhaupt nicht. Deine Augen glänzten, sogar mehr als sonst. Du hast umhergeblickt, als wüßtest du, daß du hier nicht sein dürftest, und als hättest du Angst, hier überrascht zu werden.«

»Ist dir an meinem Gang etwas aufgefallen?«

»Nein, der war so wie sonst. Du bliebst in der Mitte des Zimmers stehen, deine Blicke glitten suchend über alle Gegenstände.«

»Und du?«

»Ich war wie versteinert, nicht imstande, zu sprechen oder zu rufen. Nicht einmal die Tür zu meinem Schlafzimmer konnte ich schließen.«

»Und ich? Hätte ich dich bemerken können?«

»Sicher. Aber du hast nicht in meine Richtung geschaut. Warum willst du es wissen? Ich bin überzeugt davon, daß du mich nicht gesehen hast.«

»Warum weißt du das so genau?«

»Hättest du sonst den Diamanten genommen? Hättest du dann am nächsten Tag dich so verstellen können? Wärst du jetzt hier, wenn du wüßtest, daß ich dich heimlich beobachtete? Darüber will ich nicht sprechen müssen, denn ich möchte meine Ruhe bewahren. Bring mich nicht aus der Fassung, frag lieber etwas anderes!«

Sie hatte recht, in jeder Hinsicht recht. Ich hielt mich an ihre Bitte. »Was tat ich, nachdem ich mich in die Mitte des Zimmers gestellt hatte?« fragte ich.

»Du gingst geradewegs auf die Ecke neben dem Fenster zu, dort nämlich steht mein indisches Schränkchen.«

»Da muß ich dir doch sicher den Rücken zugewandt haben. Wie konntest du sehen, was ich tat?«

»Während du weitergingst, habe auch ich rasch meinen Platz gewechselt.«

»Du wolltest meine Hände sehen?«

»Ja. In meinem Wohnzimmer sind nämlich drei Spiegel. Einer davon gab mir dein Bild wieder, ich konnte dich beobachten.«

»Und was hast du gesehen?«

»Du hast den Leuchter auf das Schränkchen gestellt und dann ein Schubfach nach dem andern herausgezogen, zuletzt jenes, in welches ich den Diamanten gelegt hatte. Du hast hineingegriffen und den Stein herausgenommen.«

»Wieso weißt du das?«

»Ich sah den gelben Diamanten zwischen deinen Fingern leuchten.«

»Habe ich nachher das Schubfach wieder geschlossen?«

»Nein. Du hast den Diamanten in deiner rechten Hand gehalten und mit der linken Hand den Leuchter vom Schränkchen heruntergeholt.«

»Habe ich mich dann nochmals suchend im Zimmer umgesehen?«

»Nein.«

»Habe ich es sofort verlassen?«

»Nein. Du bist ganz still dagestanden, mir schien es eine lange Zeit. Im Spiegel konnte ich dein Gesicht beobachten. Du schienst nachzudenken, doch mit deinen Gedanken nicht zufrieden zu sein.«

»Was geschah dann?«

»Plötzlich bist du zusammengefahren und aus dem Zimmer gegangen.«

»Habe ich hinter mir die Tür geschlossen?«

»Nein. Du hast das Zimmer eiligst verlassen, die Tür stand offen.«

»Und dann?«

»Das Licht deiner Kerze entfernte sich, deine Schritte verklangen, ich stand im Dunkeln, ich war allein.«

»Und später geschah nichts? Blieb es still bis zum Morgen, als das ganze Haus wegen des verschwundenen Diamanten zusammenlief?«

»So ist es.«

»Weißt du das sicher? Bist du in der Zwischenzeit wirklich nicht eingeschlafen?«

»Ich bin in dieser Nacht nicht mehr zu Bett gegangen. Nichts rührte sich – bis morgens um acht Penelope mir eine Tasse Tee brachte.«

Ich ließ ihre Hand los und erhob mich. Rachel hatte mir jede Frage beantwortet; jede Einzelheit, die ich hatte wissen wollen, wußte ich. Auch die Annahme, daß ich betrunken oder schlafwandelnd mir den Diamanten angeeignet hätte, hatte sich als irrig erwiesen. Die Aussage der einzigen Augenzeugin hatte mir dies bestätigt. Was blieb mir noch zu sagen, noch zu tun übrig?

Im undurchdringlichen Dunkel, das mich umhüllte, lag der erwiesene Diebstahl als einziges greifbares Ergebnis vor. Kein Lichtstrahl, der mich aus dem Dunkel hinausführte, als ich Rosannas Geheimnis im Triebsand entdeckt hatte, kein Lichtstrahl jetzt, nachdem ich mich an Rachel selbst gewendet und aus ihrem Mund diese hassenswerte Geschichte gehört hatte!

Diesmal war sie es, die das Schweigen brach: »Nun, du hast gefragt, und ich habe geantwortet. Du hast dir davon etwas erhofft, und auch ich habe wieder zu hoffen begonnen. Was hast du mir zu sagen?« Ihr Ton warnte mich. Sie entglitt meinem Einfluß. »Wir wollten uns die Ereignisse jener Nacht ins Gedächtnis zurückrufen, wir wollten darüber sprechen. Ist das nun getan?« Erbarmungslos wartete sie auf Antwort.

Ich beging einen verhängnisvollen Fehler. Infolge meiner aussichtslosen Lage verlor ich die Selbstbeherrschung. Ich warf Rachel vor, daß sie mir bis jetzt die Wahrheit verschwiegen hätte, was sinnlos und unbesonnen von mir war. »Hättest du es mir gleich gesagt, dich ausgesprochen und mir Gerechtigkeit widerfahren lassen –«

Mit einem zornigen Schrei unterbrach sie mich. Diese paar Worte hatten genügt, sie in Wut zu versetzen. »Ich hätte mich aussprechen sollen? Was erwartest du dir denn noch von mir? Da schone ich dich, fast bricht mir das Herz dabei! Da schütze ich dich und setze dadurch meinen Ruf aufs Spiel! Und du, ausgerechnet du, wirfst mir vor, daß ich mich dir gegenüber nicht ausgesprochen habe! Mir, die an dich geglaubt und dich geliebt hat, die den ganzen Tag an dich gedacht und nachts von dir geträumt hat! Und jetzt wunderst du dich, daß ich dir nicht gleich am nächsten Morgen deine Schande ins Gesicht geschrien habe: ›Herzallerliebster, du bist ein Dieb! Mein Held, ich liebe und achte dich zwar, aber du bist im Schutz der Nacht in mein Zimmer geschlichen und hast mir den gelben Diamanten gestohlen!‹ Das ist es wohl, was ich hätte sagen sollen, was? Du Schuft, du niederträchtiger Schuft, ich gäbe fünfzig Diamanten dafür, wenn ich es nicht sehen müßte, wie du mir ins Gesicht lügst!«

Ich nahm meinen Hut, ich wollte gehen. Sie erbarmte mich, ja, sie erbarmte mich – ich sage es ehrlich. Wortlos wandte ich mich ab und öffnete die Tür, durch die ich gekommen war.

Sie folgte mir, schlug die Tür wieder zu und zeigte auf den Platz, den ich eben verlassen hatte. »Nein!« sagte sie. »Du bleibst da! Ich werde mein Verhalten vor dir rechtfertigen, und du hörst mir zu! Oder du machst das Maß deiner Schande voll und erzwingst dir den Weg!«

Es brach mir fast das Herz, sie in diesem Zustand zu sehen. So gab ich ihr durch ein Zeichen zu verstehen (mehr zu tun, war ich nicht imstande), daß ich mich ihr fügte.

Schweigend kehrte ich um und setzte mich nieder. Allmählich wich die Zornesröte aus ihrem Gesicht. Eine Weile mußte sie warten, bis sie sich gefaßt hatte. Ohne einen Blick für mich, die Augen auf den Boden geheftet, die Hände zu Fäusten geballt, begann sie zu sprechen: »Gut, ich hätte dir also Gerechtigkeit widerfahren lassen sollen«, sagte sie und gebrauchte dabei meine eigenen Worte. »Beurteile jetzt selbst, ob ich es versucht habe oder nicht. Du hast es bereits gehört: Nachdem du in jener Nacht mein Zimmer verlassen hattest, ging ich nicht mehr zu Bett, ich fand keinen Schlaf mehr. Es ist sinnlos, dir meine Gedanken zu sagen – du würdest sie nicht verstehen. Als ich mich endlich von diesem Schock erholt hatte, sah ich davon ab, das Haus zu alarmieren, was ich eigentlich hätte tun müssen. Ich schrie nicht hinaus, was geschehen war, denn trotz allem liebte ich dich noch immer und konnte an deine Schuld nicht glauben. Jede noch so unsinnige Erklärung wäre mir recht gewesen. Ich wollte nicht wahrhaben, daß du als Dieb dich bei mir eingeschlichen hättest. So überlegte ich denn sehr lange – und schließlich schrieb ich dir einen Brief.«

»Den habe ich nie bekommen.«

»Ja, ich weiß. Hab ein wenig Geduld, und du wirst hören, warum. Dieser Brief hätte dir deine Schuld nicht auf den Kopf zugesagt, er hätte dein Leben nicht zerstört, so er in die Hand eines Dritten gelangt wäre. Er hätte dir bloß zu verstehen gegeben, daß meine Mutter und ich nicht nur von deinen Schulden wußten, sondern aufgrund bestimmter Erfahrungen auch von deinen mehr oder weniger krummen Wegen, dir das nötige Geld zu verschaffen. Damit wollte ich auf den Besuch des Pariser Advokaten anspielen – und du hättest mich verstanden. Und dann hätte ich dir ein größtmögliches Darlehen angeboten, selbstverständlich ohne dies offen auszusprechen, aber auch da hättest du mich verstanden. Ja, mit Hilfe meiner Mutter hätte ich mir diese Summe sicher verschaffen können!« rief sie und blickte mich an, wobei ihr wieder die Zornesröte in die Wangen stieg. »Ich hätte sogar den gelben Diamanten verpfändet – nur um zu Geld zu kommen! In diesem Sinne also habe ich dir geschrieben, und nicht nur das habe ich getan. Mit Penelope habe ich vereinbart, daß sie dir den Brief heimlich zustecken sollte. Ich selbst wollte mich im Schlafzimmer einschließen und das Wohnzimmer den ganzen Vormittag nicht betreten, damit du Gelegenheit hättest, von anderen ungesehen, den Diamanten wieder ins Schränkchen zurückzulegen.

Das erhoffte ich von dir – ach, wie sehr wünschte ich, daß es geschähe!«

Ich wollte etwas sagen. Ungeduldig winkte sie mir ab. Der Zorn hatte sie gepackt, sie kam auf mich zu.

»Ich weiß, was du sagen möchtest! Du willst mich daran erinnern, daß du meinen Brief nie bekommen hast. Und jetzt sollst du hören, warum: Ich habe ihn zerrissen!«

»Aus welchem Grund?«

»Es war mir lieber, ihn zu vernichten, als ihn einem Schuft in die Hände zu spielen! Kaum hatte ich mir nämlich meinen Plan zurechtgelegt – was mußte ich als erstes hören? Daß du, ausgerechnet du, die Polizei ins Haus gerufen hattest! Du warst die treibende Kraft, du hast dich mehr als alle anderen bemüht, dem Diamanten nachzuspüren. Du hattest sogar die Frechheit, mit mir über sein Verschwinden sprechen zu wollen – über den Diamanten, den du selbst gestohlen hattest und bei dir haben mußtest! Nach diesem Beweis deiner Hinterlist und deiner Falschheit zerriß ich meinen Brief. Aber selbst dann noch, als mich die Fragen und das Herumschnüffeln des von dir herbeigerufenen Polizisten rasend machten – selbst dann noch hing ich so sehr an dir, daß ich dich nicht aufgeben wollte. Ich sagte mir: Zugegeben, er treibt mit den Leuten hier ein übles Spiel. Aber mir gegenüber wird er so etwas nicht wagen! Von irgendwem hörte ich, daß du gerade auf der Terrasse seist. So ging ich hinunter und zwang mich, dich anzusehen, dich anzusprechen. Hast du vergessen, was ich dir damals gesagt habe?«

Ich erinnerte mich an jedes Wort, ich hätte es ihr sagen können. Aber was hätte meine Antwort jetzt genützt? Wie konnte ich ihr zu verstehen geben, daß es mich verblüfft, ja sogar betrübt hatte, was ich von ihr hatte hören müssen. Sie schien mir damals in einem Zustand höchster nervlicher Belastung zu sein, weshalb ich einen Augenblick lang sogar dachte, daß sie über das Verschwinden des Diamanten mehr wüßte als wir alle. Die Wahrheit hatte ich natürlich nicht geahnt. Und da ich jetzt nicht den geringsten Beweis meiner Schuldlosigkeit vorbringen konnte – wie sollte ich sie davon überzeugen, daß ich damals auf der Terrasse den Sinn ihrer Worte genausowenig hatte erfassen können wie jeder x-beliebige Fremde? Ich schwieg also.

»Dir beliebt es, meine Worte zu vergessen, doch mir beliebt es, mich an sie zu erinnern. Ich weiß genau, was ich dir damals gesagt habe, denn ich hatte es mir vorher gut überlegt. Du solltest mehrmals Gelegenheit haben, die Wahrheit zu gestehen. Ich ließ daher nichts ungesagt. Freilich, von einer offenen Anschuldigung mußte ich absehen. Du aber hast mich hernach bloß angestarrt, staunend und mit Unschuldsmiene – alles geheuchelt, genauso wie jetzt! Dort auf der Terrasse habe ich endlich erkannt, was du wirklich bist – nämlich der niederträchtigste Schuft auf Gottes Erdboden!«

»Rachel, hättest du mir die Wahrheit ins Gesicht gesagt, wäre mir wenigstens bewußt geworden, daß du mir unrecht tust.«

Entrüstet entgegnete sie mir: »Hätte ich es vor anderen gesagt, wäre dein guter Ruf ein für allemal verloren gewesen. Hätte ich es dir unter vier Augen gesagt, wärst du so unverschämt gewesen, es abzustreiten – so wie jetzt. Meinst du denn, ich hätte dir geglaubt? Ich mußte mir sagen: Ein Mann, der so etwas zu tun imstande ist, sich aber nachher geschickt verstellt, schreckt vor keiner Lüge zurück! Nachdem ich dich hatte stehlen sehen, wollte ich dich nicht auch noch lügen hören. Du tust, als handle es sich nur um ein Mißverständnis, das man durch ein paar Worte aus der Welt schaffen könnte. Aber damit ist jetzt Schluß! Haben wir den Zweck erreicht? Nein! Keinen Schritt sind wir weitergekommen. Ich glaube dir nicht – ob du mir nun vom gefundenen Nachthemd erzählst oder von Rosannas Brief. Ich glaube dir nicht ein Wort davon! Du hast den Diamanten gestohlen – das habe ich gesehen! Du gabst vor, der Polizei zu helfen – dabei hatte ich dich bei deiner Tat beobachtet! Du hast den Diamanten dem Wucherer verpfändet – dessen bin ich sicher! Dank meinem Schweigen hast du den Verdacht auf einen Unschuldigen wälzen können, und dann hast du dich mit dem ergaunerten Geld aus dem Staub gemacht! Aber das alles scheint dir nicht genug, du willst mir noch mehr antun. Du wagst es, herzukommen, wieder mit einer Lüge auf den Lippen, indem du behauptest, ich hätte dir unrecht getan!«

Wäre ich auch nur einen Augenblick länger geblieben – ich weiß nicht, welche Beleidigungen ich ihr ins Gesicht geschleudert hätte, was ich nachher sicher bedauert und bereut hätte. Mit zusammengepreßten Lippen stürzte ich an ihr vorbei und wollte zur Tür. Blind vor Zorn packte sie mich am Arm und verstellte mir den Weg.

»Laß mich gehen, Rachel«, sagte ich. »Es ist besser so.«

Ihr fliegender Atem streifte mein Gesicht, eigensinnig klammerte sie sich an mich und schrie mich an: »Warum bist du gekommen? Ich frage dich nochmals: Warum bist du gekommen? Hast du etwa Angst, ich könnte dich bloßstellen? Jetzt, da du ein reicher Mann bist, Rang und Namen hast und dir die vornehmste Braut wählen kannst – hast du jetzt etwa Angst, ich könnte das sagen, was ich außer dir noch niemandem gesagt habe? ... Ach, ich kann es ja nicht! Ich kann dich nicht bloßstellen – bin ich doch noch feiger als du selbst!« Sie kämpfte mit Tränen und Seufzern – und hielt mich fester und fester. »Ich kann dich nicht aus meinem Herzen reißen, nicht einmal jetzt! Verlaß dich nur ruhig auf meine schandbare Schwäche! Vergeblich kämpfe ich gegen dich an. Jede andere würde sich schämen, einen solchen Schuft wie dich auch nur anzurühren!« Sie zuckte vor mir zurück und rang die Hände. »Wie verachte ich mich – mehr noch als dich!«

So sehr ich mich bemühte – ich konnte mich der Tränen jetzt nicht mehr erwehren. Es war zuviel, um es ertragen zu können. »Trotzdem wirst du hören, daß du mir unrecht getan hast, oder du siehst mich nie mehr wieder!« Mit diesen Worten verließ ich sie.

Aber sie folgte mir ins angrenzende Zimmer, Reue schwang in ihrer Stimme mit, als sie mir nachrief: »Franklin, ich vergebe dir! O Franklin, wir werden uns nie wiedersehen! Sag, daß auch du mir vergibst!«

Ich wandte mich um, ihr zu zeigen, daß ich keines Wortes mehr fähig war. So winkte ich ihr denn und sah sie nur mehr durch einen Schleier von Tränen, die mich jetzt endgültig überwältigten.

Im nächsten Augenblick lag das Bitterste bereits hinter mir.

Ich befand mich wieder im Garten und sah und hörte sie nicht mehr.

VIII

Noch spät am Abend überraschte mich Mr. Bruff mit seinem Besuch. Sein Benehmen schien mir merklich verändert. Kühl und mißgelaunt reichte er mir schweigend die Hand.

»Fahren Sie heute noch nach Hampstead?« fragte ich, nur um irgend etwas zu sagen.

»Von dort komme ich gerade. Ja, Mr. Franklin, ich weiß, daß Sie endlich die Wahrheit erfahren haben. Hätte ich geahnt, um welchen Preis, wäre es mir lieber gewesen, Sie im dunkeln zu lassen.«

»Haben Sie mit Rachel gesprochen?«

»Ich habe sie eben zu Mrs. Merridew zurückgebracht. Es war unmöglich, sie allein nach Hause fahren zu lassen. Natürlich kann ich nicht Sie für den Schock verantwortlich machen, den diese unselige Aussprache bei Rachel hervorgerufen hat, zumal es in meinem Hause und mit meiner Zustimmung geschah. So etwas darf nicht mehr passieren, und darauf will ich achten. Rachel ist jung und willensstark, man muß ihr Zeit und Ruhe lassen, dann wird sie es überwinden. Ich möchte mich nur Ihrer Zusage versichern, nichts zu unternehmen, das Rachel aus dem Gleichgewicht bringen könnte. Darf ich mich darauf verlassen, daß Sie nicht versuchen werden, sie wiederzusehen – es sei denn mit meiner ausdrücklichen Erlaubnis?«

»Mr. Bruff, ich gebe Ihnen mein Wort darauf. Diese Begegnung ist für Rachel und mich gleich schmerzlich gewesen.«

»Sie versprechen es mir?«

»Auf Ehre und Gewissen!«

Erleichtert sah er mich an. Er legte den Hut ab und setzte sich. »Das also wäre erledigt«, sagte er. »Und jetzt reden wir von der Zukunft – von Ihrer Zukunft, meine ich. In der Sache ist nun eine unerwartete Wendung eingetreten. Eines ist klar: Rachel hat Ihnen sicher die reine Wahrheit gesagt. Wir beide wissen zwar, daß irgendein gräßliches Mißverständnis vorliegen muß, aber wir können Rachel deswegen wirklich keinen Vorwurf machen – hat sie doch mit eigenen Augen gesehen, wie Sie sich schuldig machten. Die Tatsachen also sprechen gegen Sie, Mr. Franklin, und –«

Hier unterbrach ich ihn. »Ich mache Rachel keinen Vorwurf«, sagte ich, »ich bedauere nur, daß sie seinerzeit sich nicht mit mir ausgesprochen hat.«

»Da könnten Sie genausogut bedauern, daß Rachel nicht wie andere Mädchen ist«, erwiderte Mr. Bruff. »Und selbst dann würde ich es bezweifeln, ob ein junges Wesen mit Zartgefühl es über sich brächte, ihrem Zukünftigen ins Gesicht zu sagen, daß er ein Dieb sei. Von Rachel jedenfalls kann man so etwas nicht erwarten. Soviel ich weiß, haben in einer andern Angelegenheit, als sich Rachel in einer vergleichbaren Lage befand, ähnliche Motive ihr Handeln bestimmt. Übrigens hat sie heute, als wir zusammen in die Stadt zurückfuhren, gesagt, sie hätte auch bei einer früheren Aussprache Ihren Unschuldsbeteuerungen genausowenig geglaubt wie jetzt. Was das betrifft, ist also nichts zu machen. Aber hören Sie zu, lieber Freund: Meine Auffassung hat sich zwar als völlig irrig erwiesen, aber vielleicht ist mein Rat trotzdem zu gebrauchen. Offen gestanden, wenn wir immer wieder versuchen, diese komplizierte Geschichte bis zu ihrem Beginn zurückzuverfolgen, vertun wir nur unsere Zeit und zerbrechen uns nutzlos den Kopf. Ziehen wir einen Strich unter das Vergangene, denken wir nicht mehr an die Vorkommnisse in Lady Verinders Haus, sondern wenden wir uns dem zu, was alles noch passieren kann. Vielleicht finden wir dann einen Anhaltspunkt für einen etwaigen Verdacht, nach dem wir bisher vergeblich gesucht haben.«

»Mr. Bruff, Sie vergessen, daß diese Geschichte – soweit sie mich betrifft – nur mit vergangenen Ereignissen zu tun hat.«

»Da kann ich nur fragen: Hat nicht der Monddiamant das ganze Unheil angerichtet – ja oder nein?«

»Ja, gewiß.«

»So weit, so gut. Und was geschah mit dem Diamanten?«

»Man hat ihn in London dem Wucherer verpfändet.«

»Mr. Franklin, Sie waren es nicht, das ist erwiesen. Wissen wir eigentlich, wer es war?«

»Nein.«

»Und wo befindet sich angeblich der Diamant?«

»In einer Bank. Der Wucherer hat ihn dort deponiert.«

»So ist's. Und nun passen Sie auf, Mr. Franklin: Es ist bereits Juni. Gegen Monatsende – den genauen Tag weiß ich nicht – wird es genau ein Jahr her sein, daß man den Diamanten dem Wucherer verpfändet hat. Es besteht daher die begründete Aussicht, daß derjenige, der es getan hat, innerhalb Jahresfrist das Pfand wird auslösen wollen. Für diesen Fall muß der Wucherer persönlich – so nämlich hat es Mr. Luker mit seiner Bank vereinbart – den Diamanten abholen. Ich schlage daher vor, an den letzten Tagen dieses Monats die Bank überwachen zu lassen und zu beobachten, wem Mr. Luker den Diamanten übergibt. Sehen Sie jetzt, worauf ich hinauswill?«

Wenn auch etwas widerwillig mußte ich zugeben, daß ich von selbst auf diesen Gedanken nie gekommen wäre.

»Mr. Murthwaite hat mich darauf gebracht. Mir wäre die Idee auch nicht gekommen, hätte ich nicht im Vorjahr mit ihm über den Monddiamanten gesprochen. Wenn Mr. Murthwaite recht hat, werden wahrscheinlich auch die Inder diese Bank im Auge behalten – es könnte etwas passieren, meinte er. Was dann passiert, kann uns beiden gleichgültig sein, sofern es uns bei dieser Gelegenheit gelingt, des Unbekannten habhaft zu werden, der den Diamanten verpfändet hat. Obschon ich die Sache nicht durchschauen kann, eines steht fest: Dieser Unbekannte ist für Ihre mißliche Lage verantwortlich. Wenn man ihn erwischt, wird sich Ihre Schuldlosigkeit herausstellen, und einer Versöhnung mit Rachel wird nichts mehr im Wege stehen.«

»Zugegeben, Ihr Plan ist klug und gewagt, aber –«

»Was haben Sie dagegen einzuwenden?«

»Er zwingt mich zu warten.«

»Gut. Aber doch höchstens noch vierzehn Tage. Ist das lange?«

»Für mich, Mr. Bruff, ist das eine Ewigkeit. Wenn ich nicht unverzüglich etwas tun kann, um mich von diesem schrecklichen Verdacht reinzuwaschen, wird mir das Leben unerträglich.«

»Schon gut, Mr. Franklin, ich verstehe Sie. Haben Sie bereits darüber nachgedacht, was Sie inzwischen tun könnten?«

»Ich werde Inspektor Cuff besuchen.«

»Er hat sich aus dem Berufsleben zurückgezogen. Von ihm können Sie keine Hilfe erwarten.«

»Ich weiß, wo er lebt. Versuchen kann ich es ja.«

»Gut, fahren Sie zu ihm«, meinte Mr. Bruff nach kurzem Überlegen. Er erhob sich. »Die Sache hat jetzt immerhin eine unerwartete Wendung genommen, vielleicht gelingt es Ihnen, sein Interesse an dem Fall zu wecken. Inzwischen werde ich meinerseits dafür sorgen, daß zum Monatsende Mr. Lukers Bank überwacht wird. Ist es Ihnen recht?«

»Ja, sofern diese Maßnahme inzwischen nicht überflüssig wird. Aber davon würde ich Sie rechtzeitig verständigen.«

Mr. Bruff nahm seinen Hut. Lächelnd erwiderte er: »Meiner Meinung nach wird man der Wahrheit erst auf die Spur kommen, wenn man weiß, wer den Diamanten verpfändet hat. Bitte teilen Sie das dem Inspektor mit und lassen Sie mich wissen, was er dazu sagt!« Dabei verblieben wir.

Früh am Morgen fuhr ich nach Dorking, einem Marktflecken in Surrey, wohin sich – laut Betteredge – Inspektor Cuff zurückgezogen hatte. In Dorkings einzigem Hotel erkundigte ich mich nach dem Weg zum Landhäuschen des Inspektors. Es lag etwas außerhalb des Orts, inmitten eines freundlichen Gartens, den vorn eine Hecke und an den übrigen Seiten eine Ziegelmauer umschlossen. Die Pforte (mit einem hübsch bemalten Gitter als Oberteil) war versperrt. Ich läutete und spähte durchs Gitter in den Garten. Überall gab es Mr. Cuffs Lieblingsblume. Sie blühte in großen Beeten, sie rankte sich über die Haustür und sah zu seinen Fenstern hinein. Fern der Großstadt mit ihren Lastern und Geheimnissen verbrachte der berühmte Verbrecherjäger seine letzten Lebensjahre im wahrsten Sinne auf Rosen gebettet!

Eine alte ehrbare Frau öffnete die Pforte und vernichtete alle meine Hoffnungen, die ich auf die Mithilfe des Inspektors gesetzt hatte. Sie teilte mir mit, er sei tags zuvor nach Irland abgereist.

»Aus beruflichen Gründen?« wollte ich wissen.

»Er kennt nur mehr einen Beruf, nämlich Rosenzucht. Der Gärtner eines wohlhabenden Iren hat nämlich auf diesem Gebiet etwas Neues entdeckt, und dem will Mr. Cuff nachgehen.«

»Und wann soll er wieder zurück sein?«

»Das ist ungewiß, Sir. Wenn es ihm dafürsteht, sich mit dieser Neuheit zu befassen, bleibt er wahrscheinlich länger dort. Soll ich ihm bei seiner Rückkehr etwas bestellen?«

Ich schrieb auf eine Visitenkarte: *Ich muß Ihnen etwas über den Monddiamanten sagen. Wenn Sie wieder zu Hause sind, lassen Sie es mich bitte wissen!*

So blieb mir denn nichts anderes übrig, als nach London zurückzukehren.

Irritiert wie ich war, verstärkte die ergebnislose Fahrt nach Dorking meine Ruhelosigkeit. Ich wollte unbedingt etwas unternehmen. So beschloß ich, gleich am nächsten Morgen einen neuen Versuch zu wagen, der mir trotz Hindernissen den Weg aus dem Dunkel zum Licht weisen sollte. Aber in welche Richtung sollte ich diesen Schritt tun?

Wäre der treffliche Betteredge bei mir und in meine Gedanken eingeweiht gewesen, hätte er sicher behauptet, das Deutsche habe jetzt in mir die Oberhand. Vielleicht ist wirklich meine deutsche Erziehung zum Teil daran schuld, daß ich mich damals in einem Labyrinth nutzloser Spekulationen verirrte. Fast die ganze Nacht verbrachte ich rauchend und grübelnd und verstieg mich in Theorien, von denen eine unwahrscheinlicher als die andere war. Und als ich endlich Schlaf fand, verfolgten mich diese Phantasien in meinen Träumen.

Am nächsten Morgen erwachte ich in völliger Verwirrung. Was meinen Standpunkt betraf, bildeten objektiv Subjektives und subjektiv Objektives einen unentwirrbaren Knoten. Der Tag, an dem ich doch etwas Entscheidendes unternehmen wollte, begann damit, daß ich mich fragte, ob ich, philosophisch gesprochen, berechtigt sei, die Dinge (den Monddiamanten inbegriffen) als existent zu betrachten oder nicht.

Wie lange ich, mir selbst überlassen, derlei metaphysischen Grübeleien noch nachgehangen wäre, vermag ich nicht zu sagen. Glücklicherweise kam mir der Zufall zu Hilfe. An jenem Morgen nämlich trug ich denselben Gehrock, den ich am Tag meiner Aussprache mit Rachel getragen hatte. Ich wollte in den Taschen nach etwas Bestimmtem suchen, fand bei dieser Gelegenheit ein zerknülltes Papier – und entdeckte so den vergessenen Brief des alten Betteredge.

Es schien mir hart, meinen guten Freund ohne Antwort zu lassen. Ich setzte mich an meinen Schreibtisch und las den Brief ein zweites Mal.

Zuweilen ist ein Schreiben, das überhaupt nichts Wichtiges enthält, schwierig zu beantworten. Der Versuch des Alten, mit mir zu korrespondieren, gehörte zu dieser Kategorie. Wie ich bereits wußte: Dieser gewisse Ezra Jennings, der Arztgehilfe, hatte seinem Brotherrn von der Begegnung mit mir erzählt, und der Doktor seinerseits wünschte mich zu sehen, wenn ich wieder nach Yorkshire käme, er hätte mir etwas mitzuteilen.

Was sollte ich darauf antworten, so es überhaupt dafürstand, einen Brief zu schreiben? Gelangweilt saß ich da und skizzierte auf dem Blatt Papier, das ich für den Brief verwenden wollte, immer wieder einen Männerkopf – bis mir plötzlich bewußt wurde, daß ich diesen unvermeidlichen Ezra Jennings gezeichnet hatte, der sich dergestalt meiner Erinnerung aufdrängte. Mindestens ein Dutzend Porträts dieses Mannes mit scheckigem Haar (das mir bei jeder Skizze vortrefflich gelungen war) warf ich in den Papierkorb und begann dann, meine Antwort zu schreiben. Es wurde ein recht banaler Brief, aber auf mich wirkte es sich vorteilhaft aus, daß ich mich zwingen mußte, verständliche Sätze zu schreiben. Und damit befreite ich mein Denken von den verschwommenen Vorstellungen, die mir seit dem Vortag im Kopf umgingen.

Danach beschäftigte ich mich wieder mit den rätselhaften Vorgängen in jener Nacht, und zwar soweit sie mich selbst betrafen. Ich wollte jetzt die Sache vom rein praktischen Standpunkt aus untersuchen. Da mir die Ereignisse nach wie vor unerklärlich blieben, ging ich in Gedanken etwas weiter zurück.

War noch am Tag etwas vorgefallen, das mir jetzt helfen könnte, des Rätsels Lösung zu finden? Als Rachel und ich die Tür fertiggemalt hatten? Oder später, als ich nach Frizinghall geritten war? Oder gar, als ich den Diamanten in Rachels Hände gelegt hatte? Oder am Abend, als sich die Geburtstagsgesellschaft zum Dinner versammelt hatte?

Mein Gedächtnis vermochte mit allen Fragen fertigzuwerden – nur mit der letzten nicht. Wenn ich an den Verlauf des Geburtstagsessens dachte, stockte ich. Nicht einmal die Zahl der Gäste, mit denen ich am selben Tisch gesessen hatte, fiel mir ein.

In diesem Punkt fand ich mich von meinem Gedächtnis verlassen, und gerade deshalb schien es mir der Mühe wert, den Verlauf dieses Abends in meiner Erinnerung nochmals zu überprüfen. Ich glaube, in einer ähnlichen Situation täte jeder das gleiche wie ich. Sobald man nämlich – mit einem bestimmten Ziel vor Augen – selbst Gegenstand der Untersuchung wird, scheint einem alles verdächtig, woran man sich nicht erinnert. Als erstes trachtete ich daher festzustellen, wer sonst noch an diesem Abendessen teilgenommen hatte. Danach wollte ich mich, um meine Erinnerungslücken zu schließen, an die Gäste von damals wenden und sie bitten, alles aufzuschreiben, woran sie sich noch erinnern konnten. Und zuletzt gedachte ich zu überprüfen, wie weit diese Aufzeichnungen mir einen Aufschluß über die späteren Vorgänge geben könnten.

Diesen neuesten Plan (Betteredge hätte wahrscheinlich behauptet, das Französische in mir habe gerade überhandgenommen) erwähne ich hier nur deshalb, weil er mir wohlüberlegt schien. Ich glaubte, dadurch endlich die Wurzeln der Sache freilegen zu können. Was ich noch brauchte, war ein Wink, der mir auf meinem Weg die Richtung weisen sollte. Freilich, in diesem Moment wußte ich noch nicht, daß ich diesen Wink schon am nächsten Tag erhalten sollte, und zwar von einem Teilnehmer an diesem Geburtstagsessen.

Um meinen Plan durchzuführen, mußte ich also zuerst die vollständige Gästeliste besitzen. Dafür war Gabriel Betteredge der geeignete Mann. Ich beschloß daher, noch am selben Tag nach

Yorkshire zu fahren und am nächsten Morgen mit meinen Nachforschungen zu beginnen.

Für den Vormittagszug war es zu spät. Mir blieb nichts anderes übrig, als zu warten, denn der nächste Zug ging erst in drei Stunden. Ich fragte mich, was ich in London noch erledigen könnte, um die Zeit mit etwas Nützlichem auszufüllen.

Selbstverständlich wandten sich meine Gedanken wieder dem Geburtstagsdinner zu. Ich hatte zwar die Zahl und vielfach auch die Namen der Gäste vergessen, aber ich erinnerte mich, daß der Großteil von ihnen aus Frizinghall und aus der unmittelbaren Umgebung gekommen war. Freilich, nicht alle hatten ihren ständigen Wohnsitz in Frizinghall – Mr. Murthwaite beispielsweise und Godfrey Ablewhite. Hatte Mr. Bruff zur Abendgesellschaft gehört? Nein, ihn hatten Geschäfte am Kommen gehindert. Waren Damen dabeigewesen, die sonst in London lebten? Ja, Miss Clack! Immerhin waren es bereits drei, die ich aufsuchen konnte, ehe ich zum Bahnhof fuhr. Fürs erste begab ich mich zu Mr. Bruff. Ich wußte nämlich nicht, wo die genannten drei Personen gerade wohnten. Vielleicht könnte er mir behilflich sein, dachte ich.

Mr. Bruff war zu beschäftigt, um mir mehr als eine Minute seiner kostbaren Zeit widmen zu können. Doch in dieser einzigen Minute gelang es ihm, mich durch seine Antworten völlig zu entmutigen. Erstens hielt er dieses neue Verfahren, das ich mir zurechtgelegt hatte, für vollkommen wirklichkeitsfremd. Es sei keiner ernsten Erwägung wert. Zweitens, drittens und viertens: Mr. Murthwaite befinde sich auf dem Wege nach Indien oder sei bereits auf diesem Schauplatz seiner früheren Abenteuer, Miss Clack habe finanzielle Sorgen und lebe aus Sparsamkeitsgründen in Frankreich, nur Mr. Godfrey Ablewhite könne man vielleicht irgendwo in London auffinden – oder auch nicht. Er schlage mir vor, in Mr. Ablewhites Klub nachzufragen. Ihn selbst aber möge ich jetzt entschuldigen, er habe geschäftlich zu tun. Und hiermit empfehle er sich.

Meine Nachforschungen mußten sich also auf eine einzige Person beschränken. Ich folgte dem Wink meines Advokaten und suchte Godfreys Klub auf. Dort begegnete ich in der Halle einem mir bekannten Herrn, der mit Godfrey befreundet war. Von ihm erfuhr ich nicht nur die Adresse, sondern auch von zwei wichtigen Ereignissen in Godfreys Leben, die mir noch nicht zu Ohren gedrungen waren. Offenbar hatte sich mein Cousin von Rachels Korb nicht entmutigt gefühlt. Wie ich hörte, habe er bald danach einer jungen Dame – ebenfalls einer reichen Erbin – mit Erfolg den Hof gemacht; die Hochzeit sei schon festgesetzt gewesen, doch vollkommen unerwartet sei die Verlobung wieder auseinandergegangen, angeblich wegen ernster Meinungsverschiedenheiten zwischen Bräutigam und Brautvater. Es soll sich um finanzielle Fragen gehandelt haben. Doch eine beachtliche Erbschaft habe Godfrey über dieses abermalige Mißgeschick hinweggetröstet. Eine von seinen zahlreichen Bewunderinnen, eine reiche alte Dame – hochangesehen im »Hosenverein der Mütter« und eine gute Freundin von Miss Clack, der sie jedoch außer einem Trauerring nichts hinterlassen habe –, sei gestorben und habe dem großartigen und verdienstvollen Philanthropen fünftausend Pfund vermacht. Nach Erhalt dieses ansehnlichen Zuwachses an Vermögen – seine eigenen Mittel seien nämlich bescheiden gewesen – habe er angeblich erklärt, er fühle das Bedürfnis, sich von seiner anstrengenden Wohltätigkeitsarbeit ein wenig zu erholen. Sein Arzt habe ihm verordnet, »einen Abstecher auf den Kontinent« zu machen, um »etwas für die Gesundheit« zu tun. So ich die Absicht hätte, Godfrey noch in London anzutreffen, dürfe ich daher keine Zeit verlieren.

Ich suchte unter der angegebenen Adresse, aber das gleiche Verhängnis, das mich zu spät nach Dorking kommen ließ, traf mich auch diesmal. Godfrey sei tags zuvor mit dem Fährzug nach Dover gefahren und wolle über Ostende nach Brüssel reisen, teilte mir sein Diener mit. Der Zeitpunkt der Rückkehr stehe noch nicht fest, doch keinesfalls könne man ihn vor Ablauf von drei Monaten erwarten.

Ein wenig verzagt kehrte ich in meine Wohnung zurück. Drei von den Gästen jenes Abends – wobei alle drei besonders klug und für mich daher wichtig waren – blieben unerreichbar. Meine letzte Hoffnung ruhte auf dem alten Betteredge und auf jenen Freunden meiner verstorbenen Tante, welche vielleicht noch immer in der Nähe des Landsitzes wohnten.

Um sie zu sprechen, fuhr ich direkt nach Frizinghall, von wo aus ich meine weiteren Nachforschungen betreiben wollte. Ich traf dort erst am späten Abend ein und konnte mich daher mit Betteredge nicht mehr in Verbindung setzen. Am nächsten Morgen schrieb ich ihm einen Brief, in dem ich ihn bat, mich so bald wie möglich im Hotel aufzusuchen. Teils um Zeit zu gewinnen, teils um es dem Alten bequemer zu machen, nahm ich für den Boten einen Einspänner. So durfte ich ihn, wenn nichts dazwischenkam, in zwei Stunden erwarten. Mittlerweile überlegte ich, wie ich die Befragung jener Gäste, welche hier erreichbar waren, in die Wege leiten sollte. Es handelte sich um Godfreys Eltern und Schwestern sowie um Doktor Candy. Immerhin, letztgenannter hatte ausdrücklich den Wunsch geäußert, mich zu sehen. Zudem wohnte er in der Nähe. Daher ging ich zuerst zu ihm.

Nach allem, was mir Betteredge von ihm erzählt hatte, mußte ich darauf gefaßt sein, daß ihn seine schwere Krankheit gezeichnet hatte. Doch eine solche Veränderung hatte ich nicht erwartet! Die Augen waren trüb, das Haar ergraut, das Gesicht verwelkt, die Gestalt geschrumpft. Ich schüttelte ihm die Hand und betrachtete den einst so lustigen, lebhaften und geschwätzigen Mann. In meiner Erinnerung war der kleine Doktor eng verknüpft mit gräßlichen Taktlosigkeiten und unzähligen lausbübischen Scherzen, doch nichts fand ich von seinem einstigen Wesen wieder – außer der Neigung zu einer etwas vulgären Eleganz. Er selbst war ein Wrack, aber Schmuck und Kleidung glänzten, seiner Veränderung zum Hohn, bunt und protzig wie eh und je.

»Ich habe oft an Sie gedacht und freue mich wirklich, Sie endlich wiederzusehen. Falls ich für Sie etwas tun kann, bitte verfügen Sie über mich!« Er sagte diese Platitüden unnötig rasch und beflissen und war dabei – auf fast kindische Art – nicht imstande, seine Neugierde zu verbergen. Allzu gerne hätte er gewußt, was mich nach Yorkshire führte.

Im Hinblick auf meine Pläne hatte ich natürlich vorausgesehen, daß ich allen, die ich nicht näher kannte, irgendeine plausible Erklärung für mein Kommen würde geben müssen, um ihr Interesse und ihre Mithilfe gewinnen zu können. Auf der Fahrt nach Frizinghall hatte ich sie mir zurechtgelegt – und jetzt nützte ich die Gelegenheit, bei Mr. Candy ihre Wirkung zu erproben.

»Wissen Sie, es ist eine ziemlich verwickelte Angelegenheit, die mich kürzlich hergeführt hat und auch jetzt wieder herführt – eine Angelegenheit, für die sich alle Freunde der verstorbenen Lady Verinder interessiert haben. Erinnern Sie sich an das geheimnisvolle Verschwinden des indischen Diamanten vor etwa einem Jahr? Gewisse Anzeichen berechtigen neuerdings zu der Hoffnung, daß man ihn doch noch finden könnte. Und da ich zur Familie gehöre, bin ich an dieser Sache selbstverständlich interessiert. Nur habe ich dabei gewisse Schwierigkeiten zu überwinden. Ich muß nämlich alle Zeugen ausfindig machen, die man damals vernommen hat, und nicht nur die, sondern womöglich auch noch etliche andere Leute. Daher muß ich mir alles, was an jenem Abend geschah, wieder in Erinnerung rufen, mit anderen Worten: mich an Lady Verinders Gäste wenden, damit sie mir dabei behilflich –«

Bis zu diesem Punkt war ich mit meiner Erklärung gekommen. Da hielt ich inne, denn ich bemerkte an Mr. Candys Gesichtsausdruck, daß die Probe aufs Exempel total fehlgeschlagen war. Unruhig wetzte er hin und her, zupfte an seinen Fingern, seine trüben wässerigen Augen starrten mich mit leerem Blick an. Unmöglich zu erraten, woran er dachte – sicher war nur, daß ich bereits nach meinen ersten Worten seine Aufmerksamkeit nicht mehr gefesselt hatte. Um ihn aus seiner Teilnahmslosigkeit zu reißen, versuchte ich es mit einem andern Thema.

»Das also bringt mich nach Frizinghall!« sagte ich fröhlich. »Jetzt, Mr. Candy, ist die Reihe an Ihnen. Wie ich von Gabriel Betteredge gehört habe, ließen Sie mir bestellen –«

Er hörte auf, an den Fingern zu zupfen, sein Blick erhellte sich plötzlich. »Ja, gewiß! So ist's! Ich habe Ihnen etwas ausrichten lassen!« sagte er eifrig.

»Und das hat mir Betteredge in einem Brief pflichtschuldigst mitgeteilt. Wenn ich in diese Gegend käme, wollten Sie mich sehen und mir etwas sagen. Nun, da bin ich!«

»Da sind Sie!« kam es wie ein Echo zurück. »Betteredge hatte recht, ich wollte Ihnen etwas sagen. Das habe ich Ihnen ausrichten lassen. Betteredge ist bewundernswert! Ein so gutes Gedächtnis! Bei seinem Alter!«

Er verfiel wieder in Schweigen und begann abermals, an seinen Fingern zu zupfen. Da ich wußte, wie verheerend sich das Fieber auf sein Erinnerungsvermögen ausgewirkt hatte, hoffte ich, ihm durch ein Gespräch ein wenig weiterhelfen zu können.

»Ja, Mr. Candy, es ist lange her, daß wir einander gesehen haben. Das letzte Mal war es, als wir Rachel Verinders Geburtstag feierten.«

»Stimmt! Beim Geburtstagsfest war es!« rief Mr. Candy, sprang auf und starrte mich an. Tiefes Rot überzog sein verwelktes Gesicht. Hastig setzte er sich wieder, als wäre er sich bewußt, eine Schwäche verraten zu haben, die er gerne verborgen hätte. Es war zum Erbarmen! Offensichtlich war er sich seiner Gedächtnislücken bewußt und wollte seinen Zustand um jeden Preis verheimlichen.

Bis dahin hatte er bloß mein Mitleid erregt. Aber die Worte, die er eben gesagt hatte – so wenige es waren –, erregten nun auch meine Neugierde auf das höchste, war doch das Geburtstagsessen das einzige Ereignis, an das ich halb hoffnungsvoll, halb mißtrauisch dachte. Und jetzt stellte es sich eindeutig als jenes Thema heraus, zu welchem er mir etwas Wichtiges sagen wollte!

Ich versuchte, ihm wieder aus der Verlegenheit zu helfen. Diesmal allerdings steckten meine eigenen Interessen hinter diesem Bemühen und veranlaßten mich, unvermittelt auf das Ziel loszugehen, das ich im Auge hatte. »Es ist bald ein Jahr her, daß wir so fröhlich bei Tisch gesessen sind«, sagte ich. »Haben Sie sich vielleicht etwas aufnotiert, in Ihrem Tagebuch oder sonstwo, das Sie mir sagen wollten?«

Dem Doktor entging die Anspielung nicht. Er gab mir zu verstehen, daß er sie als einen Insult auffasse. »Mr. Blake, ich brauche mir keine Notizen zu machen«, sagte er streng. »So alt bin ich noch nicht, und auf mein Gedächtnis kann ich mich Gott sei Dank vollkommen verlassen.«

Unnötig zu sagen, daß ich auf seine gekränkte Antwort nicht einging. »Ich wünschte, ich könnte von mir das gleiche behaupten!« entgegnete ich. »Nicht einmal an Ereignisse, die bloß ein Jahr zurückliegen, kann ich mich genau erinnern! Das Geburtstagsessen bei Lady Verinder zum Beispiel –«

Kaum daß mir die Worte über die Lippen waren, hellte sich Mr. Candys Blick wieder auf. »Ach ja, dieses Fest damals!« rief er noch eifriger als zuvor. »Dazu muß ich Ihnen etwas sagen –«

Wieder sahen mich seine Augen mit dem gleichen schmerzlichen Ausdruck an: starr, hilflos, suchend. Offenbar bemühte er sich krampfhaft, doch leider vergeblich, die verlorene Erinnerung wiederzufinden. »Wir waren recht vergnügt damals!« brach es aus ihm hervor, als hätte er damit gesagt, was er hatte sagen wollen. »Recht vergnügt, nicht wahr?« Er nickte und lächelte, der Ärmste, und wahrscheinlich glaubte er, es sei ihm durch rechtzeitige Geistesgegenwart gelungen, das gänzliche Versagen seines Gedächtnisses zu verheimlichen.

Die Szene war so betrüblich, daß ich das Gespräch auf Fragen von lokalem Interesse brachte, lag mir doch wirklich daran, daß ihn sein Erinnerungsvermögen nicht zu sehr im Stich ließ. Tatsächlich fiel ihm die Konversation jetzt etwas leichter. An belanglose Streitereien und kleine Skandalgeschichten des Städtchens, von denen manche erst einen Monat alt waren, erinnerte er sich ohne weiteres. Er plauderte dahin, pausenlos, flüssig und geschwätzig wie ehedem. Freilich gab es Momente, in denen er plötzlich stockte, mich kurz ansah, mit leerem Blick, doch danach gewann er wieder die Kontrolle über sich und redete weiter. Ich nahm dieses Martyrium geduldig auf mich (so darf man es wohl nennen, wenn ein Mann mit kosmopolitischen Neigungen schweigend und resigniert die Neuigkeiten eines Landstädtchens anhören muß), bis die Uhr auf dem Kaminsims mir zeigte, daß mein Besuch schon über eine halbe Stunde dauerte. Jetzt schien es mir des Opfers genug, ich erhob mich, um zu gehen.

Als wir einander die Hände schüttelten, kam er von selbst nochmals auf das Geburtstagsfest zu sprechen. »Es freut mich, Sie wiedergesehen zu haben«, sagte er. »Es lag mir sehr am Herzen – wirklich, es lag mir sehr am Herzen, mit Ihnen zu sprechen. Über das Geburtstagsessen bei Lady Verinder, wissen Sie? Wir waren recht vergnügt damals – wirklich vergnügt, nicht wahr?«

Während er diesen Satz wiederholte, war er anscheinend nicht mehr so sicher wie vorhin in seinem Glauben, daß es ihm gelungen sei, seine Gedächtnisschwäche vor mir zu verbergen. Sein Blick wurde wieder trüb und leer. Vielleicht hatte er daran gedacht, mich bis zur Haustür zu begleiten. Doch besann er sich anders. Er läutete dem Dienstmädchen und blieb im Salon zurück.

Langsam stieg ich die Treppe hinab. Ich konnte nur betrübt feststellen, daß er mir wirklich etwas Wichtiges sagen wollte, doch dazu nicht imstande war. Mit aller Kraft versuchte er, sich daran zu erinnern, mehr war ihm nicht möglich.

Als ich am Fuß der Treppe anlangte und in die Vorhalle gehen wollte, öffnete sich irgendwo im Erdgeschoß leise eine Tür, und ich hörte hinter mir eine sanfte Stimme sagen: »Sir, ich fürchte, Sie haben Mr. Candy sehr verändert vorgefunden?«

Ich wandte mich um und sah mich Ezra Jennings gegenüber.

IX

Das hübsche Dienstmädchen des Doktors stand an der geöffneten Haustür und wartete auf mich. Grelles Sonnenlicht fiel schräg herein und dem Arztgehilfen direkt aufs Gesicht. Ich konnte nicht umhin, dem alten Betteredge recht zu geben. Gegen diesen Menschen sprach sein Aussehen: von dunkler Hautfarbe wie ein Zigeuner, die Wangen eingefallen, die Backenknochen vorstehend, die Augen tief in ihren Höhlen liegend, das Haar halb weiß, halb schwarz, und zudem der auffallende Widerspruch zwischen Gesicht und Gestalt, der ihn gleichzeitig alt und jung erscheinen ließ – dies alles war mehr oder weniger dazu angetan, auf andere abstoßend zu wirken. Obschon dies auch bei mir zutraf, muß ich gestehen, daß Ezra Jennings meine Teilnahme und mein Interesse erweckte. Warum, wußte ich selbst nicht. Es schien mir zwar geraten, mit einer knappen Antwort seiner Frage bloß zuzustimmen und dann meines Wegs zu gehen, aber seine Anziehungskraft war stärker. Ich blieb wie angewurzelt stehen und ermöglichte ihm dadurch, mit mir unter vier Augen über seinen Brotherrn zu sprechen, was er offensichtlich angestrebt hatte.

»Ich bin auf dem Weg zu Mrs. Ablewhite. Gehen Sie zufällig in dieselbe Richtung?« fragte ich ihn, weil ich bemerkte, daß er den Hut in der Hand hielt.

Er bejahte meine Frage. Es treffe sich gut, denn er müsse zu einem Patienten, der nicht weit davon wohne.

Zusammen verließen wir das Haus. Das hübsche Dienstmädchen, das liebenswürdig lächelte, als ich ihr beim Hinausgehen »Guten Tag« wünschte, verzog mit einem Mal verächtlich den Mund und sah in die Luft, als Ezra Jennings sich ihr zuwandte und ihr die voraussichtliche Zeit seiner Rückkehr mitteilte. Sogar in diesem Hause war der Arme unbeliebt! Daß ihn auch sonst niemand mochte, wußte ich bereits von Betteredge. Welch ein Leben! dachte ich bei mir, während wir die Stufen zur Straße hinunterstiegen.

Anscheinend wollte Ezra Jennings es mir überlassen, auf Doktor Candys Krankheit zurückzukommen. Sein Schweigen gab mir zu verstehen: Jetzt ist die Reihe an Ihnen, über dieses Thema zu sprechen!

Bereitwillig ergriff ich die Gelegenheit, mich nach Doktor Candy zu erkundigen, zumal ja ich es war, der Näheres über ihn wissen wollte. »Ja, er hat sich sehr verändert«, sagte ich. »Seine Krankheit scheint doch viel ernster gewesen zu sein, als ich bisher vermutet habe.«

»Es grenzt an ein Wunder, daß er mit dem Leben davongekommen ist.«

»Ist sein Gedächtnis immer so schlecht wie heute? Er wollte mir etwas mitteilen –«

»– das in die Zeit vor seiner Erkrankung fällt, nicht wahr?« ergänzte Ezra Jennings, da ich gezögert und den Satz nicht zu Ende gesprochen hatte.

»Ja, so scheint es mir.«

»Sein Erinnerungsvermögen ist hoffnungslos geschwächt. Man muß ihn eigentlich bedauern, daß er es nicht ganz verloren hat. Manchmal nämlich fällt ihm ein, daß er seinerzeit bestimmte Dinge erledigen wollte. Aber er kann sich überhaupt nicht erinnern, welcher Art diese Pläne waren. Er ist sich seiner Unzulänglichkeit schmerzlich bewußt und daher peinlichst bemüht, sie vor anderen zu verbergen – Sie haben das sicher auch bemerkt. In einem Zustand völliger Erinnerungslosigkeit wäre er wohl glücklicher.« Mit einem traurigen Lächeln fügte er nach einer Pause hinzu: »Vielleicht wären wir alle glücklicher, wenn wir Vergangenes vergessen könnten!«

»Und doch hat jeder Mensch Erinnerungen, die er nur ungern entbehren würde, nicht wahr?«

»Gewiß, Mr. Blake. Das trifft wohl für die meisten von uns zu, doch leider nicht für alle. Da Sie gerade von Mr. Candy gesprochen haben: Gibt es für Sie Grund zur Annahme, daß die Sache, die er Ihnen mitteilen wollte, doch nicht mitteilen konnte, für Sie wichtig ist?«

Damit hatte er von selbst den Punkt berührt, über den ich mich mit ihm beraten wollte. Mein Interesse für diesen sonderbaren Menschen hatte mich veranlaßt, mit ihm ein Gespräch zu suchen, bei dem ich mich zunächst davor gehütet hatte, etwas über seinen Brotherrn zu sagen. Er hatte mir vorher beweisen müssen, daß ich mich auf sein Feingefühl und seine Verschwiegenheit verlassen konnte. Das wenige, das er mir bis jetzt gesagt hatte, genügte, um mich davon zu überzeugen, daß ich es mit einem Gentleman zu tun hatte. Er besaß das, was ich »angeborenen Takt« nennen möchte – eine Eigenschaft, die nicht nur in England, sondern in der ganzen zivilisierten Welt als Zeichen guter Erziehung gilt.

Gleichviel welches Ziel er mit seiner letzten Frage im Auge gehabt haben mochte – ich trug keinerlei Bedenken, ihm offen zu antworten. Daher sagte ich ihm: »Ich habe ein großes Interesse daran, herauszufinden, was Doktor Candy mir mitteilen wollte. Aber wie soll ich seinem Gedächtnis zu Hilfe kommen?«

In seinen träumerischen braunen Augen blitzte Interesse auf. Er sah mich an. »Ihm zu helfen ist leider unmöglich. Das weiß ich genau. Ich habe es nämlich nach seiner Genesung mehrmals versucht, doch ohne Erfolg.«

»Eigentlich habe ich von Ihnen keine so entmutigende Auskunft erwartet«, sagte ich ehrlich enttäuscht.

Ezra Jennings lächelte. »Vielleicht ist in dieser Sache das letzte Wort noch nicht gesprochen. Es wäre immerhin möglich, dem Ereignis, das seiner Erinnerung entfallen ist, ohne seine Hilfe nachzuspüren.«

»Wirklich? Ist es indiskret, wenn ich frage, wie Sie sich das vorstellen?«

»Keineswegs. Nur ist es schwierig, Ihnen jetzt die ganze Sache zu erklären – dazu bedarf es eines längeren Gesprächs. Beanspruche ich Ihre Geduld nicht zu sehr, wenn ich nochmals auf Doktor Candys Krankheit zu sprechen komme und Ihnen dabei bestimmte medizinische Details schildere?«

»Mr. Jennings, bitte erzählen Sie mir alles – ich möchte jede Einzelheit wissen!«

Mein Eifer schien ihn zu belustigen – besser gesagt: ihm zu gefallen. Er lächelte nämlich wieder. Wir hatten inzwischen die letzten Häuser des Städtchens hinter uns gelassen. Er hielt im Gehen inne und pflückte am Wegrand ein paar Blumen. »Wie schön sie sind!« sagte er und hielt mir den kleinen Strauß hin. »Hier in England gibt es leider nur wenige Menschen, die Sinn für Wiesenblumen haben.«

»Sie haben nicht immer hier gelebt?«

»Nein. Ich bin in einer unserer Kolonien geboren und dort aufgewachsen. Mein Vater war Engländer, aber meine Mutter ... Ach ja, Mr. Blake, wir kommen vom Thema ab, und zwar durch meine Schuld. Die Wahrheit ist: beim Anblick dieser bescheidenen Blumen haben mich alte Erinnerungen überkommen. Aber lassen wir das! Sprechen wir wieder von Mr. Candy!«

Die wenigen Worte über sich selbst, die er zögernd hatte fallen lassen, und die wehmütige Erkenntnis, daß es für den Menschen ein Glück sei, wenn er vergessen könne, genügten mir. Die traurige Geschichte, die ich aus seinen Zügen zu lesen geglaubt hatte, war erlebte Wirklichkeit – zumindest in zwei Punkten: Er hatte gelitten wie nur wenige Menschen leiden, und seinem englischen Blut war das Blut einer fremden Rasse beigemischt.

Wir gingen weiter, und er fuhr zu sprechen fort: »Vermutlich wissen Sie bereits, weshalb Mr. Candy im Vorjahr so schwer erkrankte? Nun, nach dem Geburtstagsessen bei Lady Verinder fuhr er bei strömendem Regen in einem offenen Zweiradwagen nach Hause und wurde naß bis auf die Haut. Er fand die Nachricht vor, daß ein Schwerkranker ihn erwartete, und deshalb begab er sich unverzüglich zu diesem Patienten. Er hatte nicht einmal Zeit, seine Kleider zu wechseln. Ich konnte für ihn nicht einspringen, weil ich in dieser Nacht selbst auf Krankenvisite war. Als ich in den Morgenstunden zurückkam, erwartete mich bereits der Reitknecht. In größter Besorgnis führte er mich ins Schlafzimmer des Doktors. Die Krankheit hatte ihn befallen, das Unheil nahm seinen Lauf.«

»Bis jetzt habe ich immer nur von einem Fieber reden hören«, meinte ich.

»So sah es auch aus: ein Fieber war es. Die Krankheit hatte noch keine spezifische Form angenommen. Ich schickte sofort nach zwei Ärzten, die mit Doktor Candy befreundet sind, denn ich wollte ihre Meinung zu diesem Fall hören. Beide hielten – genauso wie ich – die Sache für ernst. Doch was die Behandlung des Patienten betraf, gingen unsere Meinungen auseinander. Die Ärzte hielten es für angebracht, den jagenden Puls unter allen Umständen wieder zu verlangsamen, indes ich dafür plädierte, stimulierende Mittel anzuwenden, zumal die alarmierende Schwäche des Kranken einen Kollaps befürchten ließ. Sie wollten ihn auf Diät setzen – also Limonade, Hafer- und Gerstenschleim –, und ich wollte ihm Kognak, Chinin und Champagner geben. Sie sehen, Mr. Blake: Es gab eine ernste Meinungsverschiedenheit, noch dazu zwischen etablierten Ärzten von hervorragendem Ruf und einem Fremdling, der nur Arztgehilfe ist. Notgedrungen mußte ich mich den beiden fügen. Die Kräfte des Kranken schwanden. Ich versuchte es ein zweites Mal, die Ärzte auf die zunehmende Schwäche des Pulses aufmerksam zu machen, schließlich war dies Beweis genug, daß ich recht hatte. Aber man nahm mir meine Beharrlichkeit übel und sagte: ›Mr. Jennings, diesen Fall behandeln entweder wir oder Sie. Entscheiden Sie sich!‹ Ich erwiderte darauf: ›Meine Herren, geben Sie mir fünf Minuten Bedenkzeit!‹ Und danach fragte ich sie: ›Wollen Sie wirklich keine stimulierenden Mittel anwenden?‹ Mit wortreichen Erklärungen beharrten sie auf ihrem Entschluß. ›Also gut. Dann werde ich es versuchen!‹ sagte ich und ließ aus dem Keller eine Flasche Champagner holen. ›Tun Sie, was Sie wollen, Mr. Jennings, aber wir legen den Fall nieder!‹ verkündeten die beiden Ärzte, nahmen den Hut und verließen das Haus. Ich gab dem Patienten mit eigener Hand ein halbes Wasserglas voll Champagner.«

»Mr. Jennings, Sie haben damit eine große Verantwortung auf sich genommen. So etwas hätte ich an Ihrer Stelle nie gewagt.«

»An meiner Stelle hätten Sie sich in diesem Augenblick daran erinnert, daß Mr. Candy es war, der Sie seinerzeit bei sich aufgenommen hatte, als es Ihnen schlecht ging, und daß Sie das zu ewiger Dankbarkeit verpflichtet. An meiner Stelle hätten Sie ansehen müssen, wie von Stunde zu Stunde seine Kräfte abnahmen, und da hätten Sie alles riskiert, um den einzigen Menschen, der Ihnen geholfen hatte, nicht sterben zu lassen. Selbstverständlich war ich mir bewußt, in welche Situation ich mich begeben hatte. Ich fühlte mich elend und verlassen, schwer lastete die Verantwortung auf mir. Hätte ich bis dahin immer glücklich und sorglos gelebt, wäre ich dieser freiwillig übernommenen Aufgabe wahrscheinlich nicht gewachsen gewesen. Allein, für mich gab es weder Seelenfrieden noch unbeschwerte Tage, auf die ich hätte zurückblicken können, wodurch mir der Gegensatz erst richtig bewußt geworden wäre. Angst und Sorge war ich gewohnt, nichts konnte meinen Entschluß ins Wanken bringen, ich hatte Kraft genug durchzuhalten, Tag und Nacht. Den nötigen Schlaf gönnte ich mir nur, wenn sich der Zustand meines Patienten vorübergehend ein wenig besserte – das war meist gegen Mittag. Solange sein Leben in Gefahr war, wich ich nicht von seinem Bett. Wie es bei dieser Krankheit zu sein pflegt, begann er gegen Abend, wenn das Fieber stieg, zu delirieren. In diesem Zustand verblieb er mehr oder weniger die ganze Nacht bis in die frühen Morgenstunden, in denen sogar bei den Gesündesten von uns die Lebenskraft nachläßt. Die Stunden zwischen zwei und fünf sind jene Zeit, in welcher der Tod meist seine Ernte hält. Der Tod und ich haben damals miteinander gerungen. Unbeirrt setzte ich die Behandlung fort, die ich für die richtige hielt. Half Wein nicht mehr, versuchte ich es mit Kognak, versagte dieses Mittel, verdoppelte ich die Dosis. Nach Wochen schrecklicher Ungewißheit – einer Zeit, wie ich sie, so Gott will, nie mehr erleben möchte – kam der Tag, an dem der Puls sich verlangsamte, zwar nur um weniges, doch merklich. Und, was noch besser war, er wurde stärker und regelmäßiger. Da wußte ich, daß ich den Kranken gerettet hatte. Ich ließ seine abgezehrte Hand aufs Bett sinken, Tränen stürzten mir aus den Augen, ich brach zusammen. Ja, Mr. Blake, ich gebe es zu: ein hysterischer Anfall, weiter nichts. Physiologen behaupten zu Recht, daß es Männer mit angeborenen weiblichen Eigenschaften gibt – und dazu gehöre ich.«

Auf diese professionelle Art entschuldigte er sich für seine Tränen, deren er sich jetzt schämte. Aber er sagte es ernst und bescheiden, nach wie vor im gleichen Tonfall – wie er denn überhaupt vom Anfang bis zum Ende seines Berichts ängstlich darum bemüht gewesen war, sich selbst nicht herauszustreichen.

Nach einer kurzen Pause fuhr er zu sprechen fort: »Sie werden sich wahrscheinlich fragen, warum ich Sie mit all diesen Einzelheiten gelangweilt habe. Aber nur so konnte ich Sie auf das vorbereiten, was ich Ihnen jetzt sagen möchte. Sie wissen jetzt, wie mir damals zumute war, und werden deshalb besser verstehen, warum ich mir unter diesem seelischen Druck zuweilen eine Erleichterung verschaffen mußte. Schon seit langem nämlich war ich vermessen genug gewesen, in meinen Mußestunden an einem medizinischen Werk zu arbeiten, das sich mit dem heiklen und schwierigen Thema ›Gehirn und Nervensystem‹ befaßt.

Das Buch wird wahrscheinlich nie vollendet und sicher nicht veröffentlicht werden. Trotzdem ist mir in manch einsamen Stunden diese Arbeit eine Freude. Damals, an Doktor Candys Bett, half sie mir, das angstvolle Warten zu überstehen. Ich erwähnte schon, daß er jeden Abend zu delirieren begann, nicht wahr?«

»Ja.«

»Nun, gerade damals war ich zufälligerweise bei jenem Abschnitt angelangt, welcher sich mit der Frage des Deliriums befaßt. Ich gedenke jetzt nicht, mich ausführlich darüber zu verbreiten, ich möchte mich vielmehr darauf beschränken, Ihnen nur das mitzuteilen, was für Sie von Interesse sein könnte. Im Laufe meiner langjährigen Praxis sind mir nämlich häufig Zweifel gekommen, ob man von einem Delirierenden zu Recht behaupten kann, daß unzusammenhängendes Reden gleichbedeutend mit unzusammenhängendem Denken sei. Die Krankheit des armen Doktors ermöglichte es mir, zu überprüfen, ob meine Zweifel berechtigt waren oder nicht. Da ich stenographieren kann, war es mir ein leichtes, die Fieberphantasien meines Patienten, so wie sie ihm von den Lippen kamen, genau festzuhalten ... Erkennen Sie nun, worauf ich hinauswill?«

Ich verstand ihn. Atemlos wartete ich, was nun kommen würde. Ich gab ihm ein Zeichen, und er fuhr zu sprechen fort: »Wenn mir ein bißchen Zeit blieb, übertrug ich mein Stenogramm in normale Schrift und ließ zwischen den zusammenhanglosen Sätzen, ja sogar zwischen einzelnen Wörtern, so wie sie Mr. Candy hervorgestoßen hatte, mehr oder weniger große Zwischenräume. Mit dem Ergebnis meiner Bemühungen ging ich wie bei einem Zusammensetzspiel vor. Anfangs ist alles ein heilloses Durcheinander, doch packt man es richtig an, beginnt sich das Ganze zu ordnen und Gestalt anzunehmen. Diesem Verfahren gemäß füllte ich die leeren Stellen aus, wobei ich mich auf die vorhandenen Worte zu beiden Seiten stützte und den beabsichtigten Sinn zu erraten versuchte. Immer wieder änderte ich meine Einschübe und feilte die Sätze zurecht, so lange, bis sie sich den vorangehenden und den nachfolgenden Worten sinngemäß anpaßten, mit dem Ergebnis, daß ich auf diese Weise während der Wartezeit nicht nur meine untätigen Hände beschäftigte, sondern meine Theorie irgendwie bestätigt sah. Deutlicher ausgedrückt: Nachdem ich die Satzteile sinnvoll ergänzt hatte, erkannte ich, daß mein Patient trotz Delirium mehr oder weniger zusammenhängend denken konnte. Nur die Fähigkeit, seine Gedanken auszudrücken, hatte er fast vollständig eingebüßt.«

»Ein Wort, Mr. Jennings!« unterbrach ich ihn. »Kam in seinen Fieberphantasien mein Name vor?«

»Gleich komme ich darauf zu sprechen! Unter den Beweisen für meine Theorie – oder, besser gesagt, unter meinen Versuchen, diese Theorie zu beweisen – gibt es einen Bogen, auf dem Ihr Name steht. Fast eine ganze Nacht lang beschäftigte sich Doktor Candys Denken mit einem Vorfall, der ihn und Sie betrifft. Ich habe die zusammenhanglosen Sätze, so wie sie ihm über die Lippen kamen, auf diesem Bogen aufgeschrieben, und auf einem zweiten Bogen jene Worte vermerkt, welche – meinem Gefühl nach – die Sätze ergänzen und deren Sinn wiederherstellen. Das Ergebnis ist sozusagen eine Interpolation. Ich habe in eine gegebene Folge einzelne oder mehrere Wörter eingeschaltet und somit vernunftgemäß eingefügt, was Doktor Candy infolge seiner Erkrankung nicht sagen konnte. Fraglich ist nur, ob es sich dabei wirklich um jene Sache handelt, welche Doktor Candy Ihnen heute unbedingt mitteilen wollte.«

»Daran ist nicht zu zweifeln! Gehen wir sofort nach Frizinghall zurück! Ich muß Ihre Aufzeichnungen sehen!«

»Das ist leider nicht möglich.«

»Und warum nicht?«

»Mr. Blake, versetzen Sie sich doch in meine Lage! Würden Sie ohne zwingenden Grund einem Dritten mitteilen, was Ihr hilfloser Freund und Patient im Fieberwahn unbewußt offenbarte?«

Gewiß, dieses Argument überzeugte mich. Trotzdem versuchte ich, ihn umzustimmen. »In einer so delikaten Angelegenheit wie dieser würde ich mich in erster Linie danach richten, ob ich meinen Freund dadurch kompromittiere oder nicht«, antwortete ich.

»Dieses Problem habe ich bereits aus der Welt geschafft. Wenn ich nämlich entdeckte, daß meine Aufzeichnungen etwas enthielten, das Doktor Candy vielleicht lieber für sich behalten hätte, habe ich das betreffende Blatt vernichtet. Aus den Experimenten, die ich an seinem Krankenbett machte, erfährt man demnach nur das, was er anderen ohnedies mitgeteilt hätte, wenn er im vollen Besitz seines Erinnerungsvermögens wäre. Freilich, beim genannten Fall habe ich das Gefühl, daß an dieser Stelle meine Aufzeichnungen etwas enthalten, das er Ihnen sagen wollte –«

»Und dennoch zögern Sie?«

»Ja, dennoch zögere ich. Bedenken Sie, unter welchen Umständen ich diese Information erhalten habe! So harmlos sie mir scheint, kann ich es doch nicht über mich bringen, sie an Sie weiterzugeben, es sei denn, Sie könnten mir einen zwingenden Grund hierfür nennen. Bedenken Sie, er war doch schwerkrank, mir hilflos ausgeliefert! Ist es zuviel verlangt, wenn ich Sie bitte, mir wenigstens anzudeuten, welches Interesse Sie an meinen Ergänzungen haben und um welchen Vorfall es sich handelt?«

Ihm offen zu antworten – so wie es seine direkte Art und seine Aufrichtigkeit von mir verlangten – wäre gleichbedeutend gewesen mit dem Geständnis, daß man mich des Diebstahls verdächtigte. Obschon ich mich auf irgendeine Weise zu ihm hingezogen fühlte, brachte ich es nicht über mich, ihm meine scheußliche Lage einzugestehen. So nahm ich nochmals Zuflucht zu der Erklärung, mit der ich mich gegen die Neugierde anderer gewappnet und auch bei Doktor Candy eingeführt hatte.

In diesem Fall konnte ich mich nicht über mangelnde Aufmerksamkeit beklagen. Ezra Jennings hörte mir nicht nur geduldig, sondern auch gespannt zu. Nachdem ich geendet hatte, sagte er: »Leider muß ich Sie enttäuschen. Mr. Candy hat während seiner ganzen Krankheit nicht ein einziges Wort über den gelben Diamanten verloren. Ich kann Ihnen nur versichern: Als er Ihren Namen nannte, geschah dies in einem ganz andern Zusammenhang.«

Wir erreichten gerade jene Stelle, an welcher sich die Straße teilte. Nach rechts führte sie zum Hause der Familie Ablewhite, nach links zu einem Heidedorf, das man nach etwa zwei oder drei Meilen erreichte. Ezra Jennings blieb stehen. »Ich gehe in diese Richtung«, sagte er und deutete nach links. »Es tut mir aufrichtig leid, Ihnen nicht behilflich sein zu können.« Seine Stimme verriet mir, daß er es wirklich bedauerte. Einen Augenblick lang ruhte sein sanfter Blick melancholisch auf mir. Er verbeugte sich kurz und ging wortlos auf das Dorf zu.

Ich blieb stehen und sah ihm nach, wie er sich entfernte, weiter und weiter, und mit sich etwas forttrug, das ich für den Schlüssel zur Wahrheit hielt, nach dem ich die ganze Zeit suchte. Nach einer Weile wandte er sich um und blickte zurück. Als er bemerkte, daß ich noch immer auf derselben Stelle stand, hielt er im Gehen inne. Vielleicht spürte er, daß ich ihm etwas zu sagen hatte. Ich überlegte nicht lange. In diesem Augenblick wurde mir bewußt, daß ich jetzt wahrscheinlich ein für allemal die Gelegenheit versäumen würde, meinem Leben eine entscheidende Wendung zu geben, und zwar nur, weil ich zu eitel und zu stolz war! Es blieb mir gerade noch Zeit, ihn zur Umkehr zu bewegen. Denken wollte ich später. Anscheinend bin ich einer der unbesonnensten Menschen, die es gibt. Ich rief ihn also zurück, und dann erst sagte ich mir: »Es hilft nichts, du mußt ihm die Wahrheit erzählen!«

Er kehrte auf der Stelle um. Ich ging ihm entgegen. »Mr. Jennings, ich bin nicht offen zu Ihnen gewesen«, sagte ich. »Es geht mir gar nicht darum, mit Ihrer Hilfe dem verschwundenen Diamanten nachzuspüren – ich bin aus ganz persönlichen Gründen nach Yorkshire gekommen. Wenn ich bisher nicht ganz aufrichtig gewesen bin, gibt es nur eine Entschuldigung: Es ist mir unsagbar peinlich, von meiner mißlichen Lage zu sprechen.«

Erstmals sah mich Ezra Jennings mit einem Ausdruck von Verlegenheit an. »Mr. Blake, ich habe weder das Recht noch den Wunsch, mich in Ihre persönlichen Angelegenheiten zu mischen. Auch ich muß Sie um Entschuldigung bitten, denn ich habe Sie, freilich unabsichtlich, auf die Probe gestellt.«

»Es ist ganz richtig, wenn Sie mir nur unter bestimmten Voraussetzungen sagen wollen, was Sie am Krankenlager Ihres

Freundes und Wohltäters gehört haben. Ich achte und verstehe Ihr Zartgefühl. Allein, wie kann ich von Ihnen Vertrauen erwarten, wenn ich selbst Sie nicht ins Vertrauen ziehe? Sie sollen jetzt erfahren, weshalb ich unbedingt wissen muß, was Doktor Candy mir mitteilen wollte. Sollte sich herausstellen, daß meine Vermutungen nicht zutreffen und Sie mir daher nicht weiterhelfen können, muß ich mich auf Sie als einen Mann von Ehre verlassen, daß Sie mein Geheimnis niemandem verraten. Eine innere Stimme sagt mir, Sie würden meine Erwartungen nicht enttäuschen –«

»Sprechen Sie nicht weiter, Mr. Blake! Ich muß Ihnen etwas gestehen!« Verblüfft sah ich ihn an. Heftige Aufregung hatte sich seiner bemächtigt. Er schien zutiefst erschüttert. Das Zigeunerbraun seiner Hautfarbe war einem fahlen Grau gewichen, seine Augen leuchteten wild, und seine Stimme nahm einen ungewohnten Klang an. Die schlummernden Kräfte in ihm – ob sie positiv oder negativ waren, vermochte ich nicht zu sagen – hatten sich mir blitzartig gezeigt. Streng und energisch sagte er: »Ehe Sie mir Ihr Vertrauen schenken, müssen und sollen Sie erfahren, unter welchen Umständen ich zu Doktor Candy kam. Es bedarf nicht vieler Worte, um das zu erzählen, was sozusagen meine Geschichte ist. Was der Doktor weiß, kann ich auch Ihnen sagen – sofern Sie es mir erlauben. Und wenn Sie mir daraufhin trotzdem Ihr Vertrauen schenken wollen, werde ich Ihnen gern zu Diensten sein ... Sollen wir auf dieser Straße weitergehen?«

Sein gequälter Gesichtsausdruck machte mich stumm. Durch eine Handbewegung gab ich ihm meine Zustimmung zu verstehen. Wortlos schritten wir dahin. Nach ein paar hundert Yards blieb Ezra Jennings plötzlich stehen. Die Steinmauer, die Straße und Heide voneinander trennte, hatte an dieser Stelle eine Öffnung. »Möchten Sie nicht ein bißchen rasten?« fragte er mich. »Ich bin erschöpft – nicht mehr mein altes Selbst.«

Natürlich erklärte ich mich mit einer Rast einverstanden. Er führte mich durch die Mauerlücke auf einen grasbewachsenen Platz, den Büsche und Zwergbäume gegen die Landstraße abschirmten. Nach der andern Seite hatte man von hier einen großartigen Blick auf die braune Wildnis der Heide. In der letzten halben Stunde hatten sich Wolken zusammengeballt, das Licht war stumpf, die Ferne verschwommen. Das prächtige Antlitz der Natur blickte uns an: sanft, farblos und ohne Lächeln.

Wir setzten uns. Ezra Jennings nahm den Hut ab und strich mit einer müden Handbewegung über Stirn und Haar. Er warf den kleinen Blumenstrauß weit von sich fort, als schmerzten ihn wachgerufene Erinnerungen.

»Mr. Blake, Sie befinden sich in schlechter Gesellschaft«, sagte er unvermittelt. »Seit Jahren ruht der Schatten einer furchtbaren Anschuldigung auf mir. Um es gleich vorwegzunehmen: Ich bin ein Gescheiterter, ich habe alles verloren, auch meinen guten Ruf.«

Ich wollte etwas sagen, er winkte mir ab.

»Nein, Mr. Blake, Sie sollen mich nicht bedauern! Lassen Sie sich nicht zu Worten des Mitgefühls hinreißen, die Sie nachher bereuen könnten! Wie gesagt: vor Jahren schon hat man Anschuldigungen gegen mich erhoben, welcher Art sie sind, konnte ich bis jetzt allerdings nicht herausfinden. Ich bin daher auch nicht imstande, meine Schuldlosigkeit zu beweisen – ich kann sie nur beteuern, sie nur beschwören, unter Eid, als Christ. Und wenn Sie jetzt an mich als einen Mann von Ehre appellieren – so sollen Sie wissen, Mr. Blake, daß ich mich nicht als solcher bezeichnen kann.«

Er verstummte. Wortlos sah ich ihn an. Er hatte sein Gesicht weggedreht, schmerzliche Erinnerungen schienen ihn zu quälen. Das Sprechen fiel ihm schwer, als er mir sagte: »Mitleidlos waren meine Angehörigen, mitleidlos waren meine Feinde, deren Opfer ich wurde. Ich könnte Ihnen viel darüber erzählen, doch ich will Sie weder betrüben noch langweilen. Das Unglück ist nun einmal geschehen, das Unrecht ist nicht wiedergutzumachen. Ich ging also nach England und begann hier als Arzt zu arbeiten. Doch schon folgte mir die häßliche Verleumdung auf den Fersen und machte alle Zukunftspläne zunichte. In meinem Beruf blieb mir der Erfolg versagt, ich konnte nur hoffen, unentdeckt zu bleiben. So trennte ich mich von der Frau, die ich liebte. Wie hätte ich von ihr erwarten können, meine Schande zu teilen? In einem entlegenen Winkel dieses Landes bot sich mir die Stelle eines Arztgehilfen. Ich nahm sie an, sie versprach mir Frieden und Vergessenheit – wie ich glaubte. Aber ich irrte mich. Die Verleumdung, mit Zeit und Gelegenheit als Helfern, reist langsam, reist geduldig – und reist weit. Die böse Nachrede, vor der ich geflohen war, holte mich ein. Man warnte mich rechtzeitig, freiwillig gab ich meinen Posten auf, sogar mit einem Empfehlungsschreiben. In einem andern entlegenen Ort suchte ich mir eine Stelle, doch wieder folgte mir die Verleumdung und mordete meinen Ruf. Diesmal hatte man mich nicht rechtzeitig gewarnt, und ich mußte mir von meinem Brotherrn sagen lassen: ›Mr. Jennings, ich persönlich habe zwar nichts gegen Sie, aber entweder Sie rechtfertigen sich oder Sie gehen!‹ Mir blieb keine Wahl, ich mußte fort. Ich will mich jetzt nicht darüber verbreiten, was ich gelitten habe. In meinen Zügen, Mr. Blake, lesen Sie die traurige Geschichte meines Lebens. Immerhin bin ich erst vierzig – und wie sehe ich aus! Schließlich wehte mich ein Zufall nach Frizinghall, zu Doktor Candy. Er suchte gerade einen Gehilfen. Als er sich nach meinen Kenntnissen erkundigte, verwies ich ihn an meinen letzten Brotherrn, der ihm die entsprechende Auskunft gab. Doch was meinen Leumund betrifft, blieb Doktor Candy ohne Antwort. Da erzählte ich ihm das, was ich Ihnen eben gesagt habe – und noch anderes mehr. Ich warnte ihn vor etwaigen Unannehmlichkeiten und sagte ihm: ›Ich will nicht unter angenommenem Namen leben. Daher wird der Schatten, der mir überallhin folgt, mir auch hierher folgen.‹ Doch Doktor Candy meinte: ›Halbheiten liegen mir fern. Ich glaube Ihnen, Mr. Jennings – Sie tun mir leid. Was immer auch geschehen mag, ich stehe zu Ihnen!‹ Gott segne ihn für diese Worte! Doktor Candy hat mir Arbeit und Obdach gegeben – und seit einigen Monaten habe ich die Gewißheit, daß er seinen Entschluß nicht wird bereuen müssen.«

»Läßt man Sie in Frieden?«

»Nein. Doch wenn die Verleumdung mich erreicht, ist es zu spät.«

»Sie werden nicht mehr hier sein?«

»Ja, denn ich werde tot sein. Schon seit Jahren leide ich an einer unheilbaren Krankheit. Die rasenden Schmerzen, die mich manchmal befallen, hätten mich längst zu Gift greifen lassen. Aber ich habe noch eine Aufgabe vor mir, und die macht mein Leben lebenswert: Ich habe für jemanden zu sorgen, der mir teuer ist. Obschon ich die Betreffende nie wiedersehen werde, will ich sie finanziell unabhängig machen. Mein bescheidenes Erbteil reicht dafür nicht aus. Um die notwendige Summe zu sparen, muß ich weiterarbeiten. Es bleibt mir nichts anderes übrig, als meine Schmerzen mit Palliativen zu bekämpfen. Nur Opium kann sie lindern. Dieser starken und barmherzigen Droge verdanke ich es, daß mir eine Frist gegönnt ist. Freilich, auch Opium wirkt nur bis zu einem gewissen Grad. Aus Gebrauch wurde Mißbrauch, mein Leiden hat sich verschlimmert, jetzt muß ich dafür büßen. Denn meine Nerven sind zerrüttet, die Nächte werden zu Stunden der Qual, das Ende ist nicht mehr fern. Mag es kommen! Ich habe dieses Los nicht vergeblich ertragen, das notwendige Geld ist gespart, auch wenn mir früher als erwartet die Kräfte versagen sollten ... Ja, Mr. Blake, so ist es. Im Grunde weiß ich nicht, weshalb ich Ihnen dies alles so genau schildere, denn ich verlange kein Mitleid von Ihnen. Vielleicht hoffe ich dabei insgeheim, daß Sie mir eher glauben, wenn ich als ein zum Tode Verurteilter Ihnen etwas gestehen muß: Sie sollen wissen, daß ich vom ersten Augenblick an ein lebhaftes Interesse für Sie empfunden habe. Und deshalb benützte ich den Zustand meines armen Freundes und Wohltäters als Vorwand, um mit Ihnen ins Gespräch zu kommen. Ich mußte als sicher annehmen, daß Sie wissen wollten, was er Ihnen sagen möchte, doch nicht sagen kann. Und dabei konnte ich Ihnen behilflich sein. Wie kann man es entschuldigen, daß ich mich Ihnen aufgedrängt habe? Es gibt dafür nur eine Erklärung: Wenn einer wie ich, ein Gescheiterter, über das Schicksal nachdenkt, muß ihn Bitterkeit überkommen. Menschen wie Sie und Ihresgleichen hingegen zeigen mir die Sonnenseite des Lebens, Sie versöhnen mich mit der Welt, die ich bald verlassen muß, Sie sind jung, gesund, wohlhabend, von Rang und Namen – die Zukunft gehört Ihnen. Was auch immer unser Gespräch ergeben sollte – nie werde ich Ihnen vergessen, daß Sie mir freundlicherweise dieses

Zusammensein gewährt haben. Es liegt jetzt an Ihnen, Sir, mir das zu sagen, was Sie mir sagen wollten – oder sich zu verabschieden und mich stehenzulassen.«

Darauf gab es nur eine einzige Antwort: Ohne auch nur einen Augenblick zu zögern, bekannte ich ihm vorbehaltlos die Wahrheit – genauso, wie ich sie auf diesen Blättern bereits niedergeschrieben habe.

Mit atemloser Spannung starrte er mich an, als ich ihm abschließend sagte: »Es ist sicher, daß ich in Miss Verinders Zimmer ging und den Diamanten an mich nahm. Das sind unleugbare Tatsachen, aber ich tat es, ohne daß ich mir dessen bewußt war!«

Ezra Jennings sprang auf und packte mich am Arm. »Genug! Damit weiß ich mehr, als Sie glauben!« rief er aufgeregt. »Eine Frage, Mr. Blake: Sind Sie je opiumsüchtig gewesen?«

»Ich habe noch nie Opium gebraucht, in keiner Form.«

»Waren damals Ihre Nerven angegriffen? Waren Sie reizbar und ruhelos?«

»Ja.«

»War Ihr Schlaf schlecht?«

»Ich schlief elendiglich. Manche Nacht machte ich kein Auge zu.«

»War jene Nacht eine Ausnahme? Versuchen Sie sich zu erinnern! Haben Sie nach dem Geburtstagsessen gut geschlafen?«

»Ja, ich schlief ganz fest. Das weiß ich sicher!«

Er ließ meinen Arm so plötzlich wieder los, wie er ihn ergriffen hatte und sah mich erleichtert an – als wäre ihm der letzte Zweifel genommen. »Mr. Blake, der heutige Tag wird Ihnen und mir ewig in Erinnerung bleiben«, sagte er ernst. »Einer Sache nämlich bin ich gewiß: Was Mr. Candy Ihnen heute sagen wollte, steht in meinen Aufzeichnungen. Und nicht nur das: Es wird sich auch zeigen, daß Sie sich Ihrer Tat nicht bewußt waren. Das werde ich ebenfalls beweisen. Geben Sie mir ein wenig Zeit zum Nachdenken! Ich habe noch etliche Fragen an Sie, aber ich bin so gut wie sicher, daß sich Ihre Schuldlosigkeit herausstellen wird.«

»Um des Himmels willen, sagen Sie mir Genaueres! Wie soll ich das alles verstehen?«

In der Aufregung waren wir etwas näher an die Steinmauer herangekommen und hatten Büsche und Zwergbäume hinter uns gelassen. Wahrscheinlich hatte man uns von der Straße her gesehen, denn ehe Ezra Jennings mir antworten konnte, rief ihn von dort ein Mann, der ihn offenbar gesucht hatte.

»Ich komme schon!« schrie Ezra Jennings zurück. »Mr. Blake, ich werde im Dorf dringend benötigt. Eigentlich sollte ich schon längst dort sein. In zwei Stunden bin ich wieder zurück und stehe zu Ihrer Verfügung.«

»Ich kann es kaum erwarten!« sagte ich ungeduldig. »Könnten Sie mich nicht durch ein paar Worte beruhigen, ehe wir auseinandergehen?«

»Die Sache ist viel zu kompliziert, um sie rasch erklären zu können. Glauben Sie mir, Mr. Blake, ich stelle Ihre Geduld nicht absichtlich auf die Probe, aber ich würde durch vage Andeutungen Ihnen das Warten nur erschweren. In zwei Stunden also, in Frizinghall!«

Der Mann rief ihn nochmals. Ezra Jennings eilte davon und ließ mich allein.

X

Ich kann mir nicht vorstellen, wie ein anderer in gleicher Lage diese zwei Stunden ertragen hätte. Mir jedenfalls machte die Ungewißheit schwer zu schaffen. Ich war außerstande, mittlerweile irgendwo ruhig zu warten oder mit irgend jemandem mich zu unterhalten. In diesem Zustand mußte ich nicht nur von meinem geplanten Besuch bei Mrs. Ablewhite absehen, ich scheute mich sogar davor, den alten Betteredge zu treffen.

Bei meiner Rückkehr nach Frizinghall hinterließ ich ihm daher im Hotel eine Nachricht: Ich hätte unvorhergesehenerweise anderweitig zu tun, doch käme ich ganz gewiß gegen drei Uhr nachmittags zurück; er möge inzwischen im Hotel zu Mittag essen und sich auf angenehme Weise die Zeit vertreiben.

Betteredge hatte, soviel ich wußte, hier etliche Freunde, daher würde ihm das Warten bestimmt nicht lang werden.

Nachdem ich diese Sache erledigt hatte, verließ ich das Städtchen wieder und durchstreifte das einsame Heideland der Umgebung. Endlich sagte mir meine Uhr, daß es an der Zeit wäre, in Doktor Candys Haus zurückzukehren.

Ezra Jennings erwartete mich bereits. Er saß in einem dürftig eingerichteten Raum, von dem eine Glastür in Doktor Candys Sprechzimmer führte. An braungelben Wänden hingen scheußliche Abbildungen, die Symptome scheußlicher Krankheiten darstellend. Ansonsten gab es noch einen Bücherschrank, vollgestopft mit abgegriffenen medizinischen Werken, obenauf, als Zimmerschmuck – an Stelle einer Büste – einen Totenkopf. In der Mitte standen ein roh gezimmerter Tisch, über und über mit Tinte bekleckst, und zwei einfache Stühle, wie man sie meist nur bei armen Leuten findet. Auf dem Fußboden lag ein fadenscheiniger Teppichschoner, und an der Wand hing ein Waschbecken mit Abfluß, das mich auf widerlichste Weise an blutige Operationen erinnerte. Das war alles. Draußen vor dem Fenster summten Bienen über Blumentöpfen, im Garten sangen Vögel, und aus dem Nachbarhaus drang dann und wann leises Klaviergeklimper an mein Ohr. An jedem andern Ort wäre derlei alltäglich gewesen, Zeugnis einer heiteren Welt. Hier aber, wo sonst nur Schmerzensschreie die Stille durchbrachen, schien es mir fehl am Platz. Ich warf einen Blick auf das Instrumentenkästchen aus Mahagoniholz und die riesige Rolle Verbandszeug. Mir schauderte, wenn ich daran dachte, was hier alltäglich war.

»Mr. Blake, ich brauche mich hoffentlich nicht erst dafür zu entschuldigen, daß ich Sie ausgerechnet hier empfange«, sagte Ezra Jennings. »Aber es ist der einzige Raum im Haus, in dem wir zu dieser Tageszeit bestimmt ungestört bleiben. Hier liegen meine Aufzeichnungen und auch die Bücher, die wir für unser Gespräch vielleicht benötigen werden. Setzen Sie sich zu mir an den Tisch, dann können wir alles gemeinsam durchsehen!«

Ich rückte mit dem Stuhl zu ihm hin. Er überreichte mir zwei große Bogen im Folioformat. Auf dem einen standen nur Bruchstücke von Sätzen, zwischen denen jeweils ein freier Raum gelassen war. Der andere Bogen war von oben bis unten dicht beschrieben, und zwar abwechselnd mit schwarzer und mit roter Tinte. Nervös wie ich war, schob ich die Aufzeichnungen wieder zu ihm hin und sagte: »Mr. Jennings, bitte verlangen Sie nicht zuviel von mir! Sagen Sie mir zuvor noch, was mich erwartet!«

»Gern. Doch zuerst habe ich noch ein paar Fragen an Sie.«

»Bitte.«

Traurig lächelnd sah er mich an. Seine sanften braunen Augen verrieten freundliche Teilnahme. »Mr. Blake, Sie haben behauptet, daß Sie nie im Leben wissentlich Opium genommen haben.«

»Ja, das stimmt.«

»Sie werden gleich hören, weshalb ich Sie frage, ob dies wissentlich oder unwissentlich geschah. Nun aber zum zweiten: Als Sie im Vorjahr bei Lady Verinder zu Besuch waren, litten Sie an nervösen Störungen, Ihr Schlaf war schlecht. Nur in einer einzigen Nacht – es war jene nach dem Geburtstagsessen – schliefen Sie gut. Ist das richtig?«

»Ja, Mr. Jennings, so war es!«

»Können Sie für diese nervösen Störungen und Ihre Schlaflosigkeit einen Grund angeben?«

»Ich wüßte wirklich keinen. Doch nein, jetzt erinnere ich mich: Der alter Betteredge glaubte den Grund zu erraten, aber die Sache ist nicht der Rede wert.«

»Mr. Blake, in einem solchen Fall ist alles wichtig! Betteredge also führte Ihre Schlaflosigkeit auf eine bestimmte Ursache zurück, und auf welche?«

»Ich hatte das Rauchen aufgegeben.«

»Waren Sie bis dahin ein starker Raucher gewesen?«

»Ja.«

»Und Sie hatten es von einem Tag zum andern aufgegeben?«

»Ja.«

»Mr. Blake, Betteredge hat richtig vermutet. Man muß in guter körperlicher Verfassung sein, wenn man als starker Raucher diese Gewohnheit plötzlich aufgibt. Sonst leidet das Nervensystem darunter. Ihre schlaflosen Nächte sind hiermit erklärt ... Meine nächste Frage bezieht sich auf Mr. Candy. Hatten Sie beim Geburtstagsessen oder nachher mit ihm einen Streit, der sein Metier betraf? Erinnern Sie sich an etwas Derartiges?«

In diesem Moment fiel mir etwas ein, woran ich bis dahin nicht gedacht hatte. Es war während des Dinners zu einem törichten Geplänkel zwischen dem Doktor und mir gekommen, das Betteredge in seinem Bericht ausführlicher als notwendig beschrieben hat. Mir waren die Einzelheiten ganz entfallen. Ich erinnerte mich bloß daran, daß ich die ärztliche Kunst mehrmals aufs Korn genommen hatte und der kleine Doktor darüber ganz außer sich geraten war. Sogar Lady Verinder hatte sich ins Mittel legen müssen, so heftig war die Auseinandersetzung gewesen. Freilich, zuletzt hatten wir beide uns wieder versöhnt, waren – wie Kinder sagen würden – »wieder gut« und als Freunde geschieden. Das also erzählte ich Ezra Jennings.

»Und noch etwas Wichtiges möchte ich von Ihnen wissen, Mr. Blake: Hatten Sie damals Grund, wegen des indischen Diamanten besorgt zu sein?«

»Sogar einen sehr triftigen. Ich wußte nämlich, daß ein Komplott bestand, sich seiner zu bemächtigen. Es sollten Vorsichtsmaßnahmen zum Schutze Miss Verinders getroffen werden.«

»War an jenem Abend davon die Rede, wo man den Diamanten aufbewahren sollte? Haben Sie mit irgend jemandem darüber gesprochen, ehe Sie zu Bett gingen?«

»Ich nicht, aber diese Frage war Gegenstand einer Auseinandersetzung zwischen Lady Verinder und ihrer Tochter.«

»In Ihrer Gegenwart?«

»Ja, ich habe zugehört.«

»Mr. Blake«, sagte Ezra Jennings, wobei er mir die zwei Papierbögen mit seinen Aufzeichnungen in die Hände legte, »meine Fragen und Ihre Antworten haben jetzt alles geklärt. Wenn Sie das lesen, werden Sie zwei seltsame Entdeckungen machen, die Ihre Person betreffen. Erstens: Als Sie Miss Verinders Zimmer betraten und den Diamanten an sich nahmen, befanden Sie sich in einem Trancezustand, der durch Opium hervorgerufen wurde. Zweitens: Dieses Opium wurde Ihnen heimlich von Mr. Candy verabreicht, weil er auf diese Weise Ihre geringe Meinung von der Medizin praktisch widerlegen wollte.«

Wie vom Donner gerührt saß ich da und brachte kein Wort heraus.

»Versuchen Sie, dem armen Doktor Candy zu vergeben!« sagte Ezra Jennings sanft. »Gewiß, er hat damit Furchtbares angerichtet, aber es geschah unabsichtlich. Das geht ebenfalls aus meinen Aufzeichnungen hervor. Wäre er nämlich nicht erkrankt, hätte er Sie gleich am nächsten Morgen aufgesucht und Ihnen die Sache gestanden. So hätte auch Miss Verinder erfahren, auf welche Weise der Doktor Sie überlistet hat. Die Wahrheit wäre sofort an den Tag gekommen – und nicht erst jetzt.«

Allmählich faßte ich mich. Verdrossen sagte ich: »So wie die Dinge liegen, kann ich an Doktor Candy meinen Ärger nicht auslassen. Der Streich, den er mir gespielt hat, war übel. Er griff zu einer raffinierten List. Mag sein, daß ich ihm verzeihen kann, vergessen werde ich es nie.«

»Mr. Blake, jeder Mediziner muß zuweilen zu einer List greifen. Das Mißtrauen gegen Opium beschränkt sich hierzulande nicht auf die unteren und ungebildeten Schichten. Daher kommt es, daß jeder vielbeschäftigte Arzt gelegentlich einen Patienten täuschen muß – so wie es in Ihrem Fall geschah. Ich will damit nicht diesen törichten Streich entschuldigen – ich möchte Ihnen vielmehr nur nahelegen, die Gründe für Doktor Candys Verhalten in einem etwas milderen Licht zu sehen.«

»Auf welche Weise hat man mich überlistet? Wer hat mir die Droge in ein Getränk gemischt?« rief ich.

»Das ist mir nicht bekannt. Darüber hat Doktor Candy während seiner Fieberphantasien kein Wort geäußert. Und Sie – haben Sie denn keine Ahnung, wen man verdächtigen könnte?«

»Nein.«

»Es ist jedenfalls zwecklos, dieser Sache nachzugehen. Feststeht, man hat Ihnen Laudanum gegeben. Lassen wir es dabei bewenden und sprechen wir von dem, was jetzt wichtiger ist! Lesen Sie meine Aufzeichnungen und versuchen Sie, sich die Ereignisse jenes Abends ins Gedächtnis zurückzurufen! Ich möchte Ihnen nämlich nachher einen Vorschlag machen, der Ihnen vielleicht gewagt erscheinen wird, der jedoch wichtig für Ihre ganze Zukunft sein könnte.«

Mit wachsendem Interesse hatte ich ihm zugehört. So widmete ich mich denn unverzüglich dem Studium seiner Aufzeichnungen. Zuoberst lag der Bogen mit den unvollständigen Sätzen, so wie sie dem Kranken im Delirium über die Lippen gekommen waren. Ich las:

Mr. Franklin Blake ... angenehmer Gesellschafter ... bekrittelt ... Medizin ... leide an Schlaflosigkeit ... offenbar seine Nerven angegriffen ... er ... einer ärztlichen Behandlung unterziehen ... behauptet ... ärztliche Kunst und Im-dunkeln-Tappen ... ein und dasselbe ... vor allen Gästen ... ich ... er selbst tappe ... nach Schlaf ... durch Heilmittel allein ... Schlaf finden ... er sagt ... Blinde könnten Blinde führen ... verstehe ... was damit gemeint ... witzig ... ich verärgert ... ihm zum Trotz ... einen guten Schlaf verschaffen ... Lady Verinders Arzneischränkchen ... offen ... ohne sein Wissen ... dreißig Tropfen Laudanum ... morgen besuchen ... nun, Mr. Blake ... Medizin gefällig ... wird sagen ... nicht nötig ... ohne Mittel wunderbar geschlafen ... die Wahrheit bekennen ... vor dem Schlafengehen ... Laudanum verabreicht ... hat gewirkt ... was sagen Sie ... ärztlichen Kunst.

Das also stand auf dem einen Bogen. »Wirklich, Mr. Jennings? Sie haben das gehört?« fragte ich ihn.

»Ja, Wort für Wort. Nur wenn er etwas wiederholte, ließ ich es weg. Bestimmte Worte sagte er nämlich etliche Male, vielleicht schienen sie ihm besonders wichtig. Dadurch fiel es mir leichter, die Bruchstücke zusammenzusetzen.« Er deutete auf den zweiten Bogen. »Natürlich bilde ich mir nicht ein, daß ich mit meinen Einfügungen genau jene Worte gefunden habe, welche Doktor Candy gewählt hätte – vorausgesetzt, er hätte in zusammenhängenden Sätzen gesprochen. Ich versuchte, so gut ich konnte, die Bruchstücke sinngemäß zu ergänzen. Urteilen Sie selbst!«

Der zweite Bogen also sollte mir den Schlüssel zum Verständnis der zusammenhanglosen Rede geben. Was Doktor Candy im Delirium gesagt hatte, war mit schwarzer Tinte geschrieben, die Zwischenräume hatte Ezra Jennings in roter Schrift ausgefüllt. Ich gebe hier den Inhalt wörtlich wieder, damit man den ergänzten Text mit dem ursprünglichen vergleichen kann:

Mr. Franklin Blake ist ein angenehmer Gesellschafter, aber er bekrittelt die Medizin. Er sagt, er leide an Schlaflosigkeit. Offenbar sind seine Nerven angegriffen. Ich sage, er müsse sich einer ärztlichen Behandlung unterziehen. Er behauptet, ärztliche Kunst und Im-dunkeln-Tappen seien ein und dasselbe, und noch dazu sagt er es vor allen Gästen! Ich sage ihm, er selbst tappe im dunkeln nach Schlaf. Durch Heilmittel allein könne er wieder Schlaf finden. Er sagt mir, er habe gehört, Blinde könnten Blinde führen, und jetzt verstehe er, was damit gemeint sei. Er hält das wahrscheinlich für witzig. Ich bin darüber verärgert. Ihm zum Trotz will ich ihm einen guten Schlaf verschaffen. Lady Verinders Arzneischränkchen steht mir offen. Ich gebe ihm, ohne sein Wissen, dreißig Tropfen Laudanum. Ich will ihn morgen besuchen und fragen: ›Nun, Mr. Blake, wie geht's? Wieder schlecht geschlafen? Medizin gefällig?‹ Und er wird mir dann sagen: ›Nicht nötig, Mr. Candy, ich habe ohne Mittel wunderbar geschlafen.‹ Und dann werde ich ihm die Wahrheit bekennen: ›Sir, vor dem Schlafengehen habe ich Ihnen Laudanum verabreicht, und diese Arznei hat gewirkt. Was sagen Sie jetzt zur ärztlichen Kunst?‹

Als ich Ezra Jennings das Manuskript über den Tisch zurückreichte, konnte ich nicht umhin, seinen Scharfsinn zu bewundern, mit dessen Hilfe er sich in diesem Gewirr zurechtgefunden hatte. Immerhin war es ihm gelungen, aus Bruchstücken einen zusammenhängenden Text zu schaffen. Bescheiden wehrte er meine Anerkennung ab und unterbrach mich mit der Frage, ob ich zur gleichen Schlußfolgerung gekommen sei wie er: »Glauben Sie auch, daß Sie in jener Nacht im Opiumrausch handelten?«

»Ich weiß zu wenig über die Wirkungen des Laudanums, um die Sache richtig beurteilen zu können. Aber mein Gefühl sagt mir, daß Sie recht haben könnten.«

»Das ist alles schön und gut, wir beide also glauben daran. Wie aber können wir andere davon überzeugen?«

Wortlos deutete ich auf seine Aufzeichnungen.

»Mr. Blake, so wie die Dinge liegen, nützt dieses Manuskript überhaupt nichts, und zwar aus drei Gründen. Erstens: Ich habe meine Aufzeichnungen am Krankenbett eines Delirierenden gemacht, also in einer Situation, die nicht zu den Erfahrungen der Allgemeinheit gehört. Aus diesem Grunde wird man ihre Richtigkeit anzweifeln. Zweitens: Sie sind das Ergebnis einer physiologischen und einer psychologischen Theorie. Auch das spricht gegen sie. Drittens: Sie sind von meiner Hand gemacht. So mir jemand vorwirft, es handle sich um eine Fälschung, habe ich keinen Zeugen für die Wahrheit. Denken Sie daran, was ich Ihnen bei unserm Spaziergang erzählte – und dann wissen Sie, was hierzulande mein Wort gilt! Nein, Mr. Blake, meine Aufzeichnungen haben nur den einen Wert: Sie zeigen uns, wie wir Ihre Schuldlosigkeit beweisen könnten. Wir müssen erst anderen Leuten überzeugend vor Augen führen, daß unsere Auffassung die richtige ist – und Sie, Mr. Blake, werden das vor Zeugen demonstrieren.«

»Auf welche Weise?«

In seinem Eifer lehnte er sich über den Tisch zu mir herüber. »Mr. Blake, sind Sie bereit, ein kühnes Experiment zu wagen?«

»Ich will alles tun – nur um mich von diesem abscheulichen Verdacht reinzuwaschen!«

»Würden Sie unter Umständen auch Unannehmlichkeiten in Kauf nehmen?«

»Ja, auch das – mir ist es einerlei.«

»Wollen Sie sich meinem Rat anvertrauen? Ich gebe Ihnen allerdings zu bedenken, daß dieses Experiment Sie in den Augen törichter Menschen vielleicht lächerlich machen und daß es bei Freunden, auf deren Meinung Sie Wert legen, Proteste hervorrufen könnte –«

»Sagen Sie mir, was es sein soll!« rief ich ungeduldig. »Was es auch sein mag – ich wage es!«

»Sie sollen ein zweites Mal den Diamanten stehlen, wieder unwissentlich, doch in Gegenwart glaubwürdiger Zeugen!«

Ich sprang auf, ich wollte etwas sagen, aber es verschlug mir die Sprache.

»Mr. Blake, ich glaube, es könnte gelingen – und es wird gelingen, wenn Sie mithelfen. Beruhigen Sie sich doch! Setzen Sie sich und hören Sie mir zu! Soviel ich sehe, rauchen Sie wieder ... Seit wann?«

»Fast ein Jahr ist es her ...«

»Rauchen Sie jetzt mehr als früher?«

»Ja.«

»Würden Sie es wieder aufgeben, wenn ich Sie darum bäte? Und zwar von heute auf morgen, wohlgemerkt, genauso wie damals!«

Ich ahnte jetzt, worauf er hinauswollte. »Wenn Sie es wünschen, gebe ich es auf der Stelle auf.«

»Sobald die gleichen Folgen eintreten wie im Vorjahr, sobald Sie wieder an Schlaflosigkeit leiden, ist der erste Schritt getan. Ihre Nerven sind dann in einem ähnlichen Zustand wie damals. Und sollte es uns gelingen, mit Hilfe des alten Betteredge im Hause selbst die gleiche Konstellation zu schaffen wie seinerzeit und Ihr Denken – genauso wie in jener Nacht – ausschließlich auf den Diamanten auszurichten, erreichen wir damit die gleichen physischen und psychischen Voraussetzungen für unser Experiment und dürfen hoffen, daß die gleiche Dosis Laudanum mehr oder weniger zum gleichen Resultat führt. Das wäre also, kurz gesagt, mein Vorschlag. Und nun, Mr. Blake, sollen Sie hören, was mich aus wissenschaftlichen Gründen zu diesem Versuch ermutigt!«

Er nahm eines der Bücher vom Tisch, die er für unser Gespräch bereitgelegt hatte, und schlug es an einer bestimmten Stelle auf, die er durch einen Zettel gekennzeichnet hatte. »Keine Angst, Mr. Blake, ich werde Sie nicht mit einer Vorlesung über Physiologie langweilen! Aber in Ihrem wie in meinem Interesse möchte ich Ihnen zeigen, daß das geplante Experiment nicht auf einer von mir erfundenen Theorie beruht. Anerkannte Autoritäten sind aufgrund von Versuchen zu ähnlichen Resultaten gelangt. Damit scheint mir mein Vorgehen gerechtfertigt. Schenken Sie mir bitte ein wenig Aufmerksamkeit, damit ich meinen Vorschlag, so phantastisch er klingen mag, wissenschaftlich begründen kann! Hier also ist der physiologische Leitgedanke, nach dem ich mich richten will, und zwar stammt er von keinem Geringeren als Doktor William Benjamin Carpenter. Lesen Sie selbst!«

Er gab mir den Zettel, auf dem folgendes geschrieben stand: *Es besteht Grund zur Annahme, daß jeder Sinneseindruck, sobald man ihn wahrnimmt, vom Gehirn sozusagen registriert wird und zu einem späteren Zeitpunkt reproduziert werden kann, auch wenn man sich inzwischen seiner nicht bewußt war.*

»Soweit ist doch alles klar, nicht wahr?« fragte er mich nach einer Pause.

»Ja, vollkommen.«

Hierauf schob er mir das aufgeschlagene Buch hin und zeigte auf eine mit Bleistift unterstrichene Stelle. »Und nun, Mr. Blake, lesen Sie diesen Bericht hier! Es scheint sich gewissermaßen um ein ähnliches Experiment zu handeln. Das Werk, *Die Physiologie des Menschen*, stammt von Doktor John Elliotson. Er zitiert einen Fall, den ihm der Phrenologe George Combe erzählt hat.«

Ich las: *Ein Ire, der in einem Warenhaus als Laufbursche arbeitete, vergaß im nüchternen Zustand immer, was er im Rausch getan hatte. Sobald er wieder betrunken war, fiel es ihm dann ein. Eines Tages war ihm nach reichlichem Alkoholkonsum ein Paket, das er einem Kunden liefern sollte, irgendwo abhanden gekommen. Als man ihn stellte, war er bereits wieder nüchtern und konnte sich nicht erinnern, wo er das Paket liegengelassen hatte. Doch kaum hatte er getrunken, fiel ihm das Haus ein, wo er es irrtümlich vergessen hatte.*

»Eigentlich eine einleuchtende Erklärung, nicht wahr?« meinte Ezra Jennings, nachdem ich diese Stelle gelesen hatte. Er legte den Zettel wieder ins Buch zurück und schloß es. »Sie sehen, Mr. Blake, unser gewagtes Experiment kann man wissenschaftlich begründen. Sollte Ihnen jedoch dieser Beweis nicht genügen – dort im Bücherschrank gibt es etliche Werke, aus denen ich zitieren könnte.«

»Ich bin überzeugt, daß Sie recht haben, Mr. Jennings, auch wenn Sie mir nichts mehr vorlesen!«

»Gut. Und nun zu Ihrem persönlichen Interesse an diesem Experiment: Ich muß Sie darauf aufmerksam machen, daß wir ein Für und Wider bedenken müssen. Sollten wir in der Lage sein, die gleiche Konstellation wie im Vorjahr wiederherzustellen, würden wir sicher zum gleichen Ergebnis kommen. Aber wir können die Voraussetzungen leider nur annähernd erreichen. Gelingt es uns nicht, Sie in den damaligen Zustand zu versetzen, scheitert unser Experiment. Gelingt es uns jedoch – und das erhoffe ich mir –, werden Sie sich sicher ganz ähnlich verhalten wie damals. Und das müßte jeden vernünftigen Menschen davon überzeugen, daß Sie – moralisch gesprochen – an diesem Diebstahl unschuldig sind. Hiermit habe ich wahrscheinlich innerhalb des Möglichen alle Vorteile und alle Nachteile gegeneinander abgewogen. Sollte für Sie noch etwas unklar sein, sagen Sie es mir, bitte!«

»Was Sie mir da auseinandergesetzt haben, ist mir ganz klar. Nur einen Punkt haben Sie bis jetzt nicht berührt.«

»Und der wäre?«

»Die Wirkungen des Laudanums. Warum wanderte ich über Treppen und Korridore? Wieso gelangte ich bis in Miss Verinders Zimmer und konnte dort in aller Ruhe die Schubfächer des Schränkchens öffnen und schließen? Und dann hatte ich noch Zeit für den ganzen Weg zurück in mein Zimmer. Das spricht doch für eine gewisse Aktivität! Bisher war ich der Ansicht, Opium betäube und mache den Betreffenden schläfrig. Auch in meinem Fall wurde ja dies damit bezweckt.«

»Mr. Blake, diese Meinung ist allgemein verbreitet, aber sie ist falsch. Ich selbst beispielsweise stehe jetzt unter dem Einfluß von Opium, und zwar nahm ich eine Dosis, die zehnmal so groß ist wie jene, welche Ihnen Doktor Candy verabreichte. Und trotzdem ist mein Geist rege. Aber auch diesbezüglich brauchen Sie sich nicht einzig und allein auf meine Erfahrungen zu verlassen. Den Einwand habe ich nämlich vorausgesehen und deshalb ein zweites Buch hier bereitgelegt, das Sie jetzt überzeugen soll. Es handelt sich um De Quinceys weltberühmte *Bekenntnisse eines Opiumessers*. Nehmen Sie es mit und lesen Sie es! Ich habe auch in diesem Buch eine bestimmte Stelle für Sie angezeichnet. Dort erzählt De Quincey, daß er nach einer ›Opiumorgie‹ – wie er es nennt – entweder in die Oper ging, um sich an Musik zu erfreuen, oder die Londoner Märkte aufsuchte und dort die Leute beim Feilschen und Handeln beobachtete. Man ist also sehr wohl imstande, trotz Opium sehr aktiv zu sein.«

»Gut, Mr. Jennings, was andere betrifft, mag dies stimmen. Aber erklären Sie mir die Wirkung des Opiums auf mich!«

»Um es kurz zu sagen: In den meisten Fällen bringt der Genuß von Opium zwei Folgeerscheinungen mit sich. Zunächst wirkt es stimulierend, hernach beruhigend. Unter stimulierendem Einfluß verstärkten sich bei Ihnen die frischesten Eindrücke – nämlich jene, welche Sie im Zusammenhang mit dem Diamanten hatten – und beherrschten Ihren Willen und Ihre Urteilskraft, ähnlich wie dies im Traum der Fall ist. Dadurch dürften Ihre bangen Ahnungen, die Sie in bezug auf Miss Verinders Sicherheit hatten, nach und nach zur fixen Idee geworden sein. Unter diesem Druck wurde Ihnen zur Gewißheit, daß Sie handeln müßten, um Miss Verinder zu schützen und den Diamanten dem Zugriff anderer zu entziehen. Sie wollten ihn an einen sicheren Ort bringen, lenkten deshalb unter Zwang Ihre Schritte in Miss Verinders Zimmer und durchsuchten die Schubfächer des Schränkchens so lange, bis Sie ihn gefunden hatten. Dies alles taten Sie im Rauschzustand. Später dann, in Ihrem eigenen Zimmer, gewann die beruhigende Wirkung die Oberhand, Sie wurden träger und träger und zuletzt durch das Opium gänzlich betäubt. In diesem Stadium verfielen Sie in tiefen Schlaf. Am nächsten Morgen hatte das Opium natürlich seine Wirkung verloren, Sie erwachten und wußten überhaupt nichts von dem, was Sie während der Nacht getan hatten. Sie waren so ahnungslos, als lebten Sie auf dem Mond! ... Auf diese Weise also dürfte es sich zugetragen haben.«

»Ja, Mr. Jennings, Sie haben mir die vermutlichen Vorgänge in jener Nacht so verständlich geschildert, daß ich mir wünschte, Sie könnten mir auch alles übrige genauso gut erklären. Sie haben mir bewiesen, weshalb ich den Diamanten an mich nahm. Doch Miss Verinder sah mich mit dem Diamanten in der Hand zur Tür hinausgehen. Könnten Sie mir die späteren Vorgänge ebenfalls rekonstruieren? Was habe ich hernach mit dem Diamanten getan?«

»Darauf wollte ich eben zu sprechen kommen. Ich halte es

nämlich für möglich, daß dieses Experiment, das Ihre Schuldlosigkeit beweisen soll, uns auch den verschwundenen Diamanten wiederbringt. Als Sie hinausgingen, kehrten Sie wahrscheinlich in Ihr Schlafzimmer zurück –«

»Ja. Aber was weiter?«

»Es könnte immerhin sein, daß Sie aufgrund Ihrer fixen Idee, den Diamanten zu sichern, folgerichtig daran dachten, ihn in Ihrem Schlafzimmer zu verstecken. In diesem Punkt könnte es also eine Parallele zu dem von Doktor Elliotson zitierten Fall geben. So wie sich der Ire nur betrunken an das erinnerte, was er im Rausch getan hatte, könnte Ihnen unter Opiumwirkung das Versteck einfallen und –«

Ehe er noch weitersprechen konnte, fiel ich ihm ins Wort. Nun war die Reihe an mir, meinen Gesprächspartner aufzuklären. »Mr. Jennings, Sie müssen sich auf den Boden der Tatsachen stellen! Der Diamant befindet sich derzeit in London.«

Verblüfft sah er mich an. »In London?« wiederholte er. »Wie kommt er denn dorthin?«

»Das weiß keiner.«

»Sie hatten ihn doch an sich genommen. Auf welche Weise kam er Ihnen abhanden?«

»Ich habe keine Ahnung.«

»Als Sie am Morgen aufwachten – war der Diamant noch da?«

»Nein.«

»Hat Miss Verinder ihn wieder an sich genommen?«

»Nein.«

»Mr. Blake, das ist eine Frage, die noch geklärt werden muß! Woher wissen Sie eigentlich, daß sich der Diamant derzeit in London befindet?«

Genau dieselbe Frage hatte ich an Mr. Bruff gerichtet, als ich nach meiner Rückkehr aus dem Ausland mit ihm darüber gesprochen hatte. Und die Antwort, die ich von Mr. Bruff erhalten hatte, wiederholte ich jetzt.

Ezra Jennings zeigte mir unverhohlen, daß ihn meine Auskunft nicht befriedigte. »Mr. Blake, Sie und Ihr Advokat sind bestimmt kluge Männer, aber ich beharre auf meiner Ansicht.

Es handelt sich zwar um eine bloße Vermutung, aber für Ihre Meinung gilt das gleiche.« Gespannt wartete ich darauf, was nun folgen würde, denn bis dahin war mir nie in den Sinn gekommen, die Richtigkeit dieser Annahme anzuzweifeln. »Ich persönlich glaube, daß Sie in Ihrem Rauschzustand den Diamanten an sich nahmen und ihn dann aus Sicherheitsgründen versteckten«, fuhr Ezra Jennings fort. »Sie hingegen glauben, daß die Inder sich keinesfalls geirrt haben. Als sie in Mr. Lukers Haus eindringen wollten, galt ihre Suche dem Diamanten – und demnach muß er in Mr. Lukers Besitz sein. Haben Sie denn irgendeinen Beweis dafür, daß er überhaupt in London ist? Sie wissen nicht einmal, wie oder durch wen er aus dem Hause gelangte! Es ist nicht einmal sicher, daß man ihn Mr. Luker verpfändet hat, denn der Mann behauptet, er hätte vom Monddiamanten nie gehört, und auch auf der Quittung ist nur von einem Wertgegenstand die Rede. Die Inder glauben, daß Mr. Luker nicht die Wahrheit sagt – und Sie glauben, daß die Inder in diesem Punkt recht haben. Mr. Blake, ich behaupte nur, daß auch meine Ansicht stimmen könnte. Was spricht für die Richtigkeit Ihrer Ansicht? Inwieweit ist sie logisch oder juristisch begründet?«

Er sprach mit Nachdruck und im Brustton der Überzeugung.

»Sie machen mich unsicher, Mr. Jennings«, mußte ich ihm gestehen. »Haben Sie etwas dagegen, wenn ich Ihre Auffassung meinem Advokaten mitteile?«

»Ganz und gar nicht! Es wäre mir lieb, wenn Sie ihm darüber schrieben. Mit seiner Hilfe könnte man die ganze Sache in einem neuen Licht sehen. Aber kommen wir jetzt nochmals auf unser geplantes Experiment zurück! Es bleibt also dabei? Sie geben auf der Stelle das Rauchen auf?«

»Gut.«

»Das wäre der erste Schritt. Und der nächste ist: Wir müssen, so gut es geht, die Räume des Hauses in den alten Zustand versetzen und auch sonst die gleichen Voraussetzungen für Sie schaffen.«

Wie soll man das erreichen? fragte ich mich im stillen. Lady Verinder war nicht mehr, Rachel und ich blieben unwiderruflich getrennt (zumindest solange der scheußliche Verdacht auf mir ruhte), und Godfrey Ablewhite reiste irgendwo auf dem Kontinent herum. Es schien mir einfach unmöglich, all jene Personen im Hause zu versammeln, welche ein Jahr zuvor zu Lady Verinders Gästen gezählt hatten.

Ich brachte meine Einwände vor, doch sie machten ihn nicht verlegen. Es sei nicht wichtig, dieselben Personen herbeizurufen, da sie sich bestimmt nicht so verhalten würden wie an jenem Abend, meinte er. Für das Gelingen des Experiments sei vielmehr wesentlich, daß mich dieselben Möbel und dieselben Gegenstände umgäben. »Vor allem müssen Sie im selben Zimmer schlafen, und es muß genauso eingerichtet sein wie im vorigen Jahr. Treppen, Korridore und Miss Verinders Wohnzimmer sind in den ursprünglichen Zustand zurückzuversetzen. Es ist daher notwendig, daß jedes Möbelstück, das man mittlerweile entfernt hat, wieder auf seinen alten Platz kommt. Auch das Opfer, das Sie jetzt bringen, indem Sie ab sofort das Rauchen aufgeben, wäre sinnlos, wenn Miss Verinder diese Veränderungen in ihrem Hause nicht zuließe.«

»Wer aber wird sie um die Erlaubnis bitten?« wollte ich wissen.

»Können Sie das nicht tun?«

»Unmöglich. Wir hatten wegen des verschwundenen Diamanten eine Auseinandersetzung. So wie die Dinge liegen, kann ich sie weder aufsuchen noch ihr schreiben.«

Ezra Jennings überlegte kurz. »Darf ich eine delikate Angelegenheit berühren?« fragte er dann.

Ich nickte ihm zu.

»Vermute ich richtig, wenn ich aus einer Ihrer Bemerkungen schließe, daß es seinerzeit mehr als Freundschaft war, was Sie für Miss Verinder empfanden?«

»Ja, allerdings.«

»Und hat sie Ihre Gefühle erwidert?«

»Ja.«

»Demnach ist Miss Verinder sicher sehr daran interessiert, daß es uns gelingt, Ihre Schuldlosigkeit zu beweisen?«

»Davon bin ich überzeugt!«

»Gut, dann werde ich an sie schreiben – sofern Sie mir dies erlauben.«

»Und ihr unsere Pläne mitteilen?«

»Ja. Ich berichte ihr alles, was wir heute besprochen haben.«

Ich brauche wohl kaum zu erwähnen, wie gern ich sein Angebot annahm.

»Es bleibt mir Zeit genug, um diesen Brief heute noch zu schreiben«, sagte er und sah dabei auf seine Uhr. »Mr. Blake, vergessen Sie nicht, Ihre Zigarren verschlossen aufzubewahren! Ich komme morgen früh zu Ihnen ins Hotel und werde mich erkundigen, wie Sie die Nacht verbracht haben.«

Ich erhob mich und versuchte, so gut ich konnte, mich für den freundlichen Zuspruch zu bedanken, den ich bei ihm gefunden hatte.

Er drückte mir sanft die Hand. »Mr. Blake, bedenken Sie, was ich Ihnen draußen auf der Heide gesagt habe! Wenn ich Ihnen diesen kleinen Dienst erweisen kann, ist dies für mich wie ein letzter Sonnenstrahl, der den Abend eines langen trüben Tags erhellt.«

Wir schieden voneinander. Es war der fünfzehnte Juni. Die Ereignisse der nächsten zehn Tage, von denen jedes mehr oder weniger mit dem bevorstehenden Experiment zusammenhing, finden sich in genauer Reihenfolge in dem Tagebuch, das er als Arztgehilfe führte. Nichts wird darin verschleiert, nichts ist darin vergessen. So möge denn Ezra Jennings erzählen, wie das gewagte Unternehmen verlief und wie es ausging.

Vierter Bericht
Auszüge aus dem Tagebuch von Ezra Jennings

1849. – 15. Juni. – Von Schmerzen gepeinigt, von Patienten gestört, beendete ich den Brief an Miss Verinder rechtzeitig für die heutige Post. Ich konnte mich dabei nicht so kurz fassen, wie ich es vorgehabt hatte, doch glaube ich, daß ihr jetzt alles klar ist: Sie weiß, daß sie Herr ihrer Entschlüsse bleibt. So sie dem Experiment beiwohnt, tut sie es freiwillig, nicht aber um Mr. Franklin Blake oder mir einen Gefallen zu erweisen.

16. Juni. – Spät aufgestanden nach einer schrecklichen Nacht, in der sich die Überdosis Opium durch scheußliche Träume rächte. Das eine Mal wirbelte ich zusammen mit den Phantomen Verstorbener, Freund und Feind, durch den leeren Raum, das andere Mal erschien mir das einst so geliebte Antlitz, das ich nie wiedersehen werde: widerwärtig phosphoreszierend im Dunkel glotzte und grinste es mich an. Am frühen Morgen zur gewohnten Stunde ein leichter Schmerzanfall, mir als Abwechslung willkommen, denn er verscheuchte die Gesichte.

Wegen meiner schlechten Nacht erst spät bei Mr. Blake im Hotel. Ich fand ihn auf dem Sofa liegend. Er frühstückte gerade – Whisky mit Soda und einen trockenen Keks.

»Der Anfang könnte für Sie nicht besser sein!« sagte er. »Eine elende, schlaflose Nacht – und heute früh überhaupt kein Appetit! Es ist genau das gleiche eingetreten wie im Vorjahr, als ich plötzlich das Rauchen aufgab. Je eher ich für meine zweite Dosis Laudanum bereit bin, desto besser für mich!«

»Mr. Blake, Sie bekommen das Laudanum zum frühestmöglichen Termin! Bis dahin müssen Sie aber auf Ihre Gesundheit achten. Wenn Sie nämlich zu erschöpft sind, wird das Experiment mißlingen. Sie müssen unbedingt wieder zu Appetit kommen. Mit anderen Worten: Reiten Sie oder gehen Sie spazieren!«

»Falls man mir hier ein Pferd auftreiben kann, werde ich reiten. Übrigens – gestern habe ich Mr. Bruff geschrieben. Wie steht es mit Ihrem Brief an Miss Verinder?«

»Er ging noch mit der Abendpost ab.«

»Nun, da werden wir beide bald interessante Nachrichten austauschen können. Bleiben Sie noch, Mr. Jennings! Ich muß Ihnen etwas erzählen. Sie erinnern sich doch: Gestern gaben Sie mir zu bedenken, daß manche meiner Freunde das Experiment vielleicht nicht goutieren würden. Nun, ich zähle Gabriel Betteredge zu meinen Freunden. Es wird Sie belustigen, wenn Sie hören, wie energisch er dagegen protestierte. Als ich ihm davon erzählte, sagte er mir: ›Mr. Franklin, Sie haben zeit Ihres Lebens viel Törichtes getan – aber das übersteigt alles!‹ So also denkt der alte Betteredge. Aber Sie werden ihm doch sicher seine Vorurteile verzeihen, wenn Sie ihn das nächste Mal treffen – nicht wahr?«

Nach dem Besuch bei Mr. Blake begann ich meine Visitenrunde. Das Gespräch mit ihm war zwar kurz gewesen, aber ich fühlte mich besser und glücklicher.

Wie soll ich mir die geheimnisvolle Anziehungskraft dieses Menschen erklären? Vielleicht wird mir dadurch erst so richtig der Unterschied bewußt. Auf der einen Seite die offene, freundliche Art, mit der er mir seine Bekanntschaft ermöglichte – auf der andern Seite der Argwohn und die Abneigung, mit denen mir andere Leute begegnen. Vielleicht aber ist wirklich irgend etwas an diesem Mann, das die Sehnsucht nach Wärme und Mitgefühl stillt – die Sehnsucht, die sich in mir erhalten hat, den einsamen Jahren der Verfolgung zum Trotz, und die in mir zu wachsen scheint, je näher die Zeit heranrückt, zu der ich weder dulden noch leiden werde müssen. Gleichviel was es ist – danach zu fragen ist sinnlos. Feststeht, Mr. Blake hat mir das Leben wieder lebenswert gemacht. Und dabei will ich es bewenden lassen – ohne den Gründen nachzugehen.

17. Juni. – Heute morgen, vor dem Frühstück, teilte mir Mr. Candy mit, er gedenke für zwei Wochen zu verreisen, um in Südengland einen Freund zu besuchen. Er gab mir viele genaue Anweisungen, seine Patienten betreffend, als wäre seine Praxis noch genauso ausgedehnt wie einst. Der Arme! Es kommt ihm gar nicht zu Bewußtsein, wie klein sie seit seiner Krankheit ist!

Andere Ärzte haben ihn längst verdrängt. Mich wird niemand holen – außer im Notfall.

Vielleicht ist es ein Glück, daß er jetzt wegfährt. Seine Gefühle wären sicher verletzt, wenn ich ihm von meinem Experiment erzählte. Weiß Gott, welche unerwünschten Folgen es gäbe, wenn ich ihn ins Vertrauen ziehen müßte. Besser ist es jedenfalls so – ganz sicher!

Nachdem Mr. Candy das Haus verlassen hatte, brachte die Post Miss Verinders Antwort.

Ein reizender Brief! Ich habe seither eine hohe Meinung von ihr. Sie gibt unumwunden zu, wie sehr sie sich für unser Vorhaben interessiert. Mein Brief habe sie von Mr. Blakes Schuldlosigkeit bereits überzeugt, ihretwillen bedürfe es keines Wahrheitsbeweises – all das sagt sie mir auf artigste Weise. Das arme Ding macht sich jetzt Selbstvorwürfe, daß sie nicht schon längst die Wahrheit erraten hat. Das wäre aber wirklich von ihr zuviel verlangt gewesen! Ich bin überzeugt davon, daß das, was sie bewegt, mehr ist als bloße Bereitschaft, ein unwissentlich begangenes Unrecht wiedergutzumachen. Sie hat bestimmt nie aufgehört, ihn zu lieben, trotz der Entfremdung. Obschon sie sich in diesem, an einen ihr völlig fremden Menschen gerichteten Brief auf formelhafte Wendungen beschränken muß, spürt man, wie selig sie darüber ist, daß Mr. Blake doch ihrer Liebe würdig ist. Beim Lesen dieses wirklich zauberhaften Briefs erhebt sich die Frage für mich: Soll ausgerechnet ich dazu berufen sein, diese beiden jungen Menschen wieder zusammenzuführen? Man hat mir mein Glück mit Füßen getreten, mir meine Liebe entrissen. Bin ich dazu ausersehen, das Glück zweier junger Menschen zu schmieden, einen Bund zu erneuern? O laß es mich erleben, barmherziger Tod, ehe deine Arme mich umschlingen und du mir zuflüsterst: ›Komm und ruh in Frieden!‹

Zwei Bitten enthält ihr Brief. Die eine: Ich soll ihn Mr. Blake nicht zeigen, sondern ihm nur mitteilen, daß Miss Verinder gerne bereit sei, uns ihr Haus zur Verfügung zu stellen. Dieser Bitte kann ich leicht entsprechen, doch die andere setzt mich in Verlegenheit. Nicht genug damit, daß sie Mr. Betteredge schriftlich beauftragt hat, alle meine Anweisungen durchzuführen – sie will sogar persönlich anwesend sein, wenn man ihr Zimmer wieder in den alten Zustand versetzt. Demgemäß teilt sie mir mit, daß sie herzukommen gedenke, um das Experiment mitanzusehen.

Diesem Wunsch dürfte ein besonderes Motiv zugrunde liegen, das ich zu erraten glaube: Was ich Mr. Blake nicht sagen darf, will sie ihm wahrscheinlich selbst sagen, und zwar bevor wir noch vor Zeugen den Versuch wagen, den scheußlichen Verdacht von ihm zu nehmen. Ich verstehe und bewundere ihr Bemühen, Mr. Blake zu entlasten, ehe sich noch seine Schuldlosigkeit herausstellt oder nicht. Die Ärmste will wohl auf diese Weise ihre Reue zeigen. Aber ich kann dieses Wiedersehen nicht zulassen, denn ich bin fest davon überzeugt, es würde schlummernde Gefühle wachrufen, alte Erinnerungen und neue Hoffnungen wecken und sich, infolge der damit verbundenen Aufregung, verhängnisvoll auswirken und den Erfolg des Experiments in Frage stellen. So wie die Dinge liegen, ist es ohnedies schwer genug, die gleichen Voraussetzungen wie im Vorjahr zu schaffen. Etwaige Emotionen machen das Unternehmen sinnlos.

Ich bin mir dieser Gefahren bewußt, und trotzdem bringe ich es nicht übers Herz, dieses Mädchen zu enttäuschen. Ehe die Post abgeht, muß ich einen Weg finden, der mir erlaubt, diese Bitte zu erfüllen, ohne dadurch das Vorhaben zu gefährden, das ich Mr. Blake zuliebe durchführen will.

Zwei Uhr. – Ich komme eben von meiner Visitenrunde, die ich mit einem Besuch bei Mr. Blake begonnen habe. Er konnte mir nur das gleiche berichten wie am Vortag: Ein paarmal habe er kurz geschlafen, mehr nicht.

Aber heute sind die Folgen für ihn weniger schlimm, weil er gestern nach Tisch geschlafen hat und danach ausgeritten ist. Leider werde ich derlei Erholungsstunden reduzieren müssen. Sein Befinden darf nicht zu gut und nicht zu schlecht sein, Seeleute würden sagen, es komme jetzt darauf an, einen mittleren Kurs zu steuern.

Er hatte von Mr. Bruff noch nichts gehört und wollte wissen, ob ich von Miss Verinder bereits eine Antwort bekommen hätte.

Ich berichtete ihm genau, was mir zu sagen erlaubt war, aber kein Wort mehr. Da ich ihm den Brief nicht zeigen konnte, erübrigte es sich, mir eine Ausrede auszudenken. Verbittert sagte mir der arme Kerl, er begreife mein Zartgefühl. Miss Verinder willige in unseren Vorschlag ein, weil sie gut erzogen und gerecht sei. »Aber über mich denkt sie genauso wie zuvor, und jetzt wartet sie das Resultat ab.« Beinahe hätte ich ihm angedeutet, wie unrecht er ihr tue – so wie sie ihm unrecht getan hatte. Aber ich wollte ihr nicht die doppelte Freude – ihn zu überraschen und ihm zu vergeben – verderben.

Mein Besuch dauerte nicht lange. Nach den Erfahrungen jener schrecklichen Nacht mußte ich die Opiumdosis vermindern, was zur Folge hat, daß die Schmerzen immer quälender werden. Auch heute morgen spürte ich den kommenden Anfall, und deshalb verließ ich Mr. Blake. Ich will ihn weder betrüben noch beunruhigen. Diesmal dauerte der Anfall nur eine Viertelstunde. Ich fühlte mich danach kräftig genug, die Visitenrunde fortzusetzen.

Fünf Uhr. – Ich habe Miss Verinder geantwortet. Stimmt sie meinem Vorschlag zu, könnten wir einen Mittelweg finden. In meinem Brief betonte ich, daß es nicht wünschenswert sei, wenn sie vor dem geplanten Experiment mit Mr. Blake zusammentreffe. Ich riet ihr daher, erst mit dem Nachmittagszug von London wegzufahren. Sie würde dann nicht vor neun Uhr abends hier eintreffen, Mr. Blake wäre zu diesem Zeitpunkt bereits in seinem Schlafzimmer, sie könnte also ungesehen das Haus betreten und in ihren eigenen Räumen in aller Ruhe warten, bis ich ihm das Laudanum gäbe. Wenn sie dann mit uns gemeinsam das Ergebnis des Versuchs abwarten wollte, hätte ich nichts dagegen einzuwenden. Und am nächsten Morgen könnte sie – sofern es ihr beliebte – Mr. Blake unseren Briefwechsel zeigen und ihm somit beweisen, daß sie ihn schon vor dem geplanten Experiment von jeder Schuld freigesprochen hatte.

In diesem Sinne also habe ich ihr geschrieben. Mehr zu tun bin ich heute nicht imstande. Morgen muß ich mit Mr. Betteredge wegen der Instandsetzung des Hauses sprechen.

18. Juni. – Auch heute Mr. Blake erst sehr spät besucht. Am Morgen abermals schreckliche Schmerzen, danach vollkommen erschöpft, stundenlang. Ich weiß schon jetzt, daß ich wieder zum Opium greifen werde, obwohl ich es dann bitter büßen muß. Ginge es nur um mich, entschiede ich mich für die Schmerzen, auch wenn sie mich noch so quälen. Aber sie machen mich fertig. Wenn meine Kräfte nachlassen, kann ich Mr. Blake zu dem Zeitpunkt, da er meiner Hilfe bedarf, nicht nützen.

Erst gegen ein Uhr kam ich ins Hotel. Trotz meinem schlechten Zustand war das Beisammensein mit Mr. Blake höchst unterhaltsam, vor allem dank der Anwesenheit des alter Betteredge.

Ich fand ihn bereits vor, als ich kam. Er zog sich sofort zum Fenster zurück und schaute hinaus, während ich mich auf die übliche Art nach dem Befinden meines Patienten erkundigte. Wieder hatte Mr. Blake schlecht geschlafen. Er spürte die fehlende Nachtruhe heute stärker denn je zuvor.

Dann fragte ich ihn, ob er von Mr. Bruff gehört hätte.

Ja, heute morgen sei ein Brief von ihm eingetroffen, in dem er sich ganz entschieden gegen den geplanten Versuch ausspreche, den ich an seinem Freund und Klienten auszuführen gedächte. Dieser Plan sei von Übel, denn er erwecke Hoffnungen, die sich nie erfüllen könnten. Ihm, Mr. Bruff, sei derlei unverständlich, es sähe ganz nach Schwindel aus – wie etwa dieser sogenannte Mesmerismus oder die Hellseherei oder dergleichen mehr. Unser Vorhaben würde nur das ganze Haus und zuletzt auch Miss Verinder selbst durcheinanderbringen. Er, Mr. Bruff, habe – ohne Namensnennung, versteht sich – diesen Plan einem bedeutenden Arzt vorgelegt, und der habe bloß gelächelt, den Kopf geschüttelt – und geschwiegen. Aus all den genannten Gründen müsse er, Mr. Bruff, dagegen Einspruch erheben.

Meine nächste Frage galt dem indischen Diamanten. Ob Mr. Bruff einen Beweis erbracht habe, daß der Stein tatsächlich in London sei?

Nein, Mr. Bruff habe es abgelehnt, auf diese Sache einzugehen, denn er sei sicher, daß man den Diamanten dem Wucherer verpfändet habe. Sein derzeit abwesender Gewährsmann, Mr. Murthwaite, ein berühmter Indienforscher, der die Charaktereigenschaften der Inder sehr genau kenne, sei übrigens der gleichen Meinung. Angesichts dieser Umstände sowie anderweitiger Verpflichtungen erübrige es sich für ihn, sich auf weitere Diskussionen einzulassen. Die Zeit werde die Wahrheit an den Tag bringen, und darauf gedenke er jetzt zu warten.

Mir war alles klar, auch wenn Mr. Blake den Brief nur dem Inhalt nach wiedergegeben und nicht vorgelesen hatte: Nur das Mißtrauen gegen meine Person hatte Mr. Bruff veranlaßt, sich gegen das Experiment auszusprechen. Ich hatte es kommen sehen und war daher weder überrascht noch gekränkt. So fragte ich Mr. Blake, ob der Protest seines Freundes ihn unsicher gemacht habe.

Er betonte, daß der Brief keinerlei Eindruck auf ihn mache. Demnach brauchte ich also auf Mr. Bruff keine Rücksicht zu nehmen, ich tilgte ihn aus meinem Gedächtnis.

Während wir beide nachdenklich schwiegen, kam Gabriel Betteredge vom Fenster zu mir herüber und fragte mich: »Sir, darf ich Sie bitten, mir kurz Gehör zu schenken?«

»Gern, ich stehe Ihnen zur Verfügung.«

Betteredge nahm einen Stuhl und setzte sich zu mir an den Tisch. Er zog ein altmodisches, in Leder gebundenes Notizbuch von ungeheurer Größe hervor, in dem ein entsprechend dicker Bleistift steckte. Dann setzte er sich die Brille auf und sah mich streng an. »Sir, ich diene der Familie seit fast fünfzig Jahren«, sagte er. »Ich trat als Page in den Dienst des alten Lord Herncastle. Er war der Vater meiner verstorbenen Herrin. Und jetzt bin ich zwischen siebzig und achtzig Jahre alt – so genau weiß ich das nicht. Jedenfalls kenne ich die Welt besser als andere. Aber was muß ich zu guter Letzt erleben? Daß Mr. Ezra Jennings, ein Arztgehilfe, mit Laudanum ein Zauberkunststück an Mr. Franklin Blake ausprobiert und ausgerechnet ich auf meine alten Tage dabei den Handlanger spielen soll!«

Mr. Blake platzte heraus. Ich versuchte, etwas zu sagen, doch Betteredge hob die Hand zum Zeichen, daß er noch nicht fertig sei.

»Keine Widerrede, Sir! Jetzt spreche ich! Doch so wahr mir Gott helfe – ich habe meine festen Grundsätze. Wenn ich also von meiner Herrin einen Befehl erhalte, pariere ich – und mag der Befehl aus dem Tollhaus kommen! Ich denke mir mein Teil. Im übrigen bin ich einer Meinung mit Mr. Bruff, dem großen Juristen, wohlgemerkt!« rief er mit erhobener Stimme und nickte feierlich. »Aber das ist hier nicht von Gewicht. Wenn meine junge Herrin sagt: ›Betteredge, das und das soll geschehen!‹, dann antworte ich: ›Sehr wohl, gnädiges Fräulein.‹ Und deshalb sitze ich jetzt neben Ihnen mit Notizbuch und Bleistift. Er ist zwar nicht so gut gespitzt, wie es mir lieb wäre, aber wenn Christenmenschen ihren Verstand verlieren, kann der Bleistift ruhig stumpf sein. Was macht es aus? Geben Sie mir also Ihre Befehle, Sir, ich werde sie notieren. Und ich werde ganz nach Ihrer Pfeife tanzen, willenlos, wie ein alter Tanzbär. Jaja, wie ein alter Tanzbär!« wiederholte er, weil er sich über diesen Vergleich richtig freute.

»Es tut mir leid, Mr. Betteredge, daß Sie und ich nicht einer Meinung –«

»Lassen Sie das aus dem Spiel! Es handelt sich hier nicht um meine Meinung, sondern um Gehorsam. Ich erwarte Ihre Befehle, Sir!«

Mr. Blake gab mir ein Zeichen, den Alten beim Wort zu nehmen. So gab ich denn meine »Befehle«, deutlich und so ernst ich konnte: »Ich wünsche, daß bestimmte Räume so möbliert werden, wie sie es im Vorjahr waren.«

Betteredge befeuchtete den Bleistift mit der Zunge und sagte hochnäsig: »Nennen Sie die Räume!«

»Die Halle, durch die man zur Haupttreppe gelangt.«

»Erstens, die Halle«, sagte Betteredge schreibend. »Das ist ganz unmöglich.«

»Und warum?«

»Weil dort im Vorjahr ein ausgestopfter Bussard hing. Als die Herrschaften abreisten, wurde er zugleich mit anderen Einrichtungsgegenständen weggeräumt und fiel dabei auseinander.«

»Dann lassen wir eben den Bussard weg.«

Betteredge vermerkte in seinem Notizbuch: »Die Halle mit

denselben Gegenständen einrichten, den Bussard ausgenommen ... Bitte sprechen Sie weiter!«

»Den Läufer wieder auf die Treppe legen.«

»Den Läufer wieder auf die Treppe legen«, wiederholte Betteredge. »Tut mir leid, Sie enttäuschen zu müssen. Aber auch das ist nicht möglich.«

»Weshalb?«

»Weil es der beste aller Tapezierer gemacht hat, aber er ist tot. Und einen wie ihn, der es so herrlich verstand, einen Läufer allen Ecken anzupassen, finde ich in ganz England nicht.«

»Gut, dann müssen wir eben den zweitbesten suchen.«

Auch das vermerkte der Alte, und ich fuhr mit meinen Anweisungen fort: »Miss Verinders Wohnzimmer muß genauso eingerichtet sein wie damals, desgleichen der Korridor, der vom Wohnzimmer zum Treppenabsatz in der ersten Etage führt, desgleichen der Korridor, der vom Treppenabsatz in der zweiten Etage zu den Schlafzimmern führt, desgleichen das Schlafzimmer, das Mr. Blake im vergangenen Jahr bewohnte.«

Der stumpfe Bleistift vermerkte gewissenhaft, Wort für Wort, was ich diktierte. »Nur weiter, Sir!« sagte Betteredge feierlich und mit bitterer Ironie. »Dieser Bleistift hält noch lange vor.«

Dies sei alles, erklärte ich.

»Sir, jetzt habe ich etwas zu sagen!« kündigte Betteredge an, blätterte die Seite um und befeuchtete abermals den Bleistift. »Ich möchte gern wissen, ob ich meine Hände –«

»Gewiß können Sie sich die Hände waschen, Betteredge!« sagte Mr. Blake. »Ich werde nach dem Mädchen schellen –«

»– ob ich meine Hände in Unschuld waschen kann, wenn nicht alles haargenau so ist«, fuhr Betteredge unbeirrt fort, ohne auf Mr. Blake zu achten. »Da ist einmal Miss Verinders Wohnzimmer: Als wir im Vorjahr den Teppich zusammenrollten, fanden wir erstaunlich viele Haarnadeln. Bin ich verpflichtet, dort Haarnadeln auszustreuen?«

»Nein, sicher nicht!«

Betteredge vermerkte auch dies. »Und was den Korridor in der ersten Etage betrifft, so hat sich auch dort etwas verändert.

Dem dicken nackten Kind, das im Hausinventar als ›Amor, Gott der Liebe‹ erscheint, fehlt seither ein Flügel. Das ist leider passiert, als ich einen Augenblick lang nicht achtgab. Macht das etwas aus?«

Auch diesbezüglich konnte ich ihn beruhigen. Betteredge vermerkte es ebenfalls. »Was den Korridor in der zweiten Etage betrifft, standen dort keine Gegenstände herum – das kann ich beschwören und bin daher ganz beruhigt. Nur Mr. Franklins Schlafzimmer in den gleichen Zustand zu versetzen wird schwierig sein. Muß ich das Durcheinander wiederherstellen, das dort ständig herrschte, gleichviel wie oft man das Zimmer aufräumte? Da die Hosen, dort die Handtücher, und überall verstreut französische Romane ... Ich frage Sie also, wer sorgt dafür, daß Mr. Franklins Zimmer genauso unordentlich aussieht wie damals – er oder ich?«

Mr. Blake war mit Vergnügen bereit, diese Aufgabe zu übernehmen. Betteredge lehnte den Gedanken entschieden ab, es sei denn, ich erklärte mich damit einverstanden. Das tat ich denn auch, und er vermerkte es in seinem Notizbuch.

Dann erhob er sich und sagte mir: »Von morgen an können Sie mich jederzeit kontrollieren kommen. Sie werden mich mit den nötigen Hilfskräften stets bei der Arbeit finden. Ich bedanke mich noch untertänigst, daß Sie mir den lädierten Amor und den verschwundenen Bussard nachsehen und es mir erlauben, daß ich meine Hände in Unschuld wasche, wenn nicht alle Haarnadeln vorhanden sind. Als Diener bin ich Ihnen durch meine Herrin zum Gehorsam verpflichtet, ich persönlich aber bin überzeugt davon, daß ich Ihnen dadurch nur bei Ihren Narreteien helfe. Ich erkläre daher vor Zeugen, daß Ihr Experiment nichts anderes ist als ein übler Trick. Befürchten Sie aber deswegen nicht, daß meine Gefühle meiner Dienerpflicht im Wege stehen! Ich werde Ihnen gehorchen, auch wenn alles Unsinn ist. Und sollte Ihr Experiment damit enden, daß Sie das Haus in Brand stecken, dann hol mich der Teufel, wenn ich ohne Ihren Befehl nach der Feuerwehr rufe! Hiemit empfehle ich mich!« Bei diesen Worten verbeugte er sich und verließ das Zimmer.

»Glauben Sie, daß wir uns auf ihn verlassen können?« fragte ich Mr. Blake.

»In jeder Hinsicht! Sie werden sehen, wenn wir ihn kontrollieren, wird nichts versäumt und nichts vergessen sein.«

19. Juni. – Noch ein Protest gegen unser Vorhaben! Diesmal von einer Dame.

Die Morgenpost brachte mir zwei Briefe. Den einen von Miss Verinder, in dem sie aufs freundlichste meinem Vorschlag zustimmt, und den andern von einer Dame, unter deren Obhut sie lebt – einer gewissen Mrs. Merridew.

Hier sein Inhalt: Mrs. Merridew läßt sich mir empfehlen und teilt mir mit, daß sie sich nicht anmaße, die wissenschaftliche Bedeutung des Gegenstands, über den ich mit Miss Verinder korrespondiere, zu begreifen. Doch in Fragen des Anstands sei sie erfahren und fühle sich daher bemüßigt, ihre Meinung zu äußern. Wahrscheinlich sei mir entgangen, daß Miss Verinder erst im neunzehnten Lebensjahr stehe. Ein so junges Mädchen könne ohne Anstandsdame nicht in einem Haus voller Männer sein, zumal wenn dort ein medizinisches Experiment geplant sei. Einen solchen Verstoß gegen die Schicklichkeit könne Mrs. Merridew nicht zulassen. Sie erachte es daher für ihre Pflicht, Miss Verinder nach Yorkshire zu begleiten, obschon dies für sie selbst ganz gewiß ein Opfer an Bequemlichkeit bedeute. Unter diesen Umständen bitte sie mich, mir nochmals zu überlegen, ob Miss Verinders Anwesenheit erforderlich sei. Ein diesbezügliches Wort von mir würde ihr und mir eine lästige Verantwortung abnehmen, da Miss Verinder nur auf meinen Rat höre.

Ohne höfliche Redensarten gesagt, heißt das: Mrs. Merridew fürchtet sich ganz schrecklich vor dem Gerede der Leute. Leider hat sie sich ausgerechnet an einen Mann gewandt, der auf das Urteil anderer überhaupt keinen Wert legt.

Was mich betrifft, so möchte ich Miss Verinder nicht enttäuschen und die Versöhnung zweier Liebender, die schon zu lange getrennt sind, nicht hinausschieben. In höflichen Redensarten gesagt, heißt das: Mr. Jennings schickt Mrs. Merridew seine besten Empfehlungen und bedauert, daß er sich nicht befugt fühlt, in der erwähnten Angelegenheit die bereits gefaßten Entschlüsse zurückzunehmen.

Mr. Blakes Bericht über seinen Zustand war der übliche. Wir beschlossen, den alten Betteredge bei seinen Arbeiten heute nicht zu stören und erst morgen das Haus zu inspizieren.

20. Juni. – Mr. Blake spürt allmählich die Folgen seiner Schlaflosigkeit. Je früher also das Haus instandgesetzt ist, desto besser.

Auf unserm Weg dorthin bat er mich um einen Rat: Er sei unentschlossen und ungeduldig, denn ihm sei ein Brief des Inspektors nachgeschickt worden.

Mr. Cuff hatte nämlich inzwischen von seiner Haushälterin Mr. Blakes Visitenkarte samt Nachricht erhalten. Er ist derzeit noch in Irland, aber in längstens einer Woche kommt er zurück. Er schreibt, er hätte gern gewußt, was Mr. Blake veranlasse, mit ihm über den Monddiamanten sprechen zu wollen. Sollte ihn Mr. Blake davon überzeugen können, daß er in seiner Eigenschaft als Polizeibeamter bei den Erhebungen schwerwiegende Fehler gemacht habe, würde er es als seine Pflicht betrachten, sich zur Verfügung zu stellen, zumal die verstorbene Lady Verinder sich ihm gegenüber so großzügig gezeigt habe. Andernfalls bitte er um die Erlaubnis, in seiner ländlichen, nur der Rosenzucht gewidmeten Zurückgezogenheit verbleiben zu dürfen.

Ich riet Mr. Blake, dem Inspektor unverzüglich zu berichten, was sich inzwischen zugetragen hatte, und es ihm anheimzustellen, welche Folgerungen er daraus ziehe.

Zudem riet ich Mr. Blake, Inspektor Cuff nach Yorkshire einzuladen, vorausgesetzt, daß er rechtzeitig aus Irland zurückkehre. Seine Anwesenheit als Zeuge wäre sicher wertvoll. Und sollte sich meine Annahme, daß der Diamant noch immer in Mr. Blakes Schlafzimmer versteckt sei, als falsch erweisen, wäre sein Rat sicher wertvoll, zumal die späteren Vorgänge sich einer Kontrolle durch mich entzögen. Diese letztgenannte Erwägung dürfte Mr. Blake für meinen Vorschlag gewonnen haben. Er akzeptierte ihn.

Wir näherten uns dem Hause. Fleißiges Hämmern kündigte uns an, daß die Arbeit im Gang war.

In der Vorhalle trafen wir auf Betteredge. Er hatte sich eine rote Fischermütze aufgesetzt und eine Schürze aus grünem Fries umgebunden. Kaum wurde er meiner ansichtig, zog er Notizbuch und Bleistift hervor und kaprizierte sich darauf, jedes Wort aufzuschreiben, das ich sagte.

Es war das eingetreten, was Mr. Blake erwartet hatte. Wohin wir auch blickten – es wurde rasch und umsichtig an der Instandsetzung gearbeitet. Wir hätten uns nichts Besseres wünschen können. Freilich, in der Halle und in Miss Verinders Wohnzimmer bleibt noch etliches zu tun übrig, weshalb es mir fraglich scheint, daß noch vor Ende der Woche alles fertig ist.

Nachdem ich Betteredge zum raschen Fortgang der Arbeit gratuliert und ihm versprochen hatte, in ein paar Tagen wiederzukommen (er bestand darauf, sich jedes Wort aufzuschreiben, und schenkte Mr. Blake überhaupt keine Aufmerksamkeit), machten wir uns daran, das Haus durch den Hintereingang zu verlassen. Bevor wir ihn noch erreicht hatten, hielt mich Betteredge – es war gerade vor seiner Zimmertür – plötzlich zurück. »Kann ich Sie einen Moment unter vier Augen sprechen?« flüsterte er geheimnisvoll.

Natürlich erklärte ich mich dazu bereit. Mr. Blake ging einstweilen in den Garten. Ich folgte Betteredge in sein Zimmer und war darauf gefaßt, er würde mir jetzt neue Konzessionen abverlangen – so wie ich sie ihm wegen des ausgestopften Bussards und des lädierten Amors bereits hatte machen müssen. Zu meiner Verblüffung legte er mir vertraulich die Hand auf die Schulter und stellte mir eine höchst sonderbare Frage: »Mr. Jennings, kennen Sie *Robinson Crusoe?*«

Gewiß, als Kind hätte ich das Buch gelesen.

»Und seither nie wieder?«

»Nein.«

Er prallte von mir zurück und betrachtete mich teils mitleidig, teils neugierig, vermischt mit abergläubischer Scheu. »Seit seiner Kindheit hat er *Robinson Crusoe* nicht mehr gelesen!« murmelte er vor sich hin. »Ich möchte bloß sehen, was er jetzt dazu sagen wird!« Hierauf ging er zu einem Schrank, zog ein zerlesenes Buch mit Eselsohren heraus und blätterte darin, wobei von den Seiten ein starker Geruch von kaltem Pfeifenrauch ausströmte. Endlich fand er die gesuchte Stelle und bat mich, wieder im Flüsterton, mich zu ihm zu stellen.

»Sir, was Ihren Hokuspokus mit dem Laudanum betrifft, so bin ich wegen dieses Experiments so beschäftigt, daß mir meine Pflichten als Diener keine Zeit lassen für meine Gefühle als Mensch. Gestern abend, nachdem die Arbeiter fortgegangen waren, konnte ich mich endlich meinen Gefühlen hingeben. Und die sagen mir, daß Ihr Experiment schiefgehen muß! Hätte ich gestern dieser inneren Stimme nachgegeben, wären jetzt alle Möbel wieder entfernt, von mir, mit eigener Hand.«

»Mr. Betteredge, nach allem, was ich eben gesehen habe, kann ich nur froh sein, daß Sie Ihrer inneren Stimme getrotzt haben!«

»Getrotzt ist nicht das richtige Wort, Sir. Zutreffender wäre: Ich habe mit ihr gerungen. Ja, Sir, so war es. Meine innere Stimme zerrte mich in die eine Richtung, und die in meinem Notizbuch festgehaltenen Befehle drängten mich in die andere Richtung, so lange, bis ich, mit Verlaub gesagt, in Schweiß geriet. In diesem gräßlichen Zustand nahm ich zu einem bewährten Mittel Zuflucht – zu einem Mittel, Sir, das seit dreißig Jahren, oder sogar länger noch, jedesmal bei mir wirkt. Ich griff zu *Robinson Crusoe*!« Er sagte es und schlug mit der flachen Hand auf das Buch, von dem daraufhin ein noch stärkerer Geruch von kaltem Pfeifenrauch ausströmte. »Und was finde ich an der aufgeschlagenen Stelle? Diesen eindrucksvollen Satz! Auf Seite einhundertachtundsiebzig heißt es: *Nach diesen und ähnlichen Erwägungen machte ich es mir zum Gesetz, immer der inneren Stimme zu folgen, sooft ich einen geheimen Wink bekam, dieses oder jenes zu tun oder zu lassen, oder diesen oder jenen Weg einzuschlagen.* Ich schwöre Ihnen, Mr. Jennings, das waren die ersten Worte, auf die mein Blick fiel, just in dem Augenblick, als ich gegen meine innere Stimme ankämpfte! Aber Sie finden daran nichts Ungewöhnliches – wie?«

»Ein zufälliges Zusammentreffen, mehr nicht.«

»Und Sie sind jetzt nicht unsicher? Ich meine, im Hinblick auf dieses medizinische Experiment?«

»Keinesfalls!«

Betteredge starrte mich schweigend an. Bedächtig schloß er das Buch und legte es behutsam in den Schrank zurück. Mit einem Ruck drehte er sich um und sah mich nochmals schweigend an. »Sir«, begann er nach einer Pause, »einem Mann, der seit seiner Kindheit *Robinson Crusoe* nicht mehr gelesen hat, muß man viel nachsehen. Ich wünsche Ihnen einen guten Tag!« Er verneigte sich tief, öffnete mir die Zimmertür und überließ es mir, den Weg in den Garten zu finden.

Mr. Blake kam mir entgegen. »Sie brauchen mir nicht erst zu sagen, was geschehen ist«, meinte er. »Betteredge hat seinen letzten Trumpf ausgespielt – er hat in *Robinson Crusoe* wieder einmal etwas Prophetisches entdeckt. Sind Sie auf sein Lieblingsthema eingegangen? Nein? Sie haben sich anmerken lassen, daß Sie an dieses Buch nicht glauben? Mr. Jennings, Sie sind in seiner Achtung so tief wie nur möglich gesunken! In Zukunft können Sie tun oder sagen, was Sie wollen – für ihn sind Sie erledigt!«

21. Juni. – Für heute genügt eine kurze Eintragung.

Es war die bisher schlimmste Nacht für Mr. Blake. Notgedrungen mußte ich ihm etwas verschreiben. Auf feinnervige Menschen wie ihn wirkt glücklicherweise jede Arznei rasch. Sonst müßte ich befürchten, daß er zum vorgesehenen Zeitpunkt total ungeeignet für den Versuch ist.

Was mich betrifft, so hatte ich nach einem Abklingen der Schmerzen heute morgen eine neuerliche Attacke, die mich zwingt, wieder zum Opium zu greifen. So lege ich denn mein Tagebuch beiseite und nehme diesmal die größtmögliche Dosis, nämlich hundert Tropfen.

22. Juni. – Heute scheint es uns beiden besser zu gehen. Mr. Blakes nervöse Beschwerden sind fast zur Gänze verschwunden. In der letzten Nacht schlief er ein wenig. Ich habe, dank dem Opium, die Nachtstunden völlig betäubt verbracht. Es wäre unrichtig, zu behaupten, daß ich am Morgen erwachte – richtiger wäre vielmehr: ich kam wieder zu Bewußtsein.

Wir fuhren zum Haus hinüber und wollten nachsehen, ob die Arbeiten beendet seien. Aber es wird noch bis morgen (Samstag) dauern. Wie Mr. Blake vorausgesagt hat, bereitet uns Betteredge keinerlei Schwierigkeiten mehr. Solange wir dort blieben, war er verdächtig höflich und verdächtig schweigsam.

Mein medizinisches Vorhaben (wie Betteredge es nennt) muß leider auf Montag verschoben werden. Morgen wird man noch bis spätabends arbeiten. Übermorgen gibt es, infolge der traditionellen Tyrannis des Sonntags, die zu den Institutionen unseres freien Landes gehört, keinen Zug, der zu einer annehmbaren Zeit hier eintrifft. Sonntags also kann man es keinem Menschen zumuten, von London herzufahren. Bis zum Montag bleibt mir demnach nichts zu tun übrig – außer auf Mr. Blake aufzupassen und, wenn möglich, seinen augenblicklichen Zustand zu erhalten.

Ich habe darauf bestanden, daß er Mr. Bruff nochmals schreibt und ihn dringend ersucht, dem Experiment als Zeuge beizuwohnen. Auf seine Anwesenheit nämlich lege ich besonderen Wert, weil er gegen uns voreingenommen ist. Gelingt es uns, diesen Mann von der Richtigkeit meiner Auffassung zu überzeugen, wird es niemand wagen, unsere Glaubwürdigkeit anzuzweifeln.

Mr. Blake hat auch dem Inspektor geschrieben, und ich habe durch ein paar Zeilen Miss Verinder vom Termin verständigt. Mit den genannten Personen und natürlich mit dem alten Betteredge, der in dieser Familie wirklich eine wichtige Rolle spielt, werden wir genügend Zeugen haben – nicht gerechnet Mrs. Merridew, sofern sie weiterhin darauf besteht, sich für die Meinung anderer Leute zu opfern.

23. Juni. – In dieser Nacht hat sich das Opium abermals an mir gerächt. Sei's drum! Ich muß es weiterhin nehmen – bis der Montag vorüber ist.

Mr. Blake geht es heute nicht allzu gut. Er gesteht mir, er habe um zwei Uhr nachts das Schubfach mit den Zigarren aufgesperrt und seinen ganzen Willen zusammennehmen müssen, es wieder zu verschließen. Um weiteren Versuchungen zu entgehen, habe er den Schlüssel zum Fenster hinausgeworfen. Heute morgen habe ihm der Kellner den Schlüssel zurückgebracht – er hatte ihn in einem leeren Brunnen gefunden. So will es der Zufall!

Ich werde also den Schlüssel bis zum Dienstag bei mir behalten.

24. Juni. – Mr. Blake und ich machten in einem offenen Wagen eine lange Spazierfahrt. Beide spürten wir auf das angenehmste die wohltätige Wirkung der milden Sommerluft. Ich speiste mit ihm im Hotel. Ich bin jetzt etwas beruhigter, denn er schlief danach zwei Stunden. Heute morgen hatte ich ihn nämlich in einem sehr erschöpften und überreizten Zustand vorgefunden. Auch wenn er abermals eine schlechte Nacht hat, sind keine Folgen zu befürchten.

Montag, 25. Juni. – Der Tag des Experiments! Wir sind bereits an Ort und Stelle, es ist fünf Uhr nachmittags.

Das Wichtigste an der Sache ist Mr. Blakes Gesundheitszustand. Meiner Schätzung nach verspricht er, physisch gesehen, heute abend genauso empfänglich für die Wirkung des Opiums zu sein wie damals. Er befindet sich in einem Zustand nervöser Spannung, die an Reizbarkeit grenzt. Seine Hand ist unsicher, er wird einmal blaß, einmal rot, jeder unerwartete Anblick – sei es eine Person oder ein Gegenstand – sowie jedes plötzliche Geräusch lassen ihn zusammenzucken.

Das sind die Folgen der Schlaflosigkeit, die sich auf seine Nerven nachteilig auswirkt und letztlich darauf zurückgeht, daß er das übermäßige Zigarrenrauchen plötzlich aufgegeben hat. Die gleichen Ursachen also und – allem Anschein nach – die gleichen Wirkungen wie im Vorjahr! Sollte diese Parallele weiterhin ihre Gültigkeit haben, wenn es zum Experiment kommt? Das wird sich in der heutigen Nacht entscheiden.

Während ich diese Zeilen schreibe, vertreibt Mr. Blake sich die Zeit am Billardtisch. Er stößt mit dem Stab die Bälle gegeneinander und übt verschiedene Kombinationen, so wie er es des öfteren tat, als er hier zu Gast war.

Ich habe mein Tagebuch mitgenommen, teils um mich in den langen Stunden des Wartens mit etwas Vernünftigem zu beschäftigen, teils in der Hoffnung, daß sich etwas ereignen würde, das ich hier vermerken könnte. Habe ich bisher irgend etwas vergessen? Ein Blick auf die gestrige Eintragung zeigt mir, daß ich das Eintreffen der Morgenpost nicht erwähnt habe. Ehe ich pausiere und zu Mr. Blake hinübergehe, soll dies nachgeholt werden.

Gestern also erhielt ich eine kurze Nachricht von Miss Verinder, in der sie mir mitteilt, daß sie – so wie ich es ihr geraten habe – mit dem Nachmittagszug reisen wird. Mrs. Merridew besteht darauf, sie zu begleiten. Die sonst so gutgelaunte alte Dame sei ein wenig verstört, da sie aus ihrer Ordnung komme – man möge ihr gegenüber nachsichtig sein.

Was Mrs. Merridew betrifft, werde ich mich bemühen, die gleiche Mäßigung zu zeigen, wie sie mir gegenüber der alte Betteredge an den Tag legt. Heute empfing er uns mit verschlossener Miene, in seinem besten schwarzen Anzug und mit seiner steifsten weißen Halsbinde. Sooft mich sein Blick streift, fällt ihm anscheinend ein, daß ich seit meiner Kindheit *Robinson Crusoe* nicht mehr gelesen habe, denn Mitleid spricht aus seinen Augen.

Gestern erhielt auch Mr. Blake einen Brief – die Antwort seines Advokaten. Mr. Bruff nimmt die Einladung an – unter Protest, versteht sich.

Inspektor Cuff hat nichts von sich hören lassen. Sicher ist er noch in Irland. Wir brauchen ihn also heute abend nicht zu erwarten.

Betteredge kommt gerade und sagt mir, daß Mr. Blake sich nach mir erkundigt habe. Ich muß die Feder für kurze Zeit niederlegen.

Sieben Uhr. – Wir haben nochmals alle instandgesetzten Räume kontrolliert und schlenderten nachher den Heckenweg entlang, den Mr. Blake so gern geht. Hoffentlich kann ich auf diese Weise die alten Eindrücke ihm wieder in Erinnerung rufen.

Jetzt werden wir zu Abend essen. Der Zeitpunkt ist der gleiche wie im Vorjahr, und zwar aus medizinischen Gründen: Ich muß ihm das Laudanum unter möglichst ähnlichen Voraussetzungen verabreichen, also nach einer ausgiebigen Mahlzeit, im Stadium des Verdauens. Nach dem Essen gedenke ich, das Gespräch so zwanglos wie möglich auf den gelben Diamanten und das indische Komplott zu bringen. Sobald sein Denken sich mit diesem Thema beschäftigt, ist der Zweck erreicht, und ich kann ihm das Laudanum geben.

Halb neun Uhr. – Es ist mir jetzt möglich, mich mit dem Wichtigsten zu befassen, nämlich nach dem Laudanumfläschchen zu suchen, das Doktor Candy im Vorjahr hatte.

Vor etwa zehn Minuten ersuchte ich Betteredge, der jetzt endlich ein wenig Zeit hat, mich zum Arzneischränkchen zu führen. Widerspruchslos und ohne zu versuchen, sein Notizbuch hervorzuziehen, ging er mit mir in eine Vorratskammer, in der jetzt dieses Schränkchen aufbewahrt wird.

Ich entdeckte die Flasche sofort. Sie ist mit Glasstöpsel und Lederband fest verschlossen und enthält, wie vorausgesehen, ganz gewöhnliche Opiumtinktur. Da sie noch fast voll ist, nehme ich lieber von diesem Präparat als von den beiden anderen, die ich sicherheitshalber mitgebracht habe.

Die Frage der zu verabreichenden Menge bereitet mir gewisse Schwierigkeiten. Ich habe es mir lange überlegt und bin zu dem Schluß gekommen, die Dosis zu vergrößern.

Aus meinen Aufzeichnungen ersehe ich, daß Doktor Candy ihm nur dreißig Tropfen verabreicht hat. Gemessen an den Folgen, selbst bei einem so sensiblen Menschen wie Mr. Blake, scheint mir diese Dosis gering. Wahrscheinlich hat ihm Doktor Candy mehr gegeben, als er ihm zu geben glaubte, zumal er selbst, wie ich weiß, bei Tisch reichlich Alkohol konsumiert hatte. Es könnte durchaus möglich sein, daß er sich beim Zählen der Tropfen irrte. Ich will es jedenfalls riskieren, die Dosis auf vierzig Tropfen zu erhöhen. Zudem weiß diesmal Mr. Blake, daß er eine Droge zu sich nimmt, weshalb er, physiologisch gesprochen, unbewußt widerstandsfähiger gegen die Wirkung ist.

Meiner Ansicht nach muß man ihm diesmal unbedingt eine größere Menge geben, um den gleichen Effekt wie im Vorjahr zu erreichen.

Zehn Uhr. – Die Zeugen bzw. die Gäste (wie soll ich sie bezeichnen?) trafen vor einer Stunde hier ein.

Kurz vor neun Uhr überredete ich Mr. Blake, mit mir in sein Schlafzimmer zu gehen – angeblich weil ich mich nochmals davon überzeugen wollte, ob beim Einrichten ja nichts vergessen wurde. Ich hatte mit Betteredge verabredet, daß er Mr. Bruff im Nebenzimmer unterbringen und mich von dessen Ankunft durch ein Klopfzeichen verständigen sollte. Fünf Minuten nachdem die Uhr in der Halle neun geschlagen hatte, klopfte Betteredge an die Tür. Ich trat hinaus und traf im Korridor auf Mr. Bruff.

Wie immer sprach auch diesmal mein Äußeres gegen mich. Mißtrauisch sah er mich an. Da ich gewohnt bin, auf Fremde einen ungünstigen Eindruck zu machen, war ich weder verblüfft noch betroffen. Ehe er noch Mr. Blakes Zimmer betreten konnte, sagte ich ihm das, was ich ihm vorher sagen wollte: »Mr. Bruff, Sie sind zusammen mit Mrs. Merridew und Miss Verinder hier eingetroffen, nicht wahr?«

»Stimmt«, sagte er so distanziert wie möglich.

»Wahrscheinlich hat Ihnen Miss Verinder bereits mitgeteilt, daß ich die Anwesenheit der beiden Damen so lange vor Mr. Blake geheimzuhalten wünsche, bis das Experiment vorbei ist.«

»Ich weiß, daß ich den Mund halten soll«, sagte Mr. Bruff unfreundlich. »Da es mir in meinem Beruf zur Gewohnheit wurde, über menschliche Torheit kein Wort zu verlieren, fällt mir im vorliegenden Fall das Schweigen leicht. Genügt Ihnen das?«

Ich verbeugte mich kurz und überließ es Betteredge, Mr. Bruff in sein Zimmer zu begleiten. Mit einem Blick gab mir Betteredge zu verstehen: »Diesmal sind Sie an den Falschen geraten!«

Danach mußte ich die Begegnung mit den beiden Damen hinter mich bringen. Ich ging die Treppe hinunter – offen gestanden ein wenig nervös – und lenkte meine Schritte zu Miss Verinders Wohnzimmer. Im Korridor traf ich die Gärtnersfrau, die den beiden Damen zur Bedienung zugeteilt ist. Diese vortreffliche Person behandelt mich stets mit übertriebener Höflichkeit, die offenbar ihrer Angst entspringt. Jedesmal, wenn ich ihr etwas zu sagen habe, starrt sie mich zitternd an und knickst. Ich erkundigte mich bei ihr nach Miss Verinder, und auch diesmal hätte sie mich wahrscheinlich zitternd angestarrt und geknickst, wäre nicht Miss Verinder selbst dieser Zeremonie zuvorgekommen, indem sie plötzlich zur Tür heraustrat.

»Sind Sie Mr. Jennings?« fragte sie.

Ehe ich noch antworten konnte, ging sie mir auf dem Korridor entgegen. Im Licht des Wandleuchters begegneten wir einander. Sie stutzte, fing sich aber sofort. Leicht errötend und mit anmutiger Offenheit streckte sie mir die Hand hin.

»Für mich sind Sie kein Fremder, Mr. Jennings. O wenn Sie wüßten, wie glücklich mich Ihre Briefe gemacht haben!« Mit einem Ausdruck inniger Dankbarkeit, wie ich ihn bisher noch bei keinem Menschen erlebt hatte, blickte sie auf mein häßliches, runzeliges Gesicht.

Ich wußte nicht, was ich ihr antworten sollte, denn auf solche Güte und auf solche Schönheit war ich nicht gefaßt gewesen. Das Elend ungezählter Jahre hat mein Herz nicht verhärtet – Gott sei Dank! Mit einem Mal war ich schüchtern und ungeschickt wie ein kleiner Junge.

»Wo ist er jetzt?« fragte sie mich, wobei sie mir unverhohlen ihr einziges Interesse offenbarte – ihr Interesse an Mr. Franklin Blake. »Was macht er jetzt? Hat er von mir gesprochen? Ist er zuversichtlich? Wie ist ihm in diesem Haus zumute – nach allem, was hier vor einem Jahr passierte? Wann geben Sie ihm das Laudanum? Darf ich Ihnen zuschauen, wenn Sie die Tropfen mit Wasser vermischen? Ach, alles interessiert mich doch so sehr! Ich bin ganz aufgeregt! Ich habe Ihnen tausenderlei zu sagen und weiß nicht, womit ich beginnen soll! Verwundert Sie mein Betragen?«

»Nein. Ich erlaube mir zu sagen, daß ich es vollkommen begreife.«

Meine Antwort setzte sie nicht in Verlegenheit, sie zierte sich nicht, sondern sprach ganz offen mit mir, als wäre ich ihr Vater oder ihr Bruder. »Mr. Jennings, Sie haben ein unsägliches Elend von mir genommen, Sie haben mir ein neues Leben geschenkt. Wie könnte ich jetzt undankbar sein und mich gerade Ihnen gegenüber verstellen? Ich liebe ihn«, sagte sie schlicht, »ich habe ihn immer geliebt, auch als ich ihm unrecht tat und ihm nur Hartes und Grausames sagte. Wird er mir vergeben? Hoffentlich! Denn meine Liebe zu ihm ist meine einzige Entschuldigung für das, was ich ihm angetan habe. Und morgen, wenn er erfährt, daß ich hier bin, glauben Sie –«

Sie hielt inne und sah mich ernst an.

»Morgen, Miss Verinder, brauchen Sie ihm wahrscheinlich nur das zu sagen, was Sie eben gesagt haben.«

Strahlend kam sie mir einen Schritt näher, ihre Finger spielten nervös mit einer Blume, die ich im Garten gepflückt und mir ins Knopfloch gesteckt hatte. »Mr. Jennings, Sie haben ihn in letzter Zeit oft gesehen. Glauben Sie das wirklich?«

»Ja. Ich weiß ganz sicher, was am morgigen Tage geschehen wird. Was die kommende Nacht betrifft, möchte ich es gern ebenso sicher wissen!«

Das Gespräch wurde von Betteredge unterbrochen, der mit einem Tablett vorbeikam, um den Damen Tee zu servieren. Abermals warf er mir einen bedeutungsvollen Blick zu, mit dem er mir wahrscheinlich sagen wollte: »Jaja, Mr. Jennings, schmieden Sie das Eisen, solange es heiß ist! Aber dort oben sitzt Mr. Bruff. Den können Sie nicht um den Finger wickeln!«

Wir folgten Betteredge ins Zimmer. Eine kleine alte Dame, sehr sorgfältig gekleidet und sehr vertieft in eine bunte Stickerei, saß in einer Ecke. Als sie mich erblickte, stieß sie einen spitzen Schrei aus und ließ den Stickrahmen in den Schoß fallen. Wahrscheinlich hatten sie mein scheckiges Haar und mein zigeunerbrauner Teint erschreckt.

»Das also ist Mr. Jennings!« sagte Miss Verinder.

»Ich bitte um Entschuldigung«, sagte Mrs. Merridew zu Miss Verinder, obschon die Worte an mich gerichtet waren, »Eisenbahnreisen machen mich immer nervös. Ich versuche, mich durch eine gewohnte Beschäftigung wieder zu beruhigen, aber vielleicht ist Sticken bei einem so außergewöhnlichen Ereignis wie diesem fehl am Platz. Sollte es bei einem medizinischen Experiment störend wirken, lege ich die Arbeit selbstverständlich beiseite.«

Natürlich beeilte ich mich, Mrs. Merridew diesbezüglich zu beruhigen, genauso wie ich Betteredge wegen des Bussards und des lädierten Amors hatte trösten müssen. Nein, gegen Sticken sei bestimmt nichts einzuwenden.

Mrs. Merridew wollte mich dankbar ansehen, ihr Blick fiel auf mein Haar. Da war nichts zu machen, es gelang ihr nicht. Sie sah also wieder Miss Verinder an. »Ich möchte Mr. Jennings um einen Gefallen bitten«, fuhr sie fort. »Er will doch heute ein wissenschaftliches Experiment wagen, nicht wahr? Als junges Mädchen habe ich in der Schule ab und zu einem Experiment beigewohnt – es endete jedesmal mit einer Explosion. Wird also Mr. Jennings so freundlich sein, mich rechtzeitig vor der Explosion zu warnen? Dann habe ich es hinter mir und kann mich beruhigt schlafen legen.«

Ich versuchte, Mrs. Merridew beizubringen, daß in diesem Fall keine Explosion vorgesehen sei.

»Nein, nein! Ich bin Mr. Jennings zwar sehr verbunden, daß er mir zuliebe schwindelt, aber ich ziehe einen ehrlichen Handel vor. Mit der Explosion habe ich mich bereits abgefunden, nur möchte ich, wenn möglich, nicht aus dem Schlaf aufgeschreckt werden.«

In diesem Moment öffnete sich mit einem Knall die Tür. Abermals stieß Mrs. Merridew einen spitzen Schrei aus. Eine Explosion? Weit gefehlt! Es war bloß der alte Betteredge mit einer Nachricht für mich. Feierlich sagte er: »Mr. Jennings, bitte entschuldigen Sie die Störung, aber Mr. Franklin möchte wissen, wo Sie sind. Da ich ihm nicht verraten darf, daß meine junge Herrin hier ist, und ich somit den Befehl habe, ihn zu täuschen, sagte ich ihm, daß ich es nicht wisse, was natürlich eine Lüge ist. Ich wäre Ihnen sehr verbunden, Sir, wenn ich nicht lügen müßte. Stehe ich doch mit einem Fuß bereits im Grab. Die Stunde, in der ich mein Gewissen erforschen muß, ist nah.«

Ich durfte keinen Augenblick zögern. Es ging hier nicht um das Gewissen des Alten, sondern darum, daß Mr. Blake auf der Suche nach mir plötzlich hier auftauchen konnte. So verließ ich denn unverzüglich das Zimmer. Miss Verinder folgte mir auf den Korridor. Sie flüsterte mir zu: »Hier scheint eine richtige Verschwörung gegen Sie im Gang zu sein. Was ist denn los?«

»Ein schwacher Protest der Welt gegen alles Neue, mehr nicht.«

»Und was sollen wir mit Mrs. Merridew machen?«

»Sagen Sie ihr, die Explosion sei für morgen neun Uhr geplant!«

»Damit sie endlich zu Bett geht?«

»Ja, Miss Verinder, so ist es gemeint.«

Sie ging zu Mrs. Merridew zurück, und ich ging hinauf zu Mr. Blake. Zu meiner Überraschung fand ich ihn allein. Sichtlich beunruhigt darüber, schritt er nervös im Zimmer auf und ab.

»Wo ist Mr. Bruff?« fragte ich ihn.

Er deutete auf die geschlossene Verbindungstür zwischen den beiden Zimmern. Mr. Bruff habe kurz bei ihm hereingesehen und gegen unser Vorhaben nochmals zu protestieren versucht, doch habe dies auf ihn überhaupt keinen Eindruck gemacht. Daraufhin habe Mr. Bruff auf seine wohlgefüllte schwarze Aktentasche gezeigt und erklärt: »Ernste Berufsarbeit ist in solcher Umgebung zwar völlig fehl am Platz, muß aber erledigt werden.« Mr. Blake möge derlei altmodische Gewohnheiten eines verantwortungsvollen Juristen gütigst entschuldigen, doch Zeit sei Geld. Und sollte ihn Mr. Jennings benötigen, werde er ganz gewiß unverzüglich erscheinen. Mit diesen Worten habe er sich in sein Zimmer zurückgezogen und sich, taub und blind für alles andere, in seine Akten vertieft.

Mr. Bruff hat seine Akten, Mrs. Merridew ihre Stickerei, Betteredge sein Gewissen. Wunderbar, wie englischer Charakter und englischer Gesichtsausdruck in ihrer Sturheit einander entsprechen!

»Wann geben Sie mir endlich das Laudanum?« fragte mich Mr. Blake ungeduldig.

»Sie müssen noch ein wenig warten. Ich leiste Ihnen inzwischen Gesellschaft.«

Es war noch nicht zehn. Gelegentliche Fragen an ihn und an Betteredge hatten mir bestätigt, daß man ihm nicht vor elf das Laudanum verabreicht hatte. Und deshalb war ich fest entschlossen, es ihm ebenfalls erst so spät zu geben.

Wir plauderten, aber unsere Gedanken waren anderswo. Das Gespräch stockte und versandete alsbald. Mr. Blake blätterte mechanisch in Büchern und Zeitschriften, die auf dem Tisch lagen. Sicherheitshalber hatte ich vorher die Titel angesehen: *The Guardian, The Tatler* ... an Büchern *Pamela* von Samuel Richardson, *The Man of Feeling* von Henry Mackenzie, ferner William Roscoes Lorenzo de' Medici-Biographie und die Geschichte Karls V. von William Robertson – nur klassische Literatur, späteren Werken selbstverständlich überlegen und unter den gegebenen Umständen von unschätzbarem Vorteil, weil sie niemandes Interesse fesseln und niemanden aufregen. Ich überließ Mr. Blake dem beruhigenden Einfluß dieser nieveauvollen Literatur und beschäftigte mich mit obiger Tagebucheintragung.

Nach meiner Uhr ist es kurz vor elf. Ich lege das Tagebuch wieder beiseite.

Zwei Uhr morgens. – Das Experiment ist vorüber, mit welchem Ergebnis, will ich jetzt berichten.

Um elf Uhr schellte ich dem alten Betteredge und sagte Mr. Blake, daß er jetzt endlich zu Bett gehen dürfe.

Ich beugte mich aus dem Fenster und sah in die Nacht hinaus. Sie war mild und regnerisch – ähnlich wie am einundzwanzigsten Juni vorigen Jahres. Ohne an Vorzeichen zu glauben, schien es mir ermutigend, daß die Atmosphäre frei war von Elektrizität und Luftbewegung, was sich auf das Nervensystem nachteilig auswirken kann. Betteredge stellte sich zu mir ans Fenster und drückte mir mit geheimnisvoller Miene einen Zettel in die Hand. Ich las: *Mrs. Merridew ist bereits zu Bett gegangen – unter der Voraussetzung, daß die Explosion bestimmt erst für morgen neun Uhr vorgesehen ist und ich mein Zimmer erst verlasse, wenn sie mich holen kommt. Sie ahnt nicht, daß ausgerechnet dieses Zimmer der wichtigste Schauplatz der kommenden Ereignisse sein soll, sonst wäre sie die ganze Nacht nicht von meiner Seite gewichen! Ich bin allein, mir ist bang. Bitte lassen Sie mich zusehen, wenn Sie das Laudanum dem Wasser beigeben! Ich möchte damit etwas zu tun haben, sei es auch in der unwichtigen Rolle eines Zuschauers. – R. V.*

Ich ging mit Betteredge auf den Korridor hinaus und ersuchte ihn, das Arzneischränkchen in Miss Verinders Zimmer zu bringen.

Diese Anordnung schien ihn zu überraschen. Ich hatte den Eindruck, er verdächtige mich, an seiner jungen Herrin einen medizinischen Versuch vornehmen zu wollen, denn er fragte mich: »Darf ich wissen, was Miss Verinder und das Arzneischränkchen miteinander zu tun haben?«

»Bleiben Sie im Zimmer, dann werden Sie es sehen!«

Wahrscheinlich glaubte Betteredge, mich nicht gut genug überwachen zu können, denn er hatte schon wieder eine Frage: »Haben Sie etwas dagegen, wenn Mr. Bruff dabei ist?«

»Ganz und gar nicht! Ich wollte ihn ohnedies bitten, mich hinunterzubegleiten.«

Wortlos verschwand er jetzt und holte das Arzneischränkchen, während ich wieder zurückging und an die Verbindungstür klopfte. Mr. Bruff öffnete, die Akten in der Hand, ganz in Jurisprudenz vertieft, unempfänglich für medizinische Kunst.

»Entschuldigen Sie, wenn ich störe«, sagte ich, »aber ich bin eben dabei, die vorgesehene Menge Laudanum in ein Glas Wasser zu geben, und muß Sie daher bitten, der Kontrolle wegen anwesend zu sein.«

»So?« meinte Mr. Bruff, neun Zehntel seiner Aufmerksamkeit von Akten gefesselt, ein Zehntel davon widerwillig mir gewidmet. »Sonst noch was?«

»Ich muß Sie leider bitten, nachher wieder mit mir in dieses Zimmer zurückzukommen und anwesend zu sein, wenn ich Mr. Blake das Laudanum verabreiche.«

»Sonst noch was?«

»Ja. Ich muß Sie leider bitten, in den nächsten ein bis zwei

Stunden in diesem Zimmer zu bleiben und abzuwarten, was geschieht.«

»Schon gut, schon gut! Ob dieses Zimmer oder jenes – das ist mir egal. Ich kann meine Arbeit überallhin mitnehmen. Es sei denn, Sie, Mr. Jennings, hätten etwas dagegen, daß ich in dieser Form so viel gesunden Menschenverstand zu den Vorgängen beisteuere.«

Ehe ich noch eine Antwort fand, kam mir Mr. Blake, der bereits auf dem Bett lag, zu Hilfe. »Interessieren Sie sich denn wirklich nicht für das, was wir hier vorhaben?« fragte er. »Verzeihen Sie, Mr. Bruff, aber Sie haben tatsächlich nicht mehr Phantasie als ein Pferd!«

»Mr. Blake, das Pferd ist ein nützliches Tier!« sagte er und stolzierte, die Akten in der Hand, hinter mir hinaus.

Miss Verinder, bleich und nervös, schritt ruhelos in ihrem Zimmer auf und ab. Auf einem Tisch, bewacht von Betteredge, stand das Arzneischränkchen. Mr. Bruff ließ sich auf den erstbesten Stuhl fallen und versenkte sich sofort in seine Arbeit. Anscheinend gedachte er die Nützlichkeit eines Pferdes zu beweisen.

Miss Verinder zog mich beiseite und wollte über den Gegenstand ihres ausschließlichen Interesses, nämlich Mr. Blake, sprechen. Ihre Fragen überstürzten sich. »Wie geht es ihm jetzt? Ist er nervös? Ist er gereizt? Glauben Sie, daß der Versuch gelingt? Wird es ihm ganz gewiß nicht schaden?«

»Nein, bestimmt nicht! Schauen Sie mir zu, wenn ich die Tropfen zähle!«

»Eine Frage noch: Jetzt ist es nach elf – wie lange wird es dauern, bis das Opium wirkt?«

»Schwer zu sagen, vielleicht eine Stunde.«

»Im Zimmer wird es dunkel sein müssen – wie im Vorjahr?«

»Selbstverständlich.«

»Ich werde in meinem Schlafzimmer warten und die Tür ein wenig geöffnet lassen – so wie im Vorjahr. Und ich werde die Tür, die auf den Korridor hinausführt, im Auge behalten. Sobald sie sich bewegt, blase ich die Kerze aus. Damals nämlich war es so. Und genauso muß es diesmal sein, nicht wahr?«

»Miss Verinder, werden Sie wirklich ganz still bleiben? Werden Sie sich beherrschen können?«

»Für ihn kann ich alles!« antwortete sie leidenschaftlich.

Ein Blick auf ihre Miene überzeugte mich davon, daß ich mich auf sie verlassen konnte. So wandte ich mich denn dem Advokaten zu. »Mr. Bruff, ich muß Sie leider bitten, für kurze Zeit Ihre Arbeit wegzulegen.«

»Meinetwegen!« Er erhob sich ungnädig, als hätte ich ihn bei einer besonders faszinierenden Stelle gestört, und folgte mir zum Arzneischränkchen. Jetzt, da er die atemlose Spannung, die seine berufliche Arbeit ihm brachte, vermissen mußte, gähnte er gelangweilt und sah Betteredge mit leerem Blick an.

Miss Verinder kam mit einem Krug kalten Wassers, den sie von einem Abstelltischchen genommen hatte. »Bitte lassen Sie mich das Wasser eingießen! Ich möchte mich doch auf irgendeine Weise an diesem Experiment beteiligen!« flüsterte sie mir zu.

Ich zählte vierzig Tropfen ins Glas. Dann bat ich sie: »Jetzt das Wasser! Fast das ganze Glas voll!«

Betteredge verschloß das Arzneischränkchen wieder und blickte mich erleichtert an. Offenbar hatte er geglaubt, ich hätte mit seiner jungen Herrin gleichfalls einen medizinischen Versuch vor.

Während sich Betteredge mit dem Arzneischränkchen beschäftigte und Mr. Bruff sich wieder ins Aktenstudium vertiefte, küßte Miss Verinder heimlich den Rand des Glases. »Wenn Sie es ihm geben, halten Sie das Glas so hin, daß er von dieser Seite trinkt!« bat mich dieses wirklich reizende Mädchen.

Ich nahm das Stück Quarz, das bei unserm Experiment den Diamanten darstellten sollte. »Auch daran sollen Sie beteiligt sein!« sagte ich ihr. »Legen Sie dieses Quarzstück in dasselbe Schubfach, in dem der gelbe Diamant lag!«

Sie tat es, und Mr. Bruff war Zeuge des Vorgangs, unter Protest, versteht sich.

Nur für die Selbstbeherrschung des alten Betteredge wurde diese dramatische Wendung allmählich zuviel. Seine Hand zitterte, als er den Leuchter mit der brennenden Kerze zum

Schränkchen hinhielt. Mit bebender Stimme fragte er Miss Verinder: »Sind Sie sicher, daß es das richtige Schubfach ist?«

Ich hielt das gefüllte Wasserglas in der Hand und machte mich auf den Weg in die zweite Etage. In der offenen Tür blieb ich kurz stehen, wandte mich um und sagte zu Miss Verinder: »Löschen Sie bald die Kerze aus!«

»Ja, ich tue es gleich. Wenn ich nebenan warte, brauche ich nur eine einzige Kerze. Die genügt.« Leise schloß sie die Tür zum Schlafzimmer hinter sich.

Von Betteredge und Mr. Bruff gefolgt, setzte ich meinen Weg fort.

Mr. Blake warf sich unruhig auf dem Bett hin und her und fragte mich gereizt, wie lange er denn noch auf das Laudanum warten müsse – ob er es denn in dieser Nacht überhaupt noch bekäme?

Ich beruhigte ihn diesbezüglich und reichte ihm dann vor den beiden Zeugen das Glas. Nachher schüttelte ich ihm die Kissen zurecht und sagte ihm, er müsse sich jetzt hinlegen und abwarten.

Das Bett hatte helle Chintzvorhänge und stand mit dem Kopfende zur Wand. Auf der einen Seite zog ich die Vorhänge ganz zu und placierte Mr. Bruff und Betteredge daneben. Am Fußende ließ ich die Vorhänge ein wenig geöffnet. Dort setzte ich mich hin, damit Mr. Blake – je nachdem wie er es wollte – mich sehen und mit mir reden konnte. Da ich wußte, daß er immer bei Licht schlief, stellte ich ihm einen der beiden Leuchter neben das Kopfende des Betts, damit er nicht ins Licht schauen mußte. Den zweiten Leuchter gab ich Mr. Bruff. Von dieser Seite nämlich schirmten die Vorhänge den Kerzenschein ab. Das Oberlicht des Fensters war geöffnet, es konnte genügend frische Luft hereinkommen. Leise fiel der Regen, im Haus selbst herrschte absolute Stille. Als ich mit den Vorbereitungen fertig war, zeigte meine Uhr zwanzig nach elf. Ich nahm meinen Platz am Fußende des Bettes ein.

Mr. Bruff hatte wieder nach seinen Akten gegriffen und schien mit der Lektüre genauso intensiv beschäftigt wie zuvor. Freilich, wenn mich nicht bestimmte Anzeichen täuschten, begann bei ihm doch allmählich die Jurisprudenz an Gewicht zu verlieren. Die erwartungsvolle Spannung, die über diesem Zimmer lag, wirkte sich in zunehmendem Maße auch auf einen so phantasielosen Menschen wie ihn aus. Was Betteredge betraf, waren Prinzipientreue und würdevolles Verhalten längst über Bord geworfen. Er vergaß, daß ich an Mr. Blake ein Zauberkunststück ausprobieren wollte; er vergaß, daß er meinetwegen das ganze Haus hatte umräumen müssen; er vergaß, daß ich seit meiner Kindheit nicht mehr *Robinson Crusoe* gelesen hatte. Aufgeregt flüsterte er mir zu: »Um der Barmherzigkeit willen, sagen Sie mir doch: wann wird es zu wirken beginnen?«

»Nicht vor Mitternacht. Bitte sprechen Sie nicht und verhalten Sie sich ganz still!«

Tiefer hätte Betteredge in seiner Selbstachtung nicht sinken können – so plump vertraulich kam er mir jetzt: Zum Zeichen, daß er mich verstanden hatte, blinzelte er mir zu!

Ich konzentrierte meine Aufmerksamkeit auf Mr. Blake. Immer noch warf er sich ruhelos auf dem Bett hin und her und fragte mich verdrossen, warum das Laudanum noch immer nicht wirke.

Es wäre sinnlos gewesen, ihn darauf aufmerksam zu machen, daß er durch seine Unruhe und seine Ungeduld den zu erwartenden Erfolg nur verzögerte. So schien es mir vernünftiger, seine Gedanken vom Opium abzulenken und, ohne daß es ihm auffiel, auf etwas anderes zu richten. Ich brachte ein Gespräch in Gang, das sich mit jenem Thema befaßte, welches uns an diesem Abend bereits beschäftigt hatte – nämlich mit dem gelben Diamanten. Mr. Blake sollte zum Sprechen gebracht werden, und zwar sollte er von dem reden, was sich vor dem Verschwinden des Diamanten ereignet hatte. Ich war bei meinen Fragen darauf bedacht, nur diese Vorfälle zu erwähnen, etwa: das riskante Unterfangen, den Diamanten ungefährdet von London nach Yorkshire zu bringen, die Deponierung des Diamanten in der Bank von Frizinghall, das unvermutete Auftauchen der drei indischen Gaukler. Ich tat, als hätte ich nicht alles verstanden, was Mr. Blake mir vor wenigen Stunden erzählt hatte, und brachte ihn so zum Reden. Es war für mein Experiment wichtig, daß er gerade jetzt ausschließlich über dieses Thema sprach und dabei nicht bemerkte, daß meine Fragen gezielt waren. Er versuchte, mir alles genauestens zu schildern, und überwand auf diese Weise seine Unruhe. Zu dem Zeitpunkt, als mir seine Augen verrieten, daß die Wirkung der Droge einsetzte, dachte er schon längst nicht mehr ans Opium, sondern einzig und allein an den gelben Diamanten.

Ich sah auf meine Uhr. Es war fünf vor zwölf. Ich bemerkte an den Frühsymptomen, daß der euphorische Zustand begonnen hatte. Ein ungeübtes Auge hätte zu diesem Zeitpunkt noch keine Veränderung bemerkt. Weitere Minuten verstrichen, der Einfluß der Droge zeigte sich immer deutlicher. Seine Augen leuchteten, Schweißperlen glitzerten auf seiner Stirn. Bald konnte er nicht mehr zusammenhängend erzählen. Er redete immer wieder vom gelben Diamanten, aber er sprach die Sätze nicht zu Ende, und allmählich stockte er, ich hörte nur mehr zusammenhanglose Worte. Plötzlich schwieg er. Es entstand eine Pause. Da richtete er sich auf und begann wieder über den Diamanten zu reden, doch nicht mit mir, sondern mit sich selbst. Das erste Stadium des Experiments war somit erreicht. Er stand unter dem stimulierenden Einfluß der Droge.

Es war jetzt dreiundzwanzig Minuten vor zwölf. In längstens einer halben Stunde mußte es sich entscheiden, ob er aufstehen und hinausgehen würde oder nicht.

Atemlos beobachtete ich ihn. In meiner unaussprechlichen Freude – schließlich war der erwartete Zustand in seinem ersten Stadium fast genau zum errechneten Zeitpunkt eingetreten – hatte ich meine beiden Gefährten vollkommen vergessen. Ich sah zu ihnen hin und bemerkte, daß die Jurisprudenz (repräsentiert durch Akten) unbeachtet auf dem Fußboden lag. Mr. Bruff spähte durch einen schmalen Spalt, den die Bettvorhänge offenließen, und Betteredge, ohne Gefühl für den Rangunterschied, stützte sich auf ihn und guckte ihm über die Schulter.

Als sie meinen beobachtenden Blick bemerkten, zuckten beide zusammen wie Schulbuben, die der Lehrer bei etwas

Unrechtem ertappt. Leise zog ich die Schuhe aus und bedeutete ihnen, das gleiche zu tun. So sich die Gelegenheit dazu bot, war es notwendig, Mr. Blake absolut geräuschlos zu folgen.

Zehn Minuten vergingen, nichts geschah. Da warf er plötzlich die Decke von sich und stieg mit einem Fuß aus dem Bett. Er wartete. Da hörte ich ihn sagen: »Ich wollte, ich hätte ihn nie aus der Bank genommen. Dort war er sicher.«

Mein Herz klopfte, der Puls hämmerte mir in den Schläfen. Auch jetzt noch dachte er nur an die Sicherheit des Diamanten! Das war der Angelpunkt, um den sich alles drehte und von dem der Erfolg des Experiments abhing. Ich wußte, wieviel für mich auf dem Spiel stand. Meine strapazierten Nerven versagten, ich mußte wegschauen – sonst hätte ich meine Selbstbeherrschung verloren.

Abermals trat Schweigen ein.

Als ich mir zutrauen konnte, meine Aufmerksamkeit wieder auf Mr. Blake zu lenken, stand er bereits neben dem Bett. Seine Pupillen waren eng und starr, seine Augen leuchteten im Kerzenlicht. Langsam schüttelte er den Kopf. Er schien nachdenklich, unentschlossen. Plötzlich sagte er leise zu sich selbst: »Was weiß denn ich? Vielleicht halten sich die Inder im Hause versteckt?«

Dann schwieg er wieder. Bedächtig schritt er zur Wand hinüber, dort drehte er sich um, wartete eine Weile und kam wieder zurück. »Nicht einmal unter Verschluß ist er in diesem Schränkchen«, sagte er und setzte sich auf die Bettkante. »Jeder könnte ihn nehmen.« Beunruhigt erhob er sich und wiederholte: »Was weiß denn ich? Vielleicht halten sich die Inder im Hause versteckt?« Wieder wartete er.

Ich verbarg mich hinter dem Bettvorhang. Starr und stier, mit leuchtenden Augen, blickte er im Zimmer herum. Ich wagte kaum zu atmen. Eine Pause war eingetreten. Versagte das Opium? Versagten seine Nerven? Versagte sein Denken? Wer vermochte zu sagen, was jetzt in ihm vorging? Alles hing davon ab, was er in der nächsten Minute tun würde.

Er legte sich wieder ins Bett!

Ein schrecklicher Gedanke durchzuckte mich. War es möglich, daß sich die beruhigende Wirkung des Opiums bereits bemerkbar machte? Es schien mir unmöglich, gemessen an meiner Erfahrung. Doch was gilt eine Erfahrung, wenn es sich um Opium handelt! Sicher wirkt die Droge auf jeden Menschen anders. Waren bei ihm andere Voraussetzungen vorhanden, die zu einem anderen Resultat führen mußten? Sollte das Experiment knapp vor einem vollen Erfolg fehlschlagen? Ich quälte mich mit Fragen.

Nein! Er erhob sich nämlich plötzlich und sagte: »Zum Teufel, wie kann ich bei solchen Sorgen Schlaf finden?«

Er warf einen Blick auf die Kerze neben dem Kopfende des Betts und ergriff den Leuchter.

Ich blies die zweite Kerze aus, die hinter dem Bettvorhang brannte, und zog mich gemeinsam mit Mr. Bruff und Betteredge in die äußerste Ecke des Zimmers zurück. Ein Zeichen von mir gab ihnen zu verstehen, daß sie jetzt absolute Ruhe bewahren mußten – als ginge es um ihr Leben!

Von den Bettvorhängen seinem Blick verborgen, warteten wir. Wir sahen nichts, wir hörten nichts. Da bewegte sich plötzlich das Licht, und im nächsten Augenblick war er schon an uns vorbei, rasch und lautlos, mit dem Leuchter in der Hand. Er öffnete die Tür und verließ das Zimmer.

Wir folgten ihm den Korridor entlang, die Treppe hinunter, den Korridor der ersten Etage entlang. Nie sah er sich um, nie zögerte er. Sicheren Schritts ging er weiter und in Miss Verinders Zimmer hinein. Die Tür ließ er hinter sich offen. Sie hängt (wie alle anderen Türen dieses Hauses) in großen altmodischen Angeln. Steht sie offen, bleibt zwischen ihr und dem Türpfosten ein Spalt. Ich bedeutete meinen beiden Gefährten, sich dort aufzustellen und durch den Spalt die Vorgänge im Zimmer zu beobachten. Auch ich blieb auf dem Korridor zurück, und zwar genau gegenüber der Tür, in einer Nische. Für den Fall, daß er sich umsah, konnte ich mich rasch darin verstecken.

Er war bis in die Mitte des Zimmers gegangen und blickte jetzt suchend um sich.

Die Tür zu Miss Verinders Schlafzimmer stand offen. Es war finster, doch konnte ich im Dunkel das matte Weiß ihres Sommerkleids schimmern sehen. Sie stand wie erstarrt, kein Laut, kein Wort – nichts verriet sie. Niemand hätte ihre Anwesenheit ahnen können.

Es war jetzt zehn nach eins. In dieser Totenstille hörte ich nur den Regen, der sacht auf zitternde Blätter fiel.

Mr. Blake wartete einige Minuten lang in der Mitte des Zimmers. Plötzlich schritt er geradewegs auf das indische Schränkchen zu, stellte die Kerze darauf und begann, systematisch die Schubfächer zu durchsuchen. Eines nach dem andern zog er heraus, schob es hinein, bis er zu jenem gelangte, in welchem das Quarzstück lag. Er nahm es in die rechte Hand, ergriff mit der Linken den Kerzenleuchter und ging wieder in die Mitte des Zimmers, wo er stehenblieb.

Bis dahin verhielt er sich genauso wie an jenem Abend vor einem Jahr.

Ich fragte mich im stillen: Wird er auch weiterhin das gleiche tun? Wenn ja, dann muß er zur Tür hinausgehen und sich unverzüglich in sein Schlafzimmer begeben. Vielleicht können wir auf diese Weise sehen, was er mit dem Monddiamanten gemacht hat ...?

Doch was er dann tat, wich eindeutig von seinem damaligen Verhalten ab, denn er stellte den Leuchter auf den Schreibtisch und ging ans andere Ende des Zimmers, wo sich ein Sofa befand. Er stützte sich mit der linken Hand auf die Sofalehne, raffte sich aber wieder auf und tat ein paar Schritte zur Mitte hin. Jetzt konnte ich seine Augen sehen: Der Ausdruck wurde stumpfer und stumpfer, ihr Leuchten erlosch, schwer fielen ihm die Lider herab.

Dieser aufregende Moment war für Miss Verinder zuviel. Sie konnte sich nicht mehr zurückhalten und machte zaghaft ein paar Schritte. Mr. Bruff und Betteredge drehten sich jetzt zum ersten Mal nach mir um. Die Angst vor einer Enttäuschung drückte sich auf ihren Mienen aus.

Immerhin, solange er dort stehenblieb, gab es noch Hoffnung. Wir warteten. Was würde geschehen? Die nächsten Sekunden waren entscheidend.

Da ließ er das Quarzstück zu Boden fallen. Unmittelbar vor

der Tür lag es jetzt, ihm und uns allen deutlich sichtbar. Er bemühte sich nicht, es aufzuheben, sondern sah es mit leerem Blick an, bis ihm der Kopf auf die Brust sank. Er schwankte, stolperte zum Sofa und setzte sich nieder. Noch einmal versuchte er aufzustehen, dann lehnte er sich zurück und sein Kopf fiel auf die Kissen.

Meine Uhr zeigte jetzt fünfundzwanzig Minuten nach eins. Noch ehe ich sie wieder eingesteckt hatte, schlief Mr. Blake bereits. Damit war alles vorbei. Die beruhigende Wirkung des Opiums hatte eingesetzt, das Experiment hatte hiermit ein vorzeitiges Ende gefunden.

Ich ersuchte Mr. Bruff und Betteredge, mir ins Zimmer zu folgen. Wir brauchten nicht zu befürchten, ihn zu stören, und konnten daher ungehindert sprechen und herumgehen.

»Vorerst müssen wir uns klar darüber werden, was mit ihm geschehen soll«, meinte ich, »denn er wird jetzt mindestens sechs oder sieben Stunden schlafen. Ihn bis in sein Zimmer zu tragen wäre schwierig. In jüngeren Jahren hätte ich es vielleicht zustande gebracht, aber jetzt bin ich dazu nicht kräftig genug, und daher müßte ich Sie bitten, mir dabei zu helfen.«

Da hörte ich Miss Verinder schüchtern meinen Namen rufen. Sie trat aus dem Schlafzimmer heraus, auf den Armen ein Umhängetuch und die Steppdecke ihres Betts. »Bleiben Sie bei ihm, bis er aufwacht?« fragte sie mich.

»Ja, selbstverständlich. Ich möchte ihn, solange er unter Drogeneinwirkung ist, nicht allein lassen.«

Sie übergab mir Umhängetuch und Steppdecke. »Warum soll man ihn stören?« meinte sie. »Lassen Sie ihn auf dem Sofa liegen! Ich werde mich in mein Schlafzimmer zurückziehen und die Tür schließen.«

Das war zweifellos die beste und einfachste Lösung. Auch Mr. Bruff und Betteredge stimmten ihr zu.

In kürzester Zeit hatte ich ihn aufs Sofa gebettet und mit Umhängetuch und Steppdecke zugedeckt. Miss Verinder wünschte uns gute Nacht und ging in ihr Schlafzimmer. Ich ersuchte meine beiden Gefährten, sich mit mir an den Schreibtisch zu setzen, auf dem noch immer der Leuchter mit der brennenden

Kerze stand. »Ehe wir auseinandergehen«, begann ich, »habe ich zu diesem Experiment noch etwas zu bemerken. Ich wollte, wie gesagt, zweierlei erreichen. Erstens sollte der Beweis gelingen, daß Mr. Blake in der fraglichen Nacht unter Drogeneinfluß handelte. Ich frage Sie nun, meine Herren: Hat der heutige Versuch Sie in dieser Hinsicht überzeugt?«

Ohne zu zögern, bejahten beide meine Frage.

»Zweitens sollte sich durch das Experiment herausstellen, wohin Mr. Blake den Diamanten getan hat. Um dieses Problem zu klären, hätte er natürlich genau das gleiche tun müssen wie damals. Aber er hat es nicht getan, und daher ist in dieser Hinsicht das Experiment mißlungen. Das enttäuscht mich natürlich, aber offen gestanden – es überrascht mich nicht. Ich habe Mr. Blake von vornherein darauf aufmerksam gemacht, daß ein voller Erfolg sich nur dann einstellen würde, wenn die gleichen körperlichen und seelischen Voraussetzungen vorhanden wären wie vor einem Jahr. Aber das zu erreichen war unwahrscheinlich. Es ist nämlich nur zum Teil gelungen, die gleichen Bedingungen zu schaffen – und daher ist auch das Experiment nur zum Teil gelungen. Vielleicht habe ich ihm zuviel Laudanum gegeben ... Wahrscheinlich aber trifft der erstgenannte Grund zu. Wir können uns also nur über einen Teilerfolg freuen.«

Ich schob dem Advokaten ein Blatt Papier sowie Tinte und Feder hin und fragte ihn, ob er etwas dagegen hätte, das Gesehene und Erlebte schriftlich festzuhalten.

»Ganz und gar nicht! Denn auf diese Weise kann ich etwas wiedergutmachen. Ich bitte Sie wegen meines Mißtrauens um Verzeihung. Sie haben Mr. Blake einen unschätzbaren Dienst erwiesen – juristisch ausgedrückt: Sie haben Ihren Standpunkt glaubhaft gemacht.« Er griff zur Feder und verfaßte mit geübter Hand ein Gedächtnisprotokoll, das er mit seiner Unterschrift versah.

Betteredge entschuldigte sich auf seine Weise. »Mr. Jennings, wenn Sie *Robinson Crusoe* lesen, was ich Ihnen dringend empfehle, werden Sie feststellen, daß er, wenn er unrecht gehabt hatte, es nachher offen zugab. Bitte nehmen Sie zur

Kenntnis, daß ich mich im Augenblick ganz an *Robinson Crusoe* halte!« Mit diesen Worten unterzeichnete auch er das Gedächtnisprotokoll.

Nachdem wir uns erhoben hatten, nahm mich Mr. Bruff zur Seite. »Mr. Jennings, noch ein Wort zum Diamanten! Nach Ihrer Theorie hat ihn Mr. Blake in seinem Schlafzimmer versteckt. Nach meiner Theorie befindet sich der Diamant derzeit im Tresor einer Londoner Bank, wo ihn Mr. Luker deponiert hat. Wir wollen jetzt nicht miteinander darüber streiten, wer von uns beiden recht hat. Es gilt vielmehr zu fragen, wer von uns beiden die Richtigkeit seiner Theorie beweisen kann.«

»Was mich betrifft, Mr. Bruff, so habe ich es heute versucht. Aber leider ist es mir nicht gelungen.«

»Und was mich betrifft, so bin ich eben dabei, meine Theorie auf ihre Richtigkeit zu prüfen. Seit zwei Tagen steht die betreffende Bank unter Beobachtung, und zwar bis Monatsende. Ich weiß, Mr. Luker muß den Diamanten selbst abholen. Es wäre also durchaus möglich, daß derjenige, der ihm den Diamanten verpfändet hat, ihn jetzt drängt, zur Bank zu gehen, weil er das Pfand auslösen möchte. In diesem Fall also könnte man herausfinden, wer der Betreffende ist, und damit das Rätsel vollends lösen. Was sagen Sie dazu?«

Ich gab ihm recht.

»Morgen fahre ich also mit dem Frühzug nach London«, erklärte Mr. Bruff. »Vielleicht ist man in der Sache inzwischen schon einen Schritt weitergekommen. Mr. Blake müßte in diesem Fall erreichbar sein, und deshalb muß er mit mir nach London kommen. Das alles will ich ihm sagen, wenn er wieder wach ist. Darf ich auf Ihre Unterstützung zählen?«

»Selbstverständlich.«

Er schüttelte mir die Hand und ging hinaus, gefolgt von Betteredge.

Seit Mr. Blake auf dem Sofa lag, hatte er sich nicht mehr gerührt, so fest und tief war sein Schlaf. Ich ging zu ihm hinüber und betrachtete ihn.

Da hörte ich, wie sich die Schlafzimmertür leise öffnete. Miss

Verinders helles Sommerkleid verriet mir ihr Kommen. Sie trat aus dem Dunkel und sagte leise: »Darf ich Sie um etwas bitten? Lassen Sie mich mit Ihnen bei ihm wachen!«

Ich zögerte, nicht aus Gründen der Schicklichkeit, sondern weil sie Schlaf nötig hatte. Sie stellte sich neben mich und ergriff meine Hand. »Ich kann nicht schlafen, ich kann nicht einmal ruhig sitzen. Ach, Mr. Jennings, wären Sie an meiner Stelle, Sie blieben sicher auch bei ihm? Sagen Sie doch ja, bitte sagen Sie ja!«

Natürlich gab ich nach.

Sie rückte einen Stuhl zum Fußende des Sofas hin und sah Mr. Blake lange an, still und selig. Die Augen wurden ihr feucht. Verstohlen trocknete sie die Tränen und sagte mir, sie wolle aus dem Nebenzimmer nur ihre Handarbeit holen.

Das tat sie denn auch. Aber die Handarbeit blieb auf ihrem Schoß liegen. Sie konnte den Blick nicht von ihm wenden, nicht einmal lange genug, um die Nadel einzufädeln. Ich dachte an meine eigenen jungen Jahre, an die sanften Augen, die mich liebevoll angesehen hatten. Mein Herz wurde mir schwer. So suchte ich Trost bei meinem Tagebuch und schrieb diesen Bericht.

Schweigend hielten wir Wache, ich ganz in meine Arbeit, sie in seinen Anblick vertieft.

Stunde um Stunde verging, er schlief noch immer. Das Licht des neuen Tages drang zum Fenster herein, doch er rührte sich nicht.

Gegen sechs Uhr morgens fühlte ich die Schmerzen wiederkommen und mußte deshalb die beiden für kurze Zeit allein lassen. Ich sagte ihr, ich ginge nur hinauf, um ihm noch ein Kissen zu holen. Der Anfall dauerte diesmal nicht lang, bald konnte ich mich wieder zu ihr zurückwagen.

Sie beugte sich gerade über ihn und berührte mit den Lippen seine Stirn. So mißbilligend ich konnte, schüttelte ich den Kopf und zeigte mit dem Finger auf den leeren Stuhl, worauf sie leicht errötete und mir mit strahlendem Lächeln sagte: »Das hätten Sie an meiner Stelle auch getan!«

Es ist Punkt acht. Erstmals regt er sich. Miss Verinder kniet neben dem Sofa. Wenn er die Augen öffnet, muß sein Blick auf sie fallen.

Soll ich die beiden allein lassen?

Ja!

Elf Uhr. – Sie sind alle fort, nach London, mit dem Frühzug. So hatten sie es vereinbart. Mein kurzer Traum von Glück ist zu Ende. Ich bin erwacht, bin wieder in der Wirklichkeit meines einsamen und freudlosen Daseins.

Tränen würden mich daran hindern, die freundlichen Worte niederzuschreiben, die man für mich hatte. Wozu auch? Ich werde mich in traurigen Stunden daran erinnern, damit sie mir über das Restchen Leben, das mir noch bleibt, hinweghelfen.

Mr. Blake wird mir schreiben, was sich in London inzwischen ereignet. Miss Verinder will im Herbst zurückkommen, wahrscheinlich, um hier zu heiraten. Ich soll mir einen freien Tag machen und ihr Gast sein. Wie schön war es für mich, als mir aus ihren Augen Glück und Dankbarkeit entgegenstrahlten. »Mr. Jennings, das ist Ihr Werk!« sagte sie.

Meine armen Patienten warten schon auf mich. Wieder geht tagsüber alles im alten Geleise fort, wieder werde ich mich nachts entscheiden müssen, ob Opium oder Schmerzen!

Ich danke Gott für seine Gnade. Ich habe ein bißchen Sonnenschein gesehen – ich habe eine glückliche Zeit gehabt.

Fünfter Bericht von Franklin Blake

I

Mr. Jennings' letzte Tagebucheintragung sei hiemit kurz ergänzt: Von mir kann ich nur melden, daß ich am Morgen des 26. Juni in Rachels Boudoir die Augen öffnete und von dem, was ich unter Drogeneinwirkung gesagt oder getan hatte, überhaupt nichts wußte. Was nach meinem Erwachen geschah – dies in Einzelheiten zu schildern würde den Rahmen meines Berichts überschreiten. Daher beschränke ich mich auf das Notwendigste. Jedenfalls bedurfte es zwischen Rachel und mir keiner erklärenden Worte, wir verstanden einander. Wir brauchen wirklich nicht Rechenschaft darüber abzulegen, weshalb unsere Versöhnung so rasch zustande gekommen ist. Wer immer diese Zeilen lesen mag, wird mich verstehen. Sir und Madam – Sie waren selbst einmal jung und einander zugetan, leidenschaftlich, und deshalb können Sie sich ganz genau vorstellen, was vor sich ging, nachdem Ezra Jennings die Tür hinter sich geschlossen hatte!

Ich muß allerdings zugeben, daß uns Mrs. Merridew sicher überrascht hätte, wäre Rachel nicht so geistesgegenwärtig gewesen. Sie hatte draußen auf dem Korridor das Rascheln eines Frauenkleids gehört und war hinausgestürzt. »Was geht hier vor?« hörte ich Mrs. Merridew fragen. »Die Explosion!« rief Rachel. Daraufhin ließ sich Mrs. Merridew, von ihr gestützt, in den Garten führen, hinweg aus dem Bereich des drohenden Knalls.

Nach angemessener Zeit kam Mrs. Merridew wieder ins Haus zurück; ich traf in der Halle auf sie. Sichtlich beeindruckt erklärte sie mir, die Wissenschaft habe seit ihrer Schulzeit ungeheure Fortschritte gemacht. »Explosionen sind jetzt viel leiser als früher. Ganz gewiß, Mr. Blake! Ich versichere Ihnen, ich habe keinen Knall gehört, und stinken tut es auch nicht. Jaja, ich muß Ihrem Freund so manches abbitten! Immerhin ist es ihm zu danken, daß man kaum etwas bemerkt hat.«

Ezra Jennings hatte also nach Betteredge und Mr. Bruff auch Mrs. Merridew für sich gewonnen. Wie man sieht: Die Leute sind im Grunde doch recht aufgeschlossen, auch wenn man es nicht gleich wahrnimmt.

Beim Frühstück gab mir Mr. Bruff zu verstehen, daß es wünschenswert sei, wenn ich unverzüglich nach London käme. Rachel konnte ihre Neugierde nicht bezähmen, stand doch die Bank in der Lombard Street unter Beobachtung, früher oder später mußte dort ganz sicher etwas passieren. Wenn Mrs. Merridew nichts dagegen hätte, würde sie uns begleiten, um jederzeit erreichbar zu sein – so lautete ihr Entschluß.

Mrs. Merridew war milde gestimmt und allen Wünschen zugänglich, zumal man bei der Explosion es nicht an Rücksicht auf sie hatte fehlen lassen. Ich teilte also dem alten Betteredge mit, daß wir nach dem Frühstück alle gemeinsam abreisen würden, und war auf Widerspruch gefaßt. Uns allein lassen? Sicher wollte er uns begleiten!

Aber Rachel hatte vorgesorgt. Sie gab ihrem alten treuen Diener eine Beschäftigung, die ihn interessieren mußte. Er sollte das ganze Haus instandsetzen und bewohnbar machen. Diese neuen Pflichten immunisierten ihn gegen das »Entdeckungsfieber«, das ihn sonst sicher gepackt hätte.

Das einzig Bedauerliche war nur, daß wir uns – hastiger als uns lieb war – von Ezra Jennings verabschieden mußten. Er ließ sich nicht überreden, mit uns zu kommen. So versprach ich ihm denn, ihm sobald wie möglich zu schreiben, und er mußte Rachel versprechen, sie nach ihrer Rückkehr sogleich zu besuchen. Es bestand also die begründete Hoffnung, unsern besten und liebsten Freund bald wiederzusehen – und doch waren wir traurig, als er allein auf dem Perron zurückblieb und der Zug losfuhr.

Bei unserer Ankunft in London erwartete uns ein Junge, den Mr. Bruff in seiner Kanzlei als Laufburschen beschäftigte. Was mir an ihm besonders auffiel, waren seine stark hervorquellenden Augen. Wenn er sie bewegte, hatte man das ungute Gefühl, sie müßten im nächsten Moment zu Boden fallen. Der Junge hatte eine Nachricht für Mr. Bruff, woraufhin dieser die beiden Damen bat, uns zu entschuldigen – es bliebe uns keine Zeit, sie nach Hause zu begleiten. Ich versprach Rachel, sobald wie möglich zu kommen und ihr von den Geschehnissen zu berichten. Schon packte mich Mr. Bruff am Arm und drängte mich in eine Droschke. Der Junge setzte sich auf den Bock neben den Kutscher, dem Mr. Bruff in die Lombard Street zu fahren befahl.

»Neues von der Bank?« fragte ich ihn, nachdem wir uns gesetzt hatten.

»Mr. Luker hat in Begleitung zweier Männer – offenkundig Polizisten in Zivil – vor einer Stunde sein Haus verlassen und eine Droschke bestiegen. Sofern ihn die Angst vor den Indern zu dieser Vorsichtsmaßnahme treibt, liegt der Schluß auf der Hand: Er ist unterwegs zur Bank, um den Diamanten zu holen!«

»Und wir fahren ebenfalls hin, um zu sehen, was dort passiert?«

»Ja – oder um zu hören, was dort passiert ist. Vielleicht kommen wir zu spät. Übrigens – haben Sie sich diesen Bengel näher angesehen?«

»Er hat auffallende Augen.«

Mr. Bruff lachte. »Ja, allerdings. Die Schreiber meiner Kanzlei verspotten ihn wegen der ›Stachelbeeraugen‹ – wie sie es nennen. Immerhin, ich wünschte, alle meine Leute wären so verläßlich wie er! Dieser Bengel – er heißt Octavius Guy – ist einer der pfiffigsten von ganz London – auch wenn seine Augen noch so komisch sind.«

Es war zwanzig vor fünf, als wir in der Lombard Street beim Bankhaus Bushe & Lysaught vorfuhren. Octavius öffnete den Wagenschlag und blickte sehnsuchtsvoll zu seinem Herrn auf.

»Du willst mitkommen?« sagte Mr. Bruff freundlich. »Schön. Bleib also in meiner Nähe und paß gut auf!« Zu mir gewendet, fuhr er leiser fort: »Blitzgescheit ist dieser Junge: Zwei Worte genügen – bei anderen redet man weiß Gott wie lang, und sie kapieren nichts!«

Wir betraten die Bank. Das äußere Comptoir – mit dem langen Zähltisch, hinter dem die Kassierer saßen – war voll mit

Wartenden, die alle noch vor Dienstschluß (fünf Uhr) entweder Geld abheben oder einzahlen wollten. Kaum hatte sich Mr. Bruff gezeigt, kamen zwei Männer auf uns zu.

»Haben Sie ihn gesehen?« fragte Mr. Bruff.

»Ja, Sir. Vor einer halben Stunde ging er hier durch und ins Büro hinein.«

»Und seither hat er sich nicht blicken lassen?«

»Er ist noch immer im Büro.«

»Dann bleiben wir eben hier!« sagte Mr. Bruff.

Ich blickte mich suchend um. Von den Indern keine Spur. Unter den Wartenden gab es lediglich einen Mann mit merklich dunklem Teint. Er trug eine kurze Schifferjacke und eine runde Mütze und sah wie ein Matrose aus. Konnte dies einer von den Indern sein? Unmöglich! Er war hochgewachsen, und auch sein Gesicht, das ein dichter schwarzer Vollbart bedeckte, schien mir viel zu breit. Ich erinnerte mich ganz genau, daß alle drei Inder klein und schmalgesichtig waren.

Mr. Bruff hatte ebenfalls den Matrosen bemerkt. »Sicher haben sie einen Komplizen hier – der dort könnte es sein, aber ...« Er wollte weiterreden, doch der Kleine mit den Stachelbeeraugen zupfte ihn in diesem Moment zaghaft am Rockschoß und deutete in eine bestimmte Richtung. Mr. Bruff sah hin und sagte: »Aufgepaßt! Da ist Mr. Luker!« Der Geldverleiher betrat, gefolgt von den beiden Polizisten in Zivil, das Comptoir. »Behalten Sie ihn im Auge!« flüsterte Mr. Bruff mir zu. »Sollte er den Diamanten weitergeben, tut er es sicher jetzt.«

Ohne uns zu bemerken, bahnte sich Mr. Luker langsam den Weg durch die Menschenmenge. Als er an einem kleinen untersetzten Mann vorbeikam, der in seinem grauen Anzug wie ein biederer Bürger wirkte, fiel mir auf, daß er eine Handbewegung machte. Der Mann in Grau stutzte und blickte Mr. Luker interessiert nach, der sich jetzt der Tür näherte. Die Polizisten gingen links und rechts von ihm, einer von Mr. Bruffs Aufpassern folgte ihnen nach. Sie traten auf die Straße und entschwanden meinem Blick. Ich sah Mr. Bruff an und deutete mit einer Kopfbewegung auf den Mann in Grau.

»Ja, ich habe es auch bemerkt«, flüsterte er und blickte sich suchend nach dem zweiten Aufpasser um, aber der Mann war nirgends zu entdecken. Auch Octavius war verschwunden. »Was, zum Teufel, soll das?« sagte Mr. Bruff verärgert. »Ausgerechnet, wenn man die Kerle braucht, sind sie nicht da!«

Der Mann in Grau kam nun am Zähltisch an die Reihe. Er übergab dem Kassierer einen Scheck, erhielt eine Quittung und wandte sich zum Gehen.

»Was sollen wir jetzt machen?« fragte mich Mr. Bruff. »Wir können uns doch nicht erniedrigen und diesen Mann bespitzeln?«

»Mr. Bruff, diesen Menschen lasse ich nicht mehr aus den Augen! Nicht für zehntausend Pfund!«

»Da darf ich Sie aber auch nicht aus den Augen lassen – nicht einmal für zwanzigtausend Pfund!« Leiser fügte er hinzu: »Eine schöne Beschäftigung für einen Advokaten von gutem Ruf! Wenn es sich in London herumspricht, daß ich andere Leute heimlich beobachte, bin ich erledigt!«

Der Mann in Grau bestieg einen Omnibus, der Richtung Westend fuhr. Wir hefteten uns an seine Fersen. Trotz seinem Alter schien in Mr. Bruff doch noch ein Rest von Jugendlichkeit erhalten: Als er sich im Omnibus niedersetzte, glühten seine Wangen vor Aufregung.

An der Oxford Street ließ der Mann in Grau den Omnibus anhalten und stieg aus, wir nach ihm. Er betrat eine Apotheke.

Mr. Bruff stutzte. »Ich fürchte, Mr. Blake, wir sind auf dem Holzweg. In dieser Apotheke bin ich seit Jahren Kunde!«

Wir traten ebenfalls ein, und Mr. Bruff begrüßte den Apotheker. Leise wechselte er mit ihm ein paar Worte. Sichtlich entmutigt nahm er mich danach beim Arm und führte mich hinaus. »Jaja, Mr. Blake, ein Trost bleibt uns wenigstens: Für Spitzeldienste sind wir beide völlig ungeeignet. Zwei lächerliche Dilettanten! Das gereicht uns zur Ehre. Der Mann, dem wir folgten, steht seit dreißig Jahren im Dienst meines Apothekers. In seinem Auftrag war er auch bei der Bank und hat dort Geld eingezahlt. Vom gelben Diamanten weiß er natürlich so wenig wie ein neugeborenes Kind.«

»Und was tun wir jetzt?«

»Am besten ist's, Sie kommen zu mir in meine Kanzlei. Offenbar sind Octavius und der zweite Aufpasser einem andern auf der Spur. Wir können nur hoffen, daß wenigstens sie die Augen gut offenhalten.«

Als wir am Gray's Inn Square eintrafen, hatte Letztgenannter bereits seit längerem auf uns gewartet.

»Also – was gibt's?« fragte ihn Mr. Bruff erwartungsvoll.

»Sir, ich habe mich leider geirrt. Mir war, als steckte Mr. Luker einem ältlichen Herrn etwas zu – ich hätte darauf schwören können! Aber später stellte sich heraus, daß der Betreffende ein höchst ehrbarer Eisenhändler ist, der nahe der Kohlenbörse sein Geschäft hat.«

»Und wo ist Octavius?«

Der Mann sah ihn mit großen Augen an. »Das weiß ich nicht, Sir. Ich habe die Bank verlassen und ihn nachher nicht mehr gesehen.«

Mr. Bruff entließ ihn. Resigniert blickte er mich an. »Nun, es gibt nur zwei Möglichkeiten. Entweder hat sich der Bengel ganz einfach aus dem Staub gemacht, oder er hat selbst etwas entdeckt und handelt auf eigene Faust. Sollen wir hier warten und inzwischen zu Abend essen? Vielleicht kommt Octavius in ein oder zwei Stunden zurück? Ich habe im Keller noch Wein und könnte den Diener ins nahegelegene Speisehaus schicken, damit er für jeden von uns ein Kotelett bringt. Was meinen Sie dazu?«

Ich war einverstanden, und so speisten wir denn in seiner Kanzlei. Wir waren gerade mit dem Essen fertig, da wollte »jemand« – wie uns der Pförtner meldete – Mr. Bruff sprechen. Sollte es Octavius sein? Weit gefehlt! Es war nur der andere Aufpasser, dessen Aufgabe es gewesen war, Mr. Luker nicht aus den Augen zu lassen und ihm auf seinen weiteren Wegen zu folgen.

Der Bericht erwies sich als völlig unergiebig: Mr. Luker sei nach Hause gefahren und habe dort die beiden Polizisten in Zivil entlohnt und entlassen. Danach sei er wieder weggegangen, irgend jemand habe bei Einbruch der Dunkelheit das Haus verschlossen, die Läden zugemacht und die Türen verriegelt. Doch von den Indern nicht die Spur, weder vor dem Haus noch hinter dem Haus, kein Verdächtiger habe sich herumgetrieben.

Das also war es, was der Mann berichten konnte. Er wartete auf weitere Anweisungen, doch Mr. Bruff entließ ihn bis zum nächsten Morgen.

»Halten Sie es für möglich, daß Mr. Luker den Diamanten nach Hause genommen hat?« fragte ich.

»Nein, das hat er sicher nicht riskiert. Sonst hätte er auf die Dienste der beiden Polizisten nicht verzichtet.«

Wir warteten noch eine weitere halbe Stunde auf Octavius, aber wir warteten vergeblich. Der Junge kam nicht. Für Mr. Bruff wurde es Zeit, nach Hause zu fahren, und für mich war es an der Zeit, Rachel zu besuchen – so wie ich es ihr versprochen hatte.

Für den Fall, daß Octavius doch noch auftauchte, hinterließ ich beim Pförtner meine Visitenkarte mit der Nachricht, daß ich ab halb elf Uhr abends in meiner Wohnung erreichbar wäre.

Es gibt Leute, die Verabredungen pünktlich einhalten können, und solche, die es nicht können. Zu den Letztgenannten gehöre ich. Hinzu kommt, daß ich an diesem Abend, den ich in dem Haus am Portland Place verbrachte, neben Rachel auf dem Sofa zu sitzen kam, während sich Mrs. Merridew am andern Ende des vierzig Fuß langen Zimmers niederließ. Wundert man sich da, daß ich statt um halb elf Uhr erst um halb eins nach Hause kam? Nur ein durch und durch herzloser Mensch, dessen Bekanntschaft ich wirklich nicht machen möchte, könnte mir so etwas übelnehmen!

Mein Diener sperrte mir auf und überreichte mir einen Zettel, auf dem – in schöner und regelmäßiger Schrift, wie sie in Kanzleien üblich ist – zu lesen stand: *Entschuldigen Sie, Sir, ich werde müde. Morgen zwischen neun und zehn bin ich wieder da.*

Ja, ein Junge mit stark hervorquellenden Augen habe vorgesprochen und meine Visitenkarte vorgezeigt, erwiderte mir der Diener auf meine Frage. Eine Stunde habe er hier gewartet, sei zwischendurch immer wieder eingenickt und habe ihm vor dem Fortgehen gravitätisch erklärt, er würde morgen zu nichts nütze sein, wenn er sich nicht ausschlafen könnte.

Um neun Uhr früh war ich somit bereit, den angekündigten Besucher zu empfangen. Eine halbe Stunde verging, da hörte ich draußen Schritte und rief: »Herein!« Die Tür öffnete sich, ich sprang auf. »Guten Morgen, Sir!« sagte Inspektor Cuff ernst und melancholisch. »Ich bin kurzerhand nach London gefahren und wollte nachsehen, ob Sie in Ihrer Wohnung anzutreffen sind – bevor ich nach Yorkshire schreibe und auf Antwort warte.«

Er sah dürr und traurig aus wie eh und je. Nur seine Augen wirkten beunruhigend – wie es Betteredge in seinem Bericht so zutreffend schildert: Blickten sie einen an, hatte man das Gefühl, daß sie mehr von einem erwarteten, als man selbst wußte. Doch sofern Kleider einen Menschen verändern können, war der große Cuff wirklich nicht wiederzuerkennen. Er trug einen breitkrempigen weißen Hut und einen hellen Jagdrock – dazu eine weiße Hose und sandfarbene Gamaschen. In der Hand hielt er einen dicken Eichenstock. Sein ganzes Streben schien darauf ausgerichtet, wie ein Landbewohner auszusehen. Als ich ihm zu seiner Metamorphose gratulierte, faßte er es nicht als Scherz auf, sondern beklagte sich ganz ernsthaft über Lärm und Gestank der Großstadt. Fast hatte ich den Eindruck, er spräche mit ländlichem Akzent!

Ich lud ihn ein, mit mir zu frühstücken. Der Naive vom Lande tat entsetzt. Für ihn sei Frühstückszeit um halb sieben Uhr früh, zumal er ja mit den Hühnern zu Bett gehe.

Er kam sogleich auf den Zweck seines Besuchs zu sprechen. Mit undurchdringlicher Miene sagte er: »Ich bin seit gestern abend aus Irland zurück und habe Ihren Brief gelesen, in dem Sie mir alles schildern, was sich im Laufe dieses Jahres ereignet hat. Eines steht fest: Ich bin bei den Erhebungen völlig in die Irre gegangen. Wahrscheinlich wäre in der damaligen Situation jedem andern Polizeibeamten das gleiche passiert. Die Wahrheit war schwer zu erraten. Aber das ändert nichts an den Tatsachen. Ich habe schlechte Arbeit geleistet – nicht die erste in meinem langen Berufsleben. Nur in Büchern nämlich sind Detektive unfehlbar.«

»Mr. Cuff, Sie kommen gerade zur rechten Zeit, um Ihren guten Ruf wiederherzustellen!«

»Ich möchte nur eines festhalten. Mein Ruf ist mir keinen Pfifferling mehr wert, ich bin im Ruhestand. Gott sei Dank! Sir, ich bin nur hergekommen, weil ich mich dankbar der verstorbenen Lady Verinder erinnere, die sich mir gegenüber so großzügig verhalten hat. Und wenn ich jetzt – sofern Sie es wünschen und mir vertrauen – den Fall wieder aufgreife, so geschieht dies einzig und allein aus diesem Grunde. Ich verlange dafür keinen Farthing, wohlgemerkt, für mich ist es Ehrensache! Das steht fest. Aber zuerst, Mr. Blake, möchte ich von Ihnen hören, was sich in allerletzter Zeit ereignet hat.«

Ich erzählte ihm von unserm Experiment und von den Vorgängen in der Bank. Die Theorie meines Freundes Ezra Jennings beeindruckte ihn sichtlich, für ihn war das etwas völlig Neues. Besonders interessiert zeigte er sich, als ich ihm mitteilte, daß ich den Diamanten damals ganz bestimmt in meinem Schlafzimmer versteckt hätte.

»Nein, das glaube ich nicht«, sagte er. »Sicher ist nur, daß Sie ihn mitgenommen haben.«

»Aber was geschah dann?«

»Haben Sie wirklich keinen Verdacht?«

»Nein.«

»Und Mr. Bruff?«

»Weiß genausowenig wie ich.«

Der Inspektor erhob sich und ging zu meinem Schreibtisch. Nach einer Weile kam er mit einem versiegelten Kuvert zurück, auf dem mein Name sowie das Wort *persönlich* standen. Er hatte es mit seiner Unterschrift versehen.

»Mr. Blake, im Vorjahr habe ich daneben geraten. Vielleicht passiert es mir diesmal wieder. Öffnen Sie das Kuvert erst, wenn die Wahrheit an den Tag kommt! Und dann vergleichen Sie den Namen des Schuldigen mit jenem, welcher in diesem Brief vermerkt ist!«

Ich steckte das Kuvert in die Tasche und fragte ihn, was er von den Vorsichtsmaßnahmen halte, die wir am Vortag getroffen hatten.

»Das war gut gemeint, Sir«, sagte er, »aber Sie hätten einen andern beobachten lassen sollen – nicht nur den Geldverleiher.«

»Der Name des Betreffenden steht in diesem Brief?«

»Jawohl. Aber jetzt ist daran leider nichts zu ändern. Wir

müssen warten, und wenn es an der Zeit ist, werde ich Ihnen und Ihrem Advokaten einen Vorschlag machen. Fürs erste müssen wir einmal sehen, was der Junge zu berichten hat.«

Die Uhr zeigte bald zehn, doch Octavius war noch immer nicht aufgetaucht. Inspektor Cuff wechselte das Thema. Er erkundigte sich nach seinem alten Freund Betteredge und nach seinem alten Feind Begbie, dem Gärtner. Eine Minute noch, und er wäre zweifellos auf sein Lieblingsthema zu sprechen gekommen, die Rosenzucht, hätte mein Diener nicht gemeldet, daß der Junge eben eingetroffen sei.

Octavius blieb in der offenen Tür stehen und blickte mißtrauisch auf den ihm fremden Mann.

»Komm nur«, sagte ich, »du kannst vor diesem Herrn alles sagen! Er weiß, worum es sich handelt, und er wird mir helfen ... Inspektor Cuff, das ist der Junge, von dem ich Ihnen erzählt habe!«

In unserer modernen zivilisierten Welt ist Berühmtheit, gleichviel welcher Art, der Hebel, der alles in Bewegung setzt. Der Name des großen Cuff war dem Bengel natürlich zu Ohren gekommen. Und als ich ihn nannte, rollte Octavius seine hervortretenden Augen. Ich glaubte schon, sie würden auf den Teppich fallen.

»Nun, Kleiner, wir wollen hören, was du zu sagen hast!« meinte Inspektor Cuff. Daß ein so großer Mann – der Held manch aufregender Geschichte, die in jeder Londoner Anwaltskanzlei kursierte – von ihm Notiz nahm, schien Octavius zu faszinieren. Er stellte sich vor Inspektor Cuff hin, die Hände hinter dem Rücken verschränkt – wie ein Anfänger, der den Katechismus hersagen soll.

»Wie heißt du?« stellte Inspektor Cuff seine erste Frage – ganz wie im *Common Prayer*.

»Octavius Guy.«

»Also – Octavius Guy: du bist gestern plötzlich verschwunden«, sagte der Inspektor ernst. »Was hast du getan, nachdem Mr. Luker die Bank verlassen hatte?«

»Mit Verlaub, Sir – ich folgte einem bestimmten Mann.«

»Und der war?«

»Ein großer Mann, Sir, mit einem schwarzen Vollbart; er sah wie ein Matrose aus.«

»An den erinnere ich mich genau!« rief ich dazwischen. »Mr. Bruff und ich halten ihn für einen Spion der Inder.«

Inspektor Cuff schien von dem, was Mr. Bruff und ich annahmen, nicht sonderlich beeindruckt. Er fuhr mit der Befragung fort.

»Warum bist du ihm gefolgt?«

»Mit Verlaub, Sir: Mr. Bruff wollte wissen, ob Mr. Luker beim Verlassen der Bank einem andern etwas übergibt. Ich sah, wie Mr. Luker dem Matrosen heimlich etwas zusteckte.«

»Warum hast du Mr. Bruff nicht sofort darauf aufmerksam gemacht?«

»Es blieb mir keine Zeit, Sir. Der Matrose verließ die Bank, so rasch er konnte.«

»Und du bist ihm nachgelaufen, was?«

»Ja, Sir.«

»Brav, mein Junge, du bist kein Strohkopf«, sagte der Inspektor und klopfte ihm auf die Schulter. »Bis jetzt bin ich sehr zufrieden mit dir.« Octavius errötete vor Freude. »Und was geschah dann – auf der Straße?«

»Der Matrose rief eine Droschke herbei.«

»Und du?«

»Ich hielt mich hinten fest und lief mit.«

Ehe der Inspektor seine nächste Frage stellen konnte, wurde mir wieder ein Besucher gemeldet. Diesmal war es Mr. Bruffs Substitut.

Selbstverständlich wollte ich Inspektor Cuff bei seiner Einvernahme nicht unterbrechen. Ich ging daher ins Nebenzimmer, um diesen Mann zu empfangen. Er brachte mir schlechte Nachricht. Mr. Bruff habe sich in den letzten Tagen offensichtlich zu sehr aufgeregt und überanstrengt. Seit heute morgen nämlich liege sein Chef danieder, ein Gichtanfall, er müsse das Bett hüten, was ihm zum gegenwärtigen Zeitpunkt äußerst unangenehm sei. Um mich nicht gänzlich ohne Rat und Beistand eines Juristen zu lassen, schicke er mir seinen Substituten. Dieser also stellte sich hiemit mir zur Verfügung. Er werde bemüht sein, Mr. Bruff im wahrsten Sinne des Wortes zu ersetzen.

Um den alten Herrn zu beruhigen, schrieb ich ihm: Inspektor Cuff habe mich aufgesucht, Octavius werde eben einvernommen, entweder persönlich oder schriftlich werde er, Mr. Bruff, von der weiteren Entwicklung der Dinge hören. Der Substitut versprach mir, dieses Billett seinem Chef sogleich zu überbringen.

Ich ging zurück und fand den Inspektor neben dem Klingelzug. Er wollte gerade dem Diener schellen. »Entschuldigen Sie, Mr. Blake, ich war im Begriff, nach Ihnen rufen zu lassen. Dieser Junge nämlich, dieser höchst verdienstvolle Junge«, fügte er hinzu, indem er Octavius mit der Hand über den Kopf strich, »hat den richtigen Mann verfolgt. Leider haben wir wertvolle Zeit verloren, weil Sie gestern abend zu lange ausgeblieben sind ... Wir müssen sofort eine Droschke rufen!«

Fünf Minuten später befanden wir uns auf dem Weg in Richtung der City, vorn auf dem Bock Octavius, um dem Kutscher den Weg zu zeigen, der Inspektor und ich drinnen. Er deutete auf das Vorderfenster, durch welches man den Bengel sitzen sah. »Dieser Junge wird früher oder später auf meinem Fachgebiet Großes leisten. Seit langem ist mir kein so kluger und aufgeweckter Bursche begegnet. Hören Sie zu, was er mir berichtet hat ... Ich glaube, Sie waren noch im Zimmer, als er sagte, daß er der Droschke gefolgt sei?«

»Ja.«

»Nun, der Matrose fuhr zum Tower Kai. Dort stieg er aus und redete mit dem Steward des Dampfschiffs, das heute nach Rotterdam fährt. Er fragte ihn, ob er sofort an Bord gehen und in einer Koje übernachten könnte. Doch der Steward wies ihn ab: Kojen und Kabinen sowie das gesamte Bettzeug müßten gereinigt werden, kein Passagier dürfe vor morgen früh an Bord. Daraufhin drehte sich der Matrose um und verließ den Kai. Da bemerkte der Junge erstmals einen Mann. Er sah wie ein Handwerker aus, spazierte die andere Straßenseite entlang und behielt dabei den Matrosen im Auge. Bei einem Speisehaus blieb der Matrose stehen und ging hinein. Octavius wußte vorerst nicht, was er tun sollte. So lungerte er, gemeinsam mit anderen Jungen, vor dem Auslagenfenster des Speisehauses herum und starrte die guten Sachen an, die man dort essen konnte. Bei dieser Gelegenheit bemerkte er, daß der Handwerker ebenfalls wartete. Etwa nach einer Minute kam eine Droschke langsam angefahren, hielt vor dem Handwerker an, ein Mann lehnte sich aus dem Fenster und sprach mit ihm. Er war dunkelhäutig, ein Inder – das hat der Junge bemerkt, er sagte es von selbst, ohne daß ich ihn diesbezüglich fragen mußte.«

Damit erwies sich, daß Mr. Bruff und ich uns ein zweites Mal geirrt hatten. Der Matrose mit dem schwarzen Bart stand also nicht im Dienste der Inder. Sollte er der Mann sein, der den Diamanten bei sich hatte?

Inspektor Cuff fuhr mit seinem Bericht fort: »Nachher rollte die Droschke langsam weiter, und der Handwerker betrat ebenfalls das Speisehaus. Der Junge wartete. Er war müde und hungrig – und so trieb es ihn auch hinein. Da er einen Shilling bei sich hatte, bekam er ein ausgiebiges Essen. Aal, Pastete, Blutwurst und eine Flasche Ingwerbier obendrein ... Nicht wahr, Mr. Blake, es gibt nichts, was so ein Bengel nicht verdauen kann.«

»Und was hat er im Speisehaus bemerkt?«

»Er sah, daß der Matrose an dem einen Tisch Zeitung las, und daß an dem andern Tisch der Handwerker ebenfalls Zeitung las. Mehr nicht. Es dämmerte schon, als der Matrose ging. Auf der Straße – der Junge war ihm unbemerkt gefolgt – blickte er argwöhnisch nach allen Seiten um sich. Der Handwerker blieb im Speisehaus sitzen. Offenbar wußte der Matrose nicht recht, was er tun sollte. Sichtlich unentschlossen ging er weiter und gelangte in die Shore Lane, eine Straße, die zur Lower Thames Street führt. Mit einem Mal tauchte auf der anderen Straßenseite wieder der Handwerker auf. Vor dem Wirtshaus ›Zum Glücksrad‹ blieb der Matrose stehen, sah sich von außen das Haus gut an, und ging dann hinein. Octavius folgte ihm. Beim Schenktisch standen eine Menge Leute, eher ehrbar, kein Gesindel ... Wissen Sie, Mr. Blake, dieses Wirtshaus hat einen recht guten Ruf und ist berühmt wegen seines Porterbiers und seiner Schweinefleischpasteten.«

Es irritierte mich, daß er vom Thema abschweifte. Er bemerkte es und beschränkte sich danach auf die Tatsachen. »Der Matrose erkundigte sich, ob er ein Zimmer haben könnte, doch der Wirt behauptete, das Haus sei voll. Daraufhin wurde er vom Mädchen am Schenktisch laut und deutlich berichtigt: ›Nummer zehn ist frei!‹ Der Wirt rief nach dem Kellner, der dem Matrosen das Zimmer zeigen sollte. In diesem Moment hatte Octavius unter den Leuten am Schenktisch den Handwerker bemerkt. Aber ehe noch der Kellner kam, war der Mann bereits wieder verschwunden. Es dauerte eine Weile, bis man den Matrosen hinaufführte. Octavius wußte im Augenblick nicht recht, was er jetzt tun sollte. Immerhin war er klug genug, abzuwarten, ob etwas passieren würde. Und es passierte tatsächlich etwas: Man hörte oben verärgerte Stimmen, man rief nach dem Wirt. Der Handwerker schwankte die Treppe herunter, vom Wirt am Kragen gepackt und – zum Erstaunen des Jungen – plötzlich stockbesoffen. Man bugsierte den Mann zur Tür hinaus und drohte ihm, die Polizei zu rufen, wenn er sich nochmals blicken ließe. Aus dem vorhergegangenen Wortwechsel hatte der Junge entnehmen können, daß man den Handwerker auf Nummer zehn vorgefunden hatte. Starrsinnig wie ein Betrunkener hatte er behauptet, es sei sein Zimmer. Dem Jungen schien diese plötzliche Veränderung eines eben noch nüchternen Menschen höchst verdächtig. So lief er ihm nach und konnte feststellen, daß der Mann zwar die Straße entlangtorkelte, doch, kaum um die Ecke, sein Gleichgewicht wiedererlangte und so nüchtern wie je weiterging. Betroffen lief der Junge wieder ins Wirtshaus zurück, um abzuwarten, ob noch etwas passieren würde, aber es passierte nichts. Vom Matrosen war weder etwas zu sehen noch etwas zu hören. Octavius beschloß, in die Kanzlei zurückzukehren. Er trat auf die Straße – aber wer stand auf der gegenüberliegenden Seite? Der Handwerker! Interessiert blickte er hinauf zu einem bestimmten Fenster im Dachgeschoß, dem einzigen, hinter dem noch Licht brannte. Anscheinend vergewisserte er sich, ob der Matrose das Zimmer bezogen hatte oder nicht. In der Kanzlei fand der Junge Ihre Visitenkarte vor, kam in Ihre Wohnung, traf Sie aber nicht an. Das also, Mr. Blake, ist der derzeitige Stand der Dinge.«

»Und was halten Sie davon?«

»Die Sache sieht ernst aus. Offenbar haben die Inder wieder die Hand im Spiel.«

»Ja. Und offenbar ist der Matrose jener Mann, welchem Mr. Luker den Diamanten zugesteckt hat. Merkwürdig: Wir alle haben uns geirrt – Mr. Bruff, ich – und sogar der Aufpasser, den Mr. Bruff verpflichtet hat.«

»Das ist gar nicht so merkwürdig. Angesichts der Gefahr scheint es mir nur natürlich, daß Mr. Luker und der Matrose alle auf eine falsche Spur geführt haben.«

»Und der Zwischenfall im Wirtshaus? Können Sie sich den erklären? Zugegeben, dieser angebliche Handwerker steht im Dienst der Inder – aber warum er sich plötzlich betrunken stellte, ist mir genauso ein Rätsel wie dem Jungen.«

»Ich glaube, die Gründe zu erraten. Bedenken Sie doch: Der Mann hatte von den Indern sicher ganz genaue Instruktionen bekommen. Alles hing von ihm ab, denn die Inder selbst konnten sich weder in der Bank noch im Wirtshaus zeigen – dazu sehen sie viel zu auffallend aus. Und nun hört er im Wirtshaus die Nummer des Zimmers, in dem der Matrose und – sofern wir richtig vermuten – auch der gelbe Diamant nachtsüber sein werden. Er muß den Indern genau schildern können, wie das Zimmer aussieht, wo es liegt, und wie man von außen hineingelangen könnte. Was blieb ihm anderes übrig? Er schlich sich ein und sah sich genau um, ehe man noch den Matrosen hinaufführte. Und als man ihn ertappte, stellte er sich betrunken, um sich aus der Affäre zu ziehen. So also, Mr. Blake, lautet für mich die Lösung des Rätsels! Der Wirt ließ den scheinbar betrunkenen Mann auf die Straße setzen, der natürlich nichts Eiligeres zu tun hatte, als so rasch wie möglich an einem vorher vereinbarten Ort seine Auftraggeber zu treffen und ihnen zu melden, wo sich der Matrose eingemietet hatte. Die schickten ihn sogleich wieder zum Wirtshaus zurück: Er sollte von der Straße aus beobachten, ob der Matrose auch tatsächlich das genannte Zimmer bezogen hatte. Was dann in den nächsten Stunden im Wirtshaus passierte, hätten wir im Lauf der Nacht noch feststellen können. Jetzt ist es leider bereits elf Uhr vormittags. Vermutlich ist es zu spät. Aber – hoffen wir das Beste!«

Die Fahrt dauerte noch eine weitere Viertelstunde. Wir hielten in der Shore Lane, Octavius riß den Wagenschlag auf.

»Sind wir an Ort und Stelle?« wollte der Inspektor wissen.

»Ja, Sir.«

Wir betraten das Wirtshaus »Zum Glücksrad«. Sogar meinen unerfahrenen Augen fiel sogleich auf, daß hier etwas nicht stimmte. Hinter dem Schenktisch stand ein völlig verwirrtes junges Ding, das nicht imstande schien, die Kunden entsprechend zu bedienen. Ungeduldig warteten sie aufs Bier, und manche von ihnen klopften mit den bereitgehaltenen Münzen nervös auf den Schenktisch. Endlich tauchte die Kellnerin auf. Auch sie war verstört und hatte ihre Gedanken sichtlich anderswo. Inspektor Cuff fragte sie nach dem Wirt, worauf sie ihn anfauchte: Der Wirt sei im Obergeschoß und wünsche von niemandem gestört zu werden.

Unbeeindruckt stieg Inspektor Cuff die Treppe hinauf und bedeutete mir und dem Jungen, ihm zu folgen.

Die Kellnerin stürzte uns nach und alarmierte den Wirt: unerwünschte Gäste seien eingedrungen. Der Wirt kam aus dem Obergeschoß heruntergelaufen, um nachzusehen, was los sei. »Wer, zum Teufel, sind Sie? Was wollen Sie hier?« schrie er aufgeregt.

»Beruhigen Sie sich! Ich bin Inspektor Cuff«, kam es kühl zurück.

Der illustre Name tat sofort seine Wirkung. Mit einer Entschuldigung verbeugte sich der Wirt und öffnete uns die Tür in ein Wohnzimmer. »Sir, um die Wahrheit zu sagen: ich bin ganz außer mir. Es ist etwas sehr Unangenehmes passiert. Wissen Sie, als Wirt hat man es oft recht schwer mit den Gästen.«

»Ich verstehe Sie. Trotzdem muß ich gleich zur Sache kommen«, sagte Inspektor Cuff. »Wir müssen Sie leider mit einigen Fragen behelligen, weil wir uns für einen bestimmten Mann interessieren.«

»Und wer ist das?«

»Ein Matrose mit schwarzem Bart. Er hat hier übernachtet.«

»Guter Gott! Dieser Kerl ist es ja, der mich so durcheinanderbringt! Wissen Sie vielleicht Näheres über ihn?«

»Das können wir erst feststellen, wenn wir ihn sehen.«

»Ihn sehen?« wiederholte der Wirt. »Gerade das gelingt uns nicht! Um sieben Uhr früh wollte er geweckt werden – so sagte er jedenfalls gestern abend. Man hat an seiner Tür geklopft, aber keine Antwort bekommen, man hat es nochmals versucht, um acht, dann um neun – alles vergebens. Die Tür ist von innen versperrt, nichts rührt sich. Ich selbst war außer Haus und kam vor einer Viertelstunde zurück. Eben habe ich mit Fäusten an der Tür gehämmert, doch ohne Erfolg. Der Schankgehilfe ist unterwegs zum Zimmermann. Wir müssen die Tür aufbrechen und nachsehen.«

»War der Matrose gestern abend betrunken?« wollte der Inspektor wissen.

»Nein, er war ganz nüchtern. In meinem Hause hätte er sonst kein Zimmer bekommen.«

»Hat er im voraus bezahlt?«

»Nein.«

»Kann man das Zimmer auch auf andere Weise verlassen?«

»Ja, man braucht dazu nicht die Tür. In der Zimmerdecke gibt es einen Ausstieg aufs Dach ... Ja, und ein paar Häuser weiter wird umgebaut, dort stehen Leitern ... Glauben Sie, der Lump könnte sich auf diese Weise aus dem Staub gemacht haben?«

»Immerhin ist er ein Seemann, der Herumklettern gewohnt und sicher schwindelfrei ist. Vielleicht hat er sich heute früh, ehe die Straße belebt war, ohne zu bezahlen davongemacht.«

Eben erschien der herbeigeholte Zimmermann, und wir gingen mit ihm hinauf ins Dachgeschoß. Mir fiel auf, daß Inspektor Cuff besonders ernst dreinsah, noch trauriger als sonst. Und dann fiel mir auf, daß er den Jungen zurücklassen wollte, obschon er ihn zuvor herbeigewinkt hatte.

In wenigen Minuten hatten Hammer und Stemmeisen die Tür aufgebrochen. Sie war von innen durch ein Möbelstück verstellt. Wir warfen uns dagegen und schoben die Barrikade beiseite. So gelangten wir endlich hinein, zuerst der Wirt, dann der Inspektor, als dritter ich. Die anderen folgten.

Wir sahen zum Bett hin und zuckten zusammen. Der Mann hatte das Zimmer nicht verlassen. Er lag angekleidet auf dem Bett, ein weißes Kissen auf dem Gesicht, das sich dergestalt unseren Blicken entzog.

»Was soll denn das?« sagte der Wirt kopfschüttelnd und deutete auf das Kissen.

Inspektor Cuff zog es wortlos weg. Das Gesicht des Matrosen wirkte ruhig und friedlich, nur Haar und Bart waren ein wenig, wirklich nur ein wenig, in Unordnung. Weit geöffnet, gläsern und ausdruckslos, starrten die Augen auf die Zimmerdecke. Ihr trüber Blick entsetzte mich, ich wandte mich ab und trat ans offene Fenster. Die anderen blieben neben Inspektor Cuff.

»Er ist ohnmächtig«, hörte ich den Wirt sagen.

»Er ist tot«, sagte Inspektor Cuff. »Schicken Sie nach dem Arzt und der Polizei!«

Ein Kellner übernahm diese Wege. Ich sah mich um. Irgend etwas schien den Inspektor dort festzuhalten, irgend etwas schien die anderen dort warten zu lassen, aber worauf?

Ich wandte mich wieder dem offenen Fenster zu. Da spürte ich, wie jemand sacht an meinem Rockschoß zupfte. Eine helle Stimme flüsterte. »Haben Sie das bemerkt Sir?«

Octavius war uns also gefolgt. Seine Augen rollten ganz schrecklich, nicht vor Entsetzen, sondern im Triumph. Er hatte Detektiv gespielt und etwas entdeckt. »Haben Sie das bemerkt?« fragte er mich nochmals und führte mich zu einem Tischchen, auf dem eine kleine Holzdose stand. Sie war offen und leer. Daneben lagen etwas flachgepreßte Watte, so wie man sie in Schmucketuis findet, und ein eingerissener Schein mit lädiertem Siegel. Auf dem Schein stand geschrieben: *Quittung über ein versiegeltes Kuvert mit Dose, einen Wertgegenstand enthaltend. Eigentum von Mr. Septimus Luker, Middlesex Place, Lambeth. Nur diesem persönlich auszufolgen. Bankhaus Bushe & Lysaught.*

Der Schein beseitigte in einem Punkt wenigstens jeden

Zweifel: Der Matrose hatte tags zuvor, als er die Bank verlassen hatte, den gelben Diamanten bei sich gehabt.

Octavius zupfte mich wieder am Rockschoß. Er hatte mir also noch etwas zu sagen. »Raub!« flüsterte er und deutete vergnügt auf die leere Dose.

»Pack dich! Du sollst unten warten, hat dir Inspektor Cuff befohlen«, sagte ich ihm verärgert.

»Und Mord!« fügte der Bengel hinzu, indem er noch vergnügter auf den Mann im Bett zeigte.

Mich ekelte es, seine unverhohlene Freude an diesem scheußlichen Anblick sehen zu müssen. Ich faßte ihn an den Schultern und schob ihn zur Tür hinaus. In diesem Augenblick rief Inspektor Cuff meinen Namen. Ich sah mich um, er kam mir entgegen und zwang mich, mit ihm ans Bett zu treten. »Mr. Blake, betrachten Sie doch dieses Gesicht! Es ist braun geschminkt, und das ist der Beweis dafür!« Er zeigte mit dem Finger auf eine dünne helle Linie zwischen Stirn und Haaransatz. »Wollen wir nachsehen?« meinte er und zog mit festem Griff an dem schwarzen Haar.

Für meine Nerven war es zuviel. Ich mußte mich abwenden. Da fiel mein Blick auf den unbezähmbaren Bengel. Er war zurückgekommen, stand jetzt auf einem Stuhl und beobachtete über die Köpfe der Erwachsenen hinweg den Inspektor. »Er reißt ihm die Perücke vom Kopf!« meldete mir Octavius, weil ich der einzige war, der nichts sehen konnte – was er zu bedauern schien.

Eine kurze Stille trat ein, und dann folgte ein Aufschrei aller, die das Bett umstanden.

»Er hat ihm den Bart abgerissen!« rief Octavius.

Wieder folgte eine kurze Stille. Inspektor Cuff ersuchte den Wirt, vom Waschtisch Schüssel und Handtuch zu holen.

Octavius tanzte auf dem Stuhl vor Freude. »Sir, stellen Sie sich zu mir! Er wäscht ihm jetzt die Schminke vom Gesicht!«

Wieder wurde es still. Ich hörte den Inspektor auf mich zukommen und wandte mich um. Entsetzen stand ihm im Gesicht geschrieben. »Kommen Sie ans Bett, Sir!« sagte er. »Aber öffnen Sie vorher das versiegelte Kuvert, das ich Ihnen gegeben habe!« Ich tat es. »Und jetzt lesen Sie den Namen, den ich aufgeschrieben habe!« Ich las: *Godfrey Ablewhite.* »Und jetzt sehen Sie den Toten an!« Ich trat ans Bett und sah Godfrey Ablewhite.

Sechster Bericht
Ein Brief des Inspektors an Franklin Blake

Dorking, Surrey, 30. Juli 1849

Sir – verzeihen Sie bitte, wenn ich erst verspätet den versprochenen Bericht schicke. Es ergaben sich unvermutet etliche Schwierigkeiten, die ich erst überwinden mußte. Und dazu bedurfte es Zeit und Geduld.

Ich hoffe, daß es mir hiemit gelingt, die Ereignisse möglichst vollständig darzustellen. Im folgenden werden Sie in erster Linie Antwort auf einige offene Fragen finden, die Ihren Cousin Mr. Godfrey Ablewhite betreffen – Fragen, die Sie stark beschäftigten, als ich kürzlich die Ehre hatte, Sie wiederzusehen.

Fürs erste möchte ich auf die näheren Umstände eingehen, unter denen Ihr Cousin den Tod gefunden hat. Sie haben sich aus Indizien, Aussagen und Schlußfolgerungen ergeben.

Sodann werde ich versuchen, Ihnen ein Bild vom Tun und Treiben Ihres Cousins zu vermitteln, insbesondere vor, während und nach der Zeit im Hause der Lady Verinder.

Was seinen Tod betrifft, so steht eines zweifellos fest: Man ermordete ihn, als er schlief (oder gerade aufwachte), indem man ihn mit einem Kissen erstickte. Erwiesen ist ferner, daß die drei Inder die Mörder sind. Ihr Ziel war, sich des sogenannten Monddiamanten zu bemächtigen.

Ich kam zu diesem Schluß aufgrund von Tatsachen, die sich bei einer Überprüfung des Zimmers im Wirtshaus »Zum Glücksrad« ergaben. Das Ergebnis der gerichtlichen Leichenschau bestätigt meine Feststellung.

Sie erinnern sich, Sir – man fand den Toten im Bett, mit einem Kissen über dem Gesicht. Der herbeigerufene Arzt konstatierte, daß man Mr. Ablewhite erstickt hatte. Mit anderen Worten: Mehrere Personen hatten ihm das Kissen so lange auf Mund und Nase gedrückt, bis durch Lungenlähmung der Tod eintrat.

Und nun zum Motiv dieses Verbrechens. Auf einem Tischchen fand sich eine kleine Holzdose. Sie war leer und offen, und daneben lag ein Schein mit lädiertem Siegel. Mr. Luker bestätigte die Authentizität dieser Objekte. Er erklärte, in der Dose habe sich tatsächlich der gelbe Diamant befunden, der auch unter dem Namen »Monddiamant« bekannt ist. Er habe im Bankhaus Bushe & Lysaught am Nachmittag des sechsundzwanzigsten Juni in eben dieser Dose dem als Matrosen verkleideten Mr. Ablewhite den Diamanten zugesteckt. Hieraus ergibt sich, daß man Mr. Ablewhite ermordet hat, um in den Besitz des Diamanten zu gelangen.

Was die Durchführung des Verbrechens betrifft, sei folgendes festgestellt: Nach genauer Überprüfung des Zimmers, das nur sieben Fuß hoch ist, fand man in der Zimmerdecke einen Ausstieg, der aufs Dach hinausführt. Er war nicht verschlossen. Die kurze Leiter, die man benötigt, um diese kleine Falltür zu erreichen, liegt sonst immer unterm Bett – aber diesmal stand sie unmittelbar unter dem Ausstieg. Die Mörder konnten demnach das Zimmer mühelos wieder verlassen. An jener Stelle der Falltür, wo sich innen der Riegel befindet, hatte man vom Dach aus mit einem besonders scharfen Werkzeug ein viereckiges Loch in das Holz geschnitten. Demnach konnte man von außen den Riegel zurückschieben, die Luke öffnen und sich hinunterlassen, da das Zimmer, wie gesagt, nur sieben Fuß hoch ist. Auf diese Weise sind die Mörder eingedrungen. Das Dach des Wirtshauses hatten sie über ein Haus in der Nachbarschaft erreicht, das gerade umgebaut wird. Dort befindet sich eine lange Leiter. Am Morgen des 27. Juni entdeckten die Bauarbeiter, daß diese Leiter benützt worden war, denn das Brett, das sie als Hindernis an den Sprossen befestigt hatten, war entfernt worden und lag auf dem Boden. Zudem ist es gar nicht schwer, von anderen unbemerkt über Leiter und Dächer zu bewußter Luke zu gelangen, denn der Nachtwächter kommt auf seinem Rundgang nur zweimal stündlich durch die Shore Lane; und nach Mitternacht ist diese Gasse ganz still und menschenleer. Daraus folgt, daß man mit Geistesgegenwart und entsprechender Vorsicht das Dach des Wirtshauses jederzeit erreichen konnte. Ein Versuch bewies, daß man, auf dem Bauch liegend, hinter der hochgezogenen Hausmauer versteckt, Zeit genug hat, in die Luke von außen ein Loch zu schneiden.

Und nun zu den Mördern selbst: Erstens ist bekannt, daß die

Inder ein Interesse daran hatten, sich in den Besitz des Diamanten zu bringen. Zweitens ist anzunehmen, daß der dunkelhäutige Mann, den Octavius Guy in der Droschke vorbeifahren und mit dem vorgeblichen Handwerker sprechen sah, einer der an diesem Komplott beteiligten Inder war. Drittens ist sicher, daß der Handwerker an diesem Abend Mr. Ablewhite beobachtete. Zudem hatte er sich heimlich in das Zimmer geschlichen, das Mr. Ablewhite beziehen sollte, und wurde dort ertappt – unter Umständen, die höchst verdächtig scheinen. Viertens fand man in besagtem Zimmer ein Stückchen Goldfaden, das Experten als ein in England unbekanntes, indisches Fabrikat bezeichnen. Fünftens beobachtete man am Morgen des 27. Juni jene drei Männer, auf welche die Beschreibung der Inder zutrifft, in der Lower Thames Street. Sie gingen zum Tower Kai und bestiegen das Dampfschiff nach Rotterdam.

Hiemit ist auch ohne Gerichtsverhandlung der Beweis erbracht, daß die Inder den Mord begangen haben.

Ob sich der angebliche Handwerker an dem Verbrechen beteiligt hat oder nicht, ist ungewiß. Feststeht, daß er nicht allein der Täter sein kann. Ohne die Hilfe anderer hätte er Mr. Ablewhite, der größer und kräftiger war als er, nicht kampflos und geräuschlos überwältigen können. Die im Nebenzimmer schlafende Kellnerin hat nichts gehört. Auch der Wirt, der sein Schlafzimmer unmittelbar darunter hat, erklärt, daß es in der Nacht absolut ruhig war. Das Verbrechen muß also von mehr als einer Person begangen worden sein, und alle Umstände deuten, wie gesagt, darauf hin, daß die Inder die Mörder sind.

Hinzuzufügen wäre noch, daß nach der gerichtlichen Leichenschau die Fahndung nach den Tätern begann. Die Familie Ablewhite hat eine Belohnung für brauchbare Hinweise ausgesetzt. Der angebliche Handwerker ist unauffindbar, den Indern ist man auf der Spur. Am Schluß dieses Berichts werde ich auf dieses Thema nochmals zurückkommen und Ihnen die von mir eingeleiteten Schritte nennen, die zur Festnahme der Inder führen könnten.

Vorher möchte ich allerdings noch vom Doppelleben des Ermordeten sprechen.

Mr. Ablewhites Leben hatte zwei Seiten. In der Öffentlichkeit galt er als Herr der guten Gesellschaft. Man kannte ihn als ausgezeichneten Redner bei Wohltätigkeitsveranstaltungen. Er besaß zweifellos organisatorisches Talent, das er bei karitativen Vereinen, vorzüglich bei Damenkomitees, entfaltete. Abseits der Öffentlichkeit spielte er jedoch den Lebemann, mit einer Villa in einem Londoner Vorort, die er nicht unter seinem Namen gemietet hatte und in der eine Dame wohnte, die nicht seinen Namen trug.

Als ich in dieser Villa meine Erhebungen durchführte, sah ich dort hervorragende Gemälde und Skulpturen, geschmackvolle und kunstvolle Möbel und ein Treibhaus mit seltenen Blumen, das in ganz London nicht seinesgleichen hat. Die Dame selbst besitzt Schmuck, der es mit den Blumen aufnehmen kann, sowie Pferde und Kutschen, die im Hydepark Sensation erregen – nicht nur beim Volk, sondern auch bei Leuten, die von Pferdezucht und Wagenbau viel verstehen.

Zugegeben, derlei ist heutzutage nichts Ungewöhnliches. Villa und Mätresse sind bei Herren der Londoner Gesellschaft etwas Selbstverständliches. Eigentlich müßte ich mich bei Ihnen entschuldigen, Sir, daß ich so wohlbekannte Erscheinungen in diesem Bericht erwähne. Nicht selbstverständlich und nicht üblich ist jedoch – meinem Wissen nach –, daß alle diese schönen Dinge nicht nur bestellt, sondern die dazugehörigen Rechnungen auch beglichen waren. Zu meiner Verblüffung stellte sich heraus, daß das Haus samt Einrichtung völlig schuldenfrei ist. Schmuck, Gemälde, Blumen und Skulpturen, aber auch Pferde und Kutschen sind bis auf den letzten Farthing bezahlt und auf den Namen der bewußten Dame überschrieben.

Dieses Rätsel konnte ich allerdings erst lösen, nachdem ich mich mit Mr. Ablewhites Lebensumständen näher befaßt hatte. Die Erhebungen haben folgendes ergeben: Gemeinsam mit einem zweiten Treuhänder war Mr. Ablewhite Vermögensverwalter für einen noch nicht großjährigen jungen Mann. Es handelte sich um ein Vermögen von zwanzigtausend Pfund, das besagtem jungen Mann – sobald er mündig würde, nämlich im Februar achtzehnhundertfünfzig – ausbezahlt werden sollte.

Vorläufig erhielt der Minderjährige nur die Zinsen des Vermögens, und zwar halbjährlich (zu Weihnachten und zu Johanni) je dreihundert Pfund. Wie sich zeigte, hatte aber Mr. Ablewhite bereits im Jahre achtzehnhundertsiebenundvierzig das ganze Vermögen veruntreut, indem er als geschäftsführender Vermögensverwalter die Staatspapiere nach und nach hatte veräußern lassen. Die notwendige Vollmacht sowie die jeweiligen schriftlichen Anweisungen für das Bankhaus waren immer ordnungsgemäß von beiden Treuhändern unterzeichnet gewesen, nur war die Unterschrift des aufsichtführenden Vermögensverwalters (eines Offiziers, der irgendwo auf dem Lande lebt) von Mr. Ablewhite jedesmal gefälscht worden.

Auf diese Weise also konnte er – wie es sich für einen Ehrenmann geziemt – alle Schulden bezahlen, doch mußte er mit den Folgen rechnen. Hierdurch erklärt sich auch sein weiteres Verhalten: Beginnen wir mit dem einundzwanzigsten Juni achtzehnhundertachtundvierzig, dem Geburtstag Miss Verinders! Tags zuvor war Mr. Godfrey zu seinem Vater nach Frizinghall gefahren und hatte ihn (wie mir Mr. Ablewhite senior mittlerweile bestätigte) gebeten, ihm dreihundert Pfund zu leihen. Wohlgemerkt – dreihundert Pfund! Genau jene Summe, welche am vierundzwanzigsten Juni für den Minderjährigen fällig war. Doch, wie bereits gesagt, vom Vermögen war ja zu diesem Zeitpunkt nichts mehr vorhanden.

Mr. Ablewhite senior lehnte es ab, seinem Sohn auch nur einen einzigen Farthing zu leihen.

Am nächsten Tag ritt Mr. Godfrey, gemeinsam mit Ihnen und seinen Schwestern, von Frizinghall zum Landsitz Lady Verinders. Ein paar Stunden später hielt er um Miss Verinders Hand an – das haben Sie, Mr. Blake, mir selbst erzählt. Er hoffte also, durch die Heirat mit einer reichen Erbin aus seinen Geldverlegenheiten herauszukommen.

Doch was geschieht? Miss Verinder gibt ihm einen Korb. Und wie sieht am Abend des einundzwanzigsten Juni Mr. Ablewhites pekuniäre Lage aus? Er muß bis zum vierundzwanzigsten Juni dreihundert Pfund und bis zum Februar achtzehnhundertfünfzig zwanzigtausend Pfund aufbringen. Gelingt es ihm nicht, ist er ein ruinierter Mann. Unter diesem Druck wird manches begreiflich. Was spielt sich nun weiterhin ab? Während des Dinners kommt es zwischen Ihnen und Doktor Candy zu einer Auseinandersetzung. Sie haben sich über die medizinische Kunst lustig gemacht – er spielt Ihnen aus Rache einen Streich. Mr. Ablewhite beteiligt sich mit Freuden an diesem Komplott, zumal er an diesem Abend ebenfalls unter Ihrer scharfen Zunge leiden mußte. Er soll Ihnen das von Doktor Candy vorbereitete Laudanum heimlich verabreichen. Dabei kommt ihm Betteredge ungewollt entgegen. Er rät Ihnen nämlich, als Schlaftrunk ein wenig Whisky, vermischt mit Sodawasser, zu nehmen. Nach kurzem Zögern lassen Sie sich von den beiden dazu überreden. Aus einem bereitgehaltenen Fläschchen gießt Mr. Ablewhite das Laudanum ins Glas.

Und nun, Sir, wechseln wir den Schauplatz! Wir begeben uns zu Mr. Luker, der am Middlesex Place im Stadtteil Lambeth wohnt. Ich möchte nur vorausschicken, daß es mir mit Hilfe Mr. Bruffs gelungen ist, den Wucherer zu einem Geständnis zu bringen. Wir haben seine Angaben auf ihre Richtigkeit überprüft. Ich erlaube mir, Sir, sie Ihnen mitzuteilen.

Am Freitag, dem dreiundzwanzigsten Juni letzten Jahres, erhält Mr. Luker noch zu später Stunde Besuch, was ihn sehr überrascht. Doch noch mehr überrascht ihn, daß der Besucher den Monddiamanten aus der Tasche zieht. Laut Mr. Luker gibt es nämlich auf dem ganzen europäischen Kontinent keinen gleichartig wertvollen Stein in Privatbesitz.

Der Besucher, Mr. Godfrey Ablewhite, hat, was den Diamanten betrifft, zwei bescheidene Vorschläge, Mr. Luker möge wählen: Entweder er kaufe ihm den Stein ab oder er nehme ihn in Kommission und gebe ihm einen Vorschuß darauf.

Mr. Luker unterzieht den Diamanten einer näheren Prüfung, wiegt ihn ab und schätzt ihn. Erst dann bewegt er die Lippen zum Sprechen. »Wie kommen Sie zu diesem Stein?« fragt er. Sechs Worte nur, aber sie sind inhaltsschwer. Seiner Schätzung nach ist nämlich der Diamant (trotz des kleinen Fehlers – er hat im Innern eine Blase) dreißigtausend Pfund wert.

Mr. Ablewhite erzählt ihm irgendeine erfundene Geschichte. Daraufhin bewegt Mr. Luker nochmals die Lippen, diesmal sagt er nur drei Worte: »Schwindeln Sie nicht!«

Rasch erfindet Mr. Ablewhite eine andere Geschichte. Doch jetzt verschwendet Mr. Luker keine weiteren Worte mehr an ihn. Er steht auf und schellt nach dem Diener, der den Besucher zur Haustür begleiten soll.

In dieser Zwangslage bleibt Mr. Ablewhite nichts anderes übrig, als dem Wucherer eine neue und glaubwürdige Version zu erzählen. Sie lautet wie folgt:

Nachdem er Ihnen das Laudanum heimlich ins Getränk gemischt hatte, wünschte er Ihnen gute Nacht und begab sich auf sein Zimmer, das unmittelbar neben Ihrem lag. Zwischen den beiden Räumen gab es eine Verbindungstür. Mr. Ablewhite nahm an, sie sei geschlossen. Seine finanziellen Sorgen ließen ihn keinen Schlaf finden. So saß er in Schlafrock und Pantoffeln noch eine Stunde lang herum und grübelte über dieses Problem. Eben wollte er zu Bett gehen, da hörte er Sie nebenan reden. Er ging zur Verbindungstür und bemerkte, daß sie etwas offen stand. Durch den Spalt konnte er Sie beobachten. Sie hatten den Leuchter mit der brennenden Kerze in der Hand. Ihre Stimme klang völlig verändert. »Was weiß denn ich?« sagten Sie. »Vielleicht halten sich die Inder im Hause versteckt?« Dann verließen Sie das Zimmer.

Bis zu diesem Moment hatte er geglaubt, Ihnen – gemeinsam mit dem Doktor – einen harmlosen Streich zu spielen. Aber nun bemerkte er, daß das Laudanum eine unvorhergesehene Wirkung auslöste. Ihm kamen Bedenken, und er wollte Sie vor einer etwaigen Gefahr schützen. So folgte er Ihnen leise und sah Sie in Miss Verinders Zimmer gehen. Sie ließen die Tür offen. Da er sich nicht hineinwagte, spähte er durch den Spalt zwischen Tür und Pfosten und sah Sie den Diamanten aus dem Schubfach nehmen, aber nicht nur das – er sah auch Miss Verinder, die in der Tür zum Schlafzimmer stand und Sie dabei beobachtete, was ihm natürlich eine Genugtuung war.

Sie hatten den Diamanten in der Hand und blieben eine Weile unentschlossen stehen. Diese kurze Zeit nützte er, um so rasch wie möglich in sein Zimmer zurückzulaufen. Kaum war er dort, kamen auch Sie. Wahrscheinlich sahen Sie ihn durch die nach wie vor offenstehende Verbindungstür – jedenfalls haben Sie ihn angerufen, und zwar mit einer merkwürdig veränderten Stimme, die ganz müde klang. Wie er Mr. Luker erzählte, sei er daraufhin in Ihr Zimmer gekommen, Sie hätten ihn schlaftrunken angeblickt und ihm den Stein in die Hand gelegt. »Godfrey, nimm den Diamanten und bring ihn zu deinem Vater in die Bank! Dort ist er sicher – hier nicht.« Sie hätten den Schlafrock angezogen und seien unsicheren Schritts zum Lehnsessel gegangen, hätten sich niedergesetzt und gesagt: »Ich bin morgen nicht imstande, nach Frizinghall zu reiten. Mein Kopf ist wie Blei, ich kann mich nicht mehr aufrecht halten.« Mit einem Seufzer hätten Sie sich zurückgelehnt und seien auf der Stelle eingeschlafen.

So kam es also, daß Mr. Ablewhite den Diamanten an sich nahm. Angeblich sei er diesbezüglich völlig unentschlossen gewesen und habe den nächsten Tag abwarten wollen.

Doch am Morgen zeigte sich, daß Sie von dem, was Sie in der Nacht gesagt oder getan hatten, überhaupt nichts wußten. Zudem erwies sich, daß Miss Verinder – aus Rücksicht auf Sie – Schweigen bewahrte. Mr. Ablewhite erkannte, daß er den Diamanten in seinem Besitz behalten konnte, ohne irgendwelche Folgen befürchten zu müssen. Und das tat er denn auch, zumal er darin einen Ausweg aus seiner Bedrängnis zu finden hoffte. Er steckte den wertvollen Stein in die Tasche und fuhr nach London.

Das ist die Geschichte, die Ihr Cousin in seiner Zwangslage dem Wucherer aufgetischt hat. Dieser meint, sie sei in den Hauptpunkten durchaus glaubwürdig – Mr. Ablewhite habe nämlich nicht genug Verstand und Phantasie gehabt, um so etwas erfinden zu können. Auch Mr. Bruff und ich halten diese Darstellung für zutreffend.

Jetzt ging es nur noch darum, ob Mr. Luker sich auf das Geschäft einließ oder nicht. Er stellte natürlich seine Bedingungen. Immerhin war es sogar für einen Wucherer riskant, bei einem solch zweifelhaften Handel die Finger im Spiel zu haben. Er erklärte sich bereit, den Diamanten mit zweitausend Pfund zu belehnen. Nach Jahresfrist könne Mr. Ablewhite das Pfand für dreitausend Pfund wieder auslösen, sonst sei es verfallen. Sollte es Mr. Ablewhite nicht gelingen, die dreitausend Pfund aufzubringen, und sollte der Diamant daher in seinen Besitz übergehen, würde er, Mr. Luker, großzügigerweise ihm einige Wechsel zurückgeben, die sich aufgrund früherer Geschäfte noch in seinem Besitz befänden und an denen Mr. Ablewhite sicher interessiert sei.

Überflüssig zu sagen, daß Mr. Ablewhite diese ungeheuerlichen Bedingungen nicht annehmen wollte. Daraufhin drückte ihm Mr. Luker den Diamanten in die Hand und wünschte ihm einen guten Abend.

Mr. Ablewhite ging bis zur Zimmertür, dort drehte er sich um. Er fragte Mr. Luker, ob er dieses Gespräch als vertraulich betrachte. Der Wucherer sah sich außerstande, diesbezüglich ein Versprechen zu geben. Hätte Mr. Ablewhite seine Bedingungen angenommen, hätte er seiner Diskretion selbstverständlich sicher sein können. Doch jetzt müßte er in erster Linie seine eigenen Interessen bedenken. Sollte man ihm bei Gelegenheit unangenehme Fragen stellen, könnte er sich wegen eines andern nicht kompromittieren, zumal dieser andere es abgelehnt habe, mit ihm ein Geschäft zu machen.

Nun saß Mr. Ablewhite in der Falle. Hilflos und verzweifelt blickte er um sich. Da bemerkte er Mr. Lukers Abreißkalender, der den dreiundzwanzigsten Juni anzeigte. Am nächsten Tag mußte er als geschäftsführender Vermögensverwalter besagtem jungen Mann dreihundert Pfund ausbezahlen!

Es blieb ihm nichts anderes übrig, als auf Mr. Lukers Bedingungen einzugehen – so dringend benötigte er das Geld. Wäre die Frist nicht so knapp gewesen, hätte er den Diamanten in Amsterdam zerschneiden lassen und die Einzelstücke ohne weiteres verkaufen können. So aber hatte er nur diese Chance. Und wahrscheinlich dachte er bei sich: Immerhin ist es ja noch ein ganzes Jahr hin, bis ich die dreitausend Pfund, mit denen ich das Pfand wieder auslösen kann, aufbringen muß – und ein Jahr ist eine lange Zeit.

Mr. Luker hielt daraufhin den Handel schriftlich fest. Mr.

Ablewhite unterschrieb und erhielt zwei Schecks. Der eine, vom dreiundzwanzigsten Juni datiert, lautete auf dreihundert Pfund, der andere, vom dreißigsten Juni datiert, war auf eintausendsiebenhundert Pfund ausgestellt, den Rest der vereinbarten Summe.

Daß Mr. Luker den gelben Diamanten im Tresor des Bankhauses Bushe & Lysaught deponierte, weiß man bereits, desgleichen, was ihm und Mr. Ablewhite unmittelbar danach zustieß.

Das nächste Ereignis in Mr. Ablewhites Leben war seine Verlobung mit Miss Verinder. Er hielt ein zweites Mal um sie an, und diesmal nahm sie seinen Antrag an. Bald darauf löste sie das Verlöbnis wieder, und er war damit einverstanden. Was ihn dazu bewog, hat Ihr Advokat richtig erraten. Miss Verinder hat bekanntlich nur die Nutznießung des Vermögens. Durch die Heirat hätte sich Mr. Ablewhite nicht die nötigen zwanzigtausend Pfund verschaffen können. Doch die dreitausend Pfund, um das Pfand auszulösen, hätten ihm wahrscheinlich zur Verfügung gestanden, vorausgesetzt, daß weder seine Frau noch deren Vormund etwas dagegen einwendeten, wenn er so bald nach der Hochzeit eine so hohe Summe für persönliche – noch dazu ungenannte – Zwecke verbraucht hätte. Vielleicht wäre dieses Hindernis zu überwinden gewesen. Aber kaum hatten sich seine Heiratspläne in London herumgesprochen, tauchte auch schon von anderer Seite ein neues Hindernis auf. Bewußte Dame in der Villa ist eine Frau, die weiß, was sie will. Sie läßt nicht mit sich spaßen. Ja, Mr. Blake, eine schöne Frau, mit hellem Teint und römischem Profil! Im Grunde hatte sie für ihren Liebhaber nur Verachtung. Hätte er sich zu einer entsprechenden Abfindung bereit erklärt, wäre diese Verachtung auch weiterhin stumm geblieben. So aber drohte sie ihm, ihren Gefühlen freien Lauf zu lassen. Miss Verinders Einkommen reichte nicht aus – weder für die Abfindung noch für die veruntreuten Gelder. Nein, unter diesen Umständen konnte er Miss Verinder wirklich nicht heiraten!

Sie wissen, Sir, wie er danach sein Glück bei einer andern versuchte. Auch dieses Projekt scheiterte an finanziellen Fragen. Ebenso wissen Sie von den fünftausend Pfund, die ihm bald darauf eine alte Dame hinterließ. Sie hatte zu den zahllosen Bewunderinnen gehört, die dieser faszinierende Mann für sich gewinnen konnte. Wie sich nachher herausstellte, führte jenes unerwartete Vermächtnis indirekt zu seinem Tod.

Nach Erhalt der fünftausend Pfund begab er sich sofort nach Amsterdam und traf dort alle Vorbereitungen, um den Diamanten zu vereinbarter Zeit unverzüglich zerschneiden zu lassen. Verkleidet kehrte er nach London zurück und wollte zum festgesetzten Termin das Pfand auslösen. Vorsichtshalber einigte man sich darauf, noch ein paar Tage zu warten und den Diamanten nicht gleich aus der Bank zu holen. Immerhin blieb Mr. Ablewhite mehr als ein halbes Jahr Zeit, die einzelnen Diamanten, ob geschliffen oder ungeschliffen, abzusetzen – vorausgesetzt natürlich, daß er unbehindert nach Amsterdam gelangte. Schließlich mußten erst im Februar achtzehnhundertfünfzig dem jungen Mann die fälligen zwanzigtausend Pfund ausbezahlt werden.

Allergrößte Vorsicht schien geboten, denn die Gefahr war groß. Für Mr. Ablewhite ging es auf Biegen oder Brechen.

Ehe ich diesen Bericht schließe, möchte ich erwähnen, daß immerhin noch die Möglichkeit besteht, der Inder und des gelben Diamanten habhaft zu werden. Es gibt Grund zur Annahme, daß sie sich derzeit an Bord eines Schiffs der Ostindischen Handelsgesellschaft befinden. Sofern es auf der Fahrt keine unvorhergesehenen Schwierigkeiten gibt, steuert dieses Schiff ohne Zwischenlandung den Hafen von Bombay an. Ich habe durch die Überlandpost die Hafenpolizei von der Ankunft der drei Inder benachrichtigen lassen. Sobald das Schiff eingelaufen ist, wird man sie festnehmen.

Sir, ich verbleibe mit vorzüglicher Hochachtung

Ihr ergebener Diener
Richard Cuff
Inspektor d. R.
Kriminalpolizei, Scotland Yard*

* Fußnote von Franklin Blake: Soweit sich dieser Bericht auf die Ereignisse am Geburtstag und an den drei nachfolgenden Tagen bezieht – siehe den Bericht von Gabriel Betteredge, Kapitel 8–12.

Siebenter Bericht
Ein Brief Doktor Candys

Frizinghall, Mittwoch, den 26. September 1849

Lieber Mr. Blake,
wenn ich Ihnen hiemit Ihren Brief an Ezra Jennings ungeöffnet zurückschicke, werden Sie gleich wissen, welch traurige Nachricht ich Ihnen mitteilen muß. Er ist am letzten Mittwoch, bei Sonnenaufgang, in meinen Armen entschlafen.

Es lag nicht an mir, daß Sie von seinem bevorstehenden Ende nicht verständigt wurden. Er hat es mir ausdrücklich verboten, Ihnen zu schreiben. »Ich verdanke es Mr. Blake, daß ich glückliche Tage erlebt habe«, sagte er mir. »Betrüben Sie ihn nicht! Bitte betrüben Sie ihn nicht!«

Er litt unsäglich. Nur selten ließen die Schmerzen ein wenig nach. Wenn in solchen Pausen sein Geist klar wurde, ersuchte ich ihn, mir Verwandte zu nennen, an die ich mich wenden könnte. Doch jedesmal bat er mich, ihm zu vergeben, wenn er ausgerechnet mir etwas abschlagen müßte. Er sagte, er wolle so sterben, wie er gelebt habe, vereinsamt und vergessen, und er sagte es ohne Bitterkeit. An diesem Entschluß hielt er fest. Es ist daher aussichtslos, im nachhinein über sein Leben etwas erfahren zu wollen. Das Blatt, auf dem seine Geschichte stehen sollte, bleibt leer.

Am Tage vor seinem Tode sagte er mir, wo ich seine Papiere finden könnte. Ich brachte sie ihm ans Bett: ein dünnes Bündel alter Briefe, sein unvollendetes medizinisches Werk und seine Tagebücher, deren Schlösser alle versperrt waren. Den letzten Band öffnete er und riß, Blatt für Blatt, jene Seiten heraus, welche sich auf die mit Ihnen verbrachten Stunden beziehen.

»Das ist für Mr. Blake«, erklärte er. »Vielleicht interessiert es ihn, einen Blick darauf zu werfen.« Hernach faltete er die Hände und betete um Gottes Segen für Sie und Ihre Lieben. Er deutete mir an, daß er Sie gerne noch einmal gesehen hätte, doch schon im nächsten Augenblick überlegte er es sich anders. Denn als ich mich erbot, Ihnen zu schreiben, sagte er nochmals: »Nein! Bitte betrüben Sie ihn nicht!«

Auf seinen Wunsch mußte ich alles übrige – Briefe, Buch und Tagebücher – zu einem Paket zusammenschnüren, verpacken und versiegeln. Dann sagte er: »Versprechen Sie mir, daß Sie dieses Paket – so wie es ist – in meinen Sarg legen, damit es niemandem in die Hände fällt!«

Ich tat es, und daran habe ich mich gehalten.

Er hatte noch eine zweite Bitte, die zu erfüllen mir allerdings schwerfiel: »Mein Grab soll vergessen sein. Geben Sie mir Ihr Ehrenwort darauf, daß kein Grabmonument, nicht einmal der einfachste Gedenkstein an mich erinnert! Ein Namenloser soll dort ruhen, ein Unbekannter soll den ewigen Schlaf schlafen.«

Ich versuchte, ihn von diesem Entschluß abzubringen. Doch da geriet er – meines Wissens nach – zum ersten Mal in heftige Erregung. Ich brachte es nicht übers Herz, ihn zu bekümmern, und daher gab ich nach.

Nur ein kleiner Grashügel bezeichnet die Stelle, an der er begraben ist. Es wird nicht lange dauern, und andere Tote werden in unmittelbarer Nähe zur letzten Ruhe gebettet werden, Grabsteine werden an sie erinnern – die Leute aber werden sich fragen, wer der unbekannte Tote unter dem Grashügel sein mag.

Einige Stunden vor seinem Tode wurden seine Schmerzen plötzlich schwächer. Er schien zu träumen. Ab und zu lächelte er, der Name einer Frau – »Ella«, glaube ich – kam ihm immer wieder über die Lippen. Es ging mit ihm zu Ende. Er bat mich, ihn im Bett aufzurichten, um zum Fenster hinaussehen zu können. Es ging nämlich gerade die Sonne auf. Sein Kopf sank auf meine Schulter. »Er kommt mich holen!« flüsterte er matt. »Küssen Sie mich – zum Abschied!« Ich küßte ihn auf die Stirn. Da hob er den Kopf. Die ersten Sonnenstrahlen fielen auf sein Gesicht, das mit einem Mal ganz verklärt aussah – wie das Gesicht eines Engels. »Friede! Friede! Friede!« rief er. Sein Kopf sank wieder auf meine Schulter. Er hatte ausgelitten.

So ist er von uns gegangen. Er war, wie ich glaube, ein großer Mann, obschon die Welt ihn verkannt hat. Und sein schweres Los hat er tapfer getragen. So freundlich wie er war noch keiner zu mir gewesen. Nun, da ich ihn verloren habe, fühle ich mich einsam. Mag sein, daß ich seit meiner Krankheit nicht mehr ganz der alte bin. Bisweilen denke ich daran, meine Praxis aufzugeben, auf den Kontinent zu reisen und es dort mit einer Badekur zu versuchen.

Man erzählt sich in Frizinghall, daß Sie und Miss Verinder im nächsten Monat heiraten werden. Bitte nehmen Sie meine herzlichsten Glückwünsche entgegen!

Die Tagebuchblätter meines armen Freundes warten auf Sie – ich habe auf den Briefumschlag Ihren Namen geschrieben und ihn versiegelt. Der Post wollte ich ihn nicht anvertrauen.

Mit besten Grüßen – und Empfehlungen an Miss Verinder – verbleibe ich

Ihr sehr ergebener
Thomas Candy

Achter Bericht
von Gabriel Betteredge

Ich bin, wie der Leser sich zweifellos erinnern wird, derjenige, welcher die Geschichte zu erzählen begann. Daher soll ich auch als letzter an die Reihe kommen, um sie zu beschließen. Doch darf keiner von mir erwarten, daß ich jetzt über das Schicksal des indischen Diamanten etwas Endgültiges sage! Mit diesem Unglücksstein will ich nichts mehr zu tun haben. Sofern der Leser darüber etwas erfahren will, muß er sich an andere Gewährsleute wenden. Ich gedenke hier nur von einem Familienereignis zu berichten, das man bis jetzt auf respektlose Weise außer acht gelassen hat – was ich nicht zulassen kann, handelt es sich doch um Miss Rachels und Mr. Franklins Hochzeit, die am Dienstag, dem neunten Oktober achtzehnhundertneunundvierzig, hier stattfand. Für diesen feierlichen Anlaß bekam ich einen neuen Anzug. Das junge Paar begab sich dann auf Hochzeitsreise nach Schottland.

Familienfeste sind seit dem Tode meiner armen Herrin ganz selten geworden. So nimmt es denn nicht wunder, daß ich am Abend dieses denkwürdigen Tages zu tief ins Glas geguckt habe. Wenn dir, lieber Leser, derlei auch schon passiert ist, wirst du mich verstehen und mir verzeihen. Wenn nicht, wirst du wahrscheinlich sagen: »Widerlicher Alter, warum erzählst du mir das?« Aber die Sache hat folgenden Grund:

Nachdem ich eins über den Durst getrunken hatte – Verehrtester! du hast auch dein Laster, nur ist es nicht meines, und meines nicht deines –, griff ich nach jenem Heilmittel, welches noch nie versagt hat, zu *Robinson Crusoe*, wie du weißt. An welcher Stelle ich das Buch aufschlug, kann ich nicht sagen, doch wo die Zeilen mir vor den Augen zu verschwimmen begannen, weiß ich genau. Das war auf Seite dreihundertachtzehn. Dort ist die Rede von Robinson Crusoes Familie, und zwar wie folgt: *Mit diesen Gedanken im Kopf überlegte ich mir meine neue Verpflichtung. Ich hatte eine Frau* – wohlgemerkt, wie Mr. Franklin! – *und ein Kind* – wohlgemerkt, bald konnte dies auch für Mr. Franklin gelten! –

und zudem war meine Frau ... Was sie zudem war, verlangte ich nicht zu wissen. Jedenfalls unterstrich ich die Stelle und legte als Lesezeichen einen Zettel zwischen die Seiten. Im stillen sagte ich mir: »Da mag dieser Zettel jetzt liegenbleiben! Wenn Mr. Franklin und Miss Rachel ein paar Monate verheiratet sind, wird man ja sehen!«

Monate verstrichen (es waren mehr als ich gedacht hatte), doch nichts veranlaßte mich, das Buch an dieser Stelle aufzuschlagen. Erst jetzt, im November achtzehnhundertfünfzig, kommt eines schönen Tages Mr. Franklin in mein Zimmer und sagt mir gutgelaunt: »Betteredge, ich habe eine Neuigkeit für Sie! In diesem Haus wird sich bald etwas ereignen!«

»Betrifft es die Familie, Sir?«

»Ja, gewiß!«

»Darf ich wissen: Hat meine junge Herrin etwas damit zu tun?«

»Sehr viel sogar!« sagt Mr. Franklin überrascht.

»Es bedarf keiner weiteren Worte, Sir! Gott segne Sie beide! Ich freue mich von ganzem Herzen mit Ihnen!«

Mr. Franklin starrt mich an wie vom Donner gerührt. »Woher wissen Sie es? Ich habe es nämlich vor genau fünf Minuten erfahren, noch dazu unter dem Siegel der Verschwiegenheit!«

Ich konnte nicht umhin, den *Robinson Crusoe* hervorzuholen und Mr. Franklin die Stelle vorzulesen, die ich an seinem Hochzeitstag unterstrichen hatte, wobei ich die prophetischen Worte entsprechend betonte und ihn streng ansah. »Nun, Sir, glauben Sie jetzt an *Robinson Crusoe?*« fragte ich feierlich – so wie es mir für diese Gelegenheit angemessen schien.

»Ja, Betteredge, Sie haben mich von der Wahrheit dieses Buchs endlich überzeugt!« antwortete er ebenso feierlich. Wir schüttelten einander die Hände – für mich gab es keinen Zweifel mehr: Ich hatte ihn bekehrt!

Nun, da ich dieses denkwürdige Ereignis erwähnt habe, bin ich am Schluß meines Berichts angelangt. Geneigter Leser, lach nicht über diese Begebenheit, die wahrlich ohnegleichen ist! Alles andere, was ich hier geschrieben habe, darfst du komisch finden oder schrullig – ganz wie du willst. Aber wenn ich über *Robinson Crusoe* etwas sage, dann meine ich es todernst – und du, geneigter Leser, sollst es ebenso ernst nehmen!

Damit wäre alles gesagt. Das Ende der Geschichte ist erreicht, und ich empfehle mich den Damen und Herren.

EPILOG

Das Auftauchen des Diamanten

I

Die Auskunft eines Kriminalpolizisten (1849)

Am siebenundzwanzigsten Juni dieses Jahres erhielt ich von Inspektor Cuff den Auftrag, drei Männer zu verfolgen. Es handelte sich um Inder, die unter Mordverdacht standen. Am Morgen des genannten Tages hatte man sie dabei beobachtet, wie sie sich auf dem Tower Kai nach Rotterdam eingeschifft hatten.

Erst tags darauf hatte ich die Möglichkeit, ihnen mit dem nächsten Schiff zu folgen. In Rotterdam konnte ich den Kapitän ausfindig machen, dessen Passagiere sie gewesen waren. Er teilte mir mit, daß sie mit ihm nur bis Gravesend gefahren seien, denn bevor noch sein Schiff das offene Meer erreicht habe, sei einer der Inder zu ihm gekommen, um sich nach der voraussichtlichen Ankunftszeit in Calais zu erkundigen. Als der Inder erfahren habe, daß man nicht nach Calais, sondern nach Rotterdam fahre, habe er sich über das Versehen, das ihm und seinen beiden Freunden unterlaufen war, sehr bestürzt gezeigt. Alle drei Passagiere erklärten sich bereit, die Billetts für die Überfahrt verfallen zu lassen. Sie hätten nur den einen Wunsch – schnellstens an Land gesetzt zu werden.

Natürlich taten dem Kapitän die drei Fremden wegen dieses Mißgeschicks leid. Und da er keinerlei Grund hatte, sie zurückzuhalten, signalisierte er ein Küstenwachboot herbei, damit sie auf diese Weise das Schiff verlassen konnten.

Es versteht sich von selbst: Das Vorgehen der Inder war ein Schachzug, um etwaige Verfolger abzuschütteln. Ich kehrte unverzüglich nach England zurück. Als ich in Gravesend landete, erfuhr ich, daß die Inder nach London gefahren seien. Auch dorthin kam ich zu spät – sie waren mittlerweile nach Plymouth weitergereist. Meine Erkundigungen in Plymouth ergaben, daß sie achtundvierzig Stunden zuvor mit einem Schiff der Ostindischen Handelskompanie, das ohne Zwischenlandung den Hafen von Bombay ansteuerte, abgesegelt waren.

Nach dieser Auskunft benachrichtigte Inspektor Cuff auf dem Wege der Überlandpost die Hafenpolizei von Bombay vom Eintreffen der drei Inder. Damit war meine Tätigkeit beendet. Ich habe von diesem Fall seither nichts mehr gehört.

II

Die Aussage des Kapitäns (1849)

Inspektor Cuff hat mich ersucht, bestimmte Fakten, die drei Männer betreffen – es soll sich um Hindus handeln –, schriftlich niederzulegen. Sie waren nämlich im vergangenen Sommer Passagiere auf dem unter meinem Kommando stehenden Schiff *Bewley Castle*, das von England kommend, im Direktkurs nach Bombay fuhr.

Die Inder waren in Plymouth an Bord gegangen. Ihre Kojen befanden sich im Bug des Schiffs. Während der Überfahrt hörte ich nie Klage über sie. Ich selbst bekam sie nur selten zu Gesicht.

Gegen Ende der Reise gerieten wir leider in eine Flaute. Drei Tage und drei Nächte lagen wir in Sichtweite der indischen Küste. Unsere genaue Position (Längen- und Breitengrad) kann ich hier nicht angeben, da ich das Logbuch nicht bei mir habe. Wahrscheinlich hat uns die Strömung langsam der Küste zugetrieben, denn nachher, als wieder Wind aufkam, erreichten wir binnen vierundzwanzig Stunden unsern Bestimmungshafen.

Bei einer so langen Windstille leidet natürlich die Disziplin – das weiß jeder Seefahrer. So war es auch auf meinem Schiff. Wenn es gegen Abend kühler wurde, ließen die Passagiere mit Hilfe der Besatzung die Beiboote zu Wasser und vergnügten sich mit Rudern und Schwimmen. Korrekterweise hätten die Matrosen die Boote nachher wieder hochhieven sollen, aber sie vertäuten sie nur. Wahrscheinlich waren teils die Hitze, teils der Ärger über die Flaute daran schuld, daß weder Offiziere noch Mannschaft ihre Pflicht ernst nahmen.

So verging die dritte Nacht. Die Wache auf Deck hatte nichts Auffälliges bemerkt, doch bei Morgengrauen vermißte man das kleinste Boot und bald darauf auch die drei Inder.

Da sie sicher kurz nach Einbruch der Dunkelheit das Boot gestohlen hatten, war es in Anbetracht der nahen Küste vergeblich, sie viele Stunden später mit einem andern Boot zu verfolgen. Auch wenn sie infolge Übermüdung noch so langsam und ungeschickt gerudert hatten, waren sie bei dieser ruhigen See ganz bestimmt noch vor Tagesanbruch gelandet.

Nach unserer Ankunft in Bombay erfuhr ich, weshalb die drei Passagiere allen Grund gehabt hatten, bei erstbester Gelegenheit mein Schiff zu verlassen. Vor der Polizei konnte ich nur die gleichen Angaben machen wie hier. Man mißbilligte es, daß ich mit der Mannschaft nicht streng genug gewesen war, worauf ich nur mein Bedauern ausdrücken konnte – sowohl der Behörde als auch der Ostindischen Handelsgesellschaft gegenüber. Soviel ich weiß, hat man von den drei Hindus nichts mehr gehört. Dem habe ich nichts Weiteres hinzuzufügen.

III

Die Angaben Mr. Murthwaites (1850)
(In einem Brief an Mr. Bruff)

Entsinnen Sie sich noch eines Halbwilden, den Sie im Herbst achtundvierzig auf einer Gesellschaft getroffen haben? Erlauben Sie mir, Ihrer Erinnerung nachzuhelfen! Dieser Mensch heißt Murthwaite. Und Sie hatten damals – es war nach Tisch – ein langes Gespräch mit ihm. Es drehte sich um einen indischen Diamanten und um das Komplott, das zum Ziel hatte, sich dieses Edelsteins zu bemächtigen.

Nach unserm Zusammensein in London habe ich Zentralasien durchreist und bin jetzt auf den Schauplatz früherer Abenteuer, den Norden und den Nordwesten Indiens, zurückgekehrt. Vor etwa zwei Wochen kam ich in ein den Europäern noch ziemlich unbekanntes Gebiet auf der Halbinsel Kathiawar.

Und hier hatte ich ein Erlebnis, das Sie – so unglaublich es klingen mag – sicher interessieren wird.

In dieser gefährlichen Gegend (wie gefährlich sie ist, werden Sie begreifen, wenn ich Ihnen sage, daß dort sogar die Bauern bis an die Zähne bewaffnet das Feld pflügen) hängt die Bevölkerung noch fanatisch am alten Hinduismus – an der Verehrung Brahmas und Wischnus. Die wenigen mohammedanischen Familien, die – auf einzelne Dörfer verstreut – im Innern des Landes leben, getrauen sich nicht, Fleisch zu essen. Die Kuh gilt den Hindus bekanntlich als heilig. Erbarmungslos bringen sie jeden Mohammedaner um (und sei es der eigene Nachbar), wenn er nur im Verdacht steht, eine Kuh geschlachtet zu haben. In diesem Gebiet befinden sich zwei berühmte hinduistische Pilgerstätten, was den religiösen Fanatismus noch fördert. Die eine ist Dwaraka, der Geburtsort des Gottes Krischna, die andere ist die heilige Stadt Somnath, die im elften Jahrhundert von Sultan Mahmud von Ghasni, einem mohammedanischen Eroberer, geplündert und zerstört wurde.

Da ich diese romantische Stätte von früher her kenne, wollte ich von Kathiawar nicht abreisen, ohne zuvor das in herrlicher Einsamkeit gelegene Heiligtum erneut aufzusuchen. Als ich zu diesem Entschluß kam, befand ich mich, meiner Rechnung nach, etwa drei Tagesmärsche weit davon entfernt.

Ich war noch nicht lange unterwegs, da bemerkte ich, daß auch andere, zu zweit oder zu dritt, in derselben Richtung wanderten – anscheinend zum selben Ziel. Sprach mich einer von den Pilgern an, gab ich mich als buddhistischer Hindu aus, der von weither komme und auf Pilgerfahrt sei. Unnötig zu sagen, daß meine Kleidung so beschaffen war, dies ohne weiteres behaupten zu können. Dazu kommt, daß ich die Sprache so gut wie meine eigene Muttersprache beherrsche. Auch bin ich so mager und braungebrannt, daß man mir die europäische Herkunft nicht ansieht. Es versteht sich also von selbst, daß ich der Musterung standhielt. Für sie war ich zwar nicht einer der Ihren, aber immerhin ein Hindu aus einer fernen Gegend ihres Landes.

Am zweiten Tag wanderten bereits Hunderte in meiner Richtung, am dritten war die Menge auf Tausende angeschwollen. Alle hatten dasselbe Ziel: die Stadt Somnath.

Ein kleiner Dienst, den ich einem Pilger erweisen konnte, verschaffte mir die Bekanntschaft einiger Hindus höherer Kaste. Von ihnen erfuhr ich, daß diese Menschenmenge auf dem Weg zu einer großen religiösen Feier sei, die auf einem Hügel nahe bei Somnath stattfinden sollte. Es handelte sich um ein nächtliches Fest zu Ehren des Mondgotts.

Dichtgedrängte Menschen verstellten uns den Weg, als wir uns der heiligen Stätte näherten. Endlich erreichten wir den Hügel, der Mond stand schon am Himmel. Die Hindus, mit denen ich mich angefreundet hatte, besaßen das Vorrecht, das Heiligtum zu betreten. Freundlicherweise erlaubten sie mir, sie zu begleiten. Da bemerkte ich, daß es durch einen Vorhang unserm Blick entzogen war. Er hing an zwei riesigen Bäumen, zwischen denen ein flacher Felsvorsprung eine Art natürliche Plattform bildete. Gemeinsam mit meinen Hindu-Freunden stand ich unmittelbar davor.

Wenn ich mich umsah und hinunterblickte, bot sich mir das großartigste Schauspiel, das Mensch und Natur gemeinsam hervorbringen können. Der Hügel, auf dem sich das Heiligtum befindet, geht nämlich fast unmerklich in eine grasbewachsene Ebene über, auf der drei Flüsse zusammenfließen. Auf der einen Seite schimmerte in zierlichen Windungen das Wasser, bald da, bald dort, so weit mein Auge reichte, während auf der andern Seite im Dunkel der Nacht der wellenlose Ozean schlief. Belebt man diese Szenerie mit Tausenden weißgekleideter Gestalten, die zu dieser Stunde an den Hängen lagerten und die Flußufer säumten, beleuchtet man diesen riesigen Lagerplatz mit dem Licht der Fackeln und dem zuckenden Rot aus Feuerschalen, und denkt man sich dazu das gleißende Mondlicht, das aus wolkenlosem Himmel das Ganze überschüttete – dann hat man eine ungefähre Vorstellung von dem Bild, das sich mir bot.

Klagende Musik von Flöten und Saiteninstrumenten lenkte meine Aufmerksamkeit wieder auf das verhangene Heiligtum.

Ich sah drei Männer auf dem Felsvorsprung stehen. Den einen erkannte ich sofort: Es war jener angebliche Gaukler, welchen ich angesprochen hatte, als er zu nächtlicher Zeit im Park der Lady Verinder aufgetaucht war. Und die beiden anderen waren zweifellos seine Gefährten von damals!

Der Hindu neben mir bemerkte meine Verblüffung und sah sich veranlaßt, mir die Vorgänge zu erklären. Die drei seien Brahmanen, die im Dienst der Gottheit die Gesetze ihrer Kaste übertreten hätten, flüsterte er mir zu. Um den Verstoß zu sühnen, müßten sie hinfort als Pilger leben. Heute nacht noch sollten sie auseinandergehen, in drei verschiedene Richtungen. Nie sollten sie einander wiedersehen, nie sollten sie rasten auf ihrem Weg zu den heiligen Stätten, von jetzt an bis zum Ende ihrer Tage.

Die klagende Weise war inzwischen verstummt. Die drei Männer warfen sich vor dem Vorhang zu Boden. Dann erhoben sie sich, blickten einander an, umarmten einander und stiegen in drei verschiedenen Richtungen den Hügel hinab. Die Leute wichen vor ihnen zurück, stumm machten sie ihnen Platz. Langsam schloß sich die weiße Masse wieder zusammen und tilgte somit ihre Spur. Man hat sie nie wiedergesehen.

Und nun ertönte hinter dem Vorhang Musik, diesmal laut und jubelnd. Die Menge erschauerte und drängte sich noch enger zusammen. Der Vorhang ging auseinander, das Heiligtum zeigte sich unserm Blick. Hoch oben, auf einer Antilope reitend, thronte der Mondgott, dessen Arme die Enden der Welt umschlingen. Dunkel und drohend schwebte er über uns im geheimnisvollen Licht der Tropennacht, und auf seiner Stirn strahlte der gelbe Diamant, dessen Pracht ich zuletzt am Dekolleté einer jungen Engländerin bewundert hatte.

Ja, nach acht Jahrhunderten leuchtet der Monddiamant wieder über der heiligen Stadt, in der seine Geschichte begann! Wie er seinen Weg zurückgefunden hat – durch welchen Zufall oder durch welches Verbrechen die Inder ihren Diamanten wiedererlangt haben, wissen vielleicht Sie, Mr. Bruff, ich weiß es nicht. Für England ist er für immer verloren, das ist für mich so gut wie sicher – ich kenne die Inder.

Die Zeit geht weiter. Doch so wie der Kreislauf des Jahres sich wiederholt, gibt es auch für Ereignisse eine periodische Wiederkehr. Welche Abenteuer stehen dem Monddiamanten noch bevor? Wer vermag das zu sagen?

ENDE

Inhalt

Klassiker der englischen und amerikanischen Literatur

Jane Austen:
Sanditon
Vollendet von
Marie Dobbs
Roman
dtv 2337

Die Watsons
Ein anonym vollendeter Roman
dtv 2363

Aphra Behn:
Oroonoko
oder der königliche
Sklave
Eine wahre
Geschichte
Neu übersetzt und
Nachwort von
Susanne Althoetmar-Smarczyk
dtv 2354

John Cleland:
Fanny Hill
(Memoirs of a
Woman of Pleasure)
dtv 2212

Thomas Hardy:
Am grünen Rand der Welt
(Far from the
Madding Crowd)
dtv/Klett-Cotta 2137

Auf verschlungenen Pfaden
(The Return of the
Native)
dtv 2385

Edgar Allan Poe:
Detektivgeschichten
Übersetzt von
Hans Wollschläger
Mit einem Nachwort
von Ulrich Broich
dtv 2059

Faszination des Grauens
11 Meistererzählungen
Übersetzt von
Arno Schmidt und
Hans Wollschläger
Mit einem Nachwort
von Ulrich Broich
dtv 2095

Laurence Sterne:
Leben und Ansichten von Tristam Shandy, Gentleman
Neu übersetzt und
mit Anmerkungen
versehen von
Michael Walter
9 Bände im
Kleinformat in
Geschenkkassette
dtv 59024

Robert Louis
Stevenson:
Der Ausschlachter
(The Wrecker)
Criminalroman
Erste vollständige
deutsche Übersetzung und Nachwort
von Hanna Neves
dtv 2343

Harriet Beecher
Stowe:
Onkel Toms Hütte
Vollständige
Ausgabe
Neu erarbeitet von
Susanne Althoetmar-Smarczyk
dtv 2330

Walter Scott:
Rob Roy
dtv 2392

Jonathan Swift:
Gullivers Reisen
dtv 2236

Oscar Wilde:
Das Bildnis des Dorian Gray
Übersetzt und mit
einem Nachwort von
Siegfried Schmitz
dtv 2083

William Shakespeare im dtv

Zweisprachige
Ausgabe
Neuübersetzung von
Frank Günther

William
Shakespeare
Hamlet
Zweisprachige Ausgabe
Deutsch von Frank Günther
Mit einem Essay von Manfred Pfister
dtv klassik

Ein Sommernachts-traum
Mit einem Essay von
Sonja Fielitz
dtv 2355

Romeo und Julia
Mit einem Essay
von Kurt Tetzeli
von Rosador
dtv 2356

Othello
Mit einem Essay
von Dieter Mehl
dtv 2357

Hamlet
Mit einem Essay
von Manfred Pfister
dtv 2358

Macbeth
Mit einem Essay von
Ulrich Suerbaum
dtv 2359

Der Kaufmann von Venedig
Mit einem Essay von
Wolfgang Weiß
dtv 2368

Was ihr wollt
Mit einem Essay von
Christa Jansohn
dtv 2369

Der Sturm
Mit einem Essay von
Günter Walch
dtv 2370

Wie es euch gefällt
Mit einem Essay von
Andreas Mahler
dtv 2371

König Lear
Mit einem Essay von
Ina Schabert
dtv 2372
(September 1996)

Rolf Vollmann
Who's who bei
Shakespeare
dtv 30463

Klassiker der französischen Literatur

Abaelard:
Die Leidensgeschichte und der Briefwechsel mit Heloisa · dtv 2190

Henri Alain-Fournier:
Der große Meaulnes
dtv 2308

Charles Baudelaire:
Les Fleurs du Mal Die Blumen des Bösen
Vollständige zweisprachige Ausgabe
dtv 2173

Alexandre Dumas:
Die Kameliendame
dtv 2315

Gustave Flaubert:
Madame Bovary
dtv 2075

Jean de La Fontaine:
Sämtliche Fabeln
dtv 2353

Théophile Gautier:
Reise in Andalusien
dtv 2333

Joris Karl Huysmans:
Gegen den Strich
Roman
dtv 2352

Victor Hugo:
Der Glöckner von Notre-Dame
Neu erarbeitet von Michaela Meßner
dtv 2329

Stéphane Mallarmé:
Sämtliche Dichtungen
Französisch-deutsch
dtv 2374

Jean-Jacques Rousseau:
Julie oder Die Neue Héloïse
dtv 2191

George Sand:
Ein Winter auf Mallorca
dtv 2197

Sie sind ja eine Fee. Madame!
Märchen aus Schloß Nohant
dtv 2197

Nimm Deinen Mut in beide Hände
Briefe
dtv 2238

Nanon
Roman
dtv 2282

Sie und Er
Roman
dtv 2295

Mauprat
Geschichte einer Liebe
dtv 2300

Lelia
Roman
dtv 2311

Jeanne
Roman
dtv 2319

Flavie
Roman
dtv 2327

François Villon:
Sämtliche Werke
französisch / deutsch
dtv 2304

Emile Zola:
Nana
dtv 2008

Klassische Autoren in dtv-Gesamtausgaben

Georg Büchner:
Werke und Briefe
Neuausgabe
dtv 2202

Johann Wolfgang von Goethe:
Werke
Hamburger Ausgabe in 14 Bänden
dtv 5986

Goethes Briefe und Briefe an Goethe
Hamburger Ausgabe in 6 Bänden
dtv 5917

Ferdinand Gregorovius:
Geschichte der Stadt Rom im Mittelalter Vom V. bis XVI. Jahrhundert
Vollständige Ausgabe in 7 Bänden
Mit 243 Abbildungen
dtv 5960

Sören Kierkegaard:
Entweder – Oder
Deutsche Übersetzung von Heinrich Fauteck
dtv 2194

Heinrich von Kleist:
Sämtliche Werke und Briefe in zwei Bänden
Herausgegeben von Helmut Sembdner
dtv 5925

Theodor Mommsen:
Römische Geschichte
Vollständige Ausgabe in 8 Bänden
dtv 5955

Friedrich Nietzsche:
Sämtliche Werke
Kritische Studienausgabe in 15 Bänden
Herausgegeben von Giorgio Colli und Mazzino Montinari
dtv/de Gruyter 5977

Sämtliche Briefe
Kritische Studienausgabe in 8 Bänden
Herausgegeben von Giorgio Colli und Mazzino Montinari
dtv/de Gruyter 5922

Frühe Schriften 1854-1869
BAW 1-5
Reprint in 5 Bänden
dtv 59022

Francesco Petrarca:
Canzoniere
Zweisprachige Gesamtausgabe
Mit 5 Bildtafeln
Nach einer Interlinearübersetzung von Geraldine Gabor
In deutsche Verse gebracht von Ernst-Jürgen Dreyer
Mit Anmerkungen und Nachwort von Geraldine Gabor und Ernst-Jürgen Dreyer
dtv 2321

Georg Trakl:
Das dichterische Werk
dtv 2163

François Villon:
Sämtliche Werke
Französisch und deutsch
Herausgegeben und übersetzt von Carl Fischer
dtv 2304